ハヤカワ・ミステリ

BRYAN GRULEY

湖は餓えて煙《けぶ》る

STARVATION LAKE

ブライアン・グルーリー

青木千鶴訳

TOKYO HAYAKAWA BOOKS

A HAYAKAWA POCKET MYSTERY BOOK

STARVATION LAKE
by
BRYAN GRULEY

Translated by
CHIZURU AOKI
First published 2010 in Japan by
HAYAKAWA PUBLISHING, INC.
This book is published in Japan by
arrangement with
WILLIAM MORRIS ENDEAVOR ENTERTAINMENT, LLC.
through TUTTLE-MORI AGENCY, INC., TOKYO.

装幀／水戸部 功

pjnへ

湖は餓えて煙《けぶ》る

おもな登場人物

オーガスタス（ガス）
・J・カーペンター……………………《パイロット》編集長代理。愛称トラップ
ビィー……………………………………ガスの母
ルディ……………………………………ガスの父
オールデン・C・キャンベル…………スタヴェイション・レイク・マリーナ経営者。ガスの親友。愛称スーピー、スワニー
アンガス…………………………………スーピーの父
セオドア（テディ）・ボイントン……ボイントン不動産経営者。愛称タイガー
ジョン・D・〝ジャック〟
・ブラックバーン………………………伝説的アイスホッケー・コーチ
レオ・レッドパス………………………町営リンク管理人。ブラックバーンの親友
M・ジョーン（ジョーニー）
・マッカーシー…………………………《パイロット》記者
マティルダ（ティリー）
・スポールディング……………………《パイロット》受付係
デルバート・リドル……………………《パイロット》カメラマン
ヘンリー・ブリッジマン………………《パイロット》編集長
ジム・ケラソプーロス…………………ＮＬＰ新聞社（《パイロット》親会社）法務部長
トーニー・ジェイン・リース…………チャンネル・エイトのリポーター
デイヴ・ルビエンスキー（ルーブ）…エンライツ・パブのバーテン
クレイトン・パールマター……………自称ビッグフット研究家
フランシス・J・デュフレーン………実業家。エンライツ・パブのオーナー
ディンガス・アーホ……………………保安官
フランク・ダレッシオ
スキップ・キャトリッジ｝……………保安官助手
ダーリーン・エスパー…………………保安官助手。ガスの元恋人。旧姓ボントレガー
エルヴィス・ボントレガー……………ダーリーンの叔父
ホラス・ギャラガー……………………判事
スコット・トレントン…………………デトロイトの弁護士

プロローグ

ポーチの階段をのぼろうとしたとき、手を載せた鋳鉄製の手すりがぐらりと揺れた。男は危うく地面に倒れこみそうになった。三回試してみたあとで、呼び鈴は壊れているようだと結論をくだした。網戸に錠がおりていたので、手袋をはずして、アルミ製の戸枠をノックした。その奥の扉は、エンドウ豆のスープの色をしたペンキが剝げかけている。

頭上の日除けから漏れだした冷たい雨水が、うなじにぽたりと滴り落ちた。それを手でぬぐいながら見あげると、新たな雫が頰で弾けた。「くそっ」男は後ろに一歩さがってから、手にした荷物を迷彩ジャケットのなかへ押しこんだ。

通りの先に目をやった。あたりに人影はない。フォードが二台にクライスラーが一台、そして、自分の運転してきたシボレーのピックアップトラックが道端にとまっているだけだ。夕闇のなか、ポーチに灯された明かりがひとつ、弱々しい光を揺らめかせている。二軒隣では、小火《ぼや》に遭ったらしい家の壁が一面黒焦げになっていて、かつて窓ガラスのあった場所でカーテンが風に煽られている。足もとに視線を落とすと、褐色の染みがコンクリートの床から、三段の階段と私道へ点々と続いていた。染みは車道へ近づくにつれてだんだん大きくなっているようだ。まさか、血痕でなければいいのだが。

男はふたたび戸枠を叩いた。くそっ。やはり、いつもどおりの方法でこいつを送っておけばよかった。こんな肥溜めのような街まで四時間もかけてやってくるなんて、おれは何を期待していたんだ？　こんな荒屋《あばらや》でいったい何ができるというのか。この家には、暗室があるかどうかも怪しいものだ。男は腕時計に目をやった。あと一時間以内に荷物を届けられなければ、都会の夜を楽しむ暇もなくなってしまう。

　家のなかで物音がした。扉の向こうから足音が聞こえてきた。男は大きく息を吸って、もう一歩後ろにさがった。ただ荷物を届けるだけだ。こいつを渡して、立ち去ればいいだけのことだ。

　扉が細く開いた。キャベツと煙草の匂いが漂ってくる。扉を支える手の上方に、女の青白い丸顔があらわれた。膝まで垂れた大振りなネルシャツのほかは何も身につけていないようだ。

「なんの用？」女は言った。

「リドルです。チャーリーへの届け物を預ってきました」

　男は言って、迷彩ジャケットの内側からマニラ封筒を取りだした。

「リドル《なぞなぞ》？　なんのいたずらよ？」

　女の訛にはまるでなじみがなかった。まいったな。この女には、おれの言葉がちゃんと通じるのだろうか。

「リドルっていうのはおれの名前です。チャーリーはいますか」

　封筒にはテープが巻きつけられ、その上からゴムバンドがくくりつけられていた。女は蔑みの目でそれを一瞥した。

「チャーリーなんていない。届け物は要らない」

「でも、ここへ届けるよう言われたんだ」リドルは煉瓦に釘づけされたプレートの番地をたしかめてから訊いた。「セシル通りというのはここのことでしょう？」

　そのとき、家のなかから男の怒声が轟いた。「マグダ！」

　女は母国語で男にわめきかえした。男も何かを怒鳴りかえしている。その声が近づいてくる。女は扉を半開きにしたまま、忽然と姿を消した。

声の主が大きく扉を開いた。足は裸足で、ペンキの飛び散ったスウェットパンツと、〈デトロイト・ライオンズ〉のロゴがプリントされた灰色のＴシャツを着ている。落ち窪んだ黒い目の上には、片方しか眉毛がない。片手は扉を押さえ、もう一方の手は背後に隠されている。

「なんの用だ」

「これをチャーリー？に届けるよう言われてきました」

「チャーリー？」男は一瞬微笑みかけてから、不意に口もとを引きしめた。「ジャレックのことか」

「ジャレック？」リドルは引き攣った笑い声を小さくあげた。「そうです。そのひとのことです。これをそのひとに渡してもらえますか」

男は左から右へ重心を移した。片手は背後に隠されたままだ。そちらへ目をやらないでいるには、かなりの自制心が必要だった。

「あんた、北から来たのか？」男が訊いてきた。

「ええ、片道四時間もかかりました」

男はしばらくリドルを見つめてから口を開いた。

「どうしてアーミージャケットを着ているんだ。軍人なのか？」

リドルはおずおずと迷彩ジャケットを見おろした。

「いや、あの、これは狩猟用のジャケットなんです。鹿とか兎とかを狩りにいくときに着るもので」

「ほう。それなら、殺しはお手の物ってわけだ。銃は持ってきたのか？」

「銃？　まさか。とんでもない。猟銃は自宅にちゃんと保管してあります」

男はわずかに顎をしゃくった。「なかに入るか？」

「いや、お申し出はありがたいんですが……もう行かなきゃなりません。帰りも長い道のりですし。ほかにも届け物がありますし」

「ほかにも届け物が？」男は身を乗りだした。「どんな届け物だ？」

リドルはふたたび通りを振りかえった。やはり人影はない。地上を照らす最後の光はいまにも消えようとしている。「いえ、何もありません。ただ、早く帰らないといけないんです」

「ジャレックはここにいない」

「いない？」

「ああ。もういない」

「そうですか。それなら……」自分が思い描くところのビジネス・スマイルを浮かべようと努めながら、リドルは尋ねた。「どこへ行けば会えるかはご存じありませんか」その問いが口をついて出た瞬間に、リドルはそのことを後悔した。

「ジャレックはもう戻らない。そいつはおれが預ろう」

男は隠していたほうの手で網戸を押し開けた。その指のあいだに挟まれていたのは、火のついていない煙草だった。リドルは男に封筒を渡した。

「それじゃ、お願いします。用が済んだらいつもの場所へ送りかえしてもらえますか」

男は何も答えず、無言のまま扉を叩き閉めた。

一九九八年二月

1

その目を読むことは誰にもできない。一度たりとも。一瞬たりとも。おれのようにゴールキーパーとして、相手に面と向かっていたとしても。そんなまねをすれば、相手の思う壺だ。敵は左右のどちらか一方を見ておいて、それとは反対側へパックを放ってくる。頭上へ視線を向けておいて、脚のあいだへパックを打ちこんでくる。あるいはじっと目を合わせて、こちらに思い知らせようとする。自分にはこれからどうすべきかがわかっているが、おまえにはわかっていないのだということを。おまえには、勘があたるのを願うしかないのだということを。おまえに主導権はないのだということを。

そして次の瞬間、きみは勝負に負けている。

時刻は深夜をまわろうとしていた。おれはジョン・D・ブラックバーン・メモリアル・アイスアリーナの南サイドで、アイスホッケーのゴールを守っている。大声で援護を求めている。スーピーがすばやく攻守を切りかえ、リンクの端からこちらへ向かってくる。敵のウィングに追いつき、パックにスティックを伸ばす。その瞬間、スケートの刃が氷の傷を噛み、身体が宙に浮かびあがる。靴紐や絶縁テープで各部をつなぎとめた、クーパー社製の古びたヘルメットが頭から吹っ飛び、フェンスにあたる。

「ちくしょう！」スーピーは怒声をあげた。

ポイントンがスーピーの真横を滑りぬけ、転がったヘルメットを迂回して、ノーマークのままリンクの中央へ躍りでた。逞しい長身を黒のユニフォームに包んだボイントンは、ブルーラインを越えて敵陣へ入ると同時に、おれの視線をとらえようとした。おれは意識を集中し、ボイントンがスティックの両面を使って前へ後ろへと滑らせているパックを見つめた。得点は二対一で、こちらがリードしている。試合終了まで、残り時間は一分もない。グローブのなかでじっとりと汗ばんだ左手が、無意識のうちに腹を叩いた。おれはその腕を横に突きだした。右腕で、スティックのブレードをざらついた氷に強く押しつけた。一インチほど腰を落とし、右足の親指に重心をかけて、じりじりと後ろにずらしていった。ぐっと顎を引いた。防護マスクの下にうっすらとかいた汗が、頬を刺激する。おれは必死に目を凝らした。

こんなところにいたくはなかった。冷気で煙《けぶ》った、横風の吹きすさぶ深夜のアイスリンクにも。ロウアーミシガンの北端、凍てついた湖の南東のはずれにへばりつく、信号機がふたつしかない町にも。おれはかつてこの町を去った。二度と戻らないつもりで。そして、またこの町に戻ってきた。さして強くもない意志を抑えこんで。行きついた街で途方もないヘマをしでかしたがために。日中は、パイン郡を拠点とした地方紙《パイロット》で編集長代理として働いている。発行部数四千七百三十三、日曜休刊の日刊紙だ。夜には夜間のアマチュア・リーグで、幼少のころからの顔見知りが集まるアイスホッケー・チームのゴールキーパーを務めている。そして、その合間には、人生を変えてくれる何かを待っている。ここスタヴェイション・レイクからふたたび抜けだすきっかけを待っている。待つことには慣れている。それがゴールキーパーの仕事なのだから。

十五フィートの距離まで近づいたとき、ボイントンがかすかに右肩をさげた。シュートの体勢だ。そのとき、パックが何かに弾かれた。氷の削り屑かもしれないし、木片かもしれない。パックは宙に跳ねあがった。

裏面に刻まれた緋色のロゴマークがちらりと見えた。おれは氷に片膝をついてスティックを突きだし、転がり落ちるパックをポイントンの背後へ弾きかえした。頭をむきだしにしたままのスーピーがそこへ駆け寄り、パックをすくいあげて後方へ大きくクリアした。

だが、ポイントンはとまらなかった。おれは慌てて立ちあがろうとしたが、手遅れだった。防護マスクの際《きわ》、左耳の下をスティックが直撃した。顎に激痛が走り、首すじへと広がった。胸に膝蹴りを食らって、おれは仰向けに倒れこんだ。ポイントンにのしかかられ、頭を氷に打ちつけた。嗅ぎ煙草と、ビールと、汗と、絶縁テープの匂いが鼻を刺した。ホイッスルがけたたましく鳴り響いている。おれは目を開けた。ポイントンの顔がほんの二インチ先にあった。黒い瞳の下で、唇がにやりと笑っている。「運のいい野郎だ」そう吐き捨てる声が聞こえた直後に、おれは意識を失った。

おれの仕事——待つことは終わった。


針の先端が顎を刺した。おれは木製の作業台に爪を食いこませた。レオが顎の傷を縫いあわせていく。あらかじめひとつかみの雪を顔の左側に押しあて、感覚を鈍らせておいたのだが、針で皮膚を貫かれる痛みはごまかしようがなかった。顎に開いた傷をつなぎあわせるのには、結局、六針を要した。

「ありがとう、レオ」おれはレオに礼を言った。ブラックバーン・アリーナの裏手に建つスチール製の大きな車庫のなかには、ガソリンの香りがほのかに漂っている。高い天井に吊るされた裸電球が投げかける丸い光のなかで、おれはビールをすすった。レオは光の輪を離れ、縫い針をゴミ箱に放りこんだ。針は底に溜まっていたセブンアップの空き瓶にあたって、小さな音を立てた。

「もう少し身体を気遣ってやったらどうだ。おまえさんたちも、もう子供じゃないんだぞ」言いながら、レオはふたたび光のもとにあらわれた。

　レオ・レッドパスはかれこれ三十年の長きにわたって、アイスリンクのコンプレッサーや、アイス・スクレイパーや、整氷車のメンテナンスにあたってきた。片手間の大工仕事や、ロッカールーム、食堂、トイレの維持管理といった雑務も一手に引き受けてくれている。レオはもっぱら孤独を好んだ。この車庫にこもって、黙々と機械をいじったり、エセルという愛称をつけた整氷車の手入れをしたりしながら、大半の時間をひとりですごしていた。そしてときに、わざわざ医者の手を煩わせたくないという選手があらわれると、この作業台を手術台代わりにすることもあった。医師免許を持っているわけではないのだが、長年、経験を積んだだけあって、レオの縫った傷が痕を残すことはほとんどない。

「今夜の試合は見ていたのかい」とおれは尋ねた。

「そんなもの、見たことはない」とレオは答えた。

　あまりに見え透いたその嘘に、おれは思わず微笑んだ。顎を縫いとめた糸が引き攣れる。暗がりのなか、大きな背を丸めたシルエットがエセルの周囲を歩きまわっている。「ここスタヴェイション・レイクでは、アイスホッケーを見る機会なんてそうそうあるものじゃないからな」おれは暗がりに問いかけた。

「それ以上の真実を語る言葉があるとは思えんな」とレオは応じた。

「見かけ倒しのスピードの話か、トラップ?」車庫の反対側から声があがった。片手に飲みかけの缶ビールを、もう一方の手に残り二缶となった六缶パックをぶらさげたスーピーが、こちらへ向かってきていた。

「おれたちは傍《はた》から見るほど速くない。そうだろ、トラップ?」

　スーピーお得意のきまり文句だ。スーピーはひとり悦に入ったように笑っている。

　レオがエセルの陰から顔を出した。「そいつが金メダリストのソニア・ヘニーでないかぎりはな。そりゃあそうと、おまえさんが臀部で着地した技。あれはトリプル・サルコーだったかね？」

「臀部？　そいつはもしかしてオケツのことかい。この界隈では英語を話せと、もう八百万回は言ったろう？　正しくは〝オケツ〟というんだよ、相棒。だいいち、ソニア・ヘニーってのはどこのどいつだ？」スーピーが言った。

「試合は見てなかったんだろ？」とおれは言った。口を動かすと、傷が痛んだ。

「ああ、見ちゃいなかったとも。ただ、食堂にジュニア・ミンツを補充しにいく途中で、たまたま見かけたもんでな」

　おれは作業台から跳びおりた。着地の衝撃で歯が鳴った。「それじゃ、横を通りぬけていくボイントンの切符にスーピーが鋏を入れた場面も目撃できたろう？」

「ずいぶんな言い草じゃないか、トラップ」スーピーが肩をすくめた。スーピーの身長はおれより頭ひとつぶん高い。左胸の錨マークを囲むように〝スタヴェイション・レイク・マリーナ〟のロゴが刺繍されたブルーデニムのオーバーコートを着ている姿は、なんだか余計にひょろ長く見える。赤いウールのキャップ帽からは、豊かなブロンドの巻き毛がはみだしている。

「おれはおまえに活躍の場を与えてやろうとしたんだ。感謝してもらいたいくらいだぜ」

「そうしようにも、気を失っちまったものでね」

　おれはビールを飲み干すと、空き缶をゴミ箱めがけて放り投げ、新しい缶に手を伸ばした。的をはずれた空き缶を、レオが拾いあげた。

「テディ・ボイントンは凶悪犯だ。暴行罪で訴えてやれ。パックを押しかえされたというだけの理由で、おまえを轢き殺そうとしたんだから」スーピーが言った。なんでも、おれが伸びているあいだに、ボイントンは審判にまで殴りかかろうとして退場させられたらしい。

「べつにおまえを叩きのめすつもりはなかったのかもしれんし、最初からそのつもりだったのかもしれん。もしかしたら、おまえの書いた社説が気にいらなかったのかもな」スーピーは言って、長々とビールを呷《あお》った。

スーピーが社説を読んでいるとは、思いも寄らないことだった。「かもしれない」とおれは応じて、あたりを見まわした。レオはふたたびエセルの陰に姿を消していた。「明日、職場で会うことになってる」

「テディのやつと?」

「弁護士も連れてくるらしい」

「それを言うなら、くそ弁護士だろ、トラップ」

「ああ」

スーピーはこめかみにビールの缶をあてた。「今度は叩きのめされないよう、気をつけるこった」

「静かにしてくれんか」レオの声がした。振りかえると、真剣な面持ちのレオが警察無線の受信機に耳を傾けていた。牛乳運搬用の木枠を積み重ねた上に載せられた受信機は、レオにとって、長い夜をともにすごす友のようなものだった。ときおり弾けたり、くぐもったりする雑音のあとで、通信指令係の声が聞こえてきた。ダーリーン・エスパー。その声がウォールアイ湖へ急行中の保安官助手に指示を与えている。どうやら、スノーモビルが岸に打ちあげられたらしい。

「やれやれ」とおれはつぶやいた。さしたる事件性はないのかもしれない。だが、五十歳を超えた地元住民はみな、ベッドの横や、ガレージの作業台や、洗濯機の上の棚に警察無線機を置いている。朝になれば、オードリーのダイナーはウォールアイ湖に打ちあげられたスノーモビルの話題で持ちきりとなることだろう。

おれはレオのダイヤル式電話機を手もとに引き寄せ、保安官事務所の番号をまわした。《パイロット》の編集長代理に与えられた特権のひとつは、その番号を暗記できることだ。受話器から聞こえてきたのは、ダーリーンの声だった。

「やあ、エスパー保安官助手。こちらはガス・カーペンターだ」おれは真面目くさった声で名乗った。くすくすと笑う声が聞きたかった。ダーリーンとおれは、隣家で育った幼なじみだった。どちらの母親も、とっくにおれたちの結婚をあきらめていた。ダーリーンも同様だった。

「スノーモビルのことを聞いたのね」

「ああ」

「現場へ向かったほうがいい。保安官も向かったから」

「ディンガスが？　もしかして、あっちで食べ放題のバイキングでも催されてるのかい」

「行けばわかるわ、ガス」

まだ電話を切りたくなかった。ダーリーンの声を聞くと、いつもそんなふうになってしまう。だが、向こうはさっさと受話器を置いていた。おれはコートのジッパーを閉め、車の鍵を取りだしながら言った。「レオ、顎の刺繍をありがとう」レオからの返答はなかった。

「ダーリーンへの未練は、そろそろ捨てちゃあどうだ？」スーピーが言った。

「今夜も見事な滑りだったぜ、スーピー」それだけ言って、おれは車庫を出た。

夜の帳《とばり》へ踏みだしたとき、スーピーの大声が聞こえた。「ミセス・ダーリーン・エスパー。町いちばんのいかした女だ」

2

ピックアップトラックを駆って、凍結した二車線道路を進んだ。曲がりくねった道は松林のあいだを抜けて、ウォールアイ湖へと続いている。どうしてあの湖がそんな名前で呼ばれているのだろうかと、おれはつねづね不思議に思っていた。雑草とぬかるみに覆われた濁水のなかからウォールアイを釣りあげた者など、いまだかつてひとりもいない。コイやサッカーならまだしも、ウォールアイなどあの湖にいるはずもない。

おれの実家はそこから数マイル離れたスタヴェイション湖のほとりにあった。おれが七歳のときに父が結腸癌で死んでから、南の湖岸に建つ黄色い下見板張りの家に暮らしていたのは、おれと母のふたりきりだった。青く澄んだ湖には、いまにも壊れそうな桟橋や、ダイバー用の筏や、十馬力の船外機を搭載した釣り舟など、少年が夏を謳歌するのに必要となるものすべてが揃っていた。長い冬のあいだは、氷の上でゴールを守ってすごした。地元の少年ホッケー・チーム〈リヴァー・ラッツ〉で。ゴールにも背が届かないほど小柄なおれがキーパーを務めていたのは、〈ラッツ〉の歴史上で最強のチームだった。デトロイトの強豪チームをはじめて打ち負かしたチームだった。誰も予想だにしていなかった偉業を成し遂げたチームだった。そしておれは、州大会決勝の延長戦で敵にゴールを許し、最初で最後のチャンスを台無しにしたキーパーでもあった。

とめられたはずのシュートだった。一瞬の迷いが災いを招いた。なんとも愚かな失態だった。おかげでチームは州タイトルを逃した。しかも、地元開催のホームリンクで。半径五十マイル以内に暮らす、ほぼ全住民の目の前で。だからおれには、人々がけっしておれを赦さなかったとしても、横目でおれを見やっては首を振ったとしても、陰で〝笊《ざる》〟だの〝漏斗《じょうご》〟だの〝空中標識〟だのと陰口を叩いたとしても、泥酔した者たちが面と向かっておれを野次ったとしても、それを責めることはできなかった。おれはこれまで頭のなかで、あの場面を何百万回と再現してきた。おれ自身にも、自分を赦すことは難しかった。

本来なら、そこまでのおおごとになるべきではなかった。おれたちはまだ子供だったのだから。けれども、おれたちが引退したあとの〈リヴァー・ラッツ〉には州タイトルに迫《たた》ることすらできなかった。町の人々は、おれのヘマが祟っているのだと考えるようになった。チームのコーチ、ジャック・ブラックバーンも同じ考えであるようだった。ブラックバーンは、父を亡くしたばかりのおれにゴールキーパーの技と心得を教えてくれた人間だった。おれの母の友となり、日曜にはわが家で夕食を囲みながら、故国カナダでの武勇伝を語り聞かせてくれた人間だった。ところが、あの州大会決勝で敗北を喫してからというもの、コーチはおれに言葉をかけることすらめったになくなった。思考や感情のなかから、おれに関するものをすべて消し去ってしまったかのようだった。リンクや道端で顔を合わせても、コーチが口にするのは「やあ、ガス」という形式的な挨拶だけ。それに対して、おれは「こんにちは、コーチ」と答える。そして、足をとめることもなく歩み去っていくコーチの背中を肩越しにじっと見つめるのだった。あれからコーチがうちで夕食をとることもなくなった。

それ以来、おれの望みはただひとつ、この町を出ることだけだった。おれは州南部の大学へ進んでジャーナリズムを学び、夏のあいだだけ《パイロット》でアルバイトをするようになった。記者という仕事の虜となり、卒業後は《デトロイト・タイムズ》に就職した。

それから十年以上にわたって、自動車産業の取材に明け暮れてきた。ときおり母の顔を見に帰ることはあっても、スタヴェイション・レイクへ戻ることなど考えもしなかった。デトロイトという街が気にいっていた。腹をすかせたカモメの鳴き声も。太陽の放つ黄金色の帯が水面《みなも》を炙るさまも。それを眺めながら、デトロイト川沿いを職場までひとり歩くことも。自分の仕事も。デトロイトを去る直前まで、おれは人生で最高の記事を手がけていた。ピュリッツァー賞も目前と考えられていた。ところが、その記事のせいで、仕事と、信望と、スタヴェイション・レイクから遠く離れた生活を失うこととなった。気づいたときにはこの町へ戻り、ふたたび《パイロット》で働くようになっていた。将来の展望もない、三十四歳の独身男として。

ウォールアイ湖のボート用スロープでは、平らな雪面に車の轍がいくすじも交差していた。例年なら、吹きだまりになった雪のせいで浜にはスノーモビルしか近づくことができないのだが、この冬の積雪はまだ一フィートにも満たない。おれはピックアップトラックをその場に残すと、暗闇のなかで懐中電灯の光が跳ねまわっている場所をめざして、岸辺を歩きだした。あちらこちらに氷の浮いた湖を、切り立った崖の影がとりかこんでいる。低い空のもと、灰色の湖面は静寂に包まれている。岸に面した氷は粗く、亀裂や窪みがそこかしこで口を開けている。ときおり光を受けて銀色に輝く水面の下を、氷の板がたゆたっている。そのとき、ブーツの底をぬかるみにとられた。おれはとっさに、枯れた蒲《ガマ》の葉をつかんだ。

「とまれ!」懐中電灯の光に目を射ぬかれた。「そのまま動くな」パイン郡保安官事務所のディンガス・アーホ保安官の声だった。

おれは片手をかざして、まばゆい光から目を庇おうとした。「おれです、保安官。ガス・カーペンターです」尻ポケットの手帳に片手を伸ばしかけてやめた。いまはおとなしくしておいたほうがいい。

「ガス、きみを呼んだ覚えはない。何かあれば、朝になってから知らせる」

ディンガスの二十ヤードほど後方で、ひとりの保安官助手が懐中電灯の光を岸沿いに走らせている。その光が、浜に横たわる物体を一瞬だけとらえた。膝くらいまでの高さがあって、先端が尖った形状。色は褪せた黄色。そこに、濡れた雑草がいくすじも絡みついている。

「やはりスノーモビルですか？」とおれは尋ねた。

ディンガスはおれの前に立ちはだかった。「まだ調査中だ」懐中電灯の光のせいで、表情は窺えない。帽子の耳当てにとめられた真鍮のバッジだけが、かろうじて見てとれる。「仕事の邪魔だ、ガス。悪いが、このままお引きとり願おう」

「このまま引きとる？」おれはこみあげる笑いを嚙み殺した。「おれが伊達や酔狂でやってきたとでも思っているんですか。これはジャーナリストの使命ってやつですよ」

「酔っているのかね」

しまった。おれは心のなかで毒づいた。手帳を取りだし、ボールペンを探して胸や尻を叩きながら言いわけをした。「試合のあとに、ビールを一缶飲んだだけです」

さきほど見かけた保安官助手が近づいてきた。ふたつの懐中電灯がおれの目に向けられた。どうやら、ボールペンはどこかにやってしまったらしい。かといってディンガスに借りるわけにもいかない。

「聞いてください。おれだって、あなたを煩わせたいわけじゃない。ただ、新聞には記事を載せなきゃならないし、それにはまず、あなたの話を聞かなきゃなりません」

ディンガスは肩をすくめた。「おやすみ、ガス。気をつけて帰りたまえ。そんな息をして、酒気帯び運転で捕まりたくはないはずだ」

二車線道路に向けて、おれは車を発進させた。急勾配をのぼりきったところで左にハンドルを切り、ルート八一六号線に入った。数百ヤード走ってからヘッドライトを消し、路肩に車をとめた。目が暗闇に慣れるまで数分待ってから、車をおりて道路を渡った。険しい斜面を這うようにくだり、雑木林に分けいって、湖岸の様子が見えるところまで進んだ。右のブーツに入りこんだ雪に触れぬよう、必死に爪先を丸めた。

ディンガスとその部下が黄色い物体の前に屈みこんで、それぞれの懐中電灯を向けていた。ディンガスが物体の側面をしばらくこすってから、そこにじっと目を凝らす。それを三回か四回繰りかえすと、いきなり立ちあがって湖のほうへ何歩か踏みだし、とつぜん地面に片膝をつく。暗がりのなかでは、ディンガスが何をしているのか見てとることは難しかった。だが、頭《こうべ》を垂れたその姿は、祈りを捧げているか、泣いているかのように見えた。

三十分後、おれは建物の二階にあるアパートメントのキッチンで、薄闇に包まれた窓辺に立ち、広口瓶からそのまま水を飲んでいた。目抜き通りの向かい側に建つエンライツ・パブを見おろした。閉店時刻を示す琥珀色の光のなかで、赤いキャップ帽をかぶったスーピーの頭が動きまわっている。スーピーはデニムのコートを着たまま、ビールジョッキを胸もとに抱えて笑い声をあげている。

町へ戻ってから六、七カ月のあいだ暮らしているこのつましいアパートメントは、《パイロット》編集部の真上に位置している。上司である編集長から借り受けた部屋だ。月に百二十五ドルの家賃なら、大きく目減りしたおれの収入でもなんとかまかなうことができる。おかげで実家へ戻らずに済んでいるわけだが、週に一日か二日、夕食どきに母のもとを訪れることも楽しみではあった。

パブの明かりが落ちて、スーピーを含めた最後の居残り組がぞろぞろと戸口から吐きだされてきた。部屋の明かりはすでに消してあった。こうしておけば、スーピーに押しかけられて、寝酒につきあわされる恐れはない。店を出たスーピーは、自分が経営するマリーナの方角へ半ブロックほど歩いてからとつぜん立ちどまり、くるりと踵を返すと、道端にとめたピックアップトラックに向かって歩道を引きかえしはじめた。店の前を通りすぎると、上着の内側に手を入れて、店から失敬してきたらしい飲みかけのビールジョッキを取りだした。

おれは窓辺を離れ、いちおう居間の役割を果たしている部屋に移って、安楽椅子の肘掛けに尻を載せた。四つの段ボール箱の上に渡したベニヤ板に、水の入った広口瓶を置いた。三つの箱の側面には〝トラック関連〟という言葉が記されている。なかには、手帳や、写真や、《デトロイト・タイムズ》で記者をしていたときに集めた資料が詰まっている。それらすべてを捨て去る決心が、おれにはまだつけられずにいた。

ウォールアイ湖の浜辺で目にした光景を思いかえした。黄色というのは、ずいぶん昔に人気を博したスキー・ドゥー・スノーモビルの標準色だ。そう考えた瞬間、かすかな悪寒が背すじを走った。かつてのコーチ、ジャック・ブラックバーンも、黄色いスノーモビルにまたがって死んだ。土曜の深夜にレオ・レッドパスとふたりでスノーモビルを走らせていて、湖面に張った氷の穴に落ち、そのまま沈んでいったという。これまで、ブラックバーンの遺体やスノーモビルは発見されていない。だが、ブラックバーンが沈んだのはスタヴェイション湖であって、ウォールアイ湖ではないはずだ。つまり、ディンガスが調べていたあのスノーモビルがブラックバーンのものであるはずはない。ではなぜおれは、腹の内をぞわぞわと虫が這うような不安を覚えているのだろう。ディンガスはあの浜で何をしていたのか。どうしてあれほど神経を尖らせていたのか。もしあれがブラックバーンのスノーモビルだとして、それがなんだというのか。

疲労はピークに達していた。編集部までおりていって、ジョーニーの机にメモを置いてくるのも億劫だった。おれは受話器を取りあげ、ジョーニーの机の直通番号を押した。そこにメッセージを残しておけばいい。ところが、呼出し音が途切れたあとに聞こえてきたのは、何かがカチッと切りかわる音と、布がこすれあうような物音だった。

「はい、マッカーシーです」ジョーニーの声が言った。

「ジョーニー？」

一瞬の沈黙のあとに返事が聞こえた。「ええ、ガス、わたしです。いま就寝中ですが」

「編集部で？」

「電話は自宅へ転送するよう設定してあるんです。それで、ご用件は？」

「ディンガスだ。明日の朝いちばんに話を聞いてくれ」

「なんのことです？」

「アーホ保安官から話を聞くんだ。ウォールアイ湖に打ちあげられたスノーモビルについて。あるいは、スノーモビルとおぼしきものについて。向こうはまだ認めようとしなかった。特に事件性はないのかもしれないが、それにしては様子がおかしい」

「保安官と話したんですか？」

「現場まで行ってきた」

ふたたび沈黙が垂れこめた。「……そうですか。でも、こちらもいま抱えている仕事で手いっぱいですから」

「そう言うな。とにかく、明日は最優先でディンガスにあたってみてくれ」

「わかりました、ボス」ボスという単語を、ジョーニーはことのほかはっきり発音してみせた。おれが上司であることを自分は快く思っていないのだという事実を、おれに思いださせるために。ジョーニーは若く、頭もいい。そして、一刻も早くスタヴェイション・レイクを出ていこうと心に決めている。かつてのおれもそうだった。同様の焦りを覚えていた。新たな人生に何が待ち受けているのか。そのときはいつやってくるのか。そもそも、そんなときは本当に訪れるのか。ほかのみんなが大都市に出てビッグニュースをつかむなか、自分はどこかの田舎町の三流紙で、下水管理委員会についての記事を書きながら一生を終えることになるのではないか。

　おれは水を飲み干し、広口瓶をキッチンの流しに置いた。窓から通りを見おろすと、スーピーの車はなくなっていた。エンライツ・パブの隣、ボイントン不動産の窓のなかで、背後からの光を受けた看板が鈍い光を放っている。スーピーも、テディ・ボイントンも、おれも、ジャック・ブラックバーンが率いるチームでプレーをしていた。暗闇のなか、全身に震えが走った。本当にコーチが戻ってきたのだろうか。ディンガスがウォールアイ湖のほとりで見ていたものは、ブラックバーンの亡霊だったのだろうか。

3

アパートメントと階下の編集部とは、幅の狭い内階段でつながっている。だが、おれがそれを使うことはめったにない。裏の駐車場へ通じる外階段をおりて一ブロックを歩き、角を曲がってエステル通りに入ったら、また一ブロック歩いて目抜き通りに出る。そこでまた角を曲がって、編集室の正面玄関から出社するのだ。そうすれば、新鮮な朝の空気を吸うこともできる。仕事と切り離された生活を送っているのだという幻想を抱《いだ》くこともできる。

エステル通りに入り、パイン郡州立銀行の前を通りかかると、解けた氷が雨樋を打つ断続的なリズムが聞こえてきた。目抜き通りに入ると、町の中心部が目の前に開《ひら》けた。斜め駐車用のパーキングスペースに挟まれた平坦な二車線道路が、まっすぐ湖まで伸びている。煉瓦と下見板に覆われた二階建ての建物が道の両側をふちどっている。こちら側の歩道に建っているのは、手前から、《パイロット》の編集部に、シャッターがおろされたままのアヴァロン映画館。ケプセルが営むエース金物店に、パーミリー・ギルバートの法律事務所に、デイリー・クイーン。そして、湖岸に接する角地にジョーダン釣具店があり、そこから道は西へ湾曲して、視界から消える。釣具店の向かいでは、スタヴェイション湖へ注ぎこむハングリー川と通りのあいだに、スーピーのマリーナが鎮座している。そこからこちらに向かって、テディ・ボイントンの不動産事務所、エンライツ・パブ、サリーの経営するドライクリーニング店と花屋、オードリーのダイナー、フォーチュン・ドラッグストアが軒を連ねている。

〝飢餓〟を意味するスタヴェイションという名は、かって湖を干あがらせた旱魃が由来とされている。一九三〇年代に市民保全部隊がダムを建設し、近隣を流れるハングリー川から水が引かれたことで、ようやく湖に水が満ちるようになったのだという。編集部の前の歩道からは、静まりかえった白い湖面を臨むことができる。長さ七マイルの三日月形が、丘陵地や、豪奢な別荘や、松やオークや樺の木陰にこぢんまりと横たわる小さな民家を囲んでいる。かつては休暇の時期になると、ボート遊びや、水泳や、釣りや、スキーや、狩りや、スノーモビルや、夜ごとの饗宴を楽しもうと、デトロイトやシカゴなど数百マイルも離れた都市から行楽客が押し寄せ、町の人口が三倍以上に跳ねあがることもあった。行楽客の落とすカネが町に学校を新設し、道路を舗装し、大学進学の費用を助けた。だが、その繁栄もいまでは見る影もない。ここ十年、ジャック・ブラックバーンがこの世を去ってからというもの、行楽客の数はみるみる減少していた。ミシガン湖の沿岸や、ここから十七マイル東に位置するサンディ・コーヴなどの有名リゾート地へ、多くの行楽客が流れていったのだ。サンディ・コーヴは湯水のようにカネを使って旅行誌に広告を打ち、インターステート七五号線沿いにいくつもの大型広告板を立てては、青く澄んだ湖を大々的に喧伝していた。そんなおり、テディ・ポイントンが町の現状を打破するための一大計画を打ちだした。そして今日、その件でおれに用があるというのだった。

編集部の扉を後ろ手に閉じると、騒々しい音が鳴り響いた。目抜き通りに面したほぼすべての扉と同様に、編集部の扉にも小さな安物の鐘が取りつけられている。

「おはよう、ティリー」おれは言った。

「おはよう、ガス」ティリーことマティルダ・スポールディングが挨拶を返した。「紅茶とクロワッサンは買ってきてくれた？」

「しまった。また忘れた」とおれは応じた。ティリーが何かを尋ねて、おれが謝る。毎朝繰りかえされるおなじみのやりとりだった。そのうち本当に紅茶とクロワッサンを買ってきてみようかとも思う。だが、それにはまず、この町でクロワッサンを売っている店を見つけなければなるまい。

しなやかな肢体を持つブロンドのティーンエイジャーだったころ、マティルダ・スポールディングはスタヴェイション・レイクの誇りと持て囃されていた。一九六三年、その華やかな容姿でミス・ミシガンに選ばれたのだ。彼女を称えるパレードが目抜き通りで催された二時間後、ティリーは町を去り、映画の撮影のためハリウッドへ向かった。フット・パウダーのテレビ・コマーシャルに出演し、とあるプロデューサーに出会って結婚し、その子を孕んだが中絶し、離婚して故郷へ戻ってきた。その帰郷を祝うパレードは催されなかった。一九七一年から、ティリーは《パイロット》で働くようになった。社交欄のコラムニスト兼、臨時雇いの記者兼、非公式ながらの受付係として。以来、町の半径三十マイル以内に暮らす同年代の独身男のあらかたや、すでに独身ではない幾人かの男との情事を重ねる一方で、マラスキーノ・チェリーを添えたオンザロック・ウィスキーへの偏愛を強めていった。そしていまは、受付カウンターに片肘をつきながら、長い指のあいだに挟んだ煙草をおれの顎に向けていた。

「それ、どうしたの？」

反射的に手をやると、傷口に鋭い痛みが走った。

「ゆうべ、ボイントンに轢き殺されそうになった」

「テディ・ボイントンに？」ゆうべもしこたま飲んだのか、そう訊きかえした声はまだずいぶんとしわがれていた。

「危うく首を刎ねられるところだったよ」おれは言って、カウンターの上に積まれた朝刊の山から一部を手に取った。

「ばかを言うもんじゃないわ、ガス。あんたたちは腐れ縁の幼なじみでしょうが」

「たぶんそれが問題なんだ」一面にざっと目を通すうち、ブルー湖から六ポンドのバスを銛で釣りあげたという少年の写真が間違っていることに気づいた。「ちなみに、やつは今朝ここへやってくることになってる」

ティリーは吸いかけの煙草を突きだした。「ドーナツを用意したほうがいいかしら」

「いや。仕事の話をしにくるだけだし、ドーナツならゆうべたんまり食べたはずだ」おれは言って、奥の編集室へ向かった。

「待って。二十五セントの支払いがまだよ」

もともとのオーナーであったネルソン・Pとガートルード・X・セルビーから三年まえに《パイロット》を買いとった企業――NLP新聞社は、自社の新聞の代金を社員からも取りたてる。

「ツケにしておいてくれ」

「ガス」

おれは受付へ引きかえし、十セント硬貨二枚と五セント硬貨一枚をカウンターに叩きつけた。


午前十時。ティリーの案内でテディ・ボイントンが編集室に入ってきた。そのあとに、ブリーフケースを提げた男が続いた。

低いうなり声をあげる蛍光灯の明かりが、窓のない室内を照らしている。ウォータークーラーと、膝までの高さの冷蔵庫と、ファックス機能付きのコピー機と、灰色のスチール机を四つ置いたらいっぱいの部屋だ。おれは回転椅子の座面からチリドッグの油にまみれた包み紙を払い落とし、もう一脚の上から新聞の山をどかした。テディは大きな手をさしだしながら、高校のころからすでにおなじみとなっているにこやかな笑みを浮かべてみせた。近ごろ、その笑みはテディの不動産事務所が宣伝のためにつくった冷蔵庫用マグネットにも添えられている。「ゆうべの試合は散々だったな」ガーゼに覆われた顎へ目をやりながら、テディが言った。

「そうかい。おれはよく覚えていなくてね。クロスバーに頭をぶつけたらしい」

「それは油断がならないな。ああ、こちらはアーサー・フレミングだ」

分厚い眼鏡をかけて、洋ナシのような体形をした小男は、サンディ・コーヴで開業する弁護士だった。昨年の夏、とあるムービーシアター・チェーン企業がサンディ・コーヴの映画館とスタヴェイション・レイクのアヴァロン映画館のいずれを閉鎖すべきか検討した際、サンディ・コーヴ側の代理人を務めた弁護士でもある。結局はサンディ・コーヴが張出し席の改修費用として二万ドルを提示することにより勝利をおさめた。さしだされた手を握りかえしながら、おれは尋ねた。

「今日はサンディ・コーヴの代理人としてやってきたわけじゃないでしょうね」

フレミングは非難がましい目つきで室内を見まわしながら答えた。「本件に関しましては、そのようなことはございません」

テディがふたたびにこやかな笑みを浮かべてみせた。

「今日はおれの代理人として来てもらった」

それから、筒状に丸めた紙を取りだし、机の上に広げた。「この図面ならまえにも目にしたことがあると思っているかもしれないが、それは間違いだ」そう語る姿は、まるでスケート靴を履いているかのように背が高く、防具を身につけているかのように肩幅が広く見えた。高価なスーツとネクタイに身を包んだテディはいつも、実際よりずっと大きく見えた。「こいつはまだ外部に出していない。いくつか微調整を加えているところでね。もっとも、頭の耄碌《もうろく》した委員会の連中に、そうした意図が理解できているかは怪しいところだが」そこで言葉を切ると、おれの顔が笑っているかどうかを目の端でたしかめてから、図面にひとさし指を突き立てた。「たとえば、ここ。ジェットスキー用の桟橋を浜のはずれに移設する。そうすれば、ガキどもがボートの前に突っこんでくる心配もなくなるというわけだ……」

テディはいま、パインズ・リゾートと名づけた一大リゾート施設の建設をもくろんでいる。高級ホテルや、レストランや、高さ五十フィートのウォータースライダーを完備したマリーナをこの町に新設するのだという。土地はある。資金もおおかた揃っている。あとは、建築規制条例の適用除外措置を受けるため、その修正案を通すだけだ。ところが、町の長老五名から成る建築規制委員会は、ありとあらゆる法律問題や経済問題や環境問題にいつもおよび腰で、今回も条例の修正に二の足を踏んでいた。多くの町民は、新しいマリーナこそがサンディ・コーヴから客を奪いかえすのに必要なものだと考えていた。それ以外の者たちは、これ以上テディ・ポイントシの私腹を肥やす必要はないと考えていた。

おれは先だって、顎の傷を負う原因となる社説を書いていた。テディが町のどれほどを所有していようとかまいやしないし、マリーナの新設というのも悪いアイデアではないのかもしれない。しかしながら、開発が湖に与える影響には懸念を抱《いだ》かざるをえない。湖水の汚染を防ぐための追加予算が計上されないかぎり、建築規制委員会はたやすくプロジェクトを承認すべきではない。何より、町には既存のマリーナがある。昨年の夏、父親が死んだときにスーピーが受け継いだスタヴェイション・レイク・マリーナだ。五十三年の時を経てたしかに古びてはいるし、改善の余地もある。ならばわれわれは、その改善を助ける手立てを模索すべきではないか。社説のなかで、おれはそう論じたのだ。

「うちの社説は読んでくれたかい」

「ああ」テディはわずかに顔をしかめてみせた。次の委員会は週明け月曜に予定されている。おれの社説が記憶に新しいうちは、委員会のメンバーが予算の追加を要求する見込みは高くなる。

おれは机に足を載せた。「先に言っておくと、われわれが見解を変えることはまずないだろう」

「それでかまわない。もちろん、そうなれば喜ばしいことではあるが、おれたちが今日ここへやってきた目的はそれではない。アーサー？」

フレミングが弾かれたように立ちあがり、ずり落ちた眼鏡を左の手首で押しあげた。ブリーフケースを机の上に置いて、透明なプラスチックのシートに挟まれた分厚い書類を取りだした。「わたくしどもは、スタヴェイション・レイクの住民を照らす啓蒙の光となるであろう、とある調査を行ないました。そこで、ミスター・カーペンター、こちらをあなたにごらんいただきたいのです。ただし、オフレコで」

オフレコ――その言葉を耳にするのは、デトロイトを離れて以来のことだった。フレミングは自分のことを、欲得にまみれた提灯持ちではなく、大都市で暗躍する法曹界の重鎮だとでも思いこんでいるのにちがいない。「申しわけないが、オフレコは受けつけない」とおれは言った。

「なあ、ガス。フレミングが言いたいのは、もしこのネタを記事にするのであれば、出所は伏せておいてほしいってだけのことだ」テディが慌てて口を挟んだ。

「ミスター・カーペンター」

「ガスでかまいません」

「それでは、ガス。わたくしどもはただ、誰にでも入手可能な情報をひとつにまとめたにすぎません。ただしそれは、地域住民に対して建築規制委員会が果たすべき責務を、そして《パイロット》が果たすべき責務を示唆するであろう情報です」

おれはジョーニーの机の上方に掛けられている時計を見あげた。さほど遠くない昔のことだが、その出所がどこであろうと、世のなかには真実とそうでないものしか存在しないと信じていた時期もたしかにあった。

「率直に言いましょう。おれがその書類をオフレコで見たとする。だが、もしもその内容には記事にする価値があると考えた場合、情報の提供者をあかさないわけにはいきません」

フレミングの視線を受けて、テディが肩をすくめた。どさりと音を立てて、書類の束が机に置かれた。透明シートに覆われた表紙はほぼ空白で、ただひとつ、〝キャンベル／7364opp〟という記号だけが小さな黒い文字でタイプされている。二ページ目は目次になっていて、内容は大きく四つの項目に分けられている。（I）近年の訴訟、（II）公的機関に寄せられた苦情、（III）宣誓供述書、（IV）税金の滞納による財産の差押さえおよび関連事項。それぞれの項目の下には、スタヴェイション・レイク・マリーナや、オールデン・C・キャンベルや、アンガス・F・キャンベルにまつわるさまざまな参考文献の名称が書き連ねられている。オールデン・キャンベルというのはスーピーのことだ。アンガスはスーピーの父で、七月四日の朝に心臓発作で倒れているところを桟橋の上で息子に発見されるまで、マリーナを経営していた人物だった。

おれは資料をぱらぱらとめくった。訴訟記録の抜粋。マリーナと取引関係にある人々の宣誓供述書。支払い期限を過ぎた税金の督促状のコピー。商事改善協会に寄せられた苦情。父親から譲り受けた事業にスーピーがてこずっていることは知っていた。だが、これほどまでとは思っていなかった。

「どうやらスーピーはたいへんな苦労を抱えこんでしまったようだ」

フレミングは首を振った。「ここで問題となるのは、その苦労が果たして、キャンベル家のご子息の手に負えるものであるのかということです。これらの資料を見るに、あきらかに――」

「あいつが事業を引き継いでから、まだ……一年と経っちゃいない」

「おいおい、ガス」ボイントンが口を挟んだ。「やつはあのマリーナで育ったんだ。まったくの素人ってわけじゃ――」

フレミングは片手をあげて、テディを黙らせた。

「ミスター・キャンベルが経営を引き継いでから、七カ月少々しか経過していないことは事実です。しかしながら、お父上が他界された時点ですでに危うい状態にあった財政を、その短期間でさらに悪化させてしまったことも事実です。お父上がご存命であったとして、沈みかけた船を持ちなおすことができていたかは疑わしい。それでもことによると、船を救うことができていたかもしれない。しかし現実には、お父上はもはやこの世にいらっしゃらない。そして、ご子息が舵をとるようになってから、船の浸水はひどくなるばかりなのです」

譬《たと》え話にはうんざりだった。「誰が優秀な経営者で、誰がそうでないかを判断するのは《パイロット》の仕事ではありません」

「果たしてそうでしょうか。ある経営者の営む事業に生存能力が欠如しており、それが公衆の利益に多大な影響を与える可能性を孕んでいるのであれば、それを社会に知らしめ、警告を与えることこそ、あなたがたの仕事なのではありませんか。スタヴェイション・レイク・マリーナの場合、次に公的な報告がなされるとしたら、それは破産の宣告なのではないか。わたくしどもはそう危惧しております。もしそのようなことになれば、この町に多大な惨禍をもたらしかねない。経済の中心たる、唯一のマリーナを失うことになるわけですから」

「目的はなんなんです。この資料がおおやけになれば、建築規制委員会の承認が得られるとでも？」

「手遅れにならないためだ」テディが言った。「連中が決断をくだすのを悠長に待っていたら、この計画は時機を逸してしまう。銀行にもそっぽを向かれてしまう。このプロジェクトには多くの時間とカネを注《つ》ぎこんできた。この町がそんなものは要らないというのであれば、引き受け先はほかにもある」

　なるほど。それでサンディ・コーヴの弁護士が同席しているわけだ。「さすがに抜け目がない」とおれは言った。

「目的を遂げるために最善を尽くすことは罪ではない」

「たしかに」おれは顎の縫い傷を掻きながら応じた。

　フレミングが咳払いをした。「ちなみに、チャンネル・エイトにも同様の情報を提示する可能性があることもお伝えしておきましょう」

　おれに脅しをかけているのだ。《パイロット》の親会社であるNLP新聞社は、物議を醸すような記事や、それによってもたらされる訴訟騒ぎをとことん敬遠しようとするくせに、チャンネル・エイトにスクープを抜かれることだけは絶対に赦さない。もしも地元のマリーナに関するニュースでスクープを抜かれるようなことになれば、おれは間違いなく、親会社から大目玉を食らうだろう。フレミングにはそれがわかっているのだ。

「なあ、テディ。こんなことなら、ゆうべおれの顎にスティックを振りおろすまえに、ひとこと言ってくればよかったんじゃないか」

　テディは椅子ごと身を乗りだした。金属の車輪がリノリウムの床をこすり、軋んだ音を立てた。「なあ、ガス。おまえの……いや、おれたちの友人であるスーピーはくそドジな野郎だ。気のいい男ではある。優れたホッケー選手でもある。だが、くそドジであることは否みようがない。おまえにはそれがわかっている。

おれにもわかっている。なのに、そいつのせいで町全体が損害をこうむるのを、みすみす黙って見すごすのか？」

「誰がドジなんです？」

全員が一斉に振りかえった。戸口に立っていたのはジョーニーだった。オレンジ色のフード付きコートを着て、左手にノートを握りしめ、身体の半分ほどもの大きさのあるバックパックを肩から提げている。コートとそっくり同じ色の、ぼさぼさに乱れた燃えるような赤毛が肩の上に垂れ落ちている。そして例によって例のごとく、ジョーニーは今日も息を切らしていた。

「そんなに慌ててどうかしたのか、ジョーニー」

「保安官事務所での取材から戻ってきたところです。それで、誰がドジなんです？」〝くそ〟という言葉を口にすることが耐えられないのだろう。ジョーニーは汚い言葉を好まず、使わず、他人がそれを使うことも好まない。以前、〝くそ〟という単語を形容詞として用いることがいかにばかげているかについて、おれにちょっとした演説をぶったこともある。「そこにあるのは鉛筆じゃなくて、くそ鉛筆。あれはランプじゃなくて、くそランプ。そういう口のきき方をするのは、頭の悪い人間と野蛮人だけです」そう語ったジョーニーに、おれはにやりとしながら言ってやった。「きみが言いたいのは、くそ野蛮人のことかい」

テディが椅子から立ちあがり、手をさしだした。「よろしく。テディ・ボイントンです。ちなみに、くそドジなのはおれではない」

ジョーニーは顔をしかめた。「それじゃ、誰のことです？」

テディは笑い声をあげた。「あとでボスに教えてもらうといい」

ジョーニーは机の上の書類に視線を落とした。それから、おれを見すえて言った。「その顎、どうしたんです？」

「ベッドから落ちたんだ」

「スノーモビルの件で、いくつかネタを仕入れてきました」

「ご苦労さん。あと五分待ってくれ」

「向かいで訊きこんだ話によると……」オードリーのダイナーが建つ方角へ顎をしゃくりながら、ジョーニーは続けた。「例のスノーモビルは、ジョン・ブラックバーグだかブラックストンだかいう名前で登録されていたようです」

テディ・ボイントンが椅子の上でぴくりと背を伸ばし、ジョーニーに顔を振り向けた。

「正確な名前は？」おれはジョーニーを問いただした。

「あと五分待つのでは？」

「正確な名前は？」

ジョーニーはノートを開いた。「ブラックバーンです」そう言うと、苛立ちの一瞥をおれにくれてから、部屋を出ていった。

テディがおれに顔を戻し、「どういうことだ」とつぶやいた。

4

コンピューターの画面には、五種類のニュース記事と、二種類の特集記事と、いくつかの概要記事の原稿リストが映しだされている。あと六時間のうちに編集作業を終えて、原稿を印刷へまわさなければならない。ぐずぐずしている暇はなかった。《パイロット》編集部はつねに人手に窮している。若い記者はひとり残らず一、二年で大手新聞社へ移っていってしまうというのに、後任者の新規雇用を親会社が打ち切ってしまったからだ。目下の編集部で記事を書いているのは、基本的に、ジョーニーとティリーとおれの三人のみ。あとはカメラマンが一人いるだけだ。おれの上司にあたる編集長のヘンリー・ブリッジマンは、トラヴァース・シティにあるNLPの本社で、スーツ姿の男たちともっぱら密談を交わしあっている。おりおりで、白髪を青く染めた老女たちにフリーランスで原稿を依頼することもある。だが、これほどの少人数で週に六日も新聞を発行するのは不可能に近い。よって、紙面の大半は通信社から送られてくるニュースで埋めることとなる。プレスリリースに手を入れることすらめったにない。

いま画面に映しだされている原稿リストのほとんどは、ジョーニーが書いたものだ。そのいちばん上にあるのは、大文字で組まれた〝ビッグフット〟の文字だった。おれはキーを叩いて、その原稿を画面に呼びだした。

——M・ジョーン・マッカーシー

（パイロット紙専属記者）

クレイトン・パールマター宅のキッチン・テー

ブルに載せられたガラスケースには、ひとによっては大いに首を傾げるであろう〝宝物《ほうもつ》〟がおさめられている。パールマターが言うところの宝物とは、厚さ三インチの茶色い糞《ふん》の塊だ。人里離れた場所に暮らす元ペンキ職人、パールマターによれば、その物体はビッグフットと呼ばれる猿人の排泄物であるという。ビッグフットとは、ミシガン州北部の森に棲息するとされている伝説上の生き物だ。

しかしながら、パールマターを大法螺吹きと考える人々もいる。

微笑まずにはいられなかった。冒頭の段落に記された内容そのものにも、この記事が紙面を飾る可能性が皆無であることにも。《パイロット》では、糞便に関する題材を紙面に登場させることはけっしてない。少なくとも、意図的には。

「何がそんなにおかしいの？」ティリーが訊いてきた。

「なんでもない」とおれは答えた。

《パイロット》を含めた地元新聞は、クレイトン・パールマターとビッグフット研究所についての記事を数年ごとに掲載していた。いずれも判で押したように、じめじめとしたガレージに収蔵されているパールマターのコレクションを紹介するのが通例だ。ピンぼけの写真。雑音混じりの録音テープや足形。目撃情報を書きいれた地図。それらの情報とともにかならず引用されるのが、ビッグフットの殺傷を禁じる州法の制定をめざしてただひとり行なっているというキャンペーン活動についてのパールマターのコメントだった。

ジョーニーもまた同様の無害な記事を書きあげてくるものと思っていたのだが、それはどうやら勘違いだったようだ。ジョーニーは、ビッグフットの伝説に疑念を挟むハーヴァード大学やスミソニアン博物館の動物学者らの見解を引用していた。ヒグマを写したスナップ写真の修整を手伝ったという、元カメラマンからのコメントもとっていた。だが、最大の目玉は、原稿の半ばを過ぎたころに登場した。長年にわたってパールマターは州からの助成金を得ている。その申請理由というのが、〝博物館の運営のため〟であるというのだ。

ミシガン州情報公開法のもと《パイロット》が入手した記録によれば、パールマターは一九八五年以降十八回にわたり、合計で少なくとも三万二千二百三十五ドルの助成金を得ている。また、州への定期報告のなかで、助成金は「未完の研究プロジェクト」のために使用したと述べている。ところが、本紙記者の質問に対しては、「憲法修正第一条が保障する言論の自由に鑑みて」こうした事実をつまびらかにする「義務はない」と語っている。

すばらしい原稿だった。これらの事実を暴きだしたジョーニーの手腕に対して、羨望すら覚えた。とはいえ、この記事の掲載が親会社の許可を得られるとは思えなかった。だが、おれが掲載を躊躇したのは、気弱な親会社の連中を思ってのことだけではなかった。おれはいま、危うい立場にある。NLPのお偉方は、《デトロイト・タイムズ》を追われたおれを雇うことにためらいを見せた。ヘンリー・ブリッジマン編集長からのじきじきの後押しがあったからこそ——そして、一年間の仮雇用期間をもうけるという条件があったからこそ——おれはどうにかいまの職に就くことができた。もし一度でもドジを踏めば、おれは《パイロット》を馘《くび》になる。おそらくは新聞業界そのものからも永久に追放される。気は進まないが、ジョーニーの原稿を掲載すべきかどうかの判断は、NLPの法務部に委ねるしかない。だが、そうなると、もうひとつ新たな問題が発生する。おれは、ジョーニーがもっとそつのない内容の原稿を出してくるものと思いこんでいた。だから、土曜版の一面で〝ビッグフット〟に大きなスペースを割くつもりでいたのだ。しかし、このぶんでいくと、代用の記事を探さなければなるまい。

受付へ目をやると、ティリーがカウンターにもたれて《デトロイト・タイムズ》を広げていた。脱色したブロンドの髪の周囲に紫煙をくゆらせている。

「なあ、ティリー。何か面白いニュースはないか」

「新聞社の編集長っていうのは、どんなニュースにも通じているものなんじゃなくって?」

「普通はそうだろうな」

「まったくもう。そうね、いまは……そう、モニカのニュースで持ちきりみたいよ」

「モニカ?」

「ホワイトハウスで働いていた小悪魔のことよ。大統領にオイタをされたらしいわ。あそこに葉巻を突っこまれたんですって」

かすかな苛立ちを覚えた。ティリーが口にした内容にというより、ティリーからそうした話を聞かなければならなかったことに。「そいつの苗字はルインスキーだったたな?」おれは電話帳をつかみながら、ティリーに顔を向けた。「ひとつ頼みがある」

ティリーは灰皿に煙草を押しつけた。「いやよ、ガス。〝セルビー〟だけはお断り」

《パイロット》の前オーナーであったネルソン・P・セルビーは、全国的なニュースに〝地方色〟を与えるため、数々の手法を編みだした。その手法のひとつというのが、世間の話題となっているワシントンやらニューヨークやらハリウッドやらの有名人と同じ苗字を持つ地元住民を探しだし、そのコメントを掲載することだった。たとえば、湾岸戦争でシュワルツコフ将軍が多国籍軍を率いていたときには、当時《パイロット》に勤めていた気の毒な記者がパイン郡に暮らす三人のシュワルツコフ――あるいは、それに近い名前の住民――を探しだし、コメントを求める羽目となった。そうした住民のうち、将軍と直接の関係がある者などひとりもいなかった。元配管工は、将軍もジョージ・パットン将軍と同じように不細工な犬を飼っているのではないかと語っていた。夫を亡くした女教師は、シュワルツコフくらいの二枚目だったら、写真撮影のときにサングラスをかけるべきではないと述べていた。大学でジャーナリズムを学んでいたときや、そののちデトロイトで記者をしていたときには、おれもまた、この種の記事を鼻で笑う人間のひとりだった。だがいまは電話帳をめくりながら、ティリーにてきぱきと指示を出していた。「郡内にルインスキーは三人いる。語尾がyじゃなくiだが、まあいいだろう。それから、ロインスキーというのも二人いる。お望みなら、ルインスカーというのも一人いるぞ」

「それはありがたいこと。ねえ、ビッグフットの記事はどうしたの?」

「ちょっと問題が発生した。そうだ、写真も忘れずに用意してくれ。スペースを埋めなくちゃならない」

ティリーは電話帳を覗きこんだ。「あら、アルテミス・ルインスキーってのもいるわよ。大注目の記事になりそうね」

いま一度の苛立ちを覚えながら、おれは言った。「四人分のコメントをとってくれ。ところで、ジョーニーは?」

「コーヒーを飲みにいったわ」

「やれやれ」おれはため息を漏らした。だが、それだけにしては帰りが遅い。上着も持たず、おれは足早に扉へ向かった。

オードリーのダイナーへ足を踏みいれた途端、すべての顔がこちらへ振り向けられた。それからすぐに、すべての顔が奥の丸テーブルへ戻された。テーブルを囲んでいるのは、男が四人、その妻が三人、その義理の姉が一人に、ジョーニーだ。ジョーニーはしきりにうなずきながら、ノートに何かを書きとめていた。バックパックは床の上で足のあいだに押しこまれている。

手遅れだったか。

おれはジョーニーの左斜め後ろに立った。ジョーニーは振りかえろうともしなかった。テーブルの上の皿はまだ片づけられていない。バターとシナモンの残り香が漂っている。話をしているのはエルヴィス・ボントレガーだ。エルヴィスはローソンズ・ランバーランドのロゴが入ったキャップ帽の鍔《つば》の下から、上目遣いにおれを見やった。メッシュ地になった帽子の後部から、桃色の頭皮と、針金のように突きだしたまばらな毛髪が覗いている。左の頬にカナダ風ベーコンの欠片《かけら》が張りついていたが、いくら口を動かしても落ちる気配がない。

「そうさな、あのひとの本当にすごいところは、対戦相手が誰であろうがまったくかまわなかったってことだ。相手がこちらより大きかろうが、速かろうが、ずっと格上の相手だろうが、コーチは気にしやしなかった。かならずそいつらを打ち負かす方法を見つけだしたからさ」

「戦術家であったということですか」ジョーニーが訊いた。

「ああ、優れた戦術をつねに用意しとったとも」

テーブルを囲む全員がうなずいた。エルヴィスがおれに目を向けた。ほら、来たぞ、とおれは思った。

エルヴィスはおもむろに口を開いた。「ところがあいにくなことに、ブラックバーン自身がゴールを守るわけにはいかなかった。そうだろう、ガス？　おや、顔をどうした」

顎の縫い傷のことを尋ねているらしい。「パックがぶつかったんです」とおれは答えた。

「ほう、少なくとも一発はシュートをとめたわけだな？」エルヴィスはくつくつと笑いながら、ジョーニーに顔を向けた。「なあ、お嬢さん、ガスはこの町じゃかなりの有名人でな。なんせ、スタヴェイション・レイクにおけるアイスホッケー黄金時代の幕切れに立ち会った人間だ。いや、その幕をおろした張本人と言うべきだな。聞かせてやるといい、ガス。あのとき何が起こったのかは、おまえさんだけが知っている。わしらは誰ひとりとして知りようがないんだからな」

ジョーニーはノートをおろして顔をあげた。「どういうことです？」

エルヴィスは肩をすくめた。「どうもこうもない。そこにいるガスのせいで、だいじな試合に負けたというだけのことさ。州大会の決勝戦にな。あれは最初にして最後の大舞台だった」

ジョーニーは眉根を寄せた。「それだけですか？」

「お嬢さんや」エルヴィスは身を乗りだした。「ガスのミスで、チームは試合に負けた。以来、決勝進出すら果たせずにいるんだぞ」

「なるほど」言いながら、ジョーニーはおれを見あげた。「つまり、あなたがチームの未来にケチをつけたというわけですか」

エルヴィスの口からふたたび忍び笑いが漏れた。エルヴィスはとにかくおれのことが気に食わないのだ。あのゴールをとめられなかったことが赦せないから。それから、そう、迷信深い人間だから。この町には同様の人間がごまんといる。おれもまたそのひとりだ。たしかに、おれのせいでチームの未来にケチがついたのだ。ただし、エルヴィスがおれを嫌っている理由はほかにもある。それは、かわいい姪の心をおれが傷つけたから。故郷を捨てて、デトロイトの新聞社に就職したから。エルヴィスやみんなの期待を裏切って、姪と結婚しなかったから。その姪の名はダーリーン・ボントレガーといった。のちに、マイナー・リーグに籍を置くアイスホッケー選手と結婚して、ダーリーン・

エスパーとなった。その夫はといえば、不可解な慢性の腰痛を患い、いまでは日がな一日、ディングマンズ・バーでコンピューターのゴルフゲームに興じている。そのダーリーン・エスパーこそ、ウォールアイ湖に打ちあげられたスノーモビルの情報をおれに流してくれた保安官助手だった。

おれがこの町を去ったのは、いつの日か町へ戻り、エルヴィスにこう言ってやりたかったからだ。「黙れ、エルヴィス。あんな大昔におれがつまらない試合に負けたからって、それがなんだというんだ。いまやおれは、第一線で働く敏腕記者、ピュリッツァー賞の受賞者だぞ」だが、いまおれはここにいる。通りの向かいのちっぽけな新聞社で働く、みじめな負け犬として。

窓の向こうに目をやった。扉の上方の壁を覆うこけら板が見える。窓ガラスの内側に掲げられた看板には、〝比類なき《パイロット》の尋ね人広告が喜びと利益をあなたにもたらします〟との宣伝が打たれている。

叫びだしたい気分だった。そうする代わりに、おれはこわばった笑みを浮かべた。「どうしてそんなにコーチのことを聞きたがるんだ、ジョーニー?」

「例のスノーモビル。あれはその方のものである可能性が高いようですから」

「ゆうべウォールアイ湖へ行ったそうじゃないか、ガス」エルヴィスが話しかけてきた。

「ええ、でもおれは――」

「なかからジャックのスケート靴が見つかったんだってな。すっかり錆びついてはいたらしいが」

ジョーニーがノートに猛然とペンを走らせはじめた。これこそ、おれの恐れていたことだった。一刻も早くジョーニーを連れださなければ、陽が落ちるころには、ジャック・ブラックバーンばかりか、エルヴィスの生き霊を目撃したという情報まで飛びだしてくるかもしれない。

「どうやらおれよりもあなたがたのほうが、ずっと多くのことを知っているようです」おれは言って、ジョーニーの肩に手を置いた。「行くぞ。仕事がまだ済んでない」

ジョーニーが肩を揺すっておれの手を振り払い、椅子から立ちあがると、エルヴィスは言った。「また来なさい、ミス・ジョーニー。わしの奢りで一杯やろうじゃないか」

背後の扉がまだ閉まりきりもしないうちに、ジョーニーは憤りで真っ赤にした顔をおれに振り向けた。

「どういうつもりですか。もう少しでいいネタが仕入れられそうだったのに」

「なんのネタだ？」

「もちろん、スノーモビルに関するネタです。取材しろと言ったのはあなたじゃないですか」

「ブラックバーンが事故に遭ったのはスタヴェイション湖だ。ウォールアイ湖じゃない」

「どっちだっていいわ。警察がそのひとのものかもしれないと考えているのはたしかなんですから」

「かもしれない？」おれはため息混じりに言った。ふと目をやると、エルヴィスが首を伸ばして、窓越しにこちらの様子を窺っていた。

「登録番号が……番号の一部が車体に残っていて、そのひとのものと一致したそうです。つまり、判読可能な部分の数字が——」

「登録番号の一部？　ディンガスがそう言ったのか？」

「いいえ。ダレッシオです」

パイン郡保安官事務所のフランク・ダレッシオ保安官助手。若くて、愚かで、名うての女好き。「だったら、警察の見解として記事にするわけにはいかない」

「つまり？」

「つまり、きみが手に入れてきたのは、登録番号の一部と、公的な発言資格を持たない保安官助手の言葉だけ。裏のとれていないくそばかりってことだ。そうだろう?」

「言葉に気をつけてください」

「ジョーニー、ここは小さな町だ。事実かどうかもわからないネタについて質問をするのは、ゴシップを吹聴してまわるのと変わらない」

「それを言うなら、小さすぎる町です」

「かもしれない。とにかく、裏がとれるまでこのネタは記事にできない」

「わかりました、ボス」ジョーニーはくるりと背を向け、さっさと道路を渡ろうとした。しかし、通りかかった車にそれを妨げられると、ふたたびこちらに向きなおった。伸びすぎた前髪が目にかかっていた。ダレッシオの好みは知っている。なるほど、やつがのぼせあがるわけだ。

「ビッグフットの記事はどうします?」

「どうって?」

「もっと裏づけが必要ですか」

「いまのところは必要ない」

「どういう意味です?」

おれはジョーニーから目を逸らした。スーピーのピックアップトラックがエンライツ・パブの前にとまっていた。「あの記事の掲載は来週にまわす。まずは法務部の承認を得なけりゃならない」

「法務部? 冗談じゃないわ! あいつら、助成金やパールマターが集めるがらくたの部分をまるまるボツにするに決まってる。つまりあなたは、人々の問題意識を喚起するかもしれない記事ではなく、月並みで当たり障りのない屑ネタを掲載しようっていうのね!」

「そうなるとはかぎらない」

「そうなるに決まってるわ。それがわかっていながら、法務部に原稿を送ったのよ」

返す言葉がなかった。おれに背を向けて車道へおりたち、近づいてくるピックアップトラックを片手で制して通りを渡っていくジョーニーの後ろ姿を、無言で見つめるしかなかった。

5

オードリーのダイナーに引きかえして昼食をとるわけにはいかなかった。通りを歩いて編集部の裏手へまわり、木製の階段をあがって、自宅に戻った。

冷蔵庫からボローニャ・ソーセージとケチャップを、水切り台からフライパンを取りだした。フライパンを火にかけ、一口大にちぎったソーセージを放りこんでいった。肉の表面がこんがりと焼け、端が反りかえってきたところで、上からケチャップをかけ、火力を弱めてから、白パン二枚を紙皿に載せた。

窓から通りを見おろし、パブの前にとめられたままになっているスーピーのピックアップトラックを見つめながら、留守番電話の再生ボタンを押した。一件目は、母の声。日曜の夕食にはかならず顔を見せるようにと念を押していた。二件目は、無言のますぐに通話が切れた。次に聞こえてきたのは、キッチンのパンケースを震わすほどの甲高い声だった。

「ガス、折りかえし電話をください。来週の火曜日が最終期限です」とその声は言った。

「だったら、火曜に電話するよ」おれは録音機に向かって言った。

声の主は、《デトロイト・タイムズ》ですごした日々の最後に雇わざるをえなくなった、デトロイトの弁護士だった。おれはフライパンの火を消し、かりかりに焼けたソーセージをすくって、パンの上に盛った。

「くそったれめ」口からつぶやきが漏れた。

おれが抱えるいちばん優秀な記者――ただひとりの本物の記者は、おれに腹を立てている。テディ・ボイントンはおれに脅しをかけている。かつてコーチだった男はふたたびこの世に姿をあらわそうとしている。

そしてついには、デトロイトで引き起こした騒動に決着をつけるときまで迫ってきている。安楽椅子にすわり、できあがったサンドイッチを食べようとした。だが、もはや食欲は感じなかった。

サンドイッチはその日の午後を編集部の冷蔵庫のなかですごすこととなった。おれは自分の机に向かうと、土曜版の記事原稿にアカを入れ、大見出しを書きいれた。教育委員会が水泳プール建設のための特別税の施行を求めていた。ある携帯電話会社が新店舗のオープンを祝い、小型ショッピングモールでテープカットを行なっていた。育児ノイローゼの母親が保安官事務所に電話をかけてきて、十一歳の息子をベッドへ行かせるのを手伝ってくれと泣きついていた。〈リヴァー・ラッツ〉は州大会のプレーオフ一回戦に出場するため、州南部へ向かっていた。そのあとは一時間近くを費やして、マティルダ・スポールディングのよこしたモニカ・ルインスキー関連の特集記事を読みやすい文章に書きなおした。ティリーにはまるで文才がない。だが、風変わりな人間を探りあてる才能に長けていることだけはたしかだった。

ティリーが見つけだした八十三歳の看護師グロリア・ロインスキーによれば、クリントン大統領夫妻は瞑想をとりいれたセックスを試してみるべきであるらしい。バートン・ルイエンスキーという名の公認会計士は、共和党がその実習生にカネを渡して、クリントンを誘惑させたのにちがいないと主張していた。モニカと名づけられたフレンチ・プードルまで、ティリーは探しあてていた。ホワイトハウスという店名のハンバーガー・ショップに勤めるレジ係は、「モニカって誰のことです？」と訊きかえしてきたという。

おれは目頭を指でつまみながら、できあがった原稿を印刷所へ送った。

五時十二分。締めきりの十八分まえになってようやく、ジョーニーがスノーモビルの原稿を送ってきた。冒頭の段落はこんなふうに始まっていた。

パイン郡保安官事務所、保安官助手らの考えによれば、ウォールアイ湖の岸に打ちあげられたスノーモビルはジョン・D・〝ジャック〟・ブラックバーンのものである可能性が高いという。少年アイスホッケー・チームの伝説的コーチであるブラックバーンは、十年まえにスノーモビル事故で死亡している。

最後まで読んでみたが、ジョーニーがオードリーの店のまえで語った以上の裏づけは見あたらなかった。仮にそれがブラックバーンのものであったとして、スタヴェイション湖に沈んだスノーモビルがなぜウォールアイ湖にあらわれたのかを説明するつもりもないようだ。いまジョーニーは自分の机に向かい、赤ペンでノートに何やら印を書きこんでいる。この午後のあいだは、ひとこともおれと口をきこうとしなかった。

「ジョーニー、このスノーモビルの記事にはなんの裏づけもない」

「だったら、直しを入れてください」

「そんな時間はない」苛立ちが募った。「印刷所に超過労働なんてさせようものなら、親会社が大騒ぎをする。悪いが、これはボツにさせてもらう」コンピューターの画面へ顔を戻したとき、目の前の壁で金属音が破裂した。弾かれたように顔をあげると、目線より二フィートほど上のあたりから、壁に茶色い染みが広がりはじめていた。床の上では、ダイエット・コーラの缶がシューシューと泡を噴いていた。

「なんのまねだ?」おれはジョーニーを振りかえった。

ジョーニーは椅子から立ちあがっていた。「卑怯者！　本当なら今日はビッグフットの取材を進めるはずだったのに、あなたの言いつけでばかげたスノーモビルの調査にまるまる一日を費やして、挙句の果てには、その記事までボツにされるなんて！　冗談じゃないわ！」

ジョーニーの言うことにも一理あった。上司を卑怯者呼ばわりするジョーニーをたしなめることもできた。だが、編集長代理としてすごした短いキャリアのなかでは、部下からものを投げつけられた経験など一度もない。自分がどうすべきなのかわからなかった。ただし、馘を言いわたすつもりだけはなかった。親会社の連中が後任の記者を雇ってくれる保証はない。そこで、おれは言った。「落ちつくんだ、ジョーニー」

「わたしに指図しないで。あなたの指図なんてもう受けないわ」

毛皮のコートを纏ったティリーが戸口にあらわれた。爪の生えたミンクの脚が両肩にぶらさがっている。

「なんの騒ぎ?」

おれが顔を戻すと、ジョーニーは言った。「あなたなんて、みじめな負け犬よ」

ティリーは部屋を横切り、コーラの缶を拾いあげてゴミ箱に放りこんだ。「子供たち、いい子だから、ここをきれいにしておいてちょうだいな。それじゃ、おやすみ」

おれたちは無言のまま腰をおろした。いますぐ立ちあがって、きみがしたことは社会人としてあるまじき未熟で幼稚なふるまいだったと言ってやりたかった。ジョーニーが書いた原稿は単なる憶測でしかない。その憶測は正しいのかもしれない。しかし、間違っている可能性だってある。ただ、ひとつだけ、ジョーニーが正しい点もある。スノーモビルの件をいっさいとりあげないわけにもいかないということだ。時計の針は五時二十六分をさしていた。くそったれめ。おれは心のなかで毒づいた。

直しを入れた八段落の原稿が伝えているのは、ウォールアイ湖からスノーモビルの残骸が打ちあげられた一件を警察が調べているという情報だけだった。ブラックバーンについては、最後の段落で小さく触れるにとどめておいた。

スノーモビルの所有者はまだ特定できていない。少年アイスホッケー・チームの伝説的コーチであり、一九八八年三月十三日にスノーモビルの事故で溺死したジョン・D・〝ジャック〟・ブラックバーンが所有していた機種との類似点が認められてはいるが、その事故の舞台となったのはスタヴェイション湖である。ブラックバーンの遺体も、乗っていたスノーモビルも、いまだ発見はされていない。

原稿をプリントアウトしたものを手に、おれはジョーニーに近づいた。ジョーニーはざっと原稿を流し読みしただけで、机の上に放りだした。「なんだっていいわ」

「なんだっていい？」

「それをそのまま載せればいい。それがあなたの仕事でしょう？」

「ジョーニー、この記事の内容は正確か？　誤りはないか？」

「目につくかぎりでは」

　おれは自分の机に戻った。コンピューターの画面から原稿が消えたとき、背後にジョーニーの気配を感じた。振りかえると、オレンジ色のフード付きコートを着たジョーニーが立っていた。「月曜版の締めきりまでには、もっと正確な情報をつかんできます」

「そうしてくれ」おれは壁のほうへ顎をしゃくった。

「あれも片づけてもらえるかい」

「お断りします」とジョーニーは答えた。おれが無言で見つめていると、ジョーニーはようやくモップを取りにいった。


　エンライツ・パブの扉を開け、煙たい穴ぐらのなかへ足を踏みいれた。スーピーはいつもの定位置、カウンターの端に立っていた。デニムのコートを着て、赤い帽子をかぶり、ジュークボックスの音量をあげろとバーテンダーにわめきたてている。カウンターの上方に据えられたテレビでは、地元テレビ局の気象予報士が円グラフの中心に一匹の亀を置いていた。円グラフは四つに区切られていて、それぞれに雪、霙《みぞれ》、晴れ、曇りとの文字が記されている。毎晩、亀はのろのろと足を動かしながら、いずれかの文字まで進んでいく。亀の天気予報というわけだ。だがこれまでその亀は、気象予報士にも劣らぬ確率で翌日の天気をあてていた。

「そう急かすな」バーテンダーのデイヴ・ルビエンスキーが言って、レジの後ろに手を伸ばし、テレビのリモコンを拾いあげた。ループことルビエンスキーは口数の少ない物静かな男だった。午前中は町役場で課税額の査定人として働きながら、午後になると、手の込んだ仕掛け時計や小鳥の巣箱をこしらえては、州南部からやってくる財布の紐のゆるんだ観光客に土産物として売っている。夜にはこのパブのバーテンダーをも務め、夜間のアマチュア・リーグに所属するテディ・ボイントンのチームにも選手として参加している。

「消音ボタンが壊れてる」言いながらテレビの音量をゼロまでしぼると、ループはスーピーを振りかえり、それからおれに気づいた。「やあ、ガス」

「やあ、ループ」

スーピーもこちらを振りかえり、驚いたふうを装って、腕を大きく広げてみせた。「なんと、そこにおわすのはミスター・トラペゾイドじゃないか」スーピーがおれをトラップの愛称で呼ぶようになったのは、九歳のときのことだった。そのときおれたちは、おれがクリスマスプレゼントにもらった卓上ホッケーゲームで遊んでいた。スーピーは、金属製の小さな台形をしたゴールキーパーに〝トミー・トラペゾイド〟というあだ名をつけた。そして、同じゴールキーパーであるというだけの理由で、おれのことまで〝台形〟を意味するトラペゾイドの名で呼びはじめ、やがてはそれを略してトラップと呼ぶようになったのだ。

ループがカウンターにブルーリボン・ビールの瓶を置いた。一口呷ると、冷えた液体が喉を焼いた。「新たな一日、新たな奇跡」とおれはつぶやいた。

「信頼の新聞、ボラを包ませたらミシガン一の《パイロット》に乾杯」スーピーが言った。五十七年にもわたって奥付の下に毎号印刷されてきた《パイロット》のモットーは、正確には〝ブルーギルを包ませたらミシガン一〟というのだが、スーピーはいつもその魚をいろいろな種類に言いかえるのだ。「長い一日だったか、トラップ?」

「ああ、長い一日だった」おれはテディの訪問の部分を省いて、二分に縮めたあらましを聞かせてやった。

「そのジョーニーってのはたいした女だな。ただし、目の保養にはならない」

「おれは尻の形で部下を評価しないことにしている」

「よく言った。だが、果たしてそれは真実か。ループ、あんたはどう思う?」

間髪を入れずに、ループは答えた。「美人には目がないが、痩せっぽちは受けつけない」

「ご名答」スーピーは言うと、芝居がかった様子でビールを呷った。

エンライツ・パブにテーブルはない。スツールが八脚と、ウィスキーの色をした長いカウンターがあって、背後の壁には横木が一本、肘の高さに渡されている。横木の上方の壁は、〈ハングリー・リヴァー・ラッツ〉の青と金色のユニフォームを着た少年たちの写真で埋めつくされている。以前はおれの写真も何枚か含まれていたのだが、意地の悪い客が破いたり落書きをしたりして仕方なかったため、不憫に思った店のオーナーが壁から取り払ってくれた。われらがコーチ、ブラックバーンは壁の中央で微笑んでいる。落ち窪んだ目、ナイフの刃のように鋭い頬骨、オールバックにまとめられた銀髪を写した、モノクロの顔写真。その下には、〝ジャック・ブラックバーン、一九三四〜一九八八年〟との言葉が添えられている。

壁の隅に掛けられた写真には、十六歳のスーピー・キャンベルが写っている。スティックを高く掲げて宙に跳びあがり、口を大きく開けて歓喜の声をあげる姿。州大会の準々決勝で、デトロイトの〈パドックプールズ〉を破った晩に撮られたものだ。二対二の同点で迎えた試合の終盤、スーピーは〈パドックプールズ〉のウィングからパックを奪いとると、残る敵を次々とかわした。キーパーとのあいだには、ディフェンスひとりが立ちはだかっていた。スーピーがシュートを放ったことすら、相手にはわかっていなかったにちがいない。気づいたとき、パックはキーパーの左耳をかすめてゴールネットに突き刺さっていた。

〈リヴァー・ラッツ〉を引退すると同時に、スーピーは町を出た。奨学金を受けてノーザン・ミシガン大学に入り、アイスホッケー部でプレーするようになった。おれの進学したミシガン大学へチームが遠征してくるたびに、おれたちは旧交を温めた。スーピーは一年目からレギュラーを獲得し、二年生のときには、ナ《N》ショナル・ホ《H》ッケー・リ《L》ーグのドラフト会議で〈セントルイス・ブルース〉から三位指名を受けた。四年生になるまえにとつぜん大学を辞めると、マイナー・リーグのチームに入団した。その後は、カナダ西部、ソルトレイク・シティ、フォート・ウェイン、ペンシルヴァニア州ハーシーなど、多くのチームを転々とした。かつてのような精彩を放つこともときどきはあったが、おおかたはかろうじて首がつながっているというのが実情だった。業界内では、ドラッグやアルコール中毒の噂もささやかれていた。膝の靭帯断裂や肩の脱臼など、怪我《けが》に苦しむこともあった。真夜中に泥酔して全裸で車の屋根に乗り、そのまま市街地を走りまわった挙句、ペンシルヴァニア州エリーで逮捕されたこともあった。ミシガン州フリントで出会った女と結婚し、娘をひとりもうけたのちに離婚した。何度かその経緯について尋ねたこともあったが、スーピーはにやりとしてこう言うだけだった。「大昔の話だ、トラップ。もしおれが、過去にしでかしたヘマをくよくよ思い悩むような人間だったら、そのうち『あのころはよかった』なんてことを言いだして、同じあやまちを繰りかえそうとするだろうよ」ブラックバーンが事故死したころ、スーピーは町へ戻り、父親のマリーナを手伝うようになった。父親が死んで七カ月になるいま、マリーナはスーピーが経営している。

「なあ、スーピー。マリーナはここから三ブロックも先にあるってのに、一日中ここに車をとめておくのはまずいんじゃないのか」

「おいおい、おふくろ。ここへは一杯引っかけにきただけだぜ」

「一杯？」

「そうとも。一杯、また一杯とね」スーピーはげらげらと笑いながら、手にしたビール瓶でおれの肩を小突いた。「何を苛ついてるんだ、トラップ」

日中からすでに苛立ちを募らせていたおれは、それを爆発させたい気分だった。「法的なトラブルを抱えているそうじゃないか」

「トラブル？　大袈裟なことを言うな、トラップ。あれは単なる訴訟だぞ」ループからビールのおかわりを受けとると、スーピーはおれに顔を近づけた。「訴訟なんてものは、この世界にごろごろ転がってる。商売をしていれば、誰もが誰かに訴えられるものだ」

「親父さんも同じくらいの訴訟を抱えていたのか？」

「ああ、まあな」

「建築規制委員会は知ってるのか？」

「何を」

「こういったことを」

「こういったこと？」スーピーは帽子を頭からもぎとり、カウンターに放った。「こういったことってのは、どういったことだ？」

「マリーナが抱える問題のことだ、スーピー」

「マリーナのことなら心配ない」

おれにとっては、町の将来なんかよりスーピーのことのほうがずっと気がかりだった。スーピーはボートの販売や修理の専門家ではないし、経営のノウハウも知らない。スーピーが専門とするのは、田舎町で苦境にはまりこむことと、ビールで酔っぱらいつづけることのみだった。

「ボイントンが新しいマリーナを建設しても心配ないのか？」

「ボイントンなんぞくそ食らえだ」そう毒づくと、スーピーはループに顔を向けた。「明日はあのろくでなしから百ドルを取りたててやる。あんたは誰に賭けたんだ、ループ？」

「ガス以外の人間に」ループは曖昧な笑みを浮かべてみせた。

ふたりが話しているのは、年に一度のスタヴェイション・レイク・シュートアウト大会のことだった。大会は明日、地元リーグのプレーオフ前哨戦として開催される。シューターは二十ドルの参加費を払って、ボランティアのゴールキーパーを相手に一対一の三番勝負を挑む。収益は少年チームの練習用ジャージ購入費用にあてられる。おれたちがまだ子供だったころに始まったこの大会は、ブラックバーンの発案によるものだった。今年は、スーピーの勝手な推薦で、おれがキーパーを務めることになっていた。最高得点をおさめたシューターには、NHLのスタンレー・カップをもじって〝スタンレー・キャップ〟と刺繍された帽子が贈られる。だが、出場者の本当の目当ては、勝利を自慢する権利を得ることと、裏で行なわれる賭けで儲けることだった。ここ五年間の大会では、スーピーが四度の優勝をおさめていた。残る一回は、テディが優勝をおさめていた。

「百ドルも賭けるだけの余裕はあるのか？」

「自分が勝つとわかっている場合にはな。ポイントンも、あの野郎のくそ上品なマリーナも、めった斬りにしてやるさ」

「幸運を祈る」

「ああ。見てろよ、ガス。建築規制委員会は木の上のヤマアラシを撃ち落とすみたいに、テディのやつを一発で仕留めるだろうよ」

スーピーは自分のほうが優位にあると考えているようだ。委員会のメンバーのうち二人はスーピーの父の友人だった。もう一人は以前マリーナで働いていた。

「かもしれない」とおれは言った。「だが、もしもそうなったとして、そのあとはどうなるんだ。ポイントンが手を引いたとしても、おまえが飲んだくれていたら、この町はどうなるんだ？」

「テディの下種野郎にそう吹きこまれたのか？」口を開きかけたおれを制するように、スーピーは片手を振った。「いいよ。神聖なるボラの包み紙の内側で交わされた言葉については、何も話せないってんだろ。だけど、おれが抱える訴訟のことで、ポイントンとあいつの太っちょ弁護士がいろいろ吹聴してまわってることくらいは、おれにだってわかってる。おれだってそれほどばかじゃない。なあ、トラップ。おまえはあいつらの戯言《たわごと》を記事にするための許可がほしいのか？そういうことなのか？」

「おまえの許可なんて必要ない」

「なあ、この町はべつにどうもなったりしないさ」スーピーはビール瓶をカウンターに置いた。「今年はあまり雪が積もらなかったから、レンタル・スノーモビルの収益は期待どおりとまではいかなかった。それでも、すでにボート目当ての客が集まってきてる。ポイントンの件でちょいと調子を狂わされてはいるが、その件はちゃんと片をつける。すべて丸くおさまるはずだ。なあ、トラップ。いまの仕事に嫌気がさしてるんなら、あんなところは辞めて、うちで一緒に働かないか。ほら、昔みたいに」

「べつに嫌気なんてさしてないさ」

「あのカタマラン・ヨットのこと覚えてるか、トラップ」

十五歳の夏、おれたちふたりはマリーナでアルバイトをしていた。稼いだカネを貯めて、全長十六フィートの小型双胴船《カタマラン》を中古で買った。そよ風の吹く晩には、仕事がはけてからそのヨットで湖へ漕ぎだした。スーピーがすわって舵を操作した。おれは柱と身体をベルトでつないで、後部に渡された小さなデッキの上に立った。強風が帆を煽ると、おれの立つ小さなデッキは水面から大きく浮きあがった。ヨットの転覆を防ぐため、おれはデッキの縁《ふち》にかけた足を必死に踏んばり、ベルトでつないだ身体を大きく後ろに傾けて、流れ去る水面のぎりぎりまで身体を倒した。舵をとるスーピーの髪が風に舞っていた。沈みゆく太陽に向かって、おれたちは笑い声をあげ、咆哮を浴びせた。

「あれこそが究極の瞬間だった。ホッケーすらもおよばない。そうだろ、トラップ」

おれはスーピーのことを兄弟のように思っていた。だが、兄弟のように思えばこそ、おれの悩みは尽きなかった。

「月曜の委員会には出席するのか？」とおれは訊いた。

「仕方ないからな」スーピーは微笑みながら腕を広げた。「なあ、相棒。うちのマリーナなら、少なくとも夏が終わるまではつぶれやしないぜ。ソフトボール・チームのユニフォームももう注文しちまったしな」

6

十一時を少しまわったところでエンライツ・パブを出ると、川沿いの道を湖まで歩いた。煙とアルコールを頭から追い払いたかった。サウスビーチのはずれにある樺の木立を、風が小さく揺らしている。湖の対岸では、崖に建つ家々の仄明かりが、点々と岸をふちどる釣り小屋のシルエットをぼんやりと浮かびあがらせている。おれは暗がりに目を凝らし、ペリーズ・ポイントの先を見つめた。ブラックバーンが沈んだとされている場所だった。

ブラックバーンは一九七〇年にカナダを離れ、この町へ移り住んだ。カナダでは、二十代で現役を引退してからコーチに転身し、はじめは幼い子供たちを、続いてもう少し年嵩の少年たちを、やがては十六歳から十九歳の若者から成る、カナダのアマチュア・リーグで最強のチームを指導していたという。カナダを離れたのは、あまりの寒さに耐えきれなくなり、暑い夏をすごしたくなったからだ、と本人は語っていた。この町を選んだのは、州南部のカラマズーに暮らす義兄から、スタヴェイション湖はこの世で最も美しい湖のひとつだと教えてもらったからだ、とも。

この町に居を定めると、ブラックバーンは冷暖房関連の仕事をしながら、町の数マイル西に位置する森のなかの小屋を手に入れた。そして、その年の冬がやってくると、小屋に隣接する空き地に手製のアイスリンクをつくった。裏庭のリンクなら町にはいくらでもあったが、ブラックバーンがつくったリンクに優るものはなかった。ブラックバーンは建築現場用の薄板でリンクを囲い、ツーバイフォーの木材と金網を使ってゴールをつくった。牛乳運搬用の赤と青の木箱を並べてチームベンチを設け、大きな黒板を立ててスコアを記録できるようにした。〝メイク・ビリーヴ・ガーデンズ〟と名づけられたそのリンクは、町の若きアイスホッケー選手なら誰でも快く迎えいれた。

一月から二月にかけての土曜の朝、寒気が強まり、スケート靴の刃が氷の上でぎしぎしと軋みをあげる時期になると、アイスホッケー用のヘルメットとグローブをつけ、防寒用下着とネルシャツとウールのセーターの上から〈デトロイト・レッドウィングス〉や〈シカゴ・ブラックホークス〉や〈トロント・メープルリーフス〉のチーム・ジャージを纏った十人から十五人、多いときには二十人もの少年たちがメイク・ビリーヴ・ガーデンズに集まった。正午になると休憩をとって、母親が持たせてくれたサンドイッチやビスケットをむさぼった。ブラックバーンにデッキブラシを配られると、リンクの端に横一列に並び、表面が陽ざしを反射してきらきらと輝くようになるまで氷を磨いた。それから暗くなるまでホッケーをした。ときおり、迎えにやってきた父親たちがヘッドライトでリンクを照らしてくれることもあった。そんなときには、陽が落ちたあともホッケーを続けた。ブラックバーンが五、六人の父親と一緒に一台のステーションワゴンにぎゅう詰めになって、ビールを飲みながら、その日最後の試合を観戦することもあった。

だが、おおかたブラックバーンは、おれたちと一緒に氷の上にいた。ペナルティをとり、取っ組みあう選手を引きはがし、挫いた足首や鼻血の手当てをした。おおよそ一時間ごとに笛を吹いて試合や練習を中断し、集合をかけてはこう言った。「ようし、いいか。よく聞くんだ」ブラックバーンの強烈なカナダ訛に、おれたちは顔を見あわせ、目配せを交わしあった。ブラックバーンはおれたちに、フェンス際を転がるパックをすばやくすくいあげる方法や、敵を尻で押して転ばせる方法を教えた。どうしてシュートを低く打つべきなのか、その理由を教えた。そうすれば、パックがキーパーの脚やスティックをかすめて、ゴールを奪える可能性が高いことを説明した。そうした指導のあいだ、ブラックバーンが飼っていた縮れ毛の雑種犬ポケットはいつも牛乳運搬箱のベンチにすわって、練習の様子を眺めていた。リンクを移動するパックに合わせて、右へ、左へ、ひっきりなしに首を振っていた。誰かがブラックバーンに近づこうものなら、黒板に爪を立てるような甲高い声で吠えたてた。ポケットはじつによく吠える犬だった。

おれがもともと志望していたポジションはフォワードだった。〈デトロイト・レッドウィングス〉の偉大なライトウィング、ゴーディ・ハウに憧れていたからだ。けれど、父が贔屓《ひいき》にしていた〈レッドウィングス〉の選手は、ゴールキーパーのロジャー・クロージャーだった。クロージャーもまたおれのように小柄で、血気あふれる選手だった。クロージャーが氷に膝をついてシュートをとめたあと、頭上のクロスバーをつかんで起きあがる仕草を、父は特に気にいっていた。父が他界したあと、おれはクロージャーのようなゴールキーパーになろうと決心した。メイク・ビリーヴ・ガーデンズに集う仲間のなかで、それに反対する者はいなかった。みんながやりたがっていたのは、得点を阻むことではなく、得点を決めることだったから。はじめのうちは、なかなかシュートをとめることができなかった。パックを身体でとめようと、前に跳びだしてしまうのが原因だった。単に技術が不足していただけなのだが、傍目には恐れ知らずの勇敢な行為に見えていたかもしれない。しかし、ブラックバーンはすべてを見通していた。ある日、朝から夕暮れまでの練習を終えたあと、おれは疲れ果てた身体で雪の吹きだまりに腰をおろした。スケート靴の紐にこびりついた氷を見つめながら、パックがぶつかって五十セント硬貨くらいの大きさの瘤ができた首をさすっていた。すると、ブラックバーンがざくざくと雪を踏みしめながら近づいてきて、こう言った。「心配するな、ガス。もしわたしがこの町でチームを率いることになったら、きみをキーパーにするつもりだ」

その年の春、メイク・ビリーヴ・ガーデンズの氷が解けたあと、ある朝ブラックバーンがおれの家を訪ねてきた。ゴールキーパー用のレッグパッドとスティック、それに手製のゴールネットを手に提げていた。その夏が終わるまで、ブラックバーンは週に二、三回のペースでうちへやってきては、おれに向かってテニスボールを打ちつづけた。シュートの蹴りかえし方や、角度のきついシュートに対するゴールの守り方、ディフェンスを突破した相手がシュートを打つのか、フェイントをかけるのかを見定める方法をおれに教えこんだ。それから、クロージャーのようなキーパーになろうとは思うなと、しつこいくらいに言い聞かせた。クロージャーは氷に膝をついて、蝶のように両脚を左右に開くスタイルを特徴としていた。だが、ブラックバーンはそうした〝フロッパー〟と呼ばれるスタイルを好まなかった。氷に膝をつくと、肩より上のシュートを許してしまいがちだとブラックバーンは言った。加えて、若い選手は高く打ちあげるシュートを好む。低いシュートを打つより、そのほうが見栄えがいいからだ。

「フロッパーは最高にいかして見えるだろう？　上へ、下へ、あがったり、さがったり。女たちにも人気の派手なスタイルだ。だが、耳をかすめて飛んでいくパックを見送ってばかりいたら、そのうち首のすじをちがえてしまうぞ。キーパーの役目は恰好をつけることではなく、パックをとめることだ。そしてパックをとめたいのなら、スタンドアップ型のキーパーをめざすべきだ。とりわけ、きみの場合には。ガス、きみは背が低い。普通に立っていたって、まだ高さが足りないくらいだ。そうだろう？」優しい笑みをたたえながら、ブラックバーンはおれの髪をくしゃくしゃにした。「フロッパー型のキーパーは、得てしてコントロールを失いがちだ。氷に膝をつくと、広い視野を失ってしまう。だから、きみは立ったままでいるんだ。びくとも動かずに。そうすれば、ゴールの手前で起こることはコントロールできなくとも、きみが守る小さな世界で起こることはコントロールできる」

やがて、特訓が終わったあとのブラックバーンを母が夕食に誘うようになった。ブラックバーンは母のつくるスイス風ステーキとマッシュポテトにぞっこんになった。おれは、母にもぞっこんになってくれたらいいのにと願っていた。

二年後、ブラックバーンは〈リヴァー・ラッツ〉のコーチに就任した。〈ラッツ〉はスタヴェイション・レイクの精鋭を集めた代表チームで、年齢別に分けられた五つのチームを抱えていた。いずれも州北部の地区大会ではかなりの勝率をあげていたが、デトロイトの強豪チーム——〈パイプフィッターズ〉や、〈エヴァンジェリスタ・ドライウォール〉や、〈カプラロズ・ピッツァ〉や、〈パノラマ・エンジニアリング〉にだけは、これまで一勝もできていなかった。来る年も来る年も、〈ラッツ〉は地区大会で優勝をおさめた。いずれはデトロイトのチームを倒すものとの期待を集めていたが、そのたびに惨敗を喫した。敗因は、デトロイトのチームがこちらより大きいだとか、速いだとかというだけのことではなかった。向こうには、おれたちが知らない何かがわかっているように思えてならなかった。デトロイトのチームが試合のまえにリンクへおりたつとき、片側でウォーミングアップをしているおれたちに目を向けることすらなかった。

ブラックバーンはまず、九歳から十歳のチームを受けもつことになった。そこで成果をあげれば、同じ選手たちを繰りあがりで指導することになる。一回目の練習は町営の屋根付きリンクで行なわれた。屋根を支える壁が二面のみにあって、残る二面は吹きさらしになっている。しかし、どんな突風が吹きぬけようとも、オールバックにしたブラックバーンの髪が乱れることはなかった。ブラックバーンはリンクの中央におれたちを集めた。背すじを伸ばし、じっとゴールポストのように立っていた。おれたちは氷の上でふらつきながら、そわそわと身じろぎをしていた。だぶだぶのジャージは膝まで垂れ、ヘルメットは逆さまに載せた金魚鉢のようだった。ブラックバーンはすでにおれたちのほとんどと顔見知りだったが、まるで初対面のような顔でこう言った。「〈ハングリー・リヴァー・ラッツ〉だと？　わたしには、きみたちがそれほど貪欲《ハングリー》であるようには見えないぞ。しかし、いずれはきみたちを貪欲な猛者に育てあげ、めざす場所へ連れていこう。われわれがめざす場所はただひとつ、究極のゴールだ」そこでいったん言葉を切り、左右のゴールをひとつずつ指さした。「あそこにもゴールはある。それから、あそこにも。だが、われわれがめざすのは、究極のゴールだ。意味のわかる者はいるか?」

〃究極〃という単語の意味なら、誰もが知っていた。〃すごい〃という言葉の代わりにスーピーが使うようになってから、みんなのあいだにも広まっていたから。ボビー・オアは究極の選手だった。バーガーキングのワッパーチーズは究極のごちそうだった。それでも、おれたちは黙りこくっていた。ブラックバーンはまるで品定めするかのような目つきで、小さな円を描きながらおれたちのまわりを一周した。もとの位置まで戻ってくると、ブレードを下にしてスティックを立て、グリップの尻で顎を掻きながら、視線をおれに落とした。

「ガス」

「何?」

「そうじゃない、ガス。『はい、コーチ』と言うんだ」

おれは驚いた。ブラックバーンとは日曜の晩に何度も夕食をともにしてきたが、言葉遣いを正されたことなど一度もなかったのだ。「あの、はい、コーチ」とおれは言った。

「よし。答えてみろ、ガス。〃究極〃という言葉の意味は知っているだろう? おふくろさんのマッシュポテトは〃究極〃においしいと、ついこのあいだも言っていたじゃないか」

周囲で忍び笑いが起こった。おれはもじもじと身じろぎをしながら、口を開いた。「ホッケーをすること?」

「もちろん、われわれはホッケーをするためにここに集まっている。そうでなけりゃ、きみだってそんな間の抜けた服装をしちゃいないだろう?」

おれはもう一度、思いついた答えを口にした。「ホッケーがうまくなること?」

「たしかに、究極のゴールにたどりつくためには、ホッケーがうまくならなければならない。だがまずは、どこにたどりつこうとしているのかを知らなければならない。誰かわかる者は？」

　ふたたびの沈黙。それから、誰かが言った。「勝つこと？」

　声の主はスーピーだった。

「オールデン・キャンベル。きみの滑りはじつになめらかで淀みない。それこそ白鳥のように。誰かにそう言われたことは？」

「ないよ……じゃなかった。ありません、コーチ」

「ならば、わたしがきみに白鳥《スワン》の名を授けよう。スワニー。そう呼んでもかまわないか？」

「たぶんかまいません、コーチ」

「究極のゴールとはなんだ、スワニー」

「勝つことです、コーチ」

「何に勝つんだ、スワニー。ひとつの試合か？　ふたつの試合か？」

「すべての試合にです、コーチ」

　ブラックバーンは首を振った。「いいや、すべての試合に勝つ必要はない」そしてゆっくりと首をまわしながら、ひとりひとりと目を合わせていった。まるで重大な秘密を打ちあけようとするかのように。「究極のゴールとは、ある試合に勝つことを意味している。たったひとつの試合に」言いながらひとさし指を立て、「その試合とは、そう、州大会の決勝戦だ。もちろん、そこへ進むためには、それ以外の試合にも勝つ必要がある。だが、それ以外の試合に負けることもある。しかし、それでいいんだ。もう一度言うぞ。それでいいんだ。なぜなら、負けることも勝つためには必要だからだ。もう一度言うぞ。負けることも勝つためには必要なんだ。われわれはいくつかの試合に負けることになる。だがいずれは、試合に勝つようになる。そして最終的には、われわれがめざすたったひとつの試合に勝つことになる。州大会の決勝戦に」その言葉がおれたちの心にしみこむのを待ってから、最後にブラックバーンはこう尋ねた。「わかったな？」

「はい、コーチ！」おれたちは一斉に答えた。

ブラックバーンは首にさげた笛をつかみ、短く一吹きして言った。「よし、それでは練習を始めよう」

一年後、親たちが決起集会を呼びかけた。ブラックバーンに対する不満は爆発寸前だった。ブラックバーンはもはや、気さくでおおらかな人間ではなくなっていた。かつてメイク・ビリーヴ・ガーデンズでともに笑いあったり、酒を酌み交わしたりしたはずの好人物はどこかへ消えてしまっていた。まずは、親たちまでもが練習の見学を禁じられた。際限なくリンクを周回させたり、全力滑走をさせたり、ストップ・アンド・スタートをさせたりしているときに、子供たちがママやパパに助けを求めようと余所見をするようでは困る、というのがその理由だった。ブラックバーンは練習のまえにはかならずリンクをぐるりとまわって、それぞれのフェイスオフ・スポットにパックを小さく積みあげていった。だが、おれたちがそれに触れることは固く禁じられていた。ときにはとつぜんこんなことを言いだした。「おやつのビスケットが恋しいだろう？そうやって貪欲な気持ちを高めていくんだ」何人かの子供が練習中に朝食をとりそこねたという話は、親たちの耳にも届いた。

さらにまずいことに、チームは試合に負け越していた。ブラックバーンのもとで迎えた最初のシーズンの結果は二十三勝二十七敗。〈ラッツ〉はプレーオフへの進出すら果たせなかった。当然ながら、親たちはコーチを責めた。練習でいっさいパックに触らせなかったことを。〝ネズミ捕り〟と名づけた作戦を強いて、防戦に徹したことを。結果として試合の流れを鈍らせ、ゴールの量産を阻んだことを。オハイオやイリノイやウィスコンシン、そしてこともあろうにデトロイトからまで強豪チームを招いて、週末に試合をさせたことを。以前の〈ラッツ〉は、州大会のプレーオフまでデトロイトのチームとあいまみえることを避けつづけてきた。ところがコーチはその伝統をくつがえした。強いチームと繰りかえし対戦することによってのみ、相手の弱点を知り、そこを突くことができるようになるのだと主張した。当然ながら、毎回チームは六、七点の大差で負けた。そのたびにコーチは、負けることも勝つためには必要なのだとおれたちに念を押した。

しかしながら、何より親たちが憤慨していたのは、コーチが余所《よそ》の土地から選手を呼び寄せはじめたことだった。そうした選手を九月から五月のあいだ寝泊りさせるための宿舎として、コーチは自宅裏の小高い丘に厚板製の小屋を三棟建てた。そして、それらの小屋を〝寄宿舎〟と名づけ、そこで暮らす選手たちを〝寄宿生〟と呼んだ。寄宿制度はカナダではおなじみの常識だったが、ミシガン州北部ではそうはいかなかった。親たちが決起集会を開いたのは、ブラックバーンが地元出身のジェフ・シャンパーニュをレギュラーからはずし、ウィスコンシン州ラシーン出身の寄宿生テディ・ボイントンを後釜に据えた翌日のことだった。

親たちは町営リンクの食堂でそれぞれにピクニック・テーブルを囲んでいた。奥のテーブルには、おれの母の姿もあった。マスタードやポップコーンの匂いがあたりに漂っていた。ジェフの父、ドン・シャンパーニュが話の口火を切った。「ここはおれたちの町だ。これは、おれたちが身を粉にして働いたカネで建てた、おれたちのリンクだ。十セントのカネすら払っていない余所者など、チームには必要ない。〈リヴァー・ラッツ〉は地元の子供たちだけで構成すべきだ」

おれたち〈ラッツ〉のメンバーはコーチの指示に従って、おとなしく食堂の外で待機していた。ただし、間違いなくコーチが予期していたであろうとおりに、扉の隙間からなかを覗きこみ、漏れ聞こえる声に耳をそばだててもいた。コーチはひとつ離れたテーブルにぽつんとすわり、親たちの話に静かに耳を傾けていた。親たちは次々に椅子から立ちあがっては、寄宿生や、練習でパックを使わせないことや、ネズミ捕り作戦についての不満をぶちまけた。食堂に集まったほぼ全員が何かしらの発言をした。ただひとり、おれの母を除いて。お喋りな母にしては、らしくない態度だった。

すべての苦情が二度か三度は繰りかえされたところで、コーチは笑みを浮かべ、両手を開いてテーブルの上に置いた。「みなさん、まず第一に、意思の疎通が少々不足していたことをお詫びしたい。また新たな一年が始まります。今期からは、練習の見学を歓迎しています。もし子供たちがそのことをみなさんに伝え忘れていたなら、わたしの責任です。この場を借りてお詫びいたします」扉の陰で、おれたちはくすくすと忍び笑いを漏らした。見学の禁止を取りさげるなどという言葉をコーチが口にしたことは一度もなかったのだ。「第二に、今年から、パックを使わない練習は通例というよりむしろ特例となるでしょう。みなさんのご子息はみな優れた選手ではあるが、正直に申しあげて、まるで身体ができていなかった。もしや、ポップコーンやポテトチップを与えすぎてはいませんでしたか？」言いながら、コーチは片目をつむってみせた。「アイスホッケーは多大な体力を必要とするスポーツであり、そうした体力を養う唯一の方法は……わたしが知るかぎりで唯一の方法は、ひたすら滑ることしかありません。ただし、今年からは、子供たちがパックに触れる機会も増える予定でおります。何はともあれ、みなさんのおっしゃることは正しい。試合のなかでパックが果たす役割は、それほど小さくありませんからね」最後のひとことに、数人の親が小さな笑い声を漏らした。

コーチは立ちあがって続けた。「ただし、その他もろもろの問題、とりわけ試合への取り組み方に関しましては、お詫びすることができそうにありません」コーチの顔からゆっくりと笑みが消えていった。「不躾を承知で、あえて言わせていただきます。どうか、個人的なあてつけとは受けとらないでいただきたい。わたしはこの町や湖を心から愛しています。わたしを快く迎えいれてくださったみなさんのことも。子供たちのことも。全員が大切な存在だと思っています。もちろん……レギュラーからはずさなければならなかった選手のこともです」コーチは室内をゆっくりと歩きまわりながら、ひとりひとりの親と視線を合わせていった。「わたしはこの町の出身ではありません。自分の子供を持ったこともありません。ですから、みなさんのような感情……お子さんの幸福を願うがゆえの感情を持ちあわせてはおりません。ですが、誤解を恐れずに言わせていただくなら、だからこそ、みなさんより公平な目でお子さんたちを見ることができるのではないかと考えています。わたしは選手時代に幾度かの優勝を経験しています。ですから、そのために何が必要なのかは知っているつもりです」

「おいおい、ジャック。おれたちだって、チームが勝つことを望んでいるさ。だからって、どうしてティンブクトゥくんだりから選手を呼び寄せなきゃならないんだ？」ドン・シャンパーニュが声を張りあげた。

コーチは顎の下で両手を合わせた。「いい質問です。お答えしましょう……それは、ここにいる選手たちだけでは充分ではないからです」そこでコーチは言葉を切った。だが、その沈黙を気まずく感じているのは、むしろ親たちのほうであるようだった。やがてコーチは、おもむろに同じ台詞《セリフ》を繰りかえした。「ここにいる選手たちだけでは充分ではない。残念ながら、それが事実なのです。わがチームには、足の速い選手や、テクニックのある選手もいます。ミシガン州の誰よりも巧みにスケートを滑る選手もひとりいます」おれはスーピーの横っ腹を肘で突ついた。「みなさんがこれまでお目にかかったこともないような、最高のスタンドアップ型キーパーとなるであろう選手もひとりいます」スーピーがおれを小突きかえし、スティーヴィー・ルノーが後頭部を叩《はた》いてきた。「そして、ほかにも何人かのすばらしい選手がいます。しかし、それでも充分ではありません。もしもチームが〝究極のゴール〟をめざすのであれば」

おれたちに打ちあけたときと同じように、コーチはその言葉の余韻にひたっていた。コーチがその言葉を親たちの前で使ったことは、これまで一度もなかった。台詞のきっかけを与えられたかのように、ドン・シャンパーニュが口を開いた。「究極のゴールってのは、いったいなんなんだ？」

「その答えは、子供たちの口から聞いてみてはいかがでしょう」そう言うと、コーチは扉を振りかえった。

「きみたち、そこにいるんだろう？」

その日の練習後のことだった。コーチがロッカールームに入ってきて、その中央に段ボール箱を置いた。おれたちが見守るなか、コーチはポケットナイフで封を開け、なかに手を入れて透明のビニール袋に包まれた何かを取りだすと、それを高く掲げて言った。「感想は？」ビニール袋におさめられていたのは、襟と袖口にぐるりと金色のラインが入り、袖から肩にかけて金色のパイピングがほどこされた、シャイニーブルーのジャケットだった。右胸には〈リヴァー・ラッツ〉のロゴが、左胸には選手の名前──コーチが手にした一枚には〝スティーヴィー〟の名前──が刺繍されている。おれたちはぴょんぴょんと跳びはねながら、驚きや喜びの声をあげた。「究極の究極にかっこいい！」スーピーが叫んだ。チーム・ジャケットをつくってもらったのは、これがはじめてのことだった。コーチはおれたちに、集会が始まるまでは鞄にしまっておくようにと命じた。

そしていま、おれたち十七人はあらかじめ指示されていたとおり、真新しいチーム・ジャケットに身を包んで、ぞろぞろと食堂へ入っていった。今度は親たちが驚きと喜びの声をあげる番だった。おれたちは半円をつくるように、コーチのまわりをぴったりと取り囲んだ。これもまた指示どおりに、おれとスーピーはコーチの両脇に立った。コーチがおれたちの肩に優しく手を置いた。室内を見まわすと、奥のテーブルで微笑んでいる母が見えた。どうやら、ジャケットのことはまえまえから知っていたようだ。

「ガス、ここにいるみなさんに、究極のゴールとはどういうことかを説明してくれないか」コーチが言った。

すべての視線がおれに集まった。おれはポケットに両手を押しこみ、急きこむように言った。「ひとつの試合に勝つことです、コーチ」

「ひとつだけでいいのか、ガス？」

「はい、コーチ」

ドン・シャンパーニュがふんと鼻を鳴らした。「たったひとつだと？」

「最後まで言わせてやってはどうだね、ドン」フランシス・デュフレーンの声が響いた。振りかえると、食堂の隅に置かれた自動販売機にもたれている姿が見えた。フランシスに子供はいないが、おれたちの試合を見逃したことは一度たりともなかった。試合のある晩には、自身が所有するエンライツ・パブから会場までのシャトルバスまで運行していた。

「ガス、そのたったひとつの試合というのは、どの試合のことだろう」コーチが訊いた。

おれは答えを口にした。数人の親がはっとしたように背すじを伸ばした。コーチはスーピーに顔を向けた。

「オールデン、究極のゴールとは、すべての試合に勝つことではないのか？」

「ちがいます、コーチ」

「なぜすべての試合ではないんだ？」

「負けることも勝つためには必要だからです、コーチ」

「もう一度言ってくれるかい」

「負けることも勝つためには必要だからです」

「何をばかなことを！」シャンパーニュがわめいた。

「きみたち」コーチはぐるりとおれたちを見まわした。

「われわれが勝たなければならない試合はいくつだ？」

「ひとつです、コーチ」おれたちは声を揃えて答えた。

「その試合とは？」

「州大会の決勝戦です、コーチ」

「なるほど、こいつはいい」ふたたびフランシスが口を開いた。それから自動販売機のそばを離れ、テーブルを囲む親たちに近づいていった。黒い革ジャケットに包まれた小柄な身体が、やけに大きく見えた。「ミシガン州で最もすばらしい町は、最もすばらしいスポーツで、自分たちが最高であることを証明するのが望ましかろう」フランシスは肩の高さに拳をあげた。「わしらはずっと……そう、二十年ものあいだ、そのときを待ち望んできたのではなかったかね。そしてようやく、そのために何をすべきかを知る人間があらわれた。ならば、ぐずぐずと泣きごとを言うのはやめて、いまこそ行動を起こすべきではないのかね」

ポール・〝ジルチー〟・ジョルコフスキーの父、レニー・ジョルコフスキーが立ちあがった。ジョルコフスキーはコーチの友人でもあった。金曜の夜、リンクの管理人レオ・レッドパスや、スーピーの父や、そのほか数人の父親たちとともにコーチの小屋に集い、ポーカーに興じる仲間のひとりだった。「ジャックはたいへんな偉業を成し遂げようとしている。だったら、おれたちはそれを温かく見守ってやるべきじゃないか。われこそが適任だと思う者が、ほかにいるのであれば話はべつだが」そう言うと、ドン・シャンパーニュを鋭く一瞥してから続けた。「おれたちはジャックと一緒に練習をしてきたわけじゃない。だが、やつのもとで練習を重ねてきた子供たちは、ジャックのやつを慕っているようだ」

おれはふとコーチを見あげた。その目のなかに、一瞬、これまで見せたこともないような閃光が走った。ゴールへ迫りくるシューターの目に宿る輝きだ。その瞬間には恐怖を感じた。けれど、その恐怖も長くは続かなかった。コーチはおれの敵ではなく、味方だということがわかっていたから。

「みなさん、聞いてください」とコーチは言った。「昨日、わたしはひとりの選手をレギュラーからはずしました。いま思えば、少々軽はずみな行動であったかもしれない。いまは、その選手をレギュラーに戻すことができればと思っています。いきなりフル出場させるとまでは言いかねますが、そうなるためのチャンスはつねに与えたいと考えています」コーチの目はドン・シャンパーニュを見すえていた。「もし息子さんのサイズを教えていただけるなら、明日の朝いちばんでジェフの分のジャケットを注文しますが」

シャンパーニュは無言でうなずいた。そのとき、おれの母が手を振っていることにコーチが気づいた。

「なんでしょう、ミセス・カーペンター」

母は早口でまくしたてる質《たち》だった。だから、何を言ったのかがみんなに伝わらないのではないかと、おれはひそかに心配していた。ところが、そのときの母はきっぱりとした口調でこう言った。「ひとつだけ申しあげたいんですの。みなさんがどう思われているのかはわかりませんけど、あのジャケットを着た子供たちはとてもかわいらしく見えますわ」

「かわいらしく見えるだと？　ビィー、わしらはかわいらしいホッケー・チームなど求めちゃおらんのだよ」フランシスが声をあげた。

「まあ、ごめんなさい、フランシス。それじゃ、とてもすてきに……いいえ、なんでもいいわ！」母は唐突に手を叩きはじめた。すると、フランシスもそれに倣った。やがて部屋中に拍手と喝采が響きわたった。シャンパーニュまでもが手を叩いていた。集会が終わったとき、コーチは集まった親たちから、スケート靴の研磨機を新調するための寄付までとりつけていた。フランシスは、ロッカールームへのベンチの設置を検討するための委員会を立ちあげると申しでていた。

その週の日曜、コーチはおれのうちへ夕食をとりにやってきた。母はフライド・ポークチョップと、グレイヴィーソースをかけたベイクドポテトを用意した。はじめのうちは、〈ラッツ〉の話題を誰も口にしようとしなかった。やがて母が、集会の首尾はどうだったかとコーチに尋ねた。豆とニンジンを盛った鉢に手を伸ばしながら、コーチは肩をすくめた。「知ってのとおりだ、ビィー。いつも言っているだろう。人々は、そこに至るまでの過程など気にかけちゃいない。彼らにとってだいじなのは結果だけなのだ」

おれたちがついにその実力を証明したのは、四度目のシーズンが終盤にさしかかったときのことだった。〈ラッツ〉は州北部のリーグで全勝に王手をかけ、アナーバーなどの南部から招いた強豪チームとの招待試合でも勝利を重ねていた。ただし、デトロイトのチームにだけは、まだ一勝もあげられずにいた。

そんなおり、デトロイトの西の郊外を拠点とする〈グリフィン・ホークス〉と週末の二日をかけて練習試合を行なうことになった。金曜の夜、〈ラッツ〉は二対〇でリードしながら、四対二の逆転負けを喫した。試合後のロッカールームでは、悔し涙を流す者もいた。それまでは、デトロイトのチームを相手に接戦を繰りひろげたことすらなかったのだ。いつものコーチなら、アイスホッケーは泣き虫のやるスポーツではないと切り捨ててから、最後の二ゴールを許してしまった要因を語りだすところだった。ところがその晩のコーチは、後ろにまわした手を組んだまま、扉の横に無言で立ちつくしていた。全員が着替えを済ませ、鞄に荷物を詰め終えると、コーチは両手をあげて沈黙を求めた。

「諸君」とコーチは言った。そんなふうに呼びかけられたのははじめてのことだった。「覚悟はいいか？」とコーチは続けた。おれたちは涙に濡れた顔をあげ、コーチの顔をまじまじと見つめた。「なんの覚悟ですか、コーチ」ひとりが尋ねると、ブラックバーンはひとさし指を立てて唇にあてた。それから、「覚悟はいいか？」と繰りかえした。「覚悟しておいたほうがいい。明日には、諸君らの人生のなかで最も重要な一夜を迎えることとなるだろう」

コーチは何を言わんとしていたのか。それがわかったのは、翌日の試合が始まる直前のことだった。仲間たちは控えのキーパーを相手にウォーミングアップをしていた。おれはリンクの端に立って、シューターにパックを出してやっていた。そのとき、黒とオレンジ色のチーム・ジャケットを着た〈グリフィン〉のコーチのひとりがベンチの上に立って、火のついていない葉巻を噛みしだいているのに気づいた。視線の先にいたのはスーピーだった。スーピーは氷の上を後ろ向きに滑りながら、きれいな8の字を描いていた。顔をまっすぐ前に向けたまま、スティックに糊付けでもされているかのように片時もパックを離すことなく、徐々にスピードをあげていた。〈グリフィン〉のコーチは右に顔をやり、仲間のコーチを呼び寄せた。やってきたコーチに何ごとかを耳打ちすると、スーピーのほうを指さした。それからふたりで何度もうなずきあった。

おれたちはもはや、目に見えない存在ではなくなっていたのだ。

そうして試合が始まると、今度は、〈ラッツ〉がデトロイトのチームを打ち負かそうとしているとの情報が町中《まちじゅう》を駆けめぐった。のちに聞いた話では、フランシス・デュフレーンが方々に電話をかけまくったのだという。試合が中断するたびに、おれは観客席へ目をやった。そのたびに、観客の数は目に見えて増えていった。

最終ピリオドの開始直前、スタンドは満員の観客で埋めつくされていた。そんな光景を目にするのは、〈レッドウィングス〉の元選手たちがエキジビジョン・マッチにやってきたとき以来だった。おれの守るゴールのすぐ左で両チームがフェイスオフ・スポットを囲み、パックの投げいれを待っていたとき、後方からフェンスのガラス板を叩く音が聞こえた。振りかえると、ガラスの向こうに、近所のひとや、友だちや、通りや教会で見かけたことのあるひとや、一度も見かけたことのないひとまでもが幾重にも重なりあって並んでいた。試合はそのとき二対二の同点だった。人々はガラスを叩きながらおれたちの名前を叫び、その調子でいけだの、おまえたちならやれるだの、おまえたちなら勝てるだのと口々に声援を送っていた。おれはリンクに目を戻した。スティックの握りをグローブに打ちつけ、重心を落とした。心臓が大きくふくらみ、どくどくと脈打つのを感じた。はじめて経験する感覚だった。負けるわけにはいかなかった。試合が始まるまえから、自分にはそのことがわかっていた。コーチにもそれがわかっていたのだ。

なおも同点のまま、残り時間が一分を切ったころ、〈グリフィン〉のウィングがディフェンスを振りきり、ノーマークでゴールへ突進してきた。おれの膝をつかせようと、相手はフェイントをかけてきたが、おれはその手に乗らなかった。すると相手は左の足もとへ鋭いシュートを放ってきた。パックが途方もなく大きく見えた。おれは余裕で左足を蹴りだし、パックを弾き飛ばした。スーピーがすばやく駆け寄ってきてそれを拾い、左サイドに飛びだした。スタンドから耳をつんざくような歓声があがった。時計はカウントダウンを刻んでいた。二十九秒、二十八秒、二十七秒……。スーピーは敵の陣地へ切りこむと、上向きのシュートを放った。強烈なショットを肩に浴びて、キーパーはバランスを崩した。跳ねかえったパックは、ゴールの隅へ詰めていたジェフ・シャンパーニュの前に転がり落ちた。ジェフはバックハンドでスティックを振りあげ、ゴールネットにパックを叩きこんだ。

その瞬間、いまだかつて耳にしたこともないような大歓声がリンクを揺るがした。

その年、おれたちはすでに州大会のプレーオフでデトロイトの〈オリアリーズ・ヒーティング〉に打ち負かされていた。にもかかわらず、その大歓声のなかでおれたちは悟っていた。いまの自分たちなら、どんな相手とでも対等に戦えるということを。それから二シーズン後、〈リヴァー・ラッツ〉は州大会準々決勝へ駒を進めたが、またもデトロイトの〈ファイフ・エレクトリック〉に五対三で敗北した。フリントからの三時間の移動を終えたバスが町の目抜き通りにたどりつくと、町のひとたちはエンライツ・パブから通りへ飛びだしてきて、歓呼の声でおれたちを迎えてくれた。おれたちは笑顔で手を振りかえした。けれど、チームの最年長であるおれやスーピー、テディ、スティーヴィー・ルノー、ブラッド・ウィルフォードにはわかっていた。〈ラッツ〉と高校を卒業して、大学へ進学するなり、就職するなり、この世界に存在しうるなんらかの道へ進むなりするまでにあの大舞台で勝利をおさめるためには、あと二年しか残されていないことが。だが、コーチはけっして焦りを見せなかった。その晩、バスを降りるまえに、コーチはふたたびあの言葉を口にした。負けることも勝つためには必要だ、と。

翌年、おれたちはさらにもう一歩、目標に近づいた。州大会準々決勝で、デトロイトの〈パドックプールズ〉を見事打ち負かしたのだ。それこそは、エンライツ・パブの壁に飾られているスーピーの写真が撮られた試合、スーピーがリンクの端から端までを突破してゴールを決めた試合だった。ついにそのときがやってきたのだ。おれたちはそう思っていた。ところが準決勝で、チームは〈パイプフィッターズ〉に七対一の惨敗を喫した。デトロイト川の下流に位置する製鋼業の町からやってきた、ストリートギャングを寄せ集めたようなチームだった。どいつもこいつもとにかく毛深く、加えてがたいが大きかった。ただひとり、十七番の選手を除いては。十七番はビリー・フーパーという名の痩せっぽちのウィングで、溶けた金属に足の裏を焼かれてでもいるかのような、目にもとまらぬ滑りをした。そして、その試合で四得点をあげた。うち三点は、背後のネットに叩きこまれるまで、おれにはパックを視界におさめることすらできなかった。あのスーピーですら、フーパーをマークするのに苦労していた。おれたちは決勝の試合を観戦するため、州の南部まで出かけていった。〈パイプフィッターズ〉は九対二のスコアで〈オリアリーズ〉に圧勝した。フーパーはみずから三得点をあげ、二度のアシストを決めて、大会のMVPに選ばれた。その晩遅く、おれたちを乗せたバスは高校の駐車場に帰りついた。車やトラックの排ガスがあたりに立ちこめるなか、迎えにきた親たちがそれぞれの運転席で待っていた。コーチはバスの前方に立ち、注目が集まるのを待って、こう言った。「諸君、覚悟はいいか?」その言葉が意味するところはわかっていた。おれたちは決意の表情でバスを降りた。

究極のゴールの舞台には、いまだたどりついていなかった。だが、おれたちの心に疑念はなかった。チームにいられる最後の年にかならずやそこへたどりつくのだと、固く信じていた。やがて、おれたちがデトロイトの強豪チームに勝利をおさめたことにより、町にも変化が訪れようとしていた。スタヴェイション・レイクという町もまた、目に見えない存在ではなくなっていた。うまい朝食を出す食堂や紫煙の立ちこめる酒場だけが呼び物の、ありふれた北部の田舎町ではなくなっていたのだ。インターステート七五号線沿いには、〝スタヴェイション・レイク――アイスホッケーの町――〈リヴァー・ラッツ〉の故郷《ふるさと》〟と掲げられた広告板が立てられた。地元の子供たちはおれたちにサインをせがんだ。サンディ・コーヴやカルカスカやマンセロナの女の子たちが足繁くリンクへ通いつめ、練習中にまで熱いまなざしをそそいでくるようになった。フランシス・デュフレーンはおれたちの使い古したスティックやスケート靴を集めて、エンライツ・パブに飾った。コーチは〈リヴァー・ラッツ〉のロゴ入りキャップや、Tシャツや、ステッカーをつくらせた。町は青と金色の二色に染めあげられた。

町には緑もあふれていた。ホッケー観戦を目当てにデトロイトやシカゴやクリーヴランドやミルウォーキーからやってきた人々が美しい景観に魅せられ、湖畔の土地を買って別荘を建てるようになった。彼らの落としていくカネを求めて、マクドナルドや、ピザ・ハットや、ファッジ・ショップや、二軒の新たな土産物屋が目抜き通りに店を開いた。ショーウィンドウには、〈ラッツ〉のチームTシャツが吊るされた。町は空前の好景気に沸いた。スーピーの父は給油所と乾ドックを増築した。湖畔に町営の小さな動物園もできた。子供連れの観光客がミニチュアの汽車に乗って園内をまわりながら、オジロジカやアカギツネやボブキャットやカミツキガメを眺めた。湖の周囲には新築の住宅団地が出現した。

そうした開発費用の大半はフランシス・デュフレーンの懐から出ていた。フランシスはまず、ジャック・ブラックバーンを広告塔として引きいれた。新しいモテルだの、新しい分譲地だのの建築許可を得る時期がやってくると、ツイードのジャケットを着て、自信に満ちた笑みをたたえたコーチが町議会の面々に計画の内容を披露した。一方のフランシスは傍聴席の最後列で満足げにうなずきながら、思いどおりの票決がくだされるさまを見守っていた。そうして、スタヴェイション・レイクに本物のリゾート地が築きあげられた。

しかし、コーチの死後、状況は一変した。悲しみからか、怠慢からか、はたまたツキに見放されたのか、町はみるみるその勢いを失っていった。ある夏には、不具合が原因でヒューズ箱が発火して、ボート遊びのシーズンが始まる直前にマリーナが休業に追いこまれた。翌年には、大量発生した藻が腐敗して、緑色の粘液が湖面を埋めつくした。やがて、サンディ・コーヴやそのほかの町が観光客を横どりしはじめた。フランシスはテディ・ボイントンを新たなパートナーに迎え、なおも開発を推し進めたが、その対象は徐々にスタヴェイション・レイクから遠ざかっていった。経営には立ちいらず利益分配のみにあずかるサイレントパートナーとして出資のみを行ない、サンディ・コーヴをも含む余所《よそ》の町で利益をあげつづけた。そうしてついには、アイスホッケーまでもが不振に喘ぐようになった。

町は何かを失った。それがなんであるのかはわからない。ただし、アイスホッケーのコーチをひとり失ったというだけでないのはたしかだ。ジャック・ブラックバーンはこの町に勝ち方を教えた。だが、ブラックバーンがいなくなってしまうと、町はどういうわけかそれをすっかり忘れてしまったのだ。

「ガス？」

女の声がサウスビーチに吹き寄せる風の音を破った。振りかえると、保安官助手のダーリーン・エスパー、旧姓ボントレガーがゆっくりと雪を踏みわけてくるのが見えた。ダーリーンのことは子供のころから知っていた。だから、ダーリーンがこんなところへ来たくはなかったのだということも、おれと話などしたくはないのだということもすぐにわかった。それでもこちらへ向かってくるのは、ともに育った幼なじみに対して義務を果たしているだけのことだった。たとえそれが、かつて愛した男であり、その心を踏みにじられた男であったとしても。

「ここにいるんじゃないかって、スーピーが教えてくれたわ」

「スーピーが？」

「ええ。もしかしたら、あなたが知りたがるんじゃないかと思って」

「何を？」

「例のスノーモビルのこと。ブラックバーンのものであることが確実になってきたわ」

「その根拠は？」

「湖から回収できたのはフロントの部分だけだった。カウルとかっていう名前の、ボンネットの一部よ。だけど、そこに記されていた登録番号が一致したの」

「それだけか？　だったら、書き誤りってこともありうる」


ダーリーンはかしこまった様子でもう一歩こちらに近づいた。複雑な輝きを放つ縞瑪瑙のような瞳がおれを見つめていた。「発見された車体には、ステッカーの跡があった。おそらくは転写式のシールね。ヘッドライトの横に貼ってあって、かなり色褪せていたけれど、判別は可能だった」

〈リヴァー・ラッツ〉のチームステッカーだ。スケート靴を履いてヘルメットをかぶり、干し草を掻くかのようにスティックを掲げ、大きな歯をむきだしにしたネズミのマスコット。コーチは年ごとに新しいステッカーをつくらせていた。それをキッチンの食器棚にしまっていたのを覚えている。

「そういうことか」とおれはつぶやいた。

ダーリーンは反射的におれの肘へ手を伸ばした。だが、指先が触れると同時に手を離すと、後ろに一歩退《しりぞ》いた。おれは足もとに視線を落とし、雪の上にダーリーンが残したかすかな足跡を見つめながら言った。

「だが、コーチが二回死んだということではなさそうだ」

「それはありえない話だわ」

「警察はどう考えているんだい」

「さあ、どうかしら。湖底トンネルで湖がつながっているとか？」

伝説の湖底トンネル。スタヴェイション湖に沈んだ舟は、発見されないままであることが多い。警察が湖の底を浚《さら》ったり、ダイバーをもぐらせたりしても、沈没したポイントがわかりきっている舟ですら見つからない。まるで湖の底に呑みこまれてしまったかのようだ。そのうち町では、こんな説がささやかれるようになった。湖の底には曲がりくねったトンネルが網の目のように張りめぐらされていて、遠く離れたミシガン湖など、あまたの湖とつながっているのにちがいない。沈没した舟はそうした水路に吸いこまれ、大きな湖まで運ばれていったのだろう。ビッグフット伝説と同様に、湖底トンネル伝説もまた、町の人々の根強い支持を集めている。ただし、そうしたトンネルを実際に目にした者はひとりとしていなかった。

「冗談だろう？」とおれは言った。

「あんなディンガスははじめて見るわ。いくつもの会議を招集したり、朝は八時にもならないうちから出勤してきて、州警察とひっきりなしに電話で連絡をとりあったりしている。徹底した再捜査を行なうつもりなんじゃないかしら」

その言葉に、おれは息苦しさを覚えた。「あの事故の再捜査を？」

「ええ。あの事故よ」ダーリーンは目を逸らした。「でも、あなたには関わりのないことだわ。十年まえのあのとき、あなたは町にいなかった」

「ああ、そのとおりだ。ほかにわかっていることは？」

ダーリーンは首を振った。「今夜、ディンガスが男連中を集めて、小声で何かを話しあっていたわ。でも、女のわたしには何もあかしてくれなかった」

ジョーニーの顔が思い浮かんだ。きっとおれに渋い顔をするにちがいない。あの記事の内容はまったくもって正しかったのだ。

「すまない」

「気にしないで。ただ、記事にするための情報が必要だろうと思っただけ」

「記事にするのは少し待つことになるかもしれない」

「こんなところまでやってきて、こんなことを教える必要なんてあったのかしら」

「いや。わざわざありがとう。いつもすまない」

「あなたは謝ってばかりね」

ダーリーンはおれに背を向けて歩きだした。通りのほうからスーピーのわめき声が聞こえてきた。アクセルを踏みこんだピックアップトラックのエンジン音や、エンライツ・パブからはけていく人々のざわめきにも負けじと声を張りあげている。言うべきでないのはわかっていたが、言葉が口からこぼれだしていた。「ダーリーン、家まで乗せていってくれないか?」

ダーリーンは振りかえりもしなかった。

7

翌朝、おれは五時四十五分にベッドから起きだした。朝刊が住民の手に渡り、オードリーのダイナーに集まる偏屈者たちが好き勝手なことを言いだすまえに、レオ・レッドパスに会っておきたかった。

レオは整氷車《エセル》の車庫の奥にいた。作業台の前で丸めた背中が青白い光に照らしだされている。頭上の釘に、〈リヴァー・ラッツ〉の色褪せたチームキャップが引っかけてある。「おはよう、ミスター・カーペンター。シュートアウト大会が始まるまでには、まだずいぶん時間があるがね」目をあげることもなくレオは言った。

「話しておきたいことがあるんだ、レオ」

レオがリンクでスティックを握ったことは一度もないし、ホッケーの知識がどれほどあるのかも怪しいものだった。だが、もしアシスタント・コーチに近い存在が〈リヴァー・ラッツ〉にいるとしたら、それはまさしくレオだった。遠征のときにはバスを運転してくれた。練習風景を八ミリカメラで撮影してくれた。補強用の絶縁テープをすぐ手の届くところにいつでも用意し、水のボトルをつねに満タンにしてくれた。試合中は、リンクに飛びだしたりベンチに戻ってきたりする選手のために、ベンチドアの開閉をしてくれた。おれたちが大人になってからも、選手の世話を焼き、パックを補充し、切り傷を縫い、冷蔵庫でビールを冷やしておいてくれる。そのレオが、ぼろきれで手をぬぐいながらこちらを振りかえった。その顔を見るなりおれは悟った。レオはもう知っているのだ。

「ゆうべ警察がここに来た」とレオは言った。

「やっぱり」

あの事故の晩、レオもスタヴェイション湖にいた。

リンクの内でも外でも、レオとコーチはいつも一緒だった。ふたり連れだって酒を飲み、狩りに出かけ、釣りに行き、スノーモビルを乗りまわした。事故の晩も、ふたりはスノーモビルを駆って湖の西の森へ向かった。そこで焚き火を囲みながら、酒を酌み交わしていたという。その晩の出来事について、レオはほとんど語ろうとしなかった。警察に語った言葉の一部は、《パイロット》に小さく掲載された。わかっているのはそれだけだった。コーチの葬儀で、レオは追悼の言葉を述べることを拒んだ。ある晩、この車庫のなかで、その理由を尋ねてみたことがある。だが、レオは聞こえないふりをした。おれがもう一度問いかけると、そっとしておいてやれとスーピーが言った。「レオはもう充分に自分を責めてるんだから」スーピーは小声でそうつぶやいた。レオはコーチの死後もリンクで働きつづけたが、氷の上でエセルを走らせているときを除いて、ほとんど人前に姿を見せなくなった。夜になると、車庫に置いた簡易ベッドで眠ることもあれば、ルート八一六号線から少しはずれたところにあるトレーラーハウスへ引きあげることもあった。

コーチが死んでから、レオはいっさい酒を飲まなくなった。作業台の上に設置された工具を吊るすためのハングボードの片隅には、アルコール中毒の治療に関する本から切りぬいたらしい格言が貼りつけられている。〝今日わたしは、わたしに与えられた一瞬一瞬を、喜びと驚きをもって迎えいれよう……今日わたしは、みずからを恥じる心を捨て、心の平安を受けいれよう……今日わたしは、みずからの真実と向きあい、恐れることなくその存在を認めよう……〟その格言についても、レオは何も語らなかった。おれたちも何も訊こうとはしなかった。

コーチがいなくなってからのレオは、何かに苦しみつづけているように見えた。その苦しみからどうしても抜けだすことができずに、もがき苦しんでいるように見えた。レオの気持ちを少しでも楽にしてやるためにおれにできることがあるなら、なんでもしてやりたかった。

「警察は何か言っていたかい」とおれは訊いた。

「特に何も。ああ、そういや、湖底トンネルがどうのと言っとったな」

「そんなことを？」

「特にはっきりとは……いや、わしの口からはなんとも言えん。ここへは取材にきたのか？」

「いいや。それで、警察には何を話したんだい」

レオは肩をすくめた。「わしが話せることなんて何があるね？　あれから変わったことなどひとつもない。ジャックには、ときどきばかげた行動に走るところがあった。ほかの誰にもできないような行動にな」

本心から言った言葉であるとは思えなかった。「あの晩、事故のあとに、あんたはおれの実家へ駆けこんだ。たしかそうだったな？」

「そういうことは、すべて警察の記録に残っとる。知りたきゃ、そいつを読むといい。いまはちょいと忙しいんだ、ガス。またあとで会おう」

車庫を出ようとしたとき、扉の横に立てかけられたプレキシガラスに、レオの顔がちらりと映った。レオは肩越しに振りかえって、立ち去るおれを見つめていた。その顔に浮かんでいたのは、過去の記憶に苛まれる人間の思いつめた表情だった。

8

六時三十五分。オードリーのダイナーに足を踏みいれたとき、先客はひとりもいなかった。カウンター席に腰をおろすと、オードリーが言った。「おはよう、ガス。何を召しあがる?」

「おはよう、オードリー。エッグパイをお願いします」

オードリー・デヤングは六十代にしては驚異的なまでに贅肉と無縁の女性だった。三番目の夫がゲイロードのインディアン・カジノで出会った巨乳のブラックジャック・ディーラーと駆け落ちしてからは、ひとりでこの店を切り盛りしている。その夫は、一年後のある朝のこのこと店に戻ってきて、妻の赦しを乞うた。しかしオードリーは、モーニングタイムの常連たちがフォークをおろして聞き耳を立てているなか、離婚届なら調理場のまな板の横に用意してあると言い放った。じつを言えばそのときすでに、オードリーには新しい恋人がいた。相手は、ペトスキーの出身で土産物店を営む六十代の女性だった。

本来なら、このような田舎町では、オードリーのように恋愛に奔放な女性は大いに物議を醸すところだった。だが、オードリーのダイナーは、この界隈でうまい朝食を出すただ一軒の店だった。ミシガン州北部の田舎町においては、うまい朝食を出す店というのは、信頼の置けるプロパン・ガス業者と同じくらいに必要不可欠なものだ。結局、無用の騒ぎを起こす者はひとりもいなかった。オードリーは気さくで人好きのする人物でもあった。それに、オードリーの焼く糖蜜たっぷりのシナモンブレッドは、この世のものとは思えないほどの絶品だった。

店内はありがたいほどの静けさに満ちていた。おれはカウンターの奥の壁へ目をやり、憧れのライトウィング、ゴーディ・ハウの写真を眺めた。オードリーはアイスホッケーのファンではなかったが、ゴーディ・ハウはたまたま、例の恋人モーリーの叔父であるとかで、写真には直筆のサインが入っていた。写真の真下に視線をおろすと、カウンターの上に《パイロット》の朝刊が置いてあった。おれは見て見ぬふりをした。いまはただ、静かに食事がしたかった。

「さあ、どうぞ。特製エッグパイを召しあがれ」オードリーが言いながら、料理の皿をカウンターに置いた。キツネ色をしたイタリアパンの隙間から、とろとろにとろけたチェダーチーズとスクランブルエッグがあふれだしている。パンの外皮にフォークを突き刺すと、なかに詰まったソーセージ、ベーコン、ジャガイモ、ピーマン、マッシュルーム、タマネギから湯気が立ちのぼった。少し冷ましてからでないと、火傷するのは確実だ。好物の料理を食べるとき、おれはその喜びを長く味わうために、強いて少しずつ食べることにしている。ただし、エッグパイだけは例外だった。むしろ、すべての食材を一度にフォークに載せることのほうに苦心した。おれは子供のころから、ひとつのエッグパイをおおよそ二口で平らげていた。

「それで、どう思う?」オードリーが唐突に訊いてきた。

「なんの話です?」

「なんの話でもいいわ」

おれは微笑んだ。オードリーはいつもこんなふうなのだ。「そうだな……その新しい髪型はとてもすてきだと思う」

「まあ、ありがとう。このヘアネットのおかげでいっそうお洒落に見えるでしょう? でも嬉しいわ。ほかにはどう?」

「最近、店ではどんな話題が人気なんです?」

「うんざりするような話題ばかりよ。例のスノーモビル。昨日はあの話で持ちきりだったわ。あとはホッケーの話題。そういえば、あなたも少しだけここに居あわせたんだったわね」オードリーは薄黄緑色の上っ張りの前で腕を組んだ。「ときどき、あのひとたちにむかっ腹が立つことがあるわ」

つまり、あのあともひとしきりおれのことが話題になっていたということか。それから、おれがとめられなかったあのゴールのことも。「同感です」とおれは応じた。「でも、わけがわからないな。ひょっとすると湖底トンネルが本当に存在するんでしょうか」

調理場へ引きかえしながら、オードリーはくすりと笑った。「きっとそうよ、ガス。あの湖には、空飛ぶ蛙までいるって噂だもの！」

スクランブルエッグとチーズとジャガイモとソーセージを選びぬいてフォークに載せ、最初の一口をじっくり堪能していたとき、店の前の歩道からけたたましい話し声が聞こえたかと思うと、鐘の音とともに扉が開いた。振りかえると、黒と金色の揃いのスノーモビル・スーツを着て、それぞれにヘルメットを提げた子供が三人、どかどかと店に入ってきた。それから、食肉用冷凍庫並みにばかでかい図体をした男がひとり、重々しい足音を響かせながらそのあとに続いた。〝ジンボ〟というネーム刺繍を左胸に入れた黒いスノーモビル・スーツが、いまにもはちきれそうになっている。

おれは慌てて、目の前の皿に顔を戻した。男がおれに気づいていないことを祈りながら、聞き耳を立てた。男が奥のテーブルへ子供たちを追いたてる声が聞こえた。それから、肩に手が置かれるのを感じた。もう一方の手がエッグパイの上に突きだされた。

「やあ、ガス。ジム・ケラソプーロスだ」太い胴間声が言った。

ケラソプーロスは、《パイロット》の親会社であるNLP新聞社の法務部長だった。「おひさしぶりです、ジム。お子さんたちもご一緒で？」

「とりあえず三人だけは。残りの二人は、リンダのやつがチアリーディングのなんだかいう催しへ連れていっている。トラヴァース・シティの周辺は雪不足で、スノーモビルもろくに走らせることができん。しかし、このあたりにはまだきれいな雪がたんまり残っているようだ」

「ええ」答えながら、カウンターの端に朝刊が置いてあることを思いだした。手もとに引き寄せておくべきだったと、いまさらながら後悔した。

「じつは、このあとそちらへ――こら、おまえたち！やめなさい！ちょっと失礼」三人の子供たちがテーブルにヘルメットを叩きつけていた。「おまえたち、フレンチトーストが食べられなくてもいいのか？ヘルメットを下に置きなさい！」ケラソプーロスはオードリーに顔を向け、フレンチトーストを三皿と、エッグパイを一皿、オレンジジュースを四人分注文した。

それを済ませると、おれの隣のスツールに腰をおろした。「例の記事のことで、どのみちきみと話がしたかった。例の……なんだかを追跡しているという……」

「ビッグフットですか？」

ケラソプーロスは手の平をカウンターに叩《はた》きつけた。

「そう、それだ。パールマンの記事だ」

「パールマターのことですか」

「そう、その男だ。それにしても、ずいぶんと変わり者のようだな。じつに興味深い原稿だった」そう言うと、ケラソプーロスは思慮深げな表情を浮かべてみせた。相手にはまったく見えていないものが自分には見えていることを相手にわからせようとするとき、弁護士が多用するあの表情だ。「ただし、いささか興味深すぎるとも言えなくはない。言いたいことはわかるな？あれを書いた記者だが……」

「ジョーニー。ジョーニー・マッカーシーです」

「そう、その記者だが、言うなれば……きわめて向こ向こう意気の強い人物であるようだ。彼女が掘りあてた記録はひじょうに興味深い。見る者によっては、説得力すらあるのだろう」ケラソプーロスはそこで少し間を置いた。「……それにしても、パールマンが州の懐からせしめてきた金額ときたら！　わたしの払う船舶使用料は、あとどれだけやつの懐に流れこむことになるんだろうな？」ケラソプーロスはみずからのたわいない冗談にくすくすと笑った。それから不意に難しい表情をつくり、太い眉を真一文字に寄せた。「だが、しかしだ。ここでひとつ、念頭に置いておくべき重要な事実がある。それは、ミスター・パールマンが完全なる一般人であるということだ。それが何を意味するかはわかるだろう」

「パールマターのことですね。ええ、わかっています」要するに、名誉毀損で訴えられた場合、保安官などの公人よりもパールマターのような一般人を相手にしたほうが、敗訴する見込みが高いということだ。

「その男は弁護士を雇っているのだろうか」

「ええ、いちおうは。ですが、いまのところ何も言ってきていません」

子供たちがふたたびテーブルにヘルメットを叩きつけはじめた。「そのミスター・パールバーグに対して、なんらかの弁明をするチャンスは惜しみなく提供してきたのだろうな？」

「もちろんです。ジョーニーが自宅まで出向いてもいます。ただ、彼女の思惑に気づいてからは、電話にも応じなくなったそうです」

「当然だ」ケラソプーロスは芝居がかった様子で、ひとさし指をカウンターに打ちつけた。「相手は、単調なペーパーワークを露ほども厭うことのない人間だ。そのうえ、守るべきものを多く持つ、これまた向こう意気の強い人間だ。それらを考えあわせれば、あの記事が訴訟に結びつくことは間違いない」

「パールマターは、長年にわたり公金を騙しとってきたた盗っ人です」おれは思わず言っていた。ただし、言ったそばから後悔してもいた。

「いいかげんにしないか、ガス。それを決めるのはきみではなく読者だ。われわれはただ、可能なかぎり公正に、可能なかぎりの調和をはかりながら、事実を提示するのみだ。ちがうかね？」

おれは冷たくなったエッグパイを見おろした。「いいえ、そのとおりです」

「わたしも以前は記者をしていたんだ、ガス」

そして以前は痩せてもいたんだろうな、とおれは心のなかで毒づいた。

「あの記事は問題を引き起こす可能性がある」

「ジム、あの記事はなんの法にも触れやしません」

ケラソプーロスは椅子から立ちあがった。「ガス、もしきみが本当にそう確信しているのなら、こちらの意見など求めず、そのまま印刷にまわしていたはずだ。だが、きみは原稿をこちらに送ってきた。だからいま、わたしはその意見を伝えているんだ」

そのばかでかいケツをいますぐあげて、ここから出ていけと言ってやりたかった。キャンバス地の日除けやら、灯台やら、ゴルフのカップやらの絵で飾りたてた、あの角部屋のオフィスに引っこんでやがれ。これ以上、余計な口出しをするな。あんたはしがない三流の人間だ。その事実は今後も永遠に変わることはない。あんたには、ちっぽけな町の新聞を毎日去勢しながら、船舶使用料をまかなうための小金を稼ぐことしか能がないのだ。そう言ってやりたかった。だが、それらを除けば、ケラソプーロスの言ったことは正しかった。少なくとも、その一部は。おれには、あの記事をそのまま掲載することもできた。親会社から譴責《けんせき》を受けることを覚悟で。あるいは、一年のうちに二度、新聞社を馘になる覚悟で。しかし、おれは安全策をとった。親会社の意向に沿って、みずからのしがない将来を守ろうとした。そしていま、パールマターに対する本音を言っをうっかり漏らすことによって、さらに傷口を広げてしまった。このままでは、ジョーニーの記事が日の目を見るときは永遠に訪れないかもしれない。自分で自分をぶちのめしてやりたい気分だった。

「お願いします、ジム。パールマターの弁明を得られるかどうか、もう一度試させてください」

「やってみればいい。わたしの口癖は知っているだろう。読者にとって重大な意味を持つニュースに関して、他紙にひけをとってはならん。わかるな？　さて、チビどもがこの店を大破するまえに、わたしはテーブルに戻らなくてはならない。最後にひとつだけ言っておこう。この件に関して、きみは正しい判断をした。注意を呼びかけてくれたことに、われわれは感謝している」

おれはエッグパイの皿を脇へ押しやり、窓の外に目を向けた。折りたたんだ朝刊を小脇に挟んで歩道に立っているエルヴィス・ボントレガーの姿が見えた。どうやら誰かと立ち話をしているようだ。おれは店を出ようと立ちあがった。鉄板に向かっていたオードリーがこちらを振りかえった。「あら、ガス。ほとんど食べていないじゃないの」

「すみません、オードリー。どうも食欲がなくて。でも、とてもおいしかった。本当に」

「元気をお出しなさい。それから、お母さまにもよろしく伝えてね」

鐘を鳴らさないよう努めながら、そっと扉を押し開けた。エルヴィスがテディ・ボイントンと話しこんでいるのが見えた。おれは顔を伏せて、ブーツの底が岩塩の塊を踏みはじめた。そのとき、足早に歩道を歩きだした。「おっと、噂をすれば……」テディの声を尻目に、エンライツ・パブの横から狭い路地に入った。この二日のうち、弁護士のせいで二度も食事をふいにしたということに、そのときふと気づいた。

ハングリー川にぶつかったところで歩く速度を落とし、湖のほうへ足を向けた。凍結した川の向こうに、雪に覆われた湖岸の風景が広がっている。テディが新マリーナを建設しようとしている土地だ。あきらかにプロの手によるものとおぼしい完成予想図が描かれた立て看板が見える。黄金色の砂浜と、乳白色の四階建てホテル。各種店舗が軒を連ねるパビリオン広場。淡い青色のパラソルを立てたピクニック・テーブルを囲む人々。きらきらと輝く入り江に浮かぶ、ヨットやクルーザーやモーターボート。計画の行く手を阻んでいるのは、建築規制委員会とスーピーだけだった。委員会の承認さえ得られれば、テディの懐には建設工事の着手金として、さっそく五百万ドルが転がりこむことになる。

肩越しに、スーピーのスタヴェイション・レイク・マリーナを振りかえった。四階建ての角張った建物。ブロントサウルスを思わせるくすんだ緑色のペンキが波形鋼板の外壁に塗りたくられている。事務所の扉に近づき、目の上に片手をかざして小窓からなかを覗きこんだ。部屋の隅で、ピザの空き箱の山が崩れている。ゴミ箱はビールの空き瓶や空き缶であふれかえっている。壁のカレンダーは父親が死んだ去年の七月のままだ。おれは建物の横手へまわり、水道メーターの下に手を這わせて、磁石で張りつけられている小箱を探した。箱のなかには合い鍵がおさめられていた。

事務所に足を踏みいれると、饐《す》えたビールと、ペパロニと、マリファナの甘ったるい匂いが鼻を突いた。スーピーの机に近づき、胸の高さにまで積みあげられていた書類の山から、埃をかぶった一枚をつまみあげた。一月二十四日、金曜日の午前九時三十分に出廷することを命じた召喚状だった。

「たいした度胸だな、スーピー」おれは小さくつぶやいた。

その日のことはよく覚えていた。朝からスーピーとふたり、凍った湖の上で穴釣りをしたのだ。あのとき、スーピーは裁判のことなどひとことも口にしなかった。十時には六缶パックをさっさとからにしていた。書類の山の隣に、ラベルも表示もないファイルフォルダーが二冊だけ置いてあった。一冊を拾いあげ、なかにおさめられていた二枚の便箋を取りだした。日付は四日まえ。差出人はテディ・ボイントンの代理人、アーサー・フレミング。手紙には、〝一時提携〟を呼びかける旨が綴られていた。スーピーのマリーナにおける収益の二十五パーセントをボイントン不動産が受けとる代わりに、スーピーは建設予定のパインズ・リゾートから一パーセントの収益と、三万ドルの即金を受けとる。提携期間中は、スーピーのマリーナに〝財政上の破綻がないと見なされるかぎり〟マリーナの営業は継続される。三万ドルの即金は〝未決着の訴訟の解決〟に役立ててもらってかまわない。その代わりスーピーには、月曜の建築規制委員会で新マリーナ建設計画への異議を取りさげてもらうという。悪い取引ではなかった。現金も手に入る。新マリーナからの分配金はいずれ大きな利益をもたらすだろう。ただし、スーピーのマリーナに〝財政上の破綻がない〟とは見なされなくなり、営業停止に追いこまれるまでに、そう長くはかからないのかもしれない。

もう一冊のフォルダーを机から取りあげた。なかをたしかめようとしたとき、乾ドックのほうから金属が軋むような音が聞こえてきた。まるで巣のなかで眠る鳥のように、スチール製の架台に横たえられた舟が並ぶ場所だ。そちらに面した窓へそっと近づいた。奥のほうで、スチール製の巨大な扉がガラガラと騒々しい音を響かせながら上にあがっていくのが見えた。地面との隙間から光があふれだし、逆光を受けたブーツと脚のシルエットが浮かびあがる。スーピーの片腕であるタッチが仕事にとりかかるところらしい。おれは身を屈めて、事務所の裏口へ駆け寄った。すばやく外に出て扉を閉め、足を踏みだした瞬間、身体が宙に浮かびあがったかと思うと、そのまま仰向けに倒れこんだ。

「なんなんだ、いったい?」

痛みと戸惑いに顔をしかめながら上半身を起こすと、泥にまみれたコイやらサッカーやらが足もとの地面に散乱していた。かろうじて息があるらしく、パクパクと口が動いている。吐き気をこらえながら、おれはどうにか立ちあがった。「なんなんだ、この魚は?」言いながら、コイを蹴飛ばした。「なんだってこんなところに魚がいるんだ?」血と腸《はらわた》が点々と雪の上に落ちていた。きれいに腹を割かれた魚もあった。あたりを見まわしたが、人影は見あたらない。「笑えない冗談だ」誰かに聞かせるかのように声を張りあげた。「これっぽっちも笑えやしないぞ!」川沿いの道を足早に歩きながら、尻についた雪と魚の鱗を手の平で払い落とした。マリーナにいるところを誰かに見られていたのだろうか。それとも、死にかけた魚はスーピーに対する嫌がらせだったのだろうか。

アパートメントに戻り、生臭いコートを外階段の手すりにかけた。スポーツバッグを居間へ引っぱりだし、床の上でジッパーを開けた。途端にあふれだした匂いの強烈さは、外階段に干してきたコートにも劣らない。じっとりと湿った防具を空気にあてるため、ひとつずつ鞄から出しては、床に並べていった。レッグパッド、アームパッド、チェスト・プロテクター、ズボン。キャッチング・グローブ、ブロッキング・グローブ、股間部防護用のプロテクティブ・カップ。スケート靴、防護マスク、ごわごわのタオル。絶縁テープや靴紐や鎮痛軟膏をおさめたキャンバス地のポーチ。木曜の試合のあとに荷物を解いておけばよかった。今夜の試合では、いつもより防具を重く感じるかもしれない。そのぶん動きが鈍くなってしまうかもしれない。いや、そんなことはない。きっとだいじょうぶだ。おれは自分にそう言い聞かせた。ホッケーでは、信じることがすべてだ。自分にはどんなシュートでもとめられると信じていなかったら、それを果たすことはできないだろう。あの一瞬に自分を信じることができなかったら、すべてのパックがゴールに突き刺さっているだろう。試合のない夜であっても、四本や五本ものゴールを許したあとであっても、自分にはすべてとめられたはずだと信じつづけなくてはならない。さもなければ、次の試合では七本や八本ものゴールを許し、コーチから交代を命じられることになる。味方のベンチと敵のベンチと観衆から蔑みや憐れみやその両方のまなざしがそそがれるなか、すごすごとリンクを去らなければならなくなるのだ。

おれにとって特別な意味を持つ防具、ブロッキング・グローブを手に取った。安楽椅子に腰をおろし、親指に巻きつけられた黒い絶縁テープをはがしはじめた。ブロッキング・グローブはスティックを握るほうの手、おれの場合は右手にはめるものだ。手の甲の部分に幅の広い長方形のシールドがついていてそれが大きなワッフルのように見える。おれはこれを〝幸運のワッフル〟――あるいは、冷凍ワッフルの商品名からスーピーが名づけてくれた〝エッゴ〟――の愛称で呼び、とりわけ大切に扱ってきた。こいつが飼い犬の餌食となったあの日から。

当時おれは十三歳だった。その日の午後はひとりでテレビを見ていた。たしか、ドタバタ喜劇の《三ばか大将》だったと思う。そのとき、洗濯室のほうから荒々しいうなり声が聞こえてきた。洗濯室には、風にさらして湿気を払うため、ホッケーの防具が干してあった。慌てて部屋に駆けこむと、雑種犬のファッツとブリンキーが口にくわえたエッゴを奪いあっていた。「やめろ、ばか犬!」とおれは叫んだ。だが、悪いのはおれだった。洗濯室の扉を閉め忘れていたのだ。おれは二匹の口からエッゴをもぎとると、それをぶんぶんと振りまわして犬たちを追っ払った。リノリウムの床に爪の音を響かせながら二匹の犬が慌てて逃げだしていったとき、ブリンキーの口から革の切れ端がはみだしているのが見えた。ぐんと気持ちが沈みこんだ。エッゴを引っくりかえすと、親指の部分がなくなっていた。

その晩には、地区大会のプレーオフの試合が控えていた。親指のないグローブでゴールは守れない。おれはブリンキーを部屋の隅に追いつめ、犬用ビスケットと引きかえにして親指を取りもどした。母は買い物に出かけていた。おれは千切れた親指とエッゴを手に、隣家へ向かった。ダーリーンはキッチンのテーブルで地理の宿題をしているところだった。「ガスってば、本当の本当にばかなんだから」そう言いながら、困り果てたおれが自分を頼ってきたことを内心喜んでいるのが伝わってきた。おれたちはエッゴをダーリーンの母親のところへ持っていった。おばさんは靴の修理屋でパートをしていて、まえにも一度、レッグパッドのほころびを繕ってくれたことがあったのだ。ところがその日は、エッゴをじっくり眺めてから、咎めるような視線をおれに向けた。

「お母さんにかなりの出費を強いることになるわよ、ガス」

「はい、ミセス・B」

「しかも、六時までになんとかしろだなんて……」おばさんは首を振り、グローブと千切れた親指をおれに返した。「ごめんなさい、ガス。今夜はユーカー・ゲームの会があるの。まもなく主人も帰ってくるわ。もう夕食の支度を始めなくちゃ」

おれは力なくダーリーンを見やった。ダーリーンは母親の手をつかむと、キッチンから廊下へ引っぱりだした。小声で話しあう声がしばらく聞こえた。ふたりでキッチンに戻ってきたとき、ダーリーンの顔は満面の笑みをたたえていた。おばさんがおれからグローブを取りあげながら言った。「いいこと、あなたたち。わかってるとは思うけど、もとどおりに直せるとはかぎりませんからね」

玄関で別れ際に礼を言うと、ダーリーンは小さく笑いながら言った。「夕食がパンケーキだけでも、パパが怒らないでくれるといいんだけど。わたしがひとりでつくれるのはそれだけなんだもの」

その晩、おれはエッゴをはめて試合に出た。念のため、真新しい縫い目には上から黒い絶縁テープを巻いておいた。どういうわけか、その見た目がおれには妙に恰好よく思えた。対戦相手は、州南西部のグランドラピッズからやってきた、足の速さを持ち味とするチームだった。だが、おれには黒く輝く絶縁テープがついていた。おれは四十八本中一本を除いたすべてのシュートをとめ、チームは三対一で勝利した。

あれから二十一年のあいだに、古くなった防具は新調され、ほとんどが新しいものに変わった。ただひとつ、エッゴだけは例外だった。毎回かならず試合のまえに、おれは新しいテープを縫い目の上に貼りなおした。かならず黒の絶縁テープを使って。十三歳のあの晩とまったく同じ巻き方で。テープが本当につなぎとめていたのは、おれの自信だった。

もちろん、道理もへったくれもない。だが、迷信やジンクスは、鼻に食らう肘鉄と同じくらい、ホッケーにはあたりまえについてまわるものだった。おれたちはかならず同じ手順で保護パッドを装着し、かならず同じやり方でスティックにテープを巻いた。同じ順番で水のボトルをベンチに並べた。試合の開始直前に、スティーヴィー・ルノーはかならず冷たいシャワーを浴びた。ウィルフはかならずトイレで反吐《へど》を吐いた。緊張による胃炎だけでは足りないときのために、吐剤の壜をいつも鞄のなかに用意していた。ジルチーはロッカールームで絶対にキーパーの隣にすわらなかった。

試合開始のフェイスオフが済むまでは、ひとこともロをきこうともしなかった。

　そしてスーピーは、呪術師にも負けないほどのジンクスを抱えていた。まず、スーピーはかならずおれの左隣にすわらなければならなかった。だから、スーピーがどこかにすわるときには、おれもかならずそこにすわらなければならなかった。しかも、スーピーより先に腰をおろしていなければならなかった。スーピーがユニフォームに着替えているあいだは、スーピーの持ち物に誰も手を触れてはならなかった。誤って誰かが触れてしまった場合には、すでに着たものをすべて脱いで、最初からやりなおさなくてはならなかった。リンクに出る直前にはかならずおれの首を抱き、右肩を叩きながら最後の檄を飛ばした。「今夜のおまえは煉瓦の壁だ」と言うこともあれば、「今夜のおまえは巨大なスポンジだ。何もかも吸いあげて、そのあと吐きかえしてやれ」と言うこともあった。また、〈ラッツ〉ですごした最後の二年間は、四つもサイズの小さいスケート靴を履いていた。つま先が痛いくらいに圧迫されていないと速く走れないのだとスーピーは言い張った。これぱかりはどうにも解せない妙なジンクスだとおれは思っていた。だが、それがスーピーという人間だった。ときには試合が終わってから、つま先と土踏まずに感覚が戻るまで三十分も揉みほぐさなくてはならないこともあった。三十代となったいまでさえ、普通ならまず足が入らないほど小さなスケート靴を履きつづけていた。

　そうしたおれたちの儀式にコーチが口出しをすることはなかった。それによって自分を信じることができるのなら、それでよしとしていた。ただし、わたしならそんなばかげた行為に走りはしないが、と付け加えることも忘れなかった。だが、おれたちは知っていた。コーチにもひそかなジンクスがあることを。コーチはかならず、いつもかならず、左足からリンクにおりた。

うまく歩幅が合わないときには、右足で小さくスキップをしてから大きく左足を踏みだして、かならず左足から着氷した。あるとき、練習に出てきたコーチがそうするのを見て、スーピーがふざけ半分にその不自然さを指摘したことがあった。するとコーチは「今日は一日、パックを使わない練習を行なう」と宣言した。以来、コーチのジンクスをあげつらう者はひとりもいなくなった。

おれは安楽椅子に腰をおろし、テープを巻きなおしたエッゴを膝に載せた。背もたれに身体を預けて目を閉じた。一時間後に始まるシュートアウト大会に向けて、意識を集中していった。頭のなかにリンクの様子を思い描く。頭上の照明がフェンス際にどのような影を落とすか。迫りくる敵がどんなふうに進路を変えたり、フェイントをかけたりするか。スティックから放たれたパックがどんなふうに回転したり、ぶれたり、上向きや下向きのカーブを描いたりするか。パックのスピードをゆるめるため、パックを大きく感じるために、自分はどのように集中を高めていけばいいか。

電話の呼出し音が思考を破った。

「例のスノーモビルはブラックバーンのものでした。間違いなく」ジョーニーの声が告げた。

「そのことならもう聞いた」

「知ってます。昨日わたしがそう言いましたから」

「警察から正式な発表は出ていないんだろう?」

「ええ、署名入りの自供書はありません。指紋のついた銃も」

「警察はなんと言ってる?」

「まだあちらには顔を出していません。ですが、ダイナーに来ていたあの太っちょの……名前はノートを見ないとわかりませんが、とにかくその男の話では、デトロイトのチームを率いるコーチのひとりが誰かを雇ってブラックバーンを殺し、ウォールアイ湖に遺体を捨てさせたのにちがいないとのことです」

町の人々はこれまでけっして、ブラックバーンがみずから愚行を演じたという可能性を認めようとしなかった。「そんな話を聞かされたら、レオはさぞかし驚くだろうな」

「事故の晩、ブラックバーンと一緒にいたという人物ですね。その方にもお会いしてきました。ずいぶんと変わり者のようです」

最後の言葉はやりすごすことにした。「警察も話を聞きにきたらしい」

「どうしてあなたがそのことを？」

「リンクでたまたまレオに会った」

「へえ、そうですか」またもやジョーニーは苛立ちをあらわにした。「はっきり言わせてもらいますけど、これはわたしのネタです。町中《まちじゅう》の人間が崇拝する名コーチが死んだ。その死の経緯がこれまで言われてきたとおりではなかったかもしれないことに、ようやく人々が気づきはじめた。このニュースには、AP通信だって食いつくわ」

たしかにジョーニーの言うとおりだった。しかし、それを認めたくはなかった。事故の真相を知りたがっている自分もいた。その一方で、過去は過去のままそっとしておきたい自分もいた。

「いいや、ジョーニー、はっきり言わせてもらうなら、これは《パイロット》のネタだ。それに、おれは今後もこの土地で生きていかなくてはならない」

「あなたもブラックバーンのチームにいたんですよね」

「ああ、大昔に」

ジョーニーは少しためらってから、ふたたび口を開いた。「彼がここへやってくるまえにいた町については、何かご存じですか」

「まあ、少しなら」

子供のころのおれは何時間でも飽きることなく、ブラックバーンからもらった年鑑やパンフレットを眺めてすごした。ブラックバーンがカナダのジュニア・リーグやマイナー・リーグの現役選手だったころや、その後コーチとなってカナダの少年たちを指導していたころに集めていたという代物だ。日曜に夕食を囲みながら、カナダ西部でジュニア・リーグのチームを率いていたころの思い出を語り聞かせてもらったこともある。

「それじゃ、聞いてください」ジョーニーの言う声が聞こえた。「うちが出した過去の記事によれば、ブラックバーンは一九七〇年にこの町へやってきました。それ以前は、カナダのアルバータ州で四年のあいだ〈セントアルバート・セインツ〉というチームのコーチをしていたようです。その四年間についてブラックバーン自身が語った言葉もいくつか引用されていました。〝夢のような四年間〟という表現が何度も繰りかえされています。ところが、わたしが調べだした記録によれば、ブラックバーンが〈セインツ〉をひきいていた期間は四年ではなく三年のはずなんです。一九六六年には、その町にやってきてもいなかったはずです。向こうの新聞社に問いあわせたところ、応対してくれた女性から、ある人物を紹介されました。個人的な趣味として、そのチームの歴史を編纂しているという人物です。その人物によれば、ブラックバーンは一九六七年にセントアルバートへやってきて、七〇年に町を去った」

「それで？」

「厳密には〝慌てて逃げだした〟というのが、その人物の使った表現です。しかも、その年、チームはかなりの好成績をおさめていた。何かの大きな大会で優勝までしたそうです。なのにブラックバーンは町を出ていった。いったいどうしてなのか。その人物に尋ねると、大昔の出来事だと言って、電話を切られてしまいました」

「その男はあまり記憶力がよくないのかもしれない」

「かもしれません。でも……ああ、もう行かなくちゃ。またのちほど」そう言って、ジョーニーは電話を切った。

まるでわけがわからなかった。あるチームのコーチを務めていた期間などについて、どうしてブラックバーンが嘘をつかなくてはならないのか。きっと、誤って記憶していただけなのだろう。あるいは、おれの記憶が間違っているのかもしれない。おれはふたたび目を閉じた。必死に記憶をたぐり寄せた。母が皿を片づけているあいだ、テーブルを挟んで向かいあっていたコーチの姿。「夢のような四年間」そう口にしたときのコーチを、いまも鮮明に思いだすことができる。それをたしかめるのはわけもない。足もとにある、コーヒー・テーブル代わりの段ボール箱。そのひとつを開ければ、ブラックバーンからもらった年鑑やパンフレットを取りだすことができる。あとで忘れずにたしかめてみよう。そう頭に刻みつけた。いまはシュートアウト大会に向かう時刻が迫っていた。

9

左肩をすりぬけたパックが左のゴールポストをかすめた直後、背後のネットに突き刺さった。

「見えない、とめられない」目の前をフルスピードで滑りぬけながら、テディ・ボイントンが言った。片足を軸にぐるりと向きを変え、後ろ向きに遠ざかりながら嘲りの言葉を投げてくる。「そういえば、おまえはパックを見失う名人だったな、カーペンター」何度も聞かされてきた言葉だった。

シュートアウト大会はまもなく終幕を迎えようとしていた。一対一の対決を休みなく繰りかえし、これまでに受けたシュートの数は百本を超えていた。手首を利かせたリスト・ショット。狙いを定めずすばやく打ちぬくスナップ・ショットや、大きくバックスイングをとったスラップ・ショット。バックハンド・ショットやフェイント。おれはその大半をとめた。すでに三十人の敗退が決まった。そしていま、過去のほとんどの大会がそうであったように、スーピー・キャンベルとテディ・ボイントンによる一騎打ちの決勝戦が行なわれていた。ふたりに与えられたチャンスはそれぞれ三回。一本目のシュートはどちらもおれにとめられていた。そしていま、おれが右に重心を移した隙を狙い、左に放ったスラップ・ショットで、テディが二本目のシュートを決めたところだった。おれはネットの上に載せておいた水のボトルをつかみ、ぐいとマスクを押しあげた。ゴールから距離をとりながら、乱れた息を整えた。

この午後のあいだは、ふたたびおれの人生に姿をあらわし、ふたたび心を掻き乱しはじめたブラックバーンのことを頭から締めだそうと必死だった。けれど、ブラックバーン・アリーナのリンクに立ちながらコーチのことを考えずにいるのは、途方もなく難しいことだった。ブラックバーンが町にやってきたとき、このリンクは、スチール製の薄い壁二枚に両側を挟まれ、上から屋根をかぶせただけの氷の野辺にすぎなかった。降り積もった雪の重みで、屋根は大きくたわんでいた。フランシス・デュフレーンの後ろ楯を得て、ブラックバーンは町に訴えかけた。リンクの屋根を葺きかえさせ、残る二面も壁でふさいだ。ロッカールームと、シャワールームと、スコアボードと、スタンド席までつくらせた。町議会に出席するときにはかならず〈リヴァー・ラッツ〉のメンバーから三、四人を同伴し、おれたちを両脇にしたがえたまま弁舌をふるった。おれたちはサテン地のチーム・ジャケットを着て、きれいに髪を梳かしつけ、教えられたとおりに後ろで手を組んで、かしこまった笑みを浮かべていた。

「早くしろ、トラップ！」リンクの中央でスーピーが声を張りあげた。そのあいだも手はせわしなく、前へ後ろへパックを弾いている。

「そんなに力むな」とおれは言った。スーピーに、それから自分に言い聞かせるように。顔を仰向け、上から水を浴びせかけた。天井に渡された鉄骨のあいだから、色褪せた青と金色の垂れ幕が見え隠れしている。一九七七年から八一年にかけての〈ラッツ〉の軌跡。地区大会決勝進出。地区大会決勝進出。州大会準々決勝進出。州大会準決勝進出。そして、州大会準優勝。視線をゆっくりと滑らせて、スーピーの向こうに掲げられた垂れ幕を見つめた。記憶にあるかぎりの昔から、あの同じ場所、リンクの端に吊るされていた垂れ幕――〈ホッケーで勝つことはすばらしい、ホッケーができることはそれ以上にすばらしい、ホッケーを愛することは何よりもすばらしい〉。おれはゆっくりとゴールへ引きかえし、水のボトルをもとの場所に戻してから、マスクをおろした。スティックのブレードを左右のゴールポストに打ちつけ、重心を落として中腰の体勢をとった。「さあ来い、スーピー！」

スーピーは、ホッケーを愛する者たちから憧れを込めて〝ダングラー〟と呼ばれるたぐいのプレーヤーだった。ダングラーは、パックを糊で貼りつけでもしたかのような、いとも巧みなスティックさばきを見せる。ゴム製のパックをテニスボールのように軽々と操る。スーピーもまた、股のあいだにパックを通したり、背後でキープしたり、片手やバックハンドで操ったりはもちろんのこと、片膝をついた姿勢や後ろ向きで氷の上を滑りながらでも、何をしているときでも、パックがスティックを離れることはなかった。スーピーの技のレパートリーは何千とあった。自宅の地下室や深夜のガレージ裏で、何時間もの練習を重ねていた。スーピーは暗がりでの練習を好んだ。あたりが暗ければ暗いほどいいのだと言った。暗闇のなかでは目からの情報に頼ることができない。スティックから伝わる手の感覚のみに頼らざるをえなくなる。スーピーの魔法の手はそうして培われたものだった。だから、明るいリンクにいるときでも、スーピーには手もとや足もとを見おろす必要がなかった。つねに顔をあげたまま、周囲へ目を配ることができた。あいたスペースやフリーになった味方の選手を探すことができた。敵のディフェンスから不意打ちを食らうこともけっしてなかった。

そのスーピーが一年近い期間をかけて、ある技の習得に励んだことがあった。技の着想を得たのは、デトロイト開催のトーナメント戦に出場していたときのことだ。ある晩、おれたちは宿泊先のホテルで、カナダのテレビ局が放送するインドア・ラクロスの試合を見ていた。アイスホッケーのリンクに形の似たコンクリートの床の上を走りまわりながら、選手たちが革製の網を張った細いスティックでボールを投げあっていた。それを見たスーピーは言った。「こいつはいいや。あんなふうにパックを投げることができたら、どんなにかっこいいだろうな」

全体練習のあと、チームメイトが着替えに向かうなか、スーピーはバケツいっぱいのパックをゴールの裏まで運んだ。足もとにひとつパックを置き、ひとすくいでそれをスティックに載せ、肩の高さに振りかぶってからゴールの横に踏みだすと、ラクロスのようにスティックを振って、ゴールの上端にパックを叩きこもうとしはじめた。パックをすくいあげる動きはすぐにマスターできた。問題は、スティックにパックを載せたままゴールの横へ踏みだす部分だった。日によっては、シャワールームを出たチームメイトがベンチの上に立って、スーピーにからかいの言葉を浴びせることもあった。それでもスーピーは黙々と練習を続けた。コーチはその様子を黙って見ていた。少なくとも、はじめのうちは。

ある日の午後、最後にロッカールームを出たおれは、駐車場へ通じる戸口をくぐろうとしていた。そのとき、何かがゴールポストを叩く音が聞こえた。スーピーがリンクに居残っていることは知っていた。おれはその場に荷物を残して、リンクへ引きかえした。スーピーはこちらに背を向けて、ゴールの裏に立っていた。足もとに四つか五つ、ゴール右側のフェイスオフ・スポットの周囲に二つほどのパックが転がっていた。ゴールのなかにも、六つか七つのパックが落ちていた。おれが無言で見守るなか、スーピーはスティックでパックをすくいあげ、左に二歩踏みだすと、ぶんとスティックを一振りして、ゴールポストに叩きつけた。スティックを離れたパックが宙を飛び、ゴールの上端に突き刺さった。「やりやがったな、スーピー！」おれは歓声をあげた。スーピーがこちらを振りかえり、にやりと笑ってみせた。

その件についてコーチがはじめて口を開いたのは、次の練習が始まるまえのことだった。技を磨くのはかまわない。だが、試合中にラクロスのまねごとをするのは許さない。そうコーチは言った。それから、スーピーの技を〝オカマ好みの派手な曲芸〟と呼ばわった。おれたちの前でコーチが汚い言葉を口にすることはけっしてなかった。おれたちがそうした言葉遣いをすることも禁じられていた。ただし、〝オカマ〟と〝ホモ〟――このふたつの単語だけはべつだった。ホッケーがどういうものであり、どういうものでないのかをおれたちにわからせようとするとき、コーチはいつもこの言葉を使った。敵の顎に肘鉄を食らわせるのがホッケー選手だ。スケート靴を蹴りつけるのはオカマのやることだ。勝利のためなら衝突をも辞さないのがホッケー選手だ。ラフプレーに怯むのはオカマだ。

スーピーがリンクでラクロス・ショットの練習をすることはなくなった。ところがある晩、スーピーはおれを呼び寄せ、絶対に内緒だぞと前置きしてから、いまもガレージ裏で例の練習を続けているのだと打ちあけた。

「けど、なんのために？」とおれは訊いた。

スーピーは肩をすくめた。「コーチはアホだ。何もわかっちゃいない」

「ばか言うなよ。なあ、その技、何かのときに使うつもりなのか？」

スーピーは小さくくすりと笑った。「さあ。もしかしたらな」

「もしかしたら、おれの尻に打ちこむつもりか？」

「もしかしたら、おれはただのオカマなのさ」

スーピーがパックを前へ押しやり、こちらに向かって大股に三歩踏みだした。角度のついたシュートを牽制するべく、おれはじりじりと前に出た。転がるパックを引き寄せると、スーピーは左にカーブを切った。それに合わせて、おれも身体の向きを変えた。

多くの場合、スーピーはまずフェイントをかけて、キーパーに膝をつかせようとする。そのうえで左右の肩の上を狙うか、急カーブを切ってバックハンドに移したパックを、がらあきとなった側のネットに叩きこむ。だが、スタンドアップ型のキーパーであるおれは、ちょっとやそっとでは膝をつかない。そこでスーピーが選ぶのは、低いショットでゴールの隅を狙うか、左右に何度も切りかえしておれを振りまわし、隙を狙って反対側にパックを打ちこむという戦法だ。

スーピーが左耳の後ろまでスティックを振りあげた。木とゴムの衝突に備えて、おれは足を踏んばった。ただし、こちらを欺こうというもくろみである可能性も、もちろん捨てはしなかった。だが、スーピーにそんなもくろみはなかった。スティックが勢いよく振りおろされ、ブレードがパックを叩く衝撃音が響いた。パックが飛んでくるのが見えた。おれの左でも右でもなく、開いた足のあいだでもなく、胸のど真ん中をめがけて。とめるのが最もたやすいコースだった。パックは胸骨の真上にあたった。おれはキャッチング・グローブでパックを受けとめた。

何かがおかしい。スーピーがキーパーの真正面にシュートを打ちこむなんてありえない。

おれはスーピーの後ろ姿を見つめた。スーピーは新たなパックをスティックで拾うと、最後の一打に臨むべく、リンクの中央へ戻っていった。テディが笑いながら野次を飛ばしていた。「次もはずせば全滅だ！百ドルはおれがいただくぞ、ベイビー！　おまえのスロットマシンは打ちどめのようだな！」

スーピーとテディもかつては仲のいい友人同士だった。〈ラッツ〉でともにプレーするようになった、最初のころのことだ。氷の上でも、ふたりは見事な連係を見せた。スーピーは敏捷な動きを武器とするディフェンスで、巧みなパスまわしで攻撃を組み立て、リンクの端から端までを突破しての劇的なゴールを決めた。テディは荒っぽいプレーで知られるフォワードで、コーナーで相手をつぶしてパックを奪うことや、ゴール前でのリバウンドや混戦や揉みあいなどから泥臭いゴールを決めることを得意とした。テディは、スーピーからの完璧なパスをゴールに押しこむことを無上の喜びとしていた。スーピーは、テディがパックのそばから敵を押しのけるさまをいつも褒めちぎっていた。ふたりはリンクの外でもしばしばタッグを組み、サンディ・コーヴの女の子を追いまわしたり、鍵のかかっていないガレージからビールを失敬したりしていた。

だが、〈ラッツ〉でともにすごした最後の年から、ふたりは敵対心をあらわにするようになった。それもある程度までなら、驚くほどのことではなかった。当時、スーピーには、名門チームを抱える四、五校の大学から勧誘の声がかかっていた。だが、テディにはスーピーほどのスピードも、スティックをさばく技術もなかった。コーチの寄宿舎に暮らす身としては、将来を不安に感じていたにちがいない。とはいえ、対立の原因がそれだけであるとはどうしても思えなかった。おれの知らない何かほかの理由があるような気がしてならなかった。やがてふたりは言葉も交わさなくなった。遠征のバスのなかでも、遠く離れた席にすわるようになった。一度、そのことについてスーピーに尋ねてみたことがある。だがスーピーはふんと鼻を鳴らし、「やつがおれを妬んでるんだろ」とだけ言うと、すぐに話を打ち切ってしまった。

もうひとつ、疑問に思うことがあった。ふたりの対立に、コーチも関係しているような気がしたのだ。それまでコーチはスーピーをスワニーの愛称で呼び、息子のようにかわいがっていた。ところが、その最後の年には、テディに〝タイガー〟の愛称を与え、ことさらに目をかけるようになった。スーピーはそれに対する苛立ちを必死に押し隠そうとしていた。それから何年かが過ぎ、町を離れていたスーピーが帰郷したとき、スーピーのプロ選手としてのキャリアは完全に絶たれていた。一方のテディは、フランシス・デュフレーンを除いて町の誰よりも多い財産を所有し、ミシガン州北部で最も富裕な実業家のひとりとなっていた。スーピーとテディは互いに互いを避けあった。だが、それぞれが率いるチーム——スーピーの〈キャンベルズ・チャウダーヘッズ〉とテディの〈ボイントン・リアルティ・ランドシャークス〉——は、毎年のようにリーグ戦のタイトルを競いあっていた。そしてこのシュートアウト大会でも、ふたりは毎年のように優勝を争っていた。

スーピーが勝つためには、この最後の一本を絶対に決めなければならなかった。そのあとは、おれがボイントンの三本目をとめることに賭けるしかない。スーピーはリンクの中央で一度、二度、三度と円を描いてから、ゴールに向かって足を踏みだした。「はずせ！はずせ！　はずせ！」テディの単独シュプレヒコールが響くなか、スーピーはブルーラインを越えて敵陣へ入ると同時に、パックをフォアハンドに弾き、バックハンドに弾き、もう一度バックハンドに弾いた。おれを惑わせようとしていることも、おれの視線をとらえようとしていることもわかっていた。それでも、おれはパックから目を逸らさなかった。次の瞬間、パックはゴールネットに突き刺さっていた。そのとき何が起きたのか、おれの目はちゃんと見ていたのかもしれない。だが、脳はそれを知覚できなかった。一秒まえまで、パックは目の前にあった。まるでパンケーキのように、大きく、しっかりと見えていた。だからそれを突きかえそうと、スティックを前に伸ばしかけた。次の瞬間、パックは目の前から消えていた。スーピーはブラックジャックのディーラーのようにスティックでパックを引き寄せると、その場でくるりと回転した。三百六十度のフルスピンだ。回転するスケート靴に邪魔をされて、おれはパックを見失った。その直後、左足の甲にパックの重みを感じた。背後のネットにパックがぶつかる音が聞こえた。目にもとまらぬ早技だった。喝采と口笛の音が鳴り響くなか、おれはゴールからパックを弾きだした。スーピーは音もなく遠ざかっていった。

「何をやってるんだ、カーペンター！　イチモツはズボンのなかにしまっておけ！」テディがわめいた。会場にいる全員が笑った。ただひとり、スーピーを除いて。スーピーはテディから遠く離れたフェンス際をゆっくりと滑りながら、ぎらぎらとした険しいまなざしをテディに向けていた。おれは振りかえって水のボトルをつかんだ。特に喉は渇いていなかったが、顔を隠すにはそうするしかなかった。

「カーペンター！」テディがわめいた。最後の一打に臨むべく、足もとにはすでにパックが置かれていた。

「どうやらコーチが死の淵から戻ってきたようだな！　おまえも町へ戻っていると知ったら、あれから少しは成長したかどうかをたしかめにくるんじゃないか？」一部の観衆が忍び笑いを漏らした。「おっと、昔を思いださせてしまったか」

おれが水のボトルを戻すか戻さないかのうちに、テディは氷を蹴り、ゴールに向かって突進しはじめた。こういう場合、普通ならシュートを打つまえにフェイントを入れようとするものだ。だが、テディはスーピーほどスティックさばきが巧みではない。いきなりゴールを狙ってくるのが定石だった。なかでもよく使うのが、足のあいだを狙う手だ。おれは左右のレッグパッドをぎゅっと押しあわせ、スティックのブレードを強く氷に押しつけたまま、大股に近づいてくるテディに合わせてじりじりと後ずさりした。ブルーラインを越えたところで、テディはわずかに右へ進路をとった。さあ来るぞ、とおれは思った。パックはフォアハンドの側にあった。おれはぐっと顎を引いた。テディはさらに右へ寄った。おれもそちらへ身体を向けて、パックを待ち受けた。テディはスラップ・ショットの構えをとり、大きくスティックを振りあげると同時に、こう言った。「フーパー」

フーパー。

動揺を抑えることはできなかった。あまりの動揺に、おれはパックから目を離し、テディの顔を見あげた。しかし、テディはこちらを見てはいなかった。振りあげた腕をおろし、パックを横へ滑らせると、いきなり左へ踏みだした。慌てて視線を落としたとき、パックは消えていた。おれはバランスを崩しながら左脚を蹴りだした。大の字に倒れこみながら、キャッチング・グローブをはめた手を伸ばした。だが、テディはおれの横にいた。テディがバックハンドでゴールの左上へパックを叩きこむのを、おれはただ見ているしかなかった。テディはゴールポストの傍らで立ちどまると、おれを見おろしながら満足げに笑ってみせた。「ありがとよ、カーペンター。フーパーのやつにも礼を言わないとな」

「うるさい、黙れ」おれは吐き捨てるように言った。

ビリー・フーパーは〈デトロイト・パイプフィッターズ〉のウィングで、一九八一年の州大会決勝戦でおれから決勝ゴールを奪った選手だった。

「なんだよ、いまのざまは？」スーピーの声がした。

振りかえると、スーピーがすぐ近くまで滑り寄ってきていた。おれはよろよろと立ちあがり、怒りに燃えるスーピーの顔を見た。

「おまえも黙ってろ」

「どうした、トラップ。あんなシュート、ヘレン・ケラーにだってとめられたぞ」

「だったら、次はヘレン・ケラーにゴールを守らせりゃいい」

「おまえはどっちの味方なんだ？」

「おまえこそ、どっちの味方なんだ、スーピー」おれはキャッチング・グローブを脱ぎ捨て、スーピーの胸倉をつかんだ。テディがどんな手を使ったのかを聞かせてやった。

最初、スーピーはぽかんとした顔でおれを見ていた。やがてぐるりと首をまわすと、リンクの反対側でほかの参加者たちと笑いあっているテディを睨《ね》めつけた。

「あの野郎、ふざけやがって」そう毒づきながら、おれに顔を戻した。

「なあ、スーピー。おまえもあいつも、いったい今日はどうしちまったんだ？」

おれの問いかけを無視して、スーピーはスティックでパックをすくいあげ、それを左手でキャッチした。いったん背すじを伸ばしてから、バッターボックスに立つ野球選手のようにスティックを構えると、パックを宙に放りあげた。それと同時に流れるような動作で、渾身の力を込めてスティックを振りぬいた。痛烈な強打の音が響いた。パックはテディをめがけて飛んでいった。それに気づいたテディがとっさに腰を屈めた。パックはテディの頭からほんの数インチのところをかすめていった。「何をしやがる！」テディは怒声をあげ、スーピーに詰め寄ろうとした。「今年のスタンレー・キャップはおれのものだ！　この腰抜けが！」周囲にいた参加者が笑いながらテディを押さえこんだ。スーピーは無言のままリンクをおりた。


パイン郡保安官事務所ディィンガス・アーホ保安官の執務室は、ガンメタルと粉砂糖の匂いがした。おれは机の前に置かれたアングル鉄材の椅子にすわって、保安官を待っていた。リンクのシャワールームで手早く浴びたシャワーのせいで、いまだ湿った髪が冷たい。机の背後に置かれた棚に目をやり、ざっと視線を走らせた。催涙スプレーの缶。手錠。アウトドア・スポーツ誌の《フィールド・アンド・ストリーム》。顔を見たことはあるが名前を度忘れしてしまった女性の写真と、それをおさめたフォトフレーム。

自分自身の耳で、ディンガスから直接、スノーモビルのことを聞きたかった。ジョーニーを信用していないわけではないのだ、と自分に言い聞かせようとした。だが、それは詭弁でしかなかった。どれだけ町を離れていようとも、どれだけ町を出たがっていようとも、おれには町の人々がわかる。彼らも、おれにはなら真実の欠片《かけら》を分け与えてくれるはずだ。そうした思いがどこかにあった。心の片隅では、すべて間違いだったと言ってもらえることを願っていた。結局、あのスノーモビルはコーチのものではなかったのだと。しかし、何にも増して知りたかったのは、スノーモビルがウォールアイ湖に打ちあげられたことに対する納得のいく説明だった。

「何かあったら知らせてくれ」戸口のすぐ向こうからディンガスの声が聞こえた。ディンガスは執務室に入ると、「あの赤毛は一緒じゃないのかね。そろそろ顔を出すころだと思っていたんだが」とおれに問いかけながら、小さなスチール机をまわって、椅子に尻を押しこんだ。白髪混じりのふさふさとした体毛が、ボウリング・ピンのような前腕を覆っている。焦げ茶色の制服の上から締めた辛子色のネクタイに、ミシガン州のミトンのような形をかたどった真鍮製のタイピンが留められている。

「部下がいつもお世話になっています、ディンガス」

「それで、今度はきみのお出ましか」

「ブラックバーンはおれの恩師ですから」

「なるほど」ディンガスは机の上に積まれた紙の束から一枚をつまみあげ、じっと目を凝らしてから、それを机に伏せた。「シュートアウト大会のほうは?」

「つつがなく終わりました」

「怪我人が出るところだったと聞いたが」

「大人になりきれない男どもの集まりですから」

「たしかに。で、きみは何が知りたいのかね?」

ディンガスはアッパーミシガンの小さな町の出身だ

った。ヘイッカラだのピッカライネンだのといった名前のフィンランド系住民が多く暮らす町だ。ディンガスの話す言葉にもまだ、軽く弾むようなフィンランド訛がかすかに残っている。ディンガスが保安官になってもうすぐ六年が経つ。住民からの信望も厚い。気さくで親しみやすく、融通もきく。限られた予算を守り、経費を無駄使いすることもない。歴代の保安官とはちがって、増収をはかるために交通違反の取締りノルマを課すこともない。オードリーのダイナーで昼食をとるあいだや、ニュース番組に出演するときのほかは、執務室を留守にすることもめったにない。ただし、年内に選挙を控えているせいだろうが、近ごろはチャンネル・エイトでディンガスの顔を見ない日がほとんどなくなった。チャンネル・エイトにしても、地元に密着したニュースなら喉から手が出るほどほしいはずで、新型シートベルトの普及キャンペーンを告知するだけであろうが、交通安全誘導員の新しい制服と制帽をお披露目するだけであろうが、大喜びでディンガスにカメラを向けた。しかしながら、画面に映しだされるディンガスはいつも、記者会見のたびに運びいれる書見台かと見まがうほどに固くしゃちこばっていた。詩を読むようなフィンランド訛と、口の動きに合わせて躍るカイゼル髭がなければ、さぞかし退屈な人間に見えることだろう。

　手にした手帳は閉じたままにして、おれは尋ねた。

「ウォールアイ湖で発見されたスノーモビルですが、本当にコーチのものなのでしょうか」

　ディンガスの顔に微笑が浮かんだ。ほんのかすかに首が振られた。

「ちがうんですか？」

「教えられん」

「なぜです？」

「ノーコメントだ。それだけ言えばわかるだろう」

　田舎町の警官ほど、相手を焦《じ》らすことに喜びを覚える者はいない。そうすることで、退屈きわまりない仕事にもどうにか耐えていけるのだろう。だが、おれにとってディンガスの〝ノーコメント〟は〝イエス〟と認めたも同然だった。「だとしたら、どういうわけでウォールアイ湖に打ちあげられたんでしょう。湖底トンネルがどうのなんてことは言わないでくださいよ」

ディンガスは椅子に背中を預けると、組んだ両手を頭に載せた。「世のなかには説明のつかない出来事というのがあるものだ、ガス。フェリックスの一件は知っているだろう」

その一件を知らない者など町にはひとりもいなかった。あるとき、ゴールデン・レトリバーのフェリックスが、スタヴェイション湖の氷に開けた穴釣り用の穴に落ちた。飼い主のフリッツ・ホーンベックが針にかかったパーチを釣りあげようとしていたときのことだった。フェリックスは魚をつかまえようとみずから穴に跳びこんだのだが、獲物を見失って、そのまま氷の下に消えてしまったのだ。ホーンベックはすでにブルーベリー酒を一瓶飲み干していた。二本目に手を伸ばしながら、犬は溺れ死んだものとあきらめた。ところが、フェリックスはそこから半マイルも離れた釣り小屋のなかに姿をあらわした。氷に開いた穴から跳びだしてくると、エルヴィス・ボントレガーの見ている前でぶるぶると身体を揺すって、水を払い落としたというのだ。その後何週間ものあいだ、町はその話で持ちきりだった。

「それがあなたのコメントですか？　世のなかには説明のつかない出来事がある、というのが」

「いや、まったくのノーコメントだ」

「それはないでしょう、ディンガス」おれはしつこく食いさがった。自分の追うネタにちょっかいを出されたとあっては、ジョーニーが青すじを立てるのは必至だ。そのうえさしだせる土産がないとなれば、さらにまずいことになる。

フランク・ダレッシオ保安官助手が部屋に入ってきて、脇目も振らずに机へ近づき、湯気の立つマグカップと薄いファイルフォルダーをディンガスにさしだした。「鑑識結果が届きました、保安官」ディンガスが鋭い一瞥を投げると、ダレッシオはこちらを振りかえった。

「まいったな」ダレッシオは口もとをゆがめてつぶやいた。「……やあ、ガス」

「やあ、フランキー。鑑識結果だって？」

ダレッシオはディンガスの様子を恐る恐る窺ってから、戸口に向かって歩きだした。「今夜の試合にも出るんだろ？　向こうで会おう」このあと行なわれるプレーオフの試合のことだ。

おれはディンガスに微笑みかけた。「例のスノーモビルに関する鑑識結果ですか？」

ディンガスは肩をすくめた。「決まった手順を踏んでいるだけだ。それから、この件もオフレコで」そう言うと椅子から立ちあがって部屋を横切り、扉を閉じてから、ふたたび椅子に戻った。そのとき不意に、フォトフレームの写真に写っている女の名前を思いだした。バーバラ・ランプレイ。つまり、別れた妻の写真を飾っているということか。そんなことをするのは、いったいどんな男なのだろう。

「オフレコはないでしょう、ディンガス。《パイロット》があなたを痛い目に遭わせたことがありますか？」

ディンガスは机の上で分厚い両手を組みあわせた。「いまのところはない。いいかね、ガス。わたしとしても、できればきみの力になってやりたい。かといって、捜査中の事件についてあかすわけにはいかんのだ」

「捜査中ですか？　それとも再捜査中ですか？」

「ノーコメントだ」

そのとき、ある考えがひらめいた。

「一九八八年の捜査記録のコピーを請求することはできますか」

「そういうことなら……」ディンガスは机にもたれていた身体を起こし、引出しを開けて、なかから一枚の紙を取りだした。「こいつに必要事項を記入してもらえれば、いずれ折りかえしの連絡が行くだろう」

情報公開法が定める閲覧可能な記録を請求するための申請用紙だった。「ディンガス、こんなものを待ってはいられません」

「ほう。しかし、ほかにも同じ記録を請求してきた者がいて、そちらにも同じように伝えたのでね」

「ジョーニーですか？」

「いや、赤毛の記者ではない」

「では、誰が？」

ディンガスは首を振った。「言えるのはそれだけだ」

その記録に興味を持つ者がほかにもいるとは思ってもいなかった。

「ウォールアイ湖の底を浚うおつもりですか？」

「もちろんだ。砕氷船が必要になるがね」

まるでディンガスらしくない。いつものディンガスなら、相手が本気だと見てとった瞬間、早々に情報を明け渡してくれるはずだ。この件には、おれが知る以上の利害が絡んでいるのだろうか。スノーモビルの残骸が発見された夜、森のなかから盗み見た光景が脳裡に蘇った。暗がりのなかで湖岸にひざまずくディンガスの姿。ディンガスがコーチの親しい友人であったという記憶はない。だがおれには、この町を長いあいだ留守にしていた時期がある。

「ところで、あの写真はバーバラ・ランプレイですね。まえの奥さんの」

「それがどうかしたのかね」

「あなたはおれなんかよりずっとひとがいい」

「そうかね」ディンガスは机に手をついて、ぐいと椅子を引いた。「話はこれまでだ」

「いや、待ってください。やっぱり、あなたの助言に従うことにします」

バーバラのことを思いだしたおかげで、ディンガスがかつては保安官助手だったことを思いだした。事故の初動捜査が行なわれていたころもそうだった。おれは申請用紙を机に叩きつけ、自分の名前と、編集部の住所と、コーチの事故に関する一九八八年の捜査記録を求める旨を書きいれてから、ディンガスにさしだした。ディンガスはそれをしばらく見つめてから顔をあげると、品定めでもするかのようにじっとおれを見つめた。いまのおれたちは互いを知りつくしているわけではない。だが、今後、その関係に変化が生じる予感がした。「いいだろう。きみの申請は受理された。規定に従い、十日以内に結果が届くはずだ」とディンガスは言った。

10

編集室から地下へおりる階段の上方を、黒ずんだ蜘蛛の巣が覆いつくしていた。電灯のスイッチを入れると、灰色の薄明かりが地下室を満たした。じめじめと湿気のこもるコンクリート敷きの地下資料庫は、車一台がとめられるほどの広さしかない。三方の壁を埋めつくす木製の棚には、一九七〇年代からいまに至るまでの《パイロット》を綴じた黒いバインダーがおさめられている。バインダーの背には金色の文字で日付が刻まれている。おれが探していたのは、〝一九八八年三月一日～三月十五日〟と記された一冊だった。

棚からその一冊を抜きとって、階段の下まで戻り、ファイルキャビネットのあいだに渡された硬質繊維板の上に置いた。バインダーの端から、桃色の付箋がはみだしている。ジョーニーが挟んだものだろう。いちばん上の付箋が貼りつけられたページを開くと、一九八八年三月十四日、月曜日とあった。コーチの死は一面で大きく報じられている。最上段の大見出しには〈スノーモビル事故でブラックバーン氏が死去〉とある。その下には、凍結した湖に開いた穴と、その周囲に立つ警官たちの写真。救急車や何台ものスノーモビルのヘッドライトが早朝の薄闇を照らしている。

町の人々の反応を綴った記事や、近年に報告されたスノーモビル事故に関する記事もあった。ブラックバーンの経歴をまとめた記事には、〈スタヴェイション・レイクのホッケーを世に知らしめた誉れ高きコーチ〉との見出しがつけられていた。その中央には、エンライツ・パブに飾られているのと同じ写真、微笑みをたたえたコーチの顔写真が据えられている。自宅裏のメイク・ビリーヴ・ガーデンズを写した写真もある。その背景に、ぼんやりと霞んだ寄宿舎が佇んでいる。

一面の記事はこんなふうに始まっていた。昨夜未明、地元ホッケー・チームの伝説的コーチ、ジョン・D・〝ジャック〟・ブラックバーン氏がスタヴェイション湖で消息を絶った。スノーモビルの事故で溺死したものと見られている。捜査当局は事故の詳細をあかすことを控えている。続いて、湖畔に暮らす人々からのどうでもいいようなコメントや、唯一の目撃者であるレオ・レッドパスへの不発に終わったインタビューが紹介されている。棚から次のバインダーを抜きだし、続く数日分の記事に目を通した。添えられた写真も順に見ていった。事故現場の半径五十ヤードに、警察が黄色いテープを張りめぐらせていた。ロングコートを着こんでウールの帽子をかぶった人々がその周囲に集まり、捜索の様子を見守っていた。空気ボンベを背負ったダイバーが、氷を砕いて開けた穴のなかへ跳びこむ姿もあった。現場にはいくつかの花束がたむけられていたが、いずれも霜がついて枯れしぼんでいた。風に吹き散らされた花びらが、濃灰色の湖面に緋色や金色やスミレ色の斑点を浮きあがらせていた。現場の黄色いテープは三日後に取り払われていた。そのころには、保安官事務所から徐々に詳細があかされるようになったらしい。それらの情報をつなぎあわせて、〝事故の経緯〟をまとめあげた記事もあった。

冬の日曜の晩の恒例で、コーチとレオは湖の北の森を縫う小道にスノーモビルを走らせていた。いつものように酒場も梯子した。ハイド・ア・ウェイに、ディングマンズ・バー。それからジャスト・ワン・モア・サルーンで酒を飲んだ。深夜〇時少しまえに、スタヴェイション湖の西岸から一マイルほど離れた空き地でスノーモビルをとめた。焚き火を熾して、一瓶の酒を交互に呷った。

そのとき、コーチが〝スキミング〟をしようと言いだした。スーピーや仲間といるときに、おれも何度か挑戦したことがある。大半は高校生のときで、かならずアルコールが入っていた。スノーモビルを走らせて、スタヴェイション湖か、ウォールアイ湖か、どこか近場の湖へ行き、氷に開いた適当な穴を見つけたら、スロットルを全開にして、穴の上を駆けぬける。バイクでビヤ樽を跳び越えるのにも似ているが、それよりも遥かに無謀な遊びだ。あたりはたいてい真っ暗だったし、さっきも言ったように、おれたちはいつも酒に酔っていたから。一九八二年には、リトル・ツイン湖で子供ふたりが溺死するという事故もあった。以来、パイン郡では条例によりスキミングが禁止されていた。

コーチがスキミングにのめりこんでいたことは周知の事実だった。コーチはスキミングを取り締まろうとする警察との攻防までも楽しんでいた。「わたしが死ぬときは、ヘルメットをかぶっているときだ」というのがコーチの口癖だった。すると、レオは決まってこう返した。「その願いはすぐにも聞き届けられるかもしれませんな」レオは完全なカナヅチで、スキミングにはいっさい参加したがらなかった。どれだけコーチにからかわれようと、レオはこう答えるだけだった。「老後を湖の底で送るなんてまっぴらです」レオはスキミングを傍《はた》で眺めることすらいやがった。氷に開いた穴をコーチが探しにいってしまっても、自分はかならず岸にとどまり、酒をちびちびやりながら帰りを待っていた。ところが、この三月の晩はちがった。理由はわからない。少なくとも、記事のなかではあきらかにされていない。警察の発表によれば、レオはただ酒を飲みすぎただけだと説明したという。実際、それからレオは一滴も酒を飲まなくなった。その理由を尋ねられると、いつもこう答えた。頭のなかから記憶を払いのけることができるのであれば、また酒を飲む気になるかもしれない。

理由はなんであれ、その晩にかぎってレオは、コーチに誘われるまま月のない闇夜の湖へ繰りだした。岸から半マイルほど進み、ペリーズ・ポイントを少し過ぎたところでスノーモビルをとめた。洋ナシのような形をした大きな穴から、淀んだ水面が覗いていた。レオは幅の狭いほうを跳び越えるべく、スノーモビルをスタンバイした。コーチは幅の広いほうを跳び越えるべく、およそ二十五ヤードの助走距離をとった。

三十分後。ちょうど午前一時三十分を過ぎたころ、レオは南西の湖畔に建つおれの母の家にたどりつき、扉を叩いて助けを求めた。母が警察に通報した。

レオは恐怖に身を震わせていた。

そして、警察にこう語った。自分は穴の手前でスノーモビルをとめた。もちろん、コーチはとまらなかった。いつものように、レオはコーチのスノーモビルから顔をそむけた。スノーモビルがひゅっと宙に舞う音がして、水飛沫《みずしぶき》の音が聞こえたかと思うと、急にあたりが静まりかえった。顔を戻してみると、ヘルメットをかぶったコーチの頭が水面を上下していた。ごぼごぼと水を吐きながら、助けを求める声が聞こえた。どうすればいいのかわからなかった。非常事態に備えて携帯していたロープは、コーチのスノーモビルに積んであった。レオは氷の上に腹這いになって、コートが濡れるのもかまわず、穴の縁《ふち》から懸命に手を伸ばした。ダイバーによる捜索が行なわれたが、コーチの遺体もスノーモビルも発見されなかった。スノーモビルは湖底の沈泥に埋もれ、遺体はどこかへ流されてしまったのだろう、というのが警察の見解だった。春の解氷を待って、湖の底を浚う予定が組まれた。おれは棚から次のバインダーを取りだし、湖の浚渫《しゅんせつ》に関する記事を探した。しかし結局、浚渫は行なわれなかった。底を浚ったところでおそらく成果はなく、費用がかかりすぎるだけだと町議会が判断したらしい。追悼式の延期も取りさげられた。そして、当時の保安官ジェリー・スパーデルが結論として語ったのは、〝ブラックバーンに何が起こったのかはあきらかでないが、おそらく遺体とスノーモビルは湖底トンネルに吸いこまれてしまったのだろう〟との憶測だったという。おれは信じがたい思いで首を振った。

寒々とした太陽の光がジャック・ブラックバーンの葬列を照らしていた。〈リヴァー・ラッツ〉のチームキャップや、ハットや、ジャケットを身につけた人々が目抜き通りに列をなしていた。排ガスの雲をたなびかせながら、黒く染めたシーツを纏った五十ものスノーモビルが車道をゆっくりと進んでいた。からの棺がそのあとに続いた。棺の上に載せられた大判の写真には、リンクに立つコーチの姿が写されていた。青と金色のスウェットスーツを着て、両手でスティックを持ち、首から笛をぶらさげている姿。おれはスーピーとふたり、エンライツ・パブの二階の貯蔵室からその様子を眺めていた。おれはときどき涙を流した。スーピーは泣かなかった。片手でおれの肩を抱いたまま、ずっと黙りこくっていた。コーチはおれに、ゴールの守り方と、ホッケーの愛し方と、勝ち方を教えてくれた。だが、おれが泣いたのはそのためではなかった。あの最後の試合に負けて以来、おれが町を去って以来、コーチとほとんど言葉を交わさなくなった歳月を思って、コーチが一度も負け方を教えてくれなかったことを思って、おれは泣いた。

バインダーを閉じ、背に刻まれた日付を見つめた。なぜレオはあの日にかぎって、スキミングをする気になったのか。それまでは何度誘われようとも、どんなに酒を飲んでいようとも、けっして誘いに乗ろうとしなかったはずだ。なぜ湖畔の家々にコーチの悲鳴が届かなかったのか。多額の費用がかかるにしても、町が浚渫を行なわないなんてことがどうしてありうるのか。そして、もうひとりの証人である母の存在はどこへ消えてしまったのか。母のコメントはいっさい紙面に登場しない。コメントを控えた、という記述すらない。

何より納得がいかないのは、自分がこれまでこうした疑問を突きつめようともしなかったということだ。あるいは、それに気づこうともしなかったということだ。そのくせ、あれから十年も経過したいまになって、レオの証言がどうにも疑わしく思えてならないのはなぜなのか。どうしていまになって、母も何かを隠しているのではないかと思えてきたのか。十年まえのおれは、動揺のあまり、そんなことには考えが行かなかったのかもしれない。デトロイトへ戻ってからは、すべてを忘れようとひたすらに努めていた。母からも、事情を知るまわりの人間からも、すべて忘れてしまえ、前だけを見て生きていけと言われていた。だからおれはそうした。それがいまになって、過去に置き去りにしてきた悪夢がおれの背中を叩こうとしている。この十年のあいだ心の奥底に身をひそめ、姿を見せることも、存在を気取《けど》られることもなかった悪夢が、ついにおれを捕らえようとしている。

バインダーを棚に戻したとき、頭上で床の軋む音がした。おれは思わず舌打ちをした。

階段の上でジョーニーが待っていた。顔を合わせるなり、おれを「卑怯者」と罵った。

「悪いが、もう試合に向かわなきゃならない」

ジョーニーはおれの前に立ちふさがった。「ディンガスに会いにいくなんて、どういうつもりですか。わたしの仕事ぶりを調べているんですか?」

「そうじゃない。おれは――」

「あなたにそんな権利はないわ」

「おれは自分の仕事を――」

「でたらめを言わないで! 編集長というものは、陰でこそこそと記者の仕事ぶりを調べたりしない。編集長たるものが、うじうじと泣きべそをかいてばかりのみじめな腰抜けであってはならない」

世の上司なら、ただちに馘を言いわたすところだろう。心のなかで自分に落ちつけと言い聞かせながら、おれはジョーニーの脇をすりぬけて編集室に入り、ジョーニーの机に尻を載せた。ジョーニーを馘にするわけにはいかなかった。人手が足りないからというだけではない。ジョーニーには、事故の真相を解明する手助けをしてもらわなければならない。

「そうかっかするな、ジョーニー。きみが正しいことは認める」

「自分が正しいことは百も承知です」

「そうじゃない。おれが言っているのは、あのスノーモビルのことだ。きみの書いた記事は正しかった」

「だったら、保安官のところで何をしていたんです?」

「さあ、自分でもよくわからない。ただ、きみの仕事ぶりをたしかめていたわけではない。たぶん自分の気持ちをたしかめていたんだろう」

「どういう意味です?」

おれはジョーニーの机から尻をあげて、自分の机に向かった。コンピューターのキーボードがタイプ原稿の山に埋もれていた。青い髪の老女たちが置いていったのだろう。ときおり教育委員会や公園管理委員会を傍聴しては、町長が何を着ていただの、忠誠の誓いの朗誦を誰が先導しただのと、くだらない無駄言を書き連ねてくる。おれはそうしたがらくたを少しはましながらくたに書きなおしては、ピザ屋や材木屋の広告のあいだを埋めるのに使っていた。

「見てみろ。この屑ネタの山を」おれは言って、ジョーニーを振りかえった。「いいか、ジョーニー。おれには、きみのネタを横取りするつもりはない。おれたちはふたりとも、《パイロット》のために働いてるんだ。そして、好むと好まざるとにかかわらず、おれはきみの上司だ。それに……事故の現場に居あわせたわけじゃないが、おれにはわかるんだ……いや、それが何とは言えないわけだが……くそっ、何を言ってるんだろうな。とにかく、ディンガスからは何も訊きだせなかった。おれにできたのは、八八年の捜査記録を請求することだけだった」

「それはいいとしましょう。でも、この二日のあいだ、あなたはわたしをこのネタから遠ざけようとしていた。それがいまでは、大々的に扱う価値があると考えている。ようやく気づいていただけたようですね。これは、いまだかつてこの町が出くわしたこともないほどの、最大級のどでかいニュースになるわ!」

「どでかい? 若い娘は言葉に気をつけたほうがいいな、ジョーニー」

「失礼しました」ジョーニーの頬が真っ赤に染まった。

「とにかく、この件の取材を進めよう。きみはダレッシオと知りあいだったな?」

「ええ」ジョーニーはふたたび顔を赤らめた。

「だったら、鑑識の結果について訊いてみてはどうだ。

例のスノーモビルを検査に出していたらしい。向こうにいたとき、たまたま耳に入った。ディンガスは口を割らなかったがね」

「八八年の捜査記録を請求するなんて、度胸がありますね」

「なぜだい」

「それを書いたのはディンガスだから。当時、事件を担当していた保安官助手なんです」

沈黙が垂れこめた。ジョーニーはコピー機にもたれかかって腕を組んだ。「ブラックバーンに何があったのか、本当はもうわかっているんじゃありませんか」できれば、続く言葉は聞きたくなかった。「あれは事故なんかじゃありません、ガス。ブラックバーンは何者かに殺されたんです」

おれはタイル張りの床にできたコーヒーの染みを見つめた。ウォールアイ湖の岸辺が頭に浮かんだ。目を射抜く懐中電灯の光を感じた。

「あなたが過去の記事に目を通しておいてくれて助かりました。あれじゃ、どうにもすじが立たない。そう思いませんか。つまり、レオという人物がすべてをあかしていると、本当に思いますか。わたしは思いません。それに、湖底トンネルってなんなんです? 冗談にもほどがあります。そんな戯言《たわごと》、オードリーの店にたむろする老人たちならまだしも、あなたは絶対に信じやしないはずです」

たしかにいまは信じていない。だが、この二日ほど、そう信じようと努めていたのは事実だった。

「それから、もうひとつ。ブラックバーンは相当なプレイボーイだったそうですね」

これは聞き古した話だった。「それがどうかしたか」とおれは訊いた。

「さあ、いまはなんとも言えません。ただ、痴情のもつれが動機となることもあります。その線には興味を引かれませんか?」

「色恋ネタはつねに興味深い。だが、その種のネタを家庭向け一般紙に盛りこむのは難しい」

「では、その線は捨てたほうがよろしいですか」

「いや、どの線も捨ててはならない。すべてのものに目を向け、すべての話に耳を傾けるんだ。ただ、手に入れたネタがすべて活字になるとは思わないでくれ」

「ご心配なく。そんな期待はもとよりしていませんから」

壁の時計を見あげた。時刻は六時三十一分。「まずい。飛んで行かなきゃ間に合わないぞ。ところで、カナダの線は調べがついたか?」

「なんのことです?」

「コーチの……ブラックバーンの過去のことだ。カナダのどこだかいう町に、実際には四年もいなかったはずだと言っていたろう?」

「ああ、そちらはまだ。例の新聞社の女性にもう一度電話をかけてみたんですが、どうも妙なんです。いまにも泣きだしそうに声を詰まらせてしまって。とりあえずは、今夜うちのほうへ電話をもらう約束をとりつけました。そうだわ、先に洗濯を済ませておかないと……」


アパートメントへ戻ると、間に合わせのコーヒー・テーブルの上から《ホッケー・ニュース》誌の山をどかし、段ボール箱の上からベニヤ板をはずした。〝トラック関連〟と書かれていないただひとつの箱——〝ラッツ〟と書かれた箱の蓋を開けた。

箱のなかには、トーナメント戦のパンフレットや、新聞の切りぬき、写真などがいっぱいに詰めこまれていた。底のほうに手を突っこんで、子供のころにコーチからもらい、すっかり角の丸まってしまったパンフレットと年鑑を引っぱりだした。まずはざっと表紙を眺め、次は一冊ずつ目を通していった。だが、目当ての一冊——コーチがその町にいなかったのではないかと疑われる、一九六六年から六七年にかけてのシーズンに発行された〈セントアルバート・セインツ〉のパンフレットは見つからない。そこで今度は、すべてのパンフレットを年代順にカーペットの上に並べていった。一九五四年のキッチナーに始まり、ムース・ジョー、カムループス、ケロウナ、ヴィクトリア、そしてセントアルバートまで。

やはり、六六年から六七年にかけてのセントアルバートに関連するものは何ひとつなかった。

どうしていままで気づかなかったのか。念のため、もう一度たしかめた。やはり、そのシーズンのパンフレットはどこにもない。おれの記憶が間違っているのか。床にすわりこみ、記憶の糸をたぐった。からになった皿を前にしたコーチが身を乗りだし、セントアルバートはいやになるほど寒かったと語っている。教え子たちは優秀だったし、タイトル獲得まではあともう一歩だった。ただ、どうしても、どこかべつの土地で暖かい夏をすごしたくなってしまったのだ、と。「その町で夢のような四年間をすごした」コーチが言うのが聞こえた。「……しかし、すばらしい時間にはかならず終わりが来るものだ」

11

ブラックバーン・アリーナのロッカールームはいずれも窮屈な長方形をしている。ベンチがあって、衣服を吊るすためのフックがシンダーブロックの壁に並んでいて、たまにしか温水の出ないシャワーがあって、こぼれたコーヒーや吐きだされた噛み煙草の液汁にまみれた黒いゴムマットが敷かれている。唯一のちがいは、それぞれの扉に割りふられた一から四の数字だけだ。かつて〈リヴァー・ラッツ〉にいたころも、〈チャウダーヘッズ〉のメンバーとなったいまも、おれたちはかならず三番のロッカールームを使っていた。今夜もその扉を開けると、スーピー、ジルチー、ウィルフ、スティーヴィーを含めたチームメイトがすでに顔を揃え、午後八時に始まる〈マイティ・ミノウズ・オブ・ジョーダン・ベイト・アンド・タックル〉とのプレーオフ準決勝戦に備えていた。スーピーは部屋の隅に立ったまま、おれの到着を待っていた。おれがベンチに腰をおろすと、スーピーも左隣にすわりこんだ。

「トラップ、闘志は満々か？」

「もちろんだ」おれはつぶやくように答えた。頭のなかはべつのことでいっぱいだった。パックに頭を直撃されることなど心配している余裕はなかった。車庫の前を通りすぎるとき、エセルの傍らでぼろきれを手に屈みこんでいるレオを見かけた。いつもの作業に没頭する姿に、つかのまの安堵を覚えた。その一瞬だけは、この二日のあいだに何ごとも起こっていないかのような気がした。

「あっちのスコアはどうだった？」スーピーが訊いてきた。

いまこのときリンクでは、〈ポイントン・リアルティ・ランドシャークス〉と〈カプラロズ・ピッツァ・パイホールズ〉によるもうひとつの準決勝戦が行なわれていた。その勝者とこちらの勝者とが、月曜の夜の決勝戦で優勝を争うことになる。優勝チームには記念Tシャツが贈呈され、二位のチームはエンライツ・パブへ集まった全員に酒を奢る決まりになっている。

「おれが通りかかったときには、五対一で〈シャークス〉がリードしていた。ちょうど、テディが肘でボビー・サフランスキーの首を刎ねようとするところだった」

テディのプレーが荒っぽいのはもとよりだが、それが年を経るごとに、いっそうの荒っぽさと、さらには狡猾さまで増すようになった。テディが近くにいるときは、屈強なことで知られる選手ですら、背後への警戒を怠らなかった。笛が鳴って試合が中断されたあとや、フェイスオフの用意で審判の目がまわりへ向かなくなっているときには、ことさらの注意が必要だった。そういうときを狙って、テディはスティックを突き刺してきたり、後頭部に拳を食らわせてきたりするのだ。

ほかのチームメイトはみな、靴紐を締めたり、脛当てを脚にくくりつけたりしながら、たわいない雑談を交わしている。「ペナルティはとられたのか?」スーピーが訊いてきた。

「まさか。テディが審判に気づかれるようなまねをすると思うか?」おれはそう答えると、顔を近づけながら小声で尋ねた。「それより、今日やつと何があったんだ」

「誰のことだ」

「はぐらかすなよ。ポイントンのことだ。シュートアウト大会のとき様子がおかしかったろ」

スーピーは鞄のなかを掻きまわした。「わかりきったことを訊くな。おれは百ドルをふいにしたんだ。面白くないのは当然だろ。しかしまあ、おれのことならなんとかなるから心配するな」

「なんの話だ？」

おれとしては、今朝マリーナの事務所で目にした手紙のことを訊いたつもりだった。ひょっとすると気が変わったのか。一時提携の提案に応じたのか。できれば単刀直入に訊いてみたかったが、事務所に忍びこんだことを知られたくはない。いや、もしかしたらスーピーはもう知っているのかもしれない。死にかけた魚を扉の前に置いていったのがスーピーだった可能性もある。

「ところで、今朝、釣りに行かなかったか？」

「釣りに？　まさか。今日は昼まで眠りこけちまった。なあ、今夜はいったいどうしちまったんだ、トラップ。これから試合が始まろうってのに」スーピーはおれから目を逸らし、大声でスティーヴィー・ルノーを呼んだ。「よう、スティーヴ！　今夜、〈ミノウズ〉のリンケ兄弟は顔を揃えてるのか？」

クレム・リンケとジェイク・リンケの双子の兄弟は、

〈ミノウズ〉でいちばん手強い主力選手だった。

「ジェイクがもう刑務所から出てきているのなら」スティーヴィーが答えた。

「またムショに？　今度は何をしたんだ」

「マンセロナにあるどこかの酒場を追いだされたもんで、腹立ちまぎれに、道端にとまっていた車のワイパーを次々と折ってまわったらしい」

「さすがはジェイク」スーピーはおれに向きなおった。「今夜はリンケのふたりを向こうにまわすことになるかもしれないぞ、トラップ。面目躍如のチャンスじゃないか」

「うるさい、黙ってろ」おれは小声で返した。

怒りに任せてスポーツバッグのジッパーをぐいと引き開けた。肘で軽く肩を小突かれ、顔をあげた。スーピーの目は、おれを怒らせるつもりはなかったのだと伝えていた。だが、話さなければならないことを打ちあけるつもりもないようだった。少なくとも、いまはまだ。「心配するな、トラップ。ほら、試合のまえにビジネスの話は禁物だろ」スーピーは運を逃すなと言っている。しかし、運に任せるしかない状況自体が、すでに不運なのではないか。

あれは十一歳のころのことだ。ある日、丘の上へとスノーモビルを走らせていたおれたちは、パイン郡とポリー郡の境い目にさしかかった。振りかえると、三日月形をした物憂げな湖面が一望できた。スーピーの家の煙突から立ちのぼる煙が見えた。スーピーの母が、新年を祝う夕食会用のパイを焼いているのだろう。翌日にはおれと母もその席に加わることになっていた。そのとき、ポリー郡側へ丘をくだってみようとスーピーが言いだした。親たちからは郡境を越えることを禁じられていたが、大晦日の夜は特別なんだとスーピーは言い張った。そして、眼下の木立から突きだしている、下見板張りの鐘楼を指さした。「あれ、見えるだろ？　あの鐘を鳴らしてやろうぜ」おれが答えるより先に、スーピーは斜面を滑りおりていった。

校舎のまわりの雪はまっさらで、誰かが通った痕跡はなかった。窓には板が打ちつけられていて、打ち捨てられた廃屋のように見える。スーピーがノブをまわすと、軋みをあげながら扉が開いた。玄関ホールは黴びた紙の匂いがした。内扉には錠がおりていた。はめこみ窓からなかを覗きこむと、部屋の隅に追いやられた埃まみれの机や、床板の上に乱雑に積みあげられた教科書の山が見えた。天井に開いた四角い穴から、一本のロープが垂れている。

「銃が要るな」スーピーは表へ走りでると、ライフル型のBBガンを手に戻ってきた。

「スーピー、バレたら怒られるよ」

「オカマみたいなこと言うな」

「オカマじゃない」

「ほら、これ。指紋を残す心配はないだろ」スーピーは手袋をはめた手をあげてみせた。それから扉の窓に狙いをつけて、ＢＢガンの引鉄《ひきがね》を引いた。ガラスに蜘蛛の巣のようなひびが入り、中央に小さな穴が開《あ》いた。さらに六発を撃ちこむと、穴は拳ほどの大きさに広がった。尖った破片に引っかけないよう、スーピーは慎重に腕をさしいれ、錠をはずして扉を開けた。

足を踏みだすと、床板がうめき声をあげた。「くっせえ！　なんだ、この匂い」スーピーが言った。あまりの黴臭さに息を詰まらせながら、おれはじりじりと歩を進めた。手袋をはめた手を伸ばし、ロープの先端の結び目をつかむと、ぐいと引くと同時に、後ろへ跳びのいた。「もっと強く引けよ」スーピーが言った。おれはもう一度、力いっぱいロープを引いた。なんの抵抗もなく、ロープはがくんと下に落ちた。おれは仰向けに倒れこんだ。見あげた上から、ロープと、鐘と、朽ちた木切れが落下してくる。「危ない！」スーピーが叫ぶのが聞こえた。慌てて左へ転がると同時に、鐘が床板を叩いた。スーピーがおれの襟首をつかんだ。

「逃げるぞ！」

警察がおれたちを探しにきたのは、翌日の午後、キャンベル家での夕食会が始まる直前のことだった。ふたりで地下室で遊んでいるとき、スーピーの母、ミセス・キャンベルに名前を呼ばれ、おれたちは玄関へ引っ立てられた。紺色の外套を着て、紺色の耳当て付き帽子をかぶった州警察の警官ふたりが、これまた紺色の玄関マットの上に立っていた。ひとりは分厚い眼鏡をかけていて、なんだかばつが悪そうに気弱な笑みを浮かべていた。隣に立つミスター・キャンベルは胸の前で腕組みをしながら、怒りに顔をゆがめていた。おれたちのせいで午後のひとときに邪魔が入り、ビール片手のフットボール観戦を中断する羽目になったからだ。

「いい匂いがしますね」瓶底眼鏡をかけたほうの警官が言った。「七面鳥を焼いているんですか？」

「いいえ、ガチョウですわ」そう答えながら、ミセス・キャンベルはおれたちを横目で見やった。

肩を並べて立つおれたちに、眼鏡をかけていないほうの警官が話しかけてきた。「ちょっといいかな、きみたち。近隣住民からの通報があって、不法侵入の――」

「おれがやりました。あの校舎に忍びこんだのはおれです」スーピーが警官の言葉を遮った。それから親指を立てておれのほうへ向けた。「こいつも一緒にいたけど、ずっとおれをとめようとしてました」

おれは驚きに目を見開いた。眼鏡をかけた警官が言った。「いいかい、こちらが聞いた話では――」

ミスター・キャンベルが一歩こちらへ詰め寄った。「ポリー郡なんぞで、いったい何をしてやがったんだ。あんなところまで行ってはいかんと言い聞かせてあるだろう」左肘の下で、右手の指が引き攣りはじめていた。

「はい。ごめんなさい、父さん」

「ごめんで済むと思うか、このどあほうめが！」

眼鏡の警官がミスター・キャンベルに気遣わしげな目を向けた。もうひとりの警官が言った。「きみたち、怪我《けが》をしてもおかしくなかったんだぞ」

「どうやってなかに入ったんだ」ミスター・キャンベルが訊いた。

「ガラスを割ってはいりました」とスーピーは答えた。

「どうやってガラスを割ったんだ」

「BBガンを使いました」

ミスター・キャンベルは組んでいた腕をほどき、もう一歩息子に詰め寄った。隣でスーピーが縮みあがるのがわかった。「このろくでなしが！」ミスター・キャンベルは怒声をあげた。その視線は何かを探して、あたりをさまよっていた。「そのろくでもない銃はどこだ？」

「外に置いてあります」とスーピーは答えた。

「まあまあ、落ちついてください、お父さん」眼鏡の警官がなだめようとしたが、ミスター・キャンベルは耳を貸そうともせず、玄関から外へ飛びだしていった。「ろくでなしめが！」後ろ手に扉を叩き閉めながら吐き捨てる声が聞こえた。BBガンを拾いあげながら、悪罵を飛ばすのも聞こえた。銃身がコンクリート敷きのポーチに叩きつけられ、銃床が砕ける音が響いた。

家のなかへ戻ってきたとき、ミスター・キャンベルの額には汗が光っていた。ミスター・キャンベルは息子を睨みつけたまま、おれたちの脇を通りすぎた。ミセス・キャンベルが「ちょっとすみません」と警官に声をかけてから、夫のあとを追った。

おれたちは一週間の外出禁止を命じられた。ようやくスーピーに会えたのは、翌週月曜の学校だった。スーピーの目のまわりには、黒々とした痣が残っていた。

開口いちばんにおれは訊いた。「どうしてあんなことしたんだ？」

「なんのことだ？」

「自分ひとりで罪をかぶったことだよ」

スーピーは肩をすくめた。「どっちにしたって、親父はおれをぶん殴ってたよ」

〈ミノウズ〉との準決勝戦は終盤を迎えていた。〈ラッツ〉は二対〇のリードを守り、おれは退屈を持て余していた。試合のなかほどから、〈ミノウズ〉は一本のシュートも放てずにいる。おれは観客席へ視線をさまよわせた。スタンドはほとんどからっぽだった。上のほうで緑色の毛布にくるまっている女がふたり。フェンス際でお喋りに花を咲かせている女が三人。いずれも選手のガールフレンドだ。賢明なる女房たちは、わざわざリンクへ足を運んだりはしない。家にいれば暖かいし、ぶん殴るぞと審判を威嚇するがさつな亭主の声を聞くこともない。

そのとき、スタンドの階段をおりてくるブレンダ・

マックの姿が目に入った。なんだってあのブレンダが、せっかくの土曜の夜をふいにしてまで、こんなところで寒さに震えているのだろう。おれがブレンダに熱をあげていたのは小学生のころのことだったが、それからいまに至るまで、ブレンダには見飽きることがない。ブレンダはウィルフと結婚したが、たった四年で離婚した。いまは〈ミノウズ〉の選手とつきあっているらしい。ブレンダが左手のフェンスにたどりついたとき、背後にある二番のロッカールームからテディ・ボイントンが姿をあらわした。濡れた髪のまま、左手にスポーツバッグを提げている。不意に、ある記憶が——過去に目にした一瞬の光景が脳裡をよぎった。だが、それがなんであるのかはわからなかった。テディに声をかけられると、ブレンダは振りかえって顔をほころばせた。テディがスポーツバッグを床に落とし、ブレンダの頬にキスをする。ふたりで何やら会話をしながら、ブレンダがリンクの一点を指さす。いまつきあっている恋人がそこにいるのだろう。次に一戦を交えるとき、テディはそいつの踝に強烈な一撃をお見舞いするにちがいない。テディが床に置いたスポーツバッグを拾いあげた。それで思いだした。

考えるより先に、ゴールを飛びだしていた。テディのもとへ駆け寄りながら、頭の上でスティックを振りまわした。「おい！　待ってくれ、ボイントン！」テディが戸惑いに顔をゆがめながら、ふたたびスポーツバッグを床に落とすのが見えた。「テディ！　今朝、釣りに出かけなかったか？」おれは大声で問いかけた。いま鮮明に脳裡に浮かびあがっているのは、目抜き通りでエルヴィス・ボントレガーと立ち話をしているテディの姿だった。あのときテディはスポーツバッグではなく、釣り具箱を手に提げていた。つまり、マリーナの事務所の外に置き去りにされた魚、あれはテディの仕業だったのだ。自分が見ていることを、おれに知らせようとしたのだ。

テディは質問に答える代わりに、おれの背後を指さしてにやりと笑った。「気をつけろ、カーペンター」

おれは弾かれたように振りかえった。クレム・リンケがゴールをめざして、リンクのなかほどから猛ダッシュを始めていた。「くそっ！」無人のゴールへ慌てて引きかえそうとしたが、手遅れだった。リンケの放ったパックがゴールラインを割ったとき、おれはまだ三歩も手前にいた。〈ミノウズ〉の面々が歓呼の声をあげ、スティックでフェンスを打ち鳴らすなか、おれはゴールの前でみじめに円を描いた。穴があったら入りたかった。みずからを罰するため、テディの視線を真正面から受けとめた。テディの身ぶりから、おれがいかに自分の務めをおろそかにして、いかに奇跡のロングシュートを許したかを、ブレンダに説明しているのがわかった。ブレンダが手の平を口にあててくすくすと忍び笑いを漏らす傍らで、テディは手を叩きながら、おれに向かってわめいた。「いいぞ、カーペンター！

昔を彷彿とさせてくれるじゃないか！」

12

　一時間後もまだ、おれはテディ・ポイントンの姿を目で追っていた。テディはエンライツ・パブの奥に立ち、ハイネケンをすすりながらダーリーン・エスパーと話をしている。ダーリーンはジュークボックスにもたれて煙草を吸っている。町へ戻ってから知ったことだが、ダーリーンは土曜の夜にだけ煙草を吸う。甲斐性なしの夫をいずこかへ残し、細身のジーンズに黒いタートルネックといういでたちでひとり店を訪れては、ウォッカ・ベースのホワイト・ロシアンを飲みながら煙草を吹かすのだ。そのときたまたまおれが店にいると、ダーリーンはかならずおれを避けた。その理由はわからなくもないが、それでもいい気はしなかった。

テディと一緒にいるダーリーンを見るのは、いっそう面白くなかった。

　おれはスーピーやチームメイトとカウンターの隅に立ちながら、煙草の煙と人込みの向こうに視線をそそぎつづけた。にぎやかな話し声や、ジュークボックスがなりたてる《ウィッピング・ポスト》に邪魔をされて、テディが何を言っているのかは聞きとれない。テディがダーリーンの耳に顔を寄せ、何ごとかをささやく。ダーリーンが胸の前で腕を組む。テディが顔を離し、ダーリーンの反応を窺う。ダーリーンが肩をすくめる。テディがまた何かをささやく。ダーリーンが首を一度、少し間を置いてもう一度振る。こちらをちらりと見やり、おれとつかのま目を合わせてから、テディに顔を戻す。テディが〝降参だ〟とでもいうふうに両手をあげる。

「放っとけよ」スーピーがおれを肘で小突いた。

「なんのことだ」

「あいつにはもう亭主がいるんだ。あきらめろ」

「ボイントンにもそう言ってやれ」

「ボイントンなんて知ったことか。なあ、あのときリンクで何を考えてたんだ？」

試合終盤でおれが演じた失態にもかかわらず、チームはどうにか持ちこたえ、二対一で勝利をおさめた。つまり、月曜の夜にはリーグ・タイトルを賭けて、テディの〈ランドシャークス〉と対戦するということだ。

「ブレンダのせいだ。あの歳にもなって、いくらなんでもセクシーすぎる」

「それについては同感だ。あの尻はルーヴル美術館に飾るにふさわしい」スーピーはそう応じると、カウンターの奥に向かって声を張りあげた。「よう、そこの旦那！　ブルーリボン・ビールを追加で四本だ！」

フランシス・デュフレーンがこちらを振りかえり、スーピーをじろりと睨んだ。今夜は店に出て、ルーブの手伝いをしてやっているのだ。顔は相変わらずの仏頂面で、靴紐のない古びたワラビーブーツを履き、色褪せた〈ラッツ〉のトレーナーを着ている。でっぷりとした小柄な身体を動かすと、岩を詰めた頭陀袋のようにゆさゆさと脂肪が揺れた。ニキビの痕が散った青白い頬のあいだには、犬の甘嚙み用の赤いゴムボールのような鼻が鎮座している。

だが、そうした見てくれに反して、フランシスの人生は富と成功とに彩られていた。おれが聞いたところによれば、フランシスは一九六〇年代後半に五千ドルの遺産を相続し、それを元手に不動産投資を繰りかえした結果、何百万ドルもの資産を手にするに至ったという。湖底トンネルの伝説と同じく、真相は定かでないが、町の人々はそう信じて疑わなかった。フランシスがこれまでに資金を投じたオフィスビルやレストランや分譲地などが、目に見える結果としてたしかに存在したからだ。はじめはジャック・ブラックバーン、のちにテディ・ボイントンの協力を得て、フランシスはこの二十年間でスタヴェイション・レイクに誕生した建造物の大半を築き、すでに誕生していた建造物の多くを買い占めた。ブラックバーンと〈リヴァー・ラッツ〉が観光客の激増をもたらすであろうことに、逸早く気づいたのはフランシスだった。ブラックバーンが人々から集める信望に着目して、広告塔に用いることを思いついたのもフランシスだった。フランシスは頭が切れて、粘り強い人間でもあった。しかし、自分とそのパートナーが町の大半を所有するために必要な、人々の心をつかんで魅了するほどの美貌やカリスマ性は持ちあわせていなかった。そこで思いついたのが、ブラックバーンを仲間に引きいれ、ブラックバーンの死後にはテディを引きいれることだった。

テディとのコンビも成功をおさめた。テディは冷蔵庫用マグネットの笑みをちらつかせながら、表舞台で取引をまとめ、議会や役人へ売りこみをかけた。遥かに年嵩のフランシスは裏方に引っこんだまま、資金を調達し、弁護士と密議を凝らし、書類の作成や事務手続きに目を光らせた。やがてふたりは町のほぼすべてを所有するようになった。ところが、ある程度の成功をおさめると、テディは自分の成功がフランシスのおかげだと言われることに苛立ちを募らせるようになった。例のマリーナ新設計画では、フランシスを蚊帳の外に置こうとしているとの噂もささやかれている。

おれはフランシスをよく知るわけではないが、おれたちが〈グリフィン〉を破った晩、町中《まちじゅう》に電話をかけてみんなをリンクへ呼び集めてくれたことには好感を覚えている。いちばん最初に手に入れたというエンライツ・パブを、いまも手放さずにいることにも。いまだに土曜の夜には店に出て、カウンターを手伝ってやっていることにも。フランシスはコーチと親しくしていた。おれの父ともつきあいがあった。そのフランシスが、四本のビールをカウンターに置きながら訊いてきた。

「どちらが勝ったのかね」

「善玉のほうだ」スーピーが答えた。

「〈ラッツ〉にも同じことが言えればいいのだが」

「またこてんぱんにやられたんですか」とおれは尋ねた。〈ラッツ〉が引きずる悪運の根源であるおれは、後輩たちがそれを断ち切ってくれることを毎年切に祈りつづけていた。

「まさしくそのとおり。例によって、例のごとく。またもや〈パイプフィッターズ〉にしてやられた。六対一の惨敗だ。まるで勝負にならん」フランシスの口調には、母親譲りのアイルランド訛がかすかに感じられた。この店の名前は、その母親の旧姓であるエンライトからつけられたという。

「だけど、少なくとも、ベッドにくそを垂れた誰かさんひとりの責任ってわけじゃないんだろ?」ブラッドの弟、リトル・ティミー・ウィルフォードがおどけた表情をしてみせた。おれたちがあの最後の試合に負けたとき、リトル・ウィルフはまだほんの六歳だった。

「くそを垂れてるのはおまえのほうだ、ジュニア。おまえのいたポンコツ・チームなんて、州大会はおろか、地区大会の決勝へ進んだことすら記憶にねえぞ」スーピーが言った。

「それくらいにしておけ、オールデン」フランシスがスーピーをたしなめた。

「そう怒るなよ。ちょっと言ってみただけじゃないか」言いながら、リトル・ウィルフはスーピーの鼻先に手の平をかざした。

「おえっ! ジュニア、手をどけろ!」スーピーは鼻をつまみ、げえげえと喉を詰まらせた。

リトル・ウィルフも手の平を鼻に向け、深く息を吸いこんだ。「げええっ! くっせえっ!」汗の染みこんだホッケー用グローブの内側ほど臭いものはない。ただひとつの例外は、そこから出したばかりの手の匂いだ。そして、それ以上にホッケーらしい匂いもない。

「わしが思うに……」話題をもとに戻そうと、フランシスはひとさし指をカウンターに打ちつけた。「〈ラッツ〉がこの週末どれだけ健闘したかは問題ではない。問題は、今後も勝つ見込みがないということだ。つまり、浜に打ちあげられたスノーモビルのことなんぞを気にかけている場合ではない。ロッカールームをさまよう亡霊とホッケーをすることはできんのだからな」

「亡霊だ?」スーピーが眉を吊りあげた。「よせよ、フランシス。あのガキどもがそんなこと気にすると思うか? まったく、どうしちまったんだよ。どいつもこいつもブラックバーンとスノーモビルの話ばっかりしやがって。コーチは百万年もまえにくたばったんだ。いまさら騒いでなんになる」

そのとき、テディがこちらへ近づいてくるのが見えた。テディは店の中央で立ちどまると、ブラックバーンの写真をじっと見つめてから、ダーリーンをちらりと振りかえり、ふたたび写真に目を戻した。フランシスがおれに顔を向けて言った。

「今朝、あの娘っ子が書いた記事を読んだぞ、オーガスタス。そのときわしはこう思った。オーガスタスのためだ、仕方あるまい。新聞の売上げに貢献してやれたとなれば、ジャックも腹を立てはせんだろう、とな。とはいえ、あのかわいらしい記者が店にやってきて、あちこちを嗅ぎまわりだしたときには、そう思ったことを後悔したがな」

「彼女は自分の仕事をしているだけですよ」

「壁の写真を剝がしてよこせとまで言いおった」

「あの記者はかわいらしいってタイプじゃないぜ」スーピーが横槍を入れた。

「ジョーニーに何か話したんですか」おれはフランシスに尋ねた。

フランシスはこちらに身を乗りだし、両手をカウンターについた。「話したのはこれだけだ。ジャック・ブラックバーンは、これまでスタヴェイション・レイクに足を踏みいれたなかで最も立派な人間のひとりだった。そんな人間の過去をこんなふうにほじくりかえすのは言語道断だとな。こんなことが許されると思うか、オーガスタス。ジャックは天命をまっとうし、神の望まれる場所で永久《とわ》の眠りに就いたのだ。このまま安らかに眠らせてやるべきだろう」

「アーメン」スーピーが茶々を入れた。

「おっしゃることはわかります、フランシス。しかし、警察の捜査は進められている。あなただって、いつも税金の無駄遣いを嘆いているじゃないですか。警察がなすべき務めを果たしているのか、新聞が目を光らすべきだとは思いませんか」

「御託をぬかすな、オーガスタス。おまえさんの仕事は、できるだけ多くの新聞を売ることだろう。それから参考までに言っておくが、過去をほじくりかえすべきでないのは、ディンガスとやつの部下たちも同様だ。年内に選挙が控えているとはいえ、こんなやり方で注目を集めようなどとするものではない。過去は過去のままそっとしておくのがいちばんだ。それこそ、そこにいる歳若きミスター・ウィルフォードがおまえさんの過去をそっとしておくべきであるのと同様にな。そしてもうひとつ……」

「なんです?」

「デトロイトでおまえさんに何があって、この町へ戻らざるをえなくなったのかを問いただす必要など誰にもないのと同様にだ」

「なるほど」とおれは応じた。おれがデトロイトでどんな大ドジを踏んだのかは、スーピーですら知らないことだった。

「よく考えてみることだ」おれの手をぽんと叩いてから、フランシスはこう言い添えた。「おまえさんが分別のある人間だということはわかっておる」

「おれの意見も言わせてもらおうか」テディ・ボイントンがハイネケンの空き瓶をカウンターに置きながら

言った。「ガス、友人は選んだほうがいい。キャンベルもいずれはこの店のツケを支払わなきゃならなくなる。いまじゃ、国の借金にも匹敵するにちがいない」

「やあ、テディ」おれはいちおうの挨拶を返しながら、その肩越しに店の奥を見やった。ダーリーンの姿は消えていた。

「セオドア」フランシスも名前を呼びながら、テディにうなずきかけた。

「どうも、フランシス」テディも挨拶を返した。だが、握手は交わされなかった。ふたりが仲たがいしたという噂は本当なのかもしれない。テディは十ドル札をカウンターに放り投げた。「おれの分はこれで足りるはずだ」

フランシスはそれを押しもどした。「この店でおまえさんのカネは無用だ、セオドア」

「だったら、ルーブにやってくれ」

「ダーリーンは落とせずじまいか、テディ坊や」スーピーが会話に割りこんだ。「次は高校生を口説いてみたらどうだ。ひょっとしたら、一緒にソックホップを踊ってくれるかもしれないぜ」

「勝者への百ドルの支払いがまだだ。いま手持ちはあるのか？」

「いいや。だが、答えなら用意してあるぜ。くたばりやがれ、ってな」

テディはその場に凍りついた。スーピーの放った言葉を、いつもの暴言と受け流すことができないようだ。そのとき、テディの視線がフランシスの様子をちらりと窺った。フランシスの表情もまた、スーピーの意図を理解していることを示していた。

「それが答えか？」とテディは言った。

「そういうことだ」とスーピーは答えた。

「考える時間はある。そろそろ分別を持ったらどうだ、スーピー」

「失礼する」フランシスが言って、そっとその場を離れながら、ほんの一瞬、テディと視線を合わせた。なるほど、そういうことか。スーピーはテディに、和解の提案など知ったことかと伝えているのだ。つまり、すべては建築規制委員会の判断に任されることとなる。それにしても、フランシスはテディの計画に一枚嚙んでいるのか、いないのか。果たしてどちらなのだろう。

「考えるまでもない」スーピーが言った。

テディはコートのポケットから鍵束を取りだした。

「なあ、スーピー。おまえは負け犬だ。いまも日一日と、みずから負け犬の道を歩みつづけている。だが、いずれ正気を取りもどすこともあるだろう。それまでは、おれの頭にパックを叩きこもうなどとは思わないことだ」

「それまで、おまえはおれのケツでも舐めてろ。おまえをぶちのめしたかったら、おれはとっくにそうしてる」

「月曜の夜にリンクで会おう。例の百ドルを賭けて、再度勝負するというのはどうだ？」

「ああ、いいぜ」

「明日、もう一度話しあおう」

「話すことはない」

テディはおれに顔を向けた。「礼を言おう、カーペンター。今夜の試合で、新たな思い出を提供してくれたことに」

テディが戸口へ向かいはじめると、おれも小便に行くふりをしてカウンターを離れた。人込みに紛れて身を屈め、こっそりテディのあとを追った。店を出たとき、テディはSUV車のロックを解除しているところだった。

「今朝の釣りはどうだった、テディ？」

テディはコートの内ポケットから取りだした紙ナプキンを見つめていた。おれに気づくと、すぐにそれをポケットへ戻した。「あの件はどうなった？」

「なんのことだ」

「チャンネル・エイトの手にも渡る可能性のある、負け犬の相棒に関する情報だ。あれを記事にするつもりはあるのか？」

おれはそのことをすっかり忘れていた。「まだ検討中だ」

「弁護士からそのうち連絡が行くはずだ」

「で、釣りはどうだったんだ？」

「釣り？」テディは車に乗りこみ、運転席のドアを叩き閉めた。エンジンが息を吹きかえし、運転席の窓がおりた。「おまえみたいにのろまなサッカーが釣れたよ」

このまま店に戻れば、閉店までつきあうことになるだろう。そうなれば、スーピーがうちまで押しかけてきて、酒盛りの続きにつきあわされる羽目になる。可能なうちに逃げだしたほうがいい。ところがおかしなことに、とめたはずの場所に車が見あたらない。おれは仕方なく目抜き通りをエステル通りまで歩き、さらにもうひとつ角を曲がって、編集部の裏手の駐車場に入った。おれのピックアップトラックはそこにあった。記憶力が衰えてきたのだろうか。

階段に足をかけながら部屋を見あげたとき、窓からかすかに明かりが漏れていることに気づいた。電灯を消し忘れたのだろうか。四歩のぼったところで、わずかに開いた扉が目に入った。おれは足をとめて、あたりを見まわした。ここスタヴェイション・レイクでは、押込み強盗などめったに発生するものではない。おれが自分で扉を閉め忘れたのだろうか。足音を忍ばせて階段を上まであがり、扉の隙間から部屋のなかを覗きこんだ。不審な点は見あたらない。そのとき、何かの匂いが鼻を突いた。葉巻の匂いだ。安物の葉巻の匂い。ブーツのつま先で扉を押し開け、内側へ手を伸ばして壁のスイッチを押しながら言った。「誰かいるのか？」

安楽椅子にすわったディンガス・アーホ保安官が、口髭の下に葉巻をくわえたまま微笑んだ。「こんばんは、ガス。きみの車は駐車禁止区域にとめてあった。違反切符を切られるまえに移動しておいたぞ」ディンガスはコーヒー・テーブル代わりのベニヤ板の上に鍵束を放りだした。「キーをイグニッションにさしっぱなしにしておくのはどうかと思うがね」

「無断でひとの家にあがりこむのもどうかと思いますが。令状はお持ちなんでしょうね」

「いいや、そんなものはない。代わりにこれを持ってきた」ディンガスは背もたれから身体を起こし、薄っぺらい青色のファイルフォルダーをベニヤ板の上に置いた。「開けてみなさい。いや、まずはすわったらどうだね」

おれはソファに腰をおろし、フォルダーを手に取った。中身を取りだそうとしたおれの手首を、ディンガスが軽くつかんだ。「昨日、きみは捜査記録の請求手続きをした。正式な回答が返ってくるのはおおよそ六週間、下手をすれば八週間後になるだろう。つまり、まずはひとつ合意に達しておく必要がある。今夜、わたしはここにいない。いいな？」

「承知しました」

「それから、そこにあるものはいっさい記事にしてはならない。少なくとも、現時点では」

そう言うと、ディンガスはおれの手首を放した。

フォルダーのなかには、ホッチキスで綴じられた四枚の紙が入っていた。上から三枚はパイン郡保安官事務所による事故調査報告書のコピーで、一九八八年三月十三日との日付が入っている。ところどころぼやけてはいるものの、かろうじて内容を読みとることはできる。だが、コーチの事故の概要にざっと目を通した結果わかったのは、目新しい情報はほとんどないということだった。ただひとつ引っかかったのは、レオ・レッドパスが〝目に見えて動揺し、ヒステリー症状に近い状態〟だったという記述だ。事情聴取のあいだレオは「済んだことは仕方ない……済んだことは仕方ない……」と、しきりに繰りかえしていたという。末尾になされていた署名は、やはりディンガス・アーホ保安官助手のものだった。

四枚目は領収書のコピーだった。受領者はスタヴェイション・レイク・マリーナの経営者アンガス・キャンベルで、支払われた金額は二万五千ドル。日付は一九八八年四月十二日となっていて、余白に〝全額支払い済み、CK五二六一、ファースト・デトロイト銀行〟との走り書きがある。但し書きの欄は空白のままで、署名はインクが滲んでいて読みとれない。その下に、かろうじて判読できる書きこみがある。〝フェリーボート〟だろうか。Fの筆跡に特徴がある。跳ねあがった尻の先が釣り針のように小さな弧を描いている。

無関心を装おうとしたが、頭のなかにはさまざまな疑問が飛び交っていた。何がレオをそこまでうろたえさせたのか。単に、浅はかな行動によって友人を失ったことへの後悔だったのか。何かほかの理由があったのではないか。この領収書やスーピーの亡き父は、コーチの死になんらかの関わりを持っているのか。いったい誰がなんのために、フェリーなどを手に入れようとしたのか。マリーナでフェリーを見かけた覚えはない。だが、買い手がいるのであれば、スーピーの父がそれを仕入れることは可能だったはずだ。だが何より、ディンガスの目的はいったいなんなのか。

「ありがとうございます、ディンガス。ただ、これをどうとらえればいいのか、おれには見当もつきません」

ディンガスは口から葉巻の煙を吐きだした。「きみの提出した申請書に応じて、追加の資料が送られてくるかもしれない。しかし、そこから得られる情報はさしたるものではないはずだ」

「ここにあるものだって同じです。この捜査記録を書いたのはあなただ。何かヒントをもらえませんか」

おれが手にした紙の上に、ディンガスは視線を落とした。「わたしにもひとつ考えはある。長いときを経て、擦り切れかけた考えだ。きみに信じてもらえるとは思えない。あの当時も誰も信じようとはしなかった。加えて、わたしがそれを口にするには大きなリスクを伴う」

「話してみてください」

ディンガスは立ちあがった。「きみならすべてを解きあかしてくれるものと確信している」

「待ってください、ディンガス。何も教えるつもりがないのなら、どうしてわざわざこんなところまでやってきたんです？」

ディンガスは戸口へ向かって歩きだしていた。「ガス、なにゆえきみがデトロイトを去ることになったのか、噂は聞いている。悪いとは思ったが、何本かあちらへ電話をかけさせてもらった。きみは進取の気性に富んだ人間であるようだ」

「それがなんだというんです」

「きわめて肝の据わった人間でもある。きみならすべてを解きあかし、事件にひとすじの光明をもたらしてくれることだろう。それから、今度目抜き通りに車をとめるときには、数週間まえに駐車区域の標識が変わったことを思いだすように。きみのところでも一面で報じていたはずだが」

「待ってください、ディンガス」

ディンガスは後ろ手にそっと扉を閉めた。

13

　新聞記者になろうなどとは、まったく思ってもいなかった。十二歳のころから、夏休みはいつもマリーナでアルバイトをしていた。炎天下ですごす長い一日は、厳しい叱責を飛ばすスーピーの父のせいでよりいっそう長く感じられた。ミシガン大学に入って二年が過ぎたころ、ふと、何かほかのアルバイトがしてみたくなった。その年はたまたまジャーナリズムの授業をとっていた。スポーツ記者なら自分にもできるのではないかという気がした。スポーツならたいていのものが好きだったし、実家の隣人ヘンリー・ブリッジマンは《パイロット》の編集長だった。ボートのデッキから魚の腸《はらわた》を掻きだすのはやめて、ヘンリーのもとでスポーツの記事を書こうと思いたった。母に頼むと、電話でヘンリーに取り次いでくれた。

　翌朝、約束の時間に少し遅れて、編集部に到着した。ヘンリーはスチール机の向こうに横ざまにすわって、タイプライターを叩いていた。その日の朝刊が机の上に置いてあった。一面には〈教育委員会が千分の一課税の値上げを要求〉との大見出しが打たれている。ヘンリーはくわえ煙草で両手のひとさし指だけを使い、キーを見ながら文字を打ちこんでいる。「ちくしょうめ。こんなことをして逃げおおせるとでも思っていやがるのか。このヤク中どもめ」口に挟んだ煙草が揺れていた。なんの事件のことを言っているのか、おれには皆目見当もつかなかった。ヘンリーは不意に手をとめ、打ちだされた原稿に目を凝らした。「上出来だ」そうつぶやくと、椅子をまわしておれを振りかえった。大きくにやりと笑うと、顔中に皺が寄り、こけた頬と落ち窪んだ目ばかりがやけに目立った。「雇うからにはこき使わせてもらうぞ。おふくろさんから伝言は聞いたか？」

「ええと……」おれは腕時計をちらりと見た。「十時に会いにいけと言われました」

「なんとまあ！」ヘンリーはしわがれた声で、まさにガッハッハと笑いだした。「仕方ない。おれが汚れ役を引き受けるとするか」

「は？」

ヘンリーはふたたび豪快な笑い声をあげた。「じつを言うとな、うちにスポーツ記者は要らんのだ」

「要らない？」

「そういうこった」ヘンリーは煙に目を細めながら、口にくわえた煙草をひねくりまわした。「スポーツ記事なら、そこいらの高校生でも書ける。おまえには本物のニュースを扱ってもらわなきゃならん」

〝本物のニュース〟とやらは、〝千分の一課税〟なるものに関係しているのだろうか、とおれは思った。どうして今年もマリーナで働いておかなかったのだろうとも思った。それでも、「わかりました」とおれは答えた。

ヘンリーの指示で、高校の陸上競技大会や野球の試合を取材させてもらえることもあった。だがおおかたは、警察や教育委員会の取材にあたらされた。ヘンリーの都合が悪いときには、町議会の取材も任された。必然的に、警察の捜査手順や、建築規制の適用除外措置や、千分の一課税についてまでも学ぶことを余儀なくされた。おれの書いた原稿を意味のわかるものにするために、ヘンリーが手直しをしなければならないこともあった。だが、そんなことは気にならなかった。文章にできるくらいに何かを理解しているというだけで気分がよかった。夜間の会議を取材しなければならないこともあったが、その時間帯はマリーナで働くよりも時給がよかった。ヘンリーはケチな人間ではなかったから、惜しみなく夜間手当てを支払ってくれた。

記者という仕事についておれが考えていたのは、そんなことばかりだった。新聞記者は夏期限定の腰かけ仕事にすぎなかった。仕事はうまくやれているかと母から尋ねられるたびに、おれは「まあね」とだけ答えた。

〝一生の仕事を見つけた〟という答えを母が聞きたがっているのはわかっていた。だが、おれにはそう言ってやることができなかった。おれのなかでは、その年の夏があって、これからの将来があって、そのふたつははっきりと分かたれていた。そう、はじめてのスクープをとるまでは。

その選手の名はジェイムズ・バウムガルテンといった。ソフトボール・チームの仲間たちからはバッバと呼ばれていた。マスクメロンのような力瘤と、丸々とふくれたトマトのような顔をしていて、町の誰よりも遠くへソフトボールを飛ばすことができた。ある夏の晩、おれたちの所属するソフトボール・チームを打ち負かしたあと、バッバはどういうわけかスーピーの車に乗りこんで、試合後の酒盛りにまで参加していた。おれたちのチームはスーピーのマリーナがスポンサーを務めていて、こちらのチーム名もやはり〈チャウダーヘッズ〉といった。

おれとバッバはブラットヴルスト・ソーセージをつまみにビールを酌み交わしながら、さしで会話をしはじめた。バッバのチーム〈スクリューボールズ〉はスタヴェイション・レイクに君臨する永続的優勝チームで、地元で製造業を営むパーフェクト・オー・スクリュー社がスポンサーを務めていた。毎年夏になると、〈スクリューボールズ〉にはバッバのような体格をした外野手が新たに何人か補充された。ただし、水曜の夜のシネス球場で高さ二百八十三フィートのフェンスを越える特大ホームランを次から次に放つときのほかは、そうした新加入の選手を町で見かけることはまったくなかった。バッバもまた、〈スクリューボールズ〉に新しく入ってきたばかりの余所者の選手のひとりだった。そのバッバがボイン・シティに暮らしていると聞いて、おれはいささか驚いた。ボイン・シティからスタヴェイション・レイクまでは、車を飛ばしても一時間以上かかる。ソフトボールをするためだけに、どうしてそんな遠くの町から通っているのか。ソフトボールのチームなら、ボイン・シティにだっていくつもあるではないか。おれがそう尋ねても、バッバは小さな子供のようにくすくすと笑うだけだった。だが、さらに何本かのビールを飲み干したあとで、とうとうバッバはパーフェクト・オー・スクリュー社からカネを受けとっていることを認めた。「まさか、嘘だろ」とおれはつぶやいた。おれが新聞記者のアルバイトをしていることをバッバが知っているとは思えなかったし、そのことを自分から打ちあける必要も感じなかった。おれたちはさらに何本かのビールをあけた。するとバッバは、走行距離に応じたガソリン代まで支給してもらっているのだと、誇らしげに語りだした。

バッバは会社から八十九日分の最低賃金を受けとり、その見返りとして、特大のホームランを放っていた。さらには、正社員の給与者名簿に自分の名前を載せることも承諾していた。ところが実際には、ユニフォームを取りにいくとき以外、工場に足を踏みいれたことは一度もないという。「このことは誰にも言わないでくれよ。おれが仕事を失っちまう」とバッバは言った。「仕事？　それって、外野でレフトを守ることか？」とおれは訊きかえした。それから一緒に腹を抱えて大笑いした。

ただそれだけのことであれば、そんな話はその場かぎりで忘れていただろう。ところが当時、パーフェクト・オー・スクリュー社は、自社の土地と工場に適用されている固定資産税の控除をさらに拡張してほしいと町議会に嘆願していた。バッバが気楽な打ちあけ話をした夜の二日まえには、パーフェクト・オー・スクリュー社の経営者であり、〈スクリューボールズ〉でピッチャーを務めるセシル・ヴィディガンが黒と金色のチーム・ジャケット姿で町議会に出席していた。そして、現行の税控除は六名の社員の新規雇用につながっており、雇用状況の活性化に大いなる貢献を果たしていると語った。そのうえで、もし控除が拡張されることになれば、さらに四名の雇用が可能になるだろうと述べてから、いかめしい鬚面に笑みを広げて言った。

「つまり、わが社と地域社会、双方の利益となるわけです」ただし、ヴィディガンの口から〈スクリューボールズ〉の利益が語られることはなかった。


　バッバの秘密を聞かされた翌日、おれはパイン郡庁舎を訪れた。パーフェクト・オー・スクリュー社の固定資産税の記録を調べるつもりだった。郡書記官のオフィスに入ると、オーク材の長いカウンターの上に聳える曇りガラスの仕切りの向こうに、八列ものファイリングキャビネットがずらりと並んでいるのが見えた。ところが、ヴェルナ・クラーク郡書記官のほかに人影はひとつも見あたらなかった。

　ヴェルナ・クラークは鉛筆のように痩せこけた五十代の女で、灰白色のワンピースの胸に〝クラーク郡書記《クラーク》官〟と記した名札をさげていた。このヴェルナについては、あらかじめヘンリーから警告を受けていた。何年も昔のことになるが、ある郡政委員がヴェルナの地位に対して異議を申したてたことがあるという。ヴェルナの一家がパイン郡から数マイル離れた町に暮らしていることをあげつらって、郡の職員は郡内の住民であるべきだと唱えたのだ。郡政委員はヴェルナの後釜に義理の娘を据えることをもくろんでいたのだが、義理の娘が下水管理委員会の管理職に就くと、すぐさま訴えを取りさげた。だが、ヴェルナはその教訓を忘れなかった。時の権力者の一存で、いともたやすく職を奪われる可能性があることに気づいたヴェルナは、病的なまでに規則や手続きを厳守するようになった。すなわち、うんざりするほどの石頭になったというわけだ。ヘンリーの経験では、郡の地図をもらいに行っただけなのに、まずは公文書請求のための申請書を提出しろと言われたことまであるらしい。

「どのようなご用でしょう」カウンターの向こうからヴェルナが訊いてきた。

おれは自分の探しているものを伝えた。するとヴェルナは無言のまま、公文書閲覧のための申請用紙をさしだしてきた。

「こういう手順を本当にいちいち踏まなくちゃなりませんか？」

「郡の定めた規則ですから」

「全部でどれくらいかかるんです？」

「大半の方は二、三分で書き終えますわ」

「そうじゃなくて、記録が手に入るまでにどれくらいかかるのかって訊いたんです」だんだん苛立ちが募ってきた。

「規則によれば、休日を除いた十日以内に回答を伝えることが義務づけられています」

「それじゃ、十日以内に受けとれるんですね」

「問題なく許可がおりれば。その後、記録をお渡しするための手続きに相応の期間をいただくことになります」

「その〝相応の期間〟というのはどの程度のものなんです？」

「特に規則では定められておりません」

「少なくとも、見当をつけることくらいはできるでしょう？」〝少なくとも〟というのがまずかった。ただでさえ薄いヴェルナの唇が、いっそう薄く引き結ばれた。ヴェルナが底意地の悪い女であることもたしかだが、おれが思慮に欠ける未熟者であることも否みようがなかった。

「見当をつけることはわたくしの仕事に含まれており

ませんが、あえて申しあげるなら、記録の閲覧が滞りなく認められたとして、労働者の日《レイバー・デイ》までにはお探しの記録をお受けとりになれるでしょう」

「いまから三週間もあとじゃないですか」

ヴェルナはナイロン製の紐で首から提げていた拡大鏡を手に取り、カウンターの上にセロハンテープで貼りつけられた広告入りカレンダーの上にかざした。

「正しくは二週間と四日後ですわ」

おれはその一週間まえに大学へ戻らなければならなかった。「お願いします、ミス・クラーク、おれが——」

「ミセス・クラークです」

「失礼しました、ミセス・クラーク。とにかく、おれが知りたいのは、ほんの数人の名前と電話番号だけなんです。借りた記録をお返しするまでに一時間もかかりません。いまそれをさせてもらうわけにはいきませんか」

ヴェルナはひとさし指で申請用紙をぽんと叩いた。

「こちらを提出していただく必要があります」

藁にもすがる思いであたりを見まわした。救いの手をさしのべてくれる者が誰かいないだろうか。だが、やはり室内にはヴェルナひとりしかいなかった。「こんなのはおかしいですよ。ここに保管されているのは公文書でしょう。だったら、公衆には自由にそれを見る権利があるはずだ」

ヴェルナの顔に引き攣った笑みが浮かんだ。「でしたら、その公衆に義務づけられた申請用紙への記入をまずは済ませてはいかがでしょう」

用紙への記入を済ませると、おれは部屋を出て廊下を進んだ。突きあたりにある男子トイレには故障中の張り紙がしてあった。なかにいた配管工に、角を曲がったところにある職員用のトイレを使うよう指示された。

なおもむかっ腹を立てたまま、小便器の前に立った。ヴェルナ・クラークは、ひょっとしてセシル・ヴィディガンの知りあいなのではないか。あるいは、パーフェクト・オー・スクリュー社で働く友人か家族がいるのではないか。くそ忌々しいスタヴェイション・レイクめ。記事にできるかどうかはわからない。だが、どんな邪魔立てをされようと、この田舎町にひそむペテンをかならずや暴きだしてやる。何があろうと、求める情報を手に入れてやる。

手を洗ったあとも洗面台の前に立ちつくし、なんらかの手立てをひねりだそうと頭を絞った。そのとき、鏡に映る二つ目の扉が目にとまった。ある考えがひらめいた。笑いだしたくなるほど無謀な考えだった。おれはそこに立ったまま、さらに思案をめぐらせた。しばらくすると、それほど無茶な考えではないような気がしてきた。

その扉は薄暗い廊下に通じていた。廊下を進んでいくと、清掃員用の更衣室があり、その先にもうひとつ、小窓にすりガラスのはめこまれた扉があった。忍び足で扉に近づき、ドアノブに手をかけた。そろそろとノブをまわし、そっと扉を引き開けた。半インチほどの隙間から覗きこむと、ファイリングキャビネットの列の向こうに長いカウンターが見えた。ヴェルナ・クラークがこちらに背を向けて、誰かの応対をしている。おれは静かに扉を閉めた。

更衣室のなかには、湿ったモップと漂白クレンザーの匂いが充満していた。魔法瓶を見つけたので、トイレの洗面台で冷たい水を満たしておいた。封が開いて中身の湿気った袋入りプレッツェルも見つけた。なかから扉に錠をかけ、トイレットペーパーの箱の上に腰をおろした。その夏に書いた記事のなかに、郡の予算縮小に関するものがあった。縮小案のひとつは、火曜と木曜の二日分、清掃員の勤務日を減らすという内容だった。そして、たまたまその日は木曜日だった。

午後九時になるのを待って、書記官のオフィスへ忍びこんだ。目当ての記録をおさめた引出しを見つけるまでにはしばらく時間がかかったが、そこからは急ピッチで作業を進めた。ブラインドの隙間からさしこむ半月の光を頼りに、名前と電話番号を手早く手帳に書き写した。一刻も早くこの場から逃げだしたかった。しかし、誰かに姿を見られる恐れもあった。おれはふたたび魔法瓶に水を満たして、更衣室へ戻った。大きなスポンジからゴミを払い、それを枕代わりにした。ここで夜をあかすつもりだった。朝になって一般の利用時間が始まったら、こっそり立ち去ればいい。

更衣室の床は硬く、やけにべとついていたが、やがて眠りが訪れた。夢のなかで、おれは西部の荒野にいた。断崖絶壁のてっぺんで眠っていた。遥か下の峡谷をどうどうと水が流れている。暗闇のなか、金属でできた鳥の群れがおれのまわりでカタコトと跳びはねている。そのとき、足もとから地面が崩れだした。身体が崖を転がり落ちた。足がびくんと跳ねた。ブリキのバケツを蹴飛ばした音で、ぱっと目が覚めた。「しまった」おれは小さく毒づいた。床にじっと横たわったまま、耳を澄ませた。心臓の鼓動がやけに耳に響いた。はじめのうちは、ひと気の絶えた古い建物に特有のかすかな耳鳴りが聞こえるだけだった。それから、ドアノブのまわる音がした。トイレのドアノブだ。続いて足音がひとつ、もうひとつ聞こえた。扉の下の隙間をひとすじの光が通過した。郡の予算に警備員の給与は含まれていただろうか。いくら考えても思いだせない。扉に錠がおりていることをたしかめようと、おれは静かに身体を起こした。

扉の前までたどりついたとき、ふたたび扉の隙間に光が見えた。鍵穴に鍵をさしこむ音が聞こえた。おれは一心不乱にあたりを見まわし、身を隠せる場所を探した。そんな場所はもちろん見つからなかった。おれは床に片膝をついた。不意をついて部屋から飛びだし、走って逃げることはできるだろうか。そのとき、軋みをあげながら扉が開いた。懐中電灯の光に目を射ぬかれて、おれはその場に凍りついた。

「ガス？」

聞き覚えのある声が言った。笑い声がそれに続いた。

「こんなところで何をしてるの？」ダーリーンの声だった。

ダーリーンは紺色の制服に身を包んでいた。金色の糸で刺繍された記章が左胸に縫いつけられていて、警備会社〈ヴィジラント・セキュリティ〉の文字が読みとれた。警官のものによく似た帽子にも同じ記章が縫いつけられ、髪はそのなかにたくしこまれていた。

「ダーリーン、ここで何をしてるんだ？」

「わたしがここで何をしているか？　もちろん、仕事をしているのよ。あなたこそ、ここで何をしているの？　ママに家から追いだされたの？　それとも、ゴキブリと添い寝するのが趣味なの？」

「かいつまんで言うと、今日の午後、ある記録を閲覧するためにここを訪れたら、偏屈者の書記官に邪魔立てされたのさ」

「だから、郡庁舎に無断で入りこんだってわけ？」

「いいや。最初からなかにいたんだ」

「そんな言いわけで保安官が納得してくれるかしら」

「冗談だろ？」ダーリーンは本気でおれを連行するつもりなのか。だんだん不安になってきた。「なあ、ダーリーン。ジッターズでのこと、おばさんに内緒にしてやったじゃないか」

あれは九歳の夏のことだ。ダーリーンとおれはよく、ジッターズ・トレイルと呼ばれる森の中の小道で遊んでいた。泥を跳ね散らしながら斜面を自転車で駆けおり、土手を越え、ジッターズ・クリークという小川に跳びこむのだ。そんな遊びはもちろん親からは禁止されていた。そして、ある日の午後。〝スキー滑走〟と名づけた技に挑戦していたとき、ダーリーンがハンドル操作を誤って、小さなポプラの木に正面から突っこんでしまった。乗り手を失った自転車は斜面を転がって川に落ち、そのまま下流へ流されはじめた。おれはそのあとを追って土手まで駆けおり、倒木に引っかかっていた自転車をどうにか岸に引きあげた。ダーリーンは土手にすわって泣いていた。頰の切り傷に血が滲み、おろしたての藤色の水着には裂け目ができていた。九歳の少年らしく、おれはダーリーンをからかおうかと考えた。けれど、思いなおしてやめた。代わりに、しかつめらしい口調でこう告げた。前の車輪がひどく曲がってしまったから修理が必要だ、と。家に帰りつくと、おれはおばさんに、ダーリーンが公共広場のピクニック・テーブルに突っこんでしまったのだと説明した。ダーリーンは嘘をつくのをいやがった。だから、もっぱらおればかりが喋った。ダーリーンはおれの隣に立って、ずっと泣きじゃくっていた。おばさんはおれたちの嘘を信じた。あるいは、信じたふりをしてくれた。

「それで、わたしにどうしろというの？」

「そうだな。ここでおれを見つけたことを忘れるってのはどうだい」

「うーん、どうしようかしら」

制服姿のダーリーンを見るのははじめてだった。高校生のころから警官になりたがっていたのは知っていた。だが、いまこのときになってようやく、自分がこれまでダーリーンの言葉を真剣に受けとめていなかったことに気づかされた。その制服はダーリーンにとてもよく似合っていた。そのことが嬉しくてならなかった。自分が窮地に立たされていることすら忘れてしまうほどに。いまダーリーンは、自分の夢を実現しようとしているのだ。思わず顔がほころんだ。

「本当におれを逮捕するつもりかい」

ダーリーンの顔にも笑みが広がった。「どうしようかしら」ダーリーンはゆっくりと扉に寄りかかった。

扉が音もなく閉じた。

「何をするつもりだ？」

「さあ。現行犯の逮捕とか？」

しばらくのあいだ、おれたちは黙りこくっていた。おれは床に片膝をついたままの姿勢で、ダーリーンは制服姿で、ひたすらに互いを見つめていた。懐中電灯の光が胸の上で揺れている。さっきまで恐怖に震えていた心臓が、いまはべつの理由で激しく脈打っている。おれたちはすでに何度かデートを重ねていた。互いの身体に触れあうことも幾度かあった。だが、一線を越える手前で、かならずどちらかが歯止めをかけた。互いに惹かれあっていることは、どちらもわかっていたと思う。けれど、おれがやがては町を出ていくこともわかっていた。そのふたつの事実が苦しみしかもたらさないことも。しかしいま、パイン郡庁舎の片隅で、耳鳴りがするほどの静けさのなかで、町中《まちじゅう》が眠りに就いたなかで、おれのばかげた小さな悪事が宙ぶらりんになった状況のなかで、こうしてふたり向きあっていると、〝それがなんだ。いまこのとき、ここはふたりだけの場所だ〟と素直に言えるような気がした。

おれは床に腰をおろした。ダーリーンが帽子を脱ぎ、こちらに放り投げてきた。おれはそれを胸で受けとめ、おれに蹴飛ばされて逆さまになったバケツの横に置いた。ダーリーンは扉に錠をおろすと、懐中電灯のスイッチを切った。


おれはそのネタを記事にした。パーフェクト・オー・スクリュー社の給与者名簿に載っていた強打者はバッバことバウムガルテンひとりではなかったのだ。まずは郡庁舎の記録から割りだした何人かの人間に電話をかけた。その結果、フライをキャッチしたり、バットを振ったりする以外の仕事をしていない社員が六人いることが判明した。おれの報告に、ヘンリーは狂喜した。おかげで、昼過ぎまで編集部に顔を出さなかった理由を問いただされることもなかった。

「やったな、ガス。こいつはダブルプレーだぞ。連中が町議会とソフトボール協会の両方を欺いていることを突きとめたんだからな」とヘンリーは言った。

いいや、トリプルプレーですよ。ダーリーンとの一夜を思いだしながら、おれは心のなかでそう答えた。

ヘンリーの意向で、税控除についての決議が町議会でくだされる日の朝刊に記事を載せることが決まった。

その議会の前日、おれの机の電話が午前九時ちょうど過ぎに鳴った。「はい、ガス・カーペンターです」

「貴様、いったいどういうつもりだ？」いきなり怒鳴りつけられた。球場で耳にしたことのある声だった。おれはヘンリーを探してあたりを見まわした。しかし、ヘンリーはドーナツを買いに出ているところだった。

「ミスター・ヴィディガン？」

「おれが貴様に何をしたというんだ？　三振に打ちとったことを根に持ってでもいるのか？　おれを破滅させることが貴様の手柄にでもなるのか？　いますぐ上司のところへ行って、『印刷を中止しろ。このままじゃセシル・ヴィディガンを破滅させてしまう』と言うことはできないのか？」

「ミスター・ヴィディガン、あいにくいまは――」

「いいか、この件をひとことでも活字にしてみろ。貴様の忌々しい頭蓋骨を陥没させてやるからな」

そこでとつぜん回線が途切れた。手が震えていた。おれの書いた記事がまったくの誤りだとしたらどうなるのか。こんなときにヘンリーはどこにいるのか。

そのとき、ふたたび電話が鳴った。

「ガスかね？」

「はい、ミスター・ヴィディガン。さきほどはたいへん――」

「いやいや、やめてくれ、ガス」受話器の向こうで、深く息を吸いこむ音が聞こえた。「さきほどはすまなかった。あんなくそを……あんな暴言を吐き散らすべきではなかった。きみは自分の仕事をしただけだというのに。だが、わかってほしい。わたしはこの会社をゼロから築きあげた。血の滲むような努力を続けてきた。涙を流したことも数知れない。町に多大な貢献をしてきたとも自負している」

「わかります、ミスター・ヴィディガン。もしよろしければ――」

「どうだろう。一度こちらへ足を運んではもらえないだろうか。ぜひきみに案内させてほしい。この薄汚れたちっぽけな工場が……わたしにとってはこのうえない誇りであるこの工場が、この地域にとっていかに重要な存在であるかをその目でたしかめてくれ。どうかね？」

手の震えはまだおさまっていなかった。「あの……でしたらいますぐにでもお伺いしないと……」

「いますぐ？　今日これからということか？」

「はい」

咳払いが聞こえた。いくぶん大袈裟な咳払いだった。

「すまないが、今日は都合が悪い。大口の出荷が控えている」

「それなら、電話で伺うのでもかまいません。例の税控除に関する――」

「駄目だ。いまは話せない。明日にしてくれ」

そう告げた声から伝わってきたのは、怒りを覆い隠すための冷静な仮面がはがれ落ち、死に物狂いの素顔が覗きはじめていることだった。ヴィディガンに対して最初に感じた恐怖は薄れはじめていた。ついさっきまでおれが心配していたのは、余所者の選手を雇っていることについて、ヴィディガンには完全にすじの通った説明ができるのではないかということだった。おれのつかんだネタはスクープでもなんでもなかったのではないか。郡庁舎でダーリーンを巻き添えにしてまで法を犯したのは、時間の無駄だったのではないか。

だが、いまは確信していた。続く言葉を聞くまでもなかった。おれは真のスクープをものにしたのだ。

「ミスター・ヴィディガン、わが紙はこの記事を明日の朝刊に掲載する予定でいます。もしなんらかのコメントを寄せるつもりがおありなら、いまがそのときです」

長い沈黙が続いた。やがてヴィディガンは口を開いた。「なるほど。そういうことか。町議会でわたしの息の根をとめようというわけか」

「おれはただ事実を――」

「御託を並べるのはよせ。貴様はただ手柄がほしいだけだろうが！」

「ミスター・ヴィディガン、この電話で話した言葉は、公式なコメントとして活字になる可能性があります」

「ほう、ほう、そうか。くたばりやがれ」喉に何かがつかえたような声でヴィディガンは言った。「これから言うことを、貴様のゴミ屑のような新聞に載せるがいい。いいか、いずれかならず貴様のくそ頭蓋骨を――」

「ご本人か弁護士からの連絡がなければ、コメントを拒まれたものと解釈させていただきます。では失礼します」

今度はおれのほうから電話を切った。

ヘンリーはおれにつきっきりで、原稿を一からさらいなおした。一行ずつ文をたどっては、おれが何を知っているのか、どうやってそれを知ったのか、すべての事実を二重、三重に確認したかをたしかめた。そして、それを終えると、満面の笑みで顔を皺くちゃにして言った。「こいつの見出しは決まったな。〈大学生記者が故郷の町に物議を醸す〉だ」翌朝、一面の最上段を占めた実際の大見出しは、〈パーフェクト・オー・スクリュー社の税控除申請に町が三連続ストライク〉というものだった。

その晩、町議会はパーフェクト・オー・スクリュー社の嘆願を退けたうえ、現行の控除措置まで撤回した。さらには、過去に免除された八万三千百七十四ドル九十八セントにもおよぶ固定資産税の支払いを求め、訴えを起こすことをも決定した。セシル・ヴィディガンは議会に顔を見せなかったが、八十七人の地元住民が傍聴席に詰めかけた。八月開催の議会としては異例のにぎわいだった。おれも議場へ足を運び、傍聴席に居並ぶ頭をひとつずつ数えあげた。それから数時間、おれは至福のときを味わった。州大会の決勝戦とはなんら関わりのない事柄で、人々がおれのことを話題にしていたのだ。

議会が終わると、おれはその足で編集部へ戻った。締切りの時刻はとうに過ぎ、建物のなかには誰ひとり残っていなかった。議会の様子を報じる原稿は、週明けの月曜までに仕上げればよかった。だが、家にはまだ帰りたくなかった。机の上に置かれたその日の朝刊が目に入った。黒い油性マーカーで走り書きをしたメモ用紙が添えられている。〝町長から電話があって、どうして自分のコメントを載せなかったのかと文句を言われたぞ。自分がどんなにどえらいスクープをものにしたか、これでわかったろう〟ヘンリーの筆跡だった。おれは新聞を手にヘンリーの机へ近づき、机の下の小型冷蔵庫からバドワイザーを一缶失敬した。机に足を載せ、自分の書いた記事を二十回近くも読みかえしながら考えた。これこそ、大学の教授が話していたことではないのか。弱きを助け、強きを挫く。おれはいかさまを暴きだし、限られた町の予算を救った。これこそが、真のジャーナリストのなすべき使命なのではないか。

だが、おれが感じていたのはそれだけではなかった。真夜中をまわるまで何度も自分の記事を読みかえしていたのはそのせいだった。痩せっぽちの小柄な大学生であるおれが、実業界の大物と真っ向から対峙した。少なくとも、スタヴェイション・レイクでは成功した実業家として知られる人物と。富と威信を併せ持ち、むきだしの怒りを容赦なく浴びせてくる人物と。そしておれはそいつを打ち負かしたのだ。

二年後、おれは大学を卒業した。パーフェクト・オー・スクリュー社に関する記事の切りぬきが《デトロイト・タイムズ》の編集長の心をつかみ、ビジネス欄の専属記者として採用されることが決まった。パーフェクト・オー・スクリュー社はすでに廃業へ追いこまれていた。セシル・ヴィディガンがアッパーミシガンのいずこかでゴルフ練習場を営んでいるとの噂も耳に入っていた。

だが、おれがヴィディガンの人生を一変させることとなったあの晩、机に足を載せ、ビールを片手に考えていたのはこんなことだった。もしも何かが、一晩でもこんなにすばらしい気分にさせてくれるのであれば、そしてその何かが、傷つく必要のない人々を誰ひとり傷つけることがないのであれば、それこそが、生涯をかけるべき仕事なのではないか。おれにできる最良の仕事なのではないか。誰かに心から誇らしく思ってもらえる仕事なのではないか。

14

ディンガスから不意の訪問を受けた翌朝、十一時を過ぎてようやく目が覚めた。今夜は母と夕食をともにすることになっていたが、家を出るのは十二時半をまわってからでいい。シャワーを浴びて服を着替えると、いくつかの用事を片づけておくため、階下の編集部へ向かった。

編集室にひとの姿はなかった。ジョーニーが顔を見せるかもしれないとは思ったが、天井の照明はつけずにおいた。まわりにひと気がないときは、蛍光灯のうなり声が耳について仕方ない。代わりに卓上ランプをつけて、机の上に散乱するものを片づけはじめた。印刷済みのプリント用紙やら、新聞やら、使い捨てのコーヒーカップやらで、ふたつのゴミ箱はほぼ満杯になった。続いて、土曜日に届いた郵便物を開封していった。小学校の給食献立表。地元の保険会社が新たに始めるというキャンペーンに関するプレスリリース。奉仕団体のスタヴェイション・レイク・ライオンズ・クラブがエイミル・J・〝バド〟・ポプケをマン・オブ・ザ・イヤーに任命したことを知らせる通知状。ポプケの写真は同封されていない。うちのほうで用意できるかたしかめておきたかったが、おれがフォトファイルのキャビネットを引っかきまわすと、ティリーはいつも渋い顔をする。仕方なく、写真を用意しておくよう、ティリーにメモを残した。

そうして作業を進めながらも、頭のなかにはさまざまな疑問が浮かんでは消えていた。テディ・ボイントンはエンライツ・パブで何をしようとしていたのか。ポケットから取りだした紙ナプキンには何が書いてあったのか。なぜディンガスはあれほど事件の解決を望みながら、肝心な点をはぐらかしてばかりいるのか。

そして、それとはべつに問題がひとつ。いずれはデトロイトの弁護士に電話をかけなければならない。おれがデトロイトで引き起こしたトラブルは、いまだ解決の糸口すら見えていない。

ディンガスから渡された捜査記録と二万五千ドルの領収書のコピーをコンピューターの隣に置いた。受話器を取りあげ、実家の番号を押すと、回線が留守番電話に切りかわった。おれは受話器を耳に押しつけた。母は極度の早口で、録音されたメッセージを聞きとれないこともしばしばだ。とはいえ、メッセージを聞き飛ばすわけにもいかない。母はメッセージをころころ変える。その日の予定——ビンゴ大会であったり、クロッシェ編みの会であったり、ユーカー・ゲームの会であったり、食事宅配サービスのボランティア活動であったり——をその都度吹きこむ。ときには自分で自分の家に電話をかけて、これからどこへ向かうべきなのかを確認することもある。この日のメッセージもやはり、教会がどうの、夕食がどうの、フェリシアだかテリーサだかいう名前の誰かとコミュニティ・センターだかどこだかで会う約束がどうのとまくしたてていた。録音に切りかわったことを示す発信音を待って、おれは言った。「母さん、今日はガレージに寄って、ボニーのエンジンをまわしてからそっちへ行く」

月曜の朝刊のための原稿と見出しはおおかた金曜と土曜のうちに用意してあった。あとは、ブラックバーンに関する原稿ふたつをジョーニーが仕上げるのを待つのみだ。そのときふと思いだした。ジョーニーも昨日、エンライツ・パブを訪れていたという。ブラックバーンや当時の〈ラッツ〉の写真を確認したり、フランシスから話を聞いたりしたかったのかもしれない。だが、ブラックバーンをよく知る人間を探していたのなら、どうして早々に店を出たのか。プレーオフの試合が終わって、選手たちが顔を出すのをどうして待たなかったのか。

まもなく正午にさしかかろうというころ、おれは席を立ってコートをつかみ、留守電をチェックするため受付カウンターへ向かった。五件のメッセージのうちのひとつは、テディの代理人アーサー・フレミングが午前八時七分に残したものだった。「ミスター・カーペンター、ご都合がつきしだい、折りかえしのお電話をいただきたい。先日お話しいたしました件について、あらためてご相談させてください」おれは机に引きかえし、フレミングとテディから受けとった資料を探した。だが、たしかに置いたはずの場所に資料がない。コンピューターの横に積みあげられた紙の山をめくり、未処理と処理済みの書類トレーのなかをたしかめ、次々に引出しを開けてなかを覗きこんだが、どこにも資料は見あたらない。机の下にもぐりこみ、ゴミ箱の中身も引っかきまわした。それでも資料は見つからなかった。またあとで探すことにして、仕方なく編集部を後にした。


実家の半マイル手前で左にハンドルを切り、ホーヴァス街道を湖岸とは反対の方向へ進んだ。生前、父は南西の湖岸を見晴らす丘陵地に小さな土地を買った。そして、松林からこんもりと突きだした小高い丘の上に、車一台を収容できる広さのガレージを建てた。ゴーカートや芝刈り機やその他の機械装置のモーターを分解しては改造するという趣味に、そこなら気兼ねなく没頭できるのだと父は言っていた。だが実際は、ガレージの上につくったテラスから湖を眺めてすごすことに大半の時間を費やしていた。夏の夜には、ビールを片手に揺り椅子にすわって、葉巻を吹かしながら、気象予報士が予想したとおりの時刻に陽が沈むかどうかをたしかめていた。

父はそのテラスを〝ツリーハウス〟と呼んでいた。実際には、ツーバイエイトの厚板の上にツーバイフォーの木材で手すりをめぐらせただけの、おおよそ飾り気のない代物だった。父はガレージの屋根裏に扉付きの物置もつくり、そこに葉巻や、トランジスタ・ラジオや、小型冷蔵庫や、ヌード雑誌などをしまいこんでいた。扉にはいつも鍵をかけていた。子供のおまえには刺激が強すぎる雑誌だからな、と父は言った。ときおり、おれをテラスにあげてくれることもあった。ラジオをつけて、〈デトロイト・タイガース〉の野球中継を一緒に聞いたこともあった。あのとき食べたポテトチップスや、オニオン風味のディップソースや、それを胃袋に流しこむための甘いオレンジ・ソーダの味はいまも鮮明に覚えている。そのうちビリヤード台とホームバーを置いて、アルコールの販売許可をとろうと思う。父はときどきそんな冗談を言った。すると母はこんなふうに返した。「あら、女性の立入りを禁じるような店に販売許可はおりないと思うわ」父は片目をつむってみせてから、こう答えた。「そういうことなら、あきらめるとするか」

結局、丘の上のガレージは、父が死の直前に買った車の住処《すみか》となった。父は組積壁の職人だったから、うちにある車はいつもピックアップトラックだった。だが、父の長年の夢はいつかキャデラックを手に入れることだった。たとえ日曜にミシガン湖までドライブするときにしか乗れなくともいいのだと父は言った。その夢を叶えるために、毎週少しずつカネを貯めていた。一時期、週末の夜にアルバイトをしていたこともあった。父と母がどのような合意に達していたのかはわからないが、父が土曜の夜にまで働くことを母が歓迎していないのはあきらかだったし、おれも同じ気持ちだった。父のいない土曜の夜、デイリー・クイーンで簡単な夕食をとるときの母はいつも寂しげだったから。

医者から癌の告知を受けたとき、キャデラックを買うための貯金はわずかに目標額に達していなかった。父は土曜の夜のアルバイトを始めた。その後の検査結果から余命が判明すると、父は診療室を飛びだして、そのまま車をかっ飛ばし、グレイリングのカー・ディーラーへ向かった。そしてその場で、中古の六九年式ポンティアック・ボンネヴィルを買った。ゴールドの車体に、クリーム色のビニール製ルーフ。パワーウィンドウに、パワーシート。エアコン。そして、水泳プール並みの大きさをしたトランク。父はその車に乗って帰宅した。母はそれを一目見るなり、大きく顔をゆがめた。まるでいまにも泣きだしそうだった。「ああ、ルディ……」それだけ言うと、母は声を詰まらせた。

その晩、子供部屋にいると、キッチンから張りつめたささやき声が漏れ聞こえてきた。すべてのやりとりを聞きとれたわけではないが、どうやら母が言っているのは、あんなにがんばっておカネを貯めたのに、どうしてあんなにほしがっていたキャデラックを買わなかったのかということのようだった。父は〝投資〟がどうのというようなことをしきりに繰りかえしていた。その言葉がいったい何を意味しているのか、子供のおれには理解できなかった。

おれが運転をできる歳になっても、父の遺した車、ボニーに乗ることを母は許してくれなかった。父の思い出が詰まりすぎているのだ、と母は言った。かといって、ボニーを処分することもできずにいた。結局、ボニーはツリーハウスの下のガレージにしまいこまれることとなった。おおよそ半年ごとに、おれはガレージを訪れた。ボニーのエンジンをかけ、しばらく放置してからエンジンを切る。年に一度、エンジンオイルと点火プラグを交換し、ナンバープレートの更新をする。デトロイトに住んでいたときでさえ、ボニーの手入れを怠ることはなかった。おれがうっかり忘れていたり、ぐずぐずしたりしていると、かならず母は催促の電話をかけてきたが、けっして自分ではガレージを訪れようとしなかった。おれはときどき夏になると、梯子をよじのぼってツリーハウスにあがり、手すりにもたれて夕暮れの空を眺めることもあった。

父は松の木を伐採して、林を抜ける二車線の私道をガレージまで敷いていた。おれはホーヴァス街道に車をとめ、厚い雪に覆われた私道をのぼってガレージに向かった。野球のバットくらい大きな氷柱《つらら》が軒から何本も垂れさがっていた。横手の扉の鍵を開け、なかに足を踏みいれると、かすかにオイルの匂いがした。巨大なシャッターを押しあげると、ひんやりと冷たい風が肌を刺した。

キーをまわすと、ボニーはすぐさま息を吹きかえした。ラジオの受信状態は良好とは言えないが、デトロイトのラジオ局WJRが放送する〈タイガース〉や〈レッドウィングス〉の実況放送を聞きとることはできた。ラジオのスイッチを切り、父がダッシュボードの下に取りつけたプレーヤーにカセットテープをさしこんだ。ボニーを運転したことは一度もない。だが、十代のころはよく、運転席にひとりすわって、父の遺した音楽を聞いていた。父の好みはロックンロールで、特に贔屓《ひいき》にしていたのはボブ・シーガーだった。一九六八年には、従弟のエディと一緒にアナーバーのクラブでシーガーのバンドのライブを見たという。その二日後に、新兵訓練所へ向かうため、エディは町を発った。それから何週間ものあいだ、父は口を開けばシーガーのライブの話ばかりしていた。やがて、ヴェトコンが潜伏するジャングルの上空で、エディの乗るヘリコプターをロケット弾が直撃したという知らせが届いた。それ以来、父はめっきり口数が減った。癌にかかっていることが判明した。土曜の夜のアルバイトを始めた。そうしたすべての出来事のあいだ、父は家のレコードプレーヤーでシーガーの同じレコードの同じ曲ばかりを、何度も何度も繰りかえし聞いていた。

おれは再生ボタンを押した——

なぜおれが死ななきゃならないのか、

その答えが知りたいだけだ。

おれは愚鈍な人間だ。

二足す二すらわからない。

ベースが脈打ち、ギターがむせび泣き、シーガーが吠える。音量をあげて、目を閉じた。過去の記憶を呼び起こした。エディが戦死するまえの、癌が見つかるまえの、父が無口になるまえの、ある夏の日曜の午後。その日、父はうちの目の前にある桟橋の上で仕事をしていた。おれはスーピーやほかの子供たちと兵隊ごっこをして遊んでいた。プラスチックのヘルメットをかぶり、玩具《おもちゃ》のライフルを抱えて、家のまわりをぐるぐる走りまわっていた。父は樺の木の下でおれを待っていた。汗に濡れたTシャツが鎖骨に張りついていた。「おいで、ガス。キャッチボールでもしないか」と父は言った。おれは一瞬足をとめ、「いまはいい」とだけ答えて、また走りだした。父の横を通りすぎるとき、その顔に浮かぶ表情が目の端に映った。「うん」と答えればよかったと後悔した。けれども足はとめなかった。あのときのことを思いだすたび、後悔が胸をよぎる。あのときに戻って、「うん」と答えられたら。そう願わずにいられない。ボニーに会いにくるたびに、おれはみずからに強いて、あのときのことを思いだすようにしている。

曲が終わった。おれは目蓋を開いた。「二足す二すらわからない」声に出して言ってから、小さく笑った。風に運ばれてきた雪がうっすらとボンネットを覆っていた。エンジンを切り、袖口でボンネットから雪を払い、シャッターをおろした。

実家の私道に車を乗りいれると、小さな黄色い家のキッチンで母が料理をしている姿が見えた。まだスタヴェイション・レイクが休暇の目的地とはなっておらず、組積壁職人とその妻でも湖畔の土地に手が届いたころ、父と母が建てた家だ。キッチンに足を踏みいれたとき、母はグレイヴィーソースをつくっている最中だった。おれは母の肩に腕をまわし、頬に軽くキスをした。タマネギや牛肉を蒸し焼きにしたポットロースの匂いと、香水の香りが鼻腔をくすぐった。「いい匂いだ」とおれは言った。

母はスプーンの柄でおれの胸を突いた。「悪いけど、グレイヴィーソース入れを取ってきてちょうだいな。飾り棚のいちばん下の棚の左奥にあるわ」

早口すぎて聞きとれなかった。「何を取ってこいって?」とおれは訊いた。

「グレイヴィーソース入れよ。グレイヴィーソース入れ」

居間に入り、大きなガラスの引き戸の前に立って、凍てついた白い湖を見つめた。子供のころに眺めた冬の湖は、もっと大きく、もっと危険に感じられたものだった。壁際に置かれた飾り棚には、父と母とおれの写真があふれていた。母が図案から考えた、ニードルポイント刺繍をおさめた額縁も並んでいる。シュートに備えて腰を落としたゴールキーパーの図案まである。グレイヴィーソース入れを棚から取りだし、キッチンへ持っていった。母が手を動かしながら、調子っぱずれな鼻歌を歌っていた。母はおれの帰郷を喜んでくれた。たとえそれが、複雑な事情によるものであったとしても。帰郷の原因について根掘り葉掘り訊いてくることもない。とはいえ、そもそもの最初から、おれのデトロイト行きに母は賛成していなかった。

「せわしない一週間だったんでしょう?」湯気の立つ鍋からグレイヴィーソースをすくいながら母が言った。「でもね、だからって、あんなひとの言うことを新聞でとりあげるのはどうかと思うわよ、ガス。さあ、お食事にしましょう」言いながらキッチン・テーブルに近づき、肉とジャガイモとニンジンを盛った大皿の隣にグレイヴィーソースを置いた。母はいつものとおりキッチンに近い席につき、おれはその斜め右にすわった。向かいの席には、これもまたいつものように、父のぶんのテーブルセットが用意されていた。

「あんなひとって誰のことだい」

「あのなんとかっていう看護師のことに決まってるじゃないの。たしか、グロリア……そう、グロリア・ロインスキーよ」

ティリーに頼んだモニカの記事で、コメントを掲載した看護師のことか。つまり、あの記事を読んだ人間が少なくともひとりは存在するということだ。おれはポットローストにフォークを突き刺した。「で、そのひとがどうかしたのかい」

「どうかしたかじゃないでしょう」母は呆れたように首を振った。「グロリア・ロインスキーは町いちばんのお喋りよ。ドクター・ジョンソンの診療所に通う患者さんのことまで、ぺらぺら言いふらしてしまうんだから。そんな悪癖をわざわざ助長する必要はないでしょう？」

「ドクター・ジョンソン？」

母はおれの皿と自分の皿にアップルソースを垂らしながら、片眉をあげておれを見た。「婦人科のお医者さまよ。グロリアはそこで働いているの。わたしも昔、お世話になっていたけれど、あることがあってからは行くのをやめたわ。詳しいことは話さないでおきますけどね、グロリアの口にチャックをすることはできない。それだけ言えば充分でしょう？　そんなわけで、カルカスカにあるドクター・シュミットのところへ通うようになったのよ」

「へえ」

それからしばらくは、無言のまま料理を口に運んだ。料理を腹いっぱいに詰めこんで、そのまま居間で一眠りしたい気分だった。だがもちろん、そんなわけにはいかない。おれには仕事がある。出すべき新聞がある。肉を嚙みしめながら、父のためのテーブルセットを見つめた。父が他界したあと、日曜の夕食時にはコーチがそこにすわっていた。うちへ来なくなるまでは。

「例のスノーモビルのことだけど、母さんはどう思う?」

「今シーズンの試合はもう全部終わったの?」おれの問いかけが聞こえなかったのか、聞こえないふりをしているのか、母はまったくちがう話題を振ってきた。

「あと少しで終わるよ」

「終わるのが嬉しいみたいな口ぶりね。昔は、わたしがリンクまで迎えにいって、引きずって帰らなきゃならなかったっていうのに。つま先が凍傷にかかったときのことは覚えてる? ねえ、ガス。もうホッケーがしたくないのなら、どうしてまだ続けているの?」

「ホッケーがしたいからだよ、母さん」ひとたび防具を身につけ、氷の上におりたてば、ホッケーがしたくてうずうずしている自分がいた。「ただ、いろいろと気がかりなことがあるだけだ」

「そう、それならいいの」

「で、岸に打ちあげられたスノーモビルのことはどう思う?」

「べつに何も」

まったく母らしくない反応だった。「コーチのものじゃないかって噂だけど」おれはもう一度水を向けてみた。

「まさか。そんなことありえないわ。ジャックはすぐそこの湖で死んだのよ。事故のあと、そこの窓から、みんなが氷に開いた穴を眺めているのをこの目で見たわ。あなたまであのばかげた湖底トンネルの噂を信じるっていうなら、話はべつだけれど」

「そうできたらと思うこともある」

「ポットローストのお味はどう? おいしくできているかしら。ちょっと火を入れすぎてしまったわ」

「すごくおいしいよ。そうだ。このところディンガスが一筋縄ではいかなくなった。どうも様子がおかしいんだ」

「まあ、よく言うわね。ここ何年も、ディンガスの様子がおかしくないことなんてなかったでしょうに。執務室から一歩も外へ出ていないんじゃないかしら。あの部屋のなかにベッドか何かが置いてあるの？」

「ベッドには気がつかなかったな。ディンガスは昔からあんなふうだったのかい」

「あのころ、あなたはまだデトロイトにいたものねえ。いいえ、ディンガスも昔は普通に外出していたのよ。バーバラと一緒にいたころはね。在郷軍人会のパーティーでダンスをしたり、アヴァロンで映画を見たり、いろんな場所でふたりを見かけたわ。率直に言って、ディンガスは目を奪われるほどの二枚目ではないけれど、彼とバーバラはとってもすてきなご夫婦だった。ディンガスはバーバラを心から愛していたわ」

「だろうな。いまも執務室に写真を飾っているくらいだから」

母は悲しげに首を振った。「バーバラ。あのひとも何を考えていたのか。きっと永遠にわからないままでしょうね。誤解しないでね。わたしもバーバラのことは大好きなのよ。ただ……どうしてあんなふうにほかの男に走ることができたのか、それだけは理解できないわ」

「ほかの男って？」

母はかすかに顔をこわばらせた。多くを喋りすぎたと気づいたのだ。

「そんなのはどうだっていいことよ」

「だったら教えてくれてもいいだろう。バーバラは誰と駆け落ちしたんだい」

「実際には……つまり結果としては、その相手と再婚することにはならなかったのよ」

「うん。で、その相手ってのは？」

母は椅子から腰を浮かせた。「そろそろチェリーパイはいかが？」

「いいからすわって」

母の顔に浮かんだ表情には見覚えがあった。〝こんなことをあなたは知らなくていいのよ〟という表情。つまり相手は、おれの知る人物だということだ。

「まさか。コーチなのか？」

「まったくもう。どうしてこんな話になったのかしら」

「コーチが女にもてたことは知っていたけど、バーバラとのことは知らなかったな。ちぇっ、デトロイトにいたせいで、面白いネタを全部見逃しちまったよ。つまり、それが原因でディンガスはバーバラに離婚を申しわたしたのか」

母はひとつため息をついた。「いいえ、ディンガスは離婚を望まなかったわ。バーバラと縒《よ》りを戻そうとしたの。でも、バーバラはジャックを選んだ。ところが、一方のジャックには誰とも結婚するつもりがなかった」

「バーバラはいまどこにいるんだろう」

「最後に聞いた話だと、サンディ・コーヴのIGAスーパーマーケットで働いているそうよ。いいえ、カルカスカだったかしら」

「しかし、驚いたな。そんなことがあったなんて」ジャガイモのお代わりを皿に取りながら、おれは言った。「母さんも少しのあいだコーチとつきあっていた時期があったろ。そのときはどんな気持ちだった？」

「いいえ、あんなものをつきあっていたとは言わないわ。一度か二度、映画を見にいって、二度ほどディナーに出かけただけだもの。でも、あなたの同僚のティリーとはかなり深いつきあいだったようね」

そう言われれば、ティリーは何度かおれたちの試合を見にきたことがある。あのころのティリーはまだ、美貌の衰えをほとんど知らなかった。「ただの飲み友だちだと思っていたよ」

「かもしれないわね。ティリーの飲み友だちじゃない男なんていないもの」言いながら、母は椅子から立ちあがった。「パイの上にアイスクリームは載せる？」

「もちろん」

母の姿がキッチンに消えた。電子レンジがまわりだし、冷凍庫のドアが開いて閉じ、フォークがカチンと鳴るのが聞こえた。こんなに口の重い母を見るのははじめてだった。母がキッチンから戻ってきて、パイとコーヒーをおれの前に置いた。「ありがとう、母さん」おれは礼を言ってから、向かいの席に顎をしゃくってみせた。「コーチが夕食に来ていたときのこと、覚えてるかい」

「もちろんよ。あのひとの食欲ときたら、まるで生ゴミ処理機みたいだった」

「コーチがどんな話をしていたかは覚えてる？　カナダで教えていたころの思い出とか、向こうの教え子がどんなに優秀だったかとか」

「なんとなくなら。ホッケーの話題にはちゃんと耳を傾けていなかったから」

それは嘘だ、とおれは思った。ミシガン州と同じくらいカナダの親御さんたちも口うるさいのかと、しきりに尋ねていたではないか。「コーチ業を休んでいた年があるというようなことは言ってなかったかな」

「もう少しで手にできた優勝について話していたのは覚えてるわ」〝夢のような四年間〟のことだ。「ねえ、あなたの母親はもう年寄りなのよ、ガス。いまじゃ何もかもおぼろげにしか思いだせないわ」

おれは皿にフォークを置いた。「母さん。これまでおれたち、あのことについてちゃんと話したことはなかったね」

「あのこと？」

「コーチが死んだ夜のことだよ」

以前、一度だけ母に尋ねたことがある。コーチの葬儀を終えた夜のことだ。おれと母はふたり並んで、在郷軍人会館の後ろのほうの席にすわっていた。泥酔した〈ラッツ〉のOBやその父親たちが、代わる代わるマイクの前に立って、コーチの功績を称えていた。母はおれの問いかけが聞こえなかったふりをした。おれが同じ質問を繰りかえすと、おれの膝を優しく叩いて、「みなさんのお話を聞かなきゃだめよ」と言った。それでもしつこく尋ねると、「いま言ったことが聞こえなかったの？」と怒ったように言った。必死に涙をこらえているのだろうとおれは思った。それ以上話しかけることはできなかった。

「そんな昔の話を聞いたって仕方ないでしょう」母が言っていた。

「話を聞くのがおれの仕事なんだ。コーチのスノーモビルがべつの湖に打ちあげられた。おかしいとは思わないかい」

「きっと何かの間違いよ。そのうちディンガスが解明してくれるわ」

「いいや、間違いなんかじゃない。頼むから力を貸してくれないか、母さん」

母はコーヒーをすすり、カップをおろしてから口を開いた。「あれはたしか、ビンゴ大会があった日の夜だったわ。いいえ、ボウリング大会だったかしら。まったくもう、すっかり記憶力が衰えてしまったわ。とにかく、その晩は赤ん坊のようにぐっすり眠っていたの。だから、ノックに応じるまでにずいぶん時間がかかってしまった。わたしが目を覚ますまで、レオはしばらく扉を叩きつづけていたんじゃないかしら」

「レオは居間の引き戸を叩いていたのかい」

「いいえ、勝手口よ」母はキッチンの奥を指さした。「最初は誰だかわからなかったわ。何かの光がまぶしくって。レオのスノーモビルのヘッドライトがこちらを向いていたのね。それに、わたしは半分寝ぼけてもいた。とにかく怖くて仕方なかったわ」

レオが勝手口を叩いていたのなら、家の裏手の道路を通ってきたことになる。どうして事故現場からまっすぐ湖を横切って、岸に面した居間の引き戸を叩かなかったのだろう。

「それで、レオを家に入れたんだね」

「ええ。息がとってもお酒臭かったのを覚えてるわ。そのせいで気持ちが悪くなってしまったから。それから、しきりに大声で何かをわめいていた。まるで別人みたいだった。レオは、警察に通報しなきゃいけない、救急車も呼ばなきゃいけない、ジャックが湖に落ちた、と言ったわ。それから……汚い言葉を使ってごめんなさいね。それから、『ジャックのくそったれめ、ジャックのくそったれめ』と何度も何度も繰りかえしていた。ひどく腹を立てているようだったわ。でも、べつにおかしくはないでしょう？」母は不安げな目をおれに向けた。

「なんのことだい？」

「レオが腹を立てていたってことよ」

どうして母はいまになって、そんな疑問を抱きだしたのだろう。

「ああ、おかしくはない」

母は居間を指さして続けた。「レオをそこに通したわ。ソファにすわるよう勧めたのだけれど、レオは引き戸の前から動こうとしなかった。こんなふうに……両腕で自分の肩を抱いて、じっと湖を見つめていた。しばらくして警察が到着したわ。そのなかにディンガスの姿もあった。警察はレオを連れて、湖へ向かった」

「服は濡れていたかい」

「誰の？」

「レオのさ。レオの服は濡れていたかい。肩とか、髪とかは？　髪が氷柱《つらら》みたいになってはいなかった？」

「氷柱？　なぜそんなことを訊くの？」

「コーチを湖から引きあげようとしたって話だからさ」

「それなら、きっとそうだったんでしょう。よく覚えていないけれど」

「タオルは貸した？」

「わたしを尋問するつもり？」

「母さん、母さんはそのときここにいた。おれはただ、何があったのかを知りたいだけだ」

「ねえ、ガス。そんなことをしてなんになるの」

おれはチェリーパイの最後の一欠片を口に放りこんだ。「ふう、旨かった。ごちそうさま」

「どういたしまして」

「じつは、《パイロット》の昔の記事を読みかえしてみたんだ。だけど、どこにも母さんの名前は出てこなかった。どんな手を使って記者どもを遠ざけたんだい」

「どんな手も何もないわ。ヘンリー・ブリッジマンは何度も何度も電話をかけてきたし、ある晩、うちまで訪ねてきたこともあった。でも、警察からは何も話さないようにと釘をさされていたの。まだ捜査中だから、ってね。わたしは言われたとおりにしただけよ」

「何も話すなと、ディンガスから言われたのかい」

「いいえ、スパーデル保安官よ。ディンガスはあのときまだ保安官助手だったもの」

「それで、タオルの件は？」

母はコーヒーカップのなかを覗きこんだ。「さあ、ずいぶんと昔の出来事だもの。なぜいまになってそんなこと――」

慌ただしいノックの音が勝手口から響いた。母は弾かれたように後ろを振りかえった。「誰かしら」

キッチンの窓の向こうに車が見えた。ジョーニーの赤いホンダ・シビックが路肩にとまっている。「おれが出るよ」そう言って、おれは席を立った。

ジョーニーは勝手口のポーチの上で待っていた。スウェット地のパーカー姿で、腹のポケットに両手を突っこんでいる。おれも戸口を抜けてポーチに立った。

「コートはどうした。凍えても知らないぞ」

「思ったとおりです」

「なんのことだ？」

「弾痕が見つかったんです」

「なんだって？」

「例のスノーモビルに弾痕が見つかったんです。鑑識結果はそれに関するものだったんです。弾丸が撃ちこまれた痕。何者かがブラックバーンに向けて銃を発砲したということです」

おれはキッチンを振りかえり、母が後ろに立っていないことをたしかめた。「声を落とせ。そのネタ、どこから仕入れた？」

ジョーニーは返答をためらった。おれを信用していないのかと腹が立ちはじめたころ、ようやくジョーニーは口を開いた。「とある当局筋からです」

ダレッシオか。まったくもって口が軽い。「なるほど。いいだろう。先に戻って、執筆にとりかかってくれ。十五分以内におれも向かう」


「これはとんでもないビッグニュースだわ」

「ああ。よくやった」

おいしいネタをつかんだジョーニーの興奮は手に取るようにわかった。だが、おれ自身は虚しさしか感じなかった。自分が間抜けに思えてならなかった。自分が知っていることなど何ひとつないような気がした。

キッチンに入ると、母が流しの前に立って、ポットローストの鍋を洗っていた。「ごめん、母さん。仕事が入った。今夜の料理も旨かったよ」

母はこちらを振りかえって、いつもより少しだけ長く、おれを抱きしめた。「この次は泊まっていってね。愛してるわ、ガス」

「おれも愛してるよ、母さん」

ピックアップトラックに乗りこみ、アクセルを踏みこみながら考えた。母はレオの息が酒臭かったことを覚えていた。なのに、タオルを貸したかどうかは覚えていないという。つまり、タオルは貸さなかったということだ。その必要がなかったということだ。

編集部の前に車をとめ、通りを渡ってエンライッツ・パブに向かった。店に入ると、バーテンダーのルーブがカウンターのなかでジョッキを洗っていた。頭上のテレビでミュージックビデオが音もなく流れている。

「やあ、ガス。ビールでいいか？」

「いや、ちょっと訊きたいことがあるんだ。ゆうべはずっと店にいたかい」

「六時半ごろからなら」ルーブはひとつまたひとつとジョッキを拾いあげては、流しから突きだした泡だらけのブラシの上に押しこんでから、白濁した水に浸けてすすいでいた。

「ゆうべ、うちの記者が……ジョーニーが店に来なかったか？」

「〝美人だが痩せっぽち〟のことか」

「そう……そいつのことだ」

「その記者なら、少しばかり店にいた。ダイエット・コーラを二杯飲んで、二十五セントのチップをくれた」

「話はしたかい」

ルーブはジョッキをひとつ明かりにかざし、汚れが落ちていることを確認してから、水切り台の上に置いた。「ああ、何か話したな」

「フランシスの話だと、何かを訊かれたそうなんだが」

「おれは何も訊かれなかった」濡れた手をタオルでぬぐいながら、ルーブは言った。「伝言を頼まれただけだ」

「誰への伝言だい」

「テディ」

「テディって、テディ・ポイントンのことか？」

「いいや、テディ・ルーズベルト大統領さ。まったく、ゴールキーパーってやつはこれだから」

「伝言の内容は?」

ルーブの顔がにやりとした。「ゆうべも氷の上で短い休暇を楽しんだそうじゃないか、ガス。悪い病気はまだ治ってなかったのか?」

「治る見込みはない。伝言の内容はなんだったんだ?」

「畳んだ紙ナプキンを渡されただけだ。そこに何が書いてあろうと、おれの知ったことじゃない」

「なるほど、そういうことか」

エンライツ・パブをおおよそひとりで切り盛りするバーテンダーなら、ダイナーの女主人オードリーを除いた町の誰よりも、多くの秘密を知っているにちがいない。ただし、ふたりのあいだには大きなちがいがひとつある。オードリーには秘密を守ることができるという点だ。ルーブがテレビのリモコンを拾いあげて、チャンネルを替えた。画面に大統領があらわれた。怒ったような顔をして、しきりにひとさし指を振っている。ルーブはテレビを消した。「ふざけた野郎だ」

「まったくだ。なあ、ルーブ。ジョーニーは紙ナプキンにどんなことを書いていた?」

「どうだったかな。たぶん、住所と電話番号とかじゃないのかね」

「ジョーニーの住所と電話番号か?」

「そんなこと、おれにわかるかよ。いいか、ガス。おれは仕事中だったんだぞ」

「フランシスはいるか?」

ルーブは後ろに首をかしげ、喜びに躍りあがるスーピーの写真の先を指さした。「事務室にいるよ」

カウンターを離れ、店の裏へまわろうとしたとき、ルーブに呼びとめられた。「なあ、テディはあの女にもう手をつけたのか?」

「いや、それはないだろう」

「オーガスタス! こんなところまで入りこんでくる

とは、どういう了見だ？」

　カネを勘定しては電卓に数字を打ちこんでいたフランシス・デュフレーンが、ものであふれた机の上から目をあげて言った。一ドル札に五ドル札、十ドル札、二十ドル札、五十ドル札の分厚い束が、金属製の小型金庫の横できれいな山をなしている。

「あなたがちゃんと儲かっているかどうかをたしかめにきただけです」

「ほほう。だが、心配は無用だ。オールデン・キャンベルが酒びたりの毎日を送っておるかぎり、わしが路頭に迷うことはなかろう。木に生《な》ったリンゴが遠く離れた場所に落ちることはない。まあ、すわりなさい」

　物置を改装したという事務室は、ウィスキーと消毒剤の匂いがした。おれは壁際に積まれたウォッカのケースのひとつに腰をおろした。フランシスの頭の上の壁には、角の丸まった認定証が鋲で留められており、〈フランシス・J・デュフレーン、一九八〇年度ミシガン州北部大会、バーテンダー・オブ・ザ・イヤー〉との文字が中央に並んでいる。隣に吊るされたコルクボードの上では、領収書や、送り状、〈ラッツ〉の昔の試合日程表などが雑然と重なりあっている。その上には、シャルルヴォア・ファースト・フィッシャーマン銀行のカレンダー。ただし、日付は一九八六年十一月のままだ。カレンダーの写真は、晴れ着に身を包んで椅子にすわる女と、笑顔で応対する銀行員という構図なのだが、誰かがその頭の上にペンで吹きだしを書きこんでいた。「あんた、あたしとヤリたいんでしょ？」と女が言い、「もちろんだとも！　ただし、その服は脱がなくてもだいじょうぶ！」と銀行員が答えている。

　おれがそれを見ていることに気づくと、フランシスは笑みを浮かべて言った。「その歴史ある銀行は、デトロイトだかどこだかの人間に買収された。その結果、どうなったか。カレンダーをただで配らなくなってしまったわい」

おれは壁の認定証に記された名前を指さした。「この〝J〟はなんの略ですか」

「なんの略でもない。ただのJだ。箔がつくからというだけの理由でおふくろがつけた。わしがどれだけの大物になると思っておったのだろうな、まったく」

それからおれたちは、天気の話や、〈ラッツ〉がまたもや〈パイプフィッターズ〉に負けたことなどについて軽く雑談した。いつもながらありがたいことに、フランシスがおれの遠い過去を持ちだすことはなかった。やがて、フランシスは言った。「それで、わしになんの用かね」

「明日の建築規制委員会に出席の予定は？」

フランシスはふんと鼻を鳴らした。「おふくろさんは元気かね」

「ええ、ありがとうございます」

フランシスは手にした札束を机に置き、電卓にいくつかの数字を打ちこむと、次の束を拾いあげた。「ちょうどおふくろさんのことを考えておったところだ。それから、おまえさんのこともな。いまはおまえさんたち親子にとって難しい時期にちがいない。おまえさんとジャックのあいだに小さな亀裂が生じていたことは知っておるのでな」

「コーチにもそれなりのわけがあったんでしょう」

「むろん、誰にでもそれなりのわけがある。あるいは、言いわけがな。ジャックにはときとして度が過ぎたところがあった。わしに言わせれば、おまえさんに対してとった態度もそのひとつだ。本人にもそう言ってやったが、あれもそうとうな強情者でな。しかし、たかが素人のホッケーではないか。それに、おまえさんはとても優秀なゴールキーパーだった」

「ありがとうございます」広告塔としてコーチを珍重していた人物、町の財布を開かせるために、町の人々がホッケーにかける熱意を利用した人物の口から出た言葉とは思えなかった。それでも悪い気はしなかった。

「それにしても、親父さんがあんなに早く逝ってしまうとはな。ルディはじつにすばらしい男だった。できることなら……いや、やめておこう。過去を変えることはできん。ルディはわしの友人だった。おまえさんがまだ小さかったころ、ときどき一緒に釣りへ出かけたものだ」

胃袋がすっと浮かびあがり、すぐに沈みこんだ。父と釣り。その組みあわせには、ひとつだけ鮮烈な記憶がある。おれが四歳か五歳のときのことだ。ハングリー川沿いに建つ祖父の家の裏庭で、おれはつま先立ちになって、大きな丸いピクニック・テーブルの上に目を凝らしていた。テーブルの上には湿った新聞紙が敷きつめられていた。おれが昼寝をしているあいだに釣ってきたというパーチやブルーギルを、父と、祖父と、祖父の兄弟たちがさばいていた。一方を見やると、腹を割かれた魚の山があり、もう一方を見やると、腸《はらわた》や鱗の山があった。それから、バックホーン・ビールの大瓶が何本も並んでいた。トランジスタ・ラジオから、球場アナウンサーのアーニー・ハーウェルが実況する〈デトロイト・タイガース〉の試合が流れていた。

「一緒に釣りへ？」とおれは訊いた。

「ああ、そうとも。一緒にボウリングをしたこともある。マンセロナでな。やつはとびきり美しいフックボールを見事に決めた。それから、ストライクをとるたびに片足でくるりと一回転して、ビールを手に取り、乾杯を求めるかのように腕を前へ突きだして、『なんとすがすがしい気分だろう』と言った。往年のテレビ俳優ジャッキー・グリーソンそっくりに、『なんとすがすがしい気分だろう』とな」

フランシスとおれは揃って笑い声をあげた。

「その後、ジャックがあらわれた。最高のコーチがな。それを否定するつもりはない。だが、さっきも言ったように、ジャックには度が過ぎたところもあった。

〝負けることも勝つためには必要だ〟などという、あの詭弁にしてもそうだ」フランシスは札束を数える手をとめて、にやりと笑った。「だから、やつにも言ってやった。ばかを言うな、ジャック。わしの商売では、負けることなど許されんとな」

「つまり、建築規制委員会には出席するつもりだということですか」

「ほう、ほう。いいだろう。質問に答えよう。じつを言えば、そのつもりはない。その時間には、ゲイロードにいる予定になっておるのでな」

「テディひとりに対応を任せると？」

フランシスは手にした札束を山の上に載せた。「最初に訊いておこう。この会話を記事にするつもりかね。おまえさんとは知らない仲ではない。ありのままを話したいとは思うが、記者としてここにいるというのであれば、それも難しい」そこで笑みを浮かべて、「これまで、あまりに多くの大切な友を敵にまわしてきた。どういう意味かはわかるだろう」

しぶしぶながら、おれはうなずいた。話を訊きだすためにはそうするしかない。「わかりました」

「ただし、秘密を大放出しようというのではないぞ。おまえさんもすでに聞きおよんでおるだろう。セオドアとわしが……もはや以前のように手を組んではおらんことを。最近のあやつには、どうも思いあがった節がある。自分の行動に歯止めをかけようとする老人など必要ないと考えておるようだ」

「たとえばどんな行動に？」

「ほう、そう来たか。だが、その問いに答えるためには、多くの疑問を解きあかさねばならん」

「たとえば？」

「たとえば」フランシスはふさふさとした眉を吊りあげた。「果たしてミスター・ボイントンは本当にマリーナの新設を望んでおるのか？」

「そうでないとしたら、どうしてあんな手間をかける必要があるんです?」

フランシスは高らかな笑い声をあげた。「本来なら、こんなことは話すべきではないのかもしれん。しかし、わしはおまえさんを信用しておる。ゆえに、少しだけわしの知るところを述べさせてもらおう。わしの商売に関わっておらんかぎり、知るよしのない内情をな」

「お願いします」

「しかし、本当にこんな話をしていいものか……」ひとしきり考えこんでから、ようやくフランシスは口を開いた。「いいだろう。ただし、この会話はオフレコだ。それから、わしにはあやつを愚弄するつもりはない。セオドアは有能な若者だ。いくつかの物件を独力で築きあげたこともある。しかし、あやつがおおかたやっておるのは、ものを築くことではない。ものを奪うことだ。他人からカネを搾りとる。最後の一滴まで搾りとることだ」

「どういうことです?」

「セオドアが買った、エスティス・コーナーの小さなショッピングモールを覚えておるかね」

「あれはあなたとふたりで手がけたものと思っていましたが」

「わしもいくらかはカネを出した。だが、いっさい口出しはしなかった。あれを買うと言いだしたのはセオドアだったのでな。あの物件はあらゆる可能性を秘めている、とセオドアは言った。十字路に面していて、スタヴェイション・レイクとサンディ・コーヴを行き交う車を吸い寄せることができるとな。はじめのうちは、何かと改良を加えたり、経営者のまねごとをしたりもしておった。だが結局は、利益のみを搾りとって、ぽいと捨てた。そこを担保に借りられるだけのカネを借りて、その一部を自分の懐におさめ、残りを次の獲物に注《つ》ぎこんだ。モリッシーの重層型アパートメントにな。そして、結局はそこも、利益のみを搾りとって、ぽいと捨ててしまいおった」

「あのショッピングモールはいま、廃墟と化している ようですね」

「そういうことだ。では、あそこを手に入れるためのカネはどこで調達してきたか。答えは、あの懐かしきアヴァロン映画館だ。では、そこはいまどうなっているか。扉に板を打ちつけられ、廃墟と化しておる。これでわかったろう。ミスター・ポイントンは、丁々発止の議論や交渉術に関してはたぐい稀なる才能を発揮する。あやつにとっては、すべてゲームのようなものだ。あやつはそのゲームを楽しんでおる。自分が勝つとわかっているゲームであればなおさらだ。しかしながら、店舗やレストランや映画館を実際に経営することには熱中できん。ひとたびゲームの決着がついてしまえば、さっさと戦利品を押収して、自分の城へ引きあげてしまうというわけだ」

「しかし、ある程度経営をしないことには、戦利品を得ることなどできないのでは?」

「わしもその意見に賛成だ、オーガスタス。だが、セオドアはそのようには考えておらん。だからこそ、あやつと距離を置くようになったのだ。あやつにとってのわしは、時代遅れの考えを持った老いぼれでしかない。たとえば、あちこちからカネを借りたり、友人に借金をしたりするのはよいことではない、というふうな。そして、手にしたカネは世話になった人々のために使うべきだ、というふうな考えをな」

「どういうことでしょう。あなただって、サンディ・コーヴを含めた余所《よそ》の土地での開発にいくつも関わってきたはずだ」

フランシスは椅子から身を乗りだし、おれの鼻先でひとさし指を振った。「そうではない。いいかね、オーガスタス。これこそ、おまえさんの新聞が正確に事実を把握しておらん点だ。しかし、すべておまえさんが悪いというのではない。おまえさんにはどうにも知りようのないことばかりなのだから。ならば、いまからちょっとした秘密を打ちあけてやろう。セオドアとわしは、サンディ・コーヴでの投資に際して、何度か激しく衝突した。映画館の新装開店をめぐる攻防もそのひとつだ。わしはこう考えておる。わしらのカネはこの町のために使うべきだ」言いながら、フランシスはひとさし指をぐいと床に向けてみせた。「端金《はしたがね》を稼ぎたいがために、あちこちへカネをばらまくようなことがあってはならん。わしらは渡りの山師ではないのだから」

「それなら、どうして完全に手を切ってしまわないんです？」

「ことはそれほど単純ではない。ビジネスには金銭的なしがらみが付き物でな。しかし、決別の日は近い。それはこの町にとっても祝福すべき一日となるだろう」

「マリーナの件はどうなるんでしょう」

フランシスはおれに背を向け、札束を金庫に詰めこみはじめた。「マリーナの件はどうなるのか。まず、建築規制委員会はセオドアが望むとおりの決定をくだすだろう。明日そうならなくとも、近いうちにかならずそうなる。委員会の連中は、セオドアとあやつの雇ったうすのろ弁護士に訴えられることを死ぬほど恐れておるからな。しかし、その後、建設予定地に鉄骨の一本でも運びこまれるようなことがあったなら、わしは驚くことになる。それこそ心底驚くことだろう。覚えておくといい。セオドアはマリーナの経営など望んではおらん。マリーナの経営にはたいへんな手間と労力がかかる。一方のオールデンは、父親より経営に長けているというわけではない。しかし、少なくともマリーナはいまもまだあの場所にある」

「マリーナを建設するつもりがないのなら、テディの目的はいったいなんなんです？」

フランシスは金庫の蓋をバタンと閉じた。「わしの話を聞いていなかったのか？　目的はカネを搾りとることだ。カネになるものを根こそぎ搾りとっていくことだ。委員会の承認を得た瞬間に、銀行から最初の融資がおりる。五百万ドルの大金がな。セオドアはそのカネを持ってこの町へ戻り、ファースト・フィナンシャル銀行へ駆けこんで、余所《よそ》でこしらえた借金の一部を返済する。北岸に建てた分譲アパートメントに、例のショッピングモール。セオドアは首まで借金に浸《つ》かっておる。考えてもみるがいい。なにゆえセオドアはサギノーくんだりの銀行からマリーナの建設資金を調達しようとしておるのか。この界隈じゃ、あれに関わろうとする者が誰もおらんからだ。あのにこやかな笑みと力強い握手の背後には、必死の形相が隠されておる。何かひとつでも間違いが起きれば、債権者がハイエナのように襲いかかってくることだろう」

「つまり、新マリーナの建設計画にあなたはいっさい関わっていない？」

「答えはイエスでもあり、ノーでもある。わしもささやかな出資をしておるのでな。これまで数多くの事業にともに臨んできたパートナーへの心づけとして、いくばくかののカネを渡した。それに、マリーナの新設が現実のものとなるよう、最善を尽くすつもりでもおる。ひょっとしたら、セオドアがわしの予想をくつがえしてくれることもあるかもしれん」

フランシスの話を聞きながら、テディがスーピーに提案した一時提携のことを考えた。いまの話が本当であるなら、スーピーは自分のマリーナの収益を分け与える見返りに、永遠に建設されることのないマリーナから、もらえる当てのない分配金を受けとることになる。一方のテディは、いずれにしてもマリーナを手に入れることになる。そして、スーピーは行き場を失う。前途を絶たれる。それだけではない。もしもフランシスの言ったとおりであるなら、テディがスーピーのマリーナから利益を搾りとるつもりであるなら、跡形もなくすべてを搾りとっていくことだろう。つまり、この町までもが前途を絶たれるということだ。そうしたテディのもくろみまでは、フランシスも把握していないにちがいない。「スーピーが心配です」とおれは言った。

「わかっておる。わしも同じことを案じておるのでな。あれの父親はわしの友人でもあった。息子のオールデンも悪い男ではない。いささか子供じみたところはあるがな」

「たしかに」そのときふと思いだした。「フランシス、もうひとつばかげた質問をしてもかまいませんか」

「ばかげた質問など存在しない。あるのはばかげた返答だけだ」

「なるほど。では、これまでに町の誰かがフェリーのたぐいを購入したか、購入を検討したようなことはありませんか。たとえば、乗客を乗せて川を往復するといった目的で。妙なことを訊いているのはわかっていますが……」

フランシスはくすりと笑った。「いやいや、それほど的はずれな質問ではないぞ。遥か昔に、そういう提案が持ちあがったことがある。たしか六〇年代後半のことだったか。ジャックがやってくるまえで、町はまだ試行錯誤を繰りかえしておった。だが、この町にフェリーなど必要あるまい。あんな川、子供でも泳いで渡れるわ」

そのとおりだ。どっちにしろ、あの領収書の日付は一九八八年となっていた。おれは立ちあがって、暇《いとま》を告げた。「ありがとうございました、フランシス。もしもオフレコを取りさげる気になったら――」

「これ、やめんか。わしはただ、おまえさんの力になってやろうとしただけだ。知るべきことは教えてやった。あとは自分の力で、それを記事にする方法を探すことだ。献身的な酒場の主の言葉を引用する以外の方法でな。ことによると、ジャック・ブラックバーンの墓を掘りかえしている場合ではないかもしれん。ジャックのことは安らかに眠らせておいてやれ」

「忙しくなりそうです」

「おまえさんだけではあるまい。テディのやり方が堂々とまかりとおるようなことがあってはならん」

「あともうひとつ。コーチが亡くなったとき、おれは町にいなかった。かろうじて葬儀に参列した程度です。でも、あなたなら何かご存じかもしれない。町はなぜ湖の浚渫を行なわなかったんでしょう。普通ならそんなことはありえない。ちがいますか？」

フランシスは顔をしかめた。「まえにも言ったろう、オーガスタス。過去をほじくりかえすなど言語道断だ。死体がかぐわしい香りを放つことはない。言いたいことはわかるな。だが、あえていまの質問に答えるなら、ずいぶん昔のことで、たしかなことは覚えてはおらん。おそらく予算に関係したことだったとは思うが。決定をくだしたのは町議会だ。探せば記録が残っておるだろう。町議会の議事録はもう調べたのかね」

「いや、それはまだ」明日の朝、忘れずにたしかめよう。町議会の記録は郡庁舎に保管されている。つまり、ふたたび郡書記官のヴェルナ・クラークと対峙しなければならないということだ。ヴェルナはいまもなお、城門を守る番兵よろしく、記録の管理にあたっている。おれはつかのま、あの更衣室ですごした一夜の思い出にひたった。暗闇のなかで輝くダーリーンの瞳はいまも目蓋に焼きついていた。

フランシスが受話器をつかんだ。「ちょっと失礼するぞ」

おれが静かに見守るなか、フランシスは電話機に番号を打ちこみ、誰かと会話を始めた。「……では、よい日曜を。用件だけですまないが……先だって話しあった件のことかね。うむ、明日の朝いちばんに対処してくれ。よろしく頼む」

電話を切ると、フランシスはおれに顔を戻した。

「失礼した。すっかり物忘れがひどくなってな。思いついたことはその場で片づけておかんと、次に思いだすのは一ヵ月後になってしまう」

「いろいろとありがとうございました。あなたがこの件はそっとしておくべきだとお考えなのはわかっていますが、そのうちまた、お話を伺いに寄らせてもらうかもしれません」

「いいだろう。過去を埋もれたままにはできんようだ。それはわしも認めよう。ここだけの話だが、ジャックの身にいったい何が起こったのか、わしとしてもできれば知りたいのだ。レオ・レッドパスからも話を聞くつもりかね?」

「そのつもりではいます」

「何はともあれ、わしの名はいっさい出さんように。それさえ守ってくれるのであれば、できるかぎりの力になろう」

なんとも心強い言葉だった。

15

編集部に戻ると、ウェディングドレスとタキシードに身を包んだ男女のモノクロ写真がデルバート・リドルの机を覆っていた。あたりには葉巻と現像液の匂いがかすかに漂っている。

「驚いたな。デルバートが来てるのか?」おれはジョーニーに問いかけた。

「姿は見かけました。ただ、記事に添える写真のことを訊こうとした途端に、外へ飛びだしていきましたけど」

《パイロット》唯一の専属カメラマンとしてすごした二十九年のあいだに、デルバートはほぼすべての住民をカメラにおさめてきた。いい写真が一枚あればそれで充分、というのがデルバートの考え方だった。それがどんなに古い写真であろうとも、現在の被写体が写真よりどんなに老けていようとも、どんなに太っていようとも、どんなに白髪が増えていようとも、どんなに禿げていようとも、デルバートはいっこうに気にしなかった。十年近くも昔の写真しかない人物がいて、その写真を撮りなおしてくるよう命じられると、デルバートはこう反論した。「読者はわかってくれてる。隣人の懐かしい顔を眺めるってのもいいものなんだ」

デルバート自身の顔はというと、編集部ではめったに見かけることがない。ごくたまにフィルムの現像にやってくることはあっても、おれの知るかぎり、そのおおかたは内職として撮影されたものだった。いま机の上に散乱している結婚式の写真にしても、《パイロット》のためのものであるとは思えない。ただし、うまく頼みこめば、掲載用に一枚まわしてもらえることもある。そんなデルバートでも、編集長のヘンリーにはその馘を切るつもりはないようだ。冬の寒さの厳しい田舎町へ、腕のいいカメラマンを引っぱってくるのは難しいのだろう。それに、本当に必要とされるときには、デルバートはかならず要望に応えてくれる。アルファベット順を基本としたこだわりの分類法を駆使して、これまで撮影した写真のすべてを六つのスチール製キャビネットにきちんと保管してくれてもいる。

「その記事に、なんの写真を添えるつもりだ？」

「ブラックバーンの葬儀の模様を写した写真です。それから、ディンガスの写真も」

「しまった。ブラックバーンが沈んだ地点を示した地図を用意しておくべきだったな」

「あのひと、ブラックバーンと知りあいだったんですね」

「デルバートのことか？　ああ、少なくとも一度はコーチの写真を撮ったことがあるはずだ」

「試合のフィルムか何かの現像も頼まれていたそうで

す。それで小遣いを稼いでいたとか」

コーチは八ミリカメラを持っていて、試合や練習の様子をときおりそれで記録していた。撮影はレオが観客席から行なっていた。だが、その現像をデルバートが請け負っていたとは初耳だった。

「仕事熱心な男だな。編集部にいるときには、その片鱗すら示したことがないが」

おれは自分の机に向かった。するとそこに、記憶にあるとおりの場所に、スーピーに関する例の調査資料が戻っていた。きみが勝手に持ちだしたのかと、ジョーニーに問いただしたかった。だがいまは、原稿の執筆に集中させなければならない。おれはボールペンをつかみ、吸いとり紙を引き寄せて、〝月曜朝、町議会の議事録〟と手早くメモした。ジョーニーは部屋の反対側で、マフラーを巻いたままキーボードを叩いている。「ちょっといいか、ジョーニー。原稿の邪魔をしてすまないが、それが弾痕だということがどうして警察にわかったんだ？」

ジョーニーは動かしていた手をとめ、キーボードの上に浮かべたまましばし静止した。おれの問いかけに気づくべきかと、決めあぐねているかのように。おれは辛抱強く答えを待った。ジョーニーは両手を膝に落とし、こちらを振りかえった。その目がおれを見すえ、壁の時計に移り、またおれに戻った。「ブラックバーンの補足記事はそちらに送ってあります。こっちも急いで仕上げなきゃなりません。いいですね、ボス？」

「ああ、原稿を書くのはかまわない。できあがったものを掲載するつもりでもいる。だがそのまえに、いくつかたしかめておく必要がある。それからいまは、〝いいですね、ボス？〟などというひとを食った言い草を聞いている場合ではない。いいな、ジョーニー」

母から訊きだした話だけでも、おれの頭を混乱させるには充分だった。そこへさらに、弾痕の情報や、フランシスとテディの確執の経緯が加わった。それ以外にも、二万五千ドルの領収書や、フェリーや、捜査記録の曖昧な詳細など、答えの出ない謎がぎゅうぎゅうにひしめいている。頭のなかはパンク寸前だった。町《まち》中《じゅう》の人間が知っていることを、おれだけが知らないのではないかという気がした。それが腹立たしくてならなかった。

「そうかっかしないでください。わたしは多くを知っているわけではありませんが、自分の知っていることが何を意味するのかはわかっています。スノーモビルから弾痕が発見された。これを報じない手はありません」

「同感だ。裏づけは二カ所からとってあるな？」

「はい」

そのひとつはダレッシオだろう。「ディンガスはなんと言っている？」

「無言を通しています」

このニュースは間違いなく町にセンセーションを巻き起こす。〝殺人〟という言葉を用いなくとも、読者は行間からそれを読みとるはずだ。ジャック・ブラックバーンが殺されたなどというニュースを喜ぶ人間はまずいない。だからこそ、記事の内容が正しいことを、少なくとも大きくはずれてはいないことを確信しておきたかった。

「ここだけの話をしよう。考えてもみてくれ。深さ八十フィートの水底に、十年ものあいだ沈んでいた物体だぞ。その穴が弾痕だとどうしたらわかるんだ。どうやって特定したんだ？」

ジョーニーは椅子にすわったまま背すじを伸ばし、物知り顔の笑みを浮かべた。呑みこみの悪い編集長代理から、完璧な答えを返すことのできる質問をぶつけられる。これほどの快感はない。「弾も一緒に見つかったからです」

「弾が？　口径は？」

「二二口径です」

スタヴェイション・レイクで二二口径の拳銃あるいはライフルを所有している人物は誰か。正解は、ほぼ全員。鹿狩りには向かないが、ジャコウネズミやシマリスを仕留めるには手ごろな銃だ。「弾はどこで見つかったんだ。車体のどこかに引っかかっていたのか、それとも――」

机の上の電話が鳴った。回転椅子を後ろに滑らせ、受話器を取った。「はい、《パイロット》編集部」

雑音が聞こえた。それから、名前を呼ぶ声がした。「トラップ?」スーピーだ。ピックアップトラックの自動車電話を使っているのだろう。背景にエンジンの音が聞こえる。

「どうした、スーピー」

「話があるんだ、おまえに」

「いま締切りまえなんだ。もうちょっとしてから寄ってくれ」

「そこは駄目だ。ほかの場所がいい」

どういうわけか、スーピーは《パイロット》の編集部にけっして足を踏みいれようとしない。デトロイトから帰郷したあとに何度かここへ寄ってもらおうとしたのだが、そのたびに何かと言いわけをしてそれを断られていた。

「それじゃ、七時にエンライツでどうだ?」

激しい雑音がふたたび耳をつんざいた。おれは受話器を耳から離した。「ちくしょう……くそ電話め」スーピーが毒づくのが聞こえた。もう泥酔しているらしい。口いっぱいに釣り針を含んでいるかのような声をしている。「トラップ、じつはおれ――」雑音が声を掻き消した。その直後に回線が途切れた。

「何か問題でも?」ジョーニーが訊いてきた。

おれは首を振った。「どこまで話した?」

「弾はどこで見つかったのかと質問されたところです。まず間違いなく、答えは車体のなかです。はっきり認めさせたわけではありませんが。わたしの情報提供者には慎重なところがあるもので」

まさか。ダレッシオほどの抜け作には、慎重になるだけの頭もない。「ちょっと待った……事故の晩に銃声が聞こえたという報告はあったか？」

「スタヴェイション湖の近辺では、ありません」

「つまり、この事件は……くそっ、事件がどこで起きたのかもわからない。何が起きたのかもわからない。警察は……いや、待てよ。警察はこれが殺人事件だと言明しているのか？」

「公式にはまだ何も言明していません。しかし、明日、記者会見を開くつもりのようです。通信指令係がテレビ局に連絡しているのを小耳に挟みました」

「そいつが二つめの情報源か。なるほど。テレビ局が来るとなれば、熊のディンガスも巣穴から起きださないわけにはいかないな」

「そういうことです。では、そろそろ原稿の続きにとりかかってよろしいですか？」


その後一時間のあいだ聞こえてくるのは、それぞれにキーボードを叩く音と、プリンターがガタゴトと動く音だけだった。ジョーニーがよこした補足記事には、ブラックバーンに関するおもだった出来事や経歴がすべて盛りこまれていた。メイク・ビリーヴ・ガーデンズ。州大会における数々の惜敗。アマチュア・ホッケー界で鰻のぼりに高まった町の評判。ブラックバーンの死後に始まる衰退。フランシス・デュフレーンという後ろ楯を得て、ブラックバーンが地元のテープカットや落成式の常連となっていった経緯にまで触れられている。《パイロット》が過去の記事で事故をどのように報じていたかや、一九八八年当時にレオが警察にどのような証言をしたかということも、短くまとめられている。しかし、発見されたスノーモビルに関するコメントを求められると、レオは丁重にそれを断ったという。〝レッドパス氏の代理人を務めるピーター・

シップマン氏もまた、コメントを控えている〟との記述もある。それにしても、なぜレオは弁護士などを雇ったのか。何かやましいことでも……いや、やめよう。下手な推測を頭から振り払い、おれはジョーニーを振りかえった。「補足記事のほうはこのままいけそうだ。ところで、例の件はどうなった？　カナダでの空白の一年については調べがついたのか？」

「それは……いえ、すみません。そちらはまだ」ジョーニーはキーボードを叩く手を休めることなく答えた。

電話が鳴った。おれは反射的に受話器をとった。

「はい、《パイロット》編集部」

「なぁぁぁぁぁにをやっとる！　締切りまえに電話に出るとは何ごとだ！」受話器の向こうで声ががなった。トラヴァース・シティにいるおれの上司、ヘンリー・ブリッジマンの声だった。

思わず顔がほころんだ。「あなただとわかっていたから出たんですよ。だいじな話があるにちがいないと思いまして。たとえば、ケラツプーロスのキャデラックを磨くのに、どんな光沢剤を使っているだとか」

「ほう、なかなか言うな！　本当は昨日のうちに電話を入れるつもりだったんだが、予算会議で足どめを食ったもんでな。まったく、土曜に会議なんぞしおってからに。〈レッドウィングス〉の試合も見逃す始末だ。こっちじゃ半日、歯に挟まったドーナッツのトッピングをほじくってすごしとる。おっと、長話をしている場合ではない。じつは、おまえにちょっとした情報を流してやろうと思ってな。いい知らせと悪い知らせがある」

「悪いほうからお願いします」

「驚くなかれ、連中はうちのモットーを廃止するつもりだ」

「まさか。〝ブルーギルを包ませたらミシガン一〟を？」

「そうとも。市場調査を行なったところ、時代錯誤だの、知性が感じられないだのという意見が続出したらしい。まあ、正直言えば、あのモットーがここまで持ったことのほうが驚きだがな」

「読者から怒りの声が届くでしょうね」

「A二面からクロスワードが消えたときほどではあるまいよ。おおかたの読者は気づきもせんだろう」

「それじゃ、いいほうの知らせというのは？」

「ここだけの話だが、おまえの老いぼれ上司が出世の階段をひとつのぼることになりそうだ」

つまり、ついにヘンリーがNLP新聞社へ栄転するということだ。言いかえるなら、おれが《パイロット》編集長の地位を引き継ぐ可能性が出てきたということでもある。

「おめでとうございます、ヘンリー」

「ありがとよ。女房は住まいを移すことに渋い顔をするだろうが、実入りのほうは格段に増える。あとはおまえの処遇だが、こっちの連中には充分に売りこんでおいた。おまえは町の情報にも、編集の仕事にも通じている。自分があやまちを犯したことを自覚していて、同じあやまちを繰りかえすまいとしている。正式な辞令が出るのは数日後になるが、おれの椅子はおそらくおまえに譲り渡すことになるだろう」

デトロイトを去るとき、出世の道は絶たれたものと覚悟していた。新たな勤め先を探すため、全国の新聞社に履歴書と記事の切りぬきを送付しても、大半は返事すら戻ってこなかった。おそらくは、おれが傷ものであることを聞きおよんでいたのだろう。たとえ問いあわせが返ってきたとしても、《デトロイト・タイムズ》を去った理由を説明するのに苦労した。気づいたときには、アパートメントに閉じこもっている自分がいた。外に出て、《デトロイト・タイムズ》の人間に出くわすのが怖かった。そのうちにカネが尽きた。仕事も住む家もなくしたおれは、故郷へ戻ることを決意した。母とささやかな時間をすごし、またスーピーと一緒に働くのも悪くはない。おれが抱える問題の発端は故郷の町にある。それをデトロイトまで引きずっていったにすぎない。デトロイトで犯したあやまちに対する罰として、そうするのがふさわしいとも思えた。帰郷後、ヘンリーに尻を叩かれて、また《パイロット》で働くようになった。「新たな居場所を見つけるまでの腰掛けでいいさ」とヘンリーは言ってくれた。おかげで、不服のない仕事をして、人並みの——あるいは、食っていける程度の——生計を立てることができている。

「ありがとうございます、ヘンリー」

「なんのこれしき。ま、少しは給料もあがるし、特別手当ても支給されるだろうよ。それからもうひとつ。例のビッグフット研究家の記事はどうした?」

「もう少し取材を進めないことには……」声を落として、おれは答えた。

「ほう、のんびり行きたいというところか。まあ、鍋を掻きまわすつもりなら、奥付に自分の名前が載るようになってからにしておけ」

「了解しました」

「しかし、ステーキの焼き加減はミディアムレアがいちばん旨い」

「善処します」

「明日の朝刊にはどんなネタを載せる気だ?」

「ちょっと失礼」そう前置きしてから、保留ボタンを押した。例の弾痕のことを、果たしてヘンリーに話すべきか。もし打ちあけたら、掲載を見送れと言われるだろうか。ヘンリーはもちろんブラックバーンを知っていた。事故に関する記事を執筆したこともある。だが、事故の真相を知っているわけではない。いまさらジョーニーの記事をボツにすることもできない。親会社の上役に〝自分は何も知らなかった〟と言えたほうが、ヘンリーにとっては都合がいいはずだ。

ボタンを押して保留を解除した。「すみません、ヘンリー。もう切らないと」

「おう、そうか。しっかりやれよ」

ジョーニーが提出した弾痕に関する原稿のチェックを済ませると、フォーチュン・ドラッグストアまで走って、ブルーリボン・ビールの六缶パックと、ナチョチップを一袋と、チーズディップを一瓶買った。ジョーニーの労をねぎらってやるつもりだった。これまでの経験から、ひとつわかったことがある。羨望を覚える相手にみずから歩み寄ると、おれは気持ちが楽になる。彼らの成功をともに分かちあうことで、利己的な自分を赦してもらえるような気がするのだ。

編集部へ戻ると、ジョーニーがおれの机の電話を指さした。保留ボタンが点滅している。「フレミングか？」

「いいえ。トレントンとかいう方からです。デトロイトの」

「おれはいないと言ってくれ。頼む」

「もしかして、あちらでの……出来事に何か関わりが？」

「おれは不在だと言ってくれ。そうしてくれたら、質問に答えてもいい」

スコット・トレントンは、デトロイトで雇う羽目になった例の弁護士だった。ジョーニーは受話器を取りあげ、いまは締切りまえで手が放せないそうですとトレントンに告げた。しばしの間があいた。トレントンは用心深い人間だから、ジョーニーに用件を伝えることはできないはずだ。せめて黙りこむことで、憤りを示そうとしているのかもしれない。ジョーニーが電話番号を書きとめているあいだに、おれは受付カウンターからテディの弁護士、アーサー・フレミングに電話をかけた。渡された資料にはまったく手をつけていなかった。日曜の夜なら、まず事務所には誰もいないだろう。案の定、回線が留守番電話に切りかわったので、そこにメッセージを残しておいた。

編集室に戻ると、ジョーニーはさっさとビールを開けていた。「それで、トレントンというのは何者で、どうしてしょっちゅう電話をかけてよこすんです?」

おれはジョーニーの机に近づき、傍らに置かれた椅子からバックパックをおろした。

「ずいぶん重いな。一トンはあるんじゃないか。いったい何を持ち歩いてるんだ」

「何もかもです。それよりこのトレントンというひと、昨日も大量のメッセージを留守電に残していましたけど」

「おれが今日チェックしたときには一件もなかった」

「〝読者への質問〟の回線へまわされてしまったのかしら」

毎週火曜の《パイロット》では、読者への質問コーナーを設けて、広く回答を募集している。たとえば——鹿の狩猟期を延長すべきだと思いますか? あなたの好きな春の花は? パンケーキにかけるなら、粉砂糖とシロップのどちらが好み? そうした質問に対する回答は、留守番電話に記録される。そして、その一部が回答者の写真入りで土曜の朝刊に掲載されるのだ。

「今週、ティリーはどんな質問を載せたんだ?」

「屋根の除雪だかなんだかに関するくだらない質問です」

「質問がくだらないのはいつものことだ」

「そうかしら。なかなか意義深い質問もありますよ。クリスマス用のライトアップ照明をイースターが過ぎるころまで放置しておくのは間違っている……あるいは、罪深いことだと思いますか?」

おれたちは揃って笑い声をあげた。

「それで、トレントンというのは誰なんです?」

「いや、ちょっと待ってくれ」なんとか話題を変えようと、おれは懸命に知恵を絞った。「そうだ。ティリーのために、ひとつ質問を考えてやろう。もっと笑えるやつを」

「ティリーが納得しませんよ」

「いいや、きっと気にいるさ。ほら、これでも飲んで、創造の火に薪をくべろ」

　缶ビールのプルトップを開け、ひとつをジョーニーに手渡した。ジョーニーはまだなみなみと中身の残る一つめの缶を見やり、肩をすくめた。おれに渡された缶を机に置くと、一つめのほうを手に取って、顔にかかる髪をあいた手で耳にかけ、缶の中身を一息に飲み干した。仰向けていた首を戻し、盛大なげっぷを放つと同時に、後ろにまわしていた髪がばさりと肩に落ちた。

「豪快だな」

「豚並みだって言いたいんでしょう?」ジョーニーは手の甲で口をぬぐった。

「《ニューヨーク・タイムズ》に行っても同じことができるかはわからんぞ」

　ジョーニーは二つめの缶をつかんだ。「じゃあ、こんなのはどうです? 読者への質問——ディナーの席で子供たちのげっぷを防止するために、どんな工夫をしていますか?」

「悪くない。よし、次はおれの番だ……」おれは室内を見まわした。「読者への質問——ジージーうるさい蛍光灯の使用を、郡が禁止すべきだと思いますか?」

「思う! じゃあ、これはどうです? 読者への質問——なぜこの町の扉にはかならず小さな鐘がついているのか? 読者への質問——この界隈には、トレーラーハウスに住んでいなくて、トマトジュースで割ったビールを朝食代わりにしない、まっとうな男はひとりもいないのか?」

　おれたちはふたたび声を揃えて笑い、ビールを呷った。「どうだろう。ひょっとすると、いつかティリーにも、おれたちよりばかげた質問を考えだせるかもしれないぞ」

ジョーニーはブーツの踵を机のへりに載せた。「わたしが《ニューヨーク・タイムズ》に入れると、本当に思いますか？」

　ジョーニーには才能がある。頭も切れる。東海岸の堅物たちともうまくやっていけそうなくらい、生真面目な性格でもある。だが今夜、ばかげた遊びに興じる意外な一面を垣間見たあとでは、ジョーニーにはむしろクリーヴランドかシカゴのほうが向いているのではないかという気がしてきた。ただし、デトロイトだけは絶対に勧めるつもりはなかった。

「正直なところ、そのレベルの新聞社で働くには欠けているものがある。恥を捨て、おのれを捨てて、自由自在に汚い言葉を使いこなす能力と意志だ。たとえば、〝くそったれ野郎〟。さあ、ジョーニー、言ってみろ」

　ジョーニーはぽかんとおれを見つめていた。

「いまのは冗談だ。きみなら《ニューヨーク・タイムズ》でも充分にやっていくことができるだろう。ただし、ここにいるときより、もう少し経験が必要になる」

「ええ、それはわかってます。あなたもそこにいたことがあるんですか？」

「《ニューヨーク・タイムズ》に？　ああ、もちろん。しかし、《パイロット》のほうがおれに高い値をつけたってわけさ。いや、冗談だ。知らないのなら言っておくが、おれは出世の階段を踏みはずした人間だ。もしここを馘になったら、次は《ニードル》でバレーボール部の取材をすることになるだろう」《ニードル》というのは、パイン郡立高校が発行する校内新聞のことだ。

「自分を卑下するのはやめてください。あなたが書かれた、あのトラックに関する記事のことは知っています」

「そう、その記事を書いたからこそ、いまはこの辺鄙な町でキワニス・クラブの奉仕活動を取材しているというわけだ」

「はぐらかさないで。わたしはあなたの居留守を手伝いました。そろそろ白状したらどうです?」

ジョーニーはおそらく、おれが《デトロイト・タイムズ》にいたことを知っている。《コロンビア・ジャーナリズム・レビュー》を読んだのかもしれない。おれが書いたトラック関連の記事をめぐる〝なんらかの係争〟の真っ只中で、おれが会社を辞めた。それを報じる短い記事が、そこに載ったことがある。〝本紙の取材に対し、カーペンター氏はいっさいのコメントを拒んだ。《デトロイト・タイムズ》およびスーペリアー・モーターズ社もまた、訴訟の可能性を示唆してコメントを控えている〟。さまざまな憶測が《タイムズ》の編集部を駆けめぐったが、真相を知る者はひとりもいなかった。雇用契約解除の合意書によって、おれも他言を禁じられている。だが、ジョーニーにそれを話したところで、誰に知られることもあるまい。

「向こうはネタ元をあかせと言っている」

「何を?」

「あの記事を書くのに手を貸した人間の名前を知りたがっている。匿名の情報提供者の名前をあかせと要求しているんだ」

「誰がです?」

「スーペリアー・モーターズ社だ」

ジョーニーは机のへりから足をおろし、こちらに身を乗りだした。そして、はじめて目にする生き物を前にするかのごとく、食いいるようにおれを見つめて言った。「ねえ、ガス。くそまどろっこしい話し方をするのはやめてもらえません?」

くそまどろっこしい? いまジョーニーは、たしかに〝くそ〟と言った。よし、いいだろう。すべてを聞かせてやろう。

デトロイトへ向かったとき、おれは二十二歳だった。

いつかかならずピュリッツァー賞をとるという、途方もなくうぬぼれた目標を掲げていた。ただしそれは、出世の道具にするためでもなければ、カネを儲けるためでもなかった。おれの望みはただひとつ。賞を獲得した証であるトロフィーなりなんなりを手に故郷へ凱旋し、それをオードリーのダイナーの扉にあの鐘と一緒に吊るしてもらうことだった。そうすれば、コーチや、エルヴィス・ボントレガーや、町中《まちじゅう》のみんながそれに気づく。そのときやつらは、おれが何者であるかを知ることになるというわけだ。

その目標に、おれはあと一歩のところまで迫っていた。

一九九六年の大半を費やして、おれはスーペリアー・モーターズ社が製造するXPモデルのピックアップトラックに関する取材にあたっていた。そのトラックはスーペリアー社に莫大な利益をもたらす大ヒット商品だった。だが、ひとつ問題があった。まるで万力に挟まれた卵のように、燃料タンクがフレームと外装パネルのあいだに配置されていたのだ。万が一なんらかの衝撃を受けると、燃料タンクが破裂して、ガソリンが発火し、爆発と炎上を引き起こす。それが原因で、それまでにも何百もの人々が重度の火傷を負っていた。命を落とした者もいた。スーペリアー社は事故や欠陥がおおやけになることを恐れた。被害者や遺族の沈黙をカネで買い、事故を揉み消していた。だから、おれが記事を書きはじめたときには、そうした事実にほとんど誰も気づいていなかった。やがて、テレビもそのニュースをとりあげるようになった。全国紙もそれに続いた。政府も調査に乗りだした。一生に一度出会えるか出会えないかのスクープだった。おれの前途は洋々と開《ひら》けていた。

インディアナ州ヴァルパライソに暮らすハノーヴァー夫妻は、スーペリアー・モーターズ社から口どめ料を受けとることを拒んでいた。夫妻の息子、ジャスティン・ハノーヴァーはバスケットボール部に所属し、華麗なジャンプ・シュートを得意とする十七歳の少年だった。尻の割れ目が見えそうなほど低い位置までだぶだぶのジーンズをおろして穿き、模造ダイヤのスタッド・ピアスを左耳につけていた。チェスが得意で、ニック・ロウのレコードを集めていて、ジェニファーという名のガールフレンドがいた。ちなみに、高校生になってからつきあったジェニファーは、全部で四人いた。ある晩、ジェニファーを車で家まで送った帰り道、ジャスティン・ハノーヴァーが運転する一九九一年式XPモデルの横っ腹に、飲酒運転のホンダ・アコードが突っこんできた。車はジャスティンを乗せたまま爆発した。事故を目撃した人々には、燃えさかる車のなかから発せられる悲鳴が聞こえてはいたが、救出しようにも車に近づくことすらできなかったという。スーペリアー社の経営陣と顧問弁護団はトラックが危険であることを知りながら、なんの手立ても講じなかったと、ハノーヴァー家が雇った弁護団は主張した。その証拠として、おれの書いた記事を法廷に提出した。おれの記事は、トラックが安全ではないことを示す内部調査報告をスーペリアー社が隠蔽したこと、一連の事故を担当する政府の調査官を買収しようとしたこと、トラックの危険性を認めるべきだと唱えたある重役が降格処分を受けたことを報じていた。陪審はそうした行為をもってのほかと断じた。〝道徳意識の欠如とも言うべき意図的な義務の怠慢〟に対して、スーペリアー社を厳しく罰することを望む、と陪審長は最後に述べた。それを受けて判事がくだした量刑は、スーペリアー社が提示する示談金と同額にあたる、三百万ドルの補償的損害賠償金の支払いを命じるものだった。加えてスーペリアー社は、ハノーヴァー家に三億五千百万ドルの懲罰的損害賠償金を支払うか、あるいは、トラックの炎上事故による死亡者全員の遺族に百万ドルずつを支払うかのどちらかを選ぶよう伝えた。

おれがものにしたスクープの大半は、ある情報提供者の協力によってなしえたものだった。長いつきあいになるその男は、スーペリアー社でマーケティングを担当する中堅どころの幹部で、多くの有益な情報に近づくことができた。スーペリアー社がどんな車を開発中であるか。どこで工場の閉鎖や建設が予定されているか。どの重役が不正を働いているか。男はおれに電話で情報を流し、社内回報を持ちだし、余所《よそ》でつかんできたネタの真否を確認してくれた。ときには、スーペリアー社に不利な情報まで漏らしてくれた。一度、どうしてこんなことまでしてくれるのかと尋ねたことがある。すると男はこう答えた。「もしわたしが汚れたネタだけ渡さなかったら、それ以外のネタにも信憑性がなくなるだろう?」たしかにそのとおりだった。それに、男の動機などはどうでもよかった。情報が事実であるかないかの判断に、動機が関わってくることはほとんど、あるいはまったくないものと思いこんでいたから。誰がそれを耳打ちしたかにかかわらず、目の前にさしだされた情報は事実であるかないかのどちらかでしかないのだと信じきっていたから。そして男はそれまで一度も、事実をでっちあげたこともなければ、おれの目をくらまそうとしたこともなかった。

スーペリアー社の重役陣が居並ぶなかで、男の姿を認めることは難しい。大多数の者と同様に、男も白人で、細身で、少し日に焼けていた。チャコールグレーのスーツと糊のきいた白いワイシャツに臙脂色のネクタイを締め、白髪まじりの髪はいつもきちんと整えられていた。世の人々がTシャツを着るような感覚で、男はごくあたりまえに笑みをたたえていた。知りあって少し経ったころ、男はこんなことを言いだした。わたしの本名は忘れて、これからは〝V〟と呼んでくれ。そうすれば、きみがうっかり口を滑らせて、スーペリアー社の関係者にわたしの正体がばれることもないだろうから、と。

そして、一九九六年五月のある日、Vからメッセージが届いた。その日の夕方に、デトロイトの北西部にあるフラン・アンド・ジェリーズというパブで会いたいとのことだった。陽射しをとりこむためか、店の扉は大きく開け放たれていた。カウンターのなかに置かれた小さなラジオから、スティーヴィー・ワンダーの歌声が聞こえた。Vは店の奥の、ワニスをかけた木のボックス席で待っていた。ネクタイをはずし、薄い紙の束をテーブルに伏せたまま置いていた。おれたちはそれぞれにブルーリボン・ビールとミケロブ・ビールを注文した。

「それで、今日はどうしたんです?」とおれは訊いた。

「ずいぶんと仕事に励んでいるようだな、友よ」とVは言った。ピックアップトラックの記事のことを言っているのだとすぐにわかった。そのころおれは、すでに二、三の記事を紙面に載せていた。

「ひじょうに興味深いネタですから」

「たしかに。炎に焼かれた少年と、卑劣な大企業。材料はすべて揃っている」

おれは何も答えなかった。だが、心のなかではうなずいていた。そうとも、材料はすべて揃っている。ウェイトレスがビールを瓶のまま運んできた。Vはグラスをひとつもらえないかとウェイトレスに頼んだ。そして、シャツの胸ポケットから読書用眼鏡を取りだし、鼻の上に載せた。テーブルに伏せてあった紙の束を引っくりかえし、一枚目、続いて二枚目にざっと目を走らせた。

「おそらくはこれも興味深いと感じるだろう」Vの目が眼鏡の上からおれを一瞥した。「現時点ではオフレコということでどうかね?」

「いいでしょう」

「それと、わたしからこれを受けとったという事実は、完全なオフレコと考えてほしい」

「もちろんです」

最初は、その書類がなんであるのかもわからなかった。スーペリアー社のレターヘッドが入っているから、社内から持ちだしてきたものであることはあきらかだが、社内回報のようには見えない。あえて言うなら、何かの脚本のようだ。それぞれのページに、ぶつぶつと段落分けされた文章が並んでいるが、それぞれの文章は、長いものもあれば、たった二言三言のものもある。たとえば、〝マーク、ローリーよ。次はそっちが奢ってちょうだい〟といったふうに。それぞれの段落の頭には、日付と時刻を示すとおぼしき数字の列が並んでいる。そして、どのページにも、XPモデルの話題がしばしば登場している。

「これはフリードマンではありませんか?」とおれは訊いた。

「そう、それはマーク・フリードマンということになるだろう」とVは答えた。フリードマンはスーペリアー社の首席顧問弁護士だ。

「それじゃ、このローリーというのは……ローレン・ワトソン?」

「ウィルソン」

「そう、そうでした」ウィルソンは次席顧問弁護士だ。「すると、これは……なんといったかな。そう、ライヒスですね」ハウィー・ライヒスはスーペリアー社で安全管理部の最高責任者を務めている。

おれはぱらぱらとページをめくっていった。「どういうことだろう。この会話は同じ部屋で交わされているのではないようだ。ここを読めばわかる。それに……」開いたページをVに向け、日付と時刻を示す表記を指さした。「同時刻になされたやりとりでもない。会話と会話のあいだが一時間かそこら開いているものまである」

「そう、そのとおり」

「Eメールではないんですか?」

「ひじょうに惜しい。もう少し旧式の伝達手段だ」ウェイトレスがやってきて、脚付きグラスをテーブルに置いた。Vはグラスを手に取ると、泡が立たないよう斜めに傾けたままビールをそそぎいれた。

「ボイスメール？」

Vの首が縦に振られた。

「ボイスメールを文字に起こした原稿ってことですか」

「彼らが何について話しあっているかは気づいたかね？」

「ええ、おたくの会社のピックアップトラックでしょう？」

「友よ、自分を見くびってはいけない」

おれはじっくり一分ほどをかけて、最初の数ページを読みかえした。「ちくしょう、ふざけやがって」

連中は、おれと、おれの記事と、おれがぶつけた質問について話しあっていた。「ここを見てください。やつら、どうやっておれを欺こうかと策略をめぐらせてやがる。フリードマンなんて、こんなことを言ってる。『ミスター・カーペンターには、いかにもそれらしい回答を返しておいてはどうだろう』」

「腹を立てるのも無理はない」Vは自嘲するように言った。

「すごいぞ、これは。いったいどこで手に入れたんです？」

「それは言えない」

まあ、いい。そのうちまた訊いてみよう。「しばらくお預かりしてもかまいませんか」

Vは返答を迷っていた。少し意気ごみすぎただろうかと、おれは不安になった。通りを走り去る車の音が聞こえた。ラジオからの音楽が消えた。

「そこに書かれている内容は記事にしないでもらいたい」

「そんな！　それはないでしょう？」

「駄目だ」

「なら、なぜおれにこんなものを見せたんです?」

「それを記事にする必要はない。向こうの意図を読みとるのに役立てればいい」

「そんなことをしても意味がない。だって……」おれは紙面に視線を落とした。「二週間もまえの意図を読みとって、なんになるんです? そんなのは——」

「まだある。原稿はそこにあるだけではない」

「どれくらいまえのものです?」

「そうだな、たとえば……」Vはそこで言葉を切り、ミケロブ・ビールを上品に一口すすった。「……たとえば、きみが政府による調査の件で電話をかけてきた日のもの」

たしかにおれは電話をかけた。連邦当局が炎上事故の新たな調査を準備している件について取材の電話をかけたのは、まさにその日の朝だった。「驚いたな」とおれはつぶやいた。

隣の席にはブリーフケースが置いてあった。Vはそれを開けると、紙の束の詰まったマニラ封筒を取りだした。「受けとりたまえ。ただし、けっして記事には しないこと。状況を把握し、先を見通すためだけに使うんだ。釣りをするなら、魚がいるとわかっている場所に釣り針を垂らしたほうがいい。ちがうかね?」

異議を唱えることはできなかった。「原稿はこれで全部ですか?」

「明日までは」

「明日までは?」おれは興奮を顔に出すまいと努めた。「いったいどんな方法でこれを手に入れているんです?」

「きみが知る必要はない。ただ、それを有意義に使えばいい。きみがそれを望むなら」

「では、なぜ? なぜここまでしてくれるんです?」

Vは肩をすくめた。「そうするのが正しいからだ……と言っても、きみは信じやしないだろう。ならば、トラック部門の連中には当然の報いだとだけ言っておこうか」
スーペリアー社には、Vの所属する乗用車部門と、トラック部門とがある。ピックアップトラックやSUV車が市場の大勢《たいせい》を占めるようになってから、乗用車部門は業績不振が続き、まわされる予算もみるみる縮小されていた。とはいえ、それしきのことが、自分の勤める会社を裏切る理由になるだろうか。可能性がないとは言いきれなかった。もしくは、理由などどうでもよかったのかもしれない。

ボイスメールはたしかに役立った。まずは、ピックアップトラックに関するなんらかの質問をスーペリアー社にぶつける。毎週木曜の六時すぎに、ミシガン大通りのバス発着所まで歩いていく。まえもって借りておいた九二七番のコインロッカーに合鍵をさしこみ、ボイスメールの原稿が詰まったマニラ封筒を三つか四つ取りだす。急いで家へ帰り、原稿に目を通す。スーペリアー社の顧問弁護士たちや、安全管理部の技術者たちや、ときに重役たちが、おれの質問について何を話しあったかを把握する。すると、次にどんな質問をぶつけるべきかがおのずとわかってくる。広報担当者に情報の漏洩を勘づかれないよう、言葉選びには細心の注意を払う。それはまるで、スーペリアー・モーターズ本社ビルの十九階に入りこんで、重役会議をまるまる盗み聞きしているようなものだった。

ボイスメールの力を借りて、おれは大きなスクープをいくつかものにした。その一部がハノーヴァー家の裁判で証拠として用いられた。そして、例の判決がくだされた。《デトロイト・タイムズ》の編集部は、おれの記事をピュリッツァー賞の候補に推薦する準備にとりかかった。ボイスメールのことは上司にも打ちあけていなかった。そこにある情報をそのまま活字にしたことはなかったから、報告の必要があるとは思わなかった。そして、自分にはこう言い聞かせていた。これは情報提供者を守るためでもあるのだ。だいいち、記事の内容が正しいものでありさえすれば、その出所《でどころ》が問題になるはずはない。

十一月下旬のある木曜日、おれはいつものように九二七番のロッカーを開けた。だが、そこに封筒はなかった。舌打ちが漏れた。こうなることは予想していた。トラック部門の連中には充分な辛酸を舐めさせたと、いずれVは満足してしまうだろう。そのときおれの幸運も尽きるのだろう、と。そのとき、ロッカーの奥のほうに、一枚の紙が置いてあることに気づいた。つま先立ちになって腕を伸ばし、その紙を取りだした。何かのコピーをさらにコピーし、それをまたコピーしたもののようだ。スーペリアー社のレターヘッドが黒く塗りつぶされている。苗字とおぼしきかすれた単語が縦一列に並んでいて、それぞれの横に、六桁の数字が添えられている。スーペリアー社の顧問弁護士や広報担当者など、見覚えのある名前が目にとまった。「嘘だろ……」おれは声を失った。六桁の数字はボイスメールの暗証番号だった。

コインロッカーに背を向けてすわっていた老人が、おれの声に応えるかのようにこちらを振りかえった。老人は皺くちゃの紙ナプキンに包んだスナックケーキのスノーボールを齧っていた。どぎついピンク色のココナッツ・フレークがトレーナーの前身頃に飛び散っている。

「こんなものをどうしろというんだ？」とおれは独りごちた。

「好きにすりゃあいい」と老人が答えた。

Vが暗証番号だけを残していった理由が、おれにはまったくわからなかった。なんとか連絡をとろうとしたが、すべて徒労に終わった。休暇旅行にでも出かけているのかもしれない。そのころおれは、一年間に報じたトラック関連のニュースを総括し、劇的な語り口で綴る特集記事の執筆を進めていた。編集長からは、ピュリッツァー賞候補の締めを飾るにふさわしいものに仕上げろとの注文をつけられていた。説得力のある強固なネタなら、すでにたっぷり揃っていた。できればそこに、活きのいい新鮮なネタを盛りこみたかった。ボイスメールの会話原稿はおそらく無断で持ちだしたもの——盗みだしたものだろうとは踏んでいた。ただし、確証はなかった。Vはけっしてその手の話題について語ろうとしなかったし、おれもあえて尋ねはしなかった。ジャーナリストの世界には、〝盗んだものと知りながら、その情報を受けとってはならない〟という不文律がある。とはいえ現実には、不法な手口やいかがわしいやり方で入手したのではないかと疑いながら、その情報を受けとることもしばしばある。だがそれは、故買屋からカーステレオを買うのとはわけがちがう。受けとった情報が不正に入手されたものであることが疑われたとしても、自分は盗っ人ではないし、この情報を用いるのは社会のためなのだと、自分を正当化することができる。

ところが、それがボイスメールの暗証番号となると、自分を正当化することはたやすくない。もちろん、おれが自分で暗証番号を盗みだしたわけではない。Vが本当にそれを盗んだのかどうかもわからない。だが、ボイスメールを聞くためにおれが自分で暗証番号を使ったならば、そして、ボイスメールを盗み聞きすることが窃盗にあたるのであれば、おれは罪を犯したことになる。しかしそれは、人々が焼け死んでいくのをみすみす見すごすことより重い罪だろうか。

それ以上深く考えることはしなかった。暗証番号を二度使った。真夜中過ぎに、バス発着所の外にある公衆電話ボックスで。いくつかの番号は不通になっていた。持ち主が番号を変えたのだろう。あとの番号は問題なく通じた。編集長のはからいで、おれの特集記事はその年の最後の日曜版に、堂々の一面扱いで掲載されることが決まっていた。

そして、掲載の三日まえ。おれはスーペリアー社が主催する毎年恒例のクリスマス懇親会に向かった。二十人ほどの記者と、五、六人の広報担当者と、幾人かの重役たちが、多すぎる酒と、乾ききった料理と、まがいものの笑顔を求めて、デトロイトの中心部にあるレストランに集まっていた。懇親会に出席するのはいつもながら気が進まなかったが、欠席してライバルたちに出しぬかれるのも癪だった。バー・スペースでディナーの開始を待っていたとき、中堅どころの重役ふたりが〝リストラ〟について話す声が耳に届いた。聞きちがいだと思いたかった。ディナーが始まると、同席した社員にそれとなく訊いてみた。スーペリアー社で大規模なリストラが行なわれたというのは本当か。答えはイエスだった。おおやけにはされていないが、大勢の社員が早期退職の勧告を受けた。何人かの重役は辞職を拒んだが、結局は無理やり辞めさせられたという。そのなかに、Vの名前もあげられていた。

おれはテーブルを離れて男子トイレへ向かい、個室に入って鍵をかけた。血の気の失せた顔や、額に浮かんだ冷や汗に気づいた者がいないことを祈るしかなかった。Vは八カ月近くもまえにスーペリアー社を去っていた。おれにボイスメールの原稿を渡しはじめたときには、退社後数週間が経過していたことになる。誰に訊かずともわかっていた。おれがVから受けとった情報は、すべて盗まれたものだったということ。Vにはひそかなたくらみと、おれを利用する理由――不当な理由――があったのだということ。動機が事実をゆがめることもあるのだということ。そしていま、こうして便座に腰かけ、床に残された泥だらけの足跡を見おろしながら、おれは苦い現実を突きつけられていた。すでに掲載されてしまった記事に関して、おれにできることはない。だが、今年最後の特集記事は、まだボツにできる。それと同時に、ピュリッツァー賞の夢は潰えていく。

寒さに震えながら、おれは公衆電話の前に立っていた。午前一時をまわったところで、ようやく電話がつながった。

「あんたは会社に馘を切られていた。どうしておれに黙ってたんだ？」

「こんな夜更けに、いったいなんだね」受話器の向こうから欠伸《あくび》が聞こえた。「わたしは馘を切られてなどいない。自主退社したのだ」

「おれに教えるべきだった」

「なぜだね？　もし知っていたら、ボイスメールの原稿を受けとらなかったとでもいうのかね？　そんなものは持って帰れと、果たしてきみは言えたかね？」

怒りがこみあげた。「もしあんたがそれを盗んでいるのだと、スーペリアー社に仕返しをしようとしているのだと知っていたら、そんなものは持って帰れと言っていたさ」とおれは答えた。それが本心であるのかは、自分にもわからなかった。

「だったら、忘れてしまえばいい。あれが盗まれたものであることを、きみは知らないことにすればいい。わたしが真相をばらすことはない。きみは何も知らなかった。そう言いぬければいい。それで問題はない。最後の小さな贈り物を受けとって、いらなくなったら捨てればいい」

Vはおれをあからさまに愚弄していた。「いいでしょう、アーネスト」とおれは言った。そして、Vのフルネームを声に出して呼びかけた。

くすくすと笑う声が聞こえた。「何をするつもりだね。わたしの馘を切るつもりか？　忘れてはいけないぞ、友よ。われわれの会話はすべてオフレコだ。わたしの素性をばらせば、きみはわたしよりずっと多くの面倒を抱えこむことになる」

Vの言うとおりだった。ジャーナリストの掟の多くは灰色の濃淡を纏っているが、ことひとつの掟にかぎっては、白と黒とがはっきり分かたれている。もしも情報提供者に匿名を約束したなら、その素性をけっしてあかしてはならない。何があろうと口を割ってはならない。匿名のネタ元の素性をばらすくらいなら、刑務所行きを選ぶべし。ネタ元を売った記者は、永遠に報道業界を追放されて然るべし。

おれはそのまま電話を切った。

霙《みぞれ》の粒に頬を叩かれながら、家路をたどった。おれはペテンにかけられた。だが、Vだけを責めることはできない。たしかに、Vはすべての事実を語ったわけではない。だが、おれもまた、すべてを訊きだそうとはしなかった。いや、そうすることを避けつづけていた。Vの動機より、バス発着所の警官に麻薬売買を疑われることばかりを心配していた。Vの言うとおり、受けとった情報が盗品であるとは知らなかったのだと申したてれば、法の網をかいくぐることはできるだろう。最後の小さな贈り物、あの暗証番号を除けば。あれに関してだけは、そんな言いぬけは通用しない。締めの特集記事を書くために、おれは自分であの番号を使った。その罪を逃れるただひとつの方法は、朝いちばんに編集長のところへ行って、すべてを告白することだった。

だが、そうする代わりに、おれは病欠の連絡を入れた。電話口で、原稿の最終変更を伝えた。おれの特集記事は、その週の日曜版の一面に掲載された。写真やグラフで大々的に飾りたてられた記事は、二面にまでおよんでいた。翌週、おれは編集部で、ピュリッツァー賞の推薦書類の下書きを手伝っていた。そうしているあいだもずっと、自分に言い聞かせていた。あの記事の内容はすべて事実だ。スーペリアー社のピックアップトラックについてこれまでに書いた記事も、すべて事実だ。もしおれがあのボイスメールを利用しなかったら、あれらの事実があかるみに出ることはけっしてなかったろう。スーペリアー社がトラックの致命的な欠陥を隠蔽しようとしていたことを、誰も知ることはなかったろう。おれの書いた記事は事実だ。大切なのはそれだけだ。

半年後、《デトロイト・タイムズ》の編集主幹、ウェンディ・グリムのオフィスに呼びだされた。

巨大なオーク材の机の向こうにすわるグリムは、チャコールグレーのスーツを着て、暗赤色のシルクのスカーフを首に巻いていた。薄墨色の瞳は手に載せたホッチキスに据えられている。机の横に置かれた椅子には、苦りきった表情をした顧問弁護士のフェリスがすわっていた。フェリスとは一度だけ顔を合わせたことがある。そのときは、おれの記事を読んだ感想と賞讃の言葉をまくしたてられた。グリムがホッチキスから目をあげて、おれに椅子を指し示し、ふたたび視線を落とした。グリムの秘書がおれの背後で扉を閉めると、編集室のざわめきが掻き消された。

「ガス、問題が発生したわ」グリムは言って、ホッチキスを机に置いた。

ウェンディ・グリムは、新聞社、テレビ局、ラジオ局、印刷会社を統合し、もちろん《タイムズ》をも所有するオール・メディア社の出世頭だった。十一年間のキャリアのなかで四つの新聞社を渡り歩き、五つめの出向先として、二年まえに《タイムズ》へやってきた。デトロイトであとひとつ功績をあげさえすれば、ダラスの本社に呼びあげられることが確実視されていた。ほんの数カ月まえにも、おれはグリムのオフィスに呼ばれていた。あの日、グリムは、トラック関連の記事がピュリッツァー賞の国内報道部門で最終選考に残ったことを祝福してくれた。壁に掛けられた額縁の前に立ち、一九三一年と五四年に《タイムズ》がピュリッツァー賞を獲得したことの証である賞状に微笑みかけながら、おれに言った。「次はあなたの番よ、ガス」おれのピュリッツァー賞受賞が、オール・メディア社の上役からはグリムの受賞と見なされることを心得ていたのだ。

連邦議会予算局に関するニュースを六度にわたって報じた《ワシントン・ポスト》のピュリッツァー賞受賞が決まったとき、おれは正直ほっとした。大きな賞をとれば、取材方法にも厳しいチェックが向けられるのではないかと、内心不安になりはじめていたのだ。その後も、スーペリアー社に関する記事をおりにふれて書いてはいた。だが、Vとはいっさいの接触を絶ち、バス発着所のコインロッカーにも近づかなかった。ボイスメールにアクセスしたいという衝動も、見事に抑えこんでいた。まえの年に書いた記事は、すべて過去のものにできたと思いこんでいた。

だが、それは間違いだった。ウェンディ・グリムは机の引出しを開き、そこから何かを取りだして、おれの前にさしだした。それがなんであるのかはすぐにわかった。バス発着所のコインロッカーの鍵だ。〝九二七〟の数字が、鮮やかなオレンジ色のプラスチックに刻まれている。グリムとフェリスがおれの目の表情を窺っているのを感じた。胃袋の底が抜け落ちていくような感覚のなか、必死に平静を装おうとした。

「正直に答えなさい、ガス。スーペリアー社のボイスメール・システムにどうやってアクセスすることができたの？」ウェンディ・グリムが言った。

「ちがう。おれがアクセスしたのは二回だけで――」

「罠にかかるには充分だわ。スーペリアー社は追跡プログラムを導入しているの」

そういうことか、とおれは思った。だが、記事の内容は事実なのだ、とも。

しばしの沈黙が続いた。ウェンディ・グリムがそれを破った。

「では、情報提供者の名前を教えなさい」

「記事の内容はすべて事実です」とおれは言った。

グリムは机からホッチキスを拾いあげ、それを吸いとり紙に叩きつけた。「そんなもの弁明にもなんにもならない。あなたは他人の所有物を盗んだのよ。情報提供者をあかしなさい」

おれはフェリスを見やり、グリムに目を戻した。

「おれのネタ元は匿名です」

「そんなことは訊いてない。その人物について、上司に報告したことは?」

「ありません。誰にも訊かれませんでしたから。いずれにせよ、誰かに報告する必要はなかった。ボイスメールの内容はいっさい記事にしていませんから」

ウェンディ・グリムは唇を引き結び、両手を机に置いたまま、ぐっと身を乗りだした。きつく組みあわされた指の関節が白く浮きあがっていた。「ガス、スーペリアー社は訴訟を起こし、世間にも広く公表すると脅してきている。でも、情報提供者の素性がわかれば、彼らを思いとどまらせることができるかもしれない。もしもスーペリアー社の内部の人間であるのなら、名前だけ教えてくれればいい。さあ、言いなさい」

匿名のネタ元の素性をあかすよう上司から命じられた場合、たいがいの記者は命令に従う。その上司も匿名の誓約を守らねばならないことがわかっているからだ。《デトロイト・タイムズ》を含めたおおかたの新聞社では、そうした命令にそむくことは重大な反則行為と見なされる。解雇につながる可能性すらある。だが、そのときすでに、どっちにしろおれが罰を食らうことはわかりきっていた。その理由がおれに関することでも、スーペリアー社に関することでも、トラック関連の記事に関することでも、《タイムズ》に関することですらないのもあきらかだった。ウェンディ・グリムの支配する建物のなかで、炎が荒れ狂っている。グリムはその火を消さねばならない。オール・メディア社まで燃え広がるまえに。

「ネタ元とはもう連絡をとっていません。でも、匿名の約束は守る。おれはそう決めたんです」

「おれは決めた? おれが? よくもそんな勝手なことを! あなたはこの新聞社の一員なのよ? 自分の

せいで、わたしが……いいえ、わたしたちが、《タイムズ》が、あなたの同僚全員がどれほどの面倒を抱えこむことになったかわかっているの？」

「あの欠陥品のトラックのせいで、人々が焼け死んだ。スーペリアー社はそれを知っていた。おれが記事にしたことは、ひとつ残らず事実です」

足を載せている梯子がぽきんと折れるのを察した人間が浮かべるだろう、張りつめた笑みがグリムの顔に浮かんだ。「わたしたちはいま、そんなことは問題にならない状況にある。露ほども問題にならない状況に」そう言うと、グリムはフェリスに顔を向けた。

「フェリス？」

フェリスは祈りを捧げるカマキリのように組んでいた腕をほどくと、スーペリアー社が仄めかしている訴訟について、あらましを述べはじめた。文書による名誉毀損、口頭による名誉毀損、プライバシーの侵害、窃盗。なんにせよ、おれの取材方法は世間に知れわたることとなる。《デトロイト・タイムズ》も、同僚たちも、ウェンディ・グリムも、オール・メディア社も、すべてが揃って面目を失う。そのうえ、文書による名誉毀損罪の裁判では、おれがボイスメールの助けを借りて集めた情報——盗品である情報——を証拠として考慮してはもらえないものと考えたほうがいい。

「告訴したいならすればいい。真実こそが身を守る楯だ。編集部のセミナーでそう繰りかえしていたのはあなたじゃないですか」

フェリスの表情に苛立ちが滲んだ。「真実が楯となるとはかぎらない。真実がどのようなものであるかをきみがあきらかにしないかぎりは。きみが真実を証明しないかぎりは」

机の上の電話から電子音が流れだした。グリムは手を伸ばしかけて、すぐにそれを引っこめた。

フェリスが話を続けた。「あいにくなことに、きみが盗みだしたボイスメールの助けなくして、われわれが証明できることはさほど多くない。つまり、文書による名誉毀損の訴訟に負けることは免れえないものと思われる」

「しかも、あいつらは人殺しです」とおれは言った。

「しかも、大敗を喫することとなる」グリムが言った。

ふたたび電話が鳴りだしたが、それを無視してグリムは続けた。「スーペリアー社には和解の交渉を持ちかけるつもりです。そのためには、あなたにここを辞めてもらわなきゃならない。即刻、この場で」そう言うと、おれの前に一枚の紙を置いた。紙面のいちばん下、雇用契約の解除に同意しておれが署名をするべき場所の上に、おれのフルネーム〝オーガスタス・J・カーペンター〟の文字がタイプされていた。その日の朝まで、おれは自分にこう言い聞かせていた。たとえボイスメールの件がばれたとしても、べつの部へまわされるか、停職処分を食らうかすれば済むはずだ。事実を記事にしたことで、会社がおれを馘にするはずはない。スーペリアー社が何を言ってこようとも、戦うことをあきらめたりはしないはずだ、と。そしていま、大文字でタイプされた自分の名前に見あげられながら、おれは自分の命運が尽きたことを知ったのだった。

フェリスがスーツの内ポケットから、いかにも高価そうなボールペンを取りだした。「ここに署名を。さもなくば、こちらから強制的に解雇することになる」

「あいつらは人殺しなんですよ！」

ウェンディ・グリムの秘書が会釈をしながら部屋に入ってきた。「アルから四番の回線にお電話です。お出になられたほうがよろしいかと」扉の向こうの編集室から、コンピューターのキーボードを叩く音が聞こえてくる。グリムはひとさし指を立てて、電話を保留にしておくよう秘書に伝えた。

「こんなことに時間を割いている場合じゃない。そこにさっさと署名しなさい、ガス。それすらも拒むのなら、さらに多くの面倒を抱えこむことになるわ」グリムはそう言うと、電話機についている内線ボタンを押した。「警備員をよこしてちょうだい」

おれの脳は思考を停止した。サドンデスの延長戦で相手チームにゴールを決められたときのような気分だった。そういう負け方をしたときは、あっという間の出来事すぎて、はじめは現実を受けいれることができない。それからふと、審判がリンクを去ろうとしていることに気づく。相手チームの喜びに沸く姿が目に入る。残り時間が尽きた時計を見あげる。みずからの犯した失敗という紛れもない現実が、螺旋を描く弾丸となって胸を貫く。規定時間内に敗北が決まったなら、これほどまでの傷は負わない。時計が残り時間を知らせてくれる。負ける覚悟はできている。だが、延長戦では、気づいたときにはすべてが終わっている。

おれはペンを取った。

やがて、故郷の町へ戻った。はじめてもらった《パイロット》の給料支払い小切手でフォードの中古のピックアップトラックを買い、その頭金の一部を支払った。

クリスマスの二日まえに、弁護士から電話があった。スコット・トレントンと顔を合わせたことは一度もなかった。離婚の際に世話になったという《タイムズ》の女性記者から紹介してもらい、電話口で弁護を依頼していた。

「今日お知らせするニュースは、はなはだ好ましいというものではありません」とトレントンは言った。おれはアパートメントのキッチンで、母へのクリスマス・プレゼントを包装しているところだった。バスローブ。手の込んだ装飾がついた、クリベッジ・ゲーム用の得点表示盤。エルズワースにあるレストランのディナー券。降りしきる霙《みぞれ》が、キッチンの窓を氷で覆いつくしていた。目下の形勢を知らされるのは、じつに数カ月ぶりのことだった。《タイムズ》とスーペリアー社のあいだでは、名誉毀損の訴訟を回避するための和解交渉がなおも続けられていた。スーペリアー社の顧問弁護団は一面掲載の謝罪広告にこだわっていたが、経営陣は、死を招くトラックにさらなる注目を引き寄せるような案に乗り気ではなかった。

スーペリアー社はハノーヴァー家との訴訟に向けて《タイムズ》の協力を要請しているようだとトレントンは言った。ハノーヴァー家というのは、息子のジャスティンをピックアップトラックの炎上事故で亡くし、のちにおれの記事を証拠に用いて、三億五千四百万ドルの損害賠償金を命じる判決を勝ちとった、インディアナ州に暮らすあの夫婦のことだ。その後、スーペリアー社は判決を不服として上訴していた。そして今度は、おれの書いた記事が正確であるとは言いがたいと述べた宣誓供述書を法廷に提出するよう、《タイムズ》に要求しているという。そんなことになれば、訴訟は第一審にさしもどされてしまうかもしれない。ハノーヴァー家は、二度目の裁判に耐えるべきか否か、ふたたび半年から一年のあいだ息子の死を追体験するという苦痛に耐えるべきか否かの選択を迫られることになる。

「愉快な話ではありません」トレントンが言った。「目下のところは、宣誓供述書の内容や言いまわしに関して意見が割れているようです。しかし、いずれは合意に達することでしょう。できあがった供述書はおそらく、大晦日の午後五時一分まえに裁判所へ提出されるものと思われます」

新たな知らせはそれだけではなかった。その後、スーペリアー社とハノーヴァー家のあいだでも和解交渉の席が持たれ、ハノーヴァー家が告訴を取りさげることに同意したというのだ。その見返りとして、スーペリアー社は二億ドルの基金を設立し、問題のトラックの所有者が希望する場合にはそこから修理費用を支給することを約束した。ハノーヴァー家は五百万ドルの示談金を現金で受けとることになるが、その大半は弁護団への支払いで消えるものと思われた。

「一家が思いがけない大金を手にすることはできなくなる。しかし、一部のトラックの安全性は高まるというわけです」とトレントンは言った。

「それこそが、あの一家の望んでいたことだ」

「ここだけの話ですがね、ガス、原告というのはいつだってそんなふうに言うものなんですよ。しかし、彼らの大半が本当に望んでいるのは、山ほどのカネを手にすることとです。それから、まあ、場合によっては、相手方の社長の睾丸をネズミ捕りで挟んでやることかもしれません」

「あの夫婦はちがう。心から善良なひとたちだ」

一瞬の沈黙があった。「……そう、そのとおりです。だからこそ、いまからお伝えする些細なはずのお知らせが、いささか微妙な問題となってくるわけです。スーペリアー社は、ハノーヴァー家との示談を成立させるにあたっての条件として、あなたがボイスメールの情報提供者の名前をあかすことを要求しています」

「あいつらにそんな権利はないはずだ」

「それを押し通そうとしているんです」

「本当は名前なんて、とうに知っているんだ。ロッカーの鍵を手に入れてやがったんだから」

「とうに知っていようがいまいが、あなたにそれを言わせるつもりです。もしあなたが拒めば、ハノーヴァー家は示談を成立させることができなくなる」

「おれの知ったことか」

「しかし、それではハノーヴァー家も見捨てることになる。スーペリアー社は、この条件だけは絶対に譲らないと言っております。あなたが名前をあかさなければ、ハノーヴァー家との和解は決裂。思いきって上訴に出る。あなたの書いた記事はでたらめだという供述書を《タイムズ》が裁判所に提出するとなれば、どちらが不利かはおわかりになりますね？」

「あの記事はでたらめなんかじゃない」

「あなたがいま置かれている立場でそれを立証するのは、途轍もなく難しい」

あまりの怒りで息ができない。キッチンで包装紙とセロハンテープに囲まれたまま、窒息死してしまいそうだ。氷に覆われた窓ガラスの向こうへ、降りしきる霙のなかへ、電話機を放りだしてやりたかった。

「こんなことが信じられるものか」

「信じるしかありません。それから、もうひとつ。もしも名前をあかさなければ、スーペリアー社は窃盗罪であなたを訴えるそうです」

「なんだってそこまでネタ元にこだわるんだ？」

「わたしにもわかりません。それなりの理由があるのかすら定かではない」

「理由はあるさ。あいつらはおれを苦しめたいんだ。ハノーヴァー家と自分自身のどちらを破滅させるか、おれに選ばせようというんだ。おれがどちらを選ぼうと、スーペリアー社は痛くも痒くもない。トラックのなかで火炙りにされた憐れな人々だけが馬鹿を見るってわけだ」

「わたしの意見を伝えておきましょう。その男の名前をあかすべきです」

「どうしてそれが男だと――」

「いいから、少しだけその口を閉じて、自分の弁護士の話にも耳を傾けなさい。あなたがスーペリアー社に腹を立てるのはもっともです。しかし、あなたには、そのボイスメールの男だか女だかを庇う義務はない。あなたとその人物は契約を結んでいた。あちらはあなたに事実を伝え、あなたはあちらの身元を守る。ところが、あちらは自分が解雇されたことをあなたに伝えなかった。あなたを欺いた。あちらの動機が邪まなものであることなど、あなたには知るよしもなかった。これはあきらかな契約違反です。もはやあなたに、その人物を庇う法的義務はない」

法的に見れば、トレントンの言うことが正しいのだろう。だがおれは、Vに欺かれたとは思っていなかった。ひとりのジャーナリストとして、匿名性という隠れ蓑を相手にさしのべることで、勇敢で気高き人々を守ることほど誇らしいものはない。自分の生活や命までをも危険にさらして、おれたちにはどうにも知りようのない隠された情報を与えてくれる人々を守っているのだから。だが、多くの場合——いや、ほとんどの場合、おれたちが守っているのは、勇敢な人々でもなければ気高き人々でもない。おれたちが本当に守っているのは、弁護士や、広報担当者や、ロビイストだ。やつらは、おれたちが遵守する匿名の掟を、自分に都合よく利用するすべを心得ている。指紋を残すことなく、おれたちの記事を望むままに操作することができる。おれたちが守っているおおかたの人間は、そんなペテン師どもなのだ。たしかに、Vはすべての事実を語りはしなかった。だがおれも、すべての事実を求めはしなかった。Vはおれに、おれの聞きたいことを話した。おれはそれを、みずからの意志で、むさぼるように、嬉々として呑みこんでいった。VはVの望むものを手に入れた。おれはおれの望むものを手に入れた。そして、ウェンディ・グリムが言ったように、おれはいま、それが事実であったかどうかは問題にならない状況にある。

「いつまでに結論を出せばいいんだ?」おれはトレントンに尋ねた。

「一刻も早く」

「メリー・クリスマス、スコット」言いながら、受話器を架台に戻した。ふたたび受話器をあげて、Vの番号を押した。呼出し音が一つ鳴って、甲高い発信音が三つ鳴って、それから、この番号が現在使われていないことを知らせる録音テープの声が聞こえてきた。

16

「それで、向こうにはもう言ってやったんですか？」

ジョーニーが訊いてきた。おれが過去を語っているあいだに、六缶のビールはすべてからとなり、袋入りナチョチップも残りわずかとなっていた。

「言ってやったって、何を？」

「地獄へ落ちやがれ、って」

どうやら、おれを解放するつもりはまだないらしい。

「まだ何も言ってない」とおれは答えた。

「いいですか、ガス。あなたはボイスメールを盗むべきではなかったのかもしれない。だけど、済んだことは仕方ない。あなたはいまも《パイロット》で新聞をつくっている。それを台無しにしちゃいけないわ。あなたに選択の余地はない。ネタ元を引き渡すことはできない。以上。で、《タイムズ》はスーペリアー社に要求されたものを、あなたの記事はでたらめだとかなんとかいうものを裁判所へ提出したんですか？」

「ああ」

「誰にも気づかれずに？」

「例の訴訟は非公開で行なわれているからな。だが、判決がくだったあとは、すべてがあかるみに出るだろう」

「それはいつ？」

「スーペリアー社側の弁護団は次の金曜と予想している。よって、おれは火曜までに決断をくださなければならない。もしおれがネタ元の名を白状すれば、スーペリアー社はハノーヴァー家と和解し、裁判は未決着のまま終わる。おれが拒めば、そしてスーペリアー社が裁判に勝てば、ハノーヴァー家は窮地に立たされる」

「ハノーヴァー家がどうなろうと、あなたに責任はないわ」

「いいや、おれの責任だ」

「いいえ、あなたには——ちょっと失礼」ジョーニーはパーカーの下からポケットベルを引っぱりだし、画面を覗きこんだ。「たいへん。すぐ行かないと」そうつぶやくと、ノートやら紙の束やらをバックパックに押しこみ、手早くコートに袖を通した。

「どこへ行くんだ？」とおれは尋ねた。

ジョーニーはそれを無視して言った。「明日は早くからこちらに？」

「ああ、たぶん。それがどうかしたか？」

「いえ、べつに」

「保安官の記者会見は任せていいな？」

「ええ」

「建築規制委員会は午後二時の予定だが」

ジョーニーは戸口で足をとめ、こちらを振りかえった。「いけない、忘れてました。間に合えばいいんですが、保安官事務所のほうで手いっぱいかもしれません」

受付の扉で鐘が鳴った。空き缶やナチョスの袋を片づけていると、ふたたび鐘の音が響いた。息を切らせたジョーニーが編集室に駆けこんできた。「いいのを思いつきました、ガス。読者への質問——湖底トンネルは本当に存在すると思いますか？」

「決まりだな」とおれは言った。

読者への質問についての指示を記したメモをティリーに残し、アパートメントへ通じる内階段をのぼった。上まであがりきったとき、部屋の外から声が聞こえてきた。カーテンの隙間から覗きこむと、踊り場にすわりこみ、両手で頭を抱えているスーピーの姿が見えた。雪のこびりついたブーツのあいだに、酒瓶が置いてある。コートのボタンは開けっぱなしになっている。ふらふらと頭を揺らしながら、ひとり何かをつぶやいている。おれは扉を開けて、踊り場に出た。

「スーピー？」

呼びかけても、スーピーは顔をあげなかった。頭を揺らしたまま、「なんだってんだ、トラップ……なんだっておれにそんなくそをしやがるんだ……」と繰りかえしている。

「スーピー、いったいなんの話だ？」

「すっとぼけるんじゃねえ、トラップ」車のなかから電話をかけてきたときより、さらにアルコールが入っているようだ。足もとに置かれたオールドクロウの瓶には、指幅二本分のウィスキーしか残っていない。おれが酒瓶に手を伸ばすと、スーピーはそれをもぎとり、シンボルマークの鴉を見つめた。

「よう、鴉の旦那」スーピーは言って、ウィスキーをぐいと呷った。「おれに残されたのはこいつだけだ。それまで奪おうってのか？」

「とにかくなかに入れよ、スーピー」

「おれにかまうな。わかったか？」スーピーは呂律《ろれつ》のまわらない声でそう怒鳴ると、首をのけぞらせて「カア！　カア！　カア！」と鴉の鳴きまねをした。

「町中《まちじゅう》の人間を起こしちまうぞ。ほら、なかへ入ろう」

スーピーは頭から帽子をむしりとり、ぐるりと首をまわしておれを見あげた。それからゴムのように生気を失った顔をゆがめて、にやりと笑った。「愉快な夜だ。ビールが二本……いや、三本。それから……懐かしき友とウィスキーを一杯」

「懐かしき友？」

「テディ坊やさ」スーピーは震える指で手すりをつかみ、よろよろと立ちあがった。瓶のなかでウィスキーがバシャバシャと跳ねた。「懐かしき仲間、テディだよ」

スーピーはウィスキーを一口呷ってから、おれに瓶をさしだした。だが、おれが手を伸ばすと、さっと腕を引っこめて、くすくすと笑いだした。「へっ、その手は食わないぜ。なあ……なあ、トラップ、教えてくれ。いったい……うちの事務所で何をしてやがったんだ?」

なるほど、テディと一緒にいたというのは本当のようだ。「おまえを探してたんだ」おれはおおよその真実を口にした。「それにしても、ひどい散らかりようだった。親父さんが見たらなんと言うか」

「そこへもってきて、今度はあの特報だ。親父が聞いたらなんと言うだろうな」

フェリーの領収書について訊いてみようかとも思った。だが、いまのスーピーは質問に答えられるような状態ではなかった。「今夜はもう家へ帰ったらどうだ、スーピー。車は置いていけ。明日の朝、おれが届けてやるから」

「車なんて知ったことか」そう言って、スーピーはおれを振りかえった。おれは驚きに言葉を失った。その目に涙が滲んでいたのだ。スーピーには泣き上戸なところがある。だが、今夜はちがう。この涙の陰には、深刻な何かがひそんでいる。スーピーが必死に涙をこらえようとしているのがその証拠だった。

「どうしたんだ、スーピー。何があったんだ」

スーピーは酒瓶を口へ運び、中身を流しこむ手前でふと手をとめた。「テディのやつ……あいつが言ってた。おまえがコーチのネタを記事にするつもりだって……」

「それがどうかしたか?」

「やめろ、トラップ。もう放っておけ。そんなことをしても、ろくなことにならない」

それが理由なのか。そのせいで、スーピーはこんなにうろたえているのか。どうやら、弾痕発見のニュースはすでに広まりはじめているようだ。しかし、なぜスーピーがそんなことを気にするのか。あの最後の決勝戦で負けたあと、スーピーとコーチの関係もぎくしゃくしていたはずだ。

「ディンガスが記者会見を開く。警察が突きとめた情報を記事にしないわけにはいかない」

酒瓶を握りしめた腕がだらりと脇に垂れた。驚愕に目が見開かれた。「記者会見だと？　くそっ。ふざけるな。何もわかっちゃいないくせに」

「それじゃ、おまえには何がわかってるんだ？」

「カナダのことだ。わかりきったことを訊くな」

「なんのことだ。いったいなんの話をしてるんだ？」

「とぼけるな」スーピーはおれに酒瓶を突きつけた。「おまえの駄法螺なんぞ、一マイル先からでもお見通しだ。カナダだよ。コーチがカナダで起こしたトラブルのことだ」

空白の一年のことを言っているのか。それをテディから吹きこまれたのか。しかし、どうしてテディがそんなことを知っているのだろう。ひょっとして、ジョーニーが話したのだろうか。テディの話を聞きにいったところが、逆に話を聞きだされる始末に終わったのかもしれない。そしてテディは、ジョーニーを手玉にとったように、スーピーをも手玉にとろうとしている。だが、どうやって？　おそらく、空白の一年について、ジョーニーもおれも知らない何かをテディは知っているのだ。そこに何かが隠されているのだ。

「誤解だ、スーピー。カナダに関するネタは何もつかんでいない。ポイントンがおまえを混乱させようとしているだけだ。どのみち、三十年も昔にコーチがカナダで何をしようと、誰も気にかけやしない。そうだろう？」

スーピーの下唇が震えていた。

おれはスーピーに一歩近づいた。「なあ、何があったんだ」

「おまえはいちばんの親友だ」

「何があった？」

「ただひとりの友だちだ」

「スーピー、何を知ってるんだ。話してくれ」

スーピーは頭を揺らしながら、必死に嗚咽をこらえていた。「おれは何も知らねえ」そう言うと、おれが肩に置いた手を振り払って、階段をおりはじめた。スーピーは何かを知っている。それだけは間違いない。だが、今夜はおれを信じて打ちあけてくれそうもない。

「おれはおまえを傷つけるようなことは絶対にしない」遠ざかる背中に向かって、おれは言った。

階段の半ばほどでスーピーは足をとめ、こちらを振りかえって、酒瓶を一振りした。「見ろ、このくそまずい酒を。だが、こいつよりまずいウィスキーがひとつだけある。なんだかわかるか？」

まったくわからなかった。

おれが黙っていると、スーピーは大声でわめいた。

「くそったれジェントルマン・ジャックだ！」それから階段をおりてピックアップトラックに乗りこみ、運転席の窓からサウス通りに向かって酒瓶を放り投げた。酒瓶は氷の塊にあたって、粉々に砕け散った。


月曜の朝、編集部に足を踏みいれた途端、濃密な煙に包まれた。おれは目をしばたたいた。ティリーは受付カウンターのなかに立ち、新聞に視線を落としたまま、顔をあげようともしなかった。九時をまわったばかりだというのに、灰皿は吸い殻でいっぱいになっている。

「おはよう、ティリー。オードリーの店の前を見たかい。テレビ局のバンがとまってる」

ティリーは何も答えなかった。横ざまにカウンターにもたれているため、顔は見えない。だが、何かで頭がいっぱいになっているようだ。おれはカウンターの上から今日の朝刊を一部つかみあげ、二十五セント硬貨をティリーの肘の横に滑らせた。

「あいつから電話があったわ」

「あいつ?」

「NLP社のケラソプーロス。ご機嫌斜めのようだったわ」

ジョーニーは自分の机に向かっていた。ニット帽とコートを身につけたまま、領収書の束とおぼしきものを選《よ》り分けている。おれは自分の机に朝刊を広げた。ジョーニーの書いた大見出しの記事〈亡きコーチのスノーモビルに弾痕を発見〉と、補足記事〈ブラックバーン――語り継がれる戦術家にして、町の発展の立て役者〉が、紙面の上半分を覆いつくしている。レイアウトの出来もなかなかだ。使われている写真は、ブラックバーンの事故現場と、トロフィーを掲げるブラックバーンと、ピザ屋でテープカットに臨むブラックバーン。そして、エンライツ・パブに飾られているあの顔写真。その下には、〈ジョン・D・〝ジャック〟・ブラックバーン/一九三四年一月十九日~一九八八年三月十三日〉との注記が添えられている。このましばらく眺めていたかった。何かを成し遂げたような気分だった。だが、まずはケラソプーロスに電話を返さなくてはなるまい。

「そろそろ保安官事務所に向かったほうがいいかもしれません。今日こそは経費の整理を終わらせるつもりだったけど、やっぱり後まわしにします」ジョーニーが唐突につぶやいた。

それで思いだした。電話料金の請求書のことで、訊きたいことがあったのだ。机の上の書類を引っかきまわしながら、ジョーニーに話しかけた。「いいか、ジョーニー。記者会見が始まったら、おとなしく静かにしているんだ。知りあいの警官たちからでは絶対に訊きだせない質問があるのでないかぎり、何も質問はするな。そんなことをしても、テレビ局の連中を手助けするだけだからな」それに、アパートメントへの訪問についておれがジョーニーに何かを漏らしたのではないかと、ディンガスに勘ぐられても困る。

「ええ、言われなくてもわかってます。ちょっと失礼」ジョーニーは言って、洗面所に姿を消した。

ライオンズ・クラブからの通知状の後ろに貼りついている請求書を見つけた。明細の欄に並んでいる記録のなかに、二〇二と六一七の市外局番にかけた通話が十数回。それから、七〇三の市外局番にかけた通話が一回。だが、その一回で五十七ドル二十八セントもの通話料金が発生している。ビッグフット関連の取材で、ジョーニーがワシントンDCとボストンに電話をかけたのは知っている。デトロイト時代に自動車安全監査官へ取材をした経験から、七〇三がヴァージニア州のワシントンDCにほど近い地域の市外局番だということもわかっている。だが、NLP新聞社の方針に従うなら、この通話は一回で五十ドルを超えているため、おれはその電話をかけた目的を調べて、親会社へ報告しなければならない。もしおれが放置しておけば、経理部の連中が乗りこんでくる。それがやつらの生き甲斐なのだ。

洗面所の蛇口から水の流れだす音が聞こえてきた。おれは請求書を見つめた。もし報告を怠ったなら、編集長の椅子にすわるチャンスを棒に振ることになるのだろうか。自分がそんな心配をしていることが信じられなかった。どうなろうとかまうものか。おれは机の上に請求書を放りだした。

ティリーが戸口にあらわれた。片手に一枚のメモ用紙を持ち、もう一方の手には、黒くくすぶる煙草を持っている。今度ははっきりと顔が見えた。目を真っ赤に泣き腫らしていた。「これは冗談か何か?」言いながら、ティリーはメモ用紙を振った。

「なんのことだい」

「ここに書いてある、読者への質問よ。湖底トンネルがどうのというやつ」

「いいや、冗談でもなんでもない」トイレから出てきたジョーニーを目の端にとらえながら、おれは言った。「いまや話題のニュースだ。次回の質問コーナーにはそいつを採用してくれ。それから、この部屋へは煙草を持ちこまないでもらえると助かる」

ティリーは戸口から姿を消した。

「彼女、どうしちゃったんでしょう？」ジョーニーが眉をひそめた。

「さっぱりわからない」おれはそう応じると、スーピーのマリーナに関する調査資料を机から取りあげ、ジョーニーに掲げてみせた。ちょうど電話が鳴りだしたが、それを無視して言った。「ひょっとして、こいつを持ちださなかったか？」

顔に浮かんだ表情は〝イエス〟と答えていたが、ジョーニーが口を開きかけたとき、ティリーがふたたび戸口から顔を覗かせた。「ガス、スコット・トレントンってひとから電話よ」

ジョーニーは戸口へ向かいながら、おれににやりと笑いかけた。「助け船はもう出しませんよ」

受話器を取りあげ、点滅しているランプを押した。

「もしもし、スコット？」

「なぜ電話を返してくれないんです？」

「何も話すことがないからですよ」

受話器の向こうで、回転椅子の車輪が軋んだ。「明日、顔を合わせることになりました」

「誰が？」

「わたしと、あなたと、大勢の弁護士。スーペリアー社。オール・メディア社。ハノーヴァー家。時刻は正午です」

「スコット、おれには仕事が――」

「いいですか、ガス。あなたにはふたつの選択肢があります。この会合のために明日デトロイトへやってくるか、新たに弁護士を探すかのどちらかです。会合に出席しても、何ひとつ発言する必要はない。ただそこにいて、誠意を示してもらいたいだけです。いずれどのような選択をするにしても」

「ハノーヴァー夫妻も出席するのか？　ダグとジュリアも？」

「ええ」

「なんてこった」

「ええ」

「どうしてまえもって訊いてくれなかったんだ？」

おれの問いかけに、トレントンは沈黙で応えた。

「仕方ない、わかりましたよ。で、何を話しあうんです？」

「この会合は、われわれに与えられた最後のチャンスです。うまくいけば、今後、スーペリアー社があなたに四の五の言ってくることはなくなるでしょう。そのためには、あなたに情報提供者の名をあかすつもりがあるのかどうかを、先方に伝えなくてはならない。いまこの電話で、あなたの心づもりを聞かせていただくことはできますか。そうすれば、妥当な落ちつき先へ向けて、体勢を整えておくことができるのですが」

今度はおれが沈黙で応えた。

「ガス？」

「申しわけないが、まだ答えは出ていない」

「ガス――」

「ネタ元を裏切るくらいなら、自分から墓に入るほうがましだ。記者ってのはそういう生き物なんだ」

「この件については何度も話しあってきました。あなたの善意も、それから……高潔さも、充分理解しております。しかし、ことこの問題においては、それらが顔を出す余地はない。あなたの情報提供者である男性なり女性なりがしたことは、あなたへの裏切り行為です。その素性を守る義務は、もはや存在しない」

「言いたいのはそれだけですか」

「ええ、それだけです」

「会合の場所は？」

「いま答えを出すつもりはありませんか」

「そちらの聞きたくない答えでいいのなら」

「はっきり申しあげておきましょう。もしも明日、あなたが答えを出さなかったら、あるいは間違った答えを出したなら、スーペリアー社は刑事告発を試みるものと覚悟してください。これはありえない話ではありません。そのうえ、ハノーヴァー家までもが希望を絶たれる。あの夫婦が望んでいるのは、上訴裁判所が判決をくだすまえに示談を成立させることなのですから」

スーペリアー社のことなど、どうでもいい。だが、ハノーヴァー家はべつだった。「その忌々しい会合はどこで開かれるんです？」

「スーペリアー社側の弁護士事務所、イーガン・マクドナルド・アンド・ブラウン弁護士事務所です。コメリカ・ビルディングのなかにあります。来ていただけますね？」

「ええ、たぶん」

「まったく、あなたがたホッケー選手は無鉄砲の集まりだ。あなたはたしか、ゴールキーパーでしたね。わたしの共同経営者が一度、ゴールキーパーの依頼を受けたことがあります。少年チームのキーパーですがね。その少年は、同じチームにいるもうひとりのキーパーと、ロッカールームで頭突きごっこをしていた。防護マスクとサポーターをつけただけの姿で、部屋の端と端に立って向かいあい、決闘する羊のように頭をさげて、お互いをめがけて突進したわけです。そして、ガツン！　少年は鼻を複雑骨折した。その両親が、マスクをつくった会社を訴えると言いだしたわけです。信じられますか？」

「その裁判には勝ったんですか？」

「いいえ。示談をまとめました」

その日の午前中は、みるみる散々なものに変わっていった。親会社に電話をかけると、音声メッセージが流れだした。〝0〟のボタンを押すと、オペレーターにつながった。ジム・ケラソプーロスの名前を告げて、ようやく回線がつながった。

「もしもし」ケラソプーロスの胴間声が受話器から轟いた。受話器を取らずに、スピーカーで話しているらしい。

「ジム、ガス・カーペンターです」

「やあ、ガス」そこでようやく、ケラソプーロスは受話器を取った。「スノーモビルの調子はどうだね？」

なんの話だ？　スノーモビルに乗っていたのはあんたのほうだろう。あのとき食いそこねたエッグパイが頭に浮かんだ。急に腹が減ってきた。

「……ええ、まあ。お電話をいただいたそうですが」

「そのとおりだ。今朝の一面記事の感想を伝えようと思ってな」

「と申しますと？」

黒革の椅子にぎゅう詰めになっているケラソプーロスの姿が目に浮かんだ。きれいに整頓された机。開封したばかりの郵便物の山と、その上に載せられた真鍮製のペーパーナイフ。頭上の壁には、池に浮かぶマガモのエッチング画をおさめた額が掛けられている。

「この母艦にいるわれわれときみとのあいだの意思疎通については、これまで充分に話しあい、合意に至ったものと信じていた。ところが今朝、《パイロット》を手に取ってみれば、一面にでかでかと殺人事件の文字が躍っていた」

「そんな言葉はひとつも――」

「しかも、一面まるまるを使ってだ」

「ジム、〝殺人事件〟なんて言葉はいっさい使っていません」

「小さな田舎町で起きた殺人事件についての記事を書きたいのなら、しかも、その裏づけが匿名の情報源による発言でしかないというのであれば、まえもってわれわれに知らせるべきではないのかね」

「あの記事を載せるべきではなかったと？」

「いいかね、ガス」キーキーと椅子の軋む音が、野太い声を切り裂いた。「きみには大いに失望させられた。ことに、ヘンリーからあれだけ讃辞を吹きこまれた直後とあってはな。わたしが求めているのは、何も難しいことではないはずだ。世間を騒がすような記事、あるいは、訴訟に発展する可能性のある記事をわが社の新聞が掲載するときには、まえもってそれを知っておきたい。その内容をおおやけに認めることのできる情報源がひとりもいないとなれば、なおさらだ」

「あの記事は事実です。おれはそう確信しています」

ケラソプーロスはしばらく黙りこんだ。「……きみが確信を持っているのはすばらしいことだ。しかし、率直に言わせてもらうなら、きみの立場でそのような言いわけは通用しない。きみには過去の一件がある。われわれはそんなきみを受けいれ、きみの後ろ楯であるヘンリーをも礼遇しようと努めている。なのにきみは、われわれに歩み寄ろうとすらしない」

ついに本音が出たか。じつのところ、おれの過去についてケラソプーロスがつかんでいる情報は、おれが《タイムズ》と非友好的に袂を分かったということだけのはずだ。おれが明日デトロイトでどのような決断をくだすかによっては、さらに多くを知ることとなるかもしれない。しかし、おれの〝過去の一件〟は、ブラックバーンの記事とはなんら関わりがない。そうケラソプーロスに言ってやりたかった。おれたちは事実を伝えているだけ、自分の務めを果たしているだけなのだと。その一方で、ヘンリーを巻き添えにすることだけは避けたくもあった。おれは仕方なく、その言葉をぐっと呑みこんだ。

「……すみませんでした、ジム。あなたに電話を入れておくべきだった。昨日は何かとせわしなかったもので」

「たった一本の電話が大きなちがいを生む。結果として掲載を認めたかどうかはわからん。警察の記者会見を待つことになったかもしれん。しかし……ちょっと失礼」

保留の音楽が流れだした。ビッグフットの記事について伺いを立てるのは、またべつの機会にしよう。いまは最良のタイミングではないようだ。そんなことを考えていると、電話機のランプが点滅しはじめた。べつの回線に電話がかかってきたらしい。だが、ケラソプーロスの電話を勝手に切るのはまずい。こちらはティリーに任せよう。そのとき、保留の音楽が途切れた。聞こえてきたケラソプーロスの声はさきほどまでの怒気を失い、どこかうわの空だった。「よし、話はここまでだ。お互いの意向は理解しあえたものと期待しているぞ」

ひとつめの呼出し音で、フレミングは受話器を取った。「ミスター・カーペンター。昨日はわざわざメッセージを残していただき、ありがとうございました。しかしながら、例の件は決着済みということにあいなりました」

「どういうことです？」

「例の件についてはすべてオフレコのままで、ということです」

「例の件というと？」

「もうお忘れですか？　先日そちらの編集部で、依頼人のミスター・ポイントンとともにお話しさせていただいた資料の件です」

やられた。フレミングはあの資料をチャンネル・エイトにも流してしまったのだ。「おれの決断など待ってはいられないというわけですか」

「今日が最終期限と申しあげておりましたのはたしかですが、わたくしがいま申しあげておりますのは、例の資料を公表すること自体に疑問が生じたということです。資料をほかに漏らしてはおりませんし、今後もその予定はございません」

「あの中身を記事にされては困る、と?」

「電話会議に遅れてしまいますので、これにて失礼いたします。では」

17

パイン郡書記官のオフィスは、記憶にあるままの姿をとどめていた。ラッカー仕上げをしたオーク材のカウンター。その上に聳える曇りガラスの仕切りの向こうに、いまは八列ではなく十二列のファイリングキャビネットが並んでいる。ジャック・ブラックバーンとフランシス・デュフレーン、そしてのちにテディ・ボイントンが地域の開発を推し進めた結果、郡が享受した発展と繁栄の証というわけか。ざっと見たところ、あれから姿を消したのは、ヴェルナ・クラーク書記官だけのようだ。代わりにおれを出迎えたのは、ヴェルナの娘、ヴィッキー・クラーク副書記官だった。

十代のころのヴィッキー・クラークはピアノの才能

に恵まれていた。奨学金を獲得して、州外の一流音楽学校への進学が決まっていた。ところが、入学まえになんと三つ子を身ごもり、そのニュースがつかのま取り沙汰されたあとは、無名の一市民として市井に埋没していった。音楽学校への進学が叶うことはなかった。現在のヴィッキーは、ずんぐりとした体形をしていた。ブロンドの髪を黒く染めて、そこに紫と赤のメッシュをすじ状に入れ、それを後ろに引っつめて、鋲を打った革の髪飾りで留めていた。黒いTシャツを着て、黒いジーンズを穿き、黒い口紅を塗って、飾り鋲付きの黒いイヤリングを耳からぶらさげている。周囲に黒いマスカラを塗りたくった目は、まるまると太った頰に押しつぶされて、一本の線のようにしか見えない。右腕の手首から肘の上までを、黒く塗られたギプスがすっぽり包みこんでいる。補修用の速乾性漆喰、スパックル。蘇る記憶を抑えこむことは難しかった。おれたちがまだ子供だったころ、ヴィッキーが顔に塗りたくっていた化粧を揶揄して、スーピーが〝スパックル〟とのあだ名を思いついたのだ。

「その腕、どうしたんです？」とおれは訊いた。

ヴィッキーは左手で支えながら、ギプスに包まれた右腕をあげてみせた。「ボーイフレンドの家で梯子から落ちたの。クリスマス用のライトアップ照明をおろそうとしていて」

「サリーが屋根に照明を？」

「彼の子供たちが喜ぶんですって。うちの子たちなら鼻で笑うだろうけど。とにかく、そのとき彼はテレビでホッケーの試合を見ていて、あたしはひとりで屋根にあがっていたの。だから、サリーが外にでてきて、どうしたんだと声をかけてくるまで、一時間くらい雪の上で伸びていたってわけ。どうしたもこうしたもないわよ。腕の骨が折れちゃってたんだもの。それがきっかけで、彼とは別れたわ。いまは彼を訴えてやるつもりなの。いい弁護士を知らない？」

「知りませんね」

「弁護士のひとりくらいなら、あたしにだって雇えるでしょ？　腕と脚を……折れていないほうの腕と脚をさしだせとでも言われないかぎりは。サリーの家の大家からも、いくらかカネをふんだくれるんじゃないかって父さんは言ってる。あたしにはそれで充分。ここからおさらばできるだけのおカネさえ手に入ればね」

〝ここ〟というのが書記官のオフィスをさしているのか、スタヴェイション・レイクをさしているのかはわからなかったが、ヴィッキーがどちらともおさらばできないことだけはたしかだった。こんなことを言ってはいるが、おそらくサリーとはすでに縒りを戻しているにちがいない。あるいは、そうなるまでにさほど長くはかかるまい。保険金を山分けする目的で、サリーが訴訟を起こすことを思いついたのだと聞かされても、特に驚きはしないだろう。

「どうぞおだいじに」とおれは言った。それから来訪の目的を告げ、一九八八年の三月から八月に至るまでの町議会の議事録を閲覧したいのだと伝えた。十五年まえに母親がしたのとそっくり同じに、ヴィッキーは公文書閲覧のための申請用紙をさしだしてきた。

「ねえ、ヴィッキー、本当にこんなものを書く必要があるんですか？　じつを言うと、そんな悠長なことはしていられないんだ」

「悪いけど、そういう規則になってるの。もし破ったら、母さん――上司に殺されちゃうわ」

おれが用紙に記入しているあいだ、ヴィッキーはカウンターの上で両手を組み、いかにも退屈そうな表情をして待っていた。あと少しで記入を終えようとしたとき、ヴィッキーがこちらへ身を乗りだした。「ちょっと訊いてもいいかな」

おれは用紙から顔をあげた。「ええ、もちろん」

「なんで戻ってきたの？」

「どこへ？」

「ここへ。なんでこの町へ戻ってきたの？　あんたはデトロイトでの成功が約束されてたって聞いたわ。それなのに、直前で馘になったって」

だったら、あんたには何があったんだ、スパックル。あんたこそ、成功を約束されていたんじゃなかったのか？　そう思った直後、そんなことを考えた自分に嫌気がさした。

「馘になった？　いや、正しくはそうじゃない。おれはただ、上司と反りが合わないものだから、ひとまずここへ戻って、世間の荒波へふたたび乗りだすための準備を整えることにしたってだけですよ」

ヴィッキーは即座におれの嘘を見ぬいて、小さく微笑みかけてきた。自分と同じ境遇の人間——スタヴェイション・レイクに永遠にしがみつくしかないという鈍い痛みを分かちあうことのできる人間がいることを知って、慰められたような顔をしていた。「その紙をよこして」ヴィッキーはおれから申請用紙を取りあげ、あたりを見まわした。「ちょっと待ってて」

十五分が経過した。部屋の奥でキャビネットの引出しを次から次に開け閉めしていたヴィッキーが、手ぶらでカウンターに戻ってきた。「駄目だわ。議事録を見つけるのは難しくないの。すべて年号順に保管してあるから。なのに、一九八八年からのフォルダーがそっくりなくなってる。たぶん、町役場の誰かが来て——

—あっ」ヴィッキーの目は、おれの肩越しにその先を見ていた。振りかえると、唇を固く引き結び、両手を腰にあてたヴェルナ・クラークの姿がそこにあった。その表情はとうてい機嫌がいいようには見えなかったが、機嫌のいいときにヴェルナがどんな表情をするのかを知っているわけでもなかった。

「どういうことです？」ヴェルナが言った。

ヴィッキーが慌てて答えた。「いま、ガスが探している記録を——」

「利用者が記録の閲覧を求めている場合、まずは申請用紙に記入していただく。そうではなかった？」

ヴィッキーはおれの記入した申請用紙を振ってみせた。「もう書いてもらったわ」

ヴェルナは前へ進みでて、おれに一瞥もくれることなく用紙をつかみとり、紙面に目を走らせた。そのとき一瞬、ヴェルナ・クラークの顔に笑みがよぎったような気がした。「あいにくですが、こちらの記録は現在手もとにございませんわ」ヴェルナはそう言うと、平手打ちのような視線をおれに投げた。「あなたのことは忘れておりませんよ、ミスター・カーペンター」

ヴェルナはいまもなお、ホッケーのスティックにも劣らぬほど痩せこけていた。いまもなお灰白色のワンピースを着て、いまもなお首から拡大鏡を提げていた。

「またお会いできて光栄です」とおれは言った。

ヴェルナは娘に顔を振り向けた。「申請用紙の適切な処理を終えるまでは、いっさい記録に手を触れてはならないと言ってあるはずです」それからおれに顔を戻して言った。「その処理には、通常三日から五日を要します」

「でも、ガスは新聞社で働いているのよ、母さん。それに――」

「職場で上司をなんと呼ぶべきかは、何度も言い聞かせたはずですよ。それから、ミスター・カーペンターがどこで働いているかは、わたくしもよく存じあげています。厳密に言うなら、最近になって、遥か昔に働いていた職場へ戻ろうと決意されたということも。わたくしどもの方針が以前と変わらぬままであることに、いずれ気づかれるであろうことも」

「たしかにそのようです」とおれは応じた。

「いずれにしても、あなたのお求めになる記録は今朝から余所《よそ》へ貸しだされております。本来ならばコピーをとってお渡しするところでしたが、目下のところコピー機が不調をきたしておりまして、いまだ修理がなされておりません。ひとつには、予算縮小のせいもございます」

町役場の人間が十年も昔の議事録を、しかもおれとまったく同じタイミングで手に入れようとするのはどうも妙だ。ディンガスがなんらかのルートで手をまわしたにちがいない。

「誰が借りていったのか、伺ってもかまいませんか」

「お尋ねになるのは勝手ですが、回答はいたしかねます」ヴェルナが言った。おれはヴィッキーの表情を窺った。どうやらヴィッキーも知らないようだ。ヴェルナがふたたび口を開いた。「町役場が貸出し期間を厳守したとして、記録が返却され、あなたに閲覧が許可されるまでに、最短でおおよそ七十二時間がかかるでしょう」

編集部へ戻ると、ティリーの持ちこんだ小型テレビに、テレビリポーターのトーニー・ジェイン・リースの完璧な丸顔が映しだされていた。その周囲で、白い息がうっすらと浮かんでは消えていく。艶やかなマホガニー色の髪に縁どられた顔には、ほぼ恒久的に、驚きの表情がたたえられている。わずかに上を向いた鼻がその印象をさらに強めている。スーピーはトーニー・ジェインのことをよくこんなふうに評している。

「あいつの脳みそは、ホッケーのパックを詰めこんだ袋並みだ。だが、そんなこと誰がかまうもんか」

トーニー・ジェインは保安官事務所の建物の前に立ち、チャンネル・エイトの局名が入ったマイクに向かって喋っていた。「数分後には、ディンガス・アーホ保安官の口から、ウォールド湖付近で発見されたスノーモビルについての情報があきらかにされるものと思われます。チャンネル・エイトが独占入手した情報によれば、発見されたスノーモビルは少年ホッケー・チームの伝説的コーチ、ジャック・ブラックバーン氏のものであることが、すでに特定されております。ブラックバーン氏は事故により溺死したものと……」

たとえウォールアイ湖をウォールド湖などと言いまちがえようとも、実際には《パイロット》で仕入れたネタを〝独占入手〟したなどとのたまおうとも、おれにはトーニー・ジェインを憎むことができなかった。ときにはテレビの音量を絞って、あのいかにもリポーター然とした動きをとくと観賞することもあった。句読点を差し挟むように、ひっきりなしにうなずく首。不安げに寄せられる眉。すべてうまくいくと言いたげな微笑。トーニー・ジェインはそれらの身ぶりを完璧にマスターしていた。たまに、自分がトーニー・ジェインとディナーを囲んでいるところを想像してみることもある。彼女はおれとお喋りをしているあいだも、こんなふうにうなずいたり、眉根を寄せたりするのだろうかと考える。そして、それはないだろうと否定する。また、ときには、大都市のテレビ局からトーニー・ジェインに引きぬきの声がかかる可能性はあるだろうか、いまもなおそれだけの若さと輝きを備えているだろうかと考えてみることもある。そして、いや、それはないなと結論づけるのだ。

画面では、アイブロウペンシルで描いた眉をひそめるトーニー・ジェインの顔が徐々にクローズアップされていた。「とある地元新聞は、問題のスノーモビルに弾痕が発見されたことを証拠として、ブラックバーン氏が殺害されたものと報じております。しかしながら、捜査当局の情報すじがチャンネル・エイトに語ったところによれば、これは先走った報道であるとのことです。じつのところ……」

「ふざけるな。コーチが殺されたなんて、うちはひとことも書いてないぞ。ちゃんと記事を読んでみろ」

ティリーが灰皿に煙草を押しつけ、新たな一本に火をつけた。「あんたも、あのこましゃくれた相棒も、今回ばかりは功を急ぎすぎたかもしれないわね」

ネタの裏づけは充分だったろうか。しばし思案をめぐらせてから、おれは言った。「それはない。ジョーニーはちゃんと裏をとってきた。ディンガスもそれを知っている。ただ、情報が漏れていることが気に食わないものだから、からっぽ頭のトーニー・ジェインをそそのかして、おれたちを辱めることにしたんだろう」

「ディンガスが何を知っているかなんて、どうしてあんたにわかるの」

「だったら教えてくれ。おれたちが報じるべきことが、ほかに何かあるのかい」

「たぶんね。それに、ここはあんたが思いこんでいるほどの呪わしい町ではないのかもしれない」

「それはどういう意味だろう」

「まわりを見まわしてごらんなさいな、坊や。ジャック・ブラックバーンが死んだときには、町中《まちじゅう》が悲嘆に暮れたわ。そして、あんたがデトロイトでささやかな夢を追っかけているあいだに、この町はみるみる崩壊していった。それがいま、ようやくそこから立ちなおろうというときになって、あんたが町へ戻ってきた。あのこましゃくれた相棒と一緒になって、ジャックが殺されたなんていうばかばかしいネタをほじくりだしてきた」

「ティリー、スノーモビルを発見したのは、おれじゃなくて警察だ」

ティリーは口から煙を吐きだした。「お願いだから、そういうくだらない責任転嫁はやめてちょうだい。警察が何を発見しようと、見て見ぬふりをすればいいだけのことでしょうに。たとえば、週末になると毎週のように、警察がタズウェルの家へ出かけていくわ。ロイドがエリーを殴るたびにね。だからって、うちがそれを記事にする必要はある？　バービー事件のときはどうだった？」

おれがまだデトロイトにいたころのことだ。J・ルパート・〝ウッディ〟・ウッドハムスという名の町議会議員が、ある晩、病院にかつぎこまれた。医者が胃袋の中身を吸引してみると、きれいに髪を剃られ、首から食いちぎられたバービー人形の頭が十一個も出てきたという。だが、警察も病院側も、その事実を認めようとしなかった。《パイロット》は記事の掲載を断念した。ただし、いずれにしても、その事件は町中《まちじゅう》の人間の知るところとなっていた。

「つまり、スノーモビルのことも見て見ぬふりをするべきだったと?」

「ねえ、あんたは大都市帰りの記者さまで、あたしはしがない速記者よ。でも、ひとつだけ言わせてもらうわ。あんたはこの町を憎んでる。だからって、関係のない人間にまで腹いせをするのはやめてちょうだい」

それだけ言うと、ティリーはぷいとそっぽを向いた。あきらかに様子がおかしい。だが、その原因は《パイロット》の報道だけではないようだ。もしかしたら、ブラックバーンの亡霊がふたたび姿をあらわそうとしていることが関係しているのかもしれない。かつてティリーはブラックバーンと深い仲にあった。リンクの観客席にいるのを何度か見かけたこともある。乳房の下がきゅっとすぼまった黒い革ジャケットを着て、いつもスタンドの最上段からリンクを見おろしていた。その手には、巨大なコーラのボトルが握られていた。その中身に小量のウィスキーが加えられていることは、〈ラッツ〉の誰もが知っていた。

「ティリー、おれにそんなつもりは――」

「しいっ、静かに。始まるわ」ティリーはテレビを指さした。

トーニー・ジェインが保安官事務所のカフェテリアのなかに立っていた。背後では、脚をたたんだテーブルが自動販売機の横に積みあげられている。テレビ局のマイクに取り囲まれた書見台に向かって、横三列に並べられた折りたたみ椅子が半円を描いている。すでに着席している記者は全部で八人。かなりのにぎわいだ。だが、ジョーニーの姿は見あたらない。

「パイン郡保安官事務所から生中継でお伝えしています。いま、アーホ保安官がいらっしゃいました」トーニー・ジェインが言った。

褐色と辛子色の制服に身を包んだディンガスをカメラがとらえた。いっぱいにふくらんだ蛇腹式フォルダーが左腕に抱えられている。フランク・ダレッシオ保安官助手とスキップ・キャトリッジ保安官助手が、両手を後ろにまわした姿勢でその背後に立った。ディンガスはフォルダーを書見台に置き、なかから一枚の紙を取りだすと、集まった記者やテレビカメラに向かってうなずきかけた。「おはよう、諸君。まずは簡単に捜査の経緯を報告してから、質問を受けつけたいと思う」

そして、ひとつ咳払いをしてから、原稿を読みあげはじめた。「二月二十七日金曜日、午前〇時五十八分ごろ、ウォールアイ湖の浜辺に正体不明の物体が打ちあげられているとの通報がパイン郡保安官事務所に寄せられた。ただちに捜査員が派遣され、午前一時十一分ごろ現場に到着。その後の捜査の結果、発見された物体がスノーモビルの残骸であることが判明した。また、このスノーモビルはかなりの長期間、湖底に沈んでいたものと思われた。われわれはこの物体を証拠品と見なし、ただちに――」

「よろしいですか、保安官?」

おれは凍りついた。カメラはディンガスをとらえつづけている。だが、いまのは紛れもなくジョーニーの声だった。「その晩は保安官みずからウォールアイ湖まで出向かれたそうですが、なにゆえそのような異例の行動に出られたのかをお聞かせ願えますか」

「ジョーニー、やめろ」おれはテレビに向かってつぶやいた。ティリーは首を振っていた。

ディンガスの眉と口髭が一斉に吊りあがった。「失礼、お嬢さん。質問に答えるのは、こちらを読み終えたあととさせていただく」ディンガスはつかのまジョーニーを睨《ね》めつけてから、原稿の朗読を再開した。

「その後の捜査および検査の結果、問題のスノーモビルはジョン・デイヴィッド・ブラックバーンの名義で登録されていたものであることが判明。ブラックバーンはかつてパイン郡に暮らしており、一九八八年三月十三日未明、事故によりスタヴェイション湖にて溺死したものとされている。そこで、われわれは――」

「よろしいですか、保安官。お言葉ですが、それがブラックバーンのスノーモビルであることを知らない者などひとりもいません。わたしたちが知りたいのは、なぜ保安官みずからが現場へ出向かれたのか、そして、なぜスノーモビルを鑑識へまわされたのかということです」またしてもジョーニーの声だった。おれは耳を疑った。

「鑑識には……いや、失礼、ミス・マッカーシー。質問はのちほどと言ったはずだ。いまは――」

「あなたの部下である保安官助手が、今朝、テレビ局の取材に対して、このように語っています」言いながらジョーニーは後ろを振りかえり、まっすぐカメラを見すえた。「ブラックバーンは殺害されたのだとわたしどもが報じた記事は、先走った報道であると。しかし、保安官、わたしどもは殺害などという言葉はひとつも使っておりません。とはいえ、こうして話題に出されたからには、ぜひともはっきりさせていただきたい。ブラックバーンは殺害されたのではないと、この場で言明していただけますか」じつにうまい誘導だ。そう感心した直後、こう付け加える声が耳に入った。「再選を狙うために、あなたがすべてをでっちあげているのではないかと噂している者もいます。その点はどのようにお考えでしょう?」

「ジョーニー!」おれは思わず声をあげた。

カメラがディンガスをクローズアップでとらえた。その顔が驚愕と怒りで真っ赤に染まっている。これほど感情をあらわにしたディンガスを見るのははじめてだ。カメラが右へ向けられると、そこにジョーニーがいた。取り澄ました顔で脚を組み、右膝の上にノートを構えている。これ以上何も言ってくれるなと願いながらも、ディンガスが振りかざす権威を物ともしない姿勢に対して、感嘆の念を抱《いだ》かずにはいられなかった。

「ミス・マッカーシー、もう一度だけ言っておく。まずはこれを読み終えさせてほしい。それに従えないのであれば、次は退室を願う」

ジョーニーはいっこうに臆することなく、ノートにペンを走らせながら、会見をとりしきっているのは自分だとばかりに口を開いた。「保安官、殺人の可能性を視野に入れて、ブラックバーンの知人の取調べを行なわれたようですが？」

「くそっ」おれは毒づいた。

「そのちっちゃなお尻を蹴飛ばしてやりなさいな、ディンガス」ティリーが言った。

カメラがふたたびぐるりと向きを変え、ディンガスの顔をとらえた。ディンガスはきつく目をすがめてから、おもむろに口を開いた。「本日の会見は以上だ。諸君、会場の後片づけを頼む」

おれはコートをつかみ、裏口から外へ駆けだした。ジョーニーの最後の質問。あれが誰のことをさしているのかはわかっていた。一刻も早くリンクに向かわねばならなかった。

遅かった。

シャッターの隙間から車庫のなかへもぐりこんだときには、レオの持ち物があらかた運び去られたあとだった。警察無線の受信機。小型冷蔵庫。壁に吊るされた〈リヴァー・ラッツ〉の古ぼけたチーム・キャップ。アルコール中毒患者へ向けた格言。簡易ベッド。室内に残された私物はそれだけだ。

「レオ……」口からため息が漏れた。

作業台の上につくりつけられた六角形の小さな窓か

ら、リンクを覗きこんだ。パステルカラーのミニスカートを穿き、白いスケート靴を履いた少女たちが、後ろ向きに8の字を描きながら氷の上を滑っている。フィギュア・クラスの女性コーチ、ロバータが大声で指示を飛ばしている。腕時計の針は十二時三十七分をさしていた。正午のクラスのための整氷を済ませてから、レオはここを飛びだしていったのにちがいない。次の整氷が予定されている一時か一時三十分になるまで、レオがいなくなったことに誰も気づきはしないだろう。

室内を見てまわる時間は少ししかない。レオが本当に町を去ったのなら、おれも姿を見られないほうがいい。レオがいなくなったことを警察に知らせるべきだろうか。いいや、それにはおよぶまい。レオがブラックバーンを殺害したと警察が考えているのなら、とっくにレオを逮捕しているはずだ。いや、こんな考えはすべて屁理屈だ。それは自分でもわかっていた。それでもなお、警察がどう考えていようとも、レオがいちばんの親友をその手にかけたとはどうしても思えなかった。

作業スペースにある引出しや戸棚を片っ端から覗きこんだ。作業台の上には、油にまみれた部品や工具、潤滑油や塗料の容器が散らばっていた。傷を縫うための道具を入れていた消毒剤の空き瓶は、レオが持ち去ったらしい。顎に残る縫い糸に手を触れた。今夜の試合が始まるまえに、抜糸を頼むつもりだったのだが。

簡易ベッドの横には、木製のファイリングキャビネットが据えられていた。引出しに鍵はかかっていない。ひとつずつ引出しを開けてはなかを覗きこみ、何もないことをたしかめた。最後にいちばん下の引出しを閉めようとしたとき、途中で何かが引っかかった。いくら押しても動かない。引出しを引っぱりだし、いったん床に置いてから、あいた隙間を覗きこんだ。白黴の匂いが鼻を突いた。なかは暗くて何も見えない。作業台を見まわして懐中電灯を手に取り、何かが挟まっているとおぼしき箇所に光を向けた。内壁の側面に、一枚の紙切れが貼りついている。手を伸ばして、それを剝がした。すると、その下にもう一枚、さらにもう一枚、全部で三枚の紙切れがあらわれた。それらをすべて取りだしてから、引出しをもとに戻した。

手の平ほどの大きさをした黄ばんだ紙切れを、作業台の上に並べた。どうやら、ルーズリーフを鋏で切ったもののようだ。アルファベットと数字のよく似た組みあわせが、赤いボールペンでそれぞれにひとつずつ記されている。F／1280／SL／R4。F／1280／SL／R5。F／1280／SL／R6。何を意味するのかはさっぱりわからない。とりあえずそれをコートの内ポケットに押しこみ、車庫を出て車へ急いだ。

レオの暮らすトレーラーハウスは、町から三マイル西に進んだルート八一六号線のはずれ、松林にぽっかりとあいた空き地に建っている。保安官事務所のパトロールカー二台がおれの車を追い越し、その方角へ猛スピードで走り去っていった。おれはハンドルを切って八一六号線を離れ、ディローザ通りのほうからトレーラーハウスの裏手へまわりこんだ。路肩に車をとめ、雪に覆われた斜面を歩いてのぼった。丘の頂まで来ると、オークの木陰に身を伏せて、空き地の様子を窺った。ディンガスがトレーラーハウスの前に立って、ダレッシオ、キャトリッジ、ダーリーンに指示を飛ばしている。三人は家のなかから次々に段ボール箱を運びだしては、保安官事務所のバンの荷台に積みこんでいる。距離が開きすぎていて、話し声はほとんど聞きとれない。ただ、パソコンのディスプレーを抱えてディンガスの脇を通りすぎながら、ダレッシオが発したひとこと――「胸くそが悪くなるぜ」というひとこと――だけは、はっきりと耳に届いた。バンの荷台がほぼ満杯になると、四人はトレーラーハウスのドアに鍵をかけて、空き地を去っていった。

町に向かって車を駆りながら、逃亡中のレオの姿を想像しようとして、すぐにやめた。やるだけ無駄だ。レオはこの三十年間、週末の二日以上町を離れたことがない。すわっていなければならないというだけの理由で、車の運転もしたがらなかった。整氷車のエセルを動かすときも、つねに立ったままだった。車の屋根に穴を開けてはどうか。そうすれば、立ったまま運転ができる。そんな冗談をよく口にしてもいた。高校の校舎の前でアクセルをゆるめたとき、ある記憶が脳裡に蘇った。レオが氷の表面を均しているあいだ、おれたち〈ラッツ〉のメンバーはいつもフェンスの上にすわって待っていた。早くリンクにおりたちたくてうずうずしていた。教会の駐車場に車をとめようと四苦八苦する老女のように、レオの操る整氷車は氷にゆっくりと円を描いた。リンクを出ていく直前に、レオはおれたちに向かってこうわめいた。「わしがいいと言うまで、一歩でも足をつくんじゃないぞ！　さもなけりゃ、初っ端からやりなおすでな！」表面に撒かれた水が完全に凍るまで、おれたちは辛抱強く待った。最高の氷を敷くにはこれが肝心なのだとレオは言った。そしてたしかに、レオは最高の氷を敷いた。レオの敷く氷は硬くて、なめらかで、おれたちが一時間のあいだ激しく駆けまわったあとでも、面が荒れることはほとんどなかった。

胸くそが悪くなる。そうダレッシオは言っていた。それに、あのパソコン。あれは本当にレオのものなのか。がたの来た警察無線機を買いかえようとすらしなかったレオが、パソコンをいじっている姿など想像もつかない。レオは本当に町から逃げだしたのか。だとしたら、レオをそんな行動に走らせたのは、恐怖によるパニックであってほしかった。罪の意識であってはほしくなかった。だが、たとえレオが何かに怯えただけであっても、ブラックバーンを殺した犯人でなかったとしても、レオが誰も知らない何かを知っていることだけはたしかだ。そうでなければ、どうして町から逃げだしたりするだろう。もう一度、リンクにおりたつ瞬間を待つ仲間の姿を思い浮かべた。エセルの運転席に立つレオの姿を思い浮かべた。ベンチの後ろに立つコーチの姿を思い浮かべた。防護マスクの隙間から見ていた、あの小さな世界を思い浮かべた。おれはいったい何を見逃していたのだろう。

18

パイン郡立高校の講堂に足を踏みいれると、ビジネススーツに身を固めたテディ・ボイントンが建築規制委員会を構成する五名の委員の前に立ち、落ちつき払った様子で口上を述べていた。おれは最後列の折りたたみ椅子にそっと腰をおろし、周囲を見まわした。傍聴席にすわっているのは、ざっと数えて七十人ほど。そのなかにスーピー・キャンベルの姿はない。フランシス・デュフレーンの姿も見あたらない。

スーピーは本当ならここにいなくてはならなかった。数カ月におよぶ優柔不断のときを経て、ついに委員会は新マリーナへの建築規制条例の適用除外措置を認めんとしていた。ほとんどの住民は、新マリーナが景気の上昇を後押ししてくれると考えている。多くの住民は、スーピーのずぼらな経営に不満を覚えている。だが、委員会の面々はほとんどがスーピーの亡き父の知人でもあり、おおむねスーピーに好意的だった。だからこそ、スーピーの未来をテディの手に委ねる決断をくだすまえに、スーピーが路頭に迷うようなことはないと確信したがっていた。

「……みなさんが抱《いだ》かれる水質汚染への懸念を解消するため、追加予算を盛りこむ用意もございます」テディが言った。弁護士のフレミングはテディの右手に控えている。五名の委員は長い会議用テーブルの向こうにすわって、テディの話に耳を傾けている。テーブルの前には、〈市民の未来を考える建築規制委員会――賢明なる発展は良き発展〉と綴った緑色のフェルト製の横断幕が掲げられている。テディが大きなマニラ封筒を振った。「前回の委員会では、およそ五万ドルの予算計上をご提示いただきました。しかし、もし委員会にいささかの譲歩をお願いできますならば、われわれはただちに一万ドル、そして残る金額を三年以内にかならずご用意いたします。また、パインズ・リゾートをミシガン州で最も環境に配慮したマリーナとすることをお約束いたします」テディは手にした封筒をフロイド・ケプセル委員長の前に置いた。前日フランシスから打ちあけられたテディの経済的窮状が頭に浮かんだ。

「さらにご報告がございます、委員長。われわれは、ミスター・キャンベルおよびスタヴェイション・レイク・マリーナとの友好的合意に至りました。はなはだ改良の必要があるとはいえ、現在のマリーナもまた地域の貴重な資源であることは、われわれも認めるところであります。よって、地域発展向上のため、ミスター・キャンベルとは反目しあうのではなく、密接な協力関係を築いていく所存です。ミスター・キャンベルもその考えに同意され、われわれのプロジェクトに対する異議を取りさげたいとの意向を表明しております」

講堂がざわめきに包まれた。あちこちで傍聴人が首をまわすのが見えた。スーピーの姿を探しているのだ。テディも客席を見わたしていた。その目が一瞬おれの上でとまり、すぐにそこを通りすぎて、委員たちのテーブルへ戻された。

「いいかね、テディ」委員長のケプセルが口を開いた。「きみの言葉を疑うわけではないが、ならばミスター・キャンベルがこの場に同席して、みずからその旨を伝えるべきではないのかね」

テディはスーツの内ポケットに手をさしいれ、白い封筒を取りだした。「わたしとしても、それが最善であるとは存じます、委員長。しかしながら、本日は代わりにこちらの証文を提出させていただきます」言いながら、封筒をケプセルに手渡した。

おれは椅子の上で身を乗りだした。ケプセルは封筒から一枚の紙を引きだし、すばやく目を通してから、左隣にすわる副委員長のラルフ・デクスターに手渡した。デクスターもざっと目を通してから、それをケプセルに返した。

「ここに記されているのは、たったの一文だ。議事録に残すため、委員長であるわたしのほうから読みあげさせてもらうぞ。〝わたくしオールデン・キャンベルは、この証文をもってわたくしの異議を取りさげ、スタヴェイション・レイクにおけるパインズ・リゾートの建設を可能とするため、ポイントン不動産が求める建築規制条例の適用除外措置をお認めいただくことを、建築規制委員会のみなさまにお願い申しあげます〟。日付は日曜、昨日となっておる」

「公証人による認証もない」副委員長のデクスターが付け加えた。

立ちあがるフレミングをテディは手の平で制した。

「委員長、われわれは数週間もの時間をかけて、ミスター・キャンベルとの交渉にあたってまいりました。スタヴェイション・レイク・マリーナの行く末をいたく案じるがゆえに、その打開策となるであろう数々の提案をしてまいりました。そして昨日ようやく――」

「すまんがね、ミスター・ボイントン、この証文にあることがどうやってミスター・キャンベルの利益につながるのかが、わしにはとうていわからんのだが」デクスターが口を挟んだ。

「デクスター副委員長、合意内容の詳細はまだ文書に起こしておりませんが、追ってほどなく提出させていただく所存でおります」

デクスターは背もたれに寄りかかり、腕を大きく広げた。「ほどなく、とな？　しかしきみは、いまこの場で適用除外措置が認められることを望んでおる。つまり、きみの言う〝ほどなく〟が一カ月後、二カ月後、三カ月後に引き延ばされた場合に、あとになってミスター・キャンベルがやってきて、自分は異議を取りさげてなどいないと言いだしたとしたら、訴えられるのはわしらのほうだ。ちがうかね？」

「いいえ、副委員長、われわれはかならず――」

「訴えられるのはわしらのほうだ、ミスター・ボイントン。それはもう確実にな」

その後も延々と議論は続いた。おれはスーピーの姿を探して、何度も周囲を見まわした。なぜスーピーはここにいないのか。本当に和解に応じたのか。事務所に忍びこんだときに見かけた、あの提案を受けいれたのか。もしそうだとしたら、なぜテディはあの内容をそのまま証文に記さなかったのか。

ケプセルがついに小槌を叩いた。「この案件を今日この場で過去のものにできたならとは、わたしも思う。かえすがえすも、ミスター・キャンベルがいまここにいないことが残念でならない。われわれには、きみたちが結んだ和解の条件について、さらに詳細を聞いておく必要がある。きみがいまこの場での決着を望んでいることはわかっているが、その場合、きみが望むような結果にはならないものと思われる。和解条件を整えるまでに、どれくらいかかるかね？」

「二十四時間以内には。しかし、委員長、なぜそのような――」

「よろしい、テディ。きみはそのようにとりはからいなさい。投票は明日へ持ち越すこととする」

「待ってください、委員長」テディはなおも食いさがった。背中で組んだ両手の指がぎりぎりとよじられていた。「あなたがたは水質汚染問題に対応するための追加予算を要求された。だからわれわれはそれに応えた。あなたがたはスタヴェイション・レイク・マリーナの将来を考慮するよう求められた。だからわれわれはその要請に応えた。前に進む用意は整っている。率直に申しあげて、なにゆえこれ以上の足どめを食うのか、理解に苦しみます。こともあろうに、新マリーナの必要性を生みだす原因となった、その当人の無責任なふるまいによって」

デクスターがふたたび口を挟んだ。「もしわしらがきみにこの場で適用除外措置を認めたなら、最初のシャベルが土に突き刺さるのはいつになるのかね？」

おそらくは、フランシスから聞かされた打ちあけ話のせいだろう。テディが一瞬、返答をためらったような気がした。「適用除外措置が認められるまで、われわれには何ひとつすることはできません、副委員長。ですが、それを与えていただいたなら、迅速に行動を開始することをお約束します」

「なるほど。ところで、今日フランシスはどこにいるのだね、ミスター・ポイントン？」

テディの右顎の筋肉が痙攣した。フレミングが弾かれたように立ちあがって言った。「ミスター・デュフレーンには火急の用件がございまして、本日の出席はかないませんでしたが、委員会がわたくしどもの要望を受けいれてくださることを切に望んでおられます」

デクスターの顔に笑みが浮かんだ。「しかし、それを証明する証文は持参していない。ちがうかね、ミスター・フレミング」

「おしゃるとおりです、副委員長」

「サンディ・コーヴの映画館の改装はどうなっているのかね、ミスター・フレミング？」

「予定どおり、かつ予算内で進行いたしております」

「スタヴェイション・レイクに暮らすすべての住民が、それを聞いたらたいへん嬉しく思うだろう」

「いいですか、副委員長」テディがふたたび口を開いた。「委員会のみなさまの忍耐力には、じつに頭がさがる。しかしながら、率直に申しあげて、このプロジェクトから利益を得る立場にある人々からの支援がとりつけられないとなれば、はなはだ遺憾ながら、これ以上の猶予はない。『もうけっこう。悪く思わないでください』そう申しあげるしかない」言いながら、テディはブリーフケースをつかんだ。「これだけははっきり言わせていただきましょう。水曜の午後五時までに青信号が灯らなければ、われわれはパインズ・リゾートの建設計画を白紙に戻し、次のプロジェクトへ移ることとなります」

テディとフレミングは扉に向かって歩きはじめた。全員が首をまわして、ふたりの動きを目で追った。

「待ちたまえ、テディ」ケプセルが言った。ふたりはそれを無視して歩きつづけた。

「そんな脅しは通用せんぞ！」デクスターの怒号が響くなか、ふたりは扉の向こうへ姿を消した。

スーピーの欠席がテディの予期せぬものであったことは間違いない。たぶん、スーピーはまだ酒を食らっているのだろう。もしくは、また今朝から酒を食らっているのだろう。あるいは、ゆうべうちの踊り場で見せた、あの感情の爆発と何か関わりがあるのかもしれない。おれは急いで廊下へ駆けだし、前を行く背中に呼びかけた。「テディ！」テディとフレミングは、駐車場へ通じる観音開きの扉のすぐ手前までさしかかっていた。そのとき、扉の片側が勢いよく開き、バックパックを肩から提げたジョーニーが飛びこんできた。

「あれ、もう終わっちゃいました？」

テディは足をとめ、少し迷ってから、おれを振りかえった。

「なあ、本当にこのまま手を引くのか？　それでいいのか、テディ」

「連中の戯言《たわごと》には半年もつきあわされた。これでやつらも少しは本腰を入れるだろう」

「何に本腰を入れるんです？」ジョーニーが横槍を入れた。

「スーピーとの和解条件について、詳細を聞かせてくれないか」

「あっちに訊いたらどうだ。大の親友なんだろう？」

フレミングがあいだに割ってはいった。「ミスター・ボイントンがさきほどおっしゃったように、詳細はこれから詰めの作業に入るところです。しかし、かならず和解は成立いたします」

「どんな脅しをかけんだ、テディ？」おれは一歩詰め寄った。

「脅しってなんのことです？」ジョーニーが眉根を寄せた。

テディはフレミングの肩に手を置いた。「行くぞ。もうここに用はない」そう言うと、踵を返して扉へ向かいはじめた。

「本当はスーピーも出席するはずだったんだろ、テディ？」おれは遠ざかる背中に問いを投げた。テディは不意に足をとめると、ゆっくりと後ろに首をまわして、おれを見すえた。

「おまえの相棒に伝えておけ。今夜はおれに面《つら》を見せないほうが身のためだ。氷の上では、建築規制委員会にケツを守ってもらうことはできないからな」

「行きましょう」フレミングが言って、テディの肘を引いた。

ふたりの背後で扉が閉じた。ジョーニーが当惑の表情をおれに向けた。「いったいどういうことです？」

「おれも話がある。場所を移そう」

無人の教室に入って扉を閉めると、ジョーニーが急きこむように喋りだした。「聞いてください。あいつら、うちの記事のことでひどいでたらめを言ってたんです。黙ってすわっていることなんて――」

「記者会見のことは気にしなくていい」まくしたてるジョーニーを制して、おれは言った。教室の壁の一面は、歴史上の人物の鉛筆画で覆われていた。リンカーン、ナポレオン、ケネディ。ここは歴史のクラスの教室なのか。それとも、美術室なのか。そんなことを考えながら、教卓の横に立った。

「まずはすわれ。きみがおれの机から持ちだした資料の話をしよう」

ジョーニーは生徒用の机に腰をおろし、おれに顔を向けた。「資料って、なんのことです？」

「とぼけるな。スーピー・キャンベルとやつが抱える法的問題に関する、あの分厚い資料のことだ」

「ああ、あれですか」ジョーニーは少しばつの悪そうな顔をした。「建築規制委員会の記事を書くなら、背景を把握しておいたほうがいいかと思ったもので……」

「あれを誰かに見せなかったか？　もしくは、誰かに話さなかったか？」

「いいえ、誰にも……つまり、あの内容を知らない人間には、誰にも」

「誰に話したんだ？」

ジョーニーはバックパックを床に落とした。「ボイントンです」

「テディに？」

「ええ。土曜の夜に。編集室にいるとき、ポケットベルが鳴ったのを覚えてます?」

「向こうがすでに知っている資料のことを、どうして話す必要があるんだ?」

「ちがうんです。そんなつもりじゃなかったんです」

ジョーニーは下唇を嚙んだ。「わたしはブラックバーンの話を訊きだしたかった。あちらはキャンベルの話をしたがった。だから、向こうの望む話題につきあえば、そのあと、こちらの話にも乗ってくれるんじゃないかと思って……」

「ところが、結局ネタはとれなかった?」

「ええ、まあ」

「しかし、きみのほうはいくつかのネタを漏らした。ちがうか?」

ジョーニーは肩をすくめ、ことさらばつが悪そうに眉根を寄せてみせた。「わたしはただ、ブラックバーンの過去を洗っていると言っただけです。そうしたら……ブラックバーンについて知っていることを教えてくれと頼まれました。自分は州外の出身だから、コーチのことをよくは知らない。それが悔やまれてならない。あんなに偉大なコーチだったのだから、とかなんとか……」

「それで?」

「それで……例のカナダの件が話題にあがりました」

「カナダの件?」踊り場で涙を滲ませていたスーピーの姿が脳裡に蘇った。

「まえに話した、空白の一年のことです」

「それをポイントンに話したのか?」

「いえ……わたしはただ……自分の知っていることを話しただけです」

「きみの知っていること? いったいどういうことだ? おれには何も報告していないじゃないか」

「ええ、だって、まだ裏がとれていませんから。裏のとれていないネタを持ちだすなと、いつもおっしゃっているでしょう?」

「わかった。くそったれはおれのほうだ。それじゃ、いま報告してくれ」

ジョーニーは教卓の上に座を移した。「これはまだ……確証はないのですが……どうもあちらで何か奇妙な出来事があったようなんです。カナダの新聞社にいる女性と話をしたことは、もう報告しましたよね？アルバータ州セントアルバートの地元新聞社に勤める女性です。ブラックバーンがここへ越してくるまえ、最後に指導していたというホッケー・チームの本拠地です」

「ああ」

「その女性は新聞社の図書室で働いているそうです。その方から、地元ホッケー・チームの歴史を研究しているとかいう人物を紹介されました。その人物に連絡をとってみると、ブラックバーンが町から〝慌てて逃げだした〟と口を滑らせたあと、急に電話を切ってしまった。当然わたしは、何か匂うなと思いました。それで、新聞社の女性にもう一度電話をかけてみたわけです。過去の記事を探しているふりをして。はじめのうち、その女性は何も話したくないと言っていました。でも、本当は何かを話したがっているのが、わたしにはわかった。だから、なんとか頼みこんで、自宅にいるときにあらためて電話をかけさせてもらったんです。それでしばらく説得を続けると、やがて彼女は甥っ子の……姉の息子だという甥の身に起きた出来事を語りだしました。その甥は、ブラックバーンが率いる少年チームのエースだったそうです。いずれはプロ・チームにスカウトされるだろうと、みんなから言われていた。ところがある日、その甥がとつぜんチームを辞めてしまった。完全にホッケーから足を洗ってしまった」

「理由は？」

「わかりません。理由を尋ねたら、彼女、急に取り乱して、電話を切ってしまったんです」

「充分な出場機会を与えられていなかったとか？」

「いいえ、彼はチームのエースだったんです。二年連続だか三年連続だかで、リーグの最多得点をあげていた。ブラックバーンもその少年にたいそう目をかけていた。なんとかっていう愛称をつけて……そう、〝タイガー〟という愛称で呼んでいたそうです」

ブラックバーンはテディのこともそう呼んでいた。スーピーが〝スワニー〟で、テディが〝タイガー〟。おれはただの〝ガス〟だった。

「両親に理由を尋ねられると、その甥は、プレッシャーに耐えられなくなっただけだと答えた。所属するチームは年に百もの試合をこなしていたそうです。それを聞いた父親は、情けないやつだと激怒したけれど、母親は息子の言葉を鵜呑みにしなかった。ドラッグか何かにのめりこんでいるのではないかと疑った。そこで、こっそり息子の部屋を漁っているうちに、息子のつけている日記を見つけた」

「男が日記なんてつけるもんか」

「うちの兄はつけてましたよ。一度、うっかり読んでしまったことがあります」

「まあ、いい。で、日記には何が書いてあったんだ」

ジョーニーは首を振った。「その話になった途端、その女性がいきなりわっと泣きだしてしまったんです。あのことを思いだすのも耐えられないと言って。『あのことって、いったい何があったんです？』とわたしが尋ねると、泣き声がさらに激しくなりました。だから、日記の話はひとまず置いて、ブラックバーンに話を戻そうとしたら、彼女、ものすごい剣幕で怒りだしたんです」

「きみに？」

「そうじゃありません。ちょっと待ってください」ジョーニーは床に手を伸ばしてバックパックのなかを引っかきまわし、一冊のノートを取りだすと、ページをぱらぱらとめくりだした。「あった。ここだわ。ええと、その女性はこう言いました。『あの男は自分からチームを辞めたことになっているわ。でも、それはちがう。本当は、義兄《あに》があいつを町から追いだしたのよ。だけど、すぐにそうするわけにはいかなかった。あのとき何より優先すべきは、チームがあの最後の晴れ舞台で優勝をおさめることだった。そのためには、あいつが必要だった。勝つためには、そうするしかなかったの』」

「あいつを町から追いだした？」

「ええ、そう言っていました。何があったのかはわかりません。わかっているのは、チームが優勝を飾ったにもかかわらず、ブラックバーンがなんらかの理由で町を追いだされたということだけです」

「その甥と話はできたのか？」

「名前もわかりません」

「結局、何があったのかは知りようがないということか」

「かもしれません。ただ、同じことがヴィクトリアでも起こっています」

「ブラックバーンに？　そこはたしか、セントアルバートのまえにいた町だったな？」

「ええ。特に当てはなかったんですが、とりあえずほかの町も調べてみようと思って、方々に電話をかけてみたんです。すると妙なことに、三十年も昔の話なのに、ほぼ全員がブラックバーンのことを覚えていたんです。大半のひとには取材を断られました。でも、少しずつ集めた情報をひとつにまとめて見えてきたのは、ブラックバーンがその町でも強豪チームを育てあげていたのに、親たちの怒りを買うような何かをしでかし、一年のあいだコーチ業を離れていたということでした。つまり、それが〝空白の一年〟になるわけです。そしてその翌年、ブラックバーンはセントアルバートのチームに雇われた」

おれは足もとの床に視線を落とした。ベージュと緑色が交互に並ぶ、くすんだリノリウムの市松模様をじっと見つめた。おれの知らないブラックバーンがそこにいた。もちろん、ホッケーのコーチはしょっちゅう職を失う。競争の熾烈なカナダのジュニア・リーグとなればなおさらだ。とはいえ、チームを優勝へ導いたコーチが馘になることなどありえない。

「いまの段階ではまだ、腑に落ちないいだけだとは思いますが……」

「いや、かまわない」

「それに、これはすべてオフレコの情報です。少なくとも、現時点では」

「ボイントンにはどの程度まで話したんだ？」

今度はジョーニーが視線を落とした。「それほど多くは……いくつか手の内を並べて、向こうの知っていることを引きだそうとしただけなので。でも、カナダでの出来事については特に何も知らないようでした。少なくとも、具体的なことは。ただし、ボイントンは何かを知っている。それだけは間違いありません」

「どうしてわかるんだ？」

「ただの勘です。ブラックバーンはカナダでトラブルを起こしたようだとわたしが口にしたとき、それだけで何かが呑みこめたような顔をしました。そのあと、いまのネタを記事にするのかとしつこく訊いてきました」

「スーピー・キャンベルにも同じ話をしたか？」

「いいえ。どうしてもつかまえられなかったので」

冷えこみの厳しい朝、霜のおりたフロントガラスの曇りが徐々に晴れていくかのように、視界がゆっくりと開けていく気がした。スーピーとテディはマリーナ新設をめぐって対立していた。スーピーは土曜の晩、エンライツ・パブでテディに〝くたばりやがれ〟と告げた。あの直前、テディはダーリーンから何かを訊きだそうとしていた。その後、紙ナプキンに記されていた電話番号を使って、ジョーニーに連絡をとった。そして求める情報をまんまと引きだし、その情報を使ってスーピーを脅した。それがなんであるのかはわからないが、コーチの過去に関係していることだけは間違いない。そして、その情報に動揺したスーピーは、日曜の晩におれの自宅を訪ね、踊り場にすわりこんで涙を滲ませた。それほどの衝撃を与える情報だということだ。とはいえ、まだまだ謎も多い。スノーモビルに残された弾痕。レオ・レッドパスの逃亡。レオの自宅から押収されたパソコン。

いや、フロントガラスの曇りはまったく晴れていないのが現状か。

「こんなことは言いたくないが、ボイントンはきみのポケットからかなりの大金をかすめとっていったようだ」

ジョーニーの口からため息が漏れた。「ええ。すみませんでした。こんなことはもう二度とないようにします。それと、記者会見でのことですが――」

「それはもういい。それより、警察がレオの取調べを行なったってことを、どうやって知ったんだ？」

「ああ、それはダレッシオから」

「もうデートには誘われたか？」

「ボウリングをしているところを見にこないかと言われました。冗談でしょって思いましたけど、そんな本心はおくびにも出さず、いまはこの事件の取材で忙しいから無理だと答えました。そうしたら、あいつ、うちの記事は〝先走った報道〟だと、お尻ふりふりトーニー・ジェインにコメントしたんです」

「お尻ふりふり？」思わず訊きかえさずにはいられなかった。

19

「エスパー保安官助手をお願いします」

ジョーニーを先に帰しておいて、おれはスーパーマーケットまで車を走らせ、公衆電話から電話をかけた。

「はい、エスパーですが」あの声が聞こえた。

「おれだ」

気まずい沈黙が流れた。もし家にいたのなら、ダーリーンはすぐに受話器を置いたろう。町へ戻ってきたばかりのころ、おれが電話をかけるといつもそうしていたように。だが、職場で黙って電話を切ると、同僚の注意を引いてしまう。

「なんの用？」

「このあいだの晩、情報を分けてくれた礼が言いたくてね」

「こんなことになるなら、やめておけばよかった」

「とにかく、あのときはありがとう。ただ、わからないのは――」

「ガス、こういうやり方はフェアじゃないわ」

「聞いてくれ、ダーリーン。これはあくまでも記者としての質問だ。交わされた会話はすべてオフレコだ。頼む、信じてくれ。ひとつだけどうしても訊きたいことがあるんだ。エンライツ・パブでポイントンと何か話しこんでいたろう？」言いながら、嫉妬が胸に突き刺さるのを感じた。「あのときやつに――」

「もう切るわ、ガス」

「ちがう。そうじゃないんだ。あのときやつに、コーチのことを訊かれなかったか？」

「教えられない」

「ダーリーン、頼む。力を貸してくれ」

遠い昔、郡庁舎で甘くひそやかな一夜をすごしたあと、おれたちは何度もデートを重ねた。おれたちがつきあっていることは、町中《まちじゅう》の人間が知るところとなった。ふたりはいずれ結婚して、湖畔に新居を構えるらしい。そんな噂までささやかれはじめた。すると予想どおり、それを耳にした〈ラッツ〉の熱狂的ファンたちが、州大会決勝戦でのおれの失態を皮肉りはじめた。おれが祭壇でもヘマをやらかして、結婚指輪を落とすにちがいない。そんな冗談をそこらじゅうで耳にするようになった。だが、そのころのおれには、自分がダーリーンに対して抱《いだ》いているのが恋愛感情であるのかどうかもわかっていなかった。気づいたときには、ダーリーンが特別な存在になっていたから。ジッターズ・クリークから自転車を引きあげてやった、あのときもすでに。ただ、おれの抱く感情がなんであったとしても、おれを引きとめられるほどのものではなかった。おれがいずれ町を出ていくことは、おれにもダーリーンにもわかっていた。けれど、《タイムズ》への就職が決まったあとも、引越しの荷造りを進めているあいだも、そのことを話題にしようとはしなかった。長いあいだ目を逸らしつづけてきた苦しみが、ついにおれたちを押しつぶそうとしていた。出発まえの最後の週、おれたちはひとことも口をきかなかった。

ダーリーンは結婚後ようやく口をきいてくれるようになった。とはいえそれは、ごく短く、ぶっきらぼうな切れ切れの言葉でしかなかった。ちょうど、いま交わしている会話のように。おれたちの会話はたいていの場合、電波の悪い回線で話しているみたいになった。感情の空電が喉を詰まらせ、耳をふさいでしまうのだ。ダーリーンはつねに、ろくでもない結婚生活に対する怒りと、おれの声を聞くうちに気持ちが揺らいでしまうのではないかという恐れと、おれの帰郷によってもたらされたとおぼしきなんらかの悲しみとのあいだをたゆたっていた。おれは後悔に暮れながら、ダーリーンの堅い意志の壁が砕ける日をひたすらに待っていた。

いつかその日が来たら、あの優しさに満ちた懐かしい声の響きをかすかにでも聞きとることができるのではないか。そう祈るよりほかはなかった。ある意味、町へ戻って何よりつらいのは、ダーリーンと顔を合わせることだった。よそよそしく冷ややかなまなざしに見つめられ、自分がいかに愚かであったかを思い知らされることだった。

ダーリーンの言うこともっともだ。こんなふうに電話をするのはフェアじゃない。だが、おれにはほかに方法がない。

「彼の頼みごとは断ったわ」ダーリーンが言った。

「頼みごとというのは？」

「あなたのコーチに関することは何も教えるつもりはないと断った」

「本当に何も教えなかったのか？」

一瞬の間があった。「それは……」

「頼む、話してくれ、ダーリーン」

「あなたに話す義務はない」

「今日、レオの家から押収品を運びだしているのを見た」

回線が沈黙した。おれは発信音を待った。だが、聞こえてきたのはダーリーンのため息だった。「昨日、ボイントンから電話があったわ。そのときも、話すことはないと突っぱねた。そうしたら、ある情報をつかんだとボイントンが言いだしたの」

そのときすでに、テディはジョーニーから話を訊きだしている。カナダの件について多少は知っていたはずだ。

「どんな情報だろう」

「それが、なんだか気味の悪いことを言いだして……ちょっと待って」受話器の向こうから、扉を閉める音が聞こえた。ダーリーンがふたたび受話器を取りあげた。「ボイントンはわたしに、ブラックバーンの前科を教えてくれと言ってきたの」

「前科？　つまり、重罪を犯した過去があるってことか？」

「でも、ブラックバーンにそういう前科はなかった」

「どんな前科がなかったんだ？」

「ガス、こんなことを記事にはできないわ」

「きみがボイントンに訊かれたことを活字にするつもりはない」

「ボイントンは……いけない。ちょっと待って」ノックの音が聞こえた。手の平で送話口がふさがれた。おれは待った。やがて、ダーリーンの声が戻ってきた。

「ごめん。もう行かないと」

「ボイントンはきみに何を訊いたんだ？」

今度こそ本当に、発信音が聞こえてきた。

テディが建築規制委員会に突きつけた最後通牒を報じるおれの記事は、中途半端に幕を閉じたディンガスの記者会見を報じるジョーニーの記事とともに、翌日の一面を飾ることとなった。ジョーニーの記事は、印刷へまわすまえにケラソプーロスの検閲を受けた。数カ所の書きなおしを余儀なくされた結果、ディンガスが短気を起こして会場を立ち去ったという事実はきれいさっぱり消えてしまった。ジョーニーは内心穏やかではなかったはずだが、少なくとも、おれをなじることはしなかった。編集部を出るまえに、ティリーの原稿を確認した。読者への質問コーナーには、湖底トンネルに関する問いかけがたしかに採用されていた。それから、翌朝デトロイトへ向かうことを考えて、トラヴァース・シティの親会社に連絡を入れ、編集作業の代行を依頼した。休暇をとる理由は告げなかった。はずせない私用があるのだとだけ伝えておいた。

内階段をのぼっていると、机の上の電話が鳴った。それを無視して、階段をのぼりつづけた。試合のまえに一眠りしておきたかった。部屋に戻り、防具を鞄に詰めこんでから、安楽椅子に身を横たえた。テーブルを支えている段ボール箱に目が行った。〝ラッツ〟と記された箱には、おれの人生の結晶が詰めこまれている。〝トラック関連〟と記された箱にも、それとはべつの結晶が詰めこまれている。だが、どちらも大きな実を結んだとは言えない。ランプを消して、目を閉じた。けれど、眠ることはできなかった。

いまごろ警察はレオを逮捕しているかもしれない。いや、実際には、追っ手をさしむけてすらいないのかもしれない。レオは何かほかの理由があって、コーチとはなんの関係もない理由があって、町を出ていったのかもしれない。かつての親友が亡霊となって蘇ったいま、この土地にとどまることに耐えられなくなっただけなのかもしれない。

おれは椅子から起きあがり、母に電話をかけた。早口でまくしたてるメッセージから判明したのは、母が家を留守にしているということだけだった。いまどこにいるのかすらもわからない。仕方なく、火曜の夕方に寄れたら寄る、というメッセージを残しておいた。デトロイトへ行くことは知らせなかった。余計な心配をかけたくはない。受話器を置き、目覚まし時計を午後五時三十分にセットした。

そのとき思いだした。エッゴの親指にテープを巻きなおすのを忘れている。スポーツバッグのジッパーを開けて、取りだしたエッゴをテーブルの上に置いた。いつも使っている黒の絶縁テープを探して、バッグのなかを引っかきまわした。ようやく見つけた一巻きのテープは、残りがほんのわずかになっていた。買い足すつもりが、ついうっかりしていたのだ。土曜に巻いたテープを剝がし、新しいテープを巻きつけはじめた。親指の付け根を二周するまえに、テープは尽きてしまった。べつに、テープが何かを支えているというわけではなかった。なのに、せめて三周は巻きつけておかないと、なぜか気持ちが落ちつかなかった。だが、仕方ない。今夜は二周で我慢するよりほかはなかった。

三番のロッカールームの扉を開けると、饐えた汗と白黴の匂いが充満した空間においては哲学的とすら言える議論が戦わされていた。話の口火を切ったのはウィルフだった。なんでも、ウィルフの友人が所属するマイナー・リーグのチームには、新人歓迎の儀式の一環として、ある習わしが存在するという。新入りの選手がはじめての試合に出るためロッカールームへやってくると、古株の選手の大便でスケート靴が満杯になっているというのだ。

「よせよ、ウィルフ」プラスチック製のフェイスガードの内側に曇りどめの歯磨き粉を塗りつけながら、スティーヴィー・ルノーが情けない声を出した。スティーヴィーはこの手の話を大の苦手としている。だからこそ、ウィルフは喜び勇んでそんな話をしはじめたのだろう。スティーヴィーに吐き気を催させるためだけに、ウィルフが口からでまかせを語ったのかどうかはわからない。だが、委曲を尽くしたその内容は、いかにも現実味を帯びていた。

「でもって、その新入りがスケート靴を洗っているあいだ、おれのダチやほかの野郎たちはげらげらと笑い転げていたんだとさ。ところが、そいつがいざ試合に出たら……なんとまあ、ハットトリックを決めたっていうんだ。驚くだろ。初出場の試合でだぜ？」ウィルフは言って、にんまりと笑った。ジンクスを重んじるホッケー選手なら誰でも容易にたどりつくであろう結論に、スティーヴィーも達するであろうことは予測済みなのだ。

「やめろ、それ以上言うな」スティーヴィーが苦しげに言った。

「ああ、いいぜ」とウィルフは応じた。

スティーヴィーの顔が苦痛にゆがんだ。「その新入りは、試合のまえにはかならずスケート靴にくそを垂れなきゃならなくなったってんだろ？　そんなの全部嘘っぱちだ」スティーヴィーは衝動的に自分のスケート靴をつかみ、スポーツバッグに押しこんだ。

それを見たウィルフは腹を抱えた。「おまえ、近ごろちょいとスランプじゃないか、スティーヴ。何が効くかは、やってみなけりゃわからねえぜ」

試合まえには口をきかないことをジンクスにしているジルチーでさえ、この誘惑には抗えなかった。「どう思う、スティーヴィー。その新入りは毎回試合のまえに、同じ男からくそをもらうべきじゃねえのか？」

「だとすると、その〝くそ係〟が余所《よそ》のチームにトレードされちまった場合はどうするんだ？」ダニー・ルフェーヴルが口を挟んだ。

ウィルフの目が輝いた。「その新入りも〝くそ係〟にくっついていくのさ！」

「いいかげんにしろよ、ウィルフ」スティーヴィーがうめいた。

そのとき、スポーツバッグとクーラーボックスを手に提げたスーピーが部屋に入ってきた。

「よう、スープ」ダニーが言った。

「遅かったな、スプーンズ」ウィルフが言った。

スーピーはスポーツバッグを床に落とし、クーラーボックスを部屋の中央へ滑らせた。それから、ベンチに腰をおろした。いつものとおり、おれの左隣に。その顔はひどく疲れているように見えた。試合に遅れてやってくるというのも、スーピーらしくないふるまいだった。それがたとえアマチュア・リーグの決勝戦であったとしても。

「スーピー、こいつを聞いてくれ。最高の話があるんだ」ウィルフが言って、さきほどと同じ話を語りだした。だが、話の半ばでスーピーは首を一振りした。

「あとにしてくれ」

ウィルフは眉を吊りあげた。「なんだよ。何を苛ついてやがるんだ？」

「エセルがリンクに出てる」

「レオのやつ、ようやくあらわれたのか」ダニーが言った。

スーピーは顔を伏せたまま、鞄から防具を引っぱりだした。「運転してるのはロニーだ」ロニーというのは、アルバイトでレオの手伝いをしている高校生だった。

「それじゃ、今日の氷には期待できねえな。いったいレオはどこに消えちまったんだ？　今夜は晴れの決勝戦だってのに」ウィルフが言った。

スーピーは横目で鋭くおれを見やった。おれには答えがわかっているとでもいうかのように。おれは防護マスクをさげ、話題を変えようと話しかけた。「そうだ、スーピー。うちのおふくろがボートの購入を考えてるらしい。おれがこっちへ戻ってきたもんだから。スピードボートはどうかと思うんだが」

スーピーは四つもサイズの小さいスケート靴に左足を押しこみながら、ぼそぼそと答えた。「おふくろさんにスピードボートを買うだけのカネがあるのか？　おれにはそうは思えない。それよりレオを見なかったか？」

「いや、見てない。最近の相場はどれくらいなんだ？」

「スピードボートのことか？　そりゃあ、大枚が要る。おまえら親子で使うんなら、エンジン付きのゴムボートで充分だろう」

「大枚って、具体的にはいくらくらいなんだ。一万ドルとか？」

「その倍だ」続いて右足をスケート靴に押しこみながら、スーピーは答えた。

「すごいな。それじゃ、おまえのところで売ってるボートはだいたい……二万五千ドルくらいはするってことか？」フェリーボートの領収書にあった金額を口にしてみた。

「まあな。性能がよくて、大型のやつはそれくらいする。おまえも昔うちで働いてたんだから、知ってるだろ」

「フェリーは売ってないのか？」

「フェリー？　何をわけのわからないことを言ってやがるんだ？」そう言うと、スーピーはロッカールームを見まわした。「ガスのやつ、もう酒でも引っかけてるのか？　ゴールキーパーは試合まえに酒を飲まない決まりになってるだろうに」

「その心配はない」とおれは言った。

「いいか、トラップ。もしおふくろさんが本当にボートをほしがってるんなら、おれがちゃんと見繕ってやる。電話を一本くれりゃあいい。それにしても、最近のおまえはおかしいぞ。おまえだけじゃない。町中《まちじゅう》がどんどんおかしくなっていく。何より、レオはどこに行っちまったんだ？」

ロッカールームのなかはほとんどからっぽになっていた。スティックがパックを叩く音や、パックがフェンスにぶつかる音が扉の向こうから聞こえてくる。赤と白を基調としたユニフォームをスーピーが頭からかぶった。スティックに見たてたスープ・スプーンのシンボルマークが胸もとにプリントされている。

「おまえだって、ゆうべは様子がおかしかったじゃないか、スーピー」

「土曜の夜のことか？」

「いいや、昨日の夜だ。うちの踊り場へやってきたろう。ぐでんぐでんに酔っぱらって」

絶縁テープでつなぎあわせたヘルメットを頭に載せながら、スーピーは言った。「なんのことだ？」

「今日だってそうだ。建築規制委員会をどうしてすっぽかしたんだ？」

「仕事の話をするとツキが逃げるぞ、トラップ」

「ツキの話をするのだって縁起が悪い」

ロッカールームを出る直前にいつもするように、スーピーはおれの肩に腕をまわした。だがこの日は、肩を握りしめた手にいつにない力を込め、ぐっと顔を近づけて、防護マスクの隙間からおれの目をじっと覗きこんできた。

「レオはどこに行った？　車庫のなかがもぬけの殻になってる」

「気づかなかったな」

「嘘をこくな。おまえが気づかないことなんて何ひとつない」

「もう試合が始まる。今夜のおれは煉瓦の壁だ。そうだろ？」

「ああ」スーピーは言って、立ちあがった。「そして、おれはゴムバンドだ。いつ切れてもおかしくない」

チームは試合開始早々に先制点をあげた。ジルチーがリバウンドからゴールを決めて、スコアは一対〇。その後、スーピーの放った低いショットをスティーヴィーが鋭く弾きあげ、〈ランドシャークス〉のキーパー、タッチの額を直撃するシュートを決めたのが第一ピリオドの終盤。〈チャウダーヘッズ〉は二対〇とリードを広げた。おれにとっての危うい場面はただ一度、ダレッシオがディフェンスを振りきり、完全にフリーの状態で、おれの左から強烈な低いショットを打ちこんできたときのことだ。パックはおれのスティックの腹をかすめた。おれはかろうじて右足を突きだし、つま先でパックを弾いた。跳ねかえったパックはテディの真正面に転がった。テディはそれをゴールポストの内側へ押しこもうとした。おれは身体を投げだしてパックに覆いかぶさり、笛の音が鳴るのを待った。

「くたばれ、カーペンター」頭上からテディの苛ついた声が聞こえた。

二点リードのまま迎えた第二ピリオド、テディはことさらに荒っぽいプレーを見せはじめた。いずれも審判の目を盗んでの反則行為だった。背後からスティーヴィーの脹脛《ふくらはぎ》を蹴りつけ、ダニー・ルフェーヴルの顔に肘鉄を食らわせた。ゴールの前を通りすぎがてら、スティックのグリップでおれの腹を突いた。だが、主たる標的はスーピーだった。首にスティックを食いこませて動きを妨害し、膝の裏をスティックで殴り、フェイスオフのたびに口汚く罵った。「くそどもがしみったれた試合をしやがって！」スーピーは何も答えなかった。スーピーはけっして乱闘を好まない。しかし、罵声を飛ばす相手から目を逸らすようなことだけはしない。だが、今日のスーピーはちがった。テディにどれだけ罵声を浴びせられようと、スーピーは目を逸らしつづけた。

第三ピリオドの半ば、テディからのパスを受けたルーブが、おれの右肩をかすめるスラップ・ショットを放ってきた。ルーブは強肩の持ち主だ。だが、弾道ははっきり見てとれた。おれはエッゴをはめた手を突きだし、それをブロックしようとした。とめるのはたやすいはずだった。ところが、パックはエッゴの手首にあたって下に跳ねかえり、右のレッグパッドのへりに弾かれて、ネットのなかへ転がりこんだ。〈ランドシャークス〉が歓呼の声をあげるなか、おれは信じがたい思いでエッゴを見つめた。一周分のテープが足りなかったせいで、ツキが逃げてしまったのだろうか。

顔をあげたとき、リンクの突きあたりのガラス窓の向こうに、パトロールカーの回転灯が放つ赤と青の光が見えた。全員が動きをとめて、窓の向こうを見守った。五、六人の保安官助手が車をおりて、レオの車庫のなかへ足早に消えていった。レオが捕まったのだ、とおれは思った。審判のひとりがそちらに向かって、リンクを横切りはじめた。ダレッシオが〈ランドシャークス〉のベンチから跳びおりて、そのあとを追った。現場保存用の黄色いテープが張り渡されるのが見えた。ダレッシオがこちらを振りかえり、ベンチで待機するよう、身ぶりで示した。それからリンクを出て、スケート靴を履いたまま、車庫のなかへ入っていった。おれはチームベンチの前のフェンスから身を乗りだした。ほかのメンバーはベンチにすわって、静かに成りゆきを見守っていた。スーピーはおれを睨《ね》めつけていた。「何か言いたいのか？」そう問いかけると、スーピーは顔をそむけた。回転灯はまわりつづけている。やがて、ダレッシオが首を振りながら車庫から姿をあらわし、審判を呼び寄せた。短いやりとりを交わしたあと、ダレッシオはリンクを横切り、ロッカールームに消えた。スーピーはそれを目で追っていた。審判のひとりがベンチに近づいてきて言った。「このあとリンクは封鎖されるが、試合は最後まで終わらせていいという許可が出た」

　残り時間は六分と少ししかなかった。回転灯はまわりつづけている。おれの右手にあるフェイスオフ・スポットを囲んで、両チームが位置についた。審判がパックを持った手をスポットの上方に突きだしたとき、隅のフェンスの向こうで何かが動いた。ダーリーンの制服姿が視界に入った。それと同時に、パックが投げ落とされた。スティーヴィーがすかさずそれを弾き、スーピーにパスした。スーピーはそのパックをすぐさまおれのほうへ滑らせた。おれは即座にその意図を読みとった。パックに覆いかぶさって、フェイスオフの判定を待った。「ちょっと待ってくれ」審判にそう声をかけると、スーピーはダーリーンのもとへ向かった。ふたりは言葉を交わしはじめた。だが、その声はおれのところまでは届かなかった。やがて、スーピーが右の拳でフェンスを殴り、「嘘だ！」と叫んだ。笛の音《ね》が空気を切り裂いた。「試合を続けるぞ、諸君」審判が言った。ダーリーンは小走りにいずこかへ立ち去った。リンクへ引きかえしてくるスーピーの顔は、燃えたぎる怒りに青ざめていた。

　そのときおれははっきりと予感した。何か恐ろしいことが起ころうとしている。

　ふたたびフェイスオフから試合が再開された。スティーヴィーがパックを前へ押しだし、それをウィルフが敵陣へ投げこんだ。ジルチーがそれを追ってコーナーへ駆け寄り、敵ゴールの左で待ち受けていたスーピーにすばやくパスをまわした。そこからスーピーは直接ゴールを狙うこともできたし、反対側のゴール脇に詰めていたダニー・ルフェーヴルにパスを送ることもできた。ところが、スーピーはどういうつもりかスティックを一インチほど氷から浮かせて、パックをそのまま素通りさせた。そして、一瞬その場に立ちつくした。テディが猛スピードでその脇を滑りぬけ、パックを拾った。スーピーは踵を返して、テディのあとを追いはじめた。

テディはノーマークのままゴールへ向かってくる。だが、スピードではスーピーが優る。たやすく追いつくことができるはずだった。だがスーピーは、二歩分遅れた距離をいっこうに詰めようとしなかった。まるで、何かを待っているかのように。何をしているんだ。

おれはそう訝りながら、角度のついたシュートに備えて、じりじりと前へにじりでた。視線はテディと、なおも遅れをとるスーピーのあいだを行き来していた。テディがカーブを切って、リンクの中央へ躍りでた。おれは足をとめて重心を落とし、後ろへさがる用意を整えた。キャッチング・グローブを高く掲げ、エッゴを所定の位置に構え、パックに視線を据えた。テディが両膝を曲げ、パックとの距離をとった。フェイントではなく、シュートを打ってくる。おれはそう予測した。

そのときだった。スーピーのスティックの踵がテディの右目の真下をとらえた。スーピーは野球のバットのようにスティックを振りかぶり、最後まで完全に振りきっていた。テディが悲鳴をあげ、氷の上にくずおれた。スーピーはふたたびスティックを宙高く掲げ、テディの側頭部をめがけて斧のように振りおろした。もちろん、テディの頭はヘルメットに覆われていた。

それでもふたたび、堅い木と骨の砕ける音があたりにこだました。

「スーピー!」おれは叫んだ。スティックとグローブを投げ捨てながら、スーピーのもとへ駆け寄った。ふたたびスティックを振りかぶるスーピーに、必死で腕を伸ばした。ユニフォームをつかんだ直後、誰かに後ろから突き倒された。次の瞬間には、〈ランドシャークス〉と〈チャウダーヘッズ〉双方の選手が怒声や罵声をあげながら、おれたちの上になだれこんできた。笛《ね》の音が鳴り響いた。「たいへんだ! 救急車を呼べ! 早く!」わめきたてる声が聞こえた。誰かに背中を殴りつけられた。それでもおれは動かなかった。スーピーに覆いかぶさったまま、そのうなじに防護マスクを押しあて、しっかりとその身体を抱えこんでいた。スーピーはぶつぶつと独りごとをつぶやいていた。

「レオ……やつら、レオを殺しちまった……殺してやる……おれがおまえらを殺してやるからな……」

折り重なったおれたちを、審判が引き剝がしていった。誰かに身体を引っぱられた。ループとウィルフが両側からスーピーの腕をつかんだ。スーピーはなんの抵抗も示さなかった。「これまでだ、スーピー。落ちつけ」ループが言った。テディは横向きにぐったりと横たわっていた。倒れこんだ氷の上に、真っ赤なすじが走っていた。チームメイトのひとりが傍らにしゃがみこみ、テディの頭からヘルメットをはずした。顔の片側が血に染まっていた。

「下種野郎。おまえなんか死んじまえばいいんだ」スーピーが言った。

審判がスーピーの前に進みでた。「試合は終了だ。罰則により、勝者は〈シャークス〉とする」スーピーはそれを鼻であしらい、おれに顔を向けて言った。

「これで満足か?」

何を言っているのか、おれにはまるでわからなかった。ダレッシオがリンクに戻ってきて、スーピーに手錠を見せながら言った。「おとなしく従えば、手荒なまねはしない。いいな、スーピー？」

スーピーは無言で両手を突きだした。ダレッシオに手錠をかけられながら、ぐったりと横たわるテディを見おろして言った。「よう、これでしみったれた試合じゃなくなったろ？」

救急隊員がふたり、表口からリンクへ駆けこんできた。保安官助手がふたり、そしてディンガス・アーホ保安官がそれに続いた。おれは眉根を寄せた。たかが暴行事件の現場へ、どうして保安官みずからが出ばってくるのか。ホッケーの試合で行きすぎた乱闘が発生することなど、珍しくもなんともあるまい。そのときとつぜん、ディンガスの肩の真後ろで、車のヘッドライトのような光が灯った。緑色のフード付きコートを着て、肩にテレビカメラを載せた髭面の男が見えた。カメラのレンズはディンガスに向けられている。その隣を歩きながら、マイクに向かって何かをまくしたてているのは、トーニー・ジェイン・リースだった。なぜテレビ局がアイスホッケーの乱闘騒ぎなんぞを取材にくるのか。おれはテディに視線を落とした。その身体はやはりぴくりとも動かなかった。

ディンガスが氷におりたち、テディの傍らに膝をつきながら首を振った。それからスーピーを見あげて言った。「きみたちは大人になるということを知らないのか」

トーニー・ジェインもしずしずと氷の上におりたち、右へ左へよろめきながら、マイクに向かって喋りつづけた。テディを載せた担架を救急隊員が引きあげ、リンクの外へ向かいはじめると、カメラマンはそちらへレンズを向けた。

ディンガスが立ちあがり、スーピーとおれに近づいた。トーニー・ジェインとカメラマンがあとを追った。「ダレッシオ、こちらへ」ディンガスはダレッシオを脇へ呼び寄せると、しばらく話をしてから、トーニー

「そいつはすげえや」とスーピーは返した。

おれはスティックにしがみついた。そうでもしないと倒れこんでしまいそうだった。おれはスーピーを見つめた。何かの間違いだと言ってほしかった。だが、スーピーは顔色ひとつ変えていなかった。まるで、このときが来ることをわかってでもいたかのように。

「連れていけ」ディンガスが言った。

トーニー・ジェインが実況を続けるなか、カメラマンは氷の上を後ろ向きに歩きながら、スーピーを引ったてていくディンガスとダレッシオの姿を正面からカメラにおさめはじめた。

おれは慌ててそのあとを追った。「ディンガス！ レオはどうしたんです？」

「こいつら、レオを殺しちまったんだ！」スーピーが叫んだ。

ディンガスが足をとめて、おれを振りかえった。

「その話はあとだ」そう告げたディンガスの表情は、

・ジェインに顔を向けた。「少々時間をちょうだいしたい」カメラの照明が消えた。トーニー・ジェインがカメラマンの耳もとに何ごとかをささやいた。その顔は興奮に輝いていた。

ダレッシオがスーピーの背後にまわった。片手で手錠を握り、もう一方の手をスーピーの肩に置いた。ディンガスがトーニー・ジェインとカメラマンにひとさし指を向けた。それからスーピーの前に進みでた。カメラの照明がふたたび灯された。トーニー・ジェインが近づいてきて、ディンガスの声を拾おうとマイクを突きだした。

だが、先に声を発したのはスーピーだった。「レオに何をしたんだ、ディンガス」

ディンガスはスーピーの視線を真っ向からとらえて口を開いた。「オールデン・キャンベル。一九八八年三月、ジョン・デイヴィッド・ブラックバーンを殺害した第一級謀殺の容疑で逮捕する」

スーピーの糾弾をいっさい否定していなかった。

リンクの端まで、トーニー・ジェインの後ろを歩いた。マイクに向かって喋る声に耳を澄ませた。「……被害者の名を冠したこの場所で、このうらぶれたリゾートタウンの歴史に暗黒の一章が刻まれようとしています。十年まえにスノーモビルの事故で命を落としたとされてきた人物が、あろうことか、ひとの手によって殺害されていたことがあきらかとなったのです。この煮えたぎった鍋のなかでは、さまざまなスパイスが強烈な香りを放っています。人々の敬愛を集めるコーチ。不満を抱えた元選手。そして、二二口径の弾丸。チャンネル・エイトの独占でお伝えいたします……」

パイン郡保安官事務所の駐車場で車をおりると、耳にかかる湿った髪が一瞬で凍りついた。スーピーとふたり、スーピーの家の裏庭につくったリンクで乱闘ごっこをして遊んでいたときのことを思いだした。あのときも、汗で湿った髪が凍りつき、ヘルメットに張りついてしまっていた。おかげで、スーピーにヘルメットをもぎとられたとき、髪までごっそり抜けてしまったのだ。それを見たスーピーは腹を抱えて笑い転げた。

いまスーピーはこの建物のどこかにいる。取調べ室か、留置場か。そして、何か恐ろしいことがレオの身に起こった。

ガラス張りのロビーを蛍光灯の光が煌々と照らしだしていた。なかにいたジョーニーがおれを見つけ、戸口から表へ飛びだしてきた。

「だいじょうぶですか?」

「状況は?」

「あと数分でディンガスが出てくるはずです」

「とりあえずなかに入ろう」

「待ってください」ジョーニーはおれの胸に片手を置いた。「取材ならわたしひとりでもできます。本当に平気なんですか?」

平気なわけはなかった。だが、ほかに何をすればいいのか。「だいじょうぶだ」とおれは答えた。

「本当にキャンベルがブラックバーンを殺害したんでしょうか」ジョーニーが訊いてきた。

おれは返答をためらった。ジョーニーの片眉がじわじわと上へ這いあがるのが見えた。スーピーの動機など何も思いつかなかった。だが、この数日間、あまりに多くの新事実に遭遇してきたせいで、何をどう考えればいいのかもわからなくなっていた。おれはスーピーのことを、心根の優しい人間だと思ってきた。スーピーが試合で荒っぽいプレーを見せたことなど一度もなかった。それが今夜、突如としてテディに卑劣な奇襲をかけたのだ。

しばらくしてから、おれは答えた。「いや、そうは思わない」

「わかりました……それにしても残念です。あなたのご友人のことも。スクープを抜かれたことも。後追い記事を出すまで、まる一日も待たなきゃならない」

トーニー・ジェインのリポートがすでに放送されていることは、疑問の余地もない。あの時間帯でも、おそらく二十人はテレビをつけていたはずだ。「いまはひとまず忘れよう」おれはそうつぶやいた。

「さきほどここへ駆けつけたとき、あの女になんて言われたと思います？『あらあら、この程度のスクープ、あなたにとってはお粗末なものでしょうね。それはそうと、今日の朝刊の記事、とってもすばらしかったわ』ですって。あの色ボケ婆あめ」

「そんなのは放っておけ。きみは署内のネタ元に張りつくんだ。トーニー・ジェインの隙を狙って、ディンガスからも何か訊きだせるかもしれない。それから、あらためて記者会見が開かれるようなら――」

「はい、それは承知してます」

「そこのふたり！」背後で声があがった。振りかえると、スキップ・キャトリッジが扉の隙間から顔を突きだしていた。「まもなく保安官が出てくるぞ!」

ディンガスがロビーにあらわれた。辛子色のネクタイにはいっさいゆるみがなく、タイピンもしっかり留められたままだった。その姿と物腰は、いまだかつてないほどの決意をみなぎらせていた。おれたち四人——トーニー・ジェインとカメラマンと、ジョーニーとおれ——が駆け寄ろうとすると、ディンガスは両手をあげてそれを制した。

「先に言っておく。これは記者会見ではない。それは消していただきたい」ディンガスはカメラマンを指さし、肩からカメラをおろさせた。「一晩中ロビーに居すわられても困る。二、三の情報をあかすから、今夜は全員にお引きとり願いたい。メモもなしだ、ミス・マッカーシー。それから、話の腰を折るのも控えてもらう。いまから話すことは完全なオフレコだ。今後の取材の道しるべととらえてもらいたい。正式には明日、充分な情報を与えるつもりでいる。

知ってのとおり、今夜われわれはオールデン・キャンベルの身柄を勾留した。この界隈ではスーピーの名で知られている男だ。罪状認否は明日の午後二時、ギャラガー判事の担当で行なわれる。容疑は第一級謀殺および、今夜ホッケーの試合中に発生した乱闘事件に関連する暴行罪だ」

「保安官?」呼びかけたのはジョーニーだった。

ディンガスは呆れ果てた目をジョーニーに向けた。

「ミス・マッカーシー、きみに二度目のチャンスを与えよう。だが、これは最後のチャンスでもある」

「すみません、保安官」

「この事件の捜査を指揮しているのはわたしだ。いいな? 主導権を握っているのはわたしだ」ディンガスはその言葉が全員にしみこむのをしばらく待ってから続けた。「ミスター・ブラックバーンの殺害は、被害者がスノーモビルの事故で死亡したとされていた日時に実行されたものと思われる。繰りかえして言うが、いまは多くの詳細をあかすつもりはない。今夜言えるのはこれだけだ。われわれは、事故そのものが殺人の偽装行為であったと確信しており、被害者の遺体が遺棄された現場の特定を急いでいる。知ってのとおり、殺人罪に時効はない」

〝偽装〟という言葉が悪寒のように背すじを駆けぬけた。母のこと。濡れていなかった服のこと。逃亡したレオのこと。ディンガスの声に物思いを破られた。

「また、われわれは本日夕刻、当該事件に関する重要な事実を知るものと思われる人物の拘引を試みた。問題の人物はすでに町からの逃亡をはかっていたが、ミシガン州警察の協力により、マキナック橋のおよそ三十五マイル南、US一三一号線にて逃走車両を包囲するに至った。しかし、問題の人物が平和的な拘引を拒んだ結果、不幸な出来事が発生した。この件に関しては引きつづき調査を行なっており、明日にはさらに多くをあかせるものと見込んでいる」

問題の人物とは、もちろんレオのことだ。

ディンガスはひとさし指を立てた。「今日のところはここまでだが、ひとつだけ質問を許可しよう」そして、まっすぐジョーニーを見すえたまま言った。「ミズ・リース？」

ジョーニーは床を睨みつけた。トーニー・ジェインが前に進みでた。海老茶色の髪が、首の後ろでぼさぼさにもつれあっていた。

「では、保安官、動機の目星はついておいでなのでしょうか」

ディンガスは唇をすぼめた。「おおよそのところは」

「それは何か、教えていただけますか？」

「質問はひとつだけと言ったはずだ」

「でも、保安官――」

「ミス・マッカーシーと同じあやまちを犯さないよう

に、ミズ・リース。さて、きみたちには即刻ここからお引きとり願おう……ただし、きみは残れ」

ディンガスはおれを見て言った。

執務室に置かれた数日まえと同じアングル鉄材の椅子にすわり、ディンガスの到着を待ちながら、記憶を掘り起こした。今朝、エセルの車庫に忍びこんだとき、何か痕跡を残してしまったろうか。指紋の採取が行なわれたのだろうか。ファイリングキャビネットの内壁に貼られていた紙切れのことを思いだした。あの三枚の紙切れは、いま着ているコートのポケットのなかにある。いまから行なわれるのが、なんらかの取調べだとしたらどうなるのか。所持品検査をされたらどうなるのか。

ディンガスが部屋に入ってきた。机のへりに尻を預けておれと向きあい、太く逞しい腕を胸の前で組んでから、ディンガスは口を開いた。「きみと話しあわなければならないことがある。だがそのまえに、レオ・レッドパスの身に何が起きたのかを知らせておかねばなるまい。ただし、これはオフレコだ。きみはたしかレッドパスの友人だったな。しかし、レッドパスの力にはなってやれなかったようだ」

「どういう意味です？」

「大きな悲劇が起こった。避けて然るべき悲劇だ。先日われわれは、この事件に関連してレッドパスの取調べを行なった。その後レッドパスは、なんらかの理由により恐怖に駆られた。しかし、皮肉なことに、われわれはレッドパスを容疑者と見なしてはいなかった。取調べからほどなくして、容疑は晴れていたのだ」

「なぜそんな――」

「最後まで聞きたまえ」とディンガスは言った。ディンガスの語る言葉を聞きながら真顔を保っていることは、ときとして難しい。歌うような抑揚のフィンランド訛のせいだ。だが、いまこのときは例外だった。

「昨日深夜、匿名の情報が入った。レッドパスは十年まえの捜査で語った以上のことを知っている、という内容のものだった。この情報を寄せた人物は、十年まえの事故そのものがこれまで信じられてきたとおりのものではなかったのかもしれないとも仄めかした」

「その内報屋は誰なんです？」そう尋ねはしたものの、答えははじめからわかっていた。テディ・ボイントンにちがいない。ダーリーンとジョーニーに近づいて、情報を引きだそうとしたのはそのためだったのだ。

「それが誰であるかは問題ではない。いま言ったように、レッドパスの犯行が疑われていた時期もあったが、それはほんのいっときのことだった。しかし、そうした情報を耳にしたからには、いま一度レッドパスの話を聞く必要があった。しかし、今朝になってリンクまで出向いてみると、車庫のなかはもぬけの殻となっていた。われわれはただちに緊急配備を敷いた。州警察のパトロールカー二台がレッドパスを発見し、その場で車を停止させた。スピーカーを使って、車からおりるよう命じた。すると、レッドパスはグローブボックスに手を伸ばした」

胃袋が沈みこんだ。「まさか、レオを射殺したんですか？」

ディンガスは机から身を乗りだし、おれの鼻先まで顔を近づけた。「そうではない、ガス。レッドパスの負った傷は、みずから加えたものだった。レッドパスはグローブボックスから拳銃を取りだした。それを右のこめかみに向け、みずから引鉄《ひきがね》を引いたのだ」

「そんな……」肩から首すじにかけて、燃えるような痛みが走った。レオにはじめて会ったときの記憶が脳裡を駆けぬけた。エセルの運転席に立ち、氷に円を描いていた姿。それから、最後に目にしたいくつかの光景。おれの顎を縫いながら、傷口に目を凝らしていたときの顔。「いったいこの町で何が起きているんだ」

「わたしのほうこそ、きみに訊きたい。なぜなら……

…」ディンガスは机から立ちあがり、逞しい手でおれの胸倉をつかんで、椅子から身体を引きあげた。「きみはこの事件となんらかの形で関わっている。わたしにはそう思えてならないのだが？」

「冗談じゃない。手を放してください」

胸倉をつかむ力がいっそう増した。「ならば、あの赤毛を締めあげてやらねばならん。あの娘がレッドパスに何かを吹きこんだのだ」

「何をくだらないことを」レオはジョーニーに話をしようともしなかったんですよ」

「レッドパスには、あの娘に何かを話す必要はなかった。あの娘が何を訊いてくるかに耳を澄ませていればよかった。そして、あの娘はレッドパスの心に恐怖を植えつけるような何かを尋ねたのだ。われわれの取調べはすでに済んでいた。その後もレッドパスが逃亡をはかることはなかった。ところが、あの娘が会いにいくと、その直後にレッドパスは逃げだした。あの娘はいったい何を尋ねたのか。わたしはそれが知りたいのだ、ガス」

「あいにくですが、おれにはわかりません、保安官」

ディンガスはぐいと腕を一振りし、おれの背中を壁に叩きつけた。「ひとりの人間が死んだ。われわれは、どこにいるのかも、どこかに存在するのかもわからない遺族を探しだして、訃報を届けなければならない。そしてわれわれは、殺人事件の重要な参考人を失った。すべては、きみの部下が突っこむべきではない場所に鼻を突っこんだがゆえに。あの娘はレッドパスに何を訊いたんだ、ガス？」

「知りません、ディンガス。知っていたとしても、あなたに話す義務はない。彼女は自分の仕事をしただけです。もしかしてあなたは、再選が危うくなることを心配しているんですか？」

言葉が唇を離れた瞬間、みずからのあやまちに気づいた。ディンガスがもう一度おれを壁に叩きつけ、ぐっと顔を近づけてきた。葉巻の匂いが鼻を突いた。口髭の下に隠れた小さな黄ばんだ歯が見えた。殴られることを覚悟したとき、ディンガスがふたたび喋りだした。「いまは再選などというくだらない話をしているのではない。殺人事件の捜査の話をしているのだ。殺人事件の捜査を指揮するのはきみたちの仕事ではない。わたしが自分の仕事をしようとしているときに、公衆の面前でわたしを辱めるのも、きみたちの仕事ではない」

「それじゃ、うちの記事が〝先走った報道〟だなどというでまかせを漏らして、おれたちを辱めたりはしなかったと？　逮捕の瞬間に備えて、テレビ局のはすっぱリポーターに特等席を与えもしなかったと？　口の軽いダレッシオに灸を据えるつもりはあるんですか」

　ディンガスは胸倉をつかんでいた手を放し、一歩後ろにさがってから、おれにひとさし指を突きつけた。

「〝事実〟という言葉の意味はわかるだろう？　わたしが〝事実である〟と認めないかぎり、たとえ殺人事件に関することであっても、それは〝事実ではない〟のだ。わかったな？　もしわからないというのであれば、今後もチャンネル・エイトから事件の詳細を知るがいい。きみらジャーナリストは何かというと、〝市民の知る権利〟というフレーズを口にする。ならば、市民にはきみたちの知る情報を知る権利もあるとは思わんのか？」

「おれたちは何も知りませんよ、ディンガス。おれに言わせれば、ブラックバーンを殺害した犯人はレオ以外に考えられない。レオはあの晩、現場にいた。嘘の証言もしていた。逃亡をはかり、みずから命を絶った。ところが、警察はスーピーを逮捕した」

「そうすべきことをしたまでだ」ディンガスはふたたび机の上に腰をおろした。別れた妻の写真が、左肩の上から覗いていた。十年まえに事故の捜査を担当していたころはまだ、バーバラ・ランプレイとディンガスが言葉を交わすこともあったろうか。まだ離婚はしていなかったろうか。ふたりの結婚生活が破綻したのは、ブラックバーンとの不倫が原因だったという。バーバラからも話を聞いてみたほうがよさそうだ。

「すわりたまえ」ディンガスが言った。おれが椅子に戻るのを待って、ディンガスは続けた。「ガス、わたしは自分にできるやり方できみの力になろうとしてきたつもりだ。なぜなら、きみもわたしの助けとなってくれると信じているからだ。しかし、赤毛の記者のしたことは、助けになるどころの話ではない」

「彼女にはジョーニーという名前があります」

「知っている。あの娘にわたしの邪魔をさせるな」

レオの自殺の責任がおれにあるとは、どうしても思えなかった。一方で、ディンガスという人間がわかりかけてきたような気もした。ディンガスが十年まえに担当した捜査は、あきらかに的をはずしていた。そうしたミスを犯した警察官は、普通なら、言いわけを並べたてるか、その証拠を隠蔽しようとする。ところがディンガスは、みずからが過去に担当した事件の蓋を開けるため、あらゆる手を尽くしている。あたかも、かつてくだされた結論を鵜呑みにしたことなど、一度もなかったかのように。これまで何かに縛られていた両腕を、ようやく解き放つことができたかのように。ブラックバーンの遺した残骸がこの田舎町にふたたび姿をあらわしたいま、すべてを正す覚悟を決めたかのように。おれには、ディンガスに何かを約束することはできない。手荒なまねをされて嬉しいはずもない。だが、多少はディンガスに感服しないわけにもいかなかった。

「今後はあなたの妨げとならぬよう気をつけます。ですから、そちらにもおれたちの仕事を妨害しないでいただきたい」

「いいだろう」

「ひとつお訊きしてもよろしいですか」

「ひとつだけなら」

「怒らないで聞いてください。今日、レオの家から押収品が運びだされていくのを見ました。そのなかにパソコンの機材が含まれていた。あれはいったいどういうことです？」

ディンガスはしばし考えこんでから、こう答えた。

「レッドパスは問題を抱えていた」

「問題とは？」

ディンガスは机から立ちあがった。「今日はもう遅い。また明日会おう」

スーパーマーケットの前に車をとめ、公衆電話に向かった。ジョーニーはひとつめの呼出し音で受話器を取った。「どうでした？」

おれはレオの身に何が起きたのかを話して聞かせた。

「まさか、そんなひどいことが……本当にお気の毒です……」

「ひとつ教えてくれ、ジョーニー。取材に行ったとき、レオに何を話した？」

一瞬の間を置いて、ジョーニーは答えた。「レッドパスはわたしに何も話そうとしませんでした」

「その重い口を開かせるために、きみは何かを言ったはずだ」

「わたしが言ったのは、あの晩に何が起きたのかについて、新たな事実を探しているんだということです。すると、レッドパスはこう答えました。自分なら、そんなものを探すために過去を浚うようなことはしない。自分は……そう、たしか、自分は〝遠い過去の住人〟ではない、と」

その言いまわしは、作業台の上に貼られたあの格言を彷彿とさせた。「で、きみはなんと返したんだ？」

「もしかしたら、カナダに関する何かを話したかもしれません。空白の一年のこととかを」

「ボイントンのときと同じか」

「ええ」

だが、なぜそれがレオを怯えさせる結果になったのか。レオはブラックバーンと一緒にカナダにいたわけではない。少なくとも、おれの知るかぎりでは。「知らせておくことがもうひとつある。警察がレオの自宅を家宅捜索して、パソコンを押収した」

「どうしていままで教えてくれなかったんです？」

「だから、いま教えたろう」

「なんのためにパソコンを持ち帰ったんでしょう」

「さあな。レオは問題を抱えていたのだとディンガスは言っていた」

「何をいまさら。どう考えても、レッドパスが犯人であるとしか思えませんが」

「そう考えるとすじは通るが、ディンガスは否定している。罪状認否のときに、もう少し詳しいことがわかるだろう。任せていいな？」

「はい」

「ついでに、ブラックバーンの生いたちをもう少し探ってみてはどうだ。たしかカラマズーに義兄がいたはずなんだが」

「奥さんの兄ですか、それとも姉の夫ですか？」

「それはわからない。結婚歴があるのかどうかも知らないんだ」

「ガス？」

「なんだ？」

「もう二度と、スクープを抜かれたくありません」


闇に沈んだ母の寝室に入り、そっとベッドを揺すった。母はそろそろと目蓋を開けた。おれはその肩に手を置き、小声で話しかけた。「母さん、おれだ」

「ガス……おどかさないでちょうだい」

「ごめん」謝りながら、ベッドの端に腰をおろした。

「何かあったの？」

「レオのことだ」

母はフランネルのパジャマに包んだ身体を起こした。

「レオがどうしたの?」

押収されたパソコンのことは伏せておいた。レオがみずから命を絶ったことだけを伝えた。話を聞くうちに、母の目が徐々に大きく見開かれていった。母は手の平で口を覆った。「そんな……」つぶやく声が漏れた。その瞬間、母の目に浮かんだ表情からおれは悟った。おれにも話していない何かを母は知っている。何を知っているのかと問いただしたかった。それがなんであろうと、隠していることを打ちあけてくれと迫りたかった。けれど、おれにできたのは、泣き崩れる母を受けとめ、背中を抱いてやることだけだった。母がこんなに激しく泣きじゃくるのは、父が死んだとき以来だった。だがおれには、一滴の涙も流すことができなかった。それが少しだけ意外だった。

20

翌朝、五時三十分に目覚し時計が鳴った。おれはベッドの上で跳ね起きた。心臓が激しく脈打ち、頭がくらくらとする。そして思いだした。スーペリアー・モーターズ社やハノーヴァー家との会合のため、今日はデトロイトへ向かわなくてはならない。「くそっ」そうつぶやいてから、枕に頭を戻した。ゆうべの記憶が洪水のように押し寄せてくる。スーピーは留置場にいる。テディは病院にいる。レオは死んだ。母は泣き疲れて眠ってしまった。おれはそのまま寝室を去った。

時計の針は五時四十六分をさしている。窓の外を除雪車が通りすぎていく。轟音を響かせながら、窓の外を除雪車が通りすぎていく。デトロイトへ向かうのなら、さっさと起きて動きださなければならない。

だが、なんのために？　おれが会合に出席しようとしまいと、スーペリアー社の顧問弁護団はかまうまい。やつらがほしがっているのはネタ元の名前だけだ。それなら電話で用は足りる。もちろん、おれがそうする気になればの話ではある。だが、じつを言えば、そちらに気持ちが傾きかけている自分もいる。卑劣なVの名をおれが密告したとして、果たしてどんな不都合があるというのか。ジョーニーはおれに失望するだろうが、大手新聞社から声がかかりさえすれば、いずれここからいなくなる。おれがべつの新聞社にいたころのネタ元を暴露したところで、ケラソプーロスは露ほども気にかけやしまい。ボイスメールを盗んだ罪でおれを逮捕しようと、警察が《パイロット》の編集部に押しかけてくるようなことになったほうが、よっぽど気がかりを抱えこむことだろう。そして、逮捕のニュースが報道業界のインテリな神々の耳に届くようなことになれば、疑いようもなく、おれは鉄槌をくだされる。だが、それが現実にどのような影響をおよぼすというのか。おれのキャリアはすでに底をついている。一方で、おれがVの本名を白状すれば、ハノーヴァー家は望む示談をまとめられる。殺人トラックの一部には改善がほどこされる。

ベッドから起きあがり、キッチンまで歩いていって、トレントンに電話をかけた。窓の外では、街灯の光のなかをひらひらと雪片が舞っている。回線は留守番電話につながった。「こっちはばかみたいに雪が降ってる。向こうの弁護団には、身動きがとれそうもないと伝えておいてくれ。もしあんたが例の誠意とやらを示したいのなら、こう付け加えてくれてもかまわない……おれは明日の正午までにかならず決断をくだす。向こうが今日それを聞きたがっていることは重々承知しているが、判決がくだされるまでにはまだ数日の猶予があるはずだ。あんたのくれたアドバイスについても、よくよく考えてみた。たぶん、あんたの言うことが正しいんだろう」

七時ちょうど過ぎ、無人の編集部に足を踏みいれた。一刻も早くオードリーの店で朝食にありつきたかったが、そのまえにいくつかのことをたしかめておきたかった。

まずは地下の資料庫へおりて、一九八八年からの記事を片っ端からめくっていくうち、ようやく目当てのものを探しあてた。青い髪の老女たちのひとり、ミルドレッド・プラットが書いた記事が紙面の片隅に掲載されていた。そこには、〝予算の都合〟により町議会が湖の浚渫を却下したとある。だが、得られた情報はそれだけだった。議会でなされたはずの議論の詳細もなければ、投票結果の報告もない。通常なら、町議会の取材はヘンリーが担当していたはずだが、記事が掲載されたのは四月。ヘンリーが毎年フロリダでのゴルフ休暇をとる時期だ。その記事からは、目新しい情報は何ひとつ得られなかった。やはり、議事録を手に入れるしかないようだ。

ディンガスの最近の写真があるかどうかを確認するため、階上の編集室へ戻った。ブラインドの隙間からさしこむ朝の陽光が、デルバート・リドルの管理するファイリングキャビネットを照らしている。デルバート考案の複雑な分類法についてティリーが愚痴をこぼすのは何度も耳にしているが、今日はおれがみずからそれを体験するしかない。いつも写真を探しだしてくれているティリーがいまはいないのだから。しかし、いざキャビネットの前に立ってみると、一目見たかぎり、さほど入り組んだ印象は受けなかった。それぞれのキャビネットの四つある引出しの前面には、索引カードが一枚ずつ貼りつけられていて、それぞれのカードには、アルファベット順に並んだ文字が記されている。〝A〜Am〟と記された引出しを開け、次々にファイルを繰《く》っていくうち、〝アーホ、ディンガス〟と記されたファイルを見つけた。それを取りだし、キャビネットの上に置いた。

大半のファイルには、ディンガスのものと同様のシンプルなタイトルがつけられていた。その一方で、アルファベットと数字を組みあわせた複雑な記号の記されたファイルも、ところどころに差し挟まれていた。ディンガスのすぐ後ろに押しこまれたファイルにも、〝Ａｉ／０６８５／ＳＬ／Ｗ〟との記号が記されている。そのファイルを引っぱりだし、なかから分厚い写真の束を取りだした。一枚目の写真には、ウェディングドレス姿で喜びに顔を輝かせた若い女が、タキシード姿の男の口にケーキを運ぶ光景が写しだされている。デイル・エインズリーとシーラ・エインズリー。デイリー・クイーンを営む夫婦だ。裏面に〝一九八五年六月六日〟との日付がスタンプされている。おれは「そういうことか」と独りごちた。デルバートが書きつけた〝Ａｉ／０６８５／ＳＬ／Ｗ〟という記号は、〝エインズリー／八五年六月／スタヴェイション・レイク／ウェディング〟をあらわしている。つまり、デルバートは内職で撮影した写真まで、編集部のキャビネットにちゃっかり保管しているのだ。とはいえ、めくじらを立てるほどのことでもない。おれはファイルを閉じて、引出しに戻した。

キャビネットの上によけておいたディンガスのファイルを開いた。おさめられている写真は三枚しかなかった。一枚は、ずいぶんと若い時分の写真。口髭はまだ生やしておらず、年間最優秀保安官助手賞の受賞者に贈られる楯を掲げ、当時の保安官ジェリー・スパーデルと握手をしながら、満面の笑みを浮かべている。裏面のスタンプからすると、一九八七年一月三十一日の出来事であるらしい。残る二枚はシンプルな顔写真だが、いずれも五年以上まえに撮影されたものだった。ファイルを開いたままティリーの机まで歩いていき、撮影指定用紙を一枚、手に取った。罪状認否の際なら、デルバートは難なくディンガスをつかまえられるはずだ。用紙に指示を書きいれながら、リンクの写真も何枚かあったほうがいいだろうかと考えた。エセルの車庫に張りめぐらされた黄色いテープが脳裡に蘇った。

そのとき、思いだした。

自分の机に駆け寄り、椅子からコートをつかみあげた。ポケットのなかから三枚の紙切れを取りだした。車庫のキャビネットの内壁から剝がしとった、あの紙切れだ。駆け足で受付カウンターへ戻り、ディンガスのフォトファイルの横に紙切れを並べた。赤のボールペンで殴り書きされているのは、〝F／1280／SL／R4〟、〝F／1280／SL／R5〟、〝F／1280／SL／R6〟という三つの記号。一日まえにはまるで意味をなさなかった、数字とアルファベットから成る記号だった。

だが、いまならわかる。

〝Ep～Fe〟との索引カードが貼られた引出しを開けた。ちょうど真ん中あたり、Fのファイルが始まるところに、二冊の蛇腹式フォルダーがおさめられている。一冊目を引っぱりだし、封を開いた。なかには、白い厚紙製の平たい箱がいくつも詰めこまれていた。上を向いた側面に、それぞれ、デルバート考案の分類記号が書きつけられている。〝F／0279／SL／R1〟と記された箱を開けると、八ミリフィルムとおぼしきものが出てきた。つまり、〝F〟はフィルムをさすのだろう。〝F／0279／SL／R4〟と記された、次の箱を開けた。そこにも一巻きのフィルムがおさめられていた。〝0279〟とは一九七九年二月のことであるにちがいない。おれがまだ高校生で、〈リヴァー・ラッツ〉に所属していたころに撮影されたものということだ。〝SL〟というのは、これもやはりスタヴェイション・レイクを意味するのだろう。ジョーニーから聞いた話によれば、デルバートはブラックバーンに頼まれてフィルムの現像をしていたという。ならば、これらは練習風景を写したフィルムであるにちがいない。

それにしても、なぜレオはこの三つだけを紙切れに書きとり、それをキャビネットの奥に隠したりしたのだろう。一冊目のフォルダーのなかに、三つの記号と一致する箱はなかった。引出しをいっぱいまで引っぱりだし、一冊目のフォルダーをもとの場所に戻して、二冊目のフォルダーを覗きこんだ。そこにも、同様の平たい箱が九つおさめられていた。撮影された年代は一九八〇年から八一年にかけて。そのうちの三つが、紙切れの記号と一致した。フォルダーごと引出しから取りだし、自分の机まで運んでいって、足もとの引出しに押しこんだ。ディンガスのフォトファイルをキャビネットに戻し、撮影指定用紙を書きあげた。それをティリーの書類トレーに放りこんでから、編集部を出て、通りを渡った。

オードリーの店に入っておれが最初に目にした人間は、自分自身だった。客の誰かが持ちこんだのか、奥のテーブルに置かれた白黒の小型テレビに、キーパー用の防具に身を包んだぼやけた像が映しだされていた。十数名の常連客がその周囲に群がり、そのうち数人はコートやマフラーを脱ぐのも忘れて、じっと画面に目を凝らしている。ディンガスがスーピーを引ったてて、ジョン・D・ブラックバーン・メモリアル・アイスアリーナをあとにする。トーニー・ジェイン・リースの実況の声が重なる。おれがカウンター席に腰をおろすと同時に、エルヴィスがこちらを振りかえった。

「ほれ、見てみい。やっこさんの登場だ。あれこそは歴史の生き証人。ただし、やつの出している新聞を読んでも、何ひとつ情報を得ることはできんがな」

白髪まじりの頭が揃ってこちらを振り向いた。こんなところへ自分からのこのこ出向いてくるなんて、おれは何を考えていたのだろう。後悔に暮れながら、挨拶を口にした。「おはようございます、みなさん」

「ゆうべはたいへんだったな、ガス」ひとりが言った。

「スーピー・キャンベルにはノミ一匹殺せやせん。ジャック・ブラックバーンなぞ殺せるわけがない。ディンガスも焼きがまわったな」またべつの客が言った。

「レオのやつも気の毒にな」

「いいや、わからんぞ。わしはレオこそがブラックバーンを殺した犯人だと思うがね」

「ブラックバーンは殺されちゃあいない。あの男は湖に沈んだんだ。あれもこれもみ～んな、再選を狙う保安官がでっちあげた陰謀だ」

「あくまでももしもの話だが、もしもテディが死んだら、この町で連続殺人事件が起きたことになるぞ」

「片一方は十年まえに死んどるんだ。連続殺人事件とは呼ばんだろう、エルヴィス」

「わしに言わせりゃそうなるのさ。しかし、さっきも言ったとおり、われらが地元新聞を読んだところで、何ひとつ情報は得られない。またしてもパックを素通りさせちまったようじゃないか、ガス」

おれにできるのは、叫びだしたい衝動をこらえることだけだった。

「原稿は午後七時までに印刷所へ送らなきゃならないんですよ、エルヴィス」

エルヴィスが頭に載せた青と白のキャップ帽には、〝ピコー工具店〟というロゴがプリントされていた。

「余所《よそ》の新聞社じゃ、連続殺人事件のようなどでかいニュースが入ったときには、機械をとめて印刷をやりなおさせると聞いたぞ。ひょっとして、自分の飲み友だちを悪者扱いするのがいやだっただけじゃないのかね？」

「エルヴィス！」カウンターの向こうから、オードリーが怒声をあげた。「うちのだいじなお客さまにいやがらせを続けるなら、マックマフィンを朝食にしてくださってけっこうよ」言いながら、オードリーはテレビを指さした。画面のなかでは、例の亀が吹雪を予報していた。「それから、明日はこの店のなかで、ああいうものを目にしたくはありません。そのニュースとやらがどんなに大きかろうと、わたしには関係ないわ」

客のひとりがテレビを消した。

おれはオードリーに顔を向けた。今日のオードリーは空色のエプロンを巻き、髪をさっぱりと結いあげていた。卵とベーコンとフライドポテトを盛った皿を二枚、手に取りながら、温かな声でおれに問いかけてきた。「ガス、今朝は何を召しあがる？」

「焼きたてのシナモンブレッドとコーヒーをテイクアウトで」

ふたつ先のスツールの上に、今朝の《パイロット》が載っていた。おれの視線はそこを通りすぎ、ゴーディ・ハウのサイン入り写真の上でとまった。〈モントリオール・カナディアンズ〉のゴールを前にして、ハウがスティックを振りあげている。キーパーはまだ氷に膝をついていない。おそらく、ゴールに向かって後ずさりしているところなのだろう。このキーパーはシュートを阻むことができたのだろうか。そう考えるのは、もう百回目くらいになる。

オードリーがシナモンブレッドとコーヒーを手にカウンターへ戻ってきた。「オードリー、ひとつお訊きしてもいいですか」

「もちろんよ、ガス」

ほかの客に会話を聞かれないよう、おれはカウンターに身を乗りだし、声をひそめて尋ねた。「バーバラ・ランプレイをご存じですか。ディンガスの別れた妻の？」

「ええ」

「コーチが死んだとき、バーバラはまだディンガスと暮らしていたんでしょうか？」

オードリーは鼻に皺を寄せた。「よく覚えてないわ。どうしてそんなことを訊くの？」

「バーバラからそのころのことを何か聞かせてもらえないかと思いまして」

オードリーの視線がエルヴィスをちらりと見やってから、おれに戻った。オードリーはもとより多くを語らないが、エルヴィスに声が届く距離では、さらに口が堅くなる。だが、その目を見れば、答えは一目瞭然だった。

「バーバラはいまもサンディ・コーヴで働いているんですか？」

オードリーはうなずいた。

「たしかIGAスーパーマーケットでしたね。そこまで足を運ぶ価値はあると思いますか？」

「いまはグレンズ・スーパーマーケットで働いてるわ。それから、いまの質問の答えはイエスよ。その価値はあると思う。ただし、吹雪に気をつけてね」

駐車場へ向かうまえに、編集部に立ち寄った。ティリーからは、出勤が遅れるとの連絡が入っていた。ジョーニーからは、これから郡庁舎に寄って、ブラックバーンの生前の不動産登記簿を調べてから、スーピーの罪状認否の取材に向かうとの報告を受けた。おれはジョーニーに、引きつづきカナダの線も洗うこと、それから、レオのパソコンについて何か突きとめられないか試してみることとの指示を与えた。机の電話が鳴りだしたが、おそらくはトレントンからだろうと踏んで、そのまま戸口へ向かった。

車に乗りこもうとしたとき、前の通りをとぼとぼと歩くタッチの姿を見つけた。大声で呼びかけると、タッチはパーカーのフード越しにその声を聞きとめ、ジーンズのポケットに両手を突っこんだまま、こちらに近づいてきた。タッチの本名はロイ・エドワーズという。タッチというのは大昔にスーピーがアタッチメントを縮めてつけたあだ名で、なんでも、ゴールにパックをがんがん吸いこむ、掃除機の吸いこみ口を意味するらしい。タッチはスーピーのマリーナで働きながら、夜はテディの〈ランドシャークス〉でゴールを守っている。そしてゆうべは、例の乱闘に加勢するため、リンクの向こう端からはるばる敵陣まで駆けつけていた。

「テディの容態について、何か聞いてないか？」とおれは尋ねた。

「おれが知ってるのは、まだ意識が戻らないってことだけだ」タッチの額には、小さな円形の窪みができていた。スティーヴィーの痛烈な一打が残した、防護マスクのネジの痕だろう。「レオのこと、残念だったな」

「ああ」

「それにしても、警察は何を考えてるんだろうな。スーピーを逮捕するなんてよ。レオが自殺したんなら、それで事件は解決だ。レオがジャックを殺したに決まってら」

おれは運転席へ手を伸ばして、イグニッション・キーをまわした。

「もしかしたら、スーピーがテディのやつを半殺しの目に遭わせたもんだから、ジャックにも同じことをしたと考えたのかもしれないな。だけどよ、スーピーにはノミの一匹だって殺せやしねえ。あれだけ酔っぱらってたら、まず無理だ」言いながら、タッチはくすくすと笑った。「スーピーとテディはとりたてて仲がいいってわけじゃなかったが、だからって、相手を半殺しにする必要はねえもんな。あんたも見てたろ？　スーピーのやつ、ベイブ・ルース並みのフォームでテディを殴りつけやがった」

「昨日、スーピーに会ったか？　そのとき何か言っていなかったか？」

「それがどうも妙なんだ」言いながら、タッチは顎鬚を掻いた。「これまで試合のある日には、やたらとおれに絡んできて、うるさいったらありゃしなかった。どうやっておれの見せ場をつくるつもりかなんてことを、いろいろ並べたてたりしてきてな。なのに昨日は何ひとつ言ってこなかった。事務所にこもったまま、ほとんど顔も出さなかった。昼どきになって、エンライツでハンバーガーでも食わないかと誘ったときも、すぐに断られちまったよ。リンクに寄って、そのあと建築なんたらに出席しなきゃならないからってな」

「真っ昼間からリンクへ何をしにいったんだろう?」

「レオに用があるとか言ってたな」

「どんな用が?」

「ほら、例の七面倒臭いジンクスのことじゃないか」

毎週月曜、スーピーはレオにスケート靴の刃を研いでもらっていた。それが必要であろうと、なかろうと。

「何時ごろリンクへ向かったんだ?」

「一時かそこらじゃないか。なあ、この会話って、新聞に載ったりするのか?」

「いや。おれもそれくらいの時間にリンクにいたから、どうしてスーピーに出くわさなかったんだろうと不思議に思っただけだ」つまり、スーピーはレオがいなくなったことを知って、建築規制委員会への出席をとりやめたのだ。おれは車に乗りこみながら、タッチに言った。「じゃあ、また」

「ああ、おれも仕事に戻ったほうがよさそうだ。今日はおれがマリーナを切り盛りしなきゃならんようだし」

グレンズ・スーパーマーケットは、サンディ・コーヴの中心部からハイウェイを一マイルほど進んだ道路脇に錨をおろしていた。警報装置が鳴りっぱなしになっているダンプカーの隣に、おれは車をとめた。パン売り場の隣の現金払い専用レーンでレジを打っているバーバラ・ランプレイを見つけ、食料品を満載したカートの後ろに並んだ。女がカートから食料品を取りだしては、ベルトコンベヤーの上に置いていく。カートに取りつけられたシートには年端も行かない男の子がすわっていて、糖蜜をかけたドーナツをぱくついている。

「こんちは」男の子がおれに声をかけてきた。

「やあ、こんにちは」とおれも挨拶を返した。

「こんちは」男の子がもう一度繰りかえした。

「お客さま？　あちらのレジがあいておりますが」バーバラが言った。

「おかまいなく」とおれは答えた。

女は会計を待ちながら、夫の失敗談を披露しはじめた。ピックアップトラックの荷台に積みこむため、古くなったソファを半分に切断しようとして、チェーンソーで腕を切り落としかけたという。バーバラの口から、かすかにしわがれた笑い声があがった。店の反対側にまで届いたにちがいない、豪快な笑い声だった。店名の入ったクリーム色のスモックの上からでも、骨格のしっかりした長身の身体が見てとれた。面差しは溌剌として、子供のようにみずみずしく、わずかに見える老いの徴候は、目尻にできた小皺と、栗色の髪に交じるわずかな白髪のみ。ディンガスとブラックバーンがなぜバーバラに惹かれたのかがわかる気がした。とはいえ、ブラックバーンとバーバラの色恋沙汰にはさほど興味がない。おれが聞きたいのは、それを知ったディンガスがどんな反応を示したかだ。気安く尋ねられる質問ではないが、おれには失うものなど何もない。

勘定を済ませた親子がレジを離れると、おれはスニッカーズのチョコレートバーを二本つかんで、ベルトコンベヤーの上に置いた。自分のほうへ送られてくるスニッカーズを見つめながら、バーバラ・ランプレイが言った。「以上でよろしいかしら？」

「ええ」おれはあたりを見まわし、後ろに誰もいないことをたしかめてから尋ねた。「ミズ・ランプレイで見ず知らずの人間の口から発せられる父の名を耳にするのは、どこか不思議でもあり、嬉しくもあった。

「ええ、そうです」とおれは答えた。

「お母さまはお元気？　もう長いことお会いしてないわ」

「ええ、元気でやってます。ありがとうございます」

「お母さまとは、よく一緒にビンゴ大会へ出かけたわ。まだ口はお達者なんでしょう？　わたしの注意をビンゴカードから逸らそうとしているんじゃないかって勘ぐったこともあったけれど、単にお喋り好きな方なのね。これはいい意味で言っているのよ。彼女、とってもいいひとだもの」

「ええ、ありがとうございます」

バーバラはレジを叩き、スニッカーズを小さな茶色い紙袋に入れて、おれにさしだした。「お母さまによろしくとお伝えしてね」

「はい、かならず」


すね？」

「ええ」

バーバラは顔に笑みを浮かべた。だが、頭のなかでは、おれに会ったことがあるかどうかを懸命に思いだそうとしているようだ。本音を言えば、前触れもなしに取材をかけることには、いまだためらいを覚える。新聞に名前が載ったことのない人々や、載ったことがあるかどうかも気にかけないような人々を相手にする場合はなおさらだ。

「ガス・カーペンターといいます」言いながら手をさしだし、バーバラと握手を交わした。「《パイロット》の者です」

「《パイロット》って、あの新聞の？　まあ、驚いた」

「たいへん恐縮ですが、少しだけお時間をいただけませんか。じつは、ある事件の――」

「待って。わかったわ。あなた、ビィーとルディの息子さんね？」

おれは紙袋を手にしたまま、その場に立ちつくした。

「まだ何かご用があったかしら、ええと……」

「ガスです、ミズ・ランプレイ。じつはいま、ゆうべの逮捕に関する後追い記事の取材をしていて――」

「それで、わたしにジャック・ブラックバーンのことを訊きたいというのね」

「いや、厳密には少しちがいます、ミズ・ランプレイ。おれは――」

「バーバラと呼んでちょうだい、ガス。一気に老けた気がしてしまうわ。わたしがジャックともレオとも知りあいだったってことは、もうご存じのようね。でも、結局、それほど深いつきあいには至らなかったの。あなたがあのふたりのことを聞きたいのだとしたら、どれだけ力になれるかわからないわ」バーバラは小さな笑い声をあげ、それから不意に、片手を心臓の上にあてた。「まさか、わたしに容疑がかかっているわけじゃないわね？」

おれは危うく吹きだしかけた。「いや、それはありません、ミズ……バーバラ。おれの知るかぎり、それはない。じつは、アーホ保安官のことをいくつか伺えればと思いまして」

それを聞いたバーバラの声がやわらいだ。「そう。いったい何が知りたいのかしら？」

おれはあたりを見まわした。できれば、店内で話を聞きだすようなことはしたくなかった。「どうでしょう。もしよろしければ――」

「いいわ」バーバラは後ろを振りかえり、現金払い専用レーンの奥に立っている男に向かって声を張りあげた。「バート！　ちょっと外に出てくるわ！」それから、ベルトコンベヤーに〝レジ休止中〟の札を立てると、おれに言った。「行きましょう」

サブマリン・サンドイッチの店の前を通りすぎ、マリナー・マイクスという名の店に入ると、バーバラはおれにボックス席を勧めながら、何を食べるかと訊いてきた。

「コーヒーだけでけっこうです。おれが買ってきます」

バーバラはおれの言葉を無視してカウンターの裏へまわり、十代の女性店員に「ご苦労さま」と声をかけた。そして、手ずから紙コップにコーヒーとダイエット・コーラをそそぎいれると、それを手にテーブルへ戻ってきた。

「この店にはしょっちゅう？」

「ええ、それはもう。この店のオーナーですから」

「本当に？」おれは尻ポケットから手帳を引っぱりだし、テーブルの上に置いた。まずは、自分が記者であること、この会話が活字になるかもしれないということを、相手にはっきり思いださせておかねばならない。さもないと、話をしている最中にバーバラがはたとわれに返り、決意が揺らいでしまう危険がある。

バーバラは手帳にちらりと目をやってから話しはじめた。「ええ、本当よ。離婚のとき、ふたりの名義で所有していた土地をディンガスが譲ってくれたの。その後、その地下に天然ガスが眠っていることが判明した。わたしはその採掘権を売って現金を受けとり、全額を注《つ》ぎこんで、この店を手に入れたってわけ」

「なのに、まだグレンズで働いてるんですか？」

「火曜と木曜に、ほんの数時間だけね。この店を手に入れるまで長いこと働いていたし、あの仕事が性に合っているのね。いずれにしても、この店に一日中いることには耐えられない」バーバラはそう言うと、重大な秘密を打ちあけるかのように、テーブルに身を乗りだした。「イタリアン・ドレッシングの匂いにこれほど我慢がならなくなるなんて、思いもしなかったわ」

それからふたたび、あの豪快な笑い声をあげた。

「不思議だな。あんなにいい香りなのに」おれは言いながら、片手を手帳に伸ばし、もう一方の手でペンを取りだした。「メモを取ってもかまいませんか」

「新聞にわたしのことを悪く書くようなこともあるのかしら」

本当のところはわからなかったが、とりあえずこう答えた。「それはまずないと思います」

「ビィーの息子さんだもの。あなたを信じるわ」

「お名前の綴りを教えていただけますか」

「名前を記事に載せるの？」

「ことによると」

バーバラはしばらく考えこんでから、綴りを口にした。おれはその綴りと日付を、一ページ目のいちばん上に書きとめた。「それでは伺います。ブラックバーンが死亡したとき、あなたはどこにお住まいでしたか」

「スタヴェイション・レイクに。いいえ、あなたが知りたいのはそういうことじゃないわね。そのときまだディンガスと暮らしていたのかどうかが知りたいんでしょう？ 答えはイエスよ。かろうじてだけれど」

「かろうじて？」

「遠慮なく、訊きたいことを訊きなさいな、ガス」

「はい、ミズ・ランプレイ。じつを言うと、もしかしたらそれよりまえに離婚なさっていたんじゃないかと思っていました」

「バーバラと呼んでちょうだい。あなたは、ジャックが亡くなるまえにわたしたち夫婦が離婚したと思っていた。なぜなら、ジャックとわたしが……いわゆる……間違った関係にあったから……」バーバラはそこで言葉を切り、ストローでコーラをすすってから、ふたたび背すじを伸ばした。「まったく、何を言ってるのかしら。まるで《オプラ・ウィンフリー・ショー》の出演者みたい。ジャックとわたしはかつて不倫関係にあった。その噂は町中《まちじゅう》に知れわたっていた。おそらくはあなたも耳にしたことがあるでしょう」

「おれはそのころデトロイトにいたんです」

「わたしったら、どうしてこんな話をしているのかしら」

「すみません。当時の状況を把握しておきたかったもので」

バーバラは気にするなというふうに小さく手を振ってみせた。「まったくばかげた話だわ。こんなことを言うと嘘っぽく聞こえるかもしれないけれど、わたしの言うことを信じてくれるかしら」

「ええ」

「わたしたちが不倫関係にあると、町の誰もが思っていたわ。わたしの言いたいことが……いいえ、もちろん、わたしの言いたいことくらい、あなたにはわかっているわね。でもね、実際には、わたしたちのあいだに恋愛感情はなかった。ほら、ジャックというひとは……」バーバラは不意に天井を見あげ、じっとそこに目を凝らした。「まったくもう。なぜあなたにこんなことを話しているのかしら。つまり、ジャックの考える恋愛というのは……」

続く言葉を聞きとろうと、おれはテーブルに身を乗りだした。余計な口は挟むな、まずは相手に話させるのだと、強く自分に言い聞かせながら。いまから語る言葉がスタヴェイション・レイクの全住民の耳に届くかもしれないことを思いださせないため、手帳のページをめくるのも控えた。このときもまた、まるで見知らぬ男の話を聞いているような気がしていた。バーバラも同様の違和感を覚えているようだった。

バーバラは首を振りながら言った。「駄目。これ以上は話せない。ただ、これだけは言える。わたしたちのあいだに愛はなかった。心から愛しあっていたわけではなかった。信じてくれるわね？」

「ええ、もちろん」そう答えながら、おれは手帳のページをめくった。

「ジャックには大勢の恋人がいたわ。あのひとは、そうしようと思いさえすれば、とても魅力的になれたから。でも実際は……そう、とても複雑な人間だったとだけ言っておくわ」

「どうやって知りあったのかをお訊きしてもかまいませんか」

「さっきのあなたと一緒。当時、わたしはスタヴェイション・レイクのIGAスーパーマーケットで働いていたの。ジャックはいつも、まわりに誰もいないときを見はからって店にやってきた。ディンガスは毎晩のように仕事で家を留守にしていた。わたしは退屈のあまり気が変になりそうだった。店に来ると、ジャックはいつもわたしの話し相手になってくれた。あるとき……こんなこともあったわ。店内にわたししかいないときに、ジャックが瓶ビールを二本開けて、ふたりでビールを飲みながら、床にすわってお喋りをしたの」

バーバラの目はおれを通り越し、窓の向こうの駐車場を見つめていた。「結局は、そうした出来事の積み重ねだった。中年の危機とでもいうのかしら。女にはそういう危ういところがあるの」おれの目には、バーバラはまだ五十代の前半から半ばくらいに映っていた。バーバラとブラックバーンが恋の戯れなりなんなりを繰りひろげていたころには、四十そこそこに見えていたことだろう。

「そういう出来事があったのはいつごろのことなんでしょう？」

おれの問いかけに答える代わりに、バーバラはひとことつぶやいた。「ディンガスは……」それから、苛立ちまじりの吐息をひとつ差し挟み、「……ディンガスは何も言わなかったわ。わたしは彼のことを、とても男らしいひとだと思っていた。でも、わたしたちのことを知っても、ディンガスは何も言おうとしなかった」そこで言葉を切ると、バーバラはテーブル越しに手を伸ばし、おれのあいたほうの手を握った。「あなたはそんなことをしちゃ駄目よ、ガス。ひとは誰しも、人生で一度は愚かなあやまちを犯すものなの。少なくとも一度はね。それでも、けっしてそこから目を逸らしてはいけない」
「それじゃ、ブラックバーンが亡くなったとき、本当にあなたはディンガスと暮らしていたんですね？」
「ええ、そう。ごめんなさいね、話が逸れてしまったわ」バーバラはおれの手を放した。「ディンガスとわたしが結婚したのは、一九七八年のことだった。彼が保安官事務所に就職したのは、その直前。彼は自分の仕事をとても愛していたわ。とてもね。ジャックとわたしの……どう呼んでくれてもかまわないけれど、その関係が始まったのは、一九八五年ごろだったかしら。でも、その関係は一年と続かなかった。それから、訊かれるまえに言っておくわ。その間しばらく、ディンガスと別居していた時期もあった。ほんの二、三週間のことだったけれど。ただし、ジャックのところにいたのは、ほんの数日だけ。ほんの数日で懲りてしまったの。彼とずっと暮らしていく気には、とうていなれなかった。うまく説明できないけれど、あの異様な暮らしにどうしてもなじむことができなかった。あの何軒もの小屋や、大勢の少年たちに囲まれて暮らすことに……」

寄宿舎。寄宿生。そして、ホッケー。

おれはふとペンをとめた。「どうしてこういうことをおれに話す気になってくれたんですか？」

バーバラはテーブルを見つめていた。質問に答える気はないようだ。「やがてわたしはディンガスのもとへ戻った。けれど、それも長くは続かなかった。はじめのうちは、すべてがうまくいくような気がしたわ。夫婦の危機は乗り越えられたのだと。そんなとき、ジャックが死んだ」

おれは戸惑った顔をしていたのにちがいない。バーバラは続けてこう言った。「ガス、あなたの考えていることはわかるわ。でも現実には、ジャックの死によってディンガスが救われることはこれっぽっちもなかった。ディンガスが自分の仕事をまっとうすることを保安官が許してくれていたら、まだよかったのかもしれない。けれど、そうはさせてくれなかった。その結果、ディンガスはすべてを忘れ去ることが永遠にできなくなってしまった。ジャックが死に、この世から消え去ってしまっても。いいえ、ジャックが死んで、この世から消え去ってしまったからこそ」

「その保安官というのは？」

「ジェリー・スパーデル。あのいけ好かないぼんくら男。あいつときたら、自分のクルーザーを手に入れることしか頭になかったわ……ねえ、本当にお食事はいらない？」

「ええ、おかまいなく。それで、ディンガスはどうなったんです？　ブラックバーンの死が頭から離れなくなったとか？　眠れない夜をすごしたとか？」

「ええ、そのとおりよ」バーバラはテーブルの上に身を乗りだし、声をひそめて言った。「ジャックが死んだ日の朝、帰宅するなり、ディンガスはこう言ったわ。『レオの証言はまるで嘘っぱちだ』」バーバラはディンガスの弾むような口調を見事にまねてみせた。ただし、嘲るふうにではなく、いかにも愛しそうに。それから、身体を起こしてつぶやいた。「とうとう言っちゃったわ。このことはいままで誰にも話したことがないのに」

おれはレオの身に起きた出来事を打ちあけた。

「そうだったの……レオとジャックは本当に奇妙なコンビだったわ。まるで老夫婦のようだと、ディンガスに話したこともある。だって、レオが唯一行動をともにした女性といえば、あの整氷車だけだったでしょう？　レオはあれをなんと呼んでいたのだったかしら。アグネス？」

「エセルです」

「そう、そうだったわね。エセル。あんなばかげたことってあるかしら。それに、レオは間違いなくわたしに嫉妬していたわ。ジャックはいつも人目を忍んでわたしに会いにきたけれど、何よりも恐れていたのは、ディンガスではなくレオに見つかることだった」バーバラは首を振りながら、笑い声をあげた。「わたしときたら、正真正銘の大ばか者ね」

「レオはどんな嘘をついていたんでしょう？」

「よく覚えていないわ。ディンガスもそこまでは口にしなかったのかもしれない。彼もただ、漠然とそんな気がしていただけなのかも」バーバラは紙コップのなかにじっと目を凝らしていた。そこに答えが隠されてでもいるかのように。「……あの晩、ディンガスはたしかあなたの家へ駆けつけたんじゃなかったかしら」

「ええ、母の家に。レオが助けを求めてきて、母が警察に通報したんです」

バーバラは何かを思いだそうとするかのように、顔をしかめた。「たぶん、そのときに何かがあったんだわ。そう、あなたのお母さまがディンガスに何かを言ったのよ。いやね、わたしったら何を言ってるのかしら。お願い、ガス。お母さまには、わたしがこんなことを話したなんて言わないでちょうだい」

「ご心配なく。それで、そのあとディンガスはどうしたんです？」

「特には何も。スパーデルが何もさせてくれなかったのよ」

「保安官が殺人事件の解明を望まなかったというんですか？」

「いいえ、そうじゃないわ。ただ、解明すべき殺人事件が存在しなかったというだけ。ジェリー・スパーデルの管轄するスタヴェイション・レイクにはね。あの町では、もう何百万年ものあいだ、殺人事件なんて発生していなかった。それからたしか、あの年、スパーデルは再選を狙う選挙でたいへんな苦戦を強いられてもいた。だから、自分の任期のあいだにそんな大事件が発生することは許されなかった。そこで、レオの証言に疑わしいところはないとディンガスに告げた。レオとスパーデルは金曜の夜のポーカー仲間でもあった。それに優る証拠は存在しないというわけね」

「それで、事件に終止符が打たれてしまった？」

「いいえ、まだ続きがあるわ。ディンガスは、湖の氷が解けたらすぐにでも浚渫を行ないたいと考えていた。ところが、スパーデルがそれを許可しなかった。なんとしてでもクルーザーを手に入れたかったからよ」

「クルーザー？」

「湖の巡視船よ。スパーデルは数年ごとに新しい船をほしがったわ。あの年も、そのための費用を予算に計上していた。デトロイトで催されたボートの見本市までみずから足を運んで、どのクルーザーを買うかもすでに決めていた。あと少しで町議会の承認が得られるところまで来ていた。そんなとき、ディンガスが浚渫を行ないたいと言いだしたの」

「待ってください。なぜ町が保安官にボートを買い与えなければならないんです？」

「そうね、あの当時も白熱した議論が展開されたわ。いまでは、新しいクルーザーを買うおカネなんてどこにもないけれどね。とにかく、スパーデルはこう主張した。保安官事務所は湖の警邏も一手に引き受けている。だから、船を買うおカネは町が払うべきだとね」

「しかし、浚渫が行なわれれば、スパーデルが新しいクルーザーを手に入れる予算はなくなる」

「そういうこと。そして、事件に終止符が打たれた。死体も、凶器も、動機もなし。殺人の罪に問われる者もなし」

なるほど。そんな経緯《いきさつ》があったのなら、本当は事件を解決する気などないのではないかとジョーニーが仄めかしたとき、ディンガスが記者会見を打ち切ったのも無理はない。あの晩、ウォールアイ湖の浜辺でひざまずいていたのも、そういうわけだったのか。この十年ものあいだ、ディンガスは誰よりも憎悪する男の記憶に縛られて生きてきた。その死を誰かが解明するまで、男が本当にこの世を去ったことにはならなかった。岸に打ちあげられたスノーモビルは、ジャック・ブラックバーンを完全に葬るための新たなチャンスをディンガスに与えた。だが、そのためにはまず、男をいったん墓から掘り起こさねばならなかったのだ。

「保安官事務所を辞めることは考えなかったんでしょうか」

「まさか。警官を辞めて、ディンガスに何ができるというの？　ディンガスは毎日毎日、それは誇らしげに、あの制服に袖を通していたわ。それに、スパーデルが退任する日は近いとも考えていた。その日が来たら、自分が保安官になろうと考えていた。結局のところ、老いぼれジェリーは永遠とも呼べるほどのあいだ、保安官の地位に居すわりつづけたわけだけれど」

「スパーデルからも話を聞いたほうがよさそうです。いまどこにいるかはご存じですか？」

「セントミカエル墓地に。肺癌だったわ」

「そうでしたか。では、あなたとディンガスはいつ離婚を？」

「一九九〇年に。ディンガスとジャック、ふたりの男とともに暮らすことが、わたしにはできなかった」

「じつを言うと、ディンガスはいまも執務室にあなたの写真を飾っています」

バーバラは驚きを顔に出すまいとしていたが、うまくはいっていなかった。「あのひと、元気でやっているのかしら」

「元気だと思います。いまだかつてないくらい、ねぐらから顔を出すようになりました」

バーバラは笑い声をあげた。「今度こそ事件を解きあかすことができるかしら」

「ええ。きっと、おれなんかよりずっと早く解明しますよ」

おれたちは揃って黙りこんだ。やがて、バーバラが先に口を開いた。「ディンガスは鍋を引っかきまわしているだけだと、みんなが口々に言っているのを聞いたわ。でも、それは事実じゃない。あのひととはもう、どれくらいかもわからなくなってしまうほど長いこと言葉を交わしていないけれど、わたしにもそれだけはわかるの」

「ええ、あなたを信じます」とおれは応じた。本心から出た言葉だった。

おれたちは店を出た。バーバラはコートを持って出なかったため、両手で腕を抱き、寒さに身を震わせながらも、おれを駐車場まで見送ってくれた。「やっぱり、あなたもいいひとのようだわ」とバーバラは言った。

「ありがとうございます。ご存じないかもしれませんが、じつはおれもブラックバーンのチームにいたんです」

「ホッケー・チームに？　気づかなかったわ。あまりホッケーには興味がなかったから。ごめんなさいね」バーバラはグレンズ・スーパーマーケットの店内を振りかえり、ふたたびおれに顔を戻した。「もうひとつだけ言ってもいいかしら？」

「もちろんです」

「ディンガスはジャック・ブラックバーンなんかより、遥かにいい男よ。このコメントも新聞に載せてくれてかまわないわ」

おれはそれを手帳に書きとめ、ピックアップトラックに乗りこんだ。

編集部へ戻るまえに自宅へ寄って、デトロイトの弁護士に電話をかけた。

「スコット・トレントンです」

「どうも、ガスです」

受話器の向こうで椅子が軋んだ。それから、トレントンの声が聞こえた。「彼女に言わせると、あなたは腰抜けだそうです」

「いまなんと?」

「ジュリア・ハノーヴァー。彼女に言わせると、あなたは腰抜けだそうです。会合に集まった全員の前で、そうおっしゃいました。『よくもこんなふうにこそこそ逃げまわっていることができるものだわ』とも言っておりました。スーペリアー社の面々はたいそう愉快そうな顔をしていました」

おれは窓の外に目をやり、降りしきる雪を見つめた。

「もしおれがいなかったら、ジュリアは現状にすらたどりつけなかった」

「思いあがるのもたいがいになさい。法廷のどちら側にも、もはやあなたの味方はおりません」

「記者に味方ができた例《ためし》などない」

ガス。まったくの無益な情報に感謝します。いいですか、裁判が結審するまえにあの夫婦が望む示談をまとめられるかどうかは、すべてあなたにかかっているんですよ」

「あんたはまだおれの弁護士でいてくれるんですか」

「まことに不本意ながら。あなたはわたしの電話にも応えず、きわめて重要な会合をボイコットし、質問にも答えようとしない。ハノーヴァー家のことがなければ、とっくに手を引いていたことでしょう」

「悪かったと思っています」

「いいえ、あなたは反省などしていない。しかし、いま一度わたしの言葉に耳を貸さなかったなら、かならずや反省なさることでしょう。あなたの残されたメッセージは拝聴いたしました。あなたに残された時間は明日の正午までです。もし明日の正午までに情報提供者の名前を告げなければ、スーペリアー社は一秒と置かず、あなたへの逮捕状の執行を求めることでしょう。これは冗談でもなんでもありませんよ、ガス」

「連中はどうしてあんなに必死になっているんだろ

う」

「情報提供者の名前のことですか？　さあ、見当もつきません。その人物がほかにもなんらかの機密を漏らしているのではないかと疑っているのかもしれません。あるいは、ただ単にあなたを困らせたいだけなのかもしれません。あんな卑劣漢の集まりには、これまでお目にかかったこともない。彼らにはお互いを信用することすらできないようです」

「どうしてそんなことを？」

「弁護団と広報部は、あきらかに意を同じくしておりません。弁護団のほうは、いずれにしても勝訴できると高を括っている。しかし、広報部のほうは示談をまとめたがっている。そうすれば、盛大な記者会見を開くことができるから。スーペリアー社がいかにすばらしい企業であるかを、世界に向けてハノーヴァー家に語らせようというもくろみです」

「本当に？」

「本当にです。ただし、こんな内幕もあります。たとえ示談が成立しても、盛大な記者会見は当分持ち越しとなるかもしれない。フィラデルフィアの裁判所に訴えを起こした集団訴訟の原告団が乗りこんできて、そんな内容では納得がいかないと、和解に異議を申したてる可能性が高いからです」

「そんな額では弁護料にも満たないというわけか」

「いかにも。すべては抑制と均衡、つまりは請求書と残高の問題です。しかしながら、おおかたは請求書のほうに問題があるわけですが」

「広報部の連中は、自分たちのほうがずっと利口だとうぬぼれているにちがいない」

「そう、そのとおり。たしかに利口な人間たちです。広報にたずさわる者には元記者が多いと聞いたことがあります。これは事実でしょうか？　そもそも、どうしてそんな現象が起こるのでしょう」

「記者が一軒家を買いたくなったときや、テレビに写るほど器量がよろしくないときに、そういう現象が起こるんだ」

くすくすと忍び笑う声が聞こえた。「いまの答えは悪くありませんね。さて、そろそろ法廷に向かわなくては。期限は明日の正午ですよ、ガス。それを一秒でも過ぎれば、オレンジ色をしただぶだぶのつなぎを着ることになると覚悟しておいてください」

編集部へおりていくと、ティリーがカウンターにもたれて煙草を吸いながら、テレビの画面にじっと目を凝らしていた。その肩越しに、裁判所の階段の前に立つトーニー・ジェイン・リースの姿が見えた。「……崇敬すべきホッケー・コーチ、ジャック・ブラックバーンを十年まえに殺害した罪に問われているオールデン・〝スーピー〟・キャンベルの罪状認否がこれより行なわれようとしています。チャンネル・エイトは法廷へのカメラの設置を申しいれましたが、ホラス・ギャラガー判事により却下されました。しかしながら、このショッキングな事件の続報は、逐一みなさまにお伝えして……」

背景では、傍聴に訪れた人々が階段の片側に列をなし、郡庁舎の入口に続々と流れこんでいた。その入口の脇でスキップ・キャトリッジ保安官助手が警備に立っている。暗赤色の作業服を着た郡の作業員が、降りしきる雪に負けじと、階段に岩塩を撒き散らしている。

そのとき、ビール樽のような腹をした小柄な男が階段の上にあらわれた。フェルトの中折れ帽の下にサングラスをかけ、首から二台のカメラをさげて、ぶっとい葉巻を吹かしている。間違いなくデルバートだ。

「デルバートのやつ、ディンガスの写真を撮ってこいと言われて、地団駄を踏まなかったかい」

「フォトファイルをいじったでしょう?」おれの問いを無視してティリーは言った。「勝手にいじらないでと言ってあるはずよ。ごちゃごちゃになったファイルの後始末を、誰がすると思ってるの？」

「おれはただ、たしかめておきたいことが——」

「ここにいる人間で、デルバートの独特な分類法をきちんと把握している人間はあたしだけ。あんたは自分の仕事に専念して、あたしにはあたしの仕事をさせてちょうだい」

「悪かったよ、ティリー。それより、どう思う？」

「何を？」

「本当にスーピーが犯人だと思うかい」本当のところは、ティリーの考えなどどうでもよかった。ティリーはこのところ様子がおかしい。だから、この質問に動揺を示すかどうかたしかめてみたかったのだ。ティリーは深く煙を吸いこんでから、手にした煙草を灰皿に押しつけた。そして、「わたしはただ、さっさと片がついてほしいだけ」と答えた。

21

パイン郡庁舎の一角を占めるすし詰めの法廷を、いまは亡き七人の判事が見おろしている。一九五〇年ごろから描かれはじめた七枚の肖像画は、磨きあげられた胡桃材の壁に掛けられていて、聳える壁の高さは二階分に達する。木の床にはセラックニスが塗りあげられ、圧縮成形された錫の天井には細やかな模様が刻まれている。肖像画の下には、錬鉄製のフレームに支えられた木製の折りたたみ椅子が十列にも並んでおり、そのすべてを住民が埋めつくしていた。検察側の最前列にはディンガス、ダレッシオ、ダーリーンの姿がある。その真後ろの二列を、エルヴィスらオードリーの店の常連たちが占めている。ジョーニーは通路を挟んだ弁護人席の一列後ろにすわって、ノートにペンを走らせていた。おれは検察側の壁際に立つニールとサリー・ピアソン夫妻の隣に身体を滑りこませると、母の姿を探して傍聴席を見まわした。おそらくは母もこの場にいるはずだった。好奇心を満たすためではなく、近所づきあいのために。母のビンゴ仲間は最後列に座を占めていた。だが、そこに母の姿はなかった。

法廷は水を打ったような静けさに包まれていた。背もたれの高い木製の判事席の上で、ホラス・ギャラガー判事が一枚の紙に視線を落としている。褐色の革を張った背もたれに、おなじみの黒い染みが見える。念入りに整えられた白髪《はくはつ》から垂れた、ヘアクリームの跡だ。判事と向かいあう位置に置かれた被告人席に、スーピーの姿があった。顔を少しうつむけ、手錠を解かれた両手をテーブルの上に広げている。脇に垂れたブロンドの髪に隠れて、顔は見えない。オレンジ色のつなぎの背中には、〝パイン郡拘置所〟と記した大きな黒い文字が並んでいる。弁護人のテレンス・フラップが隣にすわって、フォルダーのなかの書類に目を凝らしている。

スーピーは第二級謀殺の容疑に対して無罪を主張していた。これはいささかの驚きと受けとめられた。少なくとも、目抜き通りで花屋を営むサリー・ピアソンはそう考えているらしく、おれが到着するまでにあかされた事実を矢継ぎ早に耳打ちしてくれた。サリーによれば、そこにいる誰もが第一級謀殺を予想していたらしい。だが、検察は〝情状酌量の余地〟があると唐突に言いだし、その詳細をあきらかにしないまま、第二級謀殺で起訴したのだという。また、テディ・ボイントンに対する暴行罪も告訴が取りさげられていた。テディはすでに意識を回復し、容態も安定しているらしい。とはいえ、頭蓋骨にはひびが入り、顎の骨は折れ、三十六針を縫う裂傷まで負っていた。かなりの重傷ではあるが、顎の骨折に関してだけはまったく同情を覚えなかった。

判事席の脚部にみずから手彫りした繊細な薔薇の彫刻と同様に、予測不可能な出来事はギャラガー判事の法廷において不可欠な要素のひとつだった。要するに、ギャラガーはスタヴェイション・レイク随一の変わり者なのだ。煙草も吸わず、酒も飲まず、罵声も吐かず、女遊びもしない。なのに、どういうわけか六度の結婚を経験している。別れた妻たちは全員がいまもなお町で暮らし、いまもなおホラス・ギャラガーが好きだと口を揃える。つまりは、ギャラガーと生活をともにすることのみが困難であるらしい。目抜き通りに建つギャラガーの自宅は町で最も古い建造物のひとつでありながら、家具や調度はほぼすべてがトラヴァース・シティのレンタル家具店で調達してきたものばかり。しかも、年に二、三度は新しいものに交換されるのだという。

郡判事としての三十二年間のキャリアのなかでも、ホラス・ギャラガーはいくつかの突出した特徴を世に知らしめてきた。不可解な質問や予想をくつがえす判決で、弁護人や検察官を半狂乱に陥れること。検察側と弁護側とを分け隔てなしに厳しく追及すること。たとえ公判前整理手続きであろうと、その追及はじつに容赦ない。また、かつては、穏やかな天気の日に審理の場を屋外へ移すことでも知られていた。そんなときギャラガーは決まってこう言う。「諸君、ずる休みをしようではないか」そして、趣味のバードウォッチングに没頭しては、白熱した議論の真っ只中にとつぜん「フォーチュン・ドラッグストアの裏のオークの木にカンムリキツツキが飛んできたぞ」などと言いだすのだった。(結局、州の司法委員会が噂を嗅ぎつけ、この習慣は絶たれてしまった)。しかし、いかに奇抜な言動が目立とうとも、ギャラガーが優れた判事であることに間違いはなかった。ギャラガーが判決を言いわたすまでには、数カ月が費やされることもしばしばある。そうしてくだされた判決はきわめて的確で、法的につけいる隙が寸分もないため、これまでに上訴審で引っくりかえされた例はわずか三件しかない。そのうちの一件では、のちに州最高裁判所によってギャラガーの判決が支持されてすらいた。

そのギャラガーはいま、スーピーの保釈を認めるべきか否かを検討しているところだった。「いいだろう」ギャラガーはそれまで視線を落としていた紙を、判事席の下方にすわる速記者に手渡した。それから目を細め、検察官を見やりながら言った。「検察官、保釈金の額は?」

アイリーン・マーティンが検察席から立ちあがった。長身のうえにハイヒールを履いたアイリーンの動きはひどくぎこちなく、いまにも転んでしまいそうに見えた。それにしても、担当検察官がアイリーンだとは。スーピーとしては、かつて交際中に不貞を働いたすえ、ある晩のエンライツ・パブで〝法廷のでしゃばり女〟なるあだ名を友人たちの面前で授けた女に訴追されるという、いとも皮肉な運命を受けいれるしかないわけだ。

「判事、被告人ミスター・キャンベルは逃亡をはかる危険性がきわめて高いものと思われます。飲酒運転等の逮捕歴からもおわかりいただけますように、被告人は予測不可能かつ精神の安定を欠いた行動を繰りかえしております。記憶に新しいところでは、昨夜発生いたしました事件もまた――」

「異議あり!」弁護人席でフラップが立ちあがった。

「異議を認める。発言の内容は当該の事件だけにとどめるように、ミス・マーティン」ギャラガーは言って、椅子に深く沈みこんだ。襞のふくらんだローブに首まで埋もれた姿は、まるで亀のようだった。

「失礼いたしました、判事。しかしながら、保釈の申請は却下されるべきであると思われます。検察は、被告人を公判の開始まで郡拘置所に収監するべきであると主張いたします」

そのときふと、レオの代理人であるというピーター・シップマンの姿が目にとまった。シップマンはいつのまにやら陪審員席のなかへするりと滑りこみ、そこにひとり腰をおろしていた。

ギャラガーはフラップに顔を向けた。「弁護人の見解は？」

弁護人席から立ちあがったフラップは、アイリーンよりもさらに長身で、さらに動作がぎこちなかった。

「判事、第二級謀殺の容疑をかけられている被告人に保釈を認めることをためらわれるのも無理はありません。しかしながら、むろんわれわれは今後の法廷において、依頼人が無実であることを証明するつもりでおります。よって、いまはただ、判事の寛大なるご配慮を賜りたく存じます。ミスター・キャンベルは目下、スタヴェイション・レイク・マリーナの存続を左右する重要な局面に立っておられます。ご存じかとは思われますが、郡の建築規制委員会が依頼人の経営するマリーナ、ひいては地域全体に多大な影響をおよぼすであろう裁決をほどなくくださんとしているのです。依頼人の希望は、そうした事態を収拾することにあります。よって、われわれは四十八時間の保釈を申請いたします」

「四十八時間の保釈期間が過ぎたら、その後は拘置所へ戻るというのかね？」眉根を寄せながら、ギャラガーは問いかけた。普通なら考えられない要求だったが、ギャラガーもまた普通の判事ではないことをフラップは重々心得ているのだろう。

「はい、判事」とフラップは即答した。

「判事！」アイリーンが声をあげた。「弁護人の要求は荒唐無稽です。そんな前例はどこにも——」

「待ちたまえ、ミス・マーティン」ギャラガーは背もたれから身を起こした。ローブの襟からわずかに首が覗いた。「ミスター・フラップ、そこまで通例からはずれた申しいれを検討する場合には、関係者全員が、容疑の内容についてもう少し知っておく必要がある。逮捕状の全文、あるいはその一部をこの場で朗読してもらうことに、異議はあるかね？」

フラップは戸惑いに顔を曇らせた。「判事、それはつまり──」

「要するにだ、ミスター・フラップ。きみが言うところの寛大な配慮を授けるには、それなりの根拠が必要なのだ。あるいは、殺人罪の審理における原則に従って、いますぐ決断をくだすこともできる。その場合、きみの依頼人は拘置所へ直行することとなるだろう」

「異議はございません、判事」

アイリーンが判事席の前に据えられた書見台へ進みでて、手にしたファイルフォルダーから薄い一束の書類を取りだし、ひとつ咳払いをした。傍聴席にいる全員がわずかに身を乗りだした。このときを迎えるために、彼らは長い列に並んだのだ。

「では、判事」アイリーンはそう前置きしてから、逮捕状を読みあげはじめた。「くだんの日付の午後十一時三十五分ごろ、被害者ブラックバーンは、ミシガン州スタヴェイション・レイクの中心部からおよそ五マイル北西に位置する森のなかにいた。被害者と、その知人であるスタヴェイション・レイク在住のレオ・レッドパスは、それぞれのスノーモビルに乗って森までやってきた。ふたりは空き地にスノーモビルをとめ、焚き火を熾した。被害者ブラックバーンとレッドパスは近づいてくるスノーモビルのエンジン音を耳にした。スノーモビルには被告人キャンベルが乗っていた。被告人キャンベルは焚き火の近くにスノーモビルをとめた。ひどく酔っているように見えた。被告人キャンベルと被害者ブラックバーンはいくつかの言葉を交わした。すると、被告人キャンベルはとつぜん激昂し──

──」

「失礼、ミス・マーティン」ギャラガーが朗読を遮った。

た。「ひとつ訊きたいのだが、なにゆえ検察は第一級謀殺の容疑で告発するのが妥当と見なさなかったのだね。いま読みあげられた内容からすると、これは計画的な犯行に思えるのだが」

フラップが弁護人席から立ちあがった。

アイリーンはすかさず答えた。「はい、判事。われわれもそのように確信しております」

ギャラガーはかけていた眼鏡をずりあげて額に載せ、両手で顔を覆った。おれは無意識のうちに息を殺していた。ギャラガーは両手をおろし、巨大な眼鏡をもとの位置に戻してから口を開いた。「ひとつ教えてもらえるかね、ミス・マーティン。被告人には動機があったと、検察は主張している。かつて長きにわたって師事を仰いだコーチであり、おそらくはよき庇護者であり、ある種の父親的存在ですらあった被害者の殺害を、なにゆえミスター・キャンベルがくわだてたのか。それを証明するつもりであるのだろう？」

「はい、判事。そのつもりでおります」

「そして、その動機というのは、いわば中立的立場にある第三者……つまり、法廷に仕える者ではなく、エース金物店の細君やプロパン・ガスの配達員といったごく普通の人々が耳にしても、ミスター・キャンベルがしたとされる行為には情状酌量の余地がある、法律をひとまず脇に置いたとしても、たとえば道義的意味あいにおいて情状酌量の余地があると納得できるものである。そうだな？」

「法律を脇に置くと申しますと……？」

ギャラガーはアイリーンを判事席へ呼び寄せた。フラップがあとに続いた。ギャラガーは無表情を保ったまま、アイリーンの言葉に耳を傾けはじめた。それからふとスーピーに目をやり、ひとつうなずいてから、アイリーンとフラップに視線を戻して言った。

「ミス・マーティン、朗読を続けてくれたまえ」

「はい、判事。では、さきほどの続きから……すると、被告人キャンベルはとつぜん激昂し、二二口径の拳銃を取りだした……」

陪審員席にすわっていたシップマン弁護士が腰を浮かし、判事の右手にすわる事務官を手招きした。事務官は椅子から立ちあがって、シップマンに近づいた。シップマンは事務官に何ごとかを耳打ちしてから、折りたたんだ黄色い紙をさしだした。事務官は受けとった紙を手に弁護人席まで歩いていき、それをフラップに手渡した。

「……被告人キャンベルは威嚇するように拳銃を振りまわした。被害者ブラックバーンとレッドパスは被告人キャンベルに拳銃を捨てさせようと説得を試みたが、無駄だった……」

フラップは折りたたまれた紙を広げ、中身に目を通してから、スーピーにさしだした。スーピーはそれを一瞥しただけですぐに顔をそむけ、固く目を閉じた。

「……被告人キャンベルは二発の弾丸を発砲。一発目の弾丸は的をはずれ、被害者ブラックバーンが所有するスノーモビルにあたった……」

「判事」フラップが立ちあがり、手にした紙を振りながら声をあげた。ギャラガーはその紙が手から手へ渡っていくさまをはじめから目で追っていた。そしていまは、フラップをじっと凝視していた。

「……二発目の弾丸は被害者ブラックバーンの頭部に命中し——」

「失礼、ミス・マーティン」ギャラガーはふたたび朗読を遮った。アイリーンは煩わしげにフラップを見やった。

「ミスター・フラップ?」ギャラガーはフラップに発言を促した。

「判事、そちらへ伺ってもよろしいでしょうか」

「そうしてもらおう、ミスター・フラップ」

傍聴席がざわめきに包まれるなか、フラップとアイリーンが判事席に近づいた。ギャラガーは小槌を二度打ち鳴らした。「静粛に願う」

フラップが手にした紙をギャラガーにさしだした。ギャラガーはその書面に一度目を通し、もう一度あらためて読みなおしてから、アイリーンにさしだした。アイリーンも書面に目を走らせてから、その紙をギャラガーに戻した。おれの位置からフラップとアイリーンの顔は見えなかったが、ギャラガーの顔には当惑の色が浮かんでいた。ギャラガーはふたりとしばらく小声で言葉を交わしてから、シップマンに顔を向け、法廷内に響きわたる声で言った。「ミスター・シップマン、なにゆえこの故人が死してなお弁護士を必要とするのか、その理由をお聞かせ願えるだろうか。きみは故人の遺産を管理しているのかね?」

「判事、ミスター・レッドパスは、問題のスノーモビルがウォールアイ湖に打ちあげられた翌日にわたくしを代理人として雇われました。そして、ご自身の身に万が一なんらかの悲劇が生じた場合には、その陳述書を然るべき場所へ届けるよう、わたくしに依頼されたのです」

「被告人のミスター・キャンベルに届けるようにとな?」

「いいえ、その弁護人にです、判事」

「なるほど。こちらへ、ミスター・シップマン」

シップマンは陪審員席からおもむろに立ちあがり、判事席へ向かった。ギャラガーは前へ身を乗りだして、シップマンに何かを問いかけた。シップマンはきっぱりとうなずいた。唇の動きは「はい、判事」と答えていた。

ギャラガーは三人をもとの席へさがらせた。アイリーンの手招きを受けて、ディンガスが傍聴席から立ちあがり、耳を寄せた。アイリーンから何ごとかを耳打ちされると、ディンガスは鋭い視線をシップマンに投げた。シップマンが着席するまで、ディンガスはその動きをじっと目で追っていた。

ギャラガーは眼鏡をはずして、速記者に顔を向けた。「記録のために言っておこう。わたしはいま、ピーター・シップマン弁護士から一通の陳述書を受けとった。ミスター・シップマンはレオ……失礼。故レオ・レッドパスの遺産を管理しておられる代理人だ。その陳述書の内容は、検察側および弁護側の両者にあかさせてもらった」

フラップがスーピーの耳もとに何かをささやいた。スーピーは頭《こうべ》を垂れ、きつく握りしめた拳で目を覆い、大きく首を横に振った。傍聴席では、人々がいっそう前へと身を乗りだしていた。

「さて、これからどうしたものかね、ミス・マーティン」ギャラガーが言った。

「畏れながら申しあげます、判事。この陳述書は現時点においては単なる伝聞証拠にすぎません。その内容が立証されないかぎり――」

「うむ、それはわかっておる、ミス・マーティン。心配は無用だ。告訴を棄却するつもりはない。しかし、これだけは聞かせてもらおう。遺体はいまだ発見されていない。これに誤りはないな？」

「はい、判事。しかしながら、都合のつきしだい、ウォールアイ湖の浚渫を行なう用意は整っております」

ギャラガーはディンガスに顔を向けた。「それに誤りはないかね、保安官？」

ディンガスは軽く腰を浮かせながら、「はい、判事」と答えた。

「本来ならば十年まえに、そうした当然の措置を講ずるべきであったのではないかね、保安官？　そうしていれば、おそらく今日という日は、のんびり冬の嵐を眺めてすごせていたはずだ。ところが、われわれはいまここにいる」ギャラガーはアイリーンに向きなおって尋ねた。「凶器は発見されているのかね？」

「はい、こちらにございます、判事」

検察事務官が椅子から立ちあがり、紛うことなき拳銃をおさめた透明なビニール袋をアイリーンに手渡した。アイリーンはその袋を判事席に向かって掲げてみせた。「こちらは証拠品一‐Aになります。ブローニング・チャレンジャーⅢの二二口径拳銃。一九八四年に製造されたものです。つい先日までミスター・レッドパスの手もとに置かれており、みずからに致命傷を与えるため使用されたものであることが線条痕の検査によって証明されております。しかしながら、この拳銃は、一九八八年一月に被告人オールデン・キャンベルの名義で登録されたものであり、また、ミスター・ブラックバーンが殺害された夜に使用された凶器でもあるとわれわれは確信しております」

ふたたびざわめきが湧き起こった。ギャラガーはふたたび小槌を叩いた。それから、何かを訝るように眉根を寄せた。「ミス・マーティン、なにゆえミスター・キャンベルの所有する拳銃が、十年後にはミスター・レッドパスの手もとへ移っていたのだね？」

アイリーンは掲げていたビニール袋をおろした。「判事、われわれはレッドパスがこの凶器を被告人から預っていたものと考えており、公判においてそれを立証するつもりでおります」

おれはスーピーに目をやった。スーピーの視線はテーブルの上に固定されたまま、ぴくりとも動かなかった。

「ほかにも証拠品はあるのかね、ミス・マーティン」

「はい、判事。事件当夜の出来事に関連して、補足的な証言をする予定の証人がおります。本来の予定では、本日ここに出廷することになっておりましたが……」アイリーンは横へ首をまわし、まっすぐスーピーを見すえて続けた。「目下、その証人は身動きのとれない状況にあります」

「身動きがとれない？　その証人の名は？」

「セオドア・ポイントンです、判事」

そういうことかとおれはうなずいた。テディは何かを知っていた。そこにジョーニーから訊きだしたなんらかの情報を加味し、スーピーを脅すのに利用した。ところが、建築規制委員会の承認が思うように得られないとなると、今度は報復として、警察にその情報を持ちこんだのだ。

ギャラガーはフラップを振りかえった。「さて、どうしたものかね、ミスター・フラップ?」

フラップが椅子から立ちあがった。「判事、ミスター・シップマンがお届けくださいました陳述書の内容にもとづき、わたくしは告訴棄却の申したてを——」

「こちらにその考えはない、ミスター・フラップ。たしかに、本件における状況証拠はミスター・レッドパスの犯行を強く指し示している。なおかつ、シップマン弁護士によって提出されたこの陳述書の内容は、ミスター・レッドパスの犯行の隠れ蓑であると考えるのが妥当なようにも思える。しかしながら現時点においては、検察当局およびアーホ保安官が有する高潔な職業意識に敬意を表したいというのがわたしの考えだ。わたしの記憶にあるかぎり、これまでアーホ保安官がでたらめな根拠で被告人を本法廷へ送りこんできた例《ためし》はないのでな」

「はい、判事」とフラップは応じた。「しかしながら、たったいま判事からも示唆いただきましたとおり、この陳述書がわたくしの依頼人の容疑に多大な疑問を投げかけていることもたしかであります。よっていま一度、保釈の問題に議題を戻しまして、依頼人の生計に関わる火急の事態に対処する時間をお与えくださいますことのみをお願いしたく存じます」

たとえほんの数時間であろうと、スーピーを保釈することが名案であるとは思えなかった。もし本当にスーピーがマリーナの存続を案じているなら、スーピーの抱える問題はとっくに解決していただろうし、月曜の建築規制委員会にも出席していたはずだ。最近の行状を考えると、スーピーは拘置所にいたほうが、周囲のためのみならず自分自身のためにも安心であるように思えた。

　ギャラガーは背もたれから身体を起こし、ぐっと身を乗りだした。ごくかすかな笑みの気配が口もとに浮かんでいる。「どうだろう、ミスター・フラップ。本法廷内にいる者はみな、いったいなんの話をしているのだろうと訝っているはずだ」そう言うと、ギャラガーはシップマンから受けとった紙を手に取り、それをフラップにさしだした。「わたしに代わって、これを読みあげてもらえんかね」

「異議あり！」アイリーン・マーティンが声をあげた。

「異議を却下する。さあ、弁護人？」

　フラップが判事席まで進みでると、ギャラガーは紙を手渡した。そして、振りかえって傍聴席のほうを向くよう手ぶりで示してから言った。「これよりミスター・フラップが、裁判記録のため一枚の陳述書を読みあげる。目下のところ真偽の鑑定はなされていないが、黄色い法律用箋にペンで手書きされた文字は、故ミスター・レッドパスがみずから書き記したものと称されている。日付は明記されているかね、ミスター・フラップ？」

「はい、判事。二日まえの日曜日となっております」

「始めてくれたまえ」

　フラップはひとつ咳払いをしてから、朗読を始めた。

スタヴェイション・レイクの公正なる住民のみなさまへ
　いまわしは、崇高なる神の思し召しにより、安らぎと光と喜びの王国へ導かれんとしている。もはや恥辱や罪の意識に感情を支配されることはない。失ったものを嘆くことをみずからに禁じる必要もない。いまこのとき、そして今後永遠に、わしは失われた人間らしさを取りもどしていることだろう。

ジャック・ブラックバーンはわしの師であり、友でもあった。ジャックは人生における多くのことをわしに教えてくれた。知識は恵みともなりうる。一方で、重荷ともなりうる。ジャックの行動のすべては、最大限に人生を生きたいという欲望に根ざしていた。それがときとして、恥辱と苦痛の世界へジャックを追いつめた。ジャックは人間らしい人間だった。誰ひとり傷つけるつもりはなかった。だが、ジャックにとって、知識は耐えがたい重荷となった。あの晩、森のなかで、ジャックとわしは自殺の協定を結んだ。ともに命を絶とうと約束した。ジャックはその約束をまっとうした。だが、わしは弱い人間だった。いまに至るまで、ジャックとの約束を果たすことができずにいた。

ジャックの遺体は、川へ押し流されていなければ、ウォールアイ湖に沈んでいるはずだ。そこを探していただきたい。この告白が、真実を求める者を納得させること、誤って罪を問われている者があれば、その嫌疑を免れることを祈ります。この先に光が待っていることを、わしは知っている。だからいま、喜んで暗闇に身をゆだねます。

フラップは陳述書をギャラガーのもとへ戻した。傍聴席の人々は衝撃に声を失っていた。はじめのうち、おれはフラップの読みあげる内容を手帳に書きとめていた。しかし、自殺の協定というフレーズを耳にした途端、手が動かなくなってしまった。おれは当惑のなかでフラップの声を聞いていた。何も信じることができず、何を信じるべきかもわからぬままに。陳述書の内容は、何ひとつすじが通っていなかった。こめかみに拳銃を押しあてるコーチの姿を思い浮かべようとした。ウォールアイ湖にスノーモビルを沈めるレオの姿を想像した。そのような結末へ導きうる〝知識〟とは、いったいなんなのか。なぜレオは、自分の命を絶つことなどできそうにないとわかっていながら、ブラックバーンがみずからの命を絶つことを許したのか。十年のときが経過したいまになって、どうしてその〝協定〟をまっとうせねばならなかったのか。ただすべてを告白し、成りゆきに身を任せることがなぜできなかったのか。レオは何を恐れたのか。刑務所に入ることか。町の人々からの非難か。安らぎと光と喜びの王国への道が拳銃の銃身から通じているなどという結論に、どうしたら達することができるのか。たとえレオの告白したとおりのことが実際に起きたのだとしても、そこにはまだ、語られていない何かがあるはずだ。レオが墓まで持っていかなければならなかった何か——よりおぞましく、より後ろ暗い何か——があるはずだ。

ふと目を向けると、スーピーはテーブルに顔を伏せて、首をゆっくりと横に振っていた。

ギャラガーが静寂を破った。「この陳述書は郡の筆跡鑑定士にまわすこととする。その結果については、公判中に報告する。審理の開始は、三月十七日の午前九時。ミスター・フラップ、きみの依頼人には二十四時間の保釈を認めよう。保釈金は十万ドル。保釈保証業者を利用するにしても、その一割は被告人自身が用意しなければならん。二十四時間が経過したのち、被告人の身柄は郡拘置所へ戻される。ミスター・キャンベル、それでいいな?」

「はい……」問いかけに答えるスーピーの声は、ほとんど聞きとれないほどにかぼそかった。

続いてギャラガーはアイリーン・マーティンに顔を向けた。「異議はあるかね、検察官?」

「判事——」

ギャラガーは片手をあげて、続く言葉を遮った。「これだけは忘れるでない、検察官。遺体はまだ発見されていない。いまそこにあるものにしても、凶器であるかもしれんし、そうではないかもしれん。いまここに居合わせた者たち、そしてこの町に暮らす者たちの多くは、なにゆえ自分たちはこんなものを掘り起こそうとしているのかと、大いに首をかしげることだろう。さて、その答えはひとつ。それが法律であり、法律を無視することは許されんからだ。しかし、じつを言えばだな、ミス・マーティン。わたしには、これをもって本件を一件落着とし、法律は充分に尊重されたとすることもできるわけなのだが……」

「異議はありません、判事」

郡庁舎の外で顔を合わせたとき、デルバートのスチールたわしのような顎鬚には葉巻の灰と雪片が点々と散っていた。黒い中折れ帽からは、白髪まじりの強《こわ》い頭髪があふれだしている。迷彩ジャケットの前は開けたままで、レイバンのサングラスに隠れて目は見えない。

「いいか、保安官の写真なら、完璧な写りのやつがフォトファイルにしまってあるんだ。それをたしかめるのすら億劫だったってのか？」デルバートが言った。

数フィート先では、ぽかんと口を開けた人々が階段に群がり、フラップ弁護士にインタビューするトーニー・ジェイン・リースの声に耳を澄ませていた。デルバートは片手でカメラを持ちあげて、サングラスをかけたままファインダーを覗きこむと、続けざまにシャッターを切った。そのとき、背後からおれの名を呼ぶ声が聞こえた。「おい、ガス！」振りかえると、エルヴィスがいた。エルヴィスはにやにやと笑いながら、フラップを指さした。「ほれ、パックはあそこだぞ」

ふたたびデルバートの声がして、おれはそちらに顔を戻した。

「……フィルムや現像液のために、おまえさんが無限大の予算を用意してくれるっていうんなら、おれにだって異存はない。どんな人間の写真だって、何度も何度も撮りなおすさ。それこそ、パラパラ漫画がつくれるくらいにな」

「あんたに話があるんだ」

「話？」

「あっちで話そう」おれは言って、通りを指さした。近くに立つと、鬚にしみついた葉巻の匂いが鼻腔を刺激した。「あんたはブラックバーンとつきあいがあったんだって？」

「ああ、まああな。ありゃあ、たいした男だった。たいしたビジネスマンでもあった」

「ブラックバーンとどんなビジネスをした？」

「待ってくれ、編集長代理。許可ならちゃんともらってたぜ。社の代表であるミスター・ネルソン・P・セルビーじきじきに。おれの選んだ相手なら誰とでもフリーランスで仕事をしていい、ってな。けっして《パイロット》に大きな出費を強いることは――」

「そういうことは気にしてない。おれが訊きたいのは、ブラックバーンのために何をしてやっていたのかってことなんだ。写真を撮っていたのかい。それとも、フィルムの現像を頼まれていたのかい」

「その両方だ。ホッケーの練習風景だとか、建設中の自宅でもいろいろ撮らされたっけな。焼き増しを頼まれたこともある。だが大半の仕事は、ブラックバーンに代わって余所《よそ》へフィルムを送ってやることだった」

「おれがプレーしているときの写真も撮ったのかい」

「ああ。だって、おまえさんもあのチームにいたんだろ。リンクへは何度か出かけていったから、もちろんおまえさんも写ってるはずだ」

「余所へ送ったっていうのは、どういうものだったんだ？」

「そっちはフィルムばかりだった。現像のために八ミリフィルムをある場所へ送っていた」

「あんたが自分で現像しなかったのか」

「ああ。そっちはおれの専門じゃない。デトロイトにいる男にやらせていた。安くて腕もいい。ところが、だ」そこで言葉を切ると、デルバートはくつくつと含み笑いをした。「ところがそいつは、何やらいかがわしい連中とつきあいがあったようでな。たぶん、マフィアか何かだろう。それで、どうやら消されちまったらしい」

「消された？」

「殺されたってことだ。何者かに殺されたのさ」

「どうしてそんなことがわかるんだ？」

「たしかなことはわからん。ただ、一度だけ自分でそいつの家までフィルムを届けにいったことがあってな。まあ、愉快なことにはならなかったわけだが」

「なるほど。それで、フィルムには何が写っていたんだい」

デルバートは顔をうつむけ、ぐっと顎を引いた。帽子の鍔とサングラスのあいだから、ピンで刺したように小さな瞳が覗いた。「なぜそんなことを訊く？」

「いいかい、デルバート。あんたがそうしたアルバイトのために《パイロット》の小銭を使いこんでいたとしても、おれはいっこうにかまわない。さっきも言ったとおり、おれはブラックバーンのチームにいた。ブラックバーンはおれにとっては大きな存在だ。最近たまたまキャビネットのなかでフィルムを見つけたものだから、チームと関係があるんだろうかとちょっと気になっただけなんだ」

「編集部のキャビネットに保管しておいたほうが、整理もしやすいし、安全だ。そうジャックは考えていた」

安全？　いったいどんな危険に対して安全だというのか。訝りながらも、「ああ、もちろんだ」とおれは応じた。「中身を目にしたことはないのかい。そのフィルムのことだが」

デルバートはふんと鼻先で笑った。「パックを追いまわしてるチビどもの大群をか？　おれはホッケーなんて大嫌いだね。あんなちっこいパックを目で追えるものか。つまり、答えはノー。おれはフィルムを例の男に送ってただけだ」

「それじゃ、パックを追いまわしている子供たちのフィルムが原因で、その男が消されたっていうのかい」

「それが原因だなんて、おれはひとことも言ってないぜ」

保安官事務所のパトロールカーが近づいてきて、おれたちの立つ歩道の脇にとまった。ハンドルを握っているのはダーリーンだった。

「そろそろ仕事に戻っていいか?」デルバートが訊いてきた。

「保安官の写真を撮ってくれ」とおれは念を押した。

ディンガスがこちらへ向かって歩道を歩いてきていた。虫の居所がいいようには見えない。トーニー・ジェインが質問を並べたてながらあとをついてきているが、ディンガスはそれを一顧だにしなかった。

「保安官?」距離が充分狭まったところで、おれはディンガスを呼びとめた。そのまま脇を通りすぎてしまうものと見こんでいたが、意外にもディンガスは足をとめた。一瞬、また胸倉をつかまれるのではないかと覚悟した。そのとき、低く抑えた声が聞こえた。

「よくも家内に会いにいくなんてことができたものだな?」返す言葉を見つける間もなく、ディンガスは車に乗りこんだ。ドアを叩き閉めると同時に、ダーリーンがアクセルを踏みこんだ。


十分後、実家の前にたどりついたとき、私道に母のジープは見あたらなかった。おれは安堵の息を漏らした。路肩に車を寄せると、九インチの厚さに積もった真新しい雪がタイヤに踏みしだかれてうめき声をあげた。エンジンをかけっぱなしにしたまま、勝手口からなかに入り、地下室への階段を駆けおりた。湿った空気のなかに白黴の匂いが漂っている。暗がりに手を伸ばし、宙に垂れた紐を引くと、天井の電球が灯った。

給湯器の隣に父がつくりつけた物置部屋に入ると、積みあげられた段ボール箱の上にベル・アンド・ハウエル社製の八ミリ映写機が載っていた。左手でコードを巻きとり、映写機を抱えあげて、階段へ急いだ。できれば母が帰ってくるまえに退散したい。階段を半ばまであがったところで、電灯を消し忘れたことに気づいた。慌てて引きかえそうとしたとき、濡れたブーツが踏み板を滑った。おれは階段から転げ落ちた。テディが置いていった魚に足を滑らせて転んだときとまったく同じところを、したたか床に打ちつけた。「くそっ」口からうめき声が漏れた。顔をしかめ、尻をさすりながら立ちあがり、電灯を消してから、やっとの思いで階段をのぼった。キッチンの窓から外を見やると、私道に入ってくる母の車が見えた。

「あら、ガス」足踏みをしてブーツから雪を払い落としながら、母はキッチンに入ってきた。そして、おれの腕にくるまれた映写機に視線を落とした。「どうしてそれを？」

「いや、じつは、おれたちの練習風景をおさめた古いフィルムを見つけてさ。ほら、こんなときだし、試しに見てみるのもいいかと思って」

母は無言のまま、扉の脇のクロゼットにコートとマフラーを吊るした。おれの嘘はお見通しのようだ。母はクロゼットを閉じると、流しで手を洗いはじめた。

「何かお腹《なか》に入れていく？」

「いや、いいんだ。もう仕事に戻らなきゃいけない。それより、傍聴席で母さんの姿を見かけなかったけど」

「わたしは行かなかったから」

「てっきり来るものと思ってた」

「いいえ、もうたくさん。過去を振りかえるのはもうたくさんよ」

母はあきらかにうろたえている。調理台に肘をつき、水の滴る両手を流しに垂らしたまま、じっと目を閉じている。おれは映写機を床におろし、母の背後に近寄って、両肩に手を置いた。

「どうかしたの、母さん」

母は首を振った。「町がばらばらになっていくような気がしているだけ」

「何を言ってるのさ」

「レオ。ジャック。疑問や憶測。あのスノーモビルが発見されるまでは、本当に平和な町だったわ。それがいまじゃどこへ行っても、誰も彼もがあの話ばかり。ジャックの身に本当は何が起きたのか。レオの身に本当は何が起きたのか。わたしなら答えを知っていると、誰も彼もが思っている。あの晩、ひとりこの家にいたというだけの理由でね。だけど、わたしにも答えなんてわからない。わたしにもわからないのよ、ガス」

母はおれの手をそっと振りほどき、冷蔵庫を開けて、紙パック入りのオレンジジュースを取りだした。水切り台からグラスを取ると、そこにジュースをそそぎはじめた。母の手は震えていた。おれはふたたび母の肩を握りしめ、優しくこちらを振り向かせた。

「母さん?」

「ディンガスから電話があったわ」母はジュースを一口飲んでから、グラスを調理台の上に置いた。「わたしに会って話を聞きたいんですって。それから、テレビに出ているあの女のひとも電話をかけてきたわ」

「何も話さなかったろうね?」

「礼儀正しくふるまえたという自信すらないわ」

「ディンガスにはどうするんだい。十年まえに話さなかったことで、何か話せることがあるのか?」

母の視線が宙を移ろい、床の上の映写機へ落ちた。

「不安なのよ」母はぼそりとつぶやいた。

「何が不安なんだい」

母は自分の腕を抱きしめた。「わたしをくそ婆あとなじったときのこと、覚えてる?」

もちろん、忘れるはずがない。あのとき、おれと母は、〈ラッツ〉のメンバーと一緒にコーチの寄宿舎に泊まる泊まらないをめぐって、百度目くらいの言い争いをしていた。同じ年頃の子供たちとはちがい、おれが母に反抗することはめったになかった。父が死んでから、母子《ははこ》ふたりきりで生きてきたからかもしれない。けれど、そのときだけは、母の頬に平手打ちを食らわせたいくらいの気持ちだった。おれたちは二日間口をきかなかった。とうとうおれがごめんと頭をさげたとき、母がつぶやいたのは「あなたはまだ子供だからわからないのよ」というひとことだった。その言葉におれはかっとなった。〝くそ婆あ〟という言葉がふたたび口からあふれだしそうになった。

「ああ、覚えてるよ」とおれは答えた。

「わたしはあのとき、べつに意地悪をしていたわけじゃないのよ」

「わかってる。悪かったと思ってるよ」

「そうじゃない。あなたはわかってないのよ」

「何をわかってないんだ？　どうして母さんはそんなふうに謎かけみたいなことばかり言うんだ？」

母は肩に置かれたおれの手を取った。「あの寄宿舎のこと……」

「それがなんだっていうんだい。べつにおれたちはあそこで酒を飲んだり、マリファナを吸ったりしていたわけじゃないだろう？」

「いいえ、なんでもないわ。それより、わたしがあのテレビの女《ひと》と話をすると、どうして困るの？」

「べつに困りはしないさ」

「そうかしら」母はおれに背を向けて流しに向かい、どこも汚れてなどいない調理台を布巾で拭きはじめた。

「仕事に戻らなくていいの？」

「母さん、ちゃんと話してくれ」

「あの晩、レオが……」母は不意に喉を詰まらせ、布巾を両目に押しあてた。「レオがわたしに言ったの……自分は恐ろしいことをしてしまった、って……」

「何をしたっていうんだ？」

「わからない。わたしが聞こうとしなかったの。レオはわたしに聞いてもらいたがっていた。でも、わたしは耳をふさぎつづけた。そうこうするうちに警察がやってきて、話はそれっきりになった」

「レオがコーチを殺したってことか？　母さんはそう言いたいのかい」

「何が言いたいのかなんてわからないわ」そう言うと、母は布巾をおろした。「もう仕事に戻りなさい、ガス」

「母さん」

「父さんの映写機、だいじに扱ってちょうだいね」

母はおれを押しのけてキッチンを出ると、寝室へ姿を消した。


アパートメントの内階段をおりていくと、ジョーニーが受話器を片手に相槌を打ちながら、猛烈な勢いで紙にペンを走らせていた。おれは編集室を抜けて、受付カウンターに近づいた。ティリーは背を丸めて煙草を吹かしながら、コンピューターに向かっていた。

「メッセージがあるわ」そう言って、カウンターの上に置かれたピンク色の伝言用メモ用紙に顎をしゃくった。おれはメモ用紙を拾いあげ、殴り書きされた文字に目を走らせた。〝ミスター・カーペンター、わたしは《デトロイト・タイムズ》に勤める記者です。今日の午後、編集部へ原稿をおくるのに、そちらの編集室を使わせていただくわけにはいきませんか。何卒よろしく。R・クーレンバーグ〟

「シカゴのなんとかって女性からも電話があったわ。メッセージは残さなかったけど」

「とうとうお出ましだな」これだけ事件が大きくなれば、余所《よそ》の土地からも記者が押し寄せてくる。オードリーのダイナーやエンライツ・パブの常連客からコメントを聞きだしては、小さな町の大きな裁判についてやけに大袈裟な記事を書きたてる。だが、一日か二日もすれば、潮が引くように一斉に姿を消す。そしておれはひとりここにとどまり、《パイロット》を発行しつづけるのだ。メモ用紙はゴミ箱に放りこんだ。「婆さまがたの原稿は全部届いてるかい」

「レスリング大会の原稿以外は」

「その原稿は任せていいかな」

「あら、嬉しい。待ちきれないわね」

カウンターの電話機に目をやると、画面に表示された三十八という数字が赤く光っていた。「すごいな。読者への質問コーナーに、こんなに回答が戻ってきたのか?」

「いつもに比べて、目を見張るほど多いってわけでもないわ」

おれはティリーの言葉をやりすごし、再生ボタンを押して、最初の回答に耳を澄ませた。「オーク通り六六一番地のフィリス・T・フレイザーと申しますわ」


年老いた女の声は、まるで水中にでもいるかのようにひどくくぐもっていた。「わたしの意見はね、もちろん、湖にトンネルはあると思いますよ。だってねえ、わたしの伯父の息子で、ミシガン工科大学を卒業したケヴィンによりますとね、同じ大学を出た水素学者が湖底トンネルの研究にたずさわっているそうなんですよ。それに、湖底トンネルはずっと昔から語り継がれてきた言い伝えですもの。それこそ、わたしの記憶にもないほどの昔からねえ。ちなみに、わたしはいま七十六歳……いいえ、あともう少しで七十七歳になるわ。わたしたちはそれくらい昔から、ずうっとその言い伝えを信じてきたのよ。それを否定するなんてことは——

——」

「水素学者? そんなもの聞いたこともないぞ」おれはぶつくさとつぶやきながら、次の回答の再生ボタンを押した。「ひとつ尋ねてもいいかね?」男の声が聞こえてきた。その声はひどくしゃがれていた。男はひとつ咳払いをして、もうひとつ、またもうひとつ咳きこんでから、こう続けた。「いったいなんのために、貴重な紙面をこんなくだらないコーナーに割く必要があるのかね？　こんなたいへんなときに、湖底トンネルなんぞに誰がかまっていられるか。いまは社会保障制度の問題を——」おれは録音機の電源を切った。ティリーの顔が笑っていた。

「何か使えそうな回答はあったかい」

「いまは締切りまえで忙しいの」そう言うと、ジョーニーの机が置いてあるほうへ向けて、ティリーは手を一振りしてみせた。「どうせなら、期待の新人記者の心配をしてやりなさいな。出世の階段をのぼるチャンスがめぐってきて、ずいぶん浮き足立っているみたいだわ。そのためには、死人の墓を掘りかえすのがいちばんの近道ってわけね」

「なあ、何かあったのか、ティリー」

「ガス、ちょっといいですか！」ジョーニーが声を張りあげた。

おれは編集室へ引きかえし、声をひそめてジョーニーに尋ねた。「ティリーのやつ、何をぴりぴりしているんだろう」

ジョーニーの鋭い視線がおれを通り越し、ティリーのいるほうへ向けられた。「彼女、ここにいるあいだはほぼ一日中、盗み聞きをしてすごしてます。おかげでわたしは、どうしてひそひそ声で喋るのかとしょっちゅうネタ元に不審がられるんです」

「それで、何かあったのか？」

ジョーニーはぐっと声をひそめた。「法務部の連中は、きっとこのネタに尻込みするでしょう。ひょっとすると、あなたも」

「信任投票に感謝する。で、ネタというのは？」

「カナダの少年に接触しました」

「少年？」

「ブラックバーンのチームのエースだったのに、とつぜんホッケーをやめてしまったという少年。日記をつけていたという少年です。もちろん、いまは成人しています。彼の叔母が……セントアルバートの新聞社に勤めている女性が話してくれた、例の甥です。その甥が、とつぜん電話をくれたんです」

ジョーニーは興奮に顔を輝かせたが、なぜだかすぐにそれを引っこめた。まるで、何かが気に障りでもしたかのように。

「その甥から何を聞いたんだ?」

「ひとつ警告しておきます。これはひどく胸の悪くなる話です」

「どういうことだ」

ジョーニーはおれを机の上にすわらせると、顔をぐっと近くに寄せ、低く抑えた声で話しはじめた。「少年の名は、ブレンダン・ブレイクといった……いうそうです。ブレンダンはとても優秀な選手だった。とびぬけて優秀な選手だった。プロ・チームのスカウトが何人も視察に訪れたくらいだった。おそらく、そのうちの何人かはブラックバーンの知りあいだったんでしょう。ところが、ちょうどときを同じくして、ある出来事がブレンダンの身に降りかかりはじめた。二年後、ブレンダンはホッケーをきっぱりやめてしまった」

「ある出来事というのは?」

「最悪な出来事です、ガス」

「わかった。話してくれ」

ジョーニーは深く息を吸いこんでから口を開いた。

「ブラックバーンは、ことあるごとに、ブレンダンがひとりきりになるよう仕向けはじめた。大半は遠征先で。あるときはブラックバーンの自宅で。ブラックバーンはブレンダンを虐待していたんです」

「それはつまり――」

「そう、性的虐待です。すべて日記に書いてあるそうです」

「なんてことだ……いったい何をされたんだ?」

抑揚を欠いたきわめて客観的な口調で、ジョーニーは語りだした。おれは話を聞きながら、喉が締めつけられるような感覚を覚えていた。十代の少年が、どうしたらそんな出来事を日記に書き残すことができるのだろう。

「なぜその少年は……少年の両親は警察に通報しなかったんだ？」

「ばかを言わないでください、ガス。彼らはホッケーの町に暮らす、ホッケー選手を子供に持つ親なんです。そんなことをしたら、息子が周囲からどんな扱いを受けると思うんですか」

それは容易に想像がついた。ブラックバーンはもちろんのこと、その少年までもが、ブラックバーンの誘いを撥ねのけなかった同性愛者のレッテルを貼られる。チームメイトや、ほかのコーチや、ファンのなかにさえ、少年を〝オカマ〟や〝ホモ〟、あるいはもっとひどい言葉で嘲る者が出てくる。被害者であるはずの少年までもが町を去らなければならなくなる。いや、いずれにしても、少年はその道を選んだことだろう。

「だからブラックバーンを追いだして、それでおしまいにしたということか」

「ええ」

「そして、同じことがほかの町でも起きていた？」

「おそらく。まだ確証はありません。あと何本か電話を入れてみるつもりです」

「ブレンダンは真実を語っていると思うか？」

「なぜ嘘を語る必要があるんです？　そんなことをして、いまさらなんの得があるんです？　彼はわたしに打ちあけることができて、本当にほっとしたような声をしていました。まるで、このときを待ち侘びていたかのように。それに、ブラックバーンのその後を知りたくてたまらないという様子でした。死んだと聞いて残念だとも言っていました」

「自分を虐待していたかもしれない男が死んで、残念だと？」

「〝かもしれない〟ではありません」

「少し顔色が悪いぞ。だいじょうぶか？」

ジョーニーは首を振った。「じつは、わたしの通っていた高校にも同じような司祭がいたんです」

太鼓腹の上に黒いカソックを纏い、目の下のたるみきった中年男が頭に浮かんだ。「ブレンダンは怒っていたか？」

「そうは思いません。少なくとも、いまはもう。三十年もまえの出来事ですから」

「いまは何をしているんだ？」

「電気技師として働いているそうです。結婚もして、小さな娘もふたりいる」

それだけ聞けば充分だった。「わかった。原稿をあげてくれ」

「これを記事にするんですか、ガス。本気ですか？」

「ブレンダンはオフレコを要求していない。ちがったか？」

「ちがいません」

「ブレンダンの話は、セントアルバートの連中の証言とも一致しているんだろう？」

「ええ、もう一度電話で確認しました」

「そして、ブレンダンの話は殺人の動機にもつながる」つまりは、スーピーの動機に。それを認めないわけにはいかなかった。

「まあ、間接的にではありますが。ブラックバーンがここスタヴェイション・レイクでも、選手たちを性的に虐待していたという事実をつかまないかぎりは」ジョーニーの声の調子は、おれに何かを期待していた。だが、おれはそれに対する答えを持ちあわせていなかった。ジョーニーの口から語られた男は、おれにゴールの守り方を教え、日曜の晩にともに夕食を囲んだ男とはまるで別人だった。

「もし同じことがこの町で起きていたとしても、おれはそれに気づかなかった。とにかく、きみはすべてを文章にしろ。ありのままに、簡潔に」

「わかりました。罪状認否の原稿はすでにそちらへ送ってあります。それにしても、妙な話です。自殺協定うんぬんって、そんなの信じられますか？」

「おれには何を信じればいいのかもわからない」それだけ言って、おれは自分の机に向かった。記憶の奔流に押し流されながら。

22

「諸君」とブラックバーンは口を開いた。おれたちはリンクの中央でコーチを取り囲んでいた。一九八一年ミシガン州アイスホッケー大会の前日練習を、たったいま終えたところだった。ここスタヴェイション・レイクの地元リンクで開催される州大会が、いよいよ翌日に幕を開けようとしていたのだ。コーチはスティックを頭上に掲げると、天井の鉄骨に吊るされている四枚の青と金色の垂れ幕を指し示した。〈一九七七年、地区大会決勝〉と記された一枚の陰で、幅の狭い作業員用通路《キャットウォーク》にしゃがみこんでいるレオの姿が見えた。

「きみたちはこれまで、わたしがこの言葉を口にするのを百万回は聞いてきたはずだ。〝負けることも勝つ

ために は必要だ〟。わたしはそう信じている。きみたちもそれをわかっている。負けることで、われわれは強くなった。負けることによって、われわれはみずからの弱さを見つめ、それを克服してきた。心から望むものをいつなんどき誰に奪いとられるかわからない、その恐ろしさを骨身にしみて感じてきた」そこで少し間を置いてから、コーチは続けた。「だが、諸君、負けるのはもうこれまでだ。われわれは敗北から多くを学んだ。これよりは、勝利あるのみだ」

ミシガン州アマチュア・アイスホッケー協会への四年にわたる働きかけが実を結び、その年ついに、州大会の決勝トーナメント戦がここスタヴェイション・レイクで開催される運びとなっていた。州内各地から集まった選手、コーチ、選手の家族や応援団が、町で唯一のホテルやルート八一六号線沿いのモテルに押し寄せた。毎朝七時をまわるころには、オードリーの店から行列があふれだした。余所《よそ》からやってきた観客たちは、光沢紙に刷られた大会パンフレットや、〈リヴァー・ラッツ〉のロゴマークが刻まれた記念パックを買い漁った。リンクの駐車場に立ち並ぶ屋台に群がり、こんがりと焼けた燻製ソーセージのキールバーサや香草入りのブラットヴルスト・ソーセージをわれ先にと買い求めた。その週のあいだじゅう、グランドラピッズや、マーケットや、トレントンや、アナーバーからやってきた人々がブラックバーンを探しあてては、大会の盛況と景観の美しさを口々に褒め称えた。

だが、どれだけの喝采を浴びようと、どれだけのカネが目抜き通りに流れこもうと、地元ファンの目の前で、地元のリンクで、ホッケー協会のお偉方が見守るなかで、〈リヴァー・ラッツ〉が優勝を手にしなければ、大会が成功したことにはならなかった。それをコーチはわかっていた。そしてコーチも、町の人々も、こう信じていた。おれたちならやれる、と。その年〈ラッツ〉が敗北を喫したのは、五十七試合中でたったの六試合だった。メンバーのうちの三人——スーピーにテディ、かつてレギュラーをはずされ、怒り狂う親たちが招集したあの会合のあとチームに復帰したジェフ・シャンパーニュ——は、州のオールスター・チームの選抜メンバーに名前をあげられてもいた。そして、おれたちは一年まえにも、準決勝で〈パイプフィッターズ〉と接戦を繰りひろげ、優勝まであと一歩のところに迫っていた。

「最初の年に約束したことを覚えているな？」とコーチは言った。「われわれはチーム一丸となって、究極のゴールをめざすと誓いあった。では、訊こう。究極のゴールとは？」

「ひとつの試合に勝つことです、コーチ！」おれたちは声を揃えて答えた。

「そうだ。すべての試合ではない。たったひとつの試合に勝つ。そしていま、われわれはその〝たったひとつの試合〟に臨もうとしている」コーチは掲げていたスティックをおろした。「われわれは明日、準々決勝でその試合を戦うことになる。金曜の準決勝で、ふたたびその試合を戦うことになる。そして土曜の午後には、州大会優勝をかけて、そのたったひとつの試合に勝つことになる。そうだな？」

「はい、コーチ！」

コーチは天井を見あげて、声を張りあげた。「レオ、やってくれ！」

おれたちも一斉に天井を見あげた。レオが垂れ幕から垂れ幕へ小走りに進んでは、鉄骨にくくりつけられた紐をほどいていった。一枚、また一枚と垂れ幕が宙を舞い、氷の上にぱさりと落ちた。コーチはそれをすべて拾い集めて、リンクから運び去った。

当然ながら、コーチはそれぞれのチームを打ち負かすための戦術を用意していた。準々決勝の相手は、動きは敏捷だが小柄な選手の多い〈ファイフ・エレクトリック〉というデトロイトのチームだった。おれたちは相手を掻きまわして体力を消耗させ、試合終盤に二得点をあげて、三対一の勝利をおさめた。決勝点をあげたのはスーピーだった。続く準決勝で対戦した〈カパーストーン・スポーティンググッズ〉に対しては、得点源であるセンターとフォワードの選手ふたりを執拗にアウトサイドへ追いつめ、その動きを封じこめる一方で、自陣ゴールの前の守備を固めた。四対一で勝利した得点のうち、スーピーは二得点をあげた。いずれの試合でも、おれたちは〝ネズミ捕り〟作戦を巧みに駆使した。〝ネズミ捕り〟を張ってリンクの中央をふさぎ、相手チームの突破をことごとく防いだ。相手チームとその応援団は〝ネズミ捕り〟をなじり、罵った。〈ラッツ〉の親や応援団がかつてそうしたように。だが、もちろんいまは、親も応援団も〝ネズミ捕り〟を絶賛していた。そのおかげでおれたちがここまで勝ち進んできたのだということを、ちゃんとわかっていたから。それこそ、コーチが好んで口にするあの言葉――人々は、そこに至るまでの過程など気にかけちゃいない。彼らにとってだいじなのは結果だけだ――という言葉のとおりに。

　おれたちは決勝で〈パイプフィッターズ〉と優勝を争うことになった。〈パイプフィッターズ〉は準々決勝、準決勝のいずれも五対〇、七対一の大差で圧勝していた。選手はみながたいが大きく、足も速い。顎鬚や頬髯、背番号が隠れるほどの長髪には、途方もない威圧感がある。〈パイプフィッターズ〉の実力は総じておれたちをうわまわっていた。彼らを打ち負かすためには、〝ネズミ捕り〟を完璧に遂行したうえで、いかなる得点のチャンスも見逃さず、その隙に乗じるしかなかった。ただし、そうした戦略をすべて漏れなく実行したとしても、十七番のビリー・フーパーをとめないことには、勝利をおさめることは不可能と思われた。

各大学のスカウトが視察に訪れるようになったのは、フーパーがわずか十三歳のときだったという。その年、フーパーは〈パドックプールズ〉のメンバーとして八十試合に出場し、百二十七得点をあげていた。のちに、父親をアシスタントコーチとして迎えることを餌にして、〈パイプフィッターズ〉がフーパーを引きぬいた。そのときフーパーは十六歳。いくつもの大学から入学を乞う声がかかっていた。カナダ・ジュニア・リーグのドラフト会議で一位指名を受けることも確実視されていた。ところが、その夏に起きたある事故で、フーパーは左目の視力を失った。その原因は、〈パイプフィッターズ〉の身内のあいだではこんなふうに語られていた。デトロイト近郊のフォード・フリーウェイを走っていたとき、フーパーは車がエンストして困っている女を見つけた。女の車に自分の車のバッテリーをつないでやり、エンジンをかけようとしたとき、バッテリーが爆発した。顔のほうはどうにか重度の火傷を免れた。だが、左目に熱い酸の飛沫《しぶき》を浴びてしまったのだ、と。ところが、〈パイプフィッターズ〉の外部では、それとはまたべつの噂が駆けめぐっていた。あの左目の怪我《けが》は、サザンカンフォート・リキュールや、超特大の爆竹や、隣家の郵便受けが関係しているらしい、というものだった。医者はフーパーに、ホッケー選手としての未来はないと告げた。ところがその年の秋、〈パイプフィッターズ〉で適性テストが行なわれた日、黒い眼帯をつけたフーパーがリンクにあらわれた。はじめのうちは苦労や苦悩が見てとれた。距離感を失った者にとって、シュートやパスの強度を見きわめることはきわめて困難だった。視野が半分欠けていては、死角からの攻撃を多用されることも危ぶまれた。それでもフーパーはプレーを続けた。テスト試合が始まると同時に、眼帯をはずした。チームメイトたちから〝デッドアイ〟の異名を賜った。数カ月が経つころには、ふたたび敵のディフェンスやキーパーをきりきり舞いさせるようになった。その年のシーズンの終わりには、ミシガン州で最も話題の選手のひとりに返り咲いていた。だが、大学進学やNHL入りの話題に触れる者は、もはやひとりもいなかった。片目の選手が自分たちのレベルでやっていけると信じるスカウトは、ひとりも存在しなかった。リンクのまわりでスカウトの姿を見かけることはなくなった。

今大会の準々決勝と準決勝の二試合で、フーパーは縦横無尽にリンクを駆けまわり、五本のゴールと四本のアシストを決めていた。リスト・ショット。低い軌道のスラップ・ショット。フェイントからのシュート。鋭く打ちあげたバックハンド・ショット。ゴール裏に追いこまれたと見せかけて、そこから放ったパックをキーパーの脹脛にぶつけ、跳ねかえったパックをゴールにおさめるという妙技まで披露してみせた。ディフェンスをかわしてゴールへ突進する際には、行く手のキーパーをじっと見すえ、かならずと言っていいほど巧みなフェイントをかけて、相手に膝をつかせた。それから、ほとんど足をとめた状態で、キーパーの頭上へ冷静にパックを押しこむのだった。

コーチもそれに気づいていた。準決勝を勝ちぬいたあと、三番のロッカールームでベンチに並んですわるスーピーとおれのあいだに、コーチは尻を割りこませてきた。「ガス、明日の晩は十七番に注意しろ。忘れるな。きみはスタンドアップ型のキーパーだ。きみも見ていたろう？　あれはたいへんなペテン師だ。ありとあらゆる手を使ってフェイントをかけてくる。だが、すべてはきみの顔を氷につかせるため、その頭上にシュートを叩きこむための戦略だ。その罠に引っかかるな。きみはフロッパーではない。何があろうと膝をつくな」

「はい、コーチ」

「よし」コーチはおれの肩に腕を置いた。「今夜はうちへ来るかね？」

その晩は、チームのメンバー全員が寄宿舎へ招かれていた。はじめて迎える大舞台のまえには、チームが一丸となることが重要なのだとコーチは言った。だから、選手全員が寄宿舎に泊まることになっていた。おれひとりを除いては。おれが寄宿舎に泊まることを、母が頑として許してくれなかったのだ。

「いえ、おれは行けそうにありません、コーチ。ほら、おふくろが……」

「ああ、そういうことか。しかし、今夜だけはきみにも参加してもらわなきゃならない。おふくろさんには、わたしからもう一度話してみよう」

おれが〝くそ婆あ〟と母をなじったのは、その晩のことだった。

翌朝、試合まえの足馴らしに集まったとき、スーピーはやけに口数が少なかった。おれはロッカールームに入ると、左のスケート靴に足を押しこもうと悪戦苦闘しているスーピーの隣に腰をおろした。

「ゆうべは楽しかったか？」

「いつもと同じだ」スーピーは答えながら、踵を床に打ちつけはじめた。

「みんな、ちゃんと睡眠はとれたんだろうな？」

「試合のまえに一眠りするさ」

「なあ、どうかしたのか」

「緊張しているだけだ」

試合開始までにはまだ何時間もあるというのに、すでにおれの胃袋は銛に刺さったバスみたいにのたくっていた。だが、スーピーが緊張しているところなど、それまで一度も見たことがなかった。どんな試合をまえにしても、仲間とふざけあったり、絶縁テープを投げあったり、冗談を飛ばしあったりしていた。いまこのときも、けっして緊張しているふうには見えなかった。ただ単に、いつものスーピーらしくないというだけだった。何かがいつもとちがっていた。

扉が開き、コーチが部屋に入ってきた。「おはよう、諸君。覚悟はいいか？」

「はい、コーチ！」全員が声を揃えた。ただひとり、スーピーを除いて。スーピーはスケート靴を履くことになおも腐心していた。

「スワニー？」コーチが呼びかけた。

それでもスーピーは顔をあげようとしなかった。顔を伏せたままヘルメットを頭に載せ、スティックをつかんで立ちあがると、コーチの脇をすりぬけてロッカールームを出ていった。コーチは黙ってスーピーを見送った。入れちがいに、肩からスポーツバッグを提げたテディ・ボイントンが入ってきた。コーチはその背中を叩いて言った。「覚悟はいいか、タイガー？」

「ええ、まあ」とテディは答えた。

スティックのブレードにテープを巻きつけているウィルフに、おれは顔を寄せた。「スーピーのやつ、どうしちまったんだ？」

「おれが知るもんか。片目の選手の影をテディが務めることになったから、腹でも立ててるんじゃないか」

「フーパーに影をつけるのか？」

〝影〟の選手は、試合のあいだじゅうビリー・フーパーにぴったり張りつき、フリーの状態でパックを手にするのをことごとく阻む。きわめて難しい任務ではあるが、うまくいけば多大な栄誉を得ることのできる大役だ。ただし、影となる選手は足が速く、技術にも優れていなければならない。なおかつ、自己を殺せる自制心をも備えていなければならない。そして、フーパーにも匹敵するスピードと技術を兼ね備えた選手など、スーピー以外には考えられなかった。

「たしかなことはわからないけどな」とウィルフは続けた。「ゆうべ二時間くらい、コーチがスーピーとテディのふたりだけを自宅のほうに呼び寄せたんだ。寄宿舎に戻ってきたとき、テディがそんなふうなことを言っていたような気もするけど、おれは半分寝ぼけてたから」

「驚いたな。影なんて、これまで一度も試したことがないじゃないか。コーチはずいぶんあのフーパーを買ってるんだな」とおれは言った
「フーパーなんてくそ食らえだ」とウィルフは毒づいた。

八時間後、おれたちは三番のロッカールームにふたたび集結し、ユニフォームへの着替えも済ませて、州大会決勝戦に挑む瞬間を待っていた。

おれはスーピーの隣にすわって、エッゴの親指に巻いた黒い絶縁テープを見つめていた。試合に出るのが怖くて仕方なかった。だから、さっさとリンクに出たかった。ゴールキーパーというのは、そういうふうに考えるものなのだ。いざゴールの前に立ち、スケート靴の刃で周囲の氷を蹴散らしながら、スティックをゴールポストに叩きつけているあいだも、胃袋は腹のなかで跳ねまわっている。胃の痙攣がおさまるのは、一発目のシュートが飛んできたあとのことだ。それを叩《はた》き落とすなり、足で弾きかえすなり、キャッチング・グローブでつかむなりしたとき、ようやく緊張は消え去る。そこに痛みが伴えば、さらに好都合だ。

ロッカールームに響いているのは、ゴムマットを敷いた床にせわしなく打ちつけられるスティックの音だけだった。閉じた扉の向こうでは、観客席をざわめきが包んでいる。扉がばたんと音を立てて開き、コーチが姿をあらわした。扉の隙間から、ロッカールームとリンクのあいだを埋めつくす青と金色の人垣が見えた。拍手や歓声が耳をつんざいた。コーチのあとに続いて、レオが部屋のなかに滑りこんできた。コーチは扉に錠をおろし、おれたちの前に立った。スーツにネクタイを締め、〈リヴァー・ラッツ〉の金のスティックピンを下襟に刺している。その目が室内を見わたした。ひとりひとりと目を合わせてから、コーチは両手を胸の

前で打ちあわせた。

「諸君、言うべきことは三つだけだ」コーチは言って、ひとさし指を突き立てた。「一つ。いつもどおり、ネズミ捕りを徹底すること」

続いて、二本の指を突き立てた。「二つ。〈パイプフィッターズ〉のキーパーはいいグローブをはめてはいるが、足もとの攻撃にはてんで弱い。やつにはその足を使わせろ。シュートは低めを狙い、リバウンドをネットに叩きこめ」

そして最後に、三本の指を突き立てた。「三つ。われわれは十七番に影をつける。テディ・ザ・タイガーにその大役を任せる」

おれはスーピーに顔を向けた。スーピーはいつものとおり、おれの左隣にすわっていた。その目は床を見すえていた。「十七番にはスピードがあり、そこそこ技術もある」とコーチは続けた。「しかし、荒っぽいプレーには免疫がない。そうだな、タイガー?」

「はい、コーチ」テディが答えた。

「じつのところ、あんなものは単なるチビのオカマだ。ちがうか、タイガー?」

「オカマ好みの派手な曲芸ばかりを得意とする、片目のオカマです」とテディは答えた。その目は部屋の反対側にいるスーピーに向けられていた。唇の端がかすかににやりと笑っていた。ほかのみんなはテディを囃したて、「いいぞ、テディ!」だの「やってやれ!」だの「チビのオカマを叩きのめせ!」だのとわめきだした。だが、スーピーは床を見つめつづけていた。おれはスーピーを肘で小突いた。スーピーがいなければ、チームが勝利をおさめることは不可能だ。

「スーピー?」おれは小声でささやいた。「フーパーにかかりきりにならずに済んでよかったじゃないか。あいつはいま片目しか見えていないんだしさ。それに、向こうはおまえに影をつけてくるかもしれないぜ」

スーピーは何も答えなかった。

「さて、諸君、そろそろ行くぞ？」コーチの声がした。おなじみの合言葉だ。いつもならスーピーがおれの肩を叩き、「今夜のおまえは巨大なスポンジだ……」などと言いだすところだった。だが、スーピーは動かなかった。全員が立ちあがり、コーチを取り囲みはじめた。おれもベンチから立ちあがって、傍らのスーピーを見おろした。「スーピー？」それでもスーピーは動かなかった。

コーチが輪の中央に右手を突きだすと、おれたちも腕を伸ばして、グローブをはめた手と手を重ねた。コーチがつま先立ちになって、おれたちの頭越しにスーピーを見やった。「スワニー？」スーピーは目を伏せたままゆっくりと立ちあがり、こちらに近づいてきて、おれの腕の上に手を重ねた。コーチはその様子をじっと見守っていた。それからおれたちを見まわして言った。「いまこそ、究極のゴールだ」

「究極のゴール！」おれたちは声を揃えた。スーピーを除く全員で。

あきらかに自分たちよりスピードがあり、技術も優れたチームと対戦する場合、ゴールキーパーに課せられた役目はただひとつ。反撃のチャンスがめぐってくるまで、点差を開かせないようゴールを死守することだ。点差を一点、あるいは二点以内にとどめておけば、チームは逆転勝利をあきらめることなく、忍耐と緊張感を保つことができる。ところが、点差が三まで開いてしまうと、焦りが先に立つようになる。ばかげたミスを繰りかえすようになる。そうなったらおしまいだ。スピードと技術を兼ね備えたホッケー・チームにとって、頭に血がのぼったキーパーほど恰好の餌食はない。

そして、この決勝戦の第一、第二ピリオドほど、おれの頭に血がのぼったことはなかった。

〈パイプフィッターズ〉は試合開始のフェイスオフから早々にパックを奪うと、左サイドのフェンス際にそれを放りこんできた。敵の選手ふたりがパックに突進した。それを追いぬいたスーピーがパックを奪い、ゴール裏へ投げこもうとした。ところが、敵のひとりがそれを空中で叩《はた》き落とした。次の瞬間にわかったのは、パックがおれの真正面に転がり落ちてきたことと、ディフェンスを振りきったフーパーが十五フィート先まで迫ってきていることだった。フーパーが鋭く打ちあげたシュートは、おれの首の左側を直撃した。防護マスクが頭から弾け飛ぶほどの強烈なショットだった。首にあたったパックは下に逸れ、ゴールポストにあたって跳ねかえった。仰向けに倒れこみそうになる身体でおれは必死に腕を伸ばし、頭上に渡されたクロスバーをつかんだ。笛の音《ね》が聞こえた。だが、フーパーは足をとめなかった。そのままゴールに突っこんできた。フーパーの左目がすぐ目の前にあった。貝の剥き身を思わせる、灰色に濁った痰のような瞳。フーパーはそれをおれに見せつけたかったのだ。「とっとと離れろ」おれはフーパーの身体を押しやった。フーパーは笑いながら、氷の上に転がった防護マスクを蹴飛ばした。するとそこへ、スーピー、テディ、ウィルフ、そして〈パイプフィッターズ〉の選手ふたりが一斉に押し寄せてきて、罵りあいの押しあいへしあいが始まった。駆けつけた審判に引きはがされたあと、腰を折って防護マスクを拾いあげようとしたとき、スーピーがテディを振りかえり、強く胸を突くのが見えた。両チームの選手、フェンスの向こうで鈴なりになっている応援団の視線がそそがれるなか、テディは危うく尻餅をつきかけた。「いったい何をしてやがったんだ?」スーピーはテディに怒声を浴びせた。テディはくるりと背中を見せて、自分のポジションに戻っていった。ふたたびフーパーの笑い声が聞こえた。「みんな、しっかりしろ!」おれは檄を飛ばした。首が燃えるように熱かった。胃の痙攣はすっかりおさまっていた。

続く十四分間は、〈パイプフィッターズ〉がおれたちの陣地を去ることが一瞬たりともないかのように思えた。おれたち六人に対して、向こうは倍の人数を氷上へ送りだしているのではないかとも思えた。自陣を区切るブルーラインの上に見えない壁が存在していて、パックがリンクの向こう側へ転がるのを阻んでいるような気までしてきた。おれは左右のゴールポストを確認しつつ、前後左右へ慌ただしく位置を変えながら、パックとゴールの直線上に必死に立ちはだかった。敵はまるでミツバチのように、執拗にゴールのまわりを駆けめぐっていた。パックは敵のスティックからスティックへ渡り、コーナーからゴール正面へ、そこからゴール脇へ、そこからフェイスオフ・スポットへ、おれの背後へ、おれの正面へと、めまぐるしく移動していった。それが何度も、何度も繰りかえされた。シュートはあらゆる方向から飛んできた。一度に二本も三本ものショットを浴びせられることもあった。おれはそれを足でサイドへ蹴りだした。空中でキャッチした。肩や、胸や、エッゴや、防護マスクで弾きかえした。可能なときにはかならず、胸やグローブでパックを抱えこみ、フェイスオフの判定がくだされるのを待った。そうすれば、チームメイトが少しでも足を休めることができるから。〈ラッツ〉のメンバーはみな、大きく息を切らしていた。

やがて、テディがはじめのうちよりフーパーの動きについていけるようになった。それでも、形勢が不利であることに変わりはなかった。フーパーを封じたところで、敵の四人に対してこちらの四人が残されるだけのことであり、ひとりひとりの実力はほぼ向こうが優っていたから。とはいえ、これほどまでの苦戦を強いられている理由の一部はスーピーにあった。スーピーの実力は〈パイプフィッターズ〉の面々にも、フーパーにさえ劣らぬはずだった。なのに、その実力をいっさい発揮しようとしていなかった。パックのコントロールは定まらず、敵陣への突破をはかろうともしない。なぜか自陣にとどまってばかりいる。コーチもそれをわかっていた。ベンチにさがるたび、スーピーの顔を鋭く睨《ね》めつけていた。だが、スーピーはそれすらも無視していた。

ピリオドの終了まで残り二分を切ったとき、ばかでかい図体をした敵のディフェンス、その名もウォールマンが、テディとフーパーのあいだに身体を割りこませた。フーパーのマークが完全にはずれた。フーパーはどこからともなくパックを受けとると、左右の靴紐を結びあわされでもしたかのようにぶざまに駆け寄るジルチーをもフェイントで振りきった。あとに残されたのはおれとフーパーだけだった。シュートの角度を殺すため、おれはゴールから前へ滑りでた。高まる歓声や怒号が耳を聾するなか、コーチの声が頭のなかでこだましていた——何があろうと膝をつくな。フーパーが左肩を落としてシュートの構えをとるのが見えた。右膝が崩れそうになるのを必死にこらえた。おれが左に重心を移すと、フーパーはスケート靴の刃を氷に食いこませて、同じ方向へ切りかえした。次の瞬間には、パックがバックハンドの位置に移っていた。ほかのチームのキーパーに同じ手を使っているのを、これまで何度も目にしてきた。おれもみんなと同じように、膝をついてしまいたかった。脚も、身体も、それを望んでいた。フーパーはおれの右側にパックを放った。膝が崩れそうだった。腰が抜けそうだった。重心は左に傾いていた。だが、おれはとっさに右手を——エッゴに覆われた手を突きだした。氷の上に倒れこみながら、エッゴの縁《ふち》でかろうじてパックを上へ弾いた。氷の上に大の字に転がったまま後ろへ首をまわすと、パックが頭上のクロスバーにあたって高く跳ねあがり、ゴール裏のフェンスを越えていくのが見えた。いや、ただ単に、そういう音が聞こえただけかもしれない。笛の音《ね》がけたたましく鳴り響いた。おれは弾かれたように立ちあがった。華麗なプレーとはいかなかった。だが、おれは見事に、フーパーとの一騎打ちに勝利したのだ。観客席から大合唱が湧き起こっていた。「ガス！　ガス！　ガス！」フーパーがくるりと振りかえって足をとめ、まっすぐおれを見すえてきた。目と目が合った。フーパーはにやりと笑うと、見えているほうの目でウィンクをしてみせた。おれはそこから目を逸らした。

そしてついに、反撃のチャンスがめぐってきた。パックを敵陣へ放りこもうとしたジェフ・シャンパーニュを、ウォールマンが左サイドのフェンスに押しつぶした。そのとき、ウォールマンのスティックの先がフェンスのつなぎ目に引っかかって、ぽきんと折れた。ウォールマンは折れたスティックを投げ捨て、足でパックを蹴りだそうとした。氷に膝をついていたジェフがとっさにスティックを伸ばし、パックをウォールマンの背後へ押しやった。それからすぐさま立ちあがると、ウォールマンをぐるりと迂回して、敵ゴールへ突進しはじめた。〈パイプフィッターズ〉の憐れなキーパーは、寒さに凍えていたにちがいない。この十分ほどのあいだは一本もシュートを見ていなかったのだ。キーパーはもちろん、すぐに膝をついた。ジェフはそれを待って、キーパーの右肩を越える強烈なシュートを叩きこんだ。ゴールランプが赤く光った。おれはゴールを飛びだし、スティックを振りあげながらブルーラインまで駆け寄った。自分の目が信じられなかった。〈パイプフィッターズ〉の二十二本に対し、〈ラッツ〉がこれまでに放ったシュートはわずか二本。にもかかわらず、〈ラッツ〉が一対〇の先制点をあげたのだ。

第三ピリオド、つまりは最終ピリオドが始まっても、おれたちは一点のリードを守りぬいた。ネズミ捕りはそこから本領を発揮した。〈パイプフィッターズ〉の攻撃の芽を執拗に摘みとった。敵のパスはことごとく目標をはずれた。こちらのディフェンスを振りきることも、第一ピリオドほど容易ではなくなっていた。コーチの指示どおり、おれたちは自陣内ではゴール前に密集し、ゴールラインを割る確率の低い外からのシュートばかりを相手に打たせた。

時計はカウントダウンを続けていた。残り十分、七分、五分。いまや、激しく息を切らし、焦りを募らせているのは〈パイプフィッターズ〉のほうだった。自分たちが負けようとしていることに驚いているようでもあった。残り時間が三分十六秒と表示されたとき、その驚きは憤りに変わった。選手のひとりが〈ラッツ〉の選手にスティックをぶつけてペナルティをとられ、二分間の退場を命じられたのだ。敵のコーチは審判に殴りかからんばかりに怒り狂った。いまや〈パイプフィッターズ〉のほうが、ばかげたミスを繰りかえしはじめていた。二分のあいだ、〈パイプフィッターズ〉は選手を一人欠いた状態で試合を進めなければならない。スタンドでは、〈ラッツ〉の応援団が早くも祝賀の声をあげはじめていた。州大会優勝のタイトルが手の届く距離に迫っていた。あとおれたちがしなければならないのは、ゴールにパックを入れさせないことだけだった。

そのとき、何を思ったか、敵陣にいたテディがフーパーのマークを離れ、転がるパックを追いかけはじめた。フーパーもまた、ほかのチームメイトと同様にへばりきってはいた。惜しくもおれにとめられたあのシュート以来、まともに打たせてもらえたシュートは一本もなかった。だから、テディはこう考えたのかもしれない。選手の数がひとり多い状態のいまなら、みずからゴールを決められるかもしれない。このおれが駄目押しの一得点をあげてやろう。だが、転がるパックを追いはじめたとき、テディとフーパーのあいだにはすでに五歩分の距離が開いていた。「よせ、タイガー！」コーチが叫ぶのが聞こえた。テディがパックに追いつくと同時に、ウォールマンが死角から忍び寄り、体当たりを食らわせた。ペナルティの判定を求めて、〈ラッツ〉の応援団が怒号をあげた。ウォールマンはパックにスティックを叩きつけた。パックはフェンスにあたって跳ねかえり、フルスピードでリンクを突っ切るフーパーの前方に転がり落ちた。「タイガー！　立て！」コーチがわめいた。だが、すでにフーパーは自陣を抜けだしていた。

テディの無謀なくわだてに、おれたち残りのメンバーは不意を衝かれていた。逆サイドにいたスーピーが瞬時にあとを追いはじめたとき、すでにフーパーは右サイドからこちらに襲いかかってきていた。おれはゴールから飛びだした。フーパーがスティックを振りかぶった。一瞬にして、パックが視界から消えた。一秒とあいだを置かず、立てつづけに三つの異なる音が鼓膜を震わせた。まずは、堅い木がパックに叩きつけられる音。続いて、ゴールポストとクロスバーの継ぎ目にパックがあたる、不吉な金属音。そして、〈パイプフィッターズ〉の応援団の大歓声。フーパーはスティックを高々と掲げ、おれの前を滑りぬけながらこちらに顔を向け、見えるほうの目でふたたびウィンクをしてみせた。そして、こう言った。「見えない、とめられない」

ユニフォームの背中を誰かがつかんだ。怒りで顔を真っ赤に染めたスーピーだった。「ブラックバーンのくそったれめ。こうなることはわかりきってたんだ」スーピーはそうまくしたてた。防護マスクの格子を通して、頬に唾が飛んできた。

「忘れろ、スーピー。この試合はおれたちが勝つ」

「おまえはわかってない」とスーピーは言った。その肩越しに、ベンチから大声でジルチーとウィルフを呼び寄せるコーチとレオの姿が見えた。「ブラックバーンはおれたちを食い物にしてるんだ」とスーピーは続けた。

「落ちつけよ、スーピー」

「落ちついてなんかいられるか」スーピーはおれに背を向けて滑り去ろうとした。ジルチーとウィルフが近づいてくるのが見えた。するととつぜん、スーピーはおれに向きなおり、こうわめいた。「見てろよ、トラップ！　あのくそったれどもに、オカマ好みの派手な曲芸を見せつけてやる！」

それが何を意味しているのか、おれにはすぐにわかった。

その瞬間が訪れたとき、サドンデスの延長戦はすでに五分が経過していた。〈ラッツ〉が敵陣にパックを放りこむ。敵の二十五番に高く打ちあげられたパックが、ゴール裏のフェンスにあたって跳ねかえる。ジェフがそれを胸で受けとめ、ゴールの左脇へ転がす。そこに待ち受けていたのは、いつのまにかディフェンスの持ち場を離れていたスーピーだった。〈パイプフィッターズ〉のディフェンスふたりが、スーピーに詰め寄った。だが、スーピーは右へ片足を踏みだし、続けざまに今度は左へ足を踏みだして、敵のディフェンスふたりを振りきり、ゴールの裏へまわりこんだ。ふたりは一瞬、ゴールの前に立ちつくした。キーパーが頭上のクロスバーをつかみ、狂ったように首を左右にまわして、スーピーがどちら側から飛びだしてくるのかを見きわめようとしはじめた。けれど、おれだけにはわかっていた。これから何が起ころうとしているのかをわかっているのは、このリンクのなかでおれだけだった。おれは映画館のなかでただひとり、上映中の映画を見たことのある人間だった。どんな結末が待っているのかを知っている唯一の人間だった。いかにコーチに腹を立てていようと、スーピーはこの試合の英雄となる。おれにはそれがわかっていた。

スーピーはスティックのブレードでパックをすくいあげると、ラクロスの要領でスティックを後ろに振りかぶった。あまりにすばやい、流れるような動作だった。まえにも同じものを見たことのある人間でなければ、何が起こっているのかを把握することは不可能だった。だが、おれの目には、それがスローモーションのように映っていた。それは、何カ月もまえのある日の午後、リンクにひとり残って、ゴール裏からネットにパックを叩きこんでいたスーピーの姿だった。凍てつくように寒い月のない夜、自宅のガレージ裏に張った氷の上で、どこまでも滑稽で、どこまでも崇高なその動作を、コーチにも、おれ以外の誰にも知られずこっそり練習しつづけていたスーピーの姿だった。〈ラッツ〉と〈パイプフィッターズ〉の面々が視界のなかを交錯していた。おれは低く腰を落とし、スーピーの姿をはっきりとらえられる位置まで、そっと前に滑りでた。スーピーがスティックを振りかぶっている。白いテープを巻きつけたブレードの上で、パックが黒い染みのように浮きあがって見える。その直後、大きくスペースの開いたゴールの上端をめがけて、スーピーがスティックを振りぬいた。おれは両腕を高く突きあげ、大股に一歩、さらにもう一歩踏みだした。点灯するゴールランプと、試合終了を告げる笛の音《ね》と、沸きかえる観衆の喝采を待ちながら。おれたちはついに、州大会優勝のタイトルを勝ちとったのだ。

だが、その瞬間はどれひとつとして訪れなかった。歓声の代わりに聞こえてきたのは、何かが金属を叩く音だった。あとになって知ったことだが、それは、パックがクロスバーにあたって跳ねかえる音だった。点灯するゴールランプの代わりに目にしたのは、〈パイプフィッターズ〉のキーパーがスティックの先を上に向けて、空高く舞いあがったパックを指さす姿だった。リンクにいる全員がパックを探して、おれのほうを振りかえった。

最初にそれを見つけたのはビリー・フーパーだった。フーパーは氷を蹴ってひとり自陣を飛びだし、左サイドを疾走しはじめた。ジルチーとスティーヴィーが遥か後方からあとを追いはじめた。「戻れ、ガス！ 戻れ！ 戻れ！ 戻れ！」コーチがわめくのが聞こえた。おれは足もとを見おろした。勝利が決まったものとぬか喜びしたおれは、いつのまにかゴールから四十フィートも離れたブルーラインを越えようとしていた。空高く舞いあがっていたパックは、おれの前方、およそ十五フィートの地点にぽとんと落ちた。フーパーの進路の真正面だ。一瞬の迷いが生じた。何を血迷ったか、自分がフーパーより先にパックにたどりつけるだろうかと考えたのだ。もうひとつのあやまちだった。おれが後退を始めると同時に、フーパーはパックにスティックを伸ばした。コーチが何かを叫んでいた。〈パイプフィッターズ〉の応援団が金切り声をあげていた。無人のゴールとのあいだには、なおも二十フィートの距離が開いていた。フーパーはおれのほぼ真横に迫ろうとしている。スピードでフーパーに優る可能性は露ほどもない。もはや選択の余地はなかった。

おれは氷に身体を投げだした。両脚のレッグパッドを重ねてバリケードをつくりながら、フーパーをめがけてスライディングした。フーパーがうろたえてくれることをひたすら願いながら。焦ったフーパーが慌ててシュートを放ち、パックがおれの身体のどこかにあたるか、大きく的をはずれるかしてくれることを願いながら。歓声と怒号がふくれあがった。フーパーの身体が大きく左にかしいだ。パックはおれが伸ばしたスティックのすぐ先にあった。フーパーのスケート靴の刃が氷を削った。氷の飛沫《しぶき》がおれの首と顔に針のように突き刺さった。フーパーはバランスを崩し、氷の上に倒れこんだ。おれは摩擦を利用して、スライディングに急ブレーキをかけた。腰をひねり、エッゴをはめた手を氷について、上半身を起こした。両チームの選手が氷を跳ね散らしながら、こちらに向かってくる。パックは無人のゴールの十フィート手前に転がっている。フーパーのスティックがぎりぎり届かない位置だ。

もしおれがすぐさま跳び起き、そちらをめがけて身を躍らせ、スティックを突きだしたなら、フーパーのスティックがいっさい届かない距離までパックを弾き飛ばすことができたかもしれない。だが、おれはそうしなかった。代わりに、フーパーの顔へ目を向けてしまった。ふたたび目と目が合った。視力を失ったその瞳に、おれはことさらぎくりとさせられた。フーパーが自分の夢を永遠に失おうとしているのだということ、そしていま、その最後の望みをおれが断ち切ろうとしているのだということに、心の片隅で気づいてしまったからかもしれない。あるいはただ、完全に息があがっていただけなのかもしれない。理由はなんであれ、とにかくおれはその場に凍りついた。それほど長いあいだではない。おそらくは〇・五秒といった程度だろう。けれども、その〇・五秒のあいだは、まるで手足が氷に貼りついてしまったかのようだった。その後何年ものときをすごすうち、その〇・五秒は一秒となり、五秒となり、一分となり、町の人々の記憶のなかでは一生涯にあたる時間となった。やがてはエルヴィス・ボントレガーがこんなことまで言いだすようになった。「やつがあそこに寝そべって、あのくそ忌々しいパックをぽかんと眺めているあいだに、わしは車のタイヤを四つとも交換できたろうよ」町の人々にとっては、スーピーの華麗なシュートフォームも、試合の前半におれが見せた好セーブも、すべては過去の出来事だった。このとき、〈リヴァー・ラッツ〉の命運と州大会優勝の夢はすべておれの肩にのしかかっていた。そして、おれがそれを台無しにしたのだった。

パックはおれとフーパーのあいだに転がっていた。フーパーがそこをめがけて身を躍らせ、スティックの踵でパックをとらえた。おれもとっさに手を伸ばしたが、すでに手遅れだった。パックはおれのスティックの数インチ先でゴールラインを割った。雄たけびをあげる〈パイプフィッターズ〉の選手がフーパーの上に次々と積み重なっていくなか、おれは重い足を引きずってリンクを離れた。

　おれたちはロッカールームのベンチに呆然と腰をおろしていた。数人が押し殺した声ですすり泣いているほかは、誰ひとり口を開く者はなかった。部屋のなかにコーチとレオの姿はなかった。一時間にも思える時間が過ぎたころ、コーチが部屋に入ってきて、絶縁テープや救急キットを釣り具箱に放りこんだ。それから、室内を見わたして言った。「もうここに用はない。さっさと着替えて、ここを出るんだ」コーチはそのまま踵を返して、戸口へ向かいかけた。

「おまえこそ出ていけ」

　声を発したのは、おれの左隣にすわるスーピーだった。コーチは足をとめ、こちらを振りかえった。「なんだと?」背後の扉が開き、レオが部屋に入ってきた。

「聞こえたろ。あんたのせいで、おれたちは優勝を逃したんだ」スーピーは言って、準優勝の楯をコーチの足もとに投げつけた。「あんたは間違った人間をフーパーの影につけた。間違いだと知りながら」

「黙れ、キャンベル」テディが言った。

　コーチは釣り具箱を床に置き、スーピーに歩み寄った。それから腰を屈めて、スーピーの鼻先に顔を近づけた。「わたしのせいで試合に負けただと?」うなじの毛が逆立つのを感じた。コーチの顔は、これまで見たこともないような笑みをたたえていた。コーチはスーピーの顎をつかんで、ぐいと持ちあげた。スーピーは顔をそむけようとしたが、コーチはそれを許さなかった。「あんなオカマの曲芸を披露しておきながら、自分の身勝手な行動は棚にあげて、わたしのせいで試合に負けただと?　おまえはとんだお笑い種だ。わかるか?　おまえはお笑い種だ。もしかすると、おまえがそれを自覚したとき、ようやくその天賦の才能を活かすことができるようになるのかもしれんな。オカマ好みのいかれた曲芸なんぞにそれを注《っ》ぎこむ代わりに」

「くたばれ、くそったれ」なおも顔をそむけようとしながら、スーピーは悪態を続けた。

「コーチ、やめてください」おれは急きこむように言った。

コーチはスーピーの顎から手を放し、ゆっくりとおれのほうへ首をまわした。「なんだと？」

「おまえは黙ってろ、トラップ」スーピーが言った。

「こいつはいま頭が混乱してるんです。そっとしておいてやってください。試合に負けたのはこいつのせいじゃない。おれのせいだ」

「トラップ、黙ってろ」

「そう、おまえだ」コーチは不意に腕を伸ばし、ひとさし指でおれの胸を突いた。「ジャック！」レオが警告の声を発したが、コーチはそれを無視して続けた。

「言ってみろ、ガス。あんなところに寝転んで十七番と見つめあっているあいだ、いったい何を考えていたんだ？　ええ？　あいつにキスでもしようと考えていたか？」コーチはもう一度、鋭くおれの胸を突いた。

おれはその場で縮みあがった。

「すぐに立ちあがろうとはしたんです。だけど――」

「立ちあがろうとはした？」コーチはおれの胸に突き立てていた指を戸口へ向けた。「いいか、ひとつ言っておこう。今夜あそこに集まった人々はどう思うか。われわれがこの町で州大会のタイトルを勝ちとると信じきっていた人々はどう思うか。おまえがどうしようとしたかも、何をしようとしたかも、そのためにどれだけ努力したかも、彼らにとってはどうでもいいことだ。結局、おまえは結果を出せなかった。彼らにわかっているのはそれだけだ。今後もずっと、彼らの記憶に残るのはその事実だけだ。いったい何度言えばわかるんだ、ガス。人々は、そこに至るまでの過程など気にかけちゃいない。彼らにとってだいじなのは結果だけだ。そして、わたしも彼らと同じ意見だ。なぜなら、いまこのとき、この部屋のなかには優勝トロフィーがあって然るべきだった。ところが、現実にわれわれが手にしたのはちっぽけな楯ひとつ。どれだけ努力したかなどという戯言《たわごと》には、もはやなんの意味もない。わかったか？」

そのとき、スーピーがおれとコーチのあいだに身体を割りこませた。それから、ほかの誰にも聞こえないくらい、低く押さえたかすれ声でコーチに告げた。

「こいつは知ってる」

コーチは弾かれたようにスーピーに向きなおった。

「なんだと？」

ふたりの目と目が合った。コーチは怒りに顔をゆがめながら、降伏するように両手をあげて後ずさりを始めた。「もういい。けっこうだ」それから釣り具箱を拾いあげ、レオをしたがえてロッカールームを出ていった。

車で家まで送ってくれるあいだ、スーピーはずっと黙りこくっていた。車が私道の入口にたどりついたとき、おれはスーピーに顔を向けた。「さっきのあれはどういう意味だったんだ？」

「さっきのあれ？」

「さっき、コーチに言ったろ。『こいつは知ってる』って。あれはいったいなんのことだ？」

スーピーはまっすぐ前を見すえたまま、こう答えた。

「べつになんでもない。あいつの言ってることがみんな嘘っぱちだってことくらい、おまえにはお見通しだって意味だ。あいつを黙らせてやりたかっただけだ」

スーピーの言葉を信じるべきかどうか、おれにはわからなかった。「ありがとな、スーピー」とだけおれは返した。その出来事について話しあうことは、その後二度となかった。

23

コンピューターに送られてきたブレンダン・ブレイクの原稿を編集していると、ジョーニーに肩を叩かれた。ジョーニーは小声でささやいた。「フロントの電話機を使わずに、留守電のメッセージを聞く方法はありますか？」

「なぜそんなことを？」

「〝読者への質問〟に寄せられた回答のひとつを聞いていただきたいんです」

コピー機の傍らに積みあげられた書類の山のなかから、留守番電話機の取扱い説明書を引っぱりだした。机の電話機のプッシュボタンを押しはじめると、ジョーニーはおれの隣に腰をおろした。手には折りたたんだ地図を握りしめている。

「よし、つながった。で、何を聞けばいいんだ？」

「メッセージを飛ばしていくことはできますか。三十四件目まで」繰りかえしボタンを押していくと、やがて信号音のあとに自動音声が告げた。「三十四件目のメッセージです。受信時刻は本日、午後三時二十七分」

録音されたメッセージが流れはじめた。最初に聞こえてきたのは、がやがやというざわめきだけ。続いて、一台の車が近くを通りすぎるような音。おそらく公衆電話からかけているのだろう。「よう」男の声が聞こえた。かすかな南部訛の残る、ざらついた声だ。「湖底トンネルだと？　あんたらふざけとるのかね」けたけたと笑う声が聞こえた。「トンネルなんぞ見つかりゃしない。ブラックバーンなんぞも見つかりゃしない。そろそろ取引といかんかね」そこで回線が途切れた。

「この声に聞き覚えは？」ジョーニーが訊いてきた。

「ないと思うが」

おれはふたたび再生ボタンを押して、もう一度メッセージに耳を傾けた。ジョーニーが机の上にパイン郡の地図を広げはじめた。スタヴェイション湖の西岸から四分の一インチほど離れた地点に、緑色の油性ペンで×印がふたつ書きいれられている。印のひとつは、もうひとつの印の真上から少し左に寄った位置に刻まれている。ジョーニーはまず、下側の印を指さした。

「ここは、事件の夜にブラックバーンとレッドパスとキャンベルがいたとされている場所です」

「なるほど」とおれはうなずいた。これまでスタヴェイション湖とウォールアイ湖のあいだで数えきれないほどスノーモビルを走らせてきたが、コーチとレオがどこで深夜の焚き火を熾したのかについては、まったく見当もついていなかった。

ジョーニーの指がもうひとつの×印に移動した。

「こちらは、クレイトン・パールマターの住まいがある場所です」

パールマター。自称ビッグフット研究家。「まさか……」思わずつぶやきが漏れた。

入稿を済ませたあと、ふたりでパールマターを訪ねることにした。まえもって電話を入れておく必要はない、とおれはジョーニーに言った。おれたちがやってくることは、どうせわかりきっているだろうから、と。

ジョーニーがオードリーの店へサンドイッチを買いにいっているあいだに、おれは罪状認否とブレンダン・ブレイクの原稿を仕上げた。検討のすえ、ブラックバーンから性的虐待を受けていたとするブレイクの証言は引用しつつ、虐待の詳細は紙面から割愛することにした。記事は一面の折り目の真下にくるよう配置した。目を引くことは間違いないが、かといってやりすぎではない。

そのあと、机の電話機の主回線を使って、ケラソプーロスに電話をかけた。この時間なら、秘書はもう帰宅しているはずだ。おれはすかさず保留のボタンを押し、第二回線の通話ボタンを押して、もう一度ケラソプーロスの番号を打ちこんだ。点滅する主回線のランプを見つめながら、応答を待った。呼出し音が一回、二回、三回と鳴って、一瞬の静寂があった。回線は留守番電話につながった。「こんばんは、ジム。ガス・カーペンターです。直接お伝えできなくて残念ですが、とりあえず、約束どおりお知らせしておきます。じつは、明日の朝刊にいささか物議を醸しそうな記事を載せることになりまして。一面のブレイクという人物に関する記事です。いちおう原稿をお送りしておきます。ごらんになりたいかと思いますので。では」

もしケラソプーロスが今日中に留守電をチェックしたなら、さっそく原稿に目を通して、記事をボツにすることだろう。だが、もし明日までチェックしなければ、記事はそのまま掲載される。まえもって連絡しなかったと、おれをなじることはできない。受話器を置いたとき、背後に誰かの気配を感じた。振りかえると、ティリーが立っていた。ピンク色の伝言用メモ用紙を手にしている。

「なんだ、ティリーか。おどかさないでくれよ」

「おどかそうとしたのよ」ティリーは言って、笑みを浮かべた。その笑い方が、おれにはどうも気に食わなかった。「あの女のひとからまた電話があったわ」

「あの女のひと?」

「《シカゴ・トリビューン》のひとよ。まえにも言ったでしょう」

「シカゴの人間がこんな町になんの用だ?」

「あたしが知るわけないじゃない。もう失礼してもいいかしら」

「レスリングの原稿は?」

「そっちに送ったわ」

おれはピンク色のメモ用紙を見つめた。電話番号には市外局番が添えられている。となると、事件の取材で町を訪れているわけではないらしい。ひょっとして、スーペリアー・モーターズ社との係争について、おれの話を聞きだそうとしているのだろうか。《シカゴ・トリビューン》なら、インディアナ州北部にも購読者がいるはずだ。ハノーヴァー家が編集部に電話をかけて、おれの腰抜けぶりを密告したのだろうか。自分たちの悲劇を利用してスクープを連発しておきながら、助けを求める自分たちを見捨てて姿を消した腰抜けだと語ったのだろうか。

コンピューターの横に積みあげられた書類の山の上にメモ用紙を置いた。ジョーニーが裏口から駆けこんできて、息を切らせながら言った。「行きましょう」

「ところで、レッドパスのパソコンから警察が何を見つけたと思います?」ジョーニーが言った。

おれはピックアップトラックのハンドルを切って目抜き通りに入ると、ルート八一六号線をめざしてアクセルを踏みこんだ。ジョーニーが助手席からミートパイをさしだしてきた。受けとったパイを膝の上に置くと、あふれだした温かな肉汁の感触がパラフィン紙を通して伝わってきた。「唐突になんだ?」とおれはジョーニーに訊きかえした。

「聞いてください。さっきオードリーのダイナーに行ったら、チャンネル・エイトの色ボケ女が店にいたんです。カメラマンも一緒でした。わたしはいつものとおり、ライ麦パンのスイスチーズ・サンドイッチを注文しました。オードリーはなんだか様子がおかしくて、カウンターの向こうからぐっとわたしに顔を近づけてきました。それで、スイスチーズはいま切らしてるって言うんです。だからわたしは、それなら国産のチーズでもいいわ、と答えました。なのにオードリーは、エンライツに行けばスイスチーズが手に入るからって言い張るんです。わたしはもう一度、国産のチーズでもかまわないと伝えました。すると今度は、もしかしたら国産のチーズも切らしているかもしれないって言いだしたんです。それでわたしは……どうかしました?」

「結局、エンライツには誰がいたんだ?」ミートパイにかぶりつきながら、おれは尋ねた。できればケチャップがほしかった。

「ネタ元です」

「エスパー保安官助手だろう?」

「パソコンから何が見つかったか、知りたいですか」

「頼む」

「ポルノです」

「なんだって?」

「ポルノです。それも、ありとあらゆる種類の」

鋭い痛みが胸を貫いた。だが、どういうわけか、驚きは感じなかった。「たとえばどんな?」とおれは訊いた。

「想像はつきませんか?」

「少年物か」

ジョーニーの首が縦に振られた。「それから、さらにおぞましいものも」

車内に沈黙が垂れこめた。しばらくして、おれは言った。「ブラックバーンは本当にみずから命を絶ったと思うか?」

「いえ、そう聞かされた瞬間は、まさかと思いました。自殺の協定なんてありえない。ギャラガーの言うように、何かの隠れ蓑にちがいないって。だって、もしブラックバーンが本当にみずから命を絶ったのなら、どうしてレッドパスは十年まえに警察にそう話さなかったんです? ブラックバーンがべつの湖に沈んだことにしたり、スノーモビルの事故だなんて話をでっちあげたり、どうしてそんな手の込んだことをしなきゃならなかったんです? それに、拳銃はキャンベルではなく、レッドパスのもとにあった。でも、いまは、正直よくわかりません。ブラックバーンとレッドパスは……強い絆で結ばれていたこのふたりの男は、どうやら、きわめて異常な世界にのめりこんでいたようです。ブラックバーンに少年を愛する性癖があったのなら、レッドパスにもおなじ性癖があったと考えるのが妥当ではありませんか。そうなると、もしかしたら……いえ、これ以上はやめておきます」

「言ってみろ」

「もしかしたら……すみません。あなたがキャンベルの友人だということは知っています。でも、もしかしたらあのふたりは……おそらくふたりともが、なんというか、ある種の感情をキャンベルに抱《いだ》いていたのかもしれない。つまり、ふたりはライバルだったのかもしれない。あの三人のあいだには、奇妙な三角関係ができあがっていたのかもしれない」

ハンドルを握る手に力がこもった。このままへし折ってしまうのではないかと思えるほどに。「推理が飛躍しすぎてはいないか？」

「かもしれません」ジョーニーはシートの上で身体を起こし、おれの顔を覗きこんだ。「あなたはどう思われますか」

おれは暗闇を切り裂くヘッドライトの光を見すえた。おれはどう思うのか。ジョーニーが本当に訊きたいのはそんなことではない。おれは何を知っているのかと訊きたいのだ。おれの親友と、コーチと、その助手のあいだに何があったのか、おれが何を知っているのかと訊いているのだ。だが、信じられないことに、その答えをおれは何も知らなかった。その日一日の出来事が胸にしみこみはじめていた。これまでずっと、スーピーは秘密を抱えて生きてきた。そしておれには、それを仄めかしもしなかった。あのとき、エンライツ・パブの二階の窓辺にふたり並んですわり、ブラックバーンの葬列を眺めながら、スーピーはおれをいたわるように肩を抱いてくれていた。あのときもスーピーは秘密を抱えていた。そしておそらくは、おれの母も。

「ガス？　だいじょうぶですか？」

「いいや、だいじょうぶなわけがない。ひどく頭に来ているし、自分が情けない。こんなくそみたいな出来事が、みんなおれのすぐ目の前で起こっていたってのに……」

「やめてください。あなたにはなんの責任もありません。それとも、あなたは――」

「いいや、ジョーニー。三人のあいだに何があったにせよ、おれはそこに関わってはいない」

おれはアクセルをゆるめて、前を行く除雪車をゆっくり追い越した。路肩に聳える高さ六フィートの雪の壁の上に、新たな雪が吹きあげられていく。

「ここで左に折れてください」ジョーニーが言った。

ハンドルを切った道の角で、〝空き室〟のネオンサインが真っ赤な光を放っていた。ジャングル・オブ・ザ・ノースという名のこのモテルは、観光客に法外な部屋代を吹っかけることで知られている。樺の木立の上に据えつけられた投光照明が放つ薄明かりのなかには、さまざまな動物をかたどったコンクリートの像がうずくまっている。オレンジ色のカバ。白地に紫色の縞が引かれたトラ。ピンクと黒に塗られたキリンは、一本だけ足首から下がなくなっていて、鋼の補強材があらわになっている。狡猾な目をした巨大なアリゲーターは、背中と鼻面が雪に覆われている。「きみの高校の司祭は、その後どうなったんだ？」とおれは訊いた。

「まだその高校にいます」とジョーニーは答えた。

片側一車線の細い道を進み、木の板に手書きの文字で〈猛犬と銃に注意〉と書かれた立て看板を通りすぎた。そこからしばらく行ったところで、おれは車をとめた。「これ以上進むと、タイヤが埋もれて動けなくなるかもしれない」

深い雪を踏みしめながら、パールマターの自宅へ通じる道を歩きはじめた。あたりはしんと静まりかえっている。雪の降る音すら聞こえそうだ。「ああ、そうだ。キャンベルが保釈されました。保釈金を誰が支払ったと思います?」ジョーニーが思いだしたように言った。

「ボイントンか?」

「よくわかりましたね」

「建築規制委員会が明日また開かれることになってるからな。テディは、ホッケーのスティックで頭を殴打された程度の些細な出来事にビジネスの邪魔はさせない」

「わたしが思うに、一連の事件に関して、ボイントンはもっと多くを知っているような気がします」

「おれもそんな気がしている」

そのとき、数歩先から顔に懐中電灯の光をあてられた。おれたちは足をとめ、手袋をはめた手を目の上にかざした。威嚇するような犬のうなり声とともに、男のざらついた声が聞こえた。「そのまま動くな。さもなきゃ、こいつの引き綱を解くでな」


パールマターの自宅の居間を横切ると、節の浮いた松材の壁の上で影が躍った。暖炉のなかで炎が揺らめいている。パールマターは揺り椅子に身体を押しこみ、膝の上にショットガンを置いた。赤いフランネルのアンダーシャツの上で、ダウンベストがはちきれそうになっている。シェプと名づけられているらしいジャーマン・シェパードがこちらを睨みつけたまま、主人の足もとにうずくまった。パールマターは椅子の背後に手を伸ばし、クーラーボックスからバドワイザー・ライトの缶を取りだした。

「よう冷えとる。あんたらもいかがかね」

「いえ、おかまいなく」ジョーニーは言って、パールマターがキッチンから運んできた椅子に腰かけた。くすんだ黄色をしたビニール張りの椅子は、背もたれが破れて、なかの綿が覗いていた。おれは肘掛け椅子に腰をおろした。こちらはクッションがつぶれきっていて、尻が膝よりも下の位置まで沈みこんでしまった。

「ありがたくいただきます」とおれは言った。目にしみるほど強烈な猫の体臭を、ビールの匂いがごまかしてくれるかもしれない。パールマターは缶ビールを放り投げてきた。低い軌道で、予想外の力を込めて。おれはそれを片手で受けとめた。まるでキャッチング・グローブをはめてでもいるかのように。

「ほう、まだまだ勘は残っとるようじゃないか。ええ？　あんたがプレーしとるところは何度も見たぞ。例の最後の試合もな。そりゃあ見事な試合だった。最後の最後の土壇場まではの。のう、あのときいったい何があったんだ？」

「おれがヘマだっただけです」

パールマターはくつくつと笑いながら、揺り椅子を後ろに傾けた。「ほう、そりゃあいい。近ごろじゃ、ヘマな人間なんぞどこにもおらんものと思っとったわい。テレビをつけるたんびに、悪いのは自分らではない、悪いのはほかの誰かだと、かならず誰かしらが言うておる。あんたはなかなかできた人間のようだな」

居間のなかを見まわしてみても、パールマターがビッグフットにそそぐ情熱の証はわずかに見受けられる程度だった。暖炉の上方の壁には、桁外れに大きなライフルが掛けられている。炉棚に警察無線の受信機が置いてあり、その隣には、森のなかを歩くビッグフットを写したとされる有名な写真、ひどくぼやけた白黒写真のコピーが飾ってある。それをおさめた額縁の上端には、〝真実はあなたの枷を解き放つ〟との銘が彫りこまれている。

パールマターが揺り椅子を前に傾けると、光のなかに顔が浮かびあがった。まばらな顎鬚の下に点々と散っている痘痕《あばた》の黒い影が消えた。パールマターはからになった缶を片手で握りつぶし、暖炉に向かって放り投げた。すぐさまシェプが立ちあがり、床に転がった缶を口にくわえて、キッチンへ運び去った。

「あんたら、取引をする気になったのかね？」ふたたび背後に手を伸ばし、クーラーボックスのなかを探りながらパールマターは言った。「取引のネタならある。ただし、五分五分の条件がまとまるまで、いっさい口は開かんぞ」

「取引なんてするつもりはありません」ジョーニーが言った。

「はて、マイク・ウォレス気どりのお譲さんや。あんたは《60ミニッツ》の名リポーターじゃあるまい。わしはここにいるあんたのボスと話をしとるんだ」とパールマターは言った。シェプがキッチンから戻ってきて、暖炉のそばに寝そべった。「それから、そのちっちゃな帳面にこれ以上何も書かんでくれるとありがたいのだがな」

ジョーニーは横目でおれを見やりながら、ノートを閉じた。パールマターはおれに顔を戻した。「あんた、デトロイトの新聞で記者をしとったんだろう？」

「ええ」

「筆名は？」

「A・J・カーペンター」

「ガスというのはどこからとったのかね」

「オーガスタスです」

「オーガスタスか。ローマ皇帝みたいな響きだな。で、Jというのは？」

「ジェイムズ」

「ちゅうことは、親父さんの名前はもらわなかったのかね」

おれは思わず目を見開いた。「いや、父の名は正式には、祖父の名をとってオーガスタス・ルドルフというんです。ただ、まわりからはルディと呼ばれていた。ルドルフというのは父方の曾祖父の名前です。そして、母方の曾祖父の名がジェイムズだったというわけです」

「だから、おふくろさんの親父さんの名がジミー・ダミコとなったわけだな？」

　またしても驚かされた。「そのとおりです。祖父をご存じでしたか」とおれは訊いた。

「わしの親父とあんたの祖父《じい》さんはよく一緒に連れだって、サンセット・トレイルのほうまで兎狩りに出かけとった。ほれ、ツイン湖を越えて、山道がジグザグに曲がっとる、あのあたりだ。ジミーと、その弟のビルも一緒にな。どちらかが、ヴェトナムで戦死した息子を連れてきたこともあった。わしもここでひとり暮らしを始めるまえ、一度か二度、狩りにくっついていったことがある。しかし、ありゃあ狩りが本当の目的だったとは思えんな。たいていは、ジミーの古ぼけたシボレー・ワゴンの荷台に腰をおろして、陽が落ちるまで酒を酌み交わしておったわい」

「父のこともご存じなんですか？」

　パールマターは飼い犬に視線を落とした。「少しなら。オルデンのストリップ小屋で働いとるところを、一度か二度、見かけたことがある」

「なんという店です？」

「ティット・フォー・タット」おれの声に含まれた驚愕の響きに気づいて、パールマターはこう続けた。「しかし、そう長くは働いておらんかった。店主がコカインの密売で警察に捕まり、それっきりだ」

「そんなはずはない……」とおれはつぶやいた。たしかに、いっとき父は週末のアルバイトにいそしんでいた。だが、父はレストランで働いているのだと、母からは聞かされていた。全裸の踊り子の話など聞いたこともなかった。だが、母がおれにそんな話をするはずもない。

　パールマターはゆっくり、長々とビールをすすった。

「ひょっとすると、わしの思いちがいかもしれん」

「それより、クレイトン、ここにいるオーガスタスに、あなたがビッグフットの研究に乗りだした経緯《いきさつ》を話してあげてはいかがです？」不意にジョーニーが口を挟んだ。

「ふん、ここからは取材というわけか。そうさな、そこにいるミス・マイク・ウォレスにも話したように、ひとはみな誰しもなんらかの仕事をせねばならん。わしもかつては、郡が開催する公開講座事業の裏方仕事をしておった。その仕事を通じて、デトロイトからやってくるさまざまな分野の学者をこの目にしてきた。ズック靴を履いて、迷彩柄の帽子をかぶり、そこいらじゅうからたんまり助成金をもらって、蚊やら睡蓮やら藻やらを採取してまわっとる学者どもだ。そこでわしは思った。どうせカネを注《つ》ぎこむのなら、まだ誰も見たことのないものを探したほうがいいのではないか、とな」

「それがビッグフットというわけですか」

「いかにも。そこの炉棚にあるもんを見てみい」パールマターは額縁におさめられた写真のコピーを指さした。「あんなもんはお笑い種だ。わしが自分の使命を忘れんようにと、ある友人がくれたものでな。あんたらもあの写真を一度くらいは目にしたことがあるだろう。だが、もしあれがゴリラの着ぐるみを着た人間でなかったら、このショットガンを丸飲みしてやってもいいぞ」

「そんなふうにお考えだとは意外でした」

「ふん、あたりまえだ。ビッグフットはいまだ誰にも見つかっておらん。だが、やつがあの森におるということだけはたしかだ。だからこそ、わしとシェプとでそいつをつかまえてやろうと決めたんだ。あんたらが新聞に何を書こうと、わしらは絶対にあきらめん。のう、シェプ？」パールマターは足もとに手を伸ばして犬を撫でようとしたが、犬のほうはぷいとそっぽを向いた。「わしはこれまでの成果を集め、ガレージと道具小屋をまるまる博物館に変えた。そこのお譲さんにもちゃあんとすべてを見せてやった。しかし、そこのお嬢さんには、自分の目に見えるものが信じられんらしい」

おれはジョーニーを横目で見やり、口を閉ざしているよう目顔で告げた。

「のう、オーガスタス。ひとは誰しも、語るべき話を持っとる。なかには真実もあれば、そうでないものもある。半分だけの真実もある。そして、この最後のひとつこそ、わしらを面倒に巻きこむ可能性がいちばん高い。ちがうかね？」

「いえ、おっしゃるとおりです」とおれは答えた。たしかにそれは事実だ。「しかし、クレイトン。あなたもこれだけは認めないわけにいかないでしょう。あなたが長年にわたってその〝博物館〟を存続させてきたやり方には、じつに目を見張るものがある」

パールマターはにんまりと笑った。「高い地位にある友人を持っていたところで困ることはない。いまの質問に対してわしが言えるのはそれだけだ」

「ブラックバーンとはどうやって知りあったんです？」

揺り椅子の傍らに積んだ薪の山から、パールマターは樺の木の枝を一本拾いあげ、暖炉のなかへ放りこんだ。紙のように薄い樹皮がたちまちめらめらと燃えあがった。「知りあいというほどのものではない。もちろん、試合を見にいけば顔を合わせもしたし、挨拶を交わしもした。しかし、あの男が社交的な人間であったとは思えんな。とはいえ、ブラックバーンとやつの相棒、自分で自分の命を絶ったあの相棒には、わしが思うに、どこかわしと似たところがあった。あのふたりはよく、スノーモビルで森中を走りまわっては、空き地で酒を酌み交わしておった。ここからそう遠くない場所で焚き火を囲んでいる姿をときおり見かけたものだ。一度か二度、わしも輪に入れてもらおうとしたが、向こうはそれを望んでおらんかった」

「ふたりに疎まれていたんですか」ジョーニーが訊いた。

「冷えたビールを土産に提げた人間を歓迎しない者がどこにおるんだね?」パールマターは手にした缶ビールをぐいと呷った。「あのふたりは自分らだけのささやかな同好の会に属しておったのさ。ところがある晩、そいつが崩壊してしまったんだな」そう言って、パールマターはくつくつと笑った。

「何をご存じなんです?」とおれは尋ねた。

パールマターは椅子の上で背すじを伸ばした。おれが知りたい何かを知っているネタ元は、たいがいこういう仕草をした。おれはなんとか情報をもらおうと必死に相手をおだてながら、いつだってそうした素ぶりに吐き気を覚えずにはいられなかった。「そういや、何かを目にしたかもしれんなあ」パールマターの言う声が聞こえた。

「何を見たんです?」ジョーニーが先を促した。

「そうさなあ。そろそろこのへんで、あんたらの取引材料を見せてもらおうかのう。わしの収入源について、あんたらが新聞に記事を載せようとしていることはわかっとるでな」

おれは戸口を指さした。「二分いただいてもよろしいですか?」

扉を抜けてポーチに出ると、凍てつく冷気が鼻腔から猫の匂いを吸いだしてくれた。

「パールマターは猫も一匹飼っているのか?」おれはジョーニーに尋ねた。

ジョーニーの顔は怒りにゆがんでいた。矛先はどうやらおれであるらしい。「一匹どころか、十四以上はいます。猫にはビッグフットの匂いを嗅ぎわける特別な嗅覚が備わっているんだそうです。とんだ戯言《たわごと》だけど、あなたたなら真に受けるかもしれませんね」

「声を落とせ、ジョーニー」

「いったいなんのためにこんなところまでやってきた

んです？」

「ブラックバーンの話を訊きだすためだ」

「そのために、わたしのつかんだネタをさしだそうってわけですか。確固たる証拠の揃ったネタと引きかえに、完全な駄法螺かもしれないネタを仕入れようというんですか」

「声を落とせ。ああ、そうだ。そのつもりだ。さしあたってのところはな」

「どっちにしろ、あの記事が掲載される見込みは永遠にないからですか」

その質問には答えないことにした。

「ガス、あいつは、泥の塊をビッグフットの糞だと騙《かた》るような大法螺吹きなんですよ。たまたまあなたの父親を知っていたってだけのことで、あんなやつを信用するんですか？」

おれはジョーニーの肘をつかんで窓のそばを離れ、ポーチの隅まで引っぱっていった。頭上で自動式の防犯ランプが灯り、ひとすじの光がまばらな木立を抜けて、ウォールアイ湖の岸辺を照らしだした。

「たしかにパールマターは大法螺吹きだ」可能なかぎり声量を抑えて、おれは言った。「しかし、真実を語ることだってありうる。もしやつがブラックバーンに関して嘘をついたなら、取引はただちに無効となる。その場合には、きみの書いたビッグフットの記事をなんとしてでも掲載してやる。約束する」

「真実を語ることもありうる？　いいですか、ガス。嘘つき集団のボイスメールを盗み聞きするのと、嘘つきと取引するのとでは、まったくわけがちがいます」

「意地の悪いあてつけはよせ」とおれは言った。ジョーニーの言いぶんが完全に正しいことは、とりあえず棚にあげた。「いいか、おれはなかに戻る。もしそうしたいなら、きみは車で待っていてもいい」

「どうにでもすればいいわ」

「いいでしょう」おれはパールマターに告げながら、クッションのつぶれた肘掛け椅子の肘掛けに腰をおろした。ジョーニーはビニールの破れた椅子の脇に立ったままでいた。「禁忌を犯して、打ちあけましょう。たしかにわれわれは、あなたがおっしゃるところの博物館についての記事を書きあげた。しかし、親会社の法務部から差しとめを食らってしまったんです」

「それがなんだというんだね？」

「いいですか、クレイトン。もしおれたちがここでの会話をもとに抗議の声をあげさえすれば、法務部の連中の見解を変えることができる」おれの目配せを受けて、ジョーニーがこくんとうなずいた。「あるいはおれたちは、ブラックバーンの記事に専念することもできる。ただし、活字にするに値する新鮮なネタが入手できればの話です。いずれにしても、ジョーニーはちかぢか《パイロット》を去る。そのときが来れば、あなたに関する記事は完全に闇に葬られたと確信していただけるはずです」

「そのお嬢さんは《パイロット》を辞めてどこへ行くんだ？」

ジョーニーはぱちくりとまばたきをしつつも、パールマターから目を逸らさなかった。おれは慌てて言葉をつないだ。「どこへでも行けます。もちろん、ここより大きな街へ。彼女なら引く手あまたですよ。ブラックバーンに関するスクープをつかんできたのは、みんな彼女ですから。もし彼女がいなかったら、うちは今日の罪状認否の取材すらおぼつかなかったかもしれない」

パールマターはふんと鼻を鳴らした。「あんまり自画自賛しとると、痛い目に遭うぞ」

「おれの家族についての話を伺えて、さきほどはじつに楽しかった。ですが、もしあなたのほうに協力していただけるつもりがないのなら、おれたちはちょっとした抗議の声をあげることになるでしょう」

　情報を引きだすやり方としては、けっして褒められたものではない。だが、おれはかつて、もっと始末の悪いやり方をしたこともある。いずれにせよ、もし町の人々や、パールマターに惜しげもなくカネを注ぎこんできた州都の阿呆どもが、パールマターはたしかに博物館を運営していると思いたがっているのであれば、このままカモにさせておけばいいのかもしれない。

　パールマターは足もとの飼い犬を長いこと見つめていた。やがて、ダウンベストのスナップボタンをふたつはずすと、なかから白黒の写真を取りだして、おれにさしだした。ジョーニーがそばに寄ってきて、おれの肩越しにそれを覗きこんだ。灌木の茂みの向こうに、ぼんやりとした人影がひとつ見える。人影は湖岸で身を屈めて、何やら影になった物体に手をかけている。周囲の風景は、さきほどポーチから見た景色とよく似ていた。ただし、写真の木々には鬱蒼と葉が生い茂っていた。そして、ひとすじの鈍い月光が水際をぼんやりと照らしていた。「あなたが撮影したものですか？」とおれは訊いた。

「そうとも」

「しかし、あの晩に撮影されたのではありませんね？」

「いかにも。そいつは二カ月後の春に撮影したものだ」

「どういうことです？　問題の晩に何かを目撃したんじゃなかったんですか？　さっきはそう言っていたじゃないですか」ジョーニーが強い口調で迫った。

　パールマターはそれを無視して、写真を指さした。

「その男が誰だかわかるかね？」

「いえ」写真に目を凝らしたまま、おれは首を振った。

「ヒントをやろう。その男は、問題の晩、焚き火のまわりでわしが見かけた四人のうちのひとりだ」

「四人？」ジョーニーとおれは揃って声をあげた。

「いいえ。現場には、ブラックバーンとレッドパスとキャンベルの三人だけしかいなかったはずです」とジョーニーが続けた。

「さあて、ヒントはそこまでだ。写真をようく見てみるんだな」

それがブラックバーンでないことはわかっていた。スーピーにしては横幅がありすぎる。「レオですか？」とおれは訊いた。

「ご名答。そいつは、レオのやつがだいじな何かをこっそり湖に捨てようとしておるところだ」

「ブラックバーンのスノーモビルですね」ジョーニーが言った。

「こちらも正解」パールマターは功績を称えるかのように缶ビールを掲げてみせた。「あの年の春は、シェプのやつがまだほんの子犬でな。レッドパスもそれほど大きな音を立てたわけではないんだが、シェプはつないでいた綱を引きちぎろうと大騒ぎしはじめおった。そうだったな、シェプや？」

「それじゃあなたは、レオがブラックバーンを殺したと言いたいんですか？」とおれは尋ねた。「あるいは、ブラックバーンが自殺して、その後数ヵ月経ってから、レオがスノーモビルと、おそらくはブラックバーンの遺体を湖に沈めたと？」

「それはちがうわ」ジョーニーがおれに向かって言った。「留守電に吹きこまれていたメッセージを思いだしてください」

「はて、どうやらわしを疑っておるようだな。なら、これはどうだ」言いながら、パールマターは片手を突きだした。手の平に載っていたのは、二二口径の弾丸だった。「例の焚き火のそばで見つけたものだ」

「見つけたのはいつ？　問題の晩ですか？」とおれは訊いた。

「いいや、翌朝だ」

「焚き火が熾された夜の、ブラックバーンが死んだ夜の翌朝ですか？」

「そう、その冬のことだ」

パールマターは弾丸をおれに手渡した。おれはそれを仔細に眺めてから、ジョーニーに渡した。

「あの晩、スノーモビルが湖に突っこんだと話す声が、そこのスピーカーから聞こえてきた」パールマターは警察無線機に向けて親指を立ててみせた。「そこで、わしもちょっくら出かけていって、連中が焚き火をしていた野営地をざっと見てみようかと思いたった。警察はまだ、スタヴェイション湖のまわりをうろついておったのでな。あれはよく晴れた朝だった。陽の光に反射して、きらりと光るものが目にとまった。木の幹に埋もれた、その弾丸だ」

「木の幹に？」ジョーニーが眉根を寄せた。

「焚き火の跡から、わしの歩幅で十四歩しか離れておらんかった」

「だとすると、かなり深く埋まっていたはずですが」とおれは訊いた。


「うむ。掘りだすまでに、少々手間がかかった」

「なぜ誰にも話さなかったんです？」ジョーニーが訊いた。

「まあ、訊かれれば話したかもしれんな。もうご存じかとは思うがな、お嬢さん、わしは典型的な日和見主義者なのだよ」

「まさに然り」とジョーニーは応じた。「では、先週スノーモビルが浜に打ちあげられたあと、警察に匿名の電話をかけた人物とはあなただったんですね」

「はて、それはどうかのう」

ジョーニーは指に挟んだ弾丸を持ちあげてみせた。

「こちらはお預かりさせていただきます」

「そうは行かん」

「これがあの晩に発砲されたものとはかぎりません。記事にするまえに、警察で鑑定してもらわなきゃ」

「そんなことはさせるものか」パールマターは椅子から身を乗りだし、手の平をさしだした。「さっきの写れをおれたちが持ち帰らずとも、いずれ弾丸は警察の手へ渡ることになるだろう。「ただし、こちらの写真はお預かりさせてください。もっと明るいところで、ちゃんと見ておきたいので。かならずすぐにお返しします」デルバートに大きく引き伸ばしてもらえば、これがまがいものであるかどうかを判別できるかもしれない。あるいは、ディンガスを揺さぶる梃子に使えるかもしれない。ひょっとすると、スーピーを救うことができるかもしれない。裁判の証拠品としては、かなり薄弱ではあるが。「あなたの許可がないかぎり、この写真がうちの紙面に登場することはない。父の墓にかけて誓いましょう」

「親父さんの墓にかけてだと?」パールマターはさもおかしげにくつくつと笑った。「少し考えさせてもらおうか」


「ジョーニー」おれはジョーニーに目顔で命じた。

ジョーニーはパールマターに弾丸を返しながら、おれに言った。「要するに、わたしたちが手に入れたのは、ビッグフットにそっくりの写真と、Kマートで買ってきただけかもしれない弾丸の情報のみというわけですか」

パールマターは鼻で笑った。

「いいですか、クレイトン」ジョーニーはパールマターに顔を向けた。「発砲された弾は二発だけだと、警察は言っているんです。一発はスノーモビルに、もう一発はブラックバーンの頭に命中したと」

「とはいえ、警察はブラックバーンの頭から弾丸を取りだして見たわけではない。ちがうかね、お嬢さん」

そのとき、警察無線機がとつぜんに息を吹きかえした。雑音に紛れたダーリーンの声が聞こえた。火災現場への応援を要請しているようだ。

「でも、そんな弾丸ひとつを見せられたところで、こちらにはなんの意味もなしません。クレイトン、四人目の男というのは誰なんです？」

「男と言った覚えはないぞ、お嬢さん。とにもかくにも、今日のところはこれ以上話すつもりはない。どうやらあんたのオツムでは、この弾丸の意味するところが理解できんらしいのう。しかし、こちらとしても、新聞で吊るしあげられることは絶対にないと確信できるまで、手の内をすべてあかすわけにはいかんのでな」

ジョーニーはおれを振りかえった。「こんなことをしていても時間の無駄です」

パールマターは飼い犬に視線を落とし、小さく首を振った。その表情は、どこか煩わしげでもあり、どこか楽しげでもあった。「そこのお嬢さんはまだまだ青二才だから仕方ないとしてもだ、なあ、シェプ、男のほうの言いわけはどうしたものかのう？」

パールマターはおれに何かを伝えようとしている。それはわかっていたが、いまは警察無線に意識を集中しなければならなかった。「しいっ、静かに」とおれは言った。ダーリーンがさきほどよりも声量をあげて、無線から指示を飛ばしていた。手のあいている保安官助手は全員、ブラックバーンのかつての所有地へ急行せよ。消防車や救急車はすでに現場へ向かっている。何者かが何軒かの家屋に火を放ち、そのうちの一軒に閉じこめられている。ただし、その人物は銃を所持しているものと思われ、危害を加えてくる恐れもあるという。いまは、その人物がおれの想像する人間でないことを願うしかなかった。「行くぞ、ジョーニー」おれは言って、すばやく肘掛けから立ちあがった。その動きがシェプを驚かせてしまったらしい。シェプはうなり声を発しながら弾かれたように立ちあがり、大きく牙をむきだすと、おれをめがけて突進してきた。それと同時に、右のほうから、まるまると太った一匹の黒猫がおれの頭をめがけて宙へ跳びあがった。おれは反射的に腕を突きだし、宙を舞う黒猫を叩《はた》き落とした。猫の悲鳴を耳にしながら、今度は右足を蹴りだし、ブーツのつま先がシェプの肋骨に食いこむと同時に叫んだ。「走れ、ジョーニー！」シェプが鋭い悲鳴をあげた。その身体が、パールマターのいるほうへ床をかすめて飛んでいった。パールマターはシェプの首輪をつかんで、「やめんか、シェプ！ 伏せ！」とわめきだした。おれはジョーニーを追って戸口へ走り、扉を抜け、ポーチを駆けおりて、暗闇のなかに跳びこんだ。ジョーニーの肘をつかみ、膝の高さまである雪のなかで必死に足を動かしながらわめいた。「急げ、ジョーニー！ 早くここを出るんだ！ おれが写真を持っていることを気づかれるまえに！」

24

「完全なる駄法螺だわ。完璧に裏のとれた最高のネタを、あんなものと引きかえにしたんですか？」ジョーニーが助手席で息巻いていた。車は雪に覆われた砂利道を弾むように進んでいた。ブラックバーンのかつての所有地までは、あと二マイルの距離があった。「第三の弾丸だなんて、笑わせないでほしいわ。おそらく、誰かが酔っぱらって的をあてそこなったんでしょう」

「とりあえず写真は手に入れた」

「そんなの、急ごしらえのまがいものに決まってます。第四の男にしたって……いえ、男かもしれないし、女かもしれないし、もしかしたらビッグフットかもしれませんが、とにかく本当にそんなものがいるなら、どうしてさっさと正体をあかさないのか。答えは簡単。そんなものは存在しないからです。向こうはわたしたちをペテンにかけようとしているんですよ」

ジョーニーはおれの反応を求めてこちらへ首をまわした。だがおれは、この行く先で何を目にすることになるのだろうかという恐怖と、パールマターから聞かされた話に頭を占領されていた。たしかに、〝第三の弾丸〟が偽物である可能性は否めない。だが、この写真にはそれなりの信憑性がある。写真に写る人影は、背を丸めたレオの姿とあまりによく似ている。第四の人物に関しては、深く考えても仕方がない。いまの段階では、とても候補を絞りきれない。それがテディであっても、ディンガスであっても、はたまたエルヴィス・ボントレガーであってもおかしくはない。

「ブラックバーンの家族については何かわかったのか？」

「まだ何も。カラマズーに暮らす義兄が本当に存在するのだとしても、いまはもうそこに暮らしていません」

ハンドルを切って、車をルート五七一号線に乗せた。前方の空で、ぼんやりとしたオレンジ色の光が揺らめいている。「不動産登記簿のほうは？　あの土地はいま誰が所有しているんだ？」

ブラックバーンの死後、母屋や寄宿舎には郡の職員の手で板が打ちつけられ、立入り禁止の札が立てられていた。しばらくのあいだは、何人かの若者が寄宿舎のひとつに入りこんで、どんちゃん騒ぎを繰りひろげることもあった。だがその後、どこか州外の不動産投資会社が土地と建物をそっくりそのまま買いとった。噂ではそう聞いていた。

「ヴァージニア州のとある会社の所有となっています」ジョーニーは言いながら、ぱらぱらとノートをめくった。「すみません。メモをしたノートはバックパックのなかで……でもたしか、リチャーズ有限会社だか、リチャーズ商会だか、そんな名前の会社です」

「書記官のところで調べたのか？」

「ええ」

「ヴェルナ・クラークをどうやって突破したんだ？それともヴィッキーを手懐けたか？」

「ええ、もちろん後者です」

坂道をのぼりきり、降りしきる雪の向こうへ目を凝らした。眼下の空き地では、オレンジ色の炎が燃えさかり、黒煙の渦がもうもうと空へ立ちのぼっていた。パトロールカーの回転灯が裸の木々を赤と青に染めている。ブラックバーンの暮らしていた母屋や三棟の寄宿舎に向けて消防用ホースから放たれた水が、あちらこちらで銀色の弧を描いている。

あたり一面が炎に包まれている。

母屋の前で大きく弧を描くU字形の私道に車をとめた。まだメイク・ビリーヴ・ガーデンズでホッケーをしていたころ、送り迎えにやってきた親たちがいつも車をとめていた場所だ。保安官助手の一団がこちらを振りかえり、懐中電灯の光を向けてきた。「そこから動くな」一団のなかのひとりが言った。声の主はスキップ・キャトリッジだった。おれはジョーニーを後ろにしたがえ、焦げた木材とガソリンの臭気のなかへ足を踏みだした。

キャトリッジが後ろへ首をまわして、同僚のひとりにわめいた。「マスコミが来てると保安官に伝えてくれ！」それからおれに顔を戻して言った。「そこでとまれ、伊達男」

「いったい何が起きてるんだ？」

「判事は保釈なんて許すべきじゃなかった」

やはり、スーピーなのだ。こうすることでしか、自分の問題にけりをつけることができなかったのだ。恐れていたことが現実になってしまった。「あいつはどこだ？」

「奥に並んでる小屋のひとつだ。なかに立てこもって、出てこようとしない。煙に巻かれるまえに、消防隊が乗りこむことになるだろう」

おれはキャトリッジの脇をすりぬけようとした。手袋をはめた手がそれを押しとどめた。「落ちつけ、ガス。もしこれが有罪の証拠でないなら、いったいなんなんだ」

「通してくれ、スキップ。あいつとは三十年のつきあいなんだ」

「おれだってあいつとは同じくらいのつきあいになるが、あんな大ばか者はいない」キャトリッジは言って、肩越しに後ろを振りかえり、火災現場を見まわした。それからおれのコートの肩をつかんだ。「わかったよ。ついてこい」

おれはキャトリッジのあとを追って、寄宿舎の五十ヤードほど手前まで小走りに進んだ。熱風と煙が顔や鼻腔を刺した。「これだけ離れていれば安全だ。ここから動くな」キャトリッジはそう言い置くと、燃えさかる炎のほうへ駆け足で向かっていった。

燃えあがる寄宿舎を消防隊員や保安官助手が取り囲んでいる。あの壁の向こうでうずくまっているスーピーの姿が頭に浮かんだ。炎と煙に追いつめられている姿。愚かな虚勢が消えうせた姿。フリントで暮らしているという、いまは疎遠になった娘のことを思った。たとえ何年も顔を合わせていなかったとしても、自分の父親の死にざまを知ったなら、どれほど打ちひしがれることだろう。あの炎のなかへ飛びこんでいきたかった。スーピーをしこたま殴りつけてやりたかった。けれど何より、酸素を求めて咳きこみながら外へ飛びだしてくるスーピーの姿が見たかった。

そのとき、いちばん手前に建つ寄宿舎の戸口から、ひとり、またひとりと消防隊員がポーチへ駆けだしてきて、よろよろと雪の上へおりたった。ふたりの腕には毛布にくるまれた人間が抱えこまれていた。担架を手にした救急隊員がふたり、おれたちの前を駆けぬけていった。

「よかった。キャンベルを助けだしたようです」背後からジョーニーの声が聞こえた。

怒りと安堵で呆然としたまま、おれはそちらへ近づいていった。救急隊員が運びだされた人間を担架に載せ、毛布をはがした。そこに横たわっていたのは、やはりスーピーだった。目は閉じられている。身体はぐったりとして動かない。一房の髪が顔の片側を覆っている。反対側の髪は焼け焦げている。鼻孔と上唇が煤で真っ黒になっている。煙のなかからディンガスがあらわれ、担架の右手に立った。腕を振りまわしながら、何かをわめいた。近づいてくるジョーニーとおれに気づくと、それを制止するかのように片手を突きだした。キャトリッジがおれたちの前に跳びこんできた。「やめてくれ。おれが大目玉を食らっちまう」

「あいつは生きてるのか?」

「わからん。とにかくさがってくれ」

救急隊がスーピーを取り囲み、視界が遮られた。おれに見えるのは、担架から力なく垂れさがるスーピーの腕だけだった。これまで何十年にもわたってともにホッケーをしてきたが、担架に載せられているスーピーをおれが目にしたことは一度もなかった。重傷を負った姿すら見たことがなかった。その点において、スーピーは本当に運に恵まれていた。何ものもスーピーを傷つけることはできなかった。スーピーを傷つけるのは、いつもスーピー自身だった。

救急隊のひとりが身体を傾けると、少し視界が開けた。スーピーの腕がひょいと上にあがって下に落ち、もう一度上にあがって、下に落ちるのが見えた。頭が担架から数インチ浮きあがった。スーピーはひとつ咳をして、自分の胸に痰を吐きだした。首をひねって担架の端から顔を出し、雪の上にさらに痰を吐きだしながら、酸素を求めて大きく喘いだ。おれは安堵の息をついた。次の瞬間、ふたたび怒りがこみあげてきた。

「スーピー！　ばか野郎！　いったい何をやってるんだ！」とおれは叫んだ。

ディンガスが目の前に立ちはだかった。「キャトリッジ、このふたりを外へ」

「トラップ？　トラップ……すまない……本当にすまない」スーピーが言うのが聞こえた。

「キャトリッジ！」ディンガスが怒号をあげた。

「行こう、ガス」キャトリッジはおれの肩をつかみ、後ろへ一歩さがらせた。おれはそれに抗った。

「スーピー！　なぜなんだ？」

キャトリッジがふたたび肩を押した。「おれを困らせないでくれ、ガス」

「トラップ……おまえに話さなきゃならないことがあるんだ……」スーピーの声がした。

キャトリッジはさらにおれの肩を押した。「いいかげんにしろ、ガス。あいつの隣の房に入りたいのか」

おれは抵抗をやめ、キャトリッジに押されるまま一歩、また一歩と後ずさった。救急隊員がスーピーの身体をベルトで固定し、担架を持ちあげて、救急車に運びいれた。

「すまない、トラップ！」スーピーの泣き叫ぶ声が聞こえた。「おまえに、おまえに謝らなきゃならないことが……くそっ！　おれは大ばか野郎だ！」

救急車が動きはじめたとき、まばゆい白光がおれたちを照らしだした。U字形の私道のほうから、トーニー・ジェインとカメラマンがこちらへ向かってくる。ディンガスがおれとジョーニーを振りかえった。猛り狂う炎を背にした顔が真紅に染まっていた。凍りついた口髭の端がだらしなく下に垂れていた。「もう家へ帰れ」とディンガスは言った。

おれたちは無言のまま町へ引きかえした。編集部の前にとめてある車の脇でジョーニーをおろした。

「長い一日でしたね」ジョーニーが言った。

「ああ。ご苦労だったな。ブレンダンの記事はきっと、明日の話題をさらうだろう」

「ありがとうございます」

裏の駐車場にまわり、車をとめた。後部座席から父の映写機をおろし、それを抱えて編集部に向かった。机の引きだしから、デルバートのキャビネットで見つけたフィルムの箱を取りだした。

アパートメントへ戻ると、広口瓶に水をそそぎ、カーテンを閉めた。キッチンの調理台に向かいあう壁から、二枚の写真を取り去った。一枚は、ポンツーンボートの上で日光浴をする両親を写したもの。桃色の水着に包まれた妊娠中の母の腹がぽっこりとふくらんでいる。そしてもう一枚は、絨毯の上で居眠りをしているかつての愛犬、ファッツとブリンキーを写したものだった。映写機を調理台の上に据え、からっぽの壁に向けた。操作方法を理解するまでにしばらくかかった。

四角形の光が壁に浮かびあがるのを目にしたときには、一抹の達成感を覚えた。ところがそのとき、巻きとり用のリールがないことに気づいた。実家の地下室で転んだときに落としてしまったのだろう。おれは流しのなかを丁寧にぬぐい、排水口を栓でふさいだ。フィルムはここへ落とすことにしよう。必要とあらば、あとでまたリールに巻きとればいい。

F／1280／SL／R4と記されたリールを映写機にセットした。これが本当に一九八〇年の十二月に撮影されたのであれば、おれが十七歳になったばかりのころの映像であるはずだ。リールがカタカタと音を立ててまわりだした。粒子の粗い白黒の映像が壁にぼんやりと映しだされた。観客席から写したリンクの映像。レオが撮影したものにちがいない。氷の上で、〈リヴァー・ラッツ〉——おれの所属していた〈リヴァー・ラッツ〉——のメンバーが練習をしている。ほとんどのメンバーは、リンク奥のペナルティボックス付近に固まって立っている。残る五人の選手は、二本のブルーラインに挟まれたリンクの中央あたりに散らばっている。画面の右手、ブルーラインの少し外側に立っているおれを見つけた。キーパー用の防具を纏っていても、あまりに痩せっぽちで、頼りない。ブラックバーンが飼っていた雑種犬ポケットの毛むくじゃらの頭が、フェンスの背後に隠れたチームベンチから覗いている。

リンクの中央では、スケート靴を履いてグローブをはめ、青と金色のスウェットスーツを着たブラックバーンが、指をさし、腕を振り、大声をあげながら指示を飛ばしている。映像に音声はついていないが、〝ネズミ捕り〟の特訓中であることがおれにはわかる。ブラックバーンがパックを頭上に掲げたまま、画面左手のブルーラインを横切り、フェイスオフ・スポットにそのパックを置いた。それから五人の選手ひとりひとりを順にまわっては、ポジションどりやそこからの動きを細かく指導していった。おれは五人の選手に目を凝らし、誰が誰であるかを見きわめようとした。最初にわかったのはテディだった。このころからすでに、引き締まった逞しい身体つきをしていた。スーピーも見つけた。スーピーはブロンドの髪を肩に垂らしていた。ブラックバーンが余所《よそ》を向いたときを見はからっては、カメラに向かって大袈裟なしかめ面を繰りかえしていた。当然ながら、最後にはブラックバーンに見咎められ、罰として、リンクの端から端を往復する全力滑走をチーム全員が命じられた。

とりたててこの日、この出来事を覚えてはいなかった。こうしたことは、それこそしょっちゅう起こっていたから。全員がリンクの端に並んだ。テディがスーピーに何か吠えた。スーピーは肩をすくめて何かを言いかえした。おそらく、「ビール一ダースで手を打てよ、テディ」というようなことを言っているのだろう。ときどき不思議に思っていた。スーピーはわざとおれたちを面倒に巻きこんでいたのではないか。金曜の夜に持ち寄るビールの割当てのうち、テディの分を、わざと肩代わりしてやっていたのではないか、と。全力滑走が始まった。一回。二回。三回。四回。ブラックバーンはスティックを脇にさげ、口に笛をくわえて、ブルーラインの上に立っていた。フェンス際で肩を並べ、立ちこめる冷却ガスに息を詰まらせながらスティックにもたれているおれたちを、ブラックバーンはいつもたいていその位置から眺めていた。

五回目の滑走を命じようとブラックバーンが腕をあげたとき、とつぜん映像が消えた。真っ白な光だけが壁を照らしていた。おれは映写機に目を向けた。リールのフィルムはまだほとんど減っていない。これだけでおしまいのはずはない。滑走のシーンにフィルムを無駄遣いするのがいやで、レオがいったん撮影を中断したのかもしれない。おれはそのまま、四角形の光を見つめつづけた。数秒後、壁から光が消え、部屋のなかが真っ暗になった。やがて、まばらな光の断片がちらつきはじめた。四角形の光がふたたびあらわれ、続いて、粒子の粗いぼやけた映像が新たに映しだされた。

おれは映像のピントを調節した。カメラはある部屋のなかへ向けられていた。画面のフレームの内側に、影になったフレームがもうひとつ写りこんでいる。窓か何かを挟んで撮影しているのだろうか。画面の中央には、毛布に覆われたビリヤード台が据えられている。その奥の壁に、ジムビーム・ケンタッキー・バーボンの広告看板が飾られている。「どういうことだ？」口から声がこぼれた。その場所に見覚えがあった。三棟ある寄宿舎のひとつには、たいがいつねに空き室があった。そこでコーチは、そのなかの一室を娯楽室として開放していた。それがこの部屋だった。

ひとりの女が気だるげな足どりで画面に入りこんできた。首から上はフレームからはみだしていて見えない。昨日の雪のような色をした髪が、むきだしの肩甲骨のあたりまで垂れている。そこから下はシーツにくるまれている。女が胸の前でその端を掻きあわせている。女はカメラの前に背を向けて立った。画面のほとんどが暗い影に覆われた。女が気どった足どりでゆっくりと画面に入ってきたときの様子。何かを見せつけるかのようにその位置に立ったときの様子。女はみずから望んでそこにいるのではないか。これから行なわれる何かに、みずから望んで加担しているのではないかという気がした。女の向こうから、べつの誰かが画面のなかに入ってきた。女に隠れてほとんど姿は見えないが、わずかに覗いている腕の感じからして、男であることは間違いなさそうだ。男もまた、首から上が画面からはみだしていた。女が両腕を脇におろした。シーツがはらりと床に落ちた。右の尻の頬に刺青《いれずみ》が彫られていた。小さすぎてはっきり見てとることはできないが、どうやら四葉のクローバーのようだ。女がビリヤード台を指し示した。男は凍りついたまま動かない。女がカメラの前を離れ、ビリヤード台に向かって歩きだした。女の姿が画面から消えた。そのとき気づいた。男の身体つきは、まだ成人にも達しない少年のものだった。顔はなおも画面の外にはみだしていて見えない。だが、薄い胸板や、華奢な肩のライン、ボクサーショーツのたるみ具合を見れば一目瞭然だ。

その少年はスーピーだった。

女の裸体がふたたび画面にあらわれた。女はビリヤード台の上にあがり、四つん這いのままゆっくりとスーピーのいるほうへ近づいていった。顔はうつむけられ、垂れた髪に隠れていて見えない。スーピーは女のほうへ恐る恐る向きなおり、ボクサーショーツのゴムバンドに親指をかけた。そのとき、女がさっと首を振り、顔にかかる髪を払った。それと同時にカメラが下にずれ、首から上がふたたび画面から消えた。女はビリヤード台の上をするすると横切って、スーピーの肩をつかみ、自分のほうへ引き寄せた。

スーピーはひどくためらいながらも、おずおずとそれに従った。ビリヤード台に仰向けに横たわり、そのまま身じろぎもしなかった。女はスーピーのボクサーショーツをおろし、スーピーの上に馬乗りになった。顔をそむけたかった。だが、おれは強いてこらえた。傍らの引出しに手を伸ばし、そこから手帳とペンをつかみとった。女が手の平をスーピーの腹に押しあて、身をよじらせはじめた。肩の上で髪が前後に揺れている。やはり音声は聞こえない。だが、女が愉悦にひたっていることだけはわかる。スーピーの腕は脇に置かれたまま動かない。虚ろな瞳はぼんやりと天井を見つめている。

画面の右手から、ひとりの男があらわれた。全身に服を纏っている。その男の顔だけははっきりと見てとることができる。男の正体はジャック・ブラックバーンだった。スーピーが目を閉じた。女はスーピーの上で腰を振りつづけている。ブラックバーンは女の背後へまわり、ビリヤード台に腿をもたせかけて、スーピーの裸足の足を見おろした。これから何が起こるのか、おれにはわかっていた。それはブレンダン・ブレイクの身にも起きた出来事だったから。ブラックバーンはズボンのジッパーをおろし、勃起したペニスを両手で取りだした。おれはつかのま目を閉じた。流しのなかに堆積していくフィルムは、やはりリールに巻きとらねばならないようだ。おれは自分に強いて目を見開き、ブラックバーンがマスターベーションにふけるさまを見つめつづけた。やがて、ブラックバーンはスーピーの裸足の足に射精した。そのつま先がきつく丸められた。スーピーはカメラから顔をそむけた。

あの三番のロッカールームで、サイズの小さすぎるスケート靴に無理やり足を押しこもうとしているスーピーの姿が脳裡をよぎった。おれは弾かれたように立ちあがり、ふらつく足で後ろを振りかえった。こみあげる吐き気を必死にこらえながら、流しに突っ伏した。

自分の息遣いがステンレススチールの壁にこだましている。目の前で、映写済みのフィルムが蛇の死骸のようにとぐろを巻いている。流しから身体を起こし、よろめくようにバスルームへ向かった。電灯をつけ、冷たい水を顔と首に浴びせた。鏡を覗きこみ、深呼吸を繰りかえした。頬を伝って、顎になおも残る傷痕へと滴り落ちていく雫を見つめた。顔をぬぐい、そのタオルを手にしたままキッチンへ戻った。

ときおり映写機をとめては気持ちを立てなおしながら、二時間をかけて三本のフィルムに目を通した。そこで目にしたすべてを手帳に書きとめていった。手帳はほとんどのページが文字で埋めつくされた。それを終えると、頭のなかの整理にとりかかった。どのフィルムも、始めに〈リヴァー・ラッツ〉の練習風景が撮影されていて、そのあと娯楽室のシーンに切りかわっている。刺青の女はシーンによって登場することもあれば、しないこともある。ブラックバーンはどのシーンにもかならず登場する。シーンによって、カメラのアングルや光の加減は微妙に異なる。つまり、これは一度かぎりの出来事ではなく、同じような行為が何度も何度も繰りかえされていたということだ。あるシーンでは、ウィスキーの瓶とグラスが背後の棚の上に置かれていた。べつのシーンでは、ブラックバーンの飼い犬ポケットがビリヤード台の上に跳び乗り、スーピーの顔を舐めた。スーピーはすさまじい剣幕でポケットを台から叩《はた》き落とした。スーピーがなんらかの感情を示したのは、三本のフィルムのなかでその一瞬のみだった。そうしたすべての細部を、おれは手帳に書きとめた。

そして熟考のすえ、こう結論づけた。ブラックバーンは壁に掛けられた鏡の向こうにカメラを据えていたにちがいない。あの部屋の鏡はマジックミラーだったのだ。カメラを操作していたのはレオだったのか。それともブラックバーン自身が操作して、自分が参加するあいだだけ放置していたのか。鏡の掛けられていた壁の向こうは寄宿生の寝室になっていた。〈ラッツ〉ですごした最後の二年間、テディがひとりで使っていた部屋だ。テディ以外の寄宿生は、かならず誰かしらとの相部屋だった。カメラを操作するテディの姿を想像した瞬間、ふたたび吐き気に襲われた。それから、いまだかつてテディに対して感じたことのない、干からびた憐れみが胸にこみあげてきた。

フィルムが終わるたびに、もつれたフィルムを流しから慎重にすくいあげて、茶色い紙袋にそっと詰めた。その袋をオート麦シリアルの箱のなかに隠し、食料品棚の奥にしまいこんだ。最後のフィルムをしまい終えると、映写機のプラグを抜き、コードをまわりに巻きつけてから、ベッドの下に押しこんだ。それから服を着たまま、ベッドに身を横たえた。眠ることはできそうになかった。目を閉じるたび、ビリヤード台の上に横たわるスーピーと、その上で身をよじる刺青の女が目蓋に浮かんだ。天井に意識を集中しようとしたが、それもうまくはいかなかった。部屋のなかはあまりに静かで、あまりに暗かった。ベッドの下に手を伸ばし、映写機を引っぱりだした。キッチンの調理台の上にふたたび据えて、電源を入れた。四角形の光が壁にあらわれた。床に腰をおろし、流しの下の戸棚に背をもたせかけた。映写機から、カタ、カタ、カタと小さな音が聞こえてくる。おれはからっぽの光を見つめつづけた。これ以上は目を開けていられなくなるまで。

25

　キッチンマットに頬を押しつけた状態で目が覚めた。周囲を縁どるウールの組み紐がちくちくと皮膚を刺している。電話が鳴っているのが聞こえた。おれは映写機の電源を切り、受話器をつかんだ。「もしもし？」

　怒りに震えるジョーニーの声が聞こえてきた。「ブレンダン・ブレイクの記事がどこにも見あたりません」

「一面の折り目の下にあるはずだ」

「いいえ。一面の折り目の下に載っているのは、高校のレスリング大会の記事です。それ以外のページにも、どこを開いてもブレンダンの記事はありません。案内広告まで全部たしかめました」

「レスリング大会の記事……？」

「筆名はマティルダ・P・スポールディングとなっています」

「くそっ、やられた。ティリーのやつだ」

　おれがケラソプーロスの留守電にメッセージを残すのを、ティリーは盗み聞きしていたにちがいない。あのとき浮かべていた笑みをどうにも気に食わないと感じたのは、そのせいだったのだ。あのあとティリーはケラソプーロスに電話をかけて、おれの行為を密告した。ケラソプーロスはブレンダンの記事を紙面から削除した。締切りを過ぎても代わりの記事が送られてこなかったため、印刷所がレスリング大会の記事にさしかえた。ケラソプーロスからのメッセージが階下でおれを待ち受けていることは間違いない。

「なぜティリーがそんなことを？　一面に署名入り記事を載せるのが夢だったとでも言うんですか？」疑心に満ちた声でジョーニーが言った。

「いや、そうじゃない」とおれは答えた。ゆうべの吐き気がぶりかえしてきた。「ティリーの狙いは自分の記事を一面に載せることじゃない。上司に媚びて恩を売ることだ」

「ティリーの上司はあなたではなかったんですか？」

「ああ、本来なら」

受話器の向こうが静まりかえった。やがて、ジョーニーの声が耳をつんざいた。「ティリーのくそったれ！　くそプーロスのくそったれ！　くそ《パイロット》のくそったれ！」

「ジョーニー！」

「ええ、ええ、わかってます。きっと何もかもうまくいく。あなたがいずれ、わたしの書いた記事をそっくりまとめて掲載してくれると言うんでしょう？　でも、もうどうだっていい。こんなくそったれな職場には、もううんざりだわ！」

おれにそれ以上何かを言う隙を与えず、ジョーニーは電話を叩き切った。

キッチンの戸棚を開けて、家に置いてある唯一の酒、埃をかぶったペットボトル入りのウォッカを取りだした。コーヒーカップに小量をそそぎいれ、カップを手にバスルームへ向かった。ウォッカにピンセットの先を浸し、顎の縫い糸を一本ずつ引き抜いた。抜糸のコツなど知らなかったから、結び目をつまんでは無理やり引っこ抜くしかなかった。念のため、傷痕にはウォッカを塗りこんでおいた。

シャワーを浴びて、服を着替えた。寝室のクロゼットを漁って、デトロイトのバス発着所からボイスメール原稿を運びだすのに使っていたダッフルバッグを引っぱりだした。そのなかに、下着と、靴下と、Tシャツ三枚と、フランネルのボタンダウンシャツ二枚を詰めこみ、外ポケットに歯ブラシと歯磨き粉を押しこんだ。

〝トラック関連〟、〝ラッツ〟と記された段ボール箱の上からベニヤ板をはずした。段ボール箱をひとつずつ抱えあげては、外階段の下まで運んだ。吹きすさぶ風の音を聞きながら、運びだした段ボール箱をピックアップトラックの荷台に積みこんだ。荷台に置きっぱなしにしていたスポーツバッグは雪に埋もれていた。

　こうして身体を動かしてはいたが、特定の目的があるわけではなかった。町を出ていく覚悟はできていたが、どこへ向かうつもりなのかも、本当に出ていくつもりなのかも定かではなかった。いまはただ、町を出ていかなければならなくなるのではないかという予感だけが胸にあった。それも、ただちに、すみやかに。今日の正午までにネタ元の名前をあかさなければ、警察に逮捕される危険性は高い。なおも心は決まっていない。逃げきれると思うほど愚かではない。そうしたいとも思っていない。それでも、何かがおれに準備をしておけと告げている。ならば、それに従うまでだ。ただでさえこの数日は、予測のつかない出来事の連続だったのだから。

　八時数分まえに、ふたたび電話が鳴った。ジョーニーだろうと見込んで受話器を取った。「いまどこにいる？　編集部か？」

「もしもし、ミスター・カーペンターでいらっしゃいますか」

「ああ、失礼しました。ガス・カーペンターです」

「オールデン・キャンベルの弁護人を務めるテレンス・フラップと申します」

　フラップによると、スーピーは病院で数時間の治療を受けたが、いまは拘置所に戻っているらしい。そして、ひどくおれに会いたがっているのだという。その理由はわからない。現時点での面会は避けたほうがいいとフラップは諭した。だが、スーピーは聞く耳を持たなかった。

「まったく、これがギャラガー判事に知れたらどうなることか。それから、これだけは申しあげておかねばなりません。この面会が取材のチャンスであるとは、けっしてお考えにならぬように」

本音を言うなら、是が非でもスーピーに会いたいというわけではなかった。しかし、いくつか訊きたいことがあるのもたしかだ。「よくディンガスの許可がとれましたね」

「そうなんです。面会の者を連れてきたいと申しいれたところ、真っ先に返ってきたのは、『わたしの目の黒いうちは許さん』との言葉でした。ところがあなたの名前を出した途端に、すんなり許可がおりたのです」

「ほう」

「それでは、十時三十分に拘置所でお待ちしております」そう言ってフラップは電話を切った。

だが、拘置所へ向かうまえに、おれには寄るべき場所があった。


桃色の木造家屋の戸口にあらわれた正看護師のグロリア・ロインスキーは、白地に色褪せた桃色の花柄がプリントされたバスローブを纏っていた。錆色に染めた髪にはヘアピンやカーラーが絡みつき、ところどころから頭皮が覗いている。おれが名前も名乗らぬうちから、グロリアは扉を大きく開け放ち、なかに入れと手招きをした。「あらあら、まあ、あなた、新聞社のひとでしょう？」そう問いかけてきた瞳は、夫を亡くしてひとり暮らす八十代の老女とは思えないほどの明るい輝きを放っていた。「ダイナーであなたを見かけたことがあるわ。さあさあ、お入りなさいな。コーヒーはいかが？　わたしはいつも紅茶をいただくのだけれど、たいがいのひとはコーヒーのほうがお好きだものねえ。あなたもそうなんでしょう？」

「いえ、そんなことはありません」とおれは答えた。いまは悠長にコーヒーなど飲んでいる場合ではなかった。「朝早くからお邪魔してすみません」

「あら、とんでもない。お客さまはいつでも大歓迎よ。さあさ、おすわりなさいな」

　おれはウィングチェアに腰をおろした。こちらのカバーも桃色の花柄に覆いつくされていた。傍らに置かれた小卓の上には、読み古した《ピープル》誌が積みあげられている。

「それにしても、あなたのところの新聞を読んでいるひとって、本当にたくさんいらっしゃるのねえ。わたしのコメントが載せられてからというもの、うちの電話は鳴りっぱなしなのよ。本当に驚いたわ」

「ありがとうございます。あなたが大統領についておっしゃったコメントも、じつに興味深かった」

「ええ、ええ、そうでしょうとも。瞑想をとりいれたセックスこそ、間違いなくあの大統領の……そう、むら気を解消してくれるはずよ。あの奥方もきっと感謝してくれるはずだわ。わたし自身の輝ける実体験がそれを証明してくれているんですからねえ」そう言うと、グロリアは目蓋を閉じ、芝居がかった仕草で手の平を胸に押しあてた。「そう、グロリアの輝ける《グロリアス》実体験がね」

「なるほど。ところで、今日お伺いしたのは、ある特集記事のことでお力を拝借できないものかと思ったからなんです。ある刺青《いれずみ》のことなんですが」

　ゆうべフィルムで見た刺青の持ち主には、おおかたの見当がついていた。ここへやってきたのは、それが正しいことを確認するためだった。だが、もしおれの予想が間違っていたとしても、それはそれでかまわなかった。

「刺青ですって？　あらまあ、なんて偶然なのかしら。わたしの孫娘がついこのあいだ刺青を入れたところなの。その場所というのがねえ……こんなこと、ひとさまに話すようなことじゃないのだけれど、その場所というのが、なんとまあ、だいじなあそこの左斜め上でねえ。ほら、このあたり」グロリアはバスローブの上からその場所を指さしてみせた。おれは手帳に目を凝らしているふりをした。「孫娘とお話しになる？　名前はプリシラ・ローラーというの。住まいはフレッチャー通りの一二〇九番地よ」

「ありがとうございます、ミセス・ロインスキー。しかし今日は――」

「あらあら、いけない。わたしったら、ひとりでぺちゃくちゃとごめんなさいねえ。あなた、何かお尋ねになりたいのだったわね」グロリアはおれと向かいあうソファに腰をおろした。「でも、ひとつ言っておかないといけないわ、ミスター……」

「カーペンターです。ガスと呼んでください」

「ええ、ええ、そうだったわね。ビィーとルディの息子さんでしょう？　お母さまはお元気？　以前はうちの診療所に通ってらしたのだけれど、とつぜんいらっしゃらなくなってしまってねえ。だけど、どうしても理由を教えてくださらないの」

「ええ、母は元気にやっています。ところで、さきほど――」

「そうだわ、あなた、ボントレガー家の娘さんと結婚なさらなかったのねえ。ほら、あの大きな胸をした、デボラだかディアドラだかいう娘さんよ」

「ダーリーンです」

「そうそう、ダーリーン。あれはそんなに昔の話じゃなかったわねえ？」

「十五年ほどまえになります」

「その程度なら、さほど昔のことでもないわねえ。うちの夫が亡くなったのが二十三年まえになるけれど、まだ昨日のことのように思えるもの」

そうあっさり言われてしまうと、自分の過去に起きたすべての出来事までもが昨日のことのように思えてきた。「そうでしたか。それはそうと、さきほど、おれに言っておかないといけないことがあるとのことでしたが？」
「ええ、ええ、そうよ。わたしが言っておきたいのは
ね、わたしは刺青の専門家ではないということなの。
自分で刺青を入れているわけでもありませんしねえ。
ただ、産婦人科の看護師として、いくつか目にしてき
たのはたしかですよ」
「そう思ってお伺いしたんです」おれたちは顔を見あ
わせて微笑みあった。母の言ったとおり、グロリアは
たしかに町いちばんのお喋りであるようだ。
「さて、それじゃあ、わたしが目にしたどんな刺青に
ご興味があるのかしら？　それとも、ご婦人が刺青を
入れている部位のほうに興味がおありなのかしら？
そういえば、こんなひともいたわ。名前はたしか……
ドリス。そう、ドリス・ケロッグといったわね。桁は
ずれに大きな図体をしていて、それは見事な蝶の刺青
を――」
「いや、ミセス・ロインスキー、おれが探しているの
は、ある特定の刺青を入れた女性なんです。つまり…
…ある刺青の写真をうちの編集部のほうで入手しまし
て、それがじつに美しいものだから、ぜひともその持
ち主のお話を伺えないかというわけです」
「グロリアと呼んでちょうだいな。ところで、またわ
たしの名前が新聞に載ることになるのかしら？」
「そういうこともあるかもしれません」
「べつにわたしはかまいませんよ。だってほら、こう
言ってはなんだけれど、町中《まちじゅう》の刺青を集めて特集記事
をつくるんだなんて言われても、なんだか少し……そ
う、突拍子もないことのように聞こえますけどね」そ
こでグロリアは片眉をあげ、「それでも、もしあなた
がその道の専門家のコメントを必要としているのなら、
〝専門家〟とまではいかなくとも、信頼に足る〝目撃
者〟のコメントを必要としているのなら、わたしがお
力になれると思いますよ。その刺青の持ち主が女性で、
この町の住民であるなら、わたしがその刺青を目にし

た可能性は高いでしょうからねえ」

「おっしゃるとおりです。きっとお力になっていただけると思います」

「その写真を拝見できるかしら」

「あいにく、それはできないんです。おれの手もとにはないもので」

「あら、それじゃあ、どなたの手もとにあるのかしら。だいいち、どうしてその方は自分の持っている写真の刺青の持ち主をご存じないのかしらねえ」

「それはその……少し込みいった事情がありまして……ただ、その事情をお話しすることもできないんです」これ以上はないほど激しく心臓が鼓動していた。

「その刺青がこの町の誰かのものであることは間違いないのかしら？」

「ほぼ間違いありません」

フィルムのなかで目にした刺青の形状を、おれはグロリアに詳しく語って聞かせた。はじめのうちは四葉のクローバーのように見えたのだが、その後、一瞬のクローズアップを含めた映像を何度か目にするうち、内側に何かを囲った星のような図案ではないかという気がしはじめていた。おれの説明にグロリアはじっと耳を傾けていた。おれは手帳のページを一枚破り、その図を大まかに描いてみせた。グロリアはそれを見るなり、いたずらっぽい笑みを浮かべた。

「本当は、特集記事の取材なんかでいらしたんじゃないのね？」

「どういうことでしょう？」

グロリアはぐっとこちらへ身を乗りだした。「悪い子ね。これはいたずらか何かなの？ 今日は誰かの誕生日だったかしら？」

「あの……いえ、いったい何をおっしゃりたいのか——」

「とぼけるのはおやめなさいな。こんなふうな刺青を入れている人間なんて、この町にひとりしかいやしませんよ。そしてあなたは、そのご婦人をようくご存じのはずですよ」

その答えを自分から口にするつもりはなかった。

「さあ、あててごらんなさいな」

「それはやめておきます、グロリア。ジャーナリストにとって、当て推量はトラブルの種ですから」

「あらまあ」グロリアは言って、笑い声をあげた。「本当に悪い子ね。もう一度新聞に名前が載るかもしれないなんて甘い言葉でわたしをすっかり喜ばせておいて、じつはひそかな目的を隠し持っていたのね。まあ、いいわ。わたしもいっぱしの女ですもの。男に騙されるのはこれがはじめてじゃなし」

「それじゃ……教えていただけますか」おれはおずおずと尋ねた。もはやすっかり自信をなくしていた。

グロリアはふたたび笑い声をあげ、やれやれと首を振った。「それをひとつ、どれでもいいからこちらによこしてちょうだいな」言いながら、小卓の上に積みあげられた《ピープル》誌を指さした。

おれはそのなかの一冊をグロリアに手渡した。グロリアは受けとった雑誌をぱらぱらとめくり、ふと手をとめると、一枚の写真をおれに指し示した。「これがヒントよ」名前も知らない若い女優が歩道に屈みこみ、ハリウッド・ウォーク・オブ・フェイムに埋めこまれた星形メダルを覗きこんでいる。

顔をあげると、グロリア・ロインスキーがにんまりとしていた。

「あなたの探している刺青とそっくりじゃなくって？　もうおわかりでしょう？　われらが愛しの美の女王が、ほかにどんな刺青を入れるというのかしら」

「たしかに」

グロリアはソファから立ちあがった。「新聞に載らないのは残念だけれど、お話しできて楽しかったわ。それにしても、なんという偶然かしらねえ。このあいだうちへ取材にやってきたとき、彼女もあなたとおんなじ椅子にすわったのよ」

それ以上の確証は必要なかった。それでも、車に乗りこむと、ゆうべフィルムを見ながら半ば思考の麻痺した状態でメモを書きつけた手帳を取りだし、次々にページを繰った。背景の棚に置かれていたウィスキーの瓶。その銘柄を書きとってあるかをたしかめたかった。あった。かろうじて判読可能な文字が〝ジェントルマン・ジャック〟と綴っていた。日曜の晩、あの外階段でスーピーが口にした〝くそったれジェントルマン・ジャック〟という言葉が耳に蘇った。それこそは、スタヴェイション・レイクが誇る美の女王、ティリー・スポールディングがこよなく愛するウィスキーの銘柄だった。

26

点と点とが結びあい、苦渋に満ちた輪郭を描きはじめていた。いまならわかる。最近、ティリーの様子がおかしかったのはなぜなのか。どうしてあんなにもおれをフォトキャビネットから遠ざけようとしていたのか。スーピーが頑なに編集部へ来ることを拒んでいたのはなぜなのか。ブラックバーンがフィルムを編集部に保管させたのは、それをティリーに監視させるためだった。つまりティリーは、あのフィルムによって主演女優の夢を叶えると同時に、その演出家に隷属する手先ともなりさがっていたのだ。

編集部に戻ったとき、ティリーがまだ出勤していないことを知ってほっとした。なおも腹に据えかねていたから、ティリーを目の前にして平静を保てる自信はなかった。顔を見るなり誠を言いわたしてしまいそうだった。けれど、そんなばかをするわけにはいかない。こちらが何を知っているかを、いまはまだ気取《けど》られないほうがいい。ただし、フィルムがなくなっていることにティリーが気づいているなら、すでに警戒心を強めていることだろう。

ジョーニーは机に足を載せた姿勢で《ニューズウィーク》を読んでいた。いつもなら足を載せる隙間もないところだが、今日はどうやら、机の上の一切合切を床に払い落としてみたらしい。おれはそちらへ近づいて、床の上の惨状を無言のまま見おろした。

「もしも怪訝に思っていらっしゃるのなら、そこにあるのは、紙面に掲載されるものと信じていた記事のために集めた資料です」雑誌から顔もあげずにジョーニーは言った。

「すばらしい。どうせならゴミ箱に投げいれてしまえばどうだ？」

「手があいたらとりかかります」ジョーニーは力任せに雑誌のページをめくった。「ちなみに、そのがらくたのなかに、この界隈の小さな銀行をいくつもまとめて買収したというニューヨークのどこだかの銀行に関するプレスリリースが紛れてます。そういう当たり障りのないネタなら、うちでも充分に扱えるんじゃありませんか」

ジョーニーのもとを離れ、自分の机へ向かった。机の上に、その日の朝刊が載っていた。レスリング大会の記事にかぶせるように、赤いペンで〝ピュリッツァー賞？〟との殴り書きがしてある。その上方で、髪をオールバックに撫でつけたブラックバーンの顔写真がこちらを見あげている。〈ジャック・ブラックバーン、一九三四年一月十九日～一九八八年三月十三日〉とのキャプションが添えられている。それを目にした瞬間、そこにある何かが意識の片隅に引っかかった。

留守電のランプが光っていた。受話器を取りあげ、再生ボタンを押した。ケラソプーロスが七時十四分にメッセージを残していた。曰く、「出社後ただちに、こちらへ電話を入れたまえ」椅子から立ちあがり、ジョーニーのいるほうへゆっくりと戻った。ジョーニーのふてくされた態度を責めるつもりはなかった。とはいえ、ジョーニーにはそこから立ちなおってもらわねばならない。

「ちょっといいか、ジョーニー。じつは、拘置所へキャンベルの話を聞きにいくことになった」

「あら、すてき。そこの山に加える資料がまた増えますね」

ジョーニーは雑誌から目をあげようともしない。おれは膝を折って屈みこみ、床の上に散乱している品々を順に眺めていった。ノートが七、八冊。ファイルフォルダーが半ダースほど。その他の書類が少々。そのうちの一枚が目にとまった。納税記録のコピー。郡書記官のところで手に入れてきたものにちがいない。おれはその紙を拾いあげた。

「この納税記録は、ブラックバーンの所有地のものか?」

「リチャーズ商会のことでしたら、そのとおりです」

「驚いたな。課税価格が五十万ドルに近いじゃないか」視線を所有者の欄へ滑らせた。「いや、ちがうぞ。正しくはリチャード有限会社というらしい。リチャーズじゃなく、単数形のリチャードだ」現住所はヴァージニア州のスプリングフィールドとなっていた。

「それがなんだっていうんです?」

おれは手にしていた紙を床に落として立ちあがった。

「今日の予定は?」

「そうですね、まずはこの記事に最後まで目を通して、世の人々がプードル用のセーターのネット販売でどうやって大金を儲けようとしているのかを突きとめることにします。それが済んだら、オードリーのダイナーでのんびりブランチを楽しむか、エンライツ・パブに直行して、ブラッディ・マリーをダブルでいただくというのもいいですね。そのうちディンガスが店に顔を見せるかもしれませんから。相手が保安官なら、わたしの知っていることを打ちあけたってかまわないでしょうし」

「いまので思いだした」おれはジョーニーの机の電話機を引き寄せ、郡書記官の番号を押した。ヴィッキーが出てくれることを願いながら。運はおれに味方していた。

「どうも、ガス・カーペンターです。ご機嫌はいかがですか」

「雪にうんざりしてるわ」とヴィッキーが答えた。

「おれもです。ところで、先日おれが閲覧を申しこんだ八八年の議事録のことを覚えておいでですか。誰が借りだしていったのかはわかりましたか」犯人はディンガスではないかと、おれは踏んでいた。

「いけない、忘れてた。母さんに殺されるまえに、返却してもらわなきゃ。借りていったのは、町役場のデイヴよ。いくら催促しても、折りかえしの電話すらくれないのよね」

「デイヴ？」

「ほら、バーテンダーのデイヴよ」エンライツのルーブのことか。ルーブは昼のあいだだけ、課税額の査定人として役場で働いている。それにしても、いったいなぜルーブが八八年の議事録なんぞを必要とするのか。

「もしデイヴに会うことがあったら、記録を返却するよう伝えておいてもらえるかしら」

「ええ、わかりました」おれは応じて、受話器を置いた。

「ひとつ伺ってもいいですか。どうしてあなたはこんなことを続けているんです？」ジョーニーが唐突に訊いてきた。

「こんなこと？」

「こんな仕事。記者の仕事。この事件の取材を続けることです。そんなことをして何になるんです？　この町の人間は誰ひとりとして、真実なんて知りたがっていない。わたしたちの声に耳を傾ける者なんていない。彼らが知りたいのは、ロータリークラブの昼食会がどこで開かれるかや、映画館で何が上映されているかや、誰がいちばん大きな魚を釣りあげたかってことだけ。こう言ってはなんですが、それがいまの現実です。あなたはかつて第一線で活躍し、大きな名声を得ようとして、それに挫折した。そしていまは、侘しい田舎町で暮らしている。世界の中心からかけ離れた場所にいる。なのに、なぜこんなことを続けているんです？」

いい質問だ。おれのかつてのコーチは小児性愛者だった。おれの職場の受付係はそいつの手先だった。いちばんの親友はそいつの餌食にされていた。犠牲者はほかにもいるのかもしれない。おそらくは、おれの知る者のなかにも。そして、おふくろはおれの知らない何かを知っている。だが、おれはいままで、そうしたことに何ひとつ気づきもしなかった。真実の渦中に身を置きながら、何ひとつ目に映していなかった。たしかに、当時のおれはまだ子供だった。しかし、大の大人になったいまでさえ、おれの目に真実は見えていない。おぼろな外郭しかとらえることができていない。闇に覆い隠されたその内奥から、幾千もの疑問が嘲りの声をあげている。ジョーニーの言うことは正しい。すべての疑問を解きあかしたとしても、明るい未来など待ち受けてはいない。少なくとも、おれが生きる糧として選んだ仕事のなかには。そこにはただ、すべてを知るという目的があるだけだ。すべてを知ることで、何かが変わる。そう信じて進むしかない。おれはもはや、スクープや、賞や、昇給や、同業者からの羨望を追い求めてはいない。ただすべてを知りたいだけだ。ただしそれは、ブラックバーンの生涯や死の真相を客観的な事実としてとらえるということではない。おれはたぶん、なぜ自分がすべてを知りたがっているのかを知りたいのだ。

「おれにもわからない。ただ、おかげで請求書の支払いを済ませることはできる。とにかく、訊いてくれてありがとう」おれはジョーニーに礼を言った。本心からの言葉だった。「……さてと、くそでぶーロスに電話をかけなきゃな」

自分の机に戻り、受話器を取った。電話をとった秘書から、少々お待ちくださいと告げられた。保留の音楽を聞きながら吸いとり紙を引き寄せ、なんの気なしに〝リチャード有限会社〟と書きつけた。やがて、保留の音楽が途切れた。

「ガス・カーペンターです、ジム」

「待ちたまえ。いま、扉を閉めてくる」受話器を置く音がした。しばらく待っていると、ふたたびケラソプーロスの声が聞こえた。「ゆうべの一件は、さほど芳しいとは言えないぞ、ガス」

「今朝の一件はもっと芳しくありません。一面をでかでかと飾るはずだったスクープ記事を、何者かがボツにしたようです」

ジョーニーが雑誌を置く動きが目の端に映った。

「あれがボツになることはわかりきっていたはずだ。あの手の記事の扱いについては、すでに……そう、二度も話しあってきただろう。きみも了解しているものと思っていたがね？」

「そのとおりです。特異な記事を掲載するときには、まえもって連絡を入れる約束になっていた。だから、ゆうべもその取り決めに従って、連絡を入れたはずです」

「留守番電話にか？　そんな言いわけが通用すると思っているのかね？　まったく話にもならん。大いなる危険を孕んだ記事についての知らせをきみのところの受付係から耳打ちされるなどということは、金輪際ないようにしてもらいたいものだ」

「彼女は馘にします」

ジョーニーが椅子を転がして、おれの隣に寄ってきた。受付カウンターを指さし、目顔で尋ねると、ジョーニーは首を振った。ティリーはまだ出勤していないということだ。

「少し冷静に話をしよう」ケラソプーロスが言った。

「いいえ、お断りします。おれの仕事は、つかんだネタを新聞に載せることです。そして昨日、おれたちは正真正銘のネタをつかんだ。この町でいま起きているどでかい事件に、直接の関係を持つネタです。おれたちはその裏をとり、それを掲載することに決めた。それが記者と編集者の仕事だからです。その記事をボツにすることは誰にも許されない」自分が薄氷を踏んでいることはわかっていた。だが、そんなことはもはやどうでもよかった。

「口のきき方には気をつけたほうがいいぞ、ガス」ケラソプーロスの声が聞こえた。「このような記事を掲載する場合、何千マイルと離れた土地に暮らす、顔を合わせたことすらないたったひとりの人間の証言を載せるだけでは充分とは言えん。まずはその人物が信用に足るかを――」

「ほかからも、それを裏づける証言が得られています」

「本当かね？　現地の警察なり、カナダ騎馬警察なりの公式なコメントもとれているのかね？　その人物が言うところの……いわゆるその災難が現実に起きたとするならば、まずは警察に届けることを考えたはずではないのかね？　だいいち、いまさらそんな過去を掘りかえしたところで、いったいなんになるのだね？」

「ブラックバーンが少年への性的虐待を繰りかえしていたのなら、それが殺人の動機につながる可能性があります。殺人の容疑をかけられている被疑者は、かつてブラックバーンの教え子だったんです」

「きみも彼の教え子だったのではなかったかね？」

「ええ、そうです」

「ならば、訊かせてもらおう。むろん、答えたくなければ答えなくともけっこうだ。きみ自身がきみのコーチから、いわゆる……誤った性癖を匂わせるような何かをされたことは一度でもあったかね？　そうした誘いをかけられたことはあったのかね？」

「いいえ、ありません」

「おかしいじゃないか、ガス。きみはそのチームにいた。そのくせ何も目にしていないというのなら、なにゆえそこまでの確信を持って、それが事実だと言いきれるのかね。だいいち、そのカナダ人がどんなたくらみを秘めているのかもわかったものではない。何より、そのカナダ人と、ブラックバーンの身に降りかかった悲劇とを結びつけて考えるからには、むろん、それなりの証拠を揃えているのだろうな？　何かひとつあげてみてはもらえんかね？」

くだらぬ御託はもうたくさんだった。編集長の椅子にすわるチャンスはこれで吹き飛ぶだろう。だが、出世を棒に振るのはこれがはじめてでもない。「相手がどんなたくらみを秘めているか？　寝言は寝てから言ってください。ひとつだけ言っておきます、ジムー──」言いながら電話機に手を伸ばし、架台のフックを押した。会話中に電話を切るという行為は、編集部に古くから伝わる作法のひとつだった。深夜に電話をかけてきて、バーガーキングでエルヴィス・プレスリーを見かけたと言い張る変人を撃退する際には、かならずこれを用いる。

「ケラソプーロスの電話を切ってだいじょうぶなんですか？」ジョーニーが呆気にとられた表情で訊いてきた。

「知ったことか。それより、向こうがかけなおしてくるまえにここを出たほうがよさそうだ」新しい手帳を一冊とペンを二本つかみとりながら、おれはジョーニーに言った。「拘置所へ行ってくる」

ダレッシオに案内されて、おれはフラップとともに窓のない部屋へ入った。小さなスチール製のテーブルの向こうでスーピーが待っていた。「廊下にいるから、用があったら声をかけてくれ」ダレッシオは言って、扉を閉めた。

最初に目が行ったのは、スーピーの頭だった。長かった髪が、短い棘のようにまで剃りあげられていた。「髪をどうしたんだ？」開口いちばんにおれは訊いた。

「看守に持ってかれた。おれがそれを使って首を吊るとでも思ったらしい」

フラップがスーピーの隣の椅子を引いて、そこに腰をおろした。おれはふたりと向かいあう椅子にすわった。あたりには、ペンキのような匂いがかすかに漂っている。以前《パイロット》に載せた記事を思いだした。拘置所の壁を塗りなおすための予算申請が郡に認められたという内容のものだ。そういえば、あの記事はティリーが書いたのだった。そう思った瞬間、うなじがかっと熱くなった。

「調子はどうだ？」とおれは尋ねた。

「フラップにトラップか」スーピーはにやりと笑ってから、おれの問いかけに答えた。「頭が少し痛むが、それ以外は至って元気だ」スーピーはオレンジ色のつなぎを着て、白いスニーカーを履いていた。手錠と足枷をはめられていた。目につく外傷は、包帯で覆われた左右の手の平だけ。ほんの一晩まえ、燃えさかる建物のなかから辛くも助けだされた人間だとはとても思えないほどの回復ぶりだ。

「ゆうべのことを覚えてるか？　もう少しで死ぬところだったんだぞ」

「なあ、おれにはべつに、あそこの小屋を全部焼き払うつもりなんてなかったんだぜ。一軒だけ燃やせればよかったんだ」

「お話し中のところ失礼します」フラップが不意に口

を挟んだ。「まず先に、いくつかの基本原則についておお話しさせていただいてもよろしいでしょうか」

「堅いことを言うなよ、フラップジャック。おれたちはビジネスの話をしているんじゃない。友人として個人的な会話をしているんだ。おれにはこいつに話しておかなきゃならないことがある」スーピーが言った。

「それはそれはけっこうなことです」とフラップは応じた。奥歯をぎりぎりと嚙みしめているのだろう。顎の筋肉がぴくぴくと引き攣っている。「しかしながら、その友人同士の会話が町中《まちじゅう》の人間の耳に届くようなことになったら、困るのはあなたなのですよ」

「それについては、ガスとおれとで話しあって決める」

「ひとたび紙面を飾ってしまったなら、あとは恰好の餌食になるしか――」

「こうしてはどうでしょう、テレンス。ここでの会話はいちおうオフレコということにしておいて、もしどうしても記事にしたいことがあったら、かならずあなたの許可をとることにします」

フラップはスーピーの表情を窺ってから、「けっこうです」と答えた。

「これでよし、と。それじゃ、ちょいと席をはずしてもらおうか、フラップジャック」スーピーが言った。

「席をはずせ？　とんでもない。間違ってもそれだけはお勧めできません」

「ああ、わかってる。だが、おれはこの相棒とふたりきりで話がしたいんだ」

フラップは鞄を拾いあげ、首を振りながら部屋を出ていった。

スーピーは背もたれに寄りかかり、天井を見あげた。小さな檻のなかで、裸電球が煌々と光を放っていた。

「なんだかたいへんなことになっちまったな、トラペゾイド」

「ああ」

「ボイントンは？」

「どうにか生きてる」

「ふん。あんな野郎、自業自得だ」

「まあな」おれはそう応じると、スーピーの視線を感じながら、ペンと手帳を取りだした。「なあ、スーピー。それなら、コーチはどうだったんだ？　コーチも自業自得だったのか？」

「おまえの口ぶり、ディンガスそっくりだ。まったくしつこいのなんのって」

いまとなっては、ディンガスが本当にスーピーの犯行を疑っているとは思えなかった。殺人罪で逮捕したのは、スーピーの口を開かせるため、揺さぶりをかけるためだったのではないか。

だが、いずれにしても、これだけは訊いておかなくてはならない。

「スーピー、本当におまえがコーチを殺したのか？」

スーピーは笑い声をあげた。「やめろよ、トラップ。


なんのためにおまえを呼んだと思ってるんだ？」

「殺したのか、殺してないのか、どっちなんだ？」いつもなら、初っ端から最大の疑問をぶつけたりはしない。だが、スーピーの軽口にこれ以上つきあっている時間はなかった。

「トラップ、やめておけ。やるだけ無駄だ」

「なんのことだ？」

「おれを救おうだなんて、ばかなことは考えるな」

何が言いたいのかはわかっていた。「おまえを救おうなんてつもりはない。おまえを救えるのは、おまえ自身だけだ」

「ああ、そうだ。でもな、おれには救われる必要なんてないし、救いようもない。だから、全部忘れてくれ。おまえを呼んだのは、そんな話をするためじゃない。あることを伝えておきたかっただけなんだ」

「だったら、まずはおれにくそ忌々しい真実を伝えたらどうなんだ？」

スーピーは手錠と包帯に包まれた手をテーブルの上に置いた。「わかったよ。答えはノーだ。おれはブラックバーンを殺しちゃいない。だが、あいつを殺してやりたかったのは事実だ。おれがこの手であいつを殺してやりたかった。ほかの誰でもなく、おれがあいつを殺すべきだった」

「それじゃ、レオがやったのか？」

「ちがう。レオはおれを庇ってくれていたんだ。レオは——」

スーピーはとつぜん頭《こうべ》を垂れた。必死に自分を立てなおそうとしているのだ。おれは話題を変えることにした。「ボイントンに脅されていたんだろう？」

スーピーは苦々しげに首を振った。「あんなくそ野郎、相手にしなけりゃよかったんだ。そうすりゃ、おれはいまごろ自宅のベッドで眠っていただろうに」

「あの晩うちへやってきたのは、それがあったからなんだろう？　おまえがぐでんぐでんに酔っぱらって、おれの家へやってきたときのことだ」

「なあ、トラップ。おれはこんな話をするためにおまえを呼んだんじゃない。だが、どうしても知りたいんなら教えてやる。あのまえの晩に、エンライッでおれとボイントンが角を突きあわせたのは覚えてるだろう？　すると、翌朝の日曜、ボイントンがおれの家を訪ねてきた。いま思えば、あいつの目的はくそマリーナ建設の地ならしをすることだったんだ。さあ、いまこそ交渉のテーブルにつこうではないか、うんぬんってな……」

「おおよその察しはついてる。ボイントンはおまえにちょっとした分け前を与える見返りに、建築規制委員会での異議の撤回を求めたんだろ？」

「なんでそんなことを知ってるんだ？」

「その問題は置いておこう。それで、ボイントンが日曜の朝にやってきて、そのあとどうなったんだ？」

「あの野郎、オードリーの店のサンドイッチを手土産に持ってきて、おれにコーヒーを出せと言った。だが、うちに置いてある飲み物といったらブルーリボン・ビールに決まってる。おれたちはサンドイッチをつまみにビールを二、三本あけた。そのうちに、やつが考えなおせと言いだした。おれはくたばりやがれというような返事を返した。自分がとりたてて優秀な経営者じゃないってことはわかってるが、おれに残されたのはあのマリーナだけだからな。すると、ボイントンはこう言いやがった。『ならば、新たに入手したいくつかの情報を、ここで検討すべきかもしれない』ってな」

いま得た情報を、すばやく頭のなかで足し算した。テディはそのときすでにジョーニーと話をしていた。ダーリーンからも何かを訊きだしていた。あるいは、何かを訊きだそうとしていた。脅しの効果を増幅するための情報を。「コーチに関する醜聞を《パイロット》が掲載しようとしている……そうボイントンは言ったんだな？」

「ああ。コーチの……いや、なんでもない。その話をするつもりはない」

おれのほうにもいまはまだ、無理に問いただす必要はなかった。

「それで、おまえは仕方なく取引に応じた。建築規制委員会に出席して、自分のところのマリーナなら心配はいらないと発言することを約束した。そうだな？」

「まあ、そんなところだ」

「ほかに何か、ボイントンに話さなかったか？」

「どんなことをだ？」

「どんなことでもいい。ブラックバーンのことでも、レオのことでも、おまえが焼き払おうとした寄宿舎で起きていた出来事についてでもいい」

「覚えてねえな」

「嘘をつくな。検察官の言葉を聞いてなかったのか？　おまえが最近話をした人物を証人に迎えると言っていたんだぞ。いったいそいつが誰だと思ってるんだ？」

「すまない、トラップ」

「なぜ委員会をすっぽかした?」

「最初は出席するつもりだったんだ。だが、いつものようにスケート靴を研いでもらおうとリンクへ行ったら、レオが姿を消していた。車庫のなかの荷物がきれいさっぱりなくなっていた。レオは町を出たんだろうと思った。ポイントンのやつが、警察に……何かを垂れこんだんだろうってな。おれはポイントンのところへ駆けこんで、あいつをなじった。あいつは何も垂れこんじゃあいないと言い張った。ただし、おれが委員会に出席しなかったら、そうすることになるだろうとも言った。だが、そのときのおれは完全にブチ切れていた。何もかもどうでもよくなっていた。だから、委員会をすっぽかしてやったんだ。そうしたら……レオのやつ、あんなことを……」スーピーの顔からみるみる血の気が引いていった。

「スーピー、レオはおれにとってもだいじな友人だった。レオの身に起こったことは、おれだって悔しくてならない。それでも、こう思わずにはいられないのか。本当はレオがブラックバーンを殺したんじゃないのか。だからレオはみずから命を絶ったんじゃないのか。レオはおまえを庇っていたんだとさっき言ったな。いったい何から庇っていたんだ? テディは何を知っているんだ? なぜあいつに保釈金を支払わせたんだ?」

「あの小屋を焼き払うためだ」

「スーピー……」おれはテーブルの向こうへ手を伸ばし、スーピーの肩をぎゅっと握りしめた。それから、できるかぎりの穏やかな声で、できるかぎりゆっくりと告げた。「あの寄宿舎で何が行なわれていたのかは知っている。コーチとティリーのことも。あの晩、おまえがどういうつもりであのウィスキーの名前を口にしたのかも」

「あのウィスキー?」

「ジェントルマン・ジャックだ」

「ああ……くそっ」スーピーは弾かれたように肩を引いた。

「スーピー、おまえは何も悪くない。おまえはまだほんの子供だったんだ」

　スーピーはおれから顔をそむけた。しばらくしてから不意に顔を戻し、つなぎの袖で顔をぬぐうと、テーブルに肘をついて言った。「いいだろう。まずはペンを置け」

「なぜだ？」

「いいからそいつを置け」

　おれはおとなしく従った。そして、スーピーは語りだした。あの晩、スタヴェイション湖とウォールアイ湖に挟まれた森のなかで起こった出来事を。

27

　一九八八年三月のあの晩、手の平に触れる拳銃は凍えるように冷たかった。スーピーはコートのポケットのなかで拳銃のグリップをゆるく握ると、空き地を囲む木立のなかから一歩前へ進みでた。

「こんばんは」

　錆びついたドラム缶のなかで、炎がぱちぱちと音を立てていた。だが、ジャック・ブラックバーンとレオ・レッドパスの耳にも、かろうじてスーピーの声は届いた。ふたりは揃って顔を振り向けた。それぞれのスノーモビルに腰かけたふたりの顔の上で、焚き火から放たれた光が躍っていた。

「おや、誰かと思えば、われらが懐かしきスワニーではないか」ブラックバーンが言った。

「帰還兵のお出ましか」レオが言って、透明な平たい酒瓶を振った。「よう戻ったな、ミスター・キャンベル。三月十五日のカエサル暗殺の日をともに祝おうじゃないか。今年は少し早めに祝っとるんだ」

膝まで埋まる雪を泥のように重く感じながら、スーピーはふたりに近づいていった。全身から汗が噴きだした。勇気を奮い起こすため、先刻エンライツ・パブへ寄って、すでにたんまり酒を呷っていた。

「調子はどうだ、ジャック」とスーピーは言った。

「『調子はどうだ、ジャック』?」おれは目を見開いた。「ポケットに拳銃を忍ばせながら、そんな呑気なことを言ったのか?」

「仕方ないだろ。あのときのおれには、自分が何をしているのかもわかっちゃいなかった。いまにも口を滑らせてしまいそうだった」

「何を?」

スーピーは首を振った。「くたばれジャック、ってな。あんな野郎は地獄の業火に焼かれりゃいいんだ」

「ジャ、ジャック?」ブラックバーンは少し驚いたように言ってから笑みを浮かべ、手にした褐色の酒瓶を口に運んだ。膝の上にニット帽とヘルメットが載せられていた。最前までそれをかぶっていたせいか、髪はぼさぼさに乱れていた。「今シーズンの成績はどうだね、スワニー。まだハリスバーグのチームにいるのか?」

「いまはハーシーにいる」とスーピーは答えた。最後に在籍したマイナー・リーグのチームの本拠地だ。エンライツで流しこんできたアルコールが胃袋のなかで揺れ動いていた。ひどく手が震えだした。スーピーは拳銃から手を放し、ポケットの内側の布地を握りしめた。「怪我《けが》のせいで、今シーズンはまだ試合に出てない」

ブラックバーンはふんと鼻を鳴らした。「さもありなん。おまえは身体を鍛えるということをしない。ただホッケーがしたいだけ。女どもにいいところを見せたいだけだからな」ブラックバーンとレオは声を揃えて笑った。

こみあげる怒りを感じた。ふたたび拳銃を握りしめ、引鉄《ひきがね》に指をかけた。「ジェフがよろしくと言ってたぜ、ジャック」

「なんの話だ？」

背にした茂みのほうから葉擦れの音がした。引鉄に指をかけたまま、スーピーは後ろを振りかえった。だが、何も見えなかった。

「相伴にあずかろうと、鹿か何かがやってきたんだろう。そう怯えることはない、スワニー」

「ジェフを忘れたってのか？」

「何をそう熱くなっているんだ、スワニー。いったい誰の話だね？」

「ジェフだよ、ジャック。〈ラッツ〉でプレーしていたジェフだ。あんたに一度馘にされたが、見事レギュラーに返り咲いた。足も速かった。腕もよかった。腕のほうはおれよりも上だった」

ブラックバーンは酒瓶を膝にもたせかけた。「わたしには大勢の教え子がいる。この町にも、故郷のカナダにも。その全員を覚えているわけではない。ただし、おまえより腕のいい者などひとりもいなかったことだけはたしかだ」

「あいつには一旗あげるだけの実力があったんだ、ジャック。だが、あいつはもうおしまいだ。そう、おれとおんなじにな。今年ハーシーへ移ってきてから、あいつはみるみる落ちぶれていった。試合と試合のあいだに三日の休みがあったら、ジェフのやつはあんたの頭より大きなコカインの山を吸いこむことができるだろう」

「それは残念な話だ。で、何が言いたいのかね？」

「ジェフがハーシーへ移ってきたおかげで、おれたちは久しぶりの再会を果たした。それからおれたちは多くを語りあうようになった。ジャック、あんたについて、多くのことをな」

ブラックバーンは酒瓶をもう一方の膝へ移した。

「不安になってきたか、ジャック。おれたちがどんなことを語りあったのか、あんたには察しがつくだろう？　誰も他言する者などいないと高を括っていたんだろうが、そいつは誤算だったな」

レオが弾かれたように立ちあがった。ブラックバーンはそちらへ目をやり、ふたたびスーピーに顔を戻して言った。「エンライツで酒を飲んできたのか、スワニー？」

「これ以上、おれをその名前で呼ぶな！」

「スーピー、どういうことだ？」レオが口を挟んだ。

「あんたは黙ってろ、レオ」とスーピーは言った。

「おれを虚仮にするのもたいがいにしろ、ジャック。あんたは頻繁にジェフのところを訪れていた。かなり頻繁にだ。あいつの両親は、いまもあんたに感謝してるにちがいない。あんたのおかげで息子が州大会に出られたと思いこんでるんだからな。だが、あんたがいまもしょっちゅう息子に会いにきていると知ったら、いったいどう思うだろうな。あんたが息子とファックしてると知っても、あんたに感謝すると思うか？　どうなんだ、ジャック」

「いまの話は本当なのか？」レオがブラックバーンに詰め寄った。

ブラックバーンは酒瓶の蓋を閉めた。「行くぞ、レオ。こいつは酒に酔ってるんだ」

「誰が行かせるか」スーピーは一歩前へ踏みだした。拳銃を取りだし、銃口をブラックバーンに向けた。

「なんの冗談だ？」ブラックバーンが言った。

レオがスーピーに一歩近づいた。「やめるんだ、スーピー」

スーピーは拳銃を一振りし、レオを後ろへさがらせた。「そこにすわれ、レオ。あんたに用はない。これはジャックの問題だ。ジェフと、おれの問題だ」

「何が狙いだ？」ブラックバーンが言った。

「笑わせるな、ジャック。おれの狙いがなんであろうと、あんたがそれをおれに与えるには……あるいは、おれに返すには、もう完全に手遅れなんだよ」

「いいか、いまおまえは酒に酔っている。惨めでお粗末な自分の人生に腹を立てている。それを誰かのせいにしようとしている。しかし、まずは鏡を覗きこんでみたらどうだ？　そのジェフだかなんだかというおまえの友人にしても、わたしにはなんの心当たりもない」

熱い涙がこみあげてきた。スーピーはゆっくりと銃口をさげ、ブラックバーンの股ぐらに狙いを定めた。

「あいつの名前を言ってみろ、ジャック」

「銃をおろせ、スワニー」

「あんたのイチモツを吹き飛ばすぞ、ジャック」

ブラックバーンは低く押し殺した声で言った。「ふざけるな、小僧。おまえのいやがることなど、何ひとつした覚えはないぞ」

「ジャック……？」レオが驚愕に声を震わせた。

「あいつの名前を言ってみろ」

「……ジェフ……ジェフ・シャンパーニュ。これで満足か？」

「くたばりやがれ、ジャック」

銃声が鳴り響くと同時に、ブラックバーンの身体が雪の上へ転がり落ちた。弾は目標をはずれ、スノーモビルに突き刺さった。再度狙いを定めようとしたとき、レオが目の前に跳びだしてきた。「やめろ、スーピー！」ブラックバーンがスノーモビルの陰から這いだし、スーピーの頭をめがけて酒瓶を投げつけてきた。それをかわそうと頭をさげたとき、何かに左耳の後ろを殴られた。スーピーは雪の上に倒れこんだ。その隙にブラックバーンが拳銃を奪い、スーピーの上に馬乗りになった。片手でコートの胸倉をつかみ、もう一方の手でスーピーのこめかみに銃口を押しつけた。「くそ生意気な小僧めが!」それから、ブラックバーンは銃口をスーピーの口に押しこもうとした。金属が激しく前歯を叩いた。「こいつをしゃぶるがいい」ブラックバーンが言った。スーピーは目を閉じた。そのとき、誰かが叫んだ。「そいつを放せ!」レオの声かもしれないし、ちがうかもしれない。続いて、また誰かの声が聞こえた。「度が過ぎたな、ジャック。これ以上は勘弁ならん」レオの声でも、ブラックバーンの声でもなかった。だが、酩酊しきった頭では、誰の声かを識別することは不可能だった。ブラックバーンの悲鳴が聞こえた。のしかかっていた重みが不意に消えた。うっすらと開いた目蓋の隙間から、拳銃を手にして立つレオの姿が見えた。ブラックバーンは雪の上に膝をついて、後頭部を押さえていた。

「立てるか、スーピー」レオが言った。

スーピーはよろめく足で立ちあがった。左耳から血が滴っていた。レオは銃口をブラックバーンに向けていた。手のなかで拳銃が震えていた。

「わしに嘘をついていたんだな、ジャック。あんたは足を洗っちゃいなかった」

ブラックバーンがうめくように言った。「くそっ、レオ……わたしを殴ったな」

「足を洗うと約束しとったのに」

「やつの人生が台無しになったのは、わたしの責任ではない」

「もうたくさんだ」レオはブラックバーンの眉間に拳銃を叩きつけた。ぎこちなく拳銃を振りおろすさまは、まるでブラックバーンを傷つけることに戸惑ってでもいるかのようだった。ブラックバーンがうめき声をあげ、雪の上に倒れこんだ。流れ落ちた血が雪を真っ赤に染めた。レオはスーピーを振りかえって言った。

「早く行け」

「何をするつもりなんだ？」とスーピーは訊いた。

「いいから行くんだ」

「おれは必死に走った。反吐《へど》を吐くほど必死に走った。それから車に乗りこんだ」

「何か音は聞こえなかったか？」とおれは訊いた。

スーピーはじっと黙りこみ、しばらくしてから口を開いた。

「銃声が？　後ろは振りかえらなかったのか？」「銃声が聞こえた」

「まさか。立ちどまりもしなかった」

「銃声は一発だけだったのか？」

「ああ」

つまり、発砲された弾丸は警察の言うように二発のみということになる。スノーモビルに撃ちこまれた一発と、ブラックバーンの頭に撃ちこまれた一発。では、パールマターが木の幹に埋もれているのを発見したという弾丸——三発目の弾丸の説明はどうつけるのか。放たれた弾丸は二発だったのか。それとも三発だったのか。現場にいた人間は三人だったのか。それとも、パールマターの言うように四人だったのか。

「周囲の家々にどうして銃声が届かなかったんだろう」

「届いたところで、どうなるってんだ？　あのあたりじゃ、酔っぱらいどもがしょっちゅう銃をぶっぱなしてる」

「現場にいた人間は、ブラックバーンとレオだけだったんだな？」

「おれの知るかぎりでは。べつの誰かの声を聞いたような気もするが、絶対とは言いきれない」

「走り去る足音も聞かなかったのか？」

スーピーは首を振った。

はじめて聞かされた話だった。それに近いすじだてを思い描いたことすらなかった。なのに、すんなり合点がいった。なぜか奇妙な既視感を覚えていた。自分自身もその現場に居合わせていたかのような、空き地の端からすべてを眺めていたかのような気がしていた。

扉が開き、ダレッシオが隙間から顔を覗かせた。

「カーペンター?」

「面会時間はまだ終わってないはずだ」

「ちょっとだけいいか」

おれが廊下に出ると、ダレッシオはあたりを見まわして、誰もいないことをたしかめた。「州警察から連絡があった。逮捕状が執行された場合に備えて、こちらの応援を要請してきた」そう告げた声には苛立ちが滲んでいた。

「それで?」

「あんたの住居のある場所も訊かれた」

スーペリアー社だ。州警察に格安の値段で大量の車を卸している企業なら、その程度の手をまわすことは朝飯前なのだろう。腕時計を見やると、最終期限まではまだ一時間以上も猶予があった。「わかった」とだけおれは答えた。

「州警察の連中がどういう理由であんたを捕まえようとしているのかもわからんし、保安官がどうしてそんなことを気にかけるのかもわからんが、あんたに状況だけは知らせておくよう命じられた。とにかく、おれは伝えたからな」

面会室に戻り、スーピーの向かいにふたたび腰をおろした。「それじゃ、例の自殺協定についてはどうだ? 何か知っていることはあるか?」

スーピーは首を振った。「あんなものは嘘っぱちだ。なんだってレオがそんな協定を結ばなきゃならないんだ? 寄宿舎での出来事に、レオは何ひとつ関わっちゃいなかった」

「カメラを操作していたのがレオじゃないと言いきれ

るのか?」気づいたときには口を滑らせていた。

「カメラ? おまえ、何を知ってるんだ?」

「くそっ」おれは自分が目にしたものをスーピーに打ちあけた。「フィルムを見つけたのは、まったくの偶然だった」

「中身を鑑賞したのも偶然だったってのか?」

「スーピー、おれ以外にフィルムを見た人間はいない。おれの知るかぎりでは、ひとりもだ。ブラックバーンはおそらく目にしたろうが、あいつはもう死んでる」

「気にするな。そんな心配はするだけ無駄だ」スーピーは言って、椅子を後ろに押しやった。「そいつの中身は、とっくに大勢の人間の目に触れてるさ」

「大勢の人間?」

「その手のものにまるで目がない、心のゆがんだ変態どもだ」

「だが、どうやって?」

「ブラックバーンだよ。あのくそ野郎がフィルムを売って、カネを儲けてたんだ」

つまり、スーピーはずっと以前からフィルムの存在を知っていたのだ。

「まさか……」

「それじゃ、あいつがどうやってあんな寄宿舎を建てられたと思うんだ? 冷暖房の仕事だけじゃない。あいつはああいうフィルムを売ってカネを儲けてたんだ。カネを払うやつなら誰にでも、見境なくな」

「どうしておまえがそんなことを知ってるんだ?」

「レオから聞いた。ジャックはそのビジネスを始めたとき、レオを仲間に引きいれたんだ。レオの性格はおまえもよく知ってるだろ。レオにはジャックの誘いを拒めなかった。そして、ポルノに取り憑かれちまった。ヤク中みたいな中毒になっちまったんだ。ついには、精神科医の世話にまでなった。しばらく時間はかかったが、なんとか症状は快方に向かった。レオはなんとかジャックも立ちなおらせようとした。だが、ジャックは足を洗ったふりをしていただけだった。あの野郎は手の施しようもない、根っからの変態野郎だった。すべて終わったとレオに思いこませておいて、その後もジェフの尻を追いまわしていた。だから、あの晩あの空き地でジャックの嘘に気づいたとき、レオはすっかりキレちまったんだ。おれが空き地から逃げだしたあと何があったのか、結局レオは話してくれなかった。だが、この数年のあいだ、おれが自分のフィルムを回収するのをずっと手伝ってくれていた」

「回収するって、どうやって？」

「文明の利器を駆使して。インターネットを使って」

「インターネット？　インターネットでフィルムの映像を流すことができるのか？」

「いいや。だが、フィルムから静止画像を取りだして、それをネットに載せることはできる。すると、世界中の変態どもが、いともすばやく、たいした痕跡も残すことなく、そうしたエロ画像を拾っていくわけだ。とにかく、レオはこう考えた。この膨大な画像のなかから、ひょっとしたらおれのフィルムを探しあてることができるかもしれない。それを持っている人間を見つけて、フィルムを買いもどすことができるかもしれない。たしかに賢いやり方じゃない。そこからおれの写ってるフィルムをひとつ残らず回収しようなんて、どだい無理な話だ。目的の画像はなかなか見つからなかった。だが、そこにはありとあらゆるポルノ画像が氾濫していた。幼い少年。少女。猫。犬。アヒル。豚。信じられるか、トラップ。世のなかには豚とファックする人間がいるんだぜ。この世界はいま、反吐《へど》の出るようなポルノ画像の見世物小屋と化してやがるのさ」

スーピーは不意に押し黙り、しばらく考えこんでから口を開いた。「……そのうち、レオの中毒がまたぶりかえしちまった。たいした問題じゃないとレオは言っていた。だが、実際にはたいした問題だったんだ。あんなパソコン、ブラックバーンの野郎が沈む湖に投げ捨ててやればよかった」

つまり、作業台の上に貼られていた能天気な格言は、ポルノ中毒の治療のためであって、アルコールとはなんら関係がなかったということか。もしかしたら、レオはあの寄宿舎でカメラを操作したことがあったのかもしれない。もしかしたら、自分のパソコンのなかにおさめられたものが、法廷であかるみに出されることを恐れたのかもしれない。あるいは単に、息が詰まるほどの純粋な悔恨から、みずからの命を絶ったのかもしれない。

「おまえが逃げ去ったあと、あの空き地で何が起きたのかを、レオはひとことも漏らさなかったのか?」

「ああ」

「よく考えてみてくれ」

「どれだけ考えても答えは同じだ。おれもレオも、あの晩のことについてはひとことも口にしなかった。パソコンの前にふたり並んでフィルムの追跡を試みているあいだも、あの晩には何も起こらなかったかのようにふるまっていたくらいだ」

「それじゃおまえは、スノーモビルの事故なんて大嘘だってことをはじめから知っていたんだな」

「ああ。それがおまえは気に食わないってんだろ? すまなかったな、トラップ。だが、おまえにはおまえのやるべきことがある。おれにはおれのやるべきことがある。レオはこんなおれの命を救ってくれた。だからおれには、レオを窮地に陥れるようなまねだけはできなかった。まあ、どっちにしろ、そういう結果に終わっちまったわけだがな……」

そう言われれば、納得するしかない。それが腹立たしくてならなかった。「空き地で耳にした誰かの声というのは? 本当にレオの声じゃなかったのか?」

「わからん。もしかしたらレオの声だったのかもしれない。おれは半ば朦朧としていたから」

「つまり、空き地にはもうひとりべつの人間がいたかもしれないってことか？　そう言いたいのか？」

「さあな。なあ、トラップ。なんだってそんなことにこだわるんだ？」

「誰かが……そこにべつの誰かがいたかもしれないという情報があってな」

「誰からの情報だ？　ボイントンか？」

「いや」

「それなら、たぶんボイントンのやつでもいたんだろう。マシュマロを土産に、あとからのこのこ顔を出したんじゃないか」

「ボイントンがこの事件に関して多くの情報をつかんでいることは間違いない。おまえを脅し、警察がレオを追うよう仕向けるに足るだけの情報をな。レオのパソコンのことを警察に垂れこんだのは、もしかするとあいつかもしれない。あいつがフィルムについて知っていた可能性はあるか？」

「ああ、くそっ。じつはな……」


州大会決勝戦の前夜、ブラックバーンはほかのメンバーを寄宿舎に残し、スーピーとテディのふたりだけを母屋へ呼び寄せた。三人はキッチンでココアを飲みながら、どうやってビリー・フーパーの動きを封じるかについて話しあった。フーパーに匹敵するスピードを備えているのは自分だけだとスーピーは主張した。テディに任せてみようかと考えているとブラックバーンは言った。テディは顔に笑みを貼りつけたまま、無言を貫いていた。一晩考えてみようとブラックバーンは言った。それからスーピーにだけ、寄宿舎へ戻ってベッドに入れと命じた。テディもあとから戻るから、と。

寄宿舎のベッドで眠りに落ちようとしていたとき、戸口のほうから物音が聞こえた。テディがようやく母屋から戻ってきたようだった。

翌朝、リンクへ向かうバスのなかで、テディはスーピーの隣の席にすわった。スーピーは窓の外を眺めていた。テディはそのスーピーの耳もとに顔を寄せ、こうささやいた。「ゆうべ、何を見たと思う？」

「テディはすべてを知っていたってことか？」

「すべてかどうかはわからんが、かなり多くを知っていた。それを知ったことを大いに喜んでいた。もしおれがあいつを虚仮にするようなことがあったら、世界中に言いふらしてやると脅されたこともある」

ゆうべ見たフィルムの映像が脳裡をよぎった。「ブラックバーンは口どめのために、ボイントンにも同じことをしていたにちがいない」

スーピーは苦々しげにくすりと笑った。「ひょっとしたら、おれは妬いていただけなのかもしれないな」

「どうして誰にも打ちあけなかったんだ？」

「ばかを言うな。あんなこと、おれが誇りにしていたとでも思うのか？」

「スーピー、悪いのはおまえじゃない。どうして誰かに打ちあけなかったんだ？」

「いいや、打ちあけたさ。あのくそったれ親父にな。知ってのとおり、おれの親父はじつに物分かりのいい人間だ。まずはおれから、ティリーの尻の見た目や感触について根掘り葉掘り訊きだそうとした。それからおれを怒鳴りつけ、大法螺を吹くのはやめろと言った。おれは二度とその話を持ちださなかった」

「おふくろさんには？」

スーピーは首を振った。

「ほかに打ちあけた人間はいないのか？」

「ああ」

「フラップにも？」

「たいしたことは話してない」

「いったい何を考えてるんだ、スーピー。レオの代わりに刑務所へ行こうとでも考えてるのか？　レオは死んだんだ。そんなことをしたところで、レオを生きかえらせることはできないんだぞ」

「なあ、おれはこんな話のためにおまえをここへ呼んだんじゃない。だから、少しのあいだ黙っておれの話を聞いてくれないか」

スーピーは足枷に手間取りながら、やっとのことで椅子から立ちあがった。「いいか、あいつはおれのコーチだった。おれにとって、あいつの命令は絶対だった。おまえだってそうだろう、トラップ。おまえはあいつを崇拝していた。もしかしたら、あいつの餌食になっていたのはおまえだったかもしれない。おれもあいつを崇拝していた。あいつのおかげで、おれはいっぱしの人間になった気分を味わえた。おれはこの町の有名人だった。エンライツを覗いて、誰の写真がいちばん多く壁に飾られているか数えてみるといい」

「おれに話さなきゃならないことってのは、そんなことなのか?」

「いいや」スーピーの口から、悲しげなため息が長々と吐きだされた。「くそっ。赦してくれ、トラップ」

「何をだ?」

「あのラクロス・ショットを覚えてるか?」

「決勝戦のときのことか?」

「そうだ。おれはあのシュートをはずした」

「ああ、パックがクロスバーにあたったんだ」

「そうじゃない。あのショットなら、千回打っても千回とも決められた。裏庭のリンクで練習していたとき、百回連続で決めたこともある。だが、あのときのおれは、世界中の人間に腹を立てていた。だから、わざとクロスバーを狙ったんだ」

パックが金属のパイプを叩く音が耳に蘇った。無意識のうちに、椅子から腰をあげていた。目の前にパックが落ちてくる。光を失ったフーパーの瞳が目の前にある。全身が麻痺したように動かない。パックがゴールに吸いこまれていく。観客の怒号と歓声が鳩尾を刺し貫く。

「……わざとシュートをはずしたのか？」

「すまない」

「そんなこと、これまで一度も言わなかった」

「だから、いま話した」

「それはどうも」おれは言って、手帳をポケットに押しこんだ。「スーピー、おまえの身に起きたことは、心の底から気の毒に思ってる。あとは幸運を祈る」


拘置所の駐車場で、ピックアップトラックのハンドルを見つめた。長く、大きく、喉が張り裂けんばかりの叫び声をあげた。車のエンジン音と吹きすさぶ風の音に紛れて、おれの声は誰にも届かなかった。

スーパーマーケットの裏手へ車をまわし、緑色の大型ゴミ回収容器《ダンプスター》の隣でブレーキをかけた。車をおりて、ダンプスターの蓋を開けた。荷台に手を伸ばし、スポーツバッグのジッパーを開けて、硬く凍りついた防具をひとつずつ取りだした。レッグパッド、チェスト・プロテクター、アームパッド、防護マスク、ズボン、スケート靴。それをひとつ、またひとつと、悪臭を放つ空間へ放りこんでいった。最後に残ったのはエッゴだった。ダーリーンの母親が縫いあわせてくれた親指の付け根に、よれた絶縁テープが貼りついている。そのグローブに右手をさしいれ、目の高さに突きだした。試合まえのウォーミングアップでやるように、指を曲げては伸ばし、表に裏にと引っくりかえした。運転席のドアを開け、助手席の床にエッゴを放り投げた。からっぽになったスポーツバッグをダンプスターに投げいれ、蓋を叩き閉めてから、運転席に乗りこんだ。

28

編集部に戻ると、ティリーがおれの机の横に立っていた。膝までの長さのある色褪せた青緑色のワンピースを着て、白いシルクのスカーフを巻き、解けかけた雪に濡れたゴム長靴を履いている。わずかに背を丸め、両肩を掻き抱《いだ》いている。おれは自分に強いてその姿を見つめた。ティリーはスーピーやテディとはちがう。ブラックバーンの手先として、あのフィルムを見張りつづけている。ケラソプーロスに密告して、ジョーニーの記事をボツにさせもした。もしかしたら、ティリーはブラックバーンを愛していたのかもしれない。

「おはよう」とおれは声をかけた。

「大都市のお友だちから何度も電話があったわ」ティリーは言って、ピンク色の伝言用メモ用紙二枚をおれにさしだしてきた。「こっちはシカゴから。こっちはまた、トレントンってひとから。ジム・ケラソプーロスからも電話があった。あんたに電話を切られたと息巻いていたわ」

「レスリング大会の記事が一面に載っているのを見た」

「今日はまだ新聞に目を通してないの」

「トラヴァース・シティにいる誰かが、ジョーニーの記事をボツにしたらしい」

「そう。分別のある誰かがたまたま目をとめて、家庭向け一般紙にふさわしい内容ではないと判断したのかもしれないわね」

おれは自分の机に向かった。今朝方ケラソプーロスと例のやりとりを交わしたことで、自分が《パイロット》に長くはいられないだろうことはわかりきっていた。だが、あと一日か二日あれば、多少の真実を紙面に載せることはできるかもしれない。おれはこの町に、その真実を知らしめなければならない。ブラックバーンがどのように命を落としたのか。あの寄宿舎で何が行なわれていたのか。テディが本当に新マリーナを建設するつもりであるなら、そのマリーナが忌まわしき過去にどのような錨をおろすことになるのか。こんなことを暴きたててなんになるのかと、おれを責める者も出てくるだろう。そのなかには、すでに真実を知っていた者、少なくとも疑いを抱《いだ》いていた者も何人かは含まれているのだろう。だとしたら、おれもそいつらを責める。それを知りながら、もっと早くに終止符を打たなかったことを非難する。そしておれは、自分自身をも責めるだろう。ケラソプーロスの言うことにも一理はある。おれはこの町にいた。チームにいた。なのに、なぜ真実に目を向けようとしなかったのか。ほんの数日のあいだで、おれが知っていると思っていた人々――ブラックバーンや、レオや、ティリーや、スーピーまでもが、まるで別人に感じられるようになってしまった。いまおれの記憶のなかをさまよい歩いているのは、見知らぬ顔をした者たちばかりだ。いや、彼らはずっとまえからそこにいたのに、おれが目を向けようとしなかっただけなのかもしれない。だが、もうけっして目をそむけはしない。おれは自分にそう誓った。

ただし、ひとつ問題があった。おれがネタ元の正体をあかさなければ、すぐにも州警察が跳びかかってくるだろう。拘置所に入れられてしまえば、ブラックバーンの記事を紙面に載せることはできない。だからといって、そう簡単にネタ元を売り渡していいものなのか。おれがこんな窮地に陥ったのは、ジャーナリストの掟を破ったからだ。その窮地から抜けだすために、今度はべつの掟を破ろうというのか。スーピーの口から語られた事実を何度も思いかえした。そこから自然と導きだされるのはただひとつ、胸の悪くなるような結論だけだった。だが、おれは本当に、正確な事実を把握できているのか。スーピーは本当に、すべてをおれに語ったのか。スーピーはおれにずっと隠しごとをしていた。ならば、いまも何かを隠している可能性は否めない。あるいは、スーピーもすべてを知っているわけではないのかもしれない。

心を決めるまでに残された時間は、あと二十三分。ピンク色のメモ用紙がふと目にとまった。《シカゴ・トリビューン》のこの女は、デトロイトの件でおれと連絡をとろうとしているのだろうか。ひょっとしたら、なんらかの助けとなるだろうか。メモ用紙に記された番号に電話をかけた。呼出し音を聞きながら、なんの気なしに吸いとり紙の走り書きを見つめた。そこに記された〝リチャード有限会社〟の文字。

「《トリビューン》のシェリル・スカリーです」

「《パイロット》のガス・カーペンターと申します」

リチャードか。アイスホッケーをこよなく愛する者なら、フランス語の発音で〝リシャール〟と読むことだろう。

「わざわざお電話をいただき、ありがとうございます。じつは、そちらにお勤めの記者についてお尋ねしたいことがありまして。M・ジョーン・マッカーシーのことで」

「ああ、ジョーニーのことですか」そう受け答えしながら、おれはなおもリシャールのことを考えていた。〈モントリオール・カナディアンズ〉が誇る名プレーヤー、モーリス・〝ザ・ロケット〟・リシャールとアンリ・〝ザ・ポケット・ロケット〟・リシャールの兄弟。

「そちらはミズ・マッカーシーの直接の上司でいらっしゃるのかしら？」

「ええ……と言っても、彼女の上司はおれひとりしかいませんが……」うわの空で答えていた。頭のなかではブラックバーンのことを考えていた。敬愛するNHL

L選手、アンリ・リシャールから名前をとって、飼い犬をポケットと呼んでいたことを思いだしていた。

「なるほど」シェリル・スカリーが言っていた。「じつは、郊外の支部のほうで記者を募集しておりまして、彼女の採用を検討しているところなんです。ミズ・マッカーシーについて、何か話していただけることはありますか？」

ポケットの姿が頭に浮かんだ。ベンチにすわって、おれたちの練習を眺めている姿。パックの動きに合わせて、右へ左へ首を振っていた姿。

「ミスター・カーペンター？」

「ああ、失礼。ええと、彼女の採用を考えているんでしたね？」

「ええ、その候補にあがっています。お送りいただいた切りぬきからすると、前途有望な若手記者であるようです」

ジョーニーがここを出ていく。羨望を覚えて然るべきだった。だが、おれの頭のなかではなおもポケットが跳ねまわり、甲高い声で吠えたてていた。リシャール。ブラックバーンの飼い犬ポケット。ブラックバーンのお気にいりの選手。リシャール有限会社。ブラックバーンの土地を買いとった、ヴァージニア州の企業。

おれははっと息を飲んだ。「くそっ、なんてこった」

「いえ、そんなつもりでは……」シェリル・スカリーが慌てて言った。「そちらの記者をかすめとろうというつもりではないんです、ミスター・カーペンター。それとも……いまのは推薦の言葉と受けとめてよろしいのかしら」

「ああ、失礼、ミズ……」

「スカリーです」

「ミズ・スカリー、申しわけないが、またあとでかけなおします。締切りが近いもので」

おれはジョーニーの机へ駆け寄り、今朝方、床の上に散乱していた書類を引っかきまわした。リチャード有限会社の納税記録には、ヴァージニア州スプリングフィールドの住所と電話番号が記載されていた。自分の机に戻り、その番号に電話をかけた。

回線は不通になっていた。

今日の朝刊をつかんで一面を開き、ブラックバーンの写真の下に添えられている日付を見つめた。「一月十九日……」声に出して言ってみた。ブラックバーンの誕生日だ。机の上に散乱した書類を漁り、電話料金の請求書を引っぱりだすと、長距離通話の明細記録に指を走らせた。七〇三の市外局番を冠した、ヴァージニア州フェアファックスへの長距離通話。百七十六分間の通話で、料金は五十七ドル二十八セント。日付は一月十九日となっている。

いますぐこの番号に電話をかけてみたかった。だが、時計の針は十一時五十一分をさしている。おれは受話器をつかみあげ、トレントンに電話をかけた。いま逮捕されるわけにはいかなかった。

「気持ちは固まりましたか」トレントンが言った。

戸口にティリーがあらわれた。「ちょっと待ってくれ」送話口に告げてから、ティリーに顔を向けた。

「なんだ？」

「ジョーニーが、オードリーの店にいると伝えてくれって」

「わかった」おれは応じて、部屋を出ていくティリーをじっと見送った。正午までは、あと八分。「スコット？　名前が聞きたいんだろう？　いまから伝える」

「お待ちなさい。自分があなたにどんなアドバイスをしたのかは覚えています。しかし、本当にこれでよろしいのですね？」

「ほかにどんな道があるんだ？」

「名前をあかせば、あなたのキャリアは閉ざされる」

「刑務所行きになったって、キャリアの役にはたいして立たない」正午まで、あと七分。「ペンの用意は？」

「できています」

「よし。ネタ元の名前は……」ほんの一瞬ためらってから、おれはこう続けた。「……名前はダーナンだ。ドッグのD、アンダーウェアのU、ロバートのR、ナンシーのN、アップルのA、ナンシーのN」

「ファーストネームは？」

「ウィリアム。こっちは普通の綴りだ」

「ミドルネームは？」

「あったとしても、おれは知らない」

「社内での役職は？」

「要求されていたのは名前だけのはずだ」

「わかりました。残り時間はあと三分。これから急いでスーペリアー社に電話を入れます。そこで待機していてください。ガス、あなたは正しい選択をなされた。この男は見さげ果てた人間です」

「ひとつ頼みがあるんだ、スコット。ハノーヴァー家に、幸運を祈っていると伝えてくれ。おれの記事にあったことはすべて事実だ。もし向こうが望むなら、いくらでも証言台に立つとも伝えてほしい」

「かならずお伝えしましょう」

「それから……申しわけないとも伝えてほしい」

「何に対してです？」

「彼らが失ったものに対して」


ティリーに会話を盗み聞きされたくはなかった。内階段を使ってアパートメントへ戻り、ヴァージニア州の番号に電話をかけた。呼出し音がひとつ鳴り、そのあと、録音されたメッセージが途中から流れだした。

「……ルート五〇号線からのアクセスも簡単です。詳しいアクセス方法をお知りになりたい方は1のボタンを、スポーツ用品店にご用の方は――」

おれは0のボタンを押した。ふたたび呼出し音が四つ鳴って、それから、声変わりをしたばかりとおぼしき少年の無愛想な声が聞こえてきた。

「はい、フェアファックス」

「フェアファックスというと?」

「は?」

「ああ、すみません。そちらはどういった施設で?」

「フェアファックス・アイスハウスですが」

「アイスリンクということか?」

「ええ、まあ。あの、ご用件は?」

「たとえばアイスホッケーをやるような?」

少年は一瞬黙りこんだ。なんて呑みこみの悪い男だろうと呆れているのだろう。「ええ、アイスホッケーのリンクです」

「そちらは何時に開くんだろう」

「もう開いてます」

「そうじゃなくて、いつも何時に開くのかを知りたいんだ」

「平日は朝七時、土曜と日曜は朝六時からです」

「それじゃ、明日は七時から開いているわけだね?」

「ええ、まあ」

受話器を置いて、すぐに持ちあげると、実家の番号を押した。回線は留守番電話につながった。毎度のことながら、メッセージの内容はほとんど聞きとれなかったが、どうやら今日は恒例のボウリング大会の日であるらしい。発信音を待って、おれはメッセージを吹きこんだ。「母さん、これからちょっと遠出をしなきゃならなくなった。何かの知らせが入るかもしれないが、心配はいらない。いいね? 愛してるよ、母さん」

編集室へ戻り、コートをつかんだ。目も向けることなくティリーの脇をすりぬけ、通りへ出た。後ろ手に扉を閉めると、ポケットを叩き、パールマターの写真がそこに入っていることをたしかめた。興奮と恐怖の入りまじった奇妙な感覚に満たされていた。一九八八年のあの晩、レオは、恐ろしいことをしてしまったと母に告げた。たしかに、それは恐ろしいことだった。ブラックバーンの頭に銃弾を撃ちこむよりも、遥かに恐ろしいことだった。つまり、頭に撃ちこまれた銃弾など存在しないのだ。

目抜き通りを渡りながら、マリーナのほうへ目をやった。青地に金色のマークが入った州警察のパトロールカーが二台、歩道脇にとまっていた。警官たちは運転席の窓をおろして言葉を交わしている。おれはとっさに頭を屈めた。

オードリーのダイナーに入ると、ジョーニーがカウンター席でライ麦パンのスイスチーズ・サンドイッチにかぶりついていた。その奥の壁に、オードリーの恋人の叔父にして偉大なるライトウィング、ゴーディ・ハウの古ぼけた写真が飾られている。おれはジョーニーの隣に腰をおろし、声をひそめて言った。「少しのあいだ町を離れる」

ジョーニーの顎の動きがとまった。「いまからですか？ 行き先は？」

「頼むから、声を落としてくれ」カウンターから少し離れたところで、エルヴィス・ボントレガーがいつものテーブルに向かっていた。「二日ほどで戻る。緊急にたしかめなきゃならないことができた」

「それは、取材の一環として？」

いまはジョーニーにも話せない。とりわけ、この店内では。「まあ、そういったところだ。詳しいことはあとで話す。こんにちは、オードリー」おれは店の奥へ声をかけた。

オードリーが調理場から顔を突きだした。「あら、いらっしゃい、ガス」

「全麦パンのツナ・サンドイッチをふたつ、テイクアウト用に包んでもらえますか？」

「パンをトーストしましょうか？」

「いや、そのままでけっこうです」

ジョーニーがおれの腕をつかんだ。「まさか、デトロイトへ向かうつもりじゃありませんよね。ネタ元の名前をあかすつもりじゃ？」

「そうじゃない。いいか、ジョーニー。おれの留守中はきみが編集部のボスだ。印刷の手配は親会社に任せる手筈になっているが、きみにはきみにしかできない仕事がある。ブラックバーンの記事を書きあげてくれ。明後日《あさって》の朝刊は無理かもしれないが、土曜の朝刊にはかならず載せてやる」

「ガス――」

「最高の記事を書け、ジョーニー。きみの知るすべてを、何もかも盛りこめ。それをそのままトラヴァース・シティに送るんだ。そのあと、ケラソプーロスに電話をかけて、自分が何を送ったかを伝えろ。かならず、きみが直接、やつに伝えるんだ。いいな」

「あんなやつと話したくありません」

「いいからやるんだ。ああ、それから……」おれはさらに顔を近づけた。「ジェフ・シャンパーニュという男を探してみてくれ。昔この町に住んでいた。おれの元チームメイトだ」

「シャンパーニュ？　シャンパンの産地と同じ綴りですか？　そのひとはいまどこにいるんです？」

「そう、それと同じ綴りだ。いまどこにいるのかはわからない」

「そのひとを見つけて、どうすればいいんです？」

「ブレンダン・ブレイクを思いだせ」

「まさか……」

「ああ、そうだ。それから、パールマターの件だが、そっちの原稿も用意しておいてくれ」

「パールマターとの取引では――」

「そんなもの知ったことか。いいから、きみは原稿を用意しておくんだ」

「法務部はどうするんです？」

「法務部なんてくそ食らえだ。書いた原稿が掲載されなかったら、《シカゴ・トリビューン》へ持っていけばいい。今日、先方から電話があった。こっちへ戻りしだい、おれのほうからかけなおして、きみを推薦するつもりでいる」

「それはその……ありがとうございます」ジョーニーの頬が真っ赤に染まった。

「あともうひとつ。パールマターが言わんとしていたことがわかった気がする」

「あててみせましょうか。ビッグフットがブラックバーンを殺したとでも言うんでしょう？」

「発砲された弾丸は二発だけだった」

「それはわかってます」

「いいや、わかってない。弾丸は二発だけ。一発は、木の幹に埋もれていたもの。もう一発は、スノーモビルに撃ちこまれたものだ」

「ブラックバーンの頭に撃ちこまれたものは？」

おれはスツールから立ちあがった。「きみは原稿をあげろ。またあとで連絡する」

「おとなしく従うしかなさそうですね」

迫りくる嵐が午後の空を暗い雲で覆いつくしていた。州警察のパトロールカーは目抜き通りの両端に場所を移して、一台ずつ停車している。おれが通りを渡ると同時に、一台の後方から排ガスが立ちのぼりはじめた。まだだ、走るな。おれは自分に言い聞かせた。

扉の鐘を鳴り響かせながら、編集部に足を踏みいれた。ティリーの姿は見あたらない。後ろを振りかえって、扉の上部へ手を伸ばし、股釘ごと鐘をもぎとって、それをポケットに押しこんだ。机の前でいったん立ちどまり、新しい手帳を一冊とペンを二本つかみとった。机の上には、ピンク色のメモ用紙が新たに一枚、置かれていた。トレントンの名と、〝大至急連絡を乞う〟との文字が躍っている。メモ用紙は裏口へ向かう途中でゴミ箱に投げ捨てた。

裏口から駐車場へ出ると、ふたたび雪が降りはじめていた。扉からもぎとってきた鐘をピックアップトラックのラジオアンテナに括りつけてから、運転席に跳び乗った。エンジンをかけ、ハンドルを大きく切ってサウス通りに車を乗りいれ、湖の方角をめざしてアクセルを踏みこんだ。バックミラーを覗きこみ、州警察のパトロールカーがついてきていないことをたしかめると、ほっと笑みを浮かべた。タイヤが道路の窪みを叩き、アンテナに括りつけた鐘が大きな音を響かせた。オードリーのダイナーに飾られていたゴーディ・ハウの写真が思い浮かんだ。〈モントリオール・カナディアンズ〉のキーパーを前にして、スティックを振りかぶっている姿。相手もまた、名キーパーと呼ぶにふさわしい選手だった。一九四〇年代にスタンレー・カップを二度獲得し、NHLのオールスター・メンバーには六度も選ばれた。四試合連続完封を含む三百九分間無失点という記録も打ち立てた。そのキーパーの名は、ウィリアム・〝ビル〟・ダーナンといった。

湖に突きあたったところで角を左に折れ、湖岸沿いの道を進んだ。道の両側には雪の壁が聳えている。おれはヘッドライトを灯した。さきほど告げた名前がネタ元のものではないと気づかれるまでに、三十分は時間を稼いでおきたかった。だが、母が暮らす黄色い家の手前で坂道をのぼりきったとき、バックミラーのなかでヘッドライトの光がちらちらとまたたいた。いまはまだ、針の先ほどに小さな光がぼんやりと灯っているだけだ。おそらく一マイルほどは距離が開いているだろうが、光は徐々に大きさを増している。母の家の前を通りすぎた。いっそこの場で車をとめて、自首してしまいたいという衝動に駆られた。だが、そうする代わりに、おれはクラクションをふたつ鳴らした。

バックミラーに映るヘッドライトが半マイルほどの距離まで迫ってきたとき、その後方にもう一台分のヘッドライトが覗いた。アクセルをゆるめることなくハンドルを左に切り、車をジッターズ・トレイルに乗せた途端、雪の上で後輪が横滑りを始めた。さらに少しアクセルを踏みこむと、車体はまっすぐ前を向いた。道は急勾配の下り坂で、右に大きく湾曲している。木々の合間を縫う狭い隙間を見失わないようスピードを落とし、雪を頂いた松の天蓋を掘り進むようにして、二車線から成る小道をくだった。慎重に右へハンドルを切りながら後ろを振りかえると、不規則に揺れる四つのヘッドライトがあとを追ってきているのが見えた。まずは一台、続いてもう一台が、赤と青の回転灯を光らせはじめた。むせび泣くようなサイレンの音を聞きながら、アドレナリンが全身を駆けめぐるのを感じた。ひとりゴールを守るおれをめがけて敵の選手が突進してくるとき、これまで何千回と感じてきた感覚だった。

眼下に迫る急流へ向けて、険しい斜面を猛然とくだった。車軸が地面を叩くたび、運転席の屋根に頭を打ちつけた。サイレンの音は徐々に大きくなっていた。

川岸の手前でブレーキを踏み、ギアをパーキングに入れた。ジッターズ・クリークは流れが速いため、厚く氷が張ることはない。ダーリーンの自転車が流されかけた場所からほど近いこの地点なら、ピックアップトラックを沈められる程度の水深もある。

グローブボックスから絶縁テープを取りだし、アクセルペダルをいっぱいに押し倒した。エンジンがうなりをあげるなか、ペダルをテープで固定した。自分が何をしているのか、本当のところはわからなかった。テレビで目にしたことをそっくりまねているだけだった。咆哮をあげるエンジン音が、サイレンの音を掻き消した。だが、数秒もすると、音量を増したサイレンの音がふたたび耳に届くようになった。追っ手はおそらく、雪で覆われた急斜面にひどく手を焼いていることだろう。来た道を戻る際には、さらに手間どってくれることを願うばかりだ。

本来なら、焦りに駆られて然るべきだった。恐怖に震えて然るべきだった。だが、おれは落ちついていた。きわめて冷静だった。最高のコンディションで試合に臨んでいるときのようだった。周囲の世界は混沌に包まれている。敵の選手が縦横無尽に跳びまわり、パックが四方八方から飛んでくる。だが、おれにはすべてがスローモーションのように見えている。シューターはあたかも水中を歩いているかのようだ。パックはまるでフリスビーのように大きく見える。眼前でどれだけの腕や脚や身体が交錯していようとも、かならずパックを見つけ、それをとめることができる。ダッシュボードの上からツナ・サンドイッチをつかみあげ、車をおりた。衣類を詰めこんでおいたダッフルバッグを荷台からおろした。こんなふうに町を離れることになろうとは予想だにしていなかった。ギアをドライブに切りかえようとしたとき、助手席の下に転がるエッゴが目にとまった。ダッフルバッグには、かろうじてエッゴを押しこむだけのスペースがあいていた。

最後の鐘の音を響かせながら、車がジッターズ・クリークに突っこんでいった。丘の上のほうから、警官がわめくのが聞こえた。「州警察だ！　ただちに車をとめなさい！」車は左へ横ざまに傾き、ごぼごぼと泡を吐きだしながら、水底に沈みはじめていた。鐘がアンテナの先を離れ、川面《かわも》を押し流されていった。「たいへんだ！　川に落ちたぞ！」警官が叫ぶのが聞こえた。だが、すでにおれは松の木立のなかへ跳びこんでいた。ダッフルバッグを腕に抱え、川岸に沿って木立のなかを進んでいた。川が右へ湾曲するあたりで進路を左に変え、雪に埋もれた斜面をがむしゃらに這いあがった。木々の合間に開いた草地を抜けると、丘の頂上に出た。そこから反対側の斜面をくだって、ぽっかりと開けた空き地を抜けるのが、めざす場所への近道だった。追っ手はおれほどこの森の地理に通じてはいないはずだ。それでも、危険は冒せない。おれは空き地を迂回して、周囲を取り囲む木立のなかを進んだ。

空き地の向こう側までたどりつくと、オークの木陰に隠れて、来た道を振りかえった。警官の姿は見あたらなかったが、回転灯の光が空を二色に染めていた。

父のガレージにたどりつき、屋根の上を見あげると、ツリーハウスは完全に雪に埋もれていた。横手の扉に近づきながら、無意識にポケットに手を入れた。だが、そこに鍵束はなかった。イグニッションに吊るしたまま、車もろとも川に沈めてしまったのだ。エンジンをまわすため日曜に訪れたとき、鍵をかけたことはわかっていたが、念のためドアノブをつかんでみた。やはりノブはまわらない。「なんて間抜けだ!」声に出して毒づいた。その日はじめて、恐怖がきりきりと胃袋を締めつけた。駆け足でガレージの周囲をぐるりとまわり、もう一度、来た道を見わたした。降りしきる雪と木々のほかには何も見えない。「だいじょうぶだ、落ちつけ」そう自分に言い聞かせた。葉の枯れ落ちた木から一本の枝を折り、扉についた小窓の左下に突き刺した。ガラスの破片を丁寧に払い落としてから、腕をさしいれ、錠をまわした。

ガレージのなかに入ると、シャッターを押しあげ、ポンティアック・ボンネヴィルの運転席に乗りこんだ。エンジンはすぐにかかった。バックミラーに映る脱出ルートは、深さ一フィートの雪に埋もれていた。あんなところをどうやったらボニーが通りぬけられるだろう。私道の雪をすべて掻きのけている暇はない。ボニーでも進めそうな程度にまで、なんとか雪を減らすしかない。壁のハンガーボードに吊るされていた除雪シャベルを使って、並行する二本の轍を三十フィート先まで掘った。これでどうにかするしかない。

ダッフルバッグを後部座席に放りこみ、ふたたび運転席に乗りこんだ。大きく重たいボニーの車体なら、丘の下を走る除雪された道路まで、五十フィートの坂道をくだりきれるはずだ。そのためには、下り坂へさしかかるまでに充分な勢いをつけておく必要がある。しかも、車をバックで操作しながら。唯一の救いは、ボニーが後輪駆動であるという点のみだった。ギアをバックに入れ、そろそろと後輪をガレージから出した。腰をひねってリアガラスの向こうを覗きこみながら、アクセルを踏みこんだ。

車がぐんと速度を増し、猛スピードで走りだした。この車がかなりの馬力を誇ることは父から何度も聞かされていたが、その言葉の意味をこのときはじめて実感した。おれはハンドルを握りしめ、さきほど掘った轍の上をタイヤがたどるよう、必死に舵をとった。車は深い雪を掻き分け、左右に雪を跳ね散らしながら、坂道を滑降しはじめた。松の枝が屋根を引っ掻いた。

「がんばれ、ボニー！　おまえならやれる！」タイヤの空転を防ぐため、ほんの少しだけアクセルをゆるめてはぐっと踏みこみ、またゆるめては踏みこみを繰りかえした。リアガラスの向こうに、ホーヴァス街道が見えてきた。郡の除雪車が数インチの深さにまで雪を掻きのけてくれている。あそこまでたどりつければ、あとはなんとかなる。

「がんばれ、ボニー！」とおれは叫んだ。残り二十フィートの距離まで進んだとき、左のリアタイヤが大きく沈みこんだかと思った直後、そのまま空転を始めた。車はコントロールを失って、左に大きく傾いた。車体が完全に真横を向いた。おれはブレーキペダルを踏みこみ、ギアをドライブに切りかえながら、ハンドルを右に切った。ボニーは数フィート前へ進んでから、ぴたりと動きをとめた。左の後輪が雪のなかで音を立ててまわっていた。

やられた。

ギアをドライブに入れたまま運転席をおり、十フィートと離れていないホーヴァス街道の左右に目をやった。いまは何も見あたらない。とはいえ、州警察が駆けつけるまでにそう長くはかからないはずだ。

ボニーの前輪は雪の浅い部分に載っていたが、左の後輪は深い雪に埋もれていて、いくらアクセルを踏みこんでも空転を続けるばかりだった。右の後輪は地面の瘤に乗りあげていて、いくらか足場はしっかりしている。かつて同じような状況に陥ったときには、前進と後退を繰りかえすことで、なんとか窪みを抜けだすことができた。後ろから車を押してくれるひともいた。だが、いまは周囲に人影はない。左の後輪の脇に屈みこんだ。この下に何か硬いものを押しこんで、足場をつくることさえできれば、窪みを抜けだすことができるかもしれない。地面に膝をつき、タイヤの下から可能なかぎりの雪を掻きだした。

それを終えると、ダッフルバッグからエッゴを取りだした。昔を懐かしむように、そのなかに手を滑りこませ、これまで数えきれないほどやってきたように、その手を左右に揺り動かした。それから、エッゴをタイヤの下に押しこみ、押し固められた雪とゴムのあいだにしっかり固定した。「すまない、相棒。あともう一度だけ、おれを助けてくれ。いいな？」

タイヤがぶじホーヴァス街道に乗りあげると同時に、ずたずたに裂けたエッゴが宙を舞うのが見えた。ほんの一瞬、拾いに戻ろうかとも考えた。だが、降る雪は激しさを増している。路面は滑りやすくなっている。おれはそのままアクセルを踏みこみ、速度を時速三十五マイルに保ったまま、前へ進みつづけた。後輪が横滑りしかけるたびに、アクセルをゆるめてブレーキを踏み、側溝にはまりこまないことを祈りつづけた。

手っ取り早く州外へ抜けるにはインターステート七五号線を使うのがいちばんだったが、そこは州警察が網を張っている可能性が高い。とりあえずは旧街道のUS二七号線で行けるところまで南下してみることにした。吹きつける雪の凄まじさを思えば、午後七時までにオハイオ州へ入れたら運がいいほうだろう。だが、それにはまず、旧街道にたどりつかなければならない。

ルート八一六号線は避けたほうがいい。そこにも網が張られているかもしれない。追っ手が知らないであろう裏道を何本も乗り継いでいくしかないようだ。降りしきる雪が純白の繭のように車をすっぽりと包みこんでいた。ボブ・シーガーのカセットテープをデッキに押しこみ、ボリュームをあげた。

行きたきゃ勝手に行けばいい。
おれは臆病者でいい。
二足す二すらわからない……

クレアの南にさしかかったとき、雪があがった。おれは夜どおし車を走らせた。給油とコーヒーのため、一度だけ車をとめた。翌朝五時少し過ぎ、フェアファックス・アイスハウスの裏手に位置する、雪のない駐車場に到着した。ヴァージニア州の木々も大半は葉が落ちたままだったが、芝生は青々と色づきはじめていた。父の愛車の巨大なフロントシートに寝転がると、次の瞬間には眠りに落ちていた。

29

七時少し過ぎ、陽の光で目が覚めた。ボニーの床の上には、プラスチックのカップやセロハンの包み紙が散乱している。シートの上で身体を起こし、両目をこすってから、バックミラーを覗きこんだ。こんな早朝から寝ぼけ眼《まなこ》でアイスリンクへやってくるような人間より、ことさらひどい顔はしていなかった。

フェアファックス・アイスハウスのロビーは、これまでに訪れたリンクの大半と同じような設《しつら》えになっていた。黒いゴムマットが床を覆い、子供たちが腰をかけて靴紐を結ぶための長いベンチが並んでいる。ゆうべの名残りか、あたりにはポップコーンの匂いが漂っている。向かって右手にはスケート靴の貸出し窓口とホッケー用品店があるが、いまはどちらも閉まっている。左手のスペースには、自動販売機やゲーム台や公衆電話がひとかたまりに配置されている。突きあたりには観音開きの扉が左右に二カ所あって、そこからリンクに出られるらしい。扉と扉のあいだにはロッカーが二列に並んでおり、シンダーブロックの壁に、名札を添えた顔写真が五枚吊るされている。ドン・ピーコックはリンクの経営者。マージー・ピーコックはキティ・ペトリオールト、ジェフ・ベンダーら二名のコーチとともにフィギュアスケートのクラスを受け持っている。パワースケーティングのクラスを指導するコーチは、その名もアル・パワーというらしい。全員が白いタートルネックの上に紫色のナイロン・ジャケットを羽織っている。

六枚目の名札の上にだけ、写真が添えられていない。名札には〝リチャード・ブラックストーン、ホッケー技術指導クラス・コーチ〟とある。おれは手帳にそれを書きとめた。スケート靴の貸出し窓口の横に、一週間のスケジュールが掲示されていた。一般客への開放時間。フィギュアスケートのクラス。ホッケー・チームの練習時間。本日木曜の欄を見ると、五歳から七歳のクラスを十一時四十五分から、八歳から十二歳のクラスを三時四十五分から、リチャード・ブラックストーンが指導することになっている。それも手帳に書きとめた。

ルート五〇号線と呼ばれる渋滞した道路の一角に、いまにも倒壊しそうな古ぼけたダイナーがひっそりと佇んでいた。看板に掲げられた文句は〝食堂〟のひとことのみ。メニューにエッグパイは含まれていなかった。仕方なくフライドポテトを注文すると、胸もとに〝シャーリー〟と刺繍の入った薄汚れた黄色のスモックを着て、ずんぐりむっくりの体形をしたウェイトレスが言った。「お兄さん、添え物のグリッツも一緒にいかが？」フライドポテトに、トウモロコシのグリッツ、それからチーズオムレツとコーヒーを胃袋におさめながら、《ワシントン・ポスト》を片手に時間をつぶした。九時をまわれば、フェアファックス郡書記官が記録の閲覧を受けつけはじめるはずだ。

道は曲がりくねっては湾曲し、気づけば逆戻りしていた。まるで、アスファルトでできたプレッツェルの上を堂々めぐりしているかのようだ。角を曲がるたび、同じ場所へ戻ってきたような気がしてならない。どの通りもどの通りも、小型ショッピングモールやファーストフード店やカー・ディーラーのあいだに似たような外観のテラスハウスが押し並べられている。つまり、身を隠すのには打ってつけの町だった。

郡書記官のオフィスに入り、リチャード・ブラックストーンに関するすべての記録のコピーを申請した。駐車場にとめた車のなかで、それらをつぶさに眺めていった。その結果、ブラックストーンの自宅の住所と、乗っている車が判明した。ブラックバーンの所有地を買いとったリチャード有限会社とブラックストーンとのつながりを示す書類も手に入った。書記官に教えてもらった道をたどり、近隣の電器店へ跳びこんで、コンパクトカメラと、ズームレンズ付きビデオカメラと、三脚と、胸ポケットにおさまるサイズの小型テープレコーダーを購入した。ダッフルバッグから衣類を取りだし、買ったものを詰めこんでから、アイスリンクへと向かう道を引きかえしはじめた。道端にフェデックスの宅配営業所を見つけると、その位置を頭に刻みこんだ。途中でモービルのガソリンスタンドに立ち寄り、ボニーのガソリンを満タンにした。売店に入り、地元のプロホッケー・チーム〈ワシントン・キャピタルズ〉のロゴが入ったキャップ帽を買った。骨張った身体にガソリンの染みついたトレーナーを着た老人に頼んで、五ドル札を二十五セント硬貨に両替してもらった。

敷地の隅にある公衆電話まで歩いていき、編集部に電話をかけた。

「はい、《パイロット》編集部、マッカーシーです」

「おれだ」

「ガス！」ジョーニーは一瞬息を詰まらせ、それから声をひそめて続けた。「いまどこにいるんです？　昨日オードリーの店から戻ったら、警官が四人も待ちかまえていました。ネタ元の名前をあかさなかったんですね？」

「ああ。警察にはなんと話した？」

「話なら、ケラソなんたらロスに訊けと。あのボンクラ、わたしに電話してきて、ブラックバーンの名前がひとつでも入った記事はすべてボツにすると言ったんですよ」

「きみは気にせず、原稿を仕上げろ」

「まずは、例の銀行の原稿をあげないと。あのボンクラ、今日の朝刊にブラックバーンの記事を載せまいとして、くだらない屑ネタを大量に送りつけてきたんです。ああ、それから、ティリーがいなくなりました」

「例の銀行というのは？」

「昨日お話しした、ニューヨークの銀行がこの町の銀行をまとめて買収した件です。わたしの予想では、ケラなんたらロスのゴルフ仲間がその銀行の役員なのではないかと」

「そっちは適当にやっつけておけ。ティリーは？」

「忽然と姿を消しました。あなたが出ていってから五分後くらいに編集部へ戻ってみたら、すでに立ち去ったあとでした。ひとことの言葉も、書き置きもなかった」

キャビネットからフィルムが消えたことに、とうとう気づいたのだろう。あるいは、おれがとつぜん町を離れたことで、恐怖に駆られたか。一抹の不安が頭をもたげた。おれの行き先をティリーは感づいているだろうか。


「ほかには？」

「州警察があなたを追っている件で、AP通信が短信を出しています。レッドパスの葬儀は明日営まれます。昨日に予定されていた建築規制委員会は、嵐の影響で延期になりました。それと、郡書記官のところのひとが、あなた宛てに大きな封筒を置いていきました」

一九八八年の町議会議事録だ。「ヴィッキーが？」

「ええ。遅くなってすまないと謝っていました。例のバーテンダーがなかなか返却してくれなくて、わざわざ回収に出向いたそうです」

「ループか。ちょっとなかをたしかめてもらえるか？」

「とっくにたしかめました。でも、特に目につく内容はありません。湖の浚渫に関する投票のことがお知りになりたいんですよね？」

「ああ」とおれは答えた。ジョーニーの呑みこみが早いのはもとよりだが、さらに察しがよくなっているようだ。

受話器の向こうから、ぱらぱらと紙をめくる音が聞こえてきた。「投票が行なわれたのは、四月十三日。わたしに言わせれば、愚の骨頂です。湖を浚わなきゃ、遺体を見つけることなんてできやしない。なのに、スパーデルとかいう当時の保安官が、予算の都合がどうのとわけのわからないことを言いだした」

「ああ。スパーデルは新しいボートを手に入れようとしていたんだ」

「それについては、またのちほど。とにかく、一回目の投票では、三対二で湖の浚渫が可決されました。ところが、保安官がそれに異議を唱えた。すると町長が……失礼、そのとき町長は不在だったため、町長代理が非公開の協議を持ちかけた。協議ののちに行なわれた投票の結果、二対三で、今度は浚渫が否決されたんです」

「非公開の協議を招集したのは誰だ?」

「町長代理のA・キャンベルとなっています」

「スーピーの親父さんが? くそっ、そうだった。親父さんは町議会の議員を務めていたんだ。それで、賛成から反対に票を変えたのは?」

「驚くなかれ。ザヴィアー・パールマターです」

「ザヴィアー? パールマターの兄弟か何かか?」

「いいえ、クレイトン本人です。クレイトン・パールマターのファーストネームは、本当はザヴィアーというんです」

パールマターが町議会の議員だったとは、露ほども知らなかった。そういえば、そのころおれはデトロイトにいた。「ボートの件は?」

「議会が最後に決定したのは、ボートの購入費用として二万五千ドルの予算を計上することでした。ただし、キャンベルは投票を棄権しています。ボートはキャンベルの仲介で購入することになっていましたので」

「なんと高潔な。で、ボートの種類は?」

「明記されていません。〝湖とその湖岸の治安維持という目的に適ったもの〟とだけあります。それにしたって、なぜ町が保安官にボートを買ってやらなきゃならないんです？」

自動音声が硬貨の投入を求めていた。「いいか、ジョーニー。おれの机へ行って、右側の二番目の引出しを開けてくれ。上のほうに、マリーナが発行した領収書のコピーがあるはずだ。それを急いで取ってきてくれ」

しばらく待っていると、ジョーニーが電話口に戻ってきた。「ありました。スタヴェイション・レイク・マリーナが発行した、二万五千ドルの領収書です。これがボートの代金というわけですね？」

「日付はいつになってる？」

「ええと……四月の十二日です」

「町議会が開かれたのは十三日だったな？　町議会の投票も行なわれないうちから、どうしてアンガス・キャンベルにボートの代金を支払えるんだ？」

「たしかに。ところで、この件はいったい何に関係してくるんです？」

「わからない」とおれは答えた。まったく見当もつかなかった。

ふたたび自動音声が聞こえてきた。回線がまもなく途切れてしまう。

「ああ、そうだ。パールマターの件ですが、もう一度、助成金の記録を見なおしていたら――」

「もう電話が切れる。今夜、翌日便であるものを送るから、楽しみにしていてくれ。それと、ひとつ頼みがある。おふくろに電話して、おれなら心配ないと伝えてくれ」

「ガス、聞いてください。助成金の記録に登場する名前のひとつが――」

発信音が続く言葉を遮った。

午前十一時四十五分に始まるホッケー技術指導クラスをまえにして、整氷車が最後にリンクを一周していた。おれは観客席のいちばん上に陣取って、三脚にビデオカメラを据え、コンパクトカメラを首から提げて、手帳とペンを取りだした。スケート靴を履いた十数人の子供たちがリンクに飛びだしてきた。靴下はぶかぶかで、ズボンはだぶだぶにたるんでいる。マスクの格子に阻まれて、顔はよく見えない。子供たちはリンクにおりたつと、右へ進路をとって、反時計まわりにフェンス際を周回しはじめた。おれはビデオカメラを覗きこみ、録画の状態になっていることをたしかめた。

子供たちの背後でロッカールームの扉が開き、クラスを指導するコーチが姿をあらわした。おれは〈ワシントン・キャピタルズ〉のキャップ帽の鍔をぐっと引きさげた。リチャード・ブラックストーンは白くなった髪を左で分けてから、後ろへ撫でつけていた。心臓が鼓動を刻んだ。ジャック・ブラックバーンがあんな髪型をしたことは一度もない。それに、ブラックストーンはブラックバーンよりもひとまわり身体が小さく見えた。太鼓腹が大きく前に迫《せ》りだしていた。豊かな白い顎鬚に隠れて、顔の造作もはっきり見てとれない。まさか、ブラックバーンではないのか？ カメラのファインダーを覗きこみ、ブラックストーンの目をクローズアップでとらえた。下に伏せた目は足もとを見つめている。そうだ。ブラックバーンにはひとつだけ、固く守っていたジンクスがある。そのジンクスまで、スタヴェイション・レイクに置き去りにしていけるものだろうか。リンクの端にさしかかる直前、リチャード・ブラックストーンは小さく一度、二度と右足でスキップをした。そして、左足からリンクにおりたった。全身に震えが走った。おれはぎゅっと目を閉じた。

目を開けたとき、ブラックストーンは左ゴールの裏を抜け、こちらへ向かってフェンス際を滑りはじめていた。おれは大きく息を吸いこみ、ビデオカメラのファインダーを覗きこんだ。だが、大きく顔をとらえることができたのは一瞬だけで、すぐにブラックストーンはカメラの前を通りすぎてしまった。フェンス際を一周してふたたびこちらへ向かってくるのを待つあいだ、今度は肉眼でその姿を観察した。黒いトレーナーを着た上からでも、腰まわりについた贅肉が容易に見てとれる。足さばきはなおもなめらかだが、筋力の衰えは否めない。ブラックストーンがふたたびこちらを向いた。おれはビデオカメラのファインダーを覗きこみ、その顔に焦点を合わせた。口から覗く歯は以前よりも白く、以前よりも出っぱって見える。おそらくは入れ歯なのだろう。その歯が白いぶんだけ、たるんだ頬や落ち窪んで皺だらけになった目もとの皮膚の黄ばみがやけに目立つ。ブラックストーンが夜ひとりで自宅にいる姿を想像してみた。テレビの画面から放たれる味気ない光を頼りに、ちびちびと酒を飲んでいる姿。孤独で憐れな老人の姿。誰からも愛されず、誰かの記憶に残ることもない、萎びた老人の姿。そうした姿を思い描くと、少し気分が落ちついた。ブラックストーンはふたたびリンクを一周し、三度目におれのほうへ向かってきた。その目がまっすぐカメラを見すえている。心臓が跳びはねた。思いすごしかもしれないが、おれの前を通りすぎる直前、その口もとを不敵な笑みがよぎった気がした。まさか、おれに気づいたのか。ティリーから連絡があったのだろうか。日曜の食卓で何度も目にしてきたあのまなざし。それをふたたび受けとめるのがこれほど耐えがたいことだとは、想像だにしていなかった。

眼下では、フード付きのコートを着た母親たちが三人、フェンス際に立ってお喋りに花を咲かせている。リンクの様子にはほとんど注意を払っていない。ブラックストーンが号令をかけ、子供たちを周囲に呼び寄せた。あの母親たちのところまでおりていって、おれの知っていることをぶちまけてやりたかった。おれはすべてを語りながら、氷上のブラックストーンを指さす。母親たちは驚きの表情を浮かべ、おれとリンクとを交互に見やる。やがて驚きは恐怖に変わる。おれが語るおぞましい事実に対する恐怖。そして、その事実を伝えたおれに対する恐怖。おれはふたたびキャップ帽の鍔を引きさげ、コートの襟を立ててから、ビデオカメラを抱えあげた。意を決して、フェンス際までおりていった。ここなら、ブラックストーンの顔をより鮮明にとらえることができる。ビデオカメラをまわしたまま、コンパクトカメラで写真を取り、ブラックストーンが背を向けているあいだは手帳にペンを走らせた。

ブラックストーンは〈リヴァー・ラッツ〉に仕込んだのと同じ練習を行なっていた。子供たちの肩を後ろからつかんで、ある地点まで誘導していき、どのようにパスを受けるべきか、どちらの方向へスティックを構えるべきかをひとりずつ指導した。小さく積み重ねたパックをあちこちに配置し、パックにはけっして触れないよう言い聞かせてから、子供たちにその隙間を縫わせ、迂回させた。〝あのビスケットが恋しければ、もっとハングリーになれ〟と命じていたとしても、その声はおれの耳には届かなかった。練習時間が終わりに近づくと、ブラックストーンはリンクの中央で集合をかけた。カメラのファインダーを通して、ヘルメットをかぶった子供たちの頭が一斉にうなずくのが見えた。ブラックストーンは右へ左へ顔を振り向け、練習の成果を称えながら、子供たちの頭を順に撫でていった。子供たちの笑い声が聞こえた。「はい！」と答える声が聞こえた。かつてのおれもあんなふうにリンクに立って、チームメイトの頭を撫でるブラックバーンを見つめながら、その手が自分に触れるのを待っていたものだった。

そのとき、誰かの手が肩を叩いた。振りかえると、さきほど見かけた母親たちのひとりがすぐ横に立って、はにかんだような笑みを浮かべていた。

「あの、失礼ですが、どちらさまでしょう？」と母親は言った。

「ああ……」ふたたび心臓が跳びはねた。「あの、ちょっと待ってもらえますか」おれはそう言い置いて、ビデオカメラのレンズをロッカールームのほうへ向けてから、母親に顔を戻した。

「失礼しました。おれはその……新聞社に勤める者でして……」

「ああ、やっぱり。ここへは取材か何かで？」残るふたりの母親もこちらの様子をじっと見守っている。

「ええ、そうです」

「もしかして、《ポスト》の方かしら？」

「残念ながら、もっと小さな新聞社です」

「あら、それじゃあ、どちらの？」

この界隈にどんな新聞社があるのかなど、おれには知るよしもなかった。仕方なく、「《パイロット》です」と答えた。

「《パイレーツ》？」

「いえ、《パイロット》です」

「《パイロット》……そういう名前の新聞は見かけたことがないわ。でも、このあたりには小さな新聞社がごまんとありますものね。そのうち、四つも五つもの新聞がうちに配達される日が来るかもしれないわ。それより、あなたの記事が掲載される号を、どうやったら手に入れることができるかしら？」

「でしたら、こちらから一部お送りしましょう。ここに住所をお願いします」おれは母親に手帳とペンをさしだした。

「新聞の取材でビデオ撮影までするなんて知らなかったわ」

「ええ、普通はしないと思います。ただ、ひとによってはビデオ映像がいい資料になるんです。おれはメモをとるのが苦手なもので」子供たちがリンクを去りはじめた。

「そういうことでしたの」母親は手帳とペンをおれに返すと、手袋をはめた手をさしだしてきた。「遅ればせながら、ミリアム・ベルザーよ。もしも何か訊きたいことがあったら……」言いながら、後方に控える仲間を指さした。「わたしたちが喜んで力になるわ。そちらのお名前は？」

「A・Jです」

「A・J。それで、苗字は？」

おれはビデオカメラに視線を投げた。リンクでは、ブラックストーンがこちらを振りかえっていた。「まずい。テープが切れそうだ。あの、お話し中に申しわけありませんが……」

「あら、ごめんなさい。それじゃ、あなたの記事が載るのを楽しみにしているわね」

母親は仲間のところへ戻っていった。おれは慌てたふうを装って、新しいビデオテープをカメラにセットした。もともと入れてあったテープにもまだまだ残量はあったが、いずれにせよ、テープは二本必要だ。ふたたびファインダーを覗きこみ、レンズの焦点を合わせた。ブラックストーンが子供たちのあとを追ってリンクを離れ、ロッカールームへ向かっていく。ドアの手前で立ちどまり、後ろを振りかえって、ふたたびこちらに目を向ける。無意識の戦慄を覚えながら、おれはその顔をクローズアップでとらえた。望むと望まざるとにかかわらず、スタヴェイション・レイクに暮らす人間なら誰ひとりとして見紛うはずのない、鋭い眼光。ブラックストーンはまるまる二秒ものあいだカメラのレンズを見つめかえしてから、顔をそむけた。ふたたび疑念が頭をもたげた。やはり、ブラックストーンはおれに気づいているのではないか。だが、このとき感じたのは不安ではなく、胸のすくような快感だった。あの男はあの一瞬、おのれの過去が自分の上に崩れ落ちてこようとしていることを予感し、恐怖に打ち震えていたのかもしれない。

30

さきほどとはべつのガソリンスタンドに車を入れ、手もとに残っている二十五セント硬貨を公衆電話に投入した。トラヴァース・シティにあるチャンネル・エイトの番号を押すと、男の声が電話に応じた。おれは男に名前を名乗り、トーニー・ジェイン・リースと話がしたい旨を伝えた。五秒ほど待っていると、今度は女の声が聞こえてきた。

「はい、T・J」

「ミズ・リースにつないでいただきたいんですが」

「ええ、だからわたしがリースです」

「T・J……」そう繰りかえして、ようやく理解した。

「ねえ、あなた、町の有名人になっているわよ。いまどこにいるの？」テレビで聞くのと同様に、受話器から聞こえてくる声もまた耳に心地よかった。

「この会話を生放送で流しているのかい、T・J？」

「いいえ」

「よかった。あまり時間がないから、よく聞いてくれ。これから宅配便で、あるものをきみに送る。朝にはそちらへ届くはずだ。ただし、ひとつ約束してほしい。土曜の午前八時まではけっして電波に乗せないこと」

トーニー・ジェインは黙りこんだ。眉根を寄せて考えこんでいる顔を想像してみた。コソボでの空爆やデモイン川の洪水を報じるときの顔。きわめて実際的でありながら、妙に色っぽいその表情に、おれはしばし恍惚とした。

「原則として、取引には応じないことにしているの」

「そいつは意外だな。それじゃ、警察が殺人事件の容疑者を逮捕しようと真夜中のリンクにあらわれたときは、アマチュア・ホッケーの試合をたまたま取材していたってのかい？」

「あら、誰にでも例外はあるものよ。あなたならおわかりのはずよね、ガス」

一本とられた。「断言してもいい。この提案に関しては、きみも例外を設けたくなるはずだ。ジャック・ブラックバーンが関係している」

「いいわ、伺いましょう。それで、あなたの求める見返りは？」

「きみに頼みたいことがある。小包を受けとって、放送の準備を整えたら、ある男に電話をかけて、コメントを求めてもらいたい。男の名はケラソプーロス。《パイロット》の親会社で法務部長を務めている」

「ああ、あのやかまし屋のことね。で、そいつに電話をかけさせる目的はなんなのかしら？」

トーニー・ジェインに対する好感は一秒ごとに増すばかりだ。「ひとつには、ガス・カーペンターに対する処分を探ること」この目的も、けっして嘘ではない。

だが、真の目的はほかにある。チャンネル・エイトがこのネタを報じようとしていることを、ケラソプーロスに知らせること。そうすれば、ジョーニーの原稿をボツにはできなくなる。スタヴェイション・レイクの町をいまだかつてないほど震撼させるであろう衝撃的事件のスクープを、他社に抜かれてもかまわないというのでないかぎり。「もうひとつの目的は、おれが送るものを一目見ればわかるはずだ」

「電話の声だけで、あなたを信用していいものかしら」

「明日の朝、玄関先に届く小包がある」

「いいわ、了解。取引に応じましょう。その代わり、できれば番組の予告だけでも――」

「駄目だ。土曜の午前八時をまわるまでは、予告も何もいっさいなしだ」

「仕方ないわね。でも、これならどう？　土曜の朝には、毎週七時三十分に一分間ニュースを放送しているの。そこで少しだけネタに触れさせてもらえないかしら。たった三十分にどんなちがいがあるというの？　その時刻なら、とっくに《パイロット》の配達は済んでるわ。あなたがこだわっているのはその点なんでしょう？」

まったくたいした女だ。トーニー・ジェインの言うとおり、おれはただ、テレビでニュースが報じられるより先に、エルヴィスに《パイロット》の記事を読ませたいだけなのだ。「いいだろう」とおれは答えた。

コーラとチーズクラッカーを買い、フェデックスの宅配営業所に向かって車を駆りながら、それを胃袋におさめた。店先に車をとめると、手帳を取りだし、そこに殴り書きされた文字を判読可能な文字に書きなおした。それから営業所に入り、きれいに書きなおしたほうのメモをコピー機で複写した。そのコピーとビデオテープ、コンパクトカメラから取りだした未現像のフィルムをふたつの箱にそれぞれひとつずつ滑りこませて、ひとつをジョーニーの自宅宛てに、もうひとつをチャンネル・エイトのトーニー・ジェイン宛てに送った。

当初の予定としては、このままリンクに戻って、八歳から十二歳までの児童を対象とした三時四十五分からのクラスをテープにおさめるつもりでいた。しかし、そこまですると、ブラックストーンを怖気づかせてしまうかもしれない。代わりにおれは、リンクの駐車場の奥まったところにボニーをとめ、ブラックストーンが所有するシルバーカラーのトヨタ・カムリをそこから見張ることにした。陽が傾きかけたころ、午後五時を少しまわったところで、ブラックストーンが駐車場に出てきた。パックをおさめた鞄と、スティックを二本と、救急用品をおさめた釣り具箱を手にしている。男ひとりと少年ひとりが横に連れだって歩いている。男のほうはホッケー用のスポーツバッグを提げている。少年のほうは、汗に濡れた黒髪をくしゃくしゃに乱して、キーパー用のレッグパッドを肩から垂らし、片手にスティックを握りしめている。言葉を交わすブラックストーンと男の顔を、真剣な面持ちで見あげている。ブラックストーンが腰を屈めて膝に片手をつき、少年の肩にもう一方の手を置いて、何やら言葉をかけはじめる。男は誇らしげな笑顔で息子とブラックストーンを眺めている。少年がこくりとうなずく。

胸の内で怒りがふくれあがり、悲しみを圧殺した。

数百ヤードの距離を開けて、トヨタ・カムリのあとを追った。やがて車は、赤煉瓦造りの小ぶりな一軒家が立ち並ぶ住宅地に入った。春の到来に先駆けて、青々と色づきはじめた裏庭。聳えるオークの木々。車一台分のガレージ。道は曲がりくねって湾曲している。四つ角を渡ろうとしたとき、UPSの宅配トラックがボニーとトヨタ・カムリのあいだに割りこんできた。トラックは三軒先の家の前でがくんと車体を揺らしたかと思うと、そのまま斜めに車道をふさいだ。小包を小脇に抱えたドライバーが運転席から跳びおりた。道の両側には路上駐車の車がびっしり並んでいる。トラックを追い越す隙間はない。「くそっ」おれは毒づき、ハンドルを殴りつけた。トヨタ・カムリは前方のカーブを曲がって姿を消した。

慌てて手帳をめくり、ブラックストーンの自宅の住所を控えたメモを探した。右往左往を繰りかえし、いったん通りすぎた道を引きかえしていたとき、目的の家を発見した。半ブロックほど進んだところで車をとめた。夜の帳がおりるのを待ちながら、あれこれ思案をめぐらせた。おれの尾行にブラックストーンは気づいただろうか。ここにこうしてすわっているあいだにも、通報を受けた警察が刻一刻と迫ってきているのではないか。なんの証明もできないままに、おれはこの場で逮捕されてしまうのではないか。だが、このまま逃げだすことはできない。これまで一度も訪れたことのない、そしておそらくはもう二度と訪れることのないこの住宅地こそ、いまおれがいるべき場所なのだ。

街灯がぼんやりと光を放ちはじめるのを見届けてから、キャップ帽をコートのポケットに突っこみ、小型テープレコーダーの録音ボタンを押した。

「ジャック・ブラックバーンの自宅前」おれはテープレコーダーに向かって喋りだした。「ワシントンDCの近郊。イースト・リュレー二一四番地。日時は三月五日、木曜日、午後五時四十九分」それだけ言うと、テープレコーダーを胸ポケットに滑りこませて、車をおりた。

ぼうぼうに生い茂った四本の松の木が家の正面を覆い隠し、なかの様子を窺うことはできない。コンクリート敷きのポーチの屋外灯も灯されていない。おれはポーチの階段をあがり、覗き穴から離れた位置に立って、扉をノックした。最後にジャック・ブラックバーンを間近にしたのは、ブラックバーンが姿を消す前年の夏、ケプセルが営むエース金物店の軒先ですれちがったときのことだった。おれたちは互いにひとこと挨拶を交わしただけで、足をとめることすらなかった。

扉に耳を押しあててみたが、なんの物音も聞こえない。もう一度、扉をノックした。やはり応答はない。裏庭へまわってみようと、ポーチをおりた。脇の私道に車はない。まだ帰宅していないのか。おれの尾行に気づき、この迷路のように入り組んだ住宅地で撒いてやろうと、まだ車を走らせているのか。ガレージのなかも覗きこんではみたが、スモークガラスの向こうを見透かすことはできなかった。

金網を張ったフェンスが裏庭を取り囲んでいた。門の掛け金をはずして、青緑色の石を敷きつめた半円形のパティオを横切り、勝手口に近づいた。扉に耳を押しつけてみた。聞こえてくるのは、キッチンで時計の針が動く音だけだ。周囲の暗がりを見まわした。こんなところを夜に訪れるのは、考えが足りなかったかもしれない。風防扉のノブに視線を落とした。自分の罪状に不法侵入を加えるつもりが、本当にあるだろうか。試しに手をかけてみると、ノブはたやすく回転した。内側の扉も同様だった。二インチほどの隙間から、そっとなかへ呼びかけた。「どなたかいらっしゃいませんか？　ミスター・ブラックストーン？」扉を開け、暗闇のなかへ足を踏みいれた。蠅叩きを吊るした壁の下に、黍箒《きびぼうき》が立てかけられている。向かって右手には引き戸があり、左手には二段の階段があって、そこからキッチンに通じている。

キッチンに入ると、クレゾール石鹼液の匂いがかすかに鼻を刺した。胸ポケットのなかで、テープレコーダーの録音ボタンが赤い光を放っている。そこに口を近づけ、小声でささやいた。「家のなかに入った」染みひとつない清潔なキッチンには、フォーマイカ張りの真っ白な調理台と、白いタイル敷きの床と、白で統一された電化製品と、淡い黄褐色の食器棚が設《しつら》えられていた。調理台の上に置かれた水切り台に、洗いたての皿と、コーヒーカップと、フォークとステーキナイフが載っている。その隣に、ジムビームの瓶が二本立っている。一本はからになりかけていて、もう一本はまだ開封されていない。衝動的に、食器棚の扉を開いた。〈リヴァー・ラッツ〉のチームステッカーは一枚も見あたらなかった。

キッチンを通りぬけて、こぢんまりとした居間に入った。正面に面した窓のカーテンは開け放たれていた。肌色の壁は飾りひとつなく、がらんどうのまま。部屋の隅に配されたテレビへ向けて、安楽椅子がひとつ置いてあり、その背後に明かりの消えたフロアランプが立っている。椅子の隣には小ぶりな折りたたみ式テーブルが据えられていて、《ビジネスウィーク》誌の上にテレビのリモコンが載っている。右側の壁際には、テーブルホッケーのゲーム台が据え置かれている。ときどき酒場で見かける、透明なプラスチックのドームがかぶせられたあのゲーム台だ。その奥では、コーラやマウンテンデューの空き缶でゴミ箱があふれかえりそうになっている。

「ミスター・ブラックストーン?」暗がりにふたたび声をかけた。

突きあたりの壁に開いた戸口の先では、闇に沈んだ廊下が手招きをしている。いますぐ逃げだしたいという無意識の衝動に駆られた。このままボニーに引きかえして、ブラックストーンが帰宅するまで家を見張っていればいい。だが、もしブラックストーンが戻らなかったら？　おれに気づいて、すでにずらかったあとだとしたら？　もう二度と、ブラックバーンの居所をつかむことはできないかもしれない。ブラックバーンとじかに対面もしないまますごすご町へ帰り、ディンガスや町の人々に、ジャック・ブラックバーンはいまも生きていると訴えることはできない。誰ひとり、そんな訴えを信じようとはしない。できることなら信じたくないというのが本音なのだから。

居間を横切り、廊下に出て、暗闇に目が慣れるのを待った。キッチンの時計がときを刻む音がなおも耳に届いていた。左右にひとつずつ、閉じた扉があって、短い廊下の突きあたりにも三枚目の扉が見える。おそらくは寝室がふたつに、バスルームなのだろう。左の扉のノブに手を伸ばしたとき、記憶の奔流に呑みこまれた。子供のころ、スーピーとふたりで忍びこんだ、あの無人の校舎。一瞬、黴と埃の匂いを嗅いだ気がした。おれは扉を押し開けた。

子供部屋くらいの広さの部屋だった。それが仕事部屋として用いられていた。真正面に置かれた机の上に、パソコンのディスプレーとキーボードが載っている。《ウォール・ストリート・ジャーナル》の束がディスプレーの横に立てかけられている。その隣に、未使用とおぼしきビデオテープをおさめた箱と、パソコンにコードでつながれた電話機と、黒いマーカーペンが二本見える。机の右手には、ビデオデッキにつながれた小型テレビが据えられている。テレビは斜めを向いていて、机の前にすわった人間が仕事をしながら画面を眺めることができるようになっている。

壁際に立つ五段の本棚は、ビデオテープで埋めつくされていた。ケースの背に記されたタイトルからして、アイスホッケーの学習用セルビデオとおぼしきものも数本ある。《初心者のためのディフェンス・テクニック》。《必勝シュート・テクニック》。《ゴールキーパーの基本テクニック》。ラベルの貼られていないテープも数本ある。だが、おおかたのテープの背には、細長い白のラベルが貼りつけられていて、そこに小さな黒い文字が書きこまれている。本棚に目を近づけるなり、背すじを戦慄が駆けぬけた。そこには〝LP／0293／FX〟との文字が並んでいた。

ブラックバーンはデルバートの分類法を借用してい

る。つまり、真ん中の数字は日付をあらわしている。ほとんどの末尾には、〝FX〟の文字が添えられている。これはおそらくフェアファックスの略だろう。頭に冠した〝LP〟の文字は何を意味しているのか。誰かのイニシャルだろうか。被害者である少年の名前だろうか。パソコンの横に、からのビデオケースが置いてあった。おれはそれを拾いあげた。ラベルには〝JJ／1297／FX〟とある。ヴァージニア州へ逃げてきたとき、なぜブラックバーンは〈リヴァー・ラッツ〉のフィルムを持ち去らなかったのか。そんな時間はなかったのかもしれない。だが、あとからティリーに送ってもらうこともできたはずだ。そのときぴんと来た。それはティリーが試みた最後の抵抗だったのではないか。どれだけ遠く離れていようと、自分の人生にブラックバーンをつなぎとめておくための、最後の切り札だったのではないか。

　いま目の前にしているものに対する恐怖と同時に、興奮がこみあげてきた。これは決定的な証拠となる。本棚にあるだけでも充分すぎるほどだが、パソコンのなかや、ビデオカメラのなかには、さらなる証拠が記録されているにちがいない。ブラックバーンがすでに逃げだしていたのだとしても、気にすることはない。ここにはあり余る証拠が残っている。おれは手帳を開いた。ページにペンの先をおろそうとしたとき、何かが肩に触れるのを感じた。

　手の平の感触だった。

「誰だ？」おれは声をあげた。肩をつかむ手の力が増した。手を振りほどこうと身をよじった反動で、後ろによろめいた。背中が壁にぶつかった。目の前にジャック・ブラックバーンが立っていた。

　ブラックバーンは黒いジャージのズボンを穿いて、スリッパを履いていた。フェアファックスのホッケー・チームのロゴが入った、色褪せた灰色のTシャツを着ていた。太鼓腹を隠すためか、Tシャツの裾はズボンの外に垂らしている。その顔は微笑んでいるようにも見える。だが、はっきりとは断言できない。入れ歯をかぶせた前歯に引っぱられて、唇がピエロのように不自然に伸びきっているからだ。一方の手には、ウィスキーとおぼしき液体の入ったグラスを持っていた。もう一方の手はおれにさしだされていた。思考の停止したまま、おれはその手をとった。

「やあ、ガス」とブラックバーンは言った。

「わたしの持ち物を盗みだそうとしているのかね？ これは警察を呼ぶべきだろうか」ピエロの唇のあいだから、くつくつと笑い声が漏れた。

「そうしたいなら、ご自由にどうぞ」

「どこぞの警察がきみを追っているそうじゃないか、ガス」そう言うと、ブラックバーンはおれが手にしているビデオケースに視線を落とした。「きみの歳でホッケーの技術の向上に励んでも、もはや手遅れではないかね」


おれはケースを机の上に戻した。「ここにあるのは、ホッケーのビデオなどではないでしょう、ジャック」

「〝ジャック〟？ いいや、わたしの名はリチャードだ。あるいは、リッチと呼んでくれてもいい」最高のジョークでも口にしたかのように、ブラックバーンは大きな笑い声をあげた。「きみに礼を言わねばならん。親父さんのビッグボートをふたたびこの目にするとは思わなかったぞ」そうか、ブラックバーンはボニーを知っていたのだ。「あれは……そう、三十年も昔の車だというのに、ずいぶんときれいなものだ。しかし、この町ではあまりに目立ちすぎる。ここはわが国の中心地だ。国産車に乗る者などひとりもおらん」ふたたびブラックバーンはけたけたと笑った。「ところで、なにゆえきみはこんなところまで入りこんできたのだ？ 取材のためか？ そういう名目があれば、他人の家に勝手に押しいっても許されるのかね？」

「あんたのしたことはもうわかってる」

おれの言葉はいっさいの効果を示さなかった。

「〝あのひとはいま〟とかいう特集記事でも書こうというのかね？　いや、待てよ。きみはたしか、あの町のうらぶれた新聞社に舞いもどってきたのではなかったか……」ブラックバーンはグラスの中身を口に含み、首を振った。「よくわたしが言っていたことを覚えているかね？　〝負けることも勝つためには必要だ〟。しかし、こう言ってはなんだがな、もしかしたらきみはその例外なのかもしれん。きみは敗北から学ぶということを知らないようだ。ただただ、ばかみたいに負けつづけている。町のスケープゴート。スクープに股の下を抜かれた元敏腕記者。そして今度は、ひとり暮らしの老人の住まいにこそこそ忍びこみ、そこから何やら探りだそうとしている」

「探していたものはもう見つけましたよ、ジャック」

「リチャードだ。さて、きみは取材にきたのだったな。わたしで力になれることがあるなら、是非とも協力しようではないか。喜んできみの質問に答えよう」そう言うと、ブラックバーンはグラスを揺らして、からからと氷を鳴らした。「きみも一杯いかがかね？」

「けっこうです」

「わたしはもう一杯いただくとしよう」

おれを居間に通しておいて、ブラックバーンはひとりキッチンへ消えた。本気で安心しきっているか、かなりの役者であるかのどちらかだ。氷のぶつかる音と、酒瓶の蓋がまわる音が聞こえた。新たに酒を満たしたグラスと、からのグラスと、ジムビームの瓶を一本と、キッチン用の椅子を手にして、ブラックバーンは居間へ戻ってきた。その椅子を床に置くと、おれにすわれと目顔で示した。動こうとしないおれを放って、酒を満たしたグラスと、からのグラスと、酒瓶を安楽椅子の隣のテーブルに置いた。それからその場に立ったまま、じっとおれを見すえた。

「きみにひとつ侘びなくてはならない」とブラックバ

ーンは言った。「きみの肉体が見せる、そのなめらかな動き。肩から腕にかけての美しいライン。脇腹や腰に添う腕のしなやかさ。腰から太腿にかけての見事な隆起。自分でもわかるかね？　見事に引き締まった筋肉が。そこに秘められた力が。これだけの歳月が流れても、それはいまだ衰えを知らない」

これしきのことで臆するつもりはなかった。「あんたの尻尾はつかんだ。あんたのしたことはすべて知ってる」

ブラックバーンは安楽椅子に腰をおろした。「遠い昔、はじめてきみに出会ったときには、フロッパー型のキーパーに育てるべきだと思った。知ってのとおり、きみには身長が足りなかった。スタンドアップ型のキーパーをめざすには、もう少し背丈が必要だった。むろん、昨今ではごらんのとおり、どこを見まわしてもフロッパーだらけだ。だが、あのころはちがった。そして、よくよくきみを見ていくうちに、わたしは確信した。うまく鍛えれば、きみは優秀なスタンドアップ型のキーパーとなるにちがいない。きみはたしかにチビすけではあるが、強靭な肉体を持つチビすけだった。きみにはある種の力が備わっていた……そう、無敵のキーパーに必要な、内なる背丈が備わっているとわたしは考えた」そこでいったん言葉を切って、ブラックバーンはグラスの縁《ふち》を舐めた。「……だが、それはわたしの思いちがいだった。そうだろう、ガス？　きみは弱い人間だった。そして、いまもなお弱い人間だ。ちがうかね？」

おれは椅子に腰をおろし、膝に肘を置いて、身を乗りだした。

「あんたがスーピーにしたことも知っている」

「あのグローブはまだ持っているのかね？　おかしな名前をつけた、あのグローブだ。まったく、きみらのばかげたジンクスときたら」

「では、あんたのフィルムはどうなんです？」言いながら、おれはペンと手帳を取りだした。

ブラックバーンはグラスを持った手でおれを指さした。「そいつはしまえ。従わないなら、警察を呼ぶぞ。そのテープレコーダーのスイッチも切ってもらおうか」

警察に来られて困るのは、いまはおれより向こうのほうであるはずだ。だが、そんなことはどうでもよかった。おれはテープレコーダーを消し、ペンと手帳をポケットに戻した。その間に、ブラックバーンは慣れた様子で一息にグラスの酒を飲み干し、ふたたびグラスに酒を満たした。わが恩師。この世を去って久しいスタヴェイション・レイクの英雄。だが、いまの姿はどうだ。ブラックバーンが愛してやまないはずの競技――アイスホッケーのことなどほとんど知らない人々が暮らす町へ移り住み、暗い家のなかでひとりひっそりと生きている。その頬はいま、治りかけた打撲傷の色に変わっている。その手に残されたのは、トヨタ・カムリと、酒瓶と、テレビのリモコンと、全裸の少年たちのビデオテープで埋めつくされた本棚だけだ。

「たしかに、おれは人生の落伍者なのかもしれない。だが、おれは自分を偽ったりはしない。あんたはコーチと称してはいるが、その本性はコーチなんかじゃない。単にそう見せかけているだけだ。あんたの本性は小児性愛者だ。あどけない子供を虐待する異常者だ。子供たちの頭のなかを洗脳し、そのうえで肉体を虐待する異常者だ」

どういうつもりか、ブラックバーンはまたもや笑い声をあげた。

「寄宿舎で行なわれていたことも知ってる。スーピーや、ティリーや、ジェフ・シャンパーニュのことも。じつに抜け目のない手口だ。ジェフをチームに戻したのは、あいつとファックするためだったんだな？　さぞかしあいつも弱い人間だったんだろう？　それから、ブレンダン・ブレイクも。ブレンダンのことは覚えているか？」ブラックバーンのふてぶてしい笑みが引き潮のように引いていった。片方の眉が一度、そしてもう一度、体重を移動する昆虫のようにぴくりと引き攣った。「あんたの胸くその悪いフィルムのことも、何もかも知ってる。あんたがどうやってそれを売っていたのかも。そのカネであの土地を買い、寄宿舎を建て、寄宿生たちを養っていたこともだ。なあ、ジャック。なんというご立派な人間だろうな。親代わりが聞いて呆れる。おれが弱い人間だって？　ああ、そうかもしれない。だが少なくとも、子供とファックしたいがためだけにひとかどの人間であるふりをしている、精神のゆがんだ胸くその悪い老人ではない」

ブラックバーンはウィスキーの瓶に手を伸ばした。

「そして、親友を自殺に追いこむような人間でもない」

ブラックバーンはグラスに酒をそそぎ終えると、椅子に深く沈みこんだ。酒を一口啜り、舌鼓を打った。

それからようやく口を開いた。

「きみは何もわかっちゃいない」

「いいや、何もかもわかってる。あんたが昔撮ったフィルムを見つけた。あんたも一緒に写ってるやつだ。証言をしてくれる人間も揃ってる」

「はっきりさせておこう。きみの相棒であり、ごくつぶしのアル中である憐れなスワニーにわたしが強要して、年上の女とセックスをさせたのだときみは言う。しかし、きみもこの点に異論はないはずだが、その女も当時はたいそうな器量よしだった。では訊こう。セクシーな年上の美女とのセックスは、十六歳の少年がけっしてしたがらないことだろうか。きみは本当にそう思うのかね？」

「あいつの名前はスーピーだ。スワニーじゃない。それに、あんたは――」

「懐かしき友、レオにしてもだ。わたしがあの町へやってきたとき、レオはドライクリーニング店だかどこだかで下働きの仕事をしていた。取るに足りない、名もない人間だった。わたしはその人間に手をさしのべた。するとどうなったかね。あの男はリンクの主《あるじ》となった。ミシガン州で最高とも言える少年ホッケー・チームのために、試合中のベンチドアの開け閉めを任されるという栄誉にまであずかった。名もない男が町の有名人となった。あの整氷車を操る名手としてだ」ブラックバーンの口から語られる言葉を、おれは頭のなかで復唱していた。紙にペンを走らせるように、頭のなかに言葉を刻みつけていった。「……そして、わたしがあの町ですごした最後の晩、レオは震える拳銃をわたしの頭に向けて、こう言った。『わしは手を切る、ジャック。いまここで、あんたとは手を切る』自分が手を切るだと？　なんというお笑い種だ。まだわからんか、ガス。レオが自分に向かって引鉄《ひきがね》を引くことなどできるはずがない。あの男にそんな度胸はない」

「でも、レオは死んだ」

「神よ、レオの霊を安らかに眠らせたまえ。あの男はじつに見事な氷を敷いたものだったな。わたしが出会ったなかで最高の整氷車乗りだった。しかし、やつのしつこさにはほとほと参った。あのたわけた心理療法ときたら。ついこのあいだまでパイン郡随一のポルノ王だった男が、次の瞬間にはインチキ療法の信者となって、挙句の果てにはこのわたしに拳銃なんぞを突きつけた。あのときのわたしにはなすすべもなかった。レオにはわたしの頭を吹き飛ばすことだってできた。レオとスワニーには、すべて正当防衛だったと主張することもできた。だが、わたしはいまもここにいる。いまもこうして生きている」

「あの晩、レオには引鉄《ひきがね》を引くことができなかった」

「そのとおりだ」

「ならば、なぜあんたは逃げだしたんだ？」

ブラックバーンは返答をためらい、肩をすくめてから言った。「そうせざるをえなかったからだ」

「あの晩、空き地にはほかにも誰かいたんじゃないのか？　引鉄を引くことのできる誰かが。ただし、スーピーじゃない。スーピーはあんたより先に現場から逃げだした」

「誰もいなかった」

「嘘だ」

「嘘ではない。ほかには誰もいなかった」ブラックバーンはグラスのなかをじっと見すえた。苦々しげな笑みがゆっくりと広がり、顔中に皺が寄った。「この部屋を見ろ。わたしはここを賃借りしている。月の家賃は千百ドルだ。信じられるかね？　スタヴェイション・レイクで千百ドルのカネがあれば、湖畔の大邸宅が借りられる」ブラックバーンはふたたびグラスの中身を一息に飲み干し、酒瓶を手に取ると、慎重な手つきで酒を注《つ》ぎ足した。一滴たりとも無駄にできる余裕はないとでもいうかのように。「ひとつ訊かせてもらえんかね、ガス。きみが知っていると言い張っている件について、きみは本当に深く考えてみたことがあるのか？　きみはわたしを悪党だと信じこんでいる。恐ろしい悪事をひとりでやってのけた人間だと信じこんでいる。しかし、そのすべてをわたしひとりの力で実行することができたなどと、本当に信じているのかね？」

「あんたはフィルムの出演者だ。おれはこの目で見た」

「なにゆえ自分が惨めな落伍者となったのか。その原因を知っているかね？　たとえば、今日の行動を例にとろう。まず、きみはリンクでわたしに自分の姿をさらし、あの口の軽い母親と言葉を交わした。そのあと、まんまとわたしのあとを追い、この家までやってきて、わたしが背後から忍び寄るのを許した。きみには大局というものが見えていない。きみに見えているのは、きみ自身と、そのちっぽけな帳面と、あのちっぽけな新聞社と、きみ自身が抱《いだ》くちっぽけな善悪の観念だけだ。そしていまもまた、きみは大局を見失っている。いまその目に映っているのは、かつてのきみのコーチだけ。かつてきみを傷つけたコーチだけ。憐れなやつだ、ガス。たしかにわたしは、あの町の歴史上最も重要なただひとつの試合に負けたことできみを責めた。だが、きみは責められて当然のことをした。きみのせいでチームは負けた。大人になって、その事実を受けとめたらどうだ」

自分を抑えることはできなかった。「おれがいたから、チームはあれだけの接戦を繰りひろげられたんだ。おれがいなかったら、第二ピリオドが始まるまえに五対〇の大差をつけられていた」

ブラックバーンはグラスを一振りして、おれの言いぶんを撥ねのけた。「たしかに〈パイプフィッターズ〉は数多くのシュートを放った。だが、彼らが狙っていたのはきみの胃袋だ」言いながら、自分の鳩尾を叩いてみせた。「敵のシュートが決まらなかったのは、きみの実力うんぬんではない。ビリー・フーパーがきみに授けた教訓を思いだせ。『見えない、とめられない』フーパーには片目の視力が欠けていたが、きみより遥かにしっかりものごとが見えていた。残念だが、スタヴェイション・レイクがこれまでに見舞われた数々の不運は、何ひとつとしてわたしがもたらしたものではない。あの町はありとあらゆるくそにまみれているが、わたしはその周囲を飛びまわる小蠅にすぎない。わたしが湖に沈んだとされながら、なにゆえ保安官は湖を浚おうとしなかったのか。その理由について、真剣に考えてみたことはあるかね。普通なら、当然、湖を浚うはずだ。だが、町はどうしたか。何もしないことを選んだ。それはなぜか。その理由を知る者が何人かはいて然るべきだ。そうは思わんかね？」

「たとえば？」

「たとえば、そう、いまは亡きアンガス・キャンベルはどうだね。あれはじつにずる賢い悪党だった。わたしが湖で溺死したとされて二日もしないうちに、ありとあらゆる悪知恵を働かせて、然るべき人間……いや、人々に行きついた。そして、高額の小切手を二枚も手に入れた。一枚は、ジェリーのボートの代金として、町の予算から。一枚は……いや、肝心なのはそんなことではない。ジェリーは念願のボートを手に入れ、アンガスは大金を懐におさめた。そして、全員が口をつぐんだ」

全身に震えが走った。「ジェリーのボート……」

「ジェリー・スパーデル。当時の保安官だ。やつは自分のボートをほしがっていたのだ」

ジェリーのボート。おれはなんという間抜けだろう。あの領収書の下に走り書きされていた文字は〝フェリーボート〟ではなく、〝ジェリーボート〟だったのだ。あの文字を書いた人物には、筆記体の〝J〟を〝F〟に似せて書く癖がある。それをおれは誤って読み、勝手にフェリーだと思いこんだのだ。ジョーニーが言ったように、あの領収書は一九八八年四月十二日に書かれた。小切手もその日に切られた。ボートの購入資金である二万五千ドルの予算の計上を町議会が承認する一日まえに。つまり、あの領収書のカネは町の予算から支払われたのではない。翌日、町長代理として非公開の協議を持ちかけたとき、アンガスはあの小切手をすでに受けとっていた。そして、協議の結果、クレイトン・パールマターが賛成から反対に票を変え、議会は浚渫の実行を否決した。そうしてほどなく、二万五千ドルの小切手がふたたびアンガスの手に渡った。二枚目の小切手は、ジェリーのボートの代金として町が発行したものだった。一枚目の小切手は、アンガスの口を封じるためのものだった。では、誰がその小切手を切ったのか。票を変えたことで、パールマターは何を手に入れたのか。

「アンガスがどうやって何かを知ることができたんだ?」

「ごくつぶしの息子に訊いたらどうだ」

「つまり、あれは口どめ料だった」

「好きなように呼べばいい。人々は、そこに至るまでの過程など気にかけちゃいない。彼らにとってだいじなのは結果だけなのだよ、ガス。忘れたかね？」

「口どめ料を払った人物は？」

何かを考えこむように、ふたたびブラックバーンはグラスのなかを覗きこんだ。「ひとつ訊かせてもらおう。自分の友人たちから死んだものと見なされるというのが……きみが出会い、愛した者たちから死んだものと見なされるというのが、どんな気持ちかを知っているかね？　わたしは知っている。そんな感情をわたしが持ちあわせているはずはないと、きっときみは言うだろう。それでも、そんな境遇に置かれた人間の気持ちを想像することくらいはできるだろう？」

もちろん、できる。だが、おれはこう答えた。「そんなことはどうだっていい」

「わたしはスタヴェイション・レイクを去った。それで充分ではないのかね？　わたしはあの町で幸せな日々を送っていた。わたしは優れたコーチだった。教え子全員を優れたホッケー選手に育てあげた。あの町を知るひとぞ知る町に仕立てあげた。それがいまでは、こんな痰壺の家賃が千百ドルもするような町で暮らしている。自分たちの子供なら次世代のウェイン・グレツキーになれると本気で考えているような、ボストンやニューヨーク出身の金持ちがごまんといる町で。まったくのお笑い種だ。スワニーのような選手にはもう出会えない。〈リヴァー・ラッツ〉のようなチームにも出会えない。州大会優勝の夢も叶わない。そしてわたしは、もはや何者でもない。三本脚の群れと氷の上を滑りまわっているだけの、名もない老人だ。教え子のなかには少女たちまで交じっている。嘆かわしいことだ」

「では、少年たちは？」

「恩知らずの若造め」ブラックバーンは言って、グラスを持つ手をおれのほうへ突きだした。反動で、グラスの縁から中身が飛び散った。「おまえをキーパーに育てあげたのは誰だと思っているんだ？　わたしがいなければ、おまえは〈ラッツ〉のレギュラーになることなど……いや、ベンチにその尻を載せることすらできていなかったろう。わたしはおまえの父親代わりまで務めた。そのうえ、くそ忌々しい聖人君子にまでなれというのか？」

「おれの父はひとりだ。あんたはおれの父親なんかじゃない」

「ほう、そうかね、ガス。わたしの親父は、わたしが六歳のとき列車に轢かれて死んだ。親父は酒に酔って、暗闇のなかを千鳥足で歩いていた。列車はどこからともなくあらわれて、親父をノヴァスコシア半島まで弾き飛ばした。まあ、あきらめるより仕方がない。すばらしい時間にはかならず終わりが来るものだ」ブラックバーンはウィスキーを大きく一口呷った。「さて、きみがせっかく親父さんの話題を持ちだしてくれたのだから、ひとつ訊いておこう。きみはずいぶん多くを知っているつもりでいるようだから、金曜の夜のポーカーの会についても、むろんすべてを知りつくしているのだろうな？」

「おれは――」

「いいや、きみは何も知っちゃいない。参考までに言っておくが、あの集まりは、わたしが町へやってくるより遥か昔から続いていた。ポーカーの会と称しながら、真の目的はポーカーではなかった。いちばんの呼び物は、きみの親愛なるお父上……いまは亡き偉大なるルディと、ルディが誇る最新型の映写機だった。ときおりわたしは、みなのためにポップコーンまで用意したものだ。そう、あれはポーカーの会などではなく、ポルノ鑑賞の会だったのだ。もうおわかりだろう？」

ブラックバーンはひとさし指を宙に突きたてた。「集まりには錚々たるメンバーが顔を揃えていた。懐かしきレニー・ジョルコフスキーに、アンガス、ジェリー、そして、きみの親父さん。ルディの映写機はカタカタとやかましい音を立てたが、映像の質は……極上だった」霊感を得ようとでもするかのように、しばらく天井を見あげてからブラックバーンは言った。

それから不意に黙りこみ、その顔に浮かんだ動揺を味わうかのようにおれを見つめた。やがて酒瓶を手に取り、からのグラスに半分ほどウィスキーをそそぐと、それをこちらへ押しやってきた。

「驚いたかね。しかし、それが事実だ。ポルノフィルムの販売事業は、わたしが町へやってきたときにはすでに軌道に乗っていた。ささやかながらも堅実な販売網を州内に築きあげていた。ときには、南部から出向いてくる客もあった。はるばるアイオワ州からやってくる客も。だが、フィルムの大半はありふれた内容のものばかりだった。男と女。女と犬。どれもこれもみんな同じ、代わり映えのしない内容だ。つまり、商品に……《ウォール・ストリート・ジャーナル》ならなんと表現するか……そう、商品に個性を持たせることがしだいに難しくなっていったわけだ。だが、わたしはそこに商機があると睨んだ。わたしなら、多額の収益が見込まれるニッチ市場に参入するため、いわゆる梃子入れをすることができた。きみが好むと好まざるとにかかわらず、あの手のフィルムには膨大な需要があったのだ。まさに膨大な需要がな」

「児童ポルノは、性的倒錯者が見るものだ。法で禁じられてもいる」

「もし捕まれば、たしかに違法だ。それから、残るひとつの非難についてだが、それを決めるのはわたしでもなければ、きみでもない。ここはひとつ、ホッケーに譬えてみようじゃないか。パックは行きたいところへ飛んでいく。ここへ飛んでくるべきだと思うところへ来てくれるわけではない。ビジネスも同じことだ。

需要のあるところに供給はある。きみも日々、同じ原理で働いているのではないのかね。消費者はいずれにしても求めるものを手に入れる。銃も、煙草も、ヘロインも……こうしたものも」ブラックバーンはグラスの氷を軽く鳴らした。「たしかに、冷暖房のほうの事業は見せかけにすぎなかった。あの土地では、猫も杓子も暖房を売り歩いている。供給の飽和状態だ。そんなとき、膨大な需要を抱えながら、供給の乏しい市場、少なくとも当時は供給の乏しかった市場を見つけた。ただし、これだけは言っておこう、ガス。その事業で成功をおさめるためには、仲間が必要だった。たったひとりで背負いこもうとすれば、すべてを台無しにしてしまう。きみには耳の痛い話だな、ガス？　成功をおさめるには、協力しあえる仲間が必要だ。わたしにはアイデアがあったが、カネがなかった。どんなにいいアイデアを持っていようと、カネがなければなんにもならん。そこでたどりついたのが、きみの親父さんだった」

「おれの父が、あんたの胸くその悪いビジネスなんかに興味を持つはずがない」

「ルディのやつがいまここにいないのはじつに残念なことだ。いまわれわれにはインターネットがある。供給は遥かに効率を増した。そして、需要は無限だ。まさに無限なのだ、ガス。需要はどこまでも絶えることを知らない」

「嘘だ」

「ルディがどこからカネを手に入れてきたのかは知らん。だが、きみの親父さんはじつに決断力のある男だった」ブラックバーンは椅子から身を乗りだし、にやりと笑ってから、こう続けた。「きみはそうした資質を受け継いではいないようだな、ガス？」

父はキャデラックをほしがっていた。日曜にミシガン湖までドライブするときにしか乗れなくともいいのだと言っていた。そのために父は長年こつこつとカネを貯めつづけていた。ところが、ようやく充分なカネが貯まったとき、父はキャデラックではなく中古のポンティアック・ボンネヴィルを買い、残ったカネを投資にまわした。では、いったい何に投資したのか。退職基金か。おれに大学教育を受けさせることだったのか。いいや、なんだっていい。ブラックバーンの言う〝ニッチ市場〟でさえなければ。父がそんなものに手を貸すはずはない。土曜の夜のアルバイト先を母に偽ったことはあった。だが、そうした行動に走らせたのは、癌という不穏な死の宣告や、妻と息子が暮らしに困るようなことがあってはならないという責任感だったのだ。

「あんたは大嘘つきだ」

「わたしを信じる必要はない」ブラックバーンはふたたび椅子に深く沈みこみ、グラスを口に運びながら言った。「おふくろさんに訊いてみればいい」

「嘘をつくな！」おれは弾かれたように椅子から立ちあがった。反動でテーブルが倒れ、手つかずのグラスが弾き飛ばされた。おれはブラックバーンの手からグラスを払い落とした。グラスはテーブルホッケーのゲーム台にあたって砕け散った。「これはおれの親父やおふくろの問題じゃない。あんたと、あんたが餌食にしてきた子供たちの問題だ。あんたが自分で刑務所に行くか、おれがこの場であんたの息の根をとめるかのどちらかだ」

おれはブラックバーンの前に立ちはだかった。呼吸は乱れ、心臓は激しく脈打ち、拳は固く握りしめられていた。目の前にある顔を耳から引きはがしてやりたかった。

ブラックバーンは微動だにしなかった。「わたしの息の根をとめる？　スタヴェイション・レイクの刑務所にきみを受けいれる余裕などあるのかね？　いったいどうしたいんだ、ガス。本当にわたしを殺したいのか？　ならばやってみるがいい。そうすることで、きみやわたしの人生にどんな変化が生じるかをたしかめてみるがいい」

「おしまいだ。あんたはもうおしまいだ」

「そうだとも！」ブラックバーンはとつぜんの叫び声をあげると、おれが反応する隙も与えず、椅子にすわったまま腕を伸ばし、おれのシャツの襟をつかんで、自分のもとへ引き寄せた。おれは腕を振り払おうと必死にもがいた。毛深い指の関節が首を掻き、酒臭い息が鼻を撫でた。ブラックバーンは歯をむきだしてうなるように言った。「そうだとも、ガス。もうおしまいだ。いまここで……おしまいにしてやろう！」流れるような動作でブラックバーンは椅子からすっくと立ちあがると、腹の底から絞りだすようなうなり声とともに、おれを壁に突き飛ばした。おれは壁を背にしたまま体勢を立てなおし、次なる攻撃を待ちかまえた。だが、ブラックバーンは椅子の前に立ったまま、息を切らしながらおれを見つめていた。腰を折って酒瓶を拾いあげ、蓋をはずして、長々とウィスキーを喉に流しこんだ。それから手の甲で口もとをぬぐうと、酒瓶を持つ手をだらりと脇に垂らした。

「いいか、それはおまえであってもおかしくはなかった。ほかの誰でもなく、おまえの身に降りかかっていてもおかしくはなかったんだ。だが、おまえはわたしの敷地に近づくことを拒んだ。スワニーが自分の手で成功をつかみとろうとあがいていたとき、おまえはどこにいた？　それがおまえの望んだことだった。あるいは、おまえの母親が望んだことだった。それがいまはどうだ。おまえは町から逃げだした。わたしも町から逃げだした」ブラックバーンはふたたび瓶のままウィスキーを呷った。「もう帰れ。おまえがここへ来たことは誰も知らない。おふくろさんの待つ家へ帰れ。親父さんは安らかに朽ちるに任せておけ」

「親父が聞いたら、あんたの顔に唾を吐きかけるだろう」

「ほう、そうかね。話はこれで終わりだ。おとなしく去らなければ警察を呼ぶ」
ブラックバーンは酒瓶を手に提げたまま仕事部屋へ消えた。電話機に番号を打ちこむ音が聞こえてきた。
おれは玄関を出て、前庭の芝生を足早に横切った。闇が身を覆い隠してくれることに安堵を覚えながら、歩道を走りぬけ、ボニーに跳び乗った。住宅地を抜けるまで、ヘッドライトは消したまま走った。小型ショッピングモールの駐車場に入り、そこにボニーをとめて、思いだせるかぎりの会話の内容をすべて手帳に書きとめた。

パトロールカーの回転灯の光がバックミラーにぼんやりと映しだされたのは、ペンシルヴァニア州ピッツバーグの北西へ一時間ほど車を走らせていたときだった。レッカー車がボニーを運び去る準備を進めるなか、おれはローレンス郡保安官事務所から派遣されてきた警官ふたりに車に乗せられ、そのままオハイオ州との州境まで運ばれた。警官たちはそこで車をとめて、おれを後部座席から引っぱりだすと、今度はマホニング郡保安官事務所のパトロールカーの後部座席におれを押しこんだ。警官たちはいずれも口数が少なく、ほぼ無言を貫いていた。一時間かそこらごとに車がとまり、おれはそのたびに車をおりて、べつの保安官事務所の車に乗りこんだ。やがて車はミシガン州南端の州境に到達した。フロントガラスの向こうに、モンロー郡保安官事務所のパトロールカーが二台見えた。パイン郡保安官事務所のパトロールカーも一台とまっていた。その傍らで、耳当て付きの帽子をかぶり、屈強な身体つきをした警官がひとり、細い褐色の葉巻を吹かしていた。

「保安官の知りあいがずいぶんたくさんいるんですね」とおれは言った。

車がミシガン州を北上しはじめてから、半時間ほどが経過していた。ディンガスは運転席でハンドルを握り、おれは後部座席にすわっている。時刻は金曜の午前三時をまわろうとしていた。

「ああでもしなければ、州警察にきみをかっさらわれていただろう。ここに、ギャラガー判事からいただいた一枚の書類がある。今日の午後六時まで、きみの身柄はわたしが拘束できるという内容のものだ。だが、その時刻を過ぎれば、州警察に引き渡さねばならん。ただし……」

「ただし？」

「きみがわたしに何を打ちあけてくれるかによって、状況は変わってくる」

もちろんおれだって、すべてを誰かにぶちまけてしまいたかった。そのときを引き延ばせば引き延ばしたぶんだけ、ブラックバーンに逃亡の時間を与えてしまうこともわかっていた。けれど、すべてを聞いたディンガスはおれをどうするだろう。拘置所に入れられてしまったら、ジョーニーを助けることはできなくなる。あのフェデックスの小包だけで、ジョーニーにどれだけのことが伝わるだろう。だいいち、ブラックバーンにどんな逃げ道があるというのか。ブラックバーンが生きていることがひとたび世間に知れ渡ったなら、その居場所を突きとめることはそう難しくはないはずだ。

それに、父のこともある。父がしたかもしれないことや、しなかったかもしれないこと。ブラックバーンの語ったことはすべて嘘だと、自分に言い聞かせようともした。あの男はいまふたたびおれをたぶらかそうとしているだけなのだと。だが、もしそうでないとしたら？　どんな汚辱が父の墓に、そして、母の身に降りそそぐことになるのか。

「あなたの仕事を手伝うのがおれの仕事ではありません」

「ほう、そうかね」ディンガスはバックミラー越しにおれの目を見つめた。「ゆうべ町を抜けだすとき、わたしの目を欺くことができたと本当に思っているのかね？　あの裏道をわたしが知らないとでも思っているのかね？」

　おれは沈黙を貫いた。

「念のため言っておくが、きみが旧街道にたどりつくまでに使った一本一本の道まで、すべてこちらは把握している。戦艦並みの大きさをした車を追跡するのは、そう難しいことではない」

「待ってください。あなたはわざとおれを泳がせていたというんですか？」

　ディンガスは新しい葉巻に火をつけた。「アーホ保安官はコメントを辞退する」

「あなたはじつにふざけた人間だ、ディンガス」

　サクランボのような甘い匂いを放つ煙が車内に充満しはじめた。しばしの沈黙が垂れこめた。

　やがて、ディンガスが口を開いた。その目はふたたび、バックミラー越しにおれを見つめていた。「さて、きみがささやかな旅のあいだに見聞きしたことを、そろそろ話してもらおうか？」

31

拘置所の独房の扉が開く音で目が覚めた。

「起きたようね」ダーリーンの声がした。

小さな檻に囲まれた裸電球の光に目をしばたたきながら、おれは周囲を見まわした。陽がのぼる少しまえ、ディンガスは拘置所で車をとめると、この独房におれを押しこんだ。スーピーやほかの収容者から完全に隔離されたこの一角には、これまで一度も足を踏みいれたことがなかった。独房のなかには洗面台と便器が据えつけられていて、寝台の代わりにコンクリートの厚板が敷いてある。おれはその上で眠りこけていたのだった。

「ああ、そのようだ」おれはダーリーンに答えた。

「面会の方が来ているわ」ダーリーンは通路の先へ合図を送った。キャトリッジのあとについて、母とジョーニーが房の前にあらわれた。

「母さん……」母は目の縁《ふち》を真っ赤に染めていた。ジョーニーが隣から腕をまわして、母の肩を支えている。二日まえまで、このふたりは顔を合わせたことすらなかったはずだ。まったく、ジョーニーはたいした記者だ。

「スキップ、椅子を二脚持ってきてもらえるかしら」ダーリーンはキャトリッジに向かって言うと、母を振りかえり、いたわるように声をかけた。「少しお待ちになってね、ビィーおばさま」キャトリッジがその場を離れると、ダーリーンは房のなかに入り、おれに封筒をさしだした。「あなた宛てよ」

封はすでに開いていた。おれはなかから一枚の便箋を取りだした。ペンで綴った手書きの文字が見えた。

ガスへ
きみの身に降りかかった災難のことを聞きおよび、きわめて遺憾に思っている。もし弁護士が必要なら、遠慮なく連絡をよこしてくれたまえ。

敬具

フランシス・J・デュフレーン

追伸――われらが友、レオの思い出は、本日午後に営まれる葬儀でみなの心に刻みつけられることだろう。きみのぶんまで、レオの冥福を祈っておく。

封筒を洗面台のへりに置いたとき、キャトリッジが椅子を持って戻ってきた。母とジョーニーはおれと向かいあう位置で椅子にすわった。

「いま何時だい?」とおれは訊いた。


それを無視して、母は言った。「いったいどこへ行っていたの、ガス? どうしてわたしにひとことも言わずに、あんなふうに町を出ていったりしたの? どうしてわたしに隠しごとをするの? いったいあなた、どうしてしまったの?」

「べつにどうもしないさ。おれは至って正気だ」

「どこが正気なの。ディンガスが言っていたわ。今夜、あなたをデトロイトの拘置所へ移送することになっているって。それから、あなたの力になろうとはしているのだけれど、あなたがそれに応じないのだとも」

「ディンガスがそんなことを?」

町へと引きかえす道中ずっと、ディンガスはおれに質問を浴びせつづけた。おれがうとうとしかけるたびに、さらなる質問を投げかけて、おれを眠らせまいとした。おれは差し障りのない情報を少しだけディンガスに打ちあけた。だが、ディンガスがそれで満足するはずもなかった。ブラックバーンが生きていると聞かされても、さして驚いた様子はなかった。ほかに誰が関わっているのか、ブラックバーンの陰で糸を引いている黒幕は誰なのかと、おれを問いただしつづけた。その執拗さはまるで、自分ひとりでポルノフィルムの販売事業を切りまわすことなど不可能だとブラックバーンが語ったとき、すぐそばで盗み聞きをしていたのではないかと疑いたくなるほどだった。ディンガスはおれをこの独房に入れると、そのまま立ち去った。おれは父のことを思って、口をつぐみつづけた。

「ガス、そろそろ大人になってもいいころだわ」

「おれのことをそんなふうに思っていたのかい、母さん。けど、隠しごとをしているのはおれだけじゃないだろう？」

母の目から涙があふれだした。「いいんですよ、ビィー、気にしないで」ジョーニーが言って、それからおれに顔を振り向けた。「お母さまから、あなたにお話ししたいことがあるそうです」

「ああ」

「レオのことを話してあげてください、ビィー」

母はコートのポケットからポケットティッシュを取りだすと、そこから一枚引っぱりだして、涙をぬぐった。「まえにも話したと思うけれど、ジャックの事故があった晩、レオはわたしに、恐ろしいことをしてしまったと打ちあけたの」

「ああ、聞いたよ」

「とても自慢できるようなことではないわ。まえにも話したように、そのときわたしはレオの言葉に耳をふさいだの。レオは極度の興奮状態にあったわ。ひとたびジャックを罵ったかと思うと、次の瞬間にはいまにも泣きだしそうになった。レオが何を打ちあけようとしているのか、わたしには見当もつかなかった。だけど、ひとつだけ……そう、自分がそれを聞きたくないということだけはわかっていた。やがて警察がやってきた。レオはすっかり怯えきっていて、そんなことには頭がまわらなかったのでしょうね。でも、わたしはそこまで迂闊な人間ではなかった。レオの服が濡れていないことくらいは気づいていた」

「何が言いたいんだ？」

「わたしが言いたいのは……」母は不意に黙りこみ、やがて意を決したように口を開いた。「わたしが言いたいのは、レオが何を言おうとしていたのか、わたしにはわかっていたということよ。でも、気づいたのはずっとあとのことだった。そんなことはもうたいした問題ではないと思えるくらい、ずっとあとのことだった」

「いったい何に気づいたんだい、母さん」

「レオがジャックを逃がしたということよ」

「なぜレオはそれを恐ろしいことだと考えていたんでしょう？」ジョーニーが促した。

「たしかなことはわからないわ。でも、たぶん何か……何か間違ったことが……あの小屋で行なわれていたんじゃないかという気がしていた。余所《よそ》の町から呼び寄せた子供たちのために、ジャックが用意したあの小屋よ。ジャックと映画を見にいったあと、母屋のほうに寄ったことがあるの。そのときジャックが……いいえ、ただ、ジャックにはどこか風変わりなところがあった。とても風変わりなところがあった……」

頭蓋骨の内側で、脳みそがどくどくと脈打ちはじめていた。

「信じてちょうだい、ガス。あそこで何が行なわれているのか、わたしにははっきりわかっていなかった。それに……そう、答えを知りたくもなかったのかもしれない。でもせめて、あなただけはあそこに近づけまいとした。いまはそうしておいてよかったと思ってるわ。カナダの少年のことを、ジョーニーが話してくれたの」

「このことをディンガスには？」

「あなたと話をするまでは何も話さないと、ディンガスには言ったわ」

「ほかに隠していることは？」

母はセーターのポケットから小さく折りたたんだ紙を取りだし、それを膝の上に置いた。「あなたのお父さまのこと……あなたが答えを追い求めていたことはわかっていたわ。きっともう……ある程度のことは知っているわね」母はジョーニーをちらりと見やった。

おれもジョーニーに目を向けた。

「小包なら、まだ届いていません。吹雪の影響で配達が遅れているようです」

くそっ。おれは心のなかで毒づいた。それから母に顔を戻した。「父さんが何かに投資をしたことは知ってる。ブラックバーンが関わっている、なんらかの事業に」

「ちがうわ。あのひとがそんなことをするはずがない」母は首を振った。

「母さん、父さんが何かに投資をしたのはたしかだ。そのことはおれだって当時から知っていた」

「ルディが何をしたとしても、それはすべてわたしたちのため、何よりあなたのためにしたことだわ」

「そういうきれいごとはもうやめにしないか、母さん。父さんはもうこの世にいない。何かおれに打ちあけることがあるなら、はっきり言ってくれ。土曜の夜に父さんがやっていたアルバイトはなんだったんだ？　父さんはいったい何に投資をしたんだ？」

「もう少し冷静に話をしましょう」ジョーニーが言った。

おれの言葉など耳に入らなかったかのように、母は淡々と話しはじめた。「毎週金曜の夜に、ルディはあのポーカーの会に出かけていったわ。そして——」

「ブラックバーンの家にだろう？」

「ええ、ときには。でも、ジャックが町にやってきたのは、ルディが亡くなるほんの一、二年まえのことだった。ポーカーの会はそれよりずうっと昔から開かれていたわ」

「それで？」

「しばらくすると、ポーカーの会に行くとき、ルディはうちからこっそり映写機を持ちだすようになった。このあいだあなたが同じようにこっそり持ちだそうとした、あの映写機よ。わたしはそれに気づかないふりをした。男同士のたわいないお楽しみなのだと思っていたかった。でも、ルディはわたしに隠れてこそこそ何かをするようなひとじゃなかった」

「それがなんだっていうんだ？」

「まるであのひとらしくない行動だったということよ」

「土曜の夜のことはどうなんだい。父さんが一時期やっていたアルバイトのことは？」

「あれは、もう少し余分なおカネがほしかっただけ。あなたの大学資金を積み立てはじめたところだったから。それに、キャデラックを買うためのおカネもまだ貯まっていなかったから。めくじらを立てるほどのことじゃないわ」

「乳房を丸出しにした女たちがあふれている職場でも？」

「言葉に気をつけなさい」と母は言った。房の外を見やると、ダーリーンはおれから目を逸らした。「ルディがどこで働いているかなんて知らなかった。気づいたのはしばらくあとのことだったわ。あれはちょうど従弟のエディが戦死した直後で、ルディの様子がおかしくなっていた時期だったの。いずれにしても、そこはお給料がとてもよかったから、すぐに目標の金額に達した。ルディがそこで働いていたのは、ほんのいっときのことだったわ」

「ほんのいっときでも、いかがわしい連中と知りあうには充分だった？」

母はおれを無視して、折りたたまれた紙を開いた。

「いつかキャデラックを買うのがあのひとの夢だった。

お医者さまから病気のことを聞かされたとき、わたしはあのひとにその夢を叶えてもらおうと決めたわ。でも、ルディはべつの車を買うと言い張った。余った千ドルはある事業に投資するんだと言って聞かなかった。そんなことはやめさせようと説得したけれど、あのひとの性格はあなたも知っているでしょう?」

「その事業というのは?」

「あなたはきっと気にいらないでしょうね」

「いいから教えてくれ」

「ルディはわたしにはいっさい話してくれなかった。おカネの使い道については、何ひとつ説明しようとしなかった。あのころはどこの家庭もそういうものだったの。わたしが聞かされたのはただ、かならずや見返りがあるということだけだった。でも、ルディが誰かを傷つけるようなことをするはずがない。あなたのお父さまはとても善良な人間だったわ」

「そのカネはブラックバーンに渡したんじゃないっていうのかい」

「ええ。ルディがおカネを渡した相手はフランシスよ」

一瞬、思考回路が停止した。「フランシス? デュフレーンのことか? フランシスがどうしてブラックバーンの事業と関わってくるんだ?」

「あのふたりは不動産の開発を数多く手がけていたんじゃなくって?」

「ああ。だが、それは父さんが死んだ年よりずっとあとのことだ。それじゃ、父さんは不動産に投資をしたってことなのか?」

「詳しいことはわからないと言ったでしょう。わたしにわかっているのは、ルディが亡くなったあと、あの家の固定資産税を支払うおカネがなくて困っていたとき、フランシスが救いの手をさしのべてくれたということだけ」そう言うと、母は膝の上に置いていた紙をおれにさしだした。「これは去年のものよ」

「税金の支払いに困っているなんて、おれにはひとことも言わなかった」

「あなたは町にいなかったからよ、ガス。そのときはデトロイトにいたわ」

手渡された紙は、パイン郡の財務局が発行した受領書とファースト・デトロイト銀行から振りだされた支払い済み小切手をコピーしたものだった。受領書によると、ビアトリス・カーペンターが所有する家屋に課せられた固定資産税、五百四十二ドル六十一セントの支払いが一九九七年十二月五日に完了していた。同額の小切手には、フランシス・J・デュフレーンの署名がなされていた。では、父はあの千ドルをとにもかくにもフランシスに託し、フランシスは何年も経ったのちに母の税金の支払いを肩代わりすることでそれに報いたというのか。それが父の言う〝見返り〟だったというのか。

そのとき、不意にジョーニーが口を挟んだ。「それはそうと、昨日あなたが電話を切ってしまったとき、言いかけていたことがありまして。ビッグフットの取材で集めた資料を読みかえしていたら、あるものを見落としていたことに気づいたんです。パールマターに多額の助成金を給付することを決定した委員会の長を、デュフレーンが務めていました」

おれはフランシスの署名を見つめていた。ここにある何かを、どこかで目にしたような気がしてならない。洗面台に置いてあった封筒をつかみ、便箋に綴られた筆跡に目を凝らした。

「ジョーニー、あの銀行の原稿はもう仕上げたのか?」

「そんなこと、いまの話と何か関係があるの?」母が眉をひそめた。

「なぜそんなことを?」ジョーニーも眉根を寄せた。

「仕上げたのか、どうなんだ?」

「ええ、六インチの記事に仕上げました」

「どの銀行がどの銀行を買収したんだ？」

「なぜそんなことを訊くんです？」

「どの銀行だ？」

「そう急かさないでください。たしか、ニューヨークのシティなんとか銀行が、ファースト・デトロイト銀行を買収したんです。それがどうかしたんですか？」

「それで、ファースト・デトロイト銀行の傘下にある銀行は？　ケラソプーロスの知人が、買収された銀行の役員だと言ってなかったか？」

「ええ、そうです。いまはただファースト・デトロイト銀行と呼ばれていますが、以前は――」

「シャルルヴォア・ファースト・フィッシャーマン銀行と呼ばれていた……」

「そのとおりです。それがどうかしたんですか？」

床にくずおれるのを防ぐには、コンクリートの寝台を握りしめなければならなかった。手の平を離れた紙がはらりと床に落ちた。「どうしたの、ガス。顔色が悪いわ」母が言うのが聞こえた。

鉄格子の扉が軋みをあげながら開いた。「時間よ」

ダーリーンが言った。

母は弾かれたように後ろを振りかえった。「お願い、ダーリーン・ボントレガー。あと少しだけ」そう言って、ダーリーンに旧姓で呼びかけた。

「二分だけですよ」とダーリーンは答えた。

母は椅子から立ちあがり、おれの隣にすわって肩を抱いた。

「ガス、どういうことなの？」

「どうしてもっと早くに話してくれなかったんだ？レオのことも。父さんや、父さんのアルバイトや、映写機や、投資のことも。どうしておれに話してくれなかったんだ？」

「本当に理由が知りたいの？」

「ああ、知りたい」

「わかったわ」父はもう帰ってこないと告げたとき以

来一度も見せたことのないまなざしを、母はいまおれにそそいでいた。「じつを言えば、とても単純な理由よ。あなたに話さなかったのは、話す必要がなかったから。でも、たとえその必要があったとしても……あなたのほうからそれを知りたいと言ってきたとしても……あなたにはまだ、それを知る用意ができていなかった。それを知るには幼すぎた」

「三十四歳の大の男が？」

「三十四歳でも、二十五歳でも、十四歳でも同じこと。年齢なんて関係ないわ。あなたたちは……あなたも、スーピーも、ほかのメンバーも、高校を卒業したのをきっかけに、大人になることもできた。けれど、あなたたちは永遠に子供でいることを選んだ。それが何より重要だとでもいうように、くだらない勝負をいつまでも続けることを選んだ」

おれは床を見すえたまま言った。「それが重要じゃないってことくらいはおれにもわかってるよ、母さん」

「いいえ、わかってないわ。あなたはいつまで経っても子供みたいにふるまっている。地に足をつけて自分の人生と向きあうことを避け、あちこち逃げまどってばかりいる。あなたはこの町を、あなたの愛する町を捨てた。あんなちっぽけな試合で、あんなちっぽけな失敗を犯したというだけの理由で。たったそれだけの理由で、愛する者を捨てた」母がわざわざ後ろを振りかえらずとも、ダーリーンのことを言っているのはわかっていた。「その代わりに、ばかげた賞と、ばかげたジンクスにしがみついた。あなたの……なんといったかしら。あなたが後生だいじにしていた、あのグローブ。あんなものが本来の自分にはない力を引きだしてくれると、本当に信じているの？」母はポケットティッシュをポケットに戻しながら続けた。「あなたを愛してるわ、ガス。でも、わたしの知っていることをあなたに話すことで、あなたがもっと遠くへ行ってしまうのが怖かった。あなたはもうすでに、わたしから遠く離れてしまっていたのに」

母の言葉が重くのしかかるのをしばらく待ってから、おれは言った。

「それはどうもありがとう」

「ごめんなさい、ガス」

「なんのためにこんなところまでやってきたんだ？」

「あなたのためによ」

「くだらない御託はもうたくさんだ」

「ガス！」ジョーニーが非難の声をあげた。

「母さんが隠しごとをしていたのは、おれのせいだっていうのか？　冗談じゃない。母さんはもっと多くを知っているはずだ。ジョーニーが口車に乗せて訊きだしたことより、ずっと多くを。母さんはそれを遥か昔から知っていた。だが、スパーデルに他言を禁じられたから、口をつぐんできた。自分の息子にさえ打ちあけなかった。それが正しい行ないか？　ただ口を閉ざしつづけて、小切手を懐におさめつづけることが？　なんなら、いまからフランシスに会いに行ったらどうだ？　忌々しい税金を払ってくれた礼を言ったほうがいい」

ジョーニーが立ちあがって、母に手をさしだした。

「もう充分です」

全身の神経が皮膚から突きだしているような気がした。誰かを幸せにできるような言葉を、どうしたら口にできるだろう。まだ誰も知らないどんなことを、おれが知っているというのだろう。ディンガスにここへ引ったてられたときから、おれにはなんの答えも見いだせていない。ただひとつ、フランシスに関すること以外は。フランシス・J・デュフレーンと綴られたあの署名が頭を離れなかった。

「時間を無駄にさせてすまなかった」とおれは言った。

「謝ってばかりいるのはもうおやめなさい。そんなことをされても気が滅入るだけだわ」と母は言った。

ダーリーンが扉を支えて、母を通路に通した。ジョーニーは房のなかに残った。

「わたしの高校にいた司祭の話を覚えていますか？」

「司祭？　それがどうかしたか？」

「これを置いていきます」ジョーニーは上着のポケットから一枚の紙を引っぱりだし、それまですわっていた椅子の上に置いた。「その様子じゃ、いまさらなんの役にも立たないでしょうけど」

「いったいなんの話だ？」とおれは問いかけた。だが、ジョーニーはダーリーンに袖を引かれて、母とともに通路を歩き去った。

　コンクリートの寝台に横たわり、目を閉じてみたものの、眠れそうにはなかった。ほどなくジョーニーとトーニー・ジェインがあの小包を開ける。おれに取材をしようと、トーニー・ジェインはここまで面会にやってくるだろうか。

　寝台の上に起きあがり、ジョーニーが置いていった紙をつかんだ。ミシガン州エスカナーバの《デイリー・プレス》に三カ月まえに掲載された記事のコピーだった。

凶悪性犯罪者に裁きのメス

本日、デルタ郡巡回裁判所において、未成年者に対する性的虐待の容疑を問われている地元在住の男の罪状認否が行なわれる。

昨日《さくじつ》、ジェフリー・ドナルド・シャンパーニュ（三十三歳）は、エスカナーバ近郊に借り受けているバンガローにおいてエスカナーバの警察当局に逮捕された。

　事件の詳細はあかされていないが、エスカナーバのゴーントリット小学校でシャンパーニュが体育教師を務めているあいだに知りあった、十二歳の少年が被害に遭ったものと目されている。少年の氏名は公表されていない。

シャンパーニュは一九九六年の秋より、非常勤講師および野球部コーチとして同校に雇われていた。警察の発表によると、シャンパーニュには以前にも、キャルメット在住の少年に対する強姦の容疑で起訴されながら、少年の両親が少年の証言を拒んだことにより起訴が取りさげられたという前歴がある。

また、シャンパーニュの出身地がロウアーミシガン北部に位置する田舎町、スタヴェイション・レイクであることもわかっている。

「じつに残念な話です」と、デルタ郡保安官事務所ビリー・フーパー保安官助手は語る。「どうやら被疑者はこの町へやってくるまでの数年間、方々の町を転々としていたようです。性犯罪者が管轄内に移り住んできた場合に備えて、われわれも目を光らせてはいるのですが、あいにくこの被疑者には前科の記録がなかった」

現在、シャンパーニュはデルタ郡拘置所に収監されている。


「嘘だ……」口からつぶやきが漏れた。

「どうかした？」ダーリーンが鉄格子の向こうから声をかけてきた。いつのまに戻ってきたのだろう。

「なんでもない」とおれは答えた。

この被疑者が、〈リヴァー・ラッツ〉に在籍していたあのジェフ・シャンパーニュであることは間違いなかった。だが、この保安官助手があのビリー・フーパーである可能性だけは信じたくなかった。ビリー・フーパーという名の人間なら、州内だけでもごまんといるはずだ。

ダーリーンが鉄格子の扉を開け、房のなかに入ってきた。「そろそろ観念なさい、ガス。デトロイトに戻りたくはないはずよ」

「だったら、州警察を引きあげさせてくれ」

「わたしたちにそれはできない。それができるのはあなただけだわ」

「できることはすべてやった。きみにもいまにわかるだろう。それより、いま何時だ？」

ダーリーンは腕時計に目をやった。「そろそろ行かなくちゃ」

「行くって、どこへ？」

「レオの葬儀へ」

「それじゃ、みんなによろしくと伝えておいてくれ。それから、明日の《パイロット》を楽しみにしていてくれと」

「だったら、自分で伝えればいい。さあ、行くわよ」

ダーリーンの表情は真剣そのものだった。

「さあ、早く。葬儀に遅れてしまうわ」

「ディンガスの許可はとってあるのか？」

ダーリーンはおれに歩み寄り、肘をつかんで言った。

「ディンガスなんて知ったことですか」

ダーリーンは保安官事務所のパトロールカーを駆ってルート八一六号線を突き進み、しばらくすると北へ折れて、レイデンサック街道に入った。おれは後部座席から窓の外を見つめていた。ダーリーンがかけてくれたコートを肩に羽織って。ダーリーンは独房からおれを連れだし、駐車場に抜けだすと、そこにあった車のなかから保安官事務所支給のフード付きコートをつかみとり、それをおれの肩にかけてくれていたのだ。あくどい商売で評判のモテル、ジャングル・オブ・ザ・ノースの前を通りすぎた。パールマターの住まいを訪れた際、ここで道を折れたことを思いだし、運転席に行き先を尋ねた。ダーリーンはこちらを見やりもしなかった。さらに一マイルほど進んだところで、ダーリーンは車を路肩にとめ、エンジンを切った。路肩には、ほかに七、八台の車やトラックがとまっていた。

母のジープも見えた。

ダーリーンは運転席をおりると、車の後部をまわって、後部座席のドアを開けた。

「こんなことをしたら、おれはのちのち困ったことになる」

「正しいことをしさえすれば、そんなことにはならない」

ダーリーンはおれの肘をつかんで外に引っぱりだし、そのままそこで待てと命じた。「ダーリーン、いったいどういうことだ？」とおれは問いかけた。ダーリーンはそれを無視して運転席へ戻り、無線機のマイクをつかんだ。何を喋っているのかは聞こえなかった。だが、首を振ったりうなずいたりする様子には、切迫した何かがあった。ダーリーンは無線を切ると、車をおりて、キーを片手におれに近づいてきた。

「いまだけ手錠をはずすわ。ただし、下手なことは考えないで」

「どうしてこんなことをするんだ？」

「そうね……あなたに最後のチャンスをあげようとしているのかもしれない」

道路を渡り、木々のあいだを縫いながら、真新しい足跡のついた小道をたどっていくと、森のなかの空き地に出た。十数人の男女が輪をつくり、雪が掻きのけられたところから覗いている冷え冷えとした褐色の土壌を囲んでいた。土壌の中央には、赤と白の不恰好な容器が据えられている。あとから知ったことだが、その容器は、レオの整氷車エ・セルのバンパーから切りとったスチールの断片を材料にしてこしらえたという骨壺だった。なかには、火葬されたレオの遺骨がおさめられていた。

警察がレオの自宅を捜索した際、押収品のなかからタイプ打ちされた遺書が発見されており、そこに、遺灰はブラックバーンとふたりでよく焚き火をしていた空き地に撒いてほしいとの要望が綴られていたのだという。レオはけっして皮肉屋ではなかった。そうした日々を懐かしむレオの心情に、ほろ苦さ以外の何かが隠されているのではないかと勘ぐることはできなかった。たとえ何があろうと、ブラックバーンはレオにとってかけがえのない親友だったのだ。おれは参列者を見まわした。ウィルフ。ジルチー。タッチ。エルヴィス・ボントレガーとその妻。フロイド・ケプセルとその妻。フランシス・デュフレーン。ギャラガー判事。そして、ジョーニーに身体を支えられている母。ダーリーンはおれを先導して輪の一角を割り、エルヴィスやデュフレーンと向かいあう位置におれを立たせた。全員がおれに視線を向けてきた。

「すみません。続けてください」とダーリーンは言った。

「ダーリーンや、何も謝ることはない。葬儀はちょうどこれから始まるところだ」エルヴィスが言った。小脇に抱えていた聖書を取りだすあいだ、その目はずっとおれを睨《ね》めつけていた。

もしレオがなんらかの教派に帰依しなければならないとしたら、中毒患者救済支援の教派を選んでいたことだろう。レオの遺した遺書のなかには、〝葬儀に聖職者の司式はいらない。聖書の一節を読みあげるだけでいい〟とはっきり明記されていたという。

「心の貧しいひとたちは幸いである。天国は彼らのものである……」

聖句の朗読を終えると、エルヴィスは短い弔辞を述べはじめた。多大なる貢献によって〝町を支えた柱石〟とレオを称え、レオの死は〝一時代の終焉〟であり、スタヴェイション・レイクの〝繁栄の幕切れ〟を告げるものだと語った。続いてフロイド・ケプセルは、レオの穏やかな気質があったればこそジャック・ブラックバーンの熾烈な競争心が際立ったのだとし、レオには〝勝利への欲求だけではない何かを子供たちにもたらす〟ことができると見通していたとして、ブラックバーンをも褒め称えた。エルヴィスもケプセルも、レオの死の状況や、レオが拳銃をこめかみに押しあて、みずから引鉄《ひきがね》を引くに至った経緯についてはいっさい触れようとしなかった。まるでレオが眠りながらにして息を引きとったかのような口ぶりだった。

続いて、フランシス・デュフレーンが一歩前に進みでた。太鼓腹の上で両手を組みあわせると、欺瞞に満ちた駄弁を弄しはじめた。

「今日という日は、われらが栄《は》えある町にとっての新たな悲劇だ。よき友にして善良なる男が死に伏した。いまわしが〝死に伏した〟という表現を用いたのは、むろん、みなが知ってのとおり、レオの死の痛ましい状況を思ってのことだ。その死がいかにわしらに衝撃を与えたか、その死がいかにわしらを心底まで悲しませたかを思ってのことだ。このように小さな町において、整氷車の運転手はみなから親しまれる存在だ。ちがうかね？」数人の頭がゆっくりと縦に振られるのを見届けてから、フランシスは続けた。「しかし、どうやらわしらのうちの誰ひとりとして、レオ・レッドパスを充分によく知る者はなかったらしい。そのことでわしらはおのれ以外を責めることはできん。わしもまた、深くおのれを責めておる」

腹の底から嗚咽がこみあげようとしていた。だが、おれは強いてそれを押しとどめ、急ごしらえの骨壺をじっと見つめた。考えていたのはレオのことではなかった。拘置所にいるジェフ・シャンパーニュのことだった。エスカナーバにいる十二歳の少年のことだった。〈リヴァー・ラッツ〉にひとつだけあいたレギュラーの空席につこうと躍起になっていたころのジェフのように、痩せっぽちのウィングだったころのジェフのように、その少年もホッケーをすることがあったのだろうか。ジェフがかつてブラックバーンを仰ぎ見ていたように、その少年もまた、自分の体育教師を仰ぎ見ていたのだろうか。

　むろん、そうにちがいなかった。

「あれは十年まえ、今日という日にほど近い三月のことだった」フランシスの声が物思いを破った。「あの日、同じく悲劇的な状況で、わしらは親愛なる友、ジャック・ブラックバーンを失った。ジャックもまた、よき友にして善良なる男であった。諸君の言いぶんも、先人らの言いぶんも至極もっともではある。だが、わしはいまこう思う。ジャックの死後、われらが友であるレオのことをもっと気にかけてやっておったなら、今日わしらはここにおらんかったやもしれん」フランシスはそこで言葉を切り、参列者の顔を見まわした。「この一週間、遥か遠い昔にジャックとレオのふたりに何が起きたのかについて、わしらは多くの仮説や憶測を耳にしてきた。わしに言わせるなら、すべてはまやかしの仮説や憶測だ。この一週間をよくよく振りかえった結果、わしはひとつの結論に達した。ここにいるオーガスタスは異論を唱えるかもしれん。むろん、オーガスタスにはオーガスタスのなすべき務めがある。そして、ダーリーン。おまえさんや、おまえさんのボスにもなすべき務めがある。それでもわしには、こう思えてならんのだ。過去を突つきまわし、ほじくりだすことになんの意味があるのか。わしに言わせれば、そんなことをしても悲しみ以外の何ものももたらさん。あえて言わせてもらおう。もしわしらが過去に余計な干渉をすることさえなければ、今日わしらがここに立っていることも、レオが灰になることもなかったろう。オーガスタスがこんなことになることも、キャンベルの息子が拘置所に収監されることも、セオドアが病院送りになることもなかったろう」

「まさに然り」エルヴィスが相槌を打った。

　エルヴィスは何を知っているか。何ひとつ知りはしまい。この町の人間の誰が、すべての真相を知っているというのか。おれには自分を責める以上に、町の人々を責めることはできない。彼らが責めを負うべきは、みずからの無知でしかない。彼らの望みは、自分の暮らしを守り、成功を願うことだけなのだから。父は自分の投資した千ドルの行きつく先を知っていたのか。そうかもしれないし、そうではないのかもしれない。いまさら父をとめることもできない。

フランシスが組んでいた手を離し、目の前に突きだした。「さて、諸君。いまわしは諸君に、そしてこの善良なる町に暮らすすべての人々に、切に願おう。ジャック・ブラックバーンとレオ・レッドパスの思い出に敬意を表して、ふたりを安らかに眠らせてやろうではないか。彼らはみずからの人生をまっとうした。彼らは善良な人間であった。完璧な人間ではなかったかもしれんが、善良な人間であった。そしていま、彼らは息絶え、この世を去った」フランシスはギャラガー判事とダーリーンとおれとを順に見やってから、こう続けた。「彼らがいまどこにいようと、わしと同じく、その単純な願いが聞き届けられることを切に求めることだろう。今日こそわしらはこれを最後に、ふたりを永遠の眠りに葬ろうではないか」

おれは一歩前に踏みだした。

〝彼らがいまどこにいようと〟とフランシスは言った。レオがいまどこにいるのかはわかりきっている。現時点では、ブラックバーンがいまどうしているのかはわからない。おれが身勝手にも必死で打ち消そうとしている事実がひとつある。ブラックバーンはいまもなお野放しになっている。今後、ブラックバーンが犯行を思いとどまることはない。ブラックバーンには、自分で自分を思いとどまらせる力がないからだ。その犯行を手助けする人間も大勢いるからだ。そうして、ブラックバーンのもたらす恐怖は今後も幾度も繰りかえされていく。ジェフやテディやスーピーのように、破滅の道へ追いやられた少年がどこまでも増えつづけていくことになるのだ。

「断る」とおれは言った。

「なんだと?」エルヴィスがまなじりを吊りあげ、姪に顔を向けて言った。「ダーリーン、自分の囚人をちゃんと監視しておくこともできんのかね?」

「場合によります」とダーリーンは答えた。

「いや、是非とも言いぶんを聞こう」フランシスが言った。「オーガスタスはあのふたりをよく知っておった。さあ、言ってみなさい」

フランシスは片手をおれにさしだした。その影がレオの骨壺の上に落ちた。おれはその手を取らなかった。フランシスはブラックバーンがどこにいるのかを知っている。十年まえからずっと知っていたのだ。

おれはまっすぐフランシスを見すえたまま口を開いた。「レオの身に起きたことはおれたちの責任ではない。この町の責任でもない。あんたはそれをわかっているはずだ」

「ほう、となると、わしらは見解が異なるという点でのみ、見解が一致することになりそうだな」

「いいや、これは見解の問題じゃない。あんたにはわかっているはずだ」

「わしが何をわかっておるというのだね?」

「ジャック・ブラックバーンが善良な人間などではなかったってことだ」

「こいつはいったいどういうことだ?」エルヴィスが横槍を入れた。

「少し黙っていて、エルヴィス叔父さま」ダーリーンが言った。

「このガス・カーペンターはジャックに恨みを持っておるのだろう。なんせ——」

「そのお喋りな口を閉じなさい、エルヴィス・ボントレガー。わかったわね?」母が言った。

「オーガスタス、おまえさんはわしの友人だと思っておったがな。わしはできるかぎりおまえさんの力になってやろうとしてきたつもりだ。ちがうかね?」フランシスが言った。

「そのとおりです。たとえば、湖の浚渫が否決されたときの議事録を調べろと教えてくれたこともある。そのあとで、あんたはバーテンダーのルーブに命じて、郡書記官から議事録を借りださせた。おれに議事録を見せないために。あんたはおれのことを、かなりの抜け作だと思っているようだ」

「とんでもないぞ、オーガスタス」

「事務室に吊るされている古いカレンダーのことはどうです?」

「カレンダー? はて、いったいそれがなんだというのだ?」

「あんたはあのカレンダーを取引先の銀行からもらってきた。そう、シャルルヴォア・ファースト・フィッシャーマン銀行から。その後、フィッシャーマン銀行はファースト・デトロイト銀行に買収された。それでもあんたはその銀行と手を切らなかった。間違いありませんね?」

「いったいなんの話をしておるのだ、オーガスタス。いまは葬儀の最中だ。ビジネスの話をする場ではなかろう」

そのときとつぜん、ギャラガー判事の堂々たる声が響いた。「質問に答えてやってはどうだね、フランシス」

フランシスはギャラガーに顔を振り向けた。驚きを隠すことはとうていできていなかった。「なるほど。よかろう。たしかに、わしはいまもその銀行と取引を続けておる。それの何が問題なのだ?」

「あんたは一九八八年四月に、その銀行口座から振りだされた小切手を切った。コーチの事故……いや、コーチの失踪事件からほんの数週間後、四月十二日のことだった。額面は二万五千ドル。受領者はアンガス・キャンベル」

「わしは数えきれないほどの人間に、数えきれないほどの小切手を切っておる」

「口どめ料として二万五千ドルの小切手を?」

フランシスは腹の上で腕を組んだ。「なんの話だね?」

遠くでむせび泣くサイレンの音が聞こえた。

「なんなら証拠をお見せしましょう。ジョーニー、きっとそのバックパックのどこかに、あのマリーナの領収書のコピーが入っているんだろう?」

「もちろんです」とジョーニーは応じた。しばらくバックパックのなかを引っかきまわしてから、ようやくそれを見つけて、おれにさしだした。

おれはその紙をフランシスのほうへ掲げてみせた。

「どうです? ほら、ここに、〝全額支払い済み、CK五二六一、ファースト・デトロイト銀行〟とある。これはアンガスではなく、あんたの筆跡だ、フランシス。おそらく、あんたはアンガスを信用していなかったんでしょう」

フランシスはくつくつと含み笑いを漏らした。「そこにわしの署名が添えられているというなら、わしもそれを認めざるをえんがな」

「署名はインクが滲んでいて読みとれない。だが、ここを見てください」おれは領収書のコピーをさらにフランシスに近づけ、ある一点を指さした。「〝ジェリーボート〟なんて言葉が自分の正体をあかしてしまうとは思いもしなかったんでしょう」

それに気づいたのは、拘置所の独房で、フランシス・J・デュフレーンと署名の入った小切手のコピーを母から見せられたときのことだった。署名の〝J〟の筆跡が〝F〟のように見えること。そして、跳ねあがった尻の先が、釣り針のように小さな弧を描いていること。

「すまんが、わしにはなんのことやらさっぱりわからん」

「いいや、わかっているはずだ」サイレンの音はいまや耳を聾するほどだった。空き地を取り囲む木立のすぐ向こうまで迫っているようだ。「お仲間のクレイトン・パールマターについてはどうです？　あんたはパールマターの口も封じるため、州から多額の助成金を受けとれるよう手をまわした。口封じのためだけに、ずいぶん大勢の人間にカネを払ったようだ」

「クレイトン・パールマターだと？　あんな世捨て人の老人とは、これまで五分と言葉を交わしたこともないわ」フランシスはダーリーンに顔を向けた。「こんなばかげた話は——」

「あんたはそこにいた。いや、ここにいた」言いながら、おれは地面を指さした。「あんたはあの晩、あの焚き火が熾された晩、ここにいた」何人かがはっと息を呑む音が聞こえた。「ここにはブラックバーンと、レオと、スーピーと、あんたがいた。ブラックバーンが死んだとみんなが信じこんでいるあの晩に、あんたはここにいたんだ」

「信じこんでいるだと？」エルヴィスが声をあげた。

「スーピーが現場から走り去ったあと、あんたは木陰から姿をあらわした。そして、ジャック・ブラックバーンをスタヴェイション・レイクから永久に追放した。ブラックバーンに〝度が過ぎた〟と告げたのはあんただ。ブラックバーンは湖になど沈んでいない。自殺などはかってもいない。あんたはブラックバーンを生かしておくことを選んだ。ポルノフィルムの販売事業を続けるために」

「まさか、そんな……」母の声が聞こえた。

「そんな話は愚の骨頂だ」とフランシスは言った。

「まさしくそのとおり」エルヴィスが追従した。「しかし、それももうお開きだ。拘置所からのお迎えが来たようだぞ、ガス」

全員が小道を振りかえった。雪を頂いた木立のなかから、ディンガスが姿をあらわした。そのあとにキャトリッジとダレッシオが続いた。参列者の輪を割って、ディンガスはその中央に進みでた。ダーリーンを一瞥してから、おれに顔を向けた。

「こんなところで何をしているのかね？」

「よく来てくれたな、ディンガス」フランシスが横から口を挟んだ。「このオーガスタスは、拘置所に閉じこめられておるあいだに気がふれてしまったにちがいない。いまのいままで、ひとりの……いや、ふたりの善良なる故人を辱めるようなことを口走っておった。正気とは思えん御託を並べてな」

「ほう。たとえばどのような？」そう訊きながら、ディンガスはベルトに挟んでいた手錠を手に取った。

おれはふたたびフランシスに向きなおった。「フランシス、リチャード有限会社の大株主は誰です？　あの会社はなぜ、ブラックバーンのかつての所有地の税金を支払いつづけているんです？」

「ディンガス、さあ、早く」とフランシスは言った。その声は怯えを滲ませていた。あと一歩だ、とおれは思った。

「ブラックバーンはいまどこにいるんです、フランシス？」

「そいつをここから連れ去ってくれたまえ、保安官。そうすれば、わしらは死者の霊に敬意を表し、葬儀を滞りなく終えることができる」

「ジャック・ブラックバーンはどこだ？」おれはもう一度問いかけた。

フランシスは一歩おれに詰め寄った。その目を見るなり、全身に悪寒が走った。

「やつがどこにおるかなどわしは知らん。おまえとて知りもせんのだろう。おまえには何ひとつわかっちゃおらん。そうだろう、オーガスタス？」それだけ言うと、フランシスはディンガスを振りかえった。「保安官？」

ディンガスはおれとフランシスのあいだに進みでて、手錠の音を響かせた。

32

フランシス・デュフレーンの逮捕を受けて、ギャラガー判事はさらに何枚かの書類を交付し、おれの身柄の引渡しを求める州警察の訴えを退けた。その後、ギャラガーの法廷において幾度か珍問答が繰りかえされたのち、州警察とスーペリアー・モーターズ社はおれの訴追をあきらめた。

ジョーニーとおれは三週にわたって、ブラックバーンとフランシスに関するニュースを連日一面に掲載した。ほどなく、キー局の中継車が目抜き通りにひしめくようになった。全国各地から押し寄せてきた記者たちが、ディンガスのコメントやオードリーのエッグパイを目当てに列をなすようになった。だが、スクープは《パイロット》が独占しつづけた。

あとでわかったことだが、ダーリーンはおれを拘置所から無断で連れだしたのではなかった。ディンガスもすべてを承知していたのだ。独房でのおれと母との会話に耳を澄ませていたダーリーンは、鋭く直感を働かせた。そして、フランシスの自宅を捜索するようディンガスを説きつけた。ギャラガー判事は即座に家宅捜索令状を出した。ダーリーンは携帯型無線機を懐に隠し持って、レオの葬儀に参列した。ディンガスはすべての会話を聞いていた。パトロールカーのトランクにはすでに、フランシスの自宅から押収した写真やビデオテープが満載されていた。ビデオテープのラベルには、おれがブラックバーンの本棚で見たのとそっくり同じ、謎めいた分類記号が書きこまれていたという。

これまでずっと、町の人々はこう信じてきた。フランシスは一九六〇年代に五千ドルの遺産を相続し、それを元手に不動産への投資を繰りかえした結果、何百万ドルもの大金を手にするに至ったのだと。だが、真相はちがった。フランシスはおれの父の千ドルのほか、その他数名の事情を知らない出資者たちからカネを集めた。そしてそのカネを元手にして、ジャック・ブラックバーンの協力のもと、児童ポルノの事業を興したのだった。ディンガスの力添えを得て、おれとジョーニーはポルノフィルム販売網の究明に乗りだした。その結果、主にインターネットを介してフィルムや写真を売買している小児性愛者のネットワークを暴きだした。供給者、販売者、購買者から成るネットワークは、州を越えて遥か広範囲におよんでいた。その複雑に入り組んだ網状組織の中核をなしていたのが、フランシスだった。郵便詐欺、脱税、児童ポルノ所持の容疑で、フランシスの身柄はFBIに移された。

フランシスの最も信頼する供給者であったブラックバーンは、フロリダ州ジャクソンヴィルにほど近いハイウェイの休憩所でピクニック・テーブルにすわり、豚の皮の唐揚を食べているところを捜査官に発見された。頭髪と顎鬚は鮮やかな赤毛に染めあげられていた。自分はジェイムズ・グレアムという名のキャンピングカーのセールスマンだとブラックバーンは騙り、本物そっくりの身分証明書まで呈示したという。だが、トヨタ・カムリのスペアタイヤ用収納スペースに隠されていた段ボール箱からは、半ダースほどのビデオテープと、写真を詰めこんだマニラ封筒三つが押収された。

町議会は、ブラックバーンの罪状認否が行なわれる日を町の公休日とすることを決定した。五百人以上の住民がスクールバスに乗りこんで、二時間半の長旅のすえ、グランドラピッズの連邦裁判所にたどりついた。罪状認否の一時間まえには、裁判所の入り口へと続く通りの両側を人垣が埋めつくした。無言で立ちつくす人々の凍てつくほどに冷たい視線を浴びながら、ブラックバーンは顔をうつむけ、地面に目を伏せたまま、連邦法執行官に先導されて裁判所のなかへ消えていった。

　拘置所から釈放されたあと、スーピーはマリーナの事務所に閉じこもり、マスコミの攻勢を撥ねのけつづけた。みずからを深く恥じているのであろうことは、容易に想像がついた。おれはスーピーをそっとしておいた。だが、その年の夏にはグランドラピッズの連邦裁判所をふたたび訪れ、スーピーの証言を聞きながら手帳にペンを走らせることとなる。その証言は、おれたちのかつてのコーチを刑務所へ送りこむための大いなる助けとなるにちがいなかった。裁判が始まってから三日目の朝には、近隣のコーヒーショップでディンガスとバーバラ・ランプレイを見かけた。ふたりは手に手を取りあっていた。

　ジョーニーは数々の大手新聞社から舞いこんだ誘いの声にもいっさい耳を貸さず、ブラックバーン事件の取材に没頭しつづけた。ある晩、印刷所への入稿を済ませたあと、おれはブルーリボン・ビールとナチョチップを用意して、ジョーニーを椅子にすわらせた。ふたりでよくよく話しあった結果、ジョーニーは《シカゴ・トリビューン》へ移り、警察番記者として働くべきだという結論に達した。

「わかりました。そうします。ただし、あちらへ移るのは、この一件が片づいてからです」そうジョーニーは言った。

「了解、ボス」とおれは答えた。

　ジョーニーが永遠に《パイロット》を去った数日後、おれは編集長に任命された。


　ある日の午後、長い道のりを歩いて、父の遺した丘の上のガレージに向かった。腕にはベル・アンド・ハウエル社製の映写機を抱えていた。ポケットには、これまで一度も足を踏みいれたことのない物置の鍵が入っていた。

　物置の床に置かれた段ボール箱のなかには、全部で十四本の八ミリフィルムがおさめられていた。おれはガレージにシーツを吊るし、映写機をそこに向けた。最初から最後まで、すべてのフィルムに目を通した。ただし、なかにはフィルムが劣化していて、手に取るなりぼろぼろに崩れてしまうものもあった。それ以外のフィルムは、切れ切れながらもなんとか中身を確認することができた。大半は、おれやスーピーや仲間たちがメイク・ビリーヴ・ガーデンズでホッケーの練習にいそしむ姿を写したものだった。そういえば、父はよくリンクでカメラを構えては、おれたち全員をフレームにおさめようと、氷の上をあっちへこっちへ走りまわっていたものだった。たとえばこんなこともあった。あるとき、勢い余った父が足を滑らせて、氷の上に顔からぶっ倒れた。そのあとしばらくのあいだ、おれたちの笑い声があたりに響きわたっていた。残るフィルムには、絡みあう男女を写した古ぼけた映像がおさめられていた。だが、幼い少年が画面に登場することは一度もなかった。

ガレージの裏に据え置かれたドラム缶まで歩いていき、十四本のフィルムと映写機をそこに放りこんだ。その上から灯油をそそぎ、火をつけたマッチを投げいれた。後ろにさがって、解けかけた雪のなかに立ち、燃えあがる炎を眺めた。

「こんにちは、ガス」

目をあげると、ガレージの角にダーリーンが立っていた。スウェットパーカーの上にデニムのジャケットを羽織り、ジーンズを穿いている。ダーリーンは壁際を離れてこちらに近づいてくると、ドラム缶を挟んでおれの向かいに立った。腋の下に茶色い紙袋を挟んでいるのが見えた。

「何をしているの？」

「特に意味はない。春の大掃除みたいなものだ」

数分の沈黙が続いた。ダーリーンの視線を感じた。ドラム缶のなかでセルロイドが焼け焦げ、火花をあげて弾ける音だけが聞こえていた。

「あなたにあるものを届けにきたの」ダーリーンはそう言うと、ドラム缶の脇をまわっておれに近づき、紙袋をさしだしながら微笑んだ。こんなふうにおれに微笑みかけてくれるのは、ずいぶんと久しぶりのことだった。「ごめんなさい。いくら母さんでも、今回ばかりは手の施しようがなかった」

紙袋のなかを覗きこむと、ずたずたに裂けたエッゴの残骸が見えた。ホーヴァス街道に転がっていたのを、拾っておいてくれたのか。おれは紙袋のなかに手を入れ、親指の付け根に貼りついた黒い絶縁テープの切れ端に触れた。それから顔をあげて、ダーリーンを見つめた。

「どうしたの？」

「自分でもよくわからないんだ、ダーリーン。ときどき、あの男をこの町へ連れもどして、湖に沈められたらどんなにいいかと思う。心の底からそう思う」

「いいえ、嘘よ」

「くそっ」おれはダーリーンの手から紙袋を取りあげ、燃えさかる炎のなかに投げいれた。「あんなもの、もうおれには必要ない」

「ガス、あなたにはホッケーをやめることなんてできないわ」

「わかってる。だが、もうキーパーはやらない。これからは、敵の頭にパックを浴びせるほうがいい」

おれたちはその場に立ちつくし、しだいに小さくなっていく炎を見つめた。やがて、春の陽ざしに解けた雪がガレージの屋根から滴り落ちて、地面を叩く音が聞こえてきた。

「そろそろ出ようか」とおれは問いかけた。

「ええ、そうね。家まで乗せていきましょうか？」とダーリーンは答えた。

謝辞

本書の執筆に際してお世話になった方々に、ここで感謝の意を表したい。わがエージェントである、ウィリアム・モリス・エージェンシーのエリン・マローンとシャナ・ケリー。タッチストーン社の編集担当者トリッシュ・グレイダー。そのアシスタントを務めてくれたミーガン・スティーヴンソン。コピーエディターのエイミー・ライアン。ウェブサイトのデザインを手がけてくれた、スーニャ・ヒンツとジャスティン・マグルトン。彼らのおかげで、この作品をよりよいものに仕上げることができた。また、その勇気ある著書 *Crossing the Line* を世に送りだしてくれたことに対し、ローラ・ロビンソンにも感謝したい。ジョン・アンダーソン、シェリー・バンジョー、ジョー・バリット、ヴァレリー・バウアーライン、マイケル・ブラウン、ヘレン・クーパー、キミ・クローヴァ、キャリー・ドラン、サム・エンリケス、グルーリー家のみんな（ダニエル、ケイトリン、ジョエル、パメラ、デイヴィッド、そしてテリー）、マット・ハルサイザー、グレッグ・ジャフィ、アラン・レンガル、ダン・モース、ブルース・オーウォール、ジョナサン・ペカースキー、フランク・プロヴェンツァーノ、マイク・シュローダー、ショーン・シャーマン、アンドリュー・スタウテンバーグ、ジョン・ウィルク、ジェフ・ジルカ、わけてもジョナサン・アイグから賜った助言や励ましにも、厚く御礼を申しあげる。そして最後に、多大なる感謝を込めて、〈シャムロックス〉、〈フレイムス〉、〈ヤンクス〉、そして木曜日にホッケーを楽しむすべての少年たちに、心からありがとうと伝えたい。

訳者あとがき

一九九八年冬、ミシガン州北部に佇むうらぶれた田舎町スタヴェイション・レイク。ある晩、凍てついた湖のほとりにスノーモビルの残骸が打ちあげられた。登録番号から割りだされた所有者は、かつて地元少年アイスホッケー・チームを率いた伝説的コーチ、ジャック・ブラックバーン。だが、ブラックバーンは十年まえに起きた不慮の事故により、隣接するもうひとつの湖で溺死したはずだ。数々の証拠から導きだされる言葉は〝殺人〟の二文字であった。

ブラックバーンの元教え子であり、地元新聞《パイロット》の編集長代理を務めるガス・カーペンターは、ただひとりの部下であるジョーニーとともに事件の調査に乗りだした。やがてふたりは、町の歴史にひっそりと刻まれたおぞましい過去にたどりつく。果たして、雪と氷に閉ざされた町の内奥にひそむ闇とはなんなのか。ふたりはブラックバーンの死の真相を突きとめることができるのか。

主人公ガス・カーペンターは二重のトラウマを抱えて生きている。少年時代、ブラックバーンが率いるチームのゴールキーパーとして州大会決勝の晴れ舞台まで進みながら、優勝を逃す致命的なミスを犯し、町の人々が長きにわたり描きつづけてきた夢を打ち砕いたこと。その後、大都市デトロイトの第一線で活躍する敏腕記者としてピュリッツァー賞受賞も間近と持て囃されながら、みずからのあやまちにより大手新聞社を追われたこと。しかし、ガスはそこから立ちなおろうと必死にあがく。いかなる苦境に立たされようとも、ひととして、ジャーナリストとして誠実であろうとする真摯な姿勢には、おそらく誰もが胸を打たれることだろう。

物語の主軸となるのは、もちろん、ブラックバーンの死の真相だ。だが、それ以外にも、デトロイト時代に犯したあやまちと、そこから派生した大企業を相手取っての係争、苦心してつかんだネタの掲載に干渉する親会社との飽くなき闘い、州の財政から助成金をせしめる怪しげなビッグフット研究家との対決、町の再生をかけた新マリーナ建設計画の行方など、いくつもの事件や出来事が絡まりあいながら同時進行していく。それらすべてがクライマックスに向けてひとつに収束していくさまは、圧巻のひとことだ。

本書の見どころとしてもうひとつあげられるのは、アメリカ北部やカナダの少年たちが魅せられてやまないアイスホッケーというスポーツの魅力がぎゅっと凝縮されている点だ。仲間たちとの友情や結束。夢や希望。そして、苦悩や葛藤。子供のころや若かりしころ何かに夢中になったことのある読者なら、自身の青春時代を顧みて、ひとときの感慨に耽ることは間違いなかろう。また、ガスの記憶をとおして語られる美しくもほろ苦い思い出の数々も、是非ともご堪能いただきたい。

著者であるブライアン・グルーリーと主人公ガス・カーペンターのあいだには、本作のキーワードとも言える三つの共通点がある。アイスホッケー、ミシガン州、そして、新聞記者。著者グルーリーはミシガン州デトロイト近郊の町で育ち、少年時代の休暇をミシガン州北部ビッグ・ツイン湖のほとりですごした。子供のころからホッケーを愛し、その情熱はいっこうに冷めることを知らず、家族とともに暮らすシカゴにていまもプレーを続けている。一九七九年にノートルダム大学を卒業後は新聞記者となり、ミシガン州ブライトン、ハウエル、カラマズー、デトロイトにて大小さまざまな新聞社に勤めた。一九九五年には《ウォール・ストリート・ジャーナル》のワシントン支局へ引きぬかれ、作家デビューを果たした現在も、同紙のシカゴ支局長を務めている。二〇〇一年九月十一日に発生したアメリカ同時多発テロ事件の報道により《ウォール・ストリート・ジャーナル》が二〇〇二年にピュリッツァー賞を獲得した際には、その一員として受賞を喜んだ。ノンフィクション作家として一九九三年に物した *Paper Losses: A Modern Epic of Greed and Betrayal at America's Two Largest Newspaper Companies* もまた、栄誉ある賞に輝いているという。

ミステリ作家としてのデビュー作にあたる本書『湖は飢えて煙《けぶ》る』は、本年度MWA賞の最優秀新人賞にノミネートされている。著者が刺激を受けた作家のひとりとして、同じくジャーナリスト出身のマイクル・コナリーがあげられているが、そのマイクル・コナリーはといえば、本書に向けて〝心をとらえて離さない、卓越したデビュー作〟との讃辞を贈っている。また、今年八月には、本書の続篇 *The Hanging Tree* が本国アメリカにて上梓されている。《パイロット》の編集長となり、新たな事件の真相を探るガスがどのような活躍を見せてくれるのか。幼なじみダーリーンとの恋の行方はどうなるのか。今後の展開が楽しみでならない。

二〇一〇年八月

HAYAKAWA POCKET MYSTERY BOOKS No. 1839

青《あお》木《き》千《ち》鶴《づる》

白百合女子大学文学部卒，英米文学翻訳家
訳書
『レボリューショナリー・ロード／燃え尽きるまで』リチャード・イエーツ
『お行儀の悪い神々』マリー・フィリップス
『おいしいワインに殺意をそえて』ミシェル・スコット
（以上早川書房刊）他多数

この本の型は，縦18.4センチ，横10.6センチのポケット・ブック判です．

〔湖《みずうみ》は餓《う》えて煙《けぶ》る〕

2010年9月10日印刷　　2010年9月15日発行

著者	ブライアン・グルーリー
訳者	青木千鶴
発行者	早川浩
印刷所	星野精版印刷株式会社
表紙印刷	大平舎美術印刷
製本所	株式会社川島製本所

発行所 株式会社 **早川書房**
東京都千代田区神田多町2－2
電話　03-3252-3111（大代表）
振替　00160-3-47799
http://www.hayakawa-online.co.jp

（乱丁・落丁本は小社制作部宛お送り下さい
送料小社負担にてお取りかえいたします）

ISBN978-4-15-001839-9 C0297
JASRAC 出 1010604-001
Printed and bound in Japan

ハヤカワ・ミステリ〈話題作〉

1813 第七の女 フレデリック・モレイ 野口雄司訳
〈パリ警視庁賞受賞〉七日間で、七人の女を殺す——警察を嘲笑うような殺人者の跳梁。連続殺人鬼対フランス警察の対決を描く傑作

1814 荒野のホームズ S・ホッケンスミス 日暮雅通訳
牛の暴走に踏みにじられた死体を見て、兄貴の目がキラリ。かの名探偵の魂を宿した快男児が繰り広げる、痛快ウェスタン・ミステリ

1815 七番目の仮説 ポール・アルテ 平岡 敦訳
〈ツイスト博士シリーズ〉狭い廊下から忽然と病人が消えた！ それはさすがの名探偵をも苦しめる、難事件中の難事件の発端だった

1816 江南の鐘 R・V・ヒューリック 和爾桃子訳
強姦殺人を皮切りに次々起こる怪事件！ ごぞんじディー判事、最後の最後に閃く名推理とは？ シリーズ代表作を新訳決定版で贈る

1817 亡き妻へのレクイエム リチャード・ニーリイ 仁賀克雄訳
過去から届いた一通の手紙。それは二十年前に自殺した妻が、その当日に書いたものだったが……サプライズの巨匠が放つサスペンス

ハヤカワ・ミステリ〈話題作〉

1818 暗黒街の女
ミーガン・アボット
漆原敦子訳
〈アメリカ探偵作家クラブ賞受賞〉貧しい娘はギャングの女性幹部と知り合い、暗黒街でのし上がる。情感豊かに描くノワールの逸品。

1819 天外消失
早川書房編集部・編
〈世界短篇傑作集〉伝説の名アンソロジーの精髄が復活。密室不可能犯罪の極致といわれる表題作をはじめ、多士済々の十四篇を収録

1820 虎の首
ポール・アルテ
平岡　敦訳
〈ツイスト博士シリーズ〉休暇帰りの博士の鞄から出てきた物は……。バラバラ死体、密室、インド魔術！　怪奇と論理の華麗な饗宴

1821 カタコンベの復讐者
P・J・ランベール
野口雄司訳
〈パリ警視庁賞受賞〉地下墓地で発見された死体には、首と両手がなかった……女性警部と敏腕ジャーナリストは協力して真相を追う

1822 二壜の調味料
ロード・ダンセイニ
小林　晋訳
乱歩絶賛の表題作など、探偵リンリーが活躍するシリーズ短篇9篇を含む全26篇収録。ブラックユーモアとツイストにあふれる傑作集

ハヤカワ・ミステリ〈話題作〉

1823
沙蘭の迷路
R・V・ヒューリック
和爾桃子訳
赴任したディー判事を待つ、怪事件の数々。頭脳と行動力を駆使した判事の活躍を見よ！　著者の記念すべきデビュー作を最新訳で贈る。

1824
新・幻想と怪奇
R・ティンパリー他
仁賀克雄編・訳
ゴースト・ストーリーの名手として知られるティンパリーをはじめ、ボーモント、マティスンらの知られざる名品、十七篇を収録する

1825
荒野のホームズ、西へ行く
S・ホッケンスミス
日暮雅通訳
鉄路の果てに待つものは、夢か希望か、殺人か？　鉄道警護に雇われた兄弟が遭遇する、怪事件の顚末やいかに。シリーズ第二弾登場

1826
ハリウッド警察特務隊
ジョゼフ・ウォンボー
小林宏明訳
ロス市警地域防犯調停局には、騒音被害、迷惑駐車など、ありとあらゆる苦情が……〝カラス〟の異名をとる警官たちを描く警察小説

1827
暗殺のジャムセッション
ロス・トーマス
真崎義博訳
冷戦の最前線から帰国し〈マックの店〉を再開したものの、元相棒が転げ込んできて、再び裏の世界へ……『冷戦交換ゲーム』の続篇

ハヤカワ・ミステリ〈話題作〉

1828 黒い山 レックス・スタウト 宇野輝雄訳
親友と養女を殺した犯人を捕らえるべく、美食家探偵ネロ・ウルフが鉄のカーテンの奥へ潜入。シリーズ最大の異色作を最新訳で贈る

1829 水底の妖 R・V・ヒューリック 和爾桃子訳
新たな任地に赴任したディー判事。だが、船上の歓迎の宴もたけなわ、美しい芸妓が無惨に溺死した。著者初期の傑作が最新訳で登場

1830 死は万病を癒す薬 レジナルド・ヒル 松下祥子訳
〈ダルジール警視シリーズ〉療養生活に入った警視は退屈な海辺の保養所へ。だが、そこでも殺人が！ 巨漢堂々復活の本格推理巨篇

1831 ポーに捧げる20の物語 スチュアート・M・カミンスキー編 延原泰子・他訳
ミステリの父生誕二百周年を記念して編まれた豪華アンソロジー。ホラーやユーモア・ミステリなどヴァラエティ豊かな二十篇を収録

1832 螺鈿の四季 R・V・ヒューリック 和爾桃子訳
出張帰りのディー判事が遭遇する怪事件。お忍びの地方都市で判事が見せる名推理とは？シリーズ全長篇作品の新訳刊行、ここに完成